此书系国家社科基金项目
"出土文献与先秦文学批评思想研究（07BZW007）"
课题成果

出土文献与先秦文学批评思想研究

谭德兴　著

文物出版社

图书在版编目（CIP）数据

出土文献与先秦文学批评思想研究／谭德兴著．
—北京：文物出版社，2017.9
ISBN 978 - 7 - 5010 - 5155 - 7

Ⅰ.①出…　Ⅱ.①谭…　Ⅲ.①中国文学－古典文学－
文学批评史－研究－先秦时代　Ⅳ.①I206.2

中国版本图书馆 CIP 数据核字（2016）第 162935 号

出土文献与先秦文学批评思想研究

著　　者：谭德兴

责任编辑：许海意
封面设计：程星涛
责任印制：张道奇

出版发行：文物出版社
社　　址：北京市东直门内北小街 2 号楼
邮　　编：100007
网　　址：http：//www.wenwu.com
邮　　箱：web@ wenwu.com
经　　销：新华书店
印　　刷：北京京都六环印刷厂
开　　本：710mm×1000mm　1/16
印　　张：25.5
版　　次：2017 年 9 月第 1 版
印　　次：2017 年 9 月第 1 次印刷
书　　号：ISBN 978 - 7 - 5010 - 5155 - 7
定　　价：130.00 元

目　录

绪　言

一　选题的缘起与研究现状

先秦文学批评乃中国文学批评思想发展的初始阶段。在先秦漫长的社会历史发展长河中，形成了多个文化发展高峰。传说中的三黄五帝，以及夏、商、周三代灿烂辉煌的文化，这些至今令无数中华子孙倍感自豪与骄傲。无论传说或有文字可考的历史文明，其中均蕴含着丰富的文学批评思想。虽然与后世的文学批评相比，先秦时期的文学批评思想在成熟性与系统性等方面略显不足，但这是中国文学批评思想的发展源头，它从范畴、理论以及批评方式等多方面为中国文学批评的发展繁荣奠定了坚实的基础。

关于先秦文学批评思想的研究，理应包括对传世文献和出土文献两方面的研究。但由于中国文学批评史学科的发展，实际上与科学系统的出土文献研究几乎同时展开，这无疑使得中国文学批评史研究，在吸收相关学科的研究成果方面出现滞后性。另外，由于存在对中国文学批评思想萌芽问题认识的分歧，以及在文学和文学批评观念理解上的不一致等原因，导致即使在出土文献研究无论从资料整理还是思想研究均取得巨大成绩之后，中国文学批评思想研究仍然在吸收出土文献研究的成果方面表现得不够。中国文学批评思想在先秦时期萌芽和发展，但由于传世文献不足，使得我们对先秦时期中国文学批评思想发展的具体状况认识不透彻，把握也并不全面。对有些问题，诸如中国文学批评思想萌芽的时间、地域以及某些诗乐批评观的传播和接受等，认知亦并不十分清楚。因此，从先秦出土文献中整理出文学批评思想无疑变得十分迫切和必要。

20世纪以来，出土文献大量涌现，其中先秦时期的文献非常之多，主要有商代甲骨卜辞、殷周金文、战国楚竹简等等。这些地下新出材料中蕴含着丰富的文学批评思想。而在 20 世纪建立起来的中国文学批评史学科，虽然著述甚富，但几乎所有的著述皆建立在对传世文献的研究基础之上。而传世文献显然不能代表中国文学批评思想发展的全貌。随着出土文献的大量问世，重写中国文学批评史变得完全可能和十分必要。

先秦时期是中国文学批评思想发展的关键时期，也是目前中国文学批评史研究最薄弱的环节。研究不足的主要原因之一就在于没有充分利用出土文献。例如，关于中国文学批评思想萌芽的时间与标志问题在中国文学批评史研究中可谓众说纷纭，有"《易经》说""《诗经》说""百家争鸣说""晋代说"等等，各说法中最早的萌芽时间与最晚的相差竟达一千三百余年。认识上的如此混乱无疑严重阻碍了中国文学批评史学科之发展。而仅仅局限于传世文献显然已经无法解决此问题。事实上出土文献中有许多内容可以帮助人们更清楚认识此问题。例如，王孙诰钟铭文"自作龢钟，中翰且扬，元鸣孔韹，有严穆穆，敬事楚王"等语便显示出强烈的音乐批评观。类似的，在殷周金文中，一些批评范畴如"协和""和乐""敬德""宽惠""安乐"等频繁出现，这完全可以帮助人们正确评估中国文学批评观的起源问题。但很可惜，这些出土文献并没有引起文学批评史研究界的高度重视。

先秦时期诗、乐、舞合一，文学批评观往往充分体现在音乐批评思想中。现有的文学批评史著述皆对此方面内容有所研究。如对《老子》"大音希声"、孔子的音乐思想、孟子"与民同乐"、荀子"乐论"、《吕氏春秋》音乐思想等等的研究。但这些研究无不停留在传世文献范围内，而事实上我们连先秦时期的具体音乐体制都没有完全弄清楚，使得这些讨论无疑呈现出极大的片面性和主观臆测性。但出土文献却正在改变已往文学批评史研究的结论。如 1976 年 2 月，在秦始皇封土西北约 100 米处出土一件错金钮钟，钟纽一侧刻有"乐府"二字，表明在秦朝就已建立了乐府机构。此物的出土彻底打破了汉武帝立乐府之说，不但改写了中国文学史与文学批评史的相关结论，而且可以帮助人们更深一步思考先秦采诗、献诗等文艺制度的可信性。而湖北曾侯乙墓出土的大批乐器，使得人们对先秦时期音乐制度的研究有了实物佐证，这不但弥补了先秦音乐理论研究的不足，而且引起了人们对南方楚国文学批评思想发展的重视。关于出土文献中音乐思想的研究工作其实早已展开，取得的成绩也是不俗的。如，唐兰先生《古乐器小记》探讨了先秦音乐的制式及一些基本范畴和理论；崔宪《曾侯乙编钟钟铭校释及其律学研究》以楚国出土乐器为突破口探讨先秦音乐范畴与理论；李纯一《中国上古出土乐器综论》以丰富、翔实的资料分析、论证中国古代音乐制度与音乐理论等等。但这方面的研究仍未系统化，而且似乎没有完全从文学批评史的视角去审视这些出土文献。而中国文学批评史的相关研究也没有及时吸收这些出土文献的研究成果。

关于甲骨卜辞与文学批评思想的研究，相关著述无疑是整个出土文献研究中相对较少的。这是因为，其一，卜辞的特点所决定。卜辞十分简短，且主要是占卜性质，这些无疑决定了难以从甲骨卜辞中发掘出成体系的文艺观。其二，卜辞的分期目前仍存在很大分歧，且殷商早期的卜辞也并不多见，因此，要从甲骨卜辞中梳理出一个文艺观的发展历程显然难度太大。再者，卜辞的释文工作仍存在较多没有解决的问题，这无疑也在一定程度上限制了对其中文艺思想的探析。

目前出土的甲骨卜辞，主要包括殷商甲骨卜辞、西周甲骨卜辞（包括周原甲骨卜辞）。殷墟卜辞数量众多，研究著述也十分丰富，成为 20 世纪学术研究的重大主题。西周有没有甲骨刻辞？这个问题曾经困扰了人们很长时间。1940 年何天行在《学术》第一辑上发表了《陕西曾发见甲骨之推测》一文，首先对西周甲骨刻辞是否存在进行推断。但作为科学研究，关于西周甲骨刻辞研究直到 20 世纪 50 年代才逐渐形成。代表著述如王宇信《西周甲骨探论》（中国社会科学出版社，1984 年）、徐锡台《周原甲骨文综述》（三秦出版社，1987 年）、朱歧祥《周原甲骨研究》（台北学生书局，1997 年）以及曹玮《周原甲骨文》（世界图书出版公司北京公司，2002 年）。周原甲骨卜辞，大体上也是殷周之际的产物，由于出土较晚，故研究著述并不多。这些甲骨文研究著述，基本都是关于历史、语言文字以及文化的研究。朱歧祥列出了甲骨文十项未来研究方向，其中竟没有一项是文学性质的。[①] 基本不从文学视角研究甲骨文，更不用说研究其文艺思想了。不过，像西周甲骨这样有限的卜辞材料中也未必一定蕴含丰富的文艺思想。

关于殷商甲骨文的文学和文艺思想研究，一些学者做了积极而有益的开拓工作。例如，民国时期的中国文学史著述，多有把甲骨卜辞列入文学史考察视野的。1931 年郑振铎《中国文学史》、1932 年冯沅君陆侃如《中国文学史简编》、1935 年容肇祖《中国文学史大纲》等等，均将甲骨卜辞作为一种文学样式写进中国文学史。这样的情况在 1949 年后中国文学史著述中得到进

---

① 朱歧祥：《周原甲骨研究》，台北学生书局，1997 年，第 1 页。

一步拓展。文学史研究甲骨卜辞，主要研究作为文学样式的卜辞所描写的社会历史文化内容以及甲骨卜辞的文体特征。例如，1957 年，詹安泰、容庚、吴重翰《中国文学史》"先秦两汉部分"在引述了四十条卜辞后说："这四十条的卜辞，虽然非常质朴，但我们也可以从这里看出劳动人民的智慧与灵活运用语言文字的自由创造精神，就文学发展的过程说，这是必经的阶段。因此在中国文学史上，它具有引导文学向前发展的一定的历史意义的。"① 但关于甲骨卜辞的文体性质，却存在不同的看法。一种意见认为甲骨卜辞是散文，例如，詹安泰、容庚、吴重翰《中国文学史》认为："卜辞只是殷代自盘庚至帝辛时留下来的断烂的王室贞卜档案，是最朴素的散文形式，略具文学的雏形而已。"② 袁行霈主编《中国文学史》亦认为："这些卜辞，可以看作是先秦叙事散文的萌芽。"③ 马积高、黄钧主编《中国古代文学史》亦说："这是我们今天能见到的最早的简短散文，可算是散文的萌芽。"④ 另一种意见却认为卜辞中亦有诗歌。如刘大杰《中国文学发展史》说："这些文句，虽很简短，在语法上已建立了初步的规律，可以看出书面文学的初期形态，也就是后代韵文和散文的母胎。"⑤ 刘大杰认为卜辞中"已具备朴素的诗歌形式"，这是后代韵文的源头。

　　除了文学史著述，研究甲骨卜辞文学以及文艺思想的单篇文章数量却不是很多。如，唐兰《卜辞时代的文学和卜辞文学》认为："卜辞是一部分档案而不是纯粹文学，所以也不能代表商代文学。它有形式的拘束，所以在文学方面不能十分发展，但有许多极精美的句子，在文学史上占有极重要的地位。并且可以证明商代的文学已十分发展，和周代相差不远。"⑥ 姚孝遂《论甲骨刻辞文学》首先总结了前人关于甲骨卜辞文学性质的三种看法："认为它是最朴素的散文形式，略具文学的雏形"；"它具有朴素的诗歌形式，有相当的写作技术，有韵脚、有节奏，是劳动音律的和谐"；"它不是文学作品"。紧接着

　　① 詹安泰、容庚、吴重翰：《中国文学史》"先秦两汉部分"，高等教育出版社，1957 年，第 34 页。

　　② 詹安泰、容庚、吴重翰：《中国文学史》"先秦两汉部分"，高等教育出版社，1957 年，第 32 页。

　　③ 袁行霈：《中国文学史》，高等教育出版社，2008 年，第 75 页。

　　④ 马积高、黄钧：《中国古代文学史》，人民文学出版社，2009 年，第 58 页。

　　⑤ 刘大杰：《中国文学发展史》，上卷，复旦大学出版社，2006 年，第 7 页。

　　⑥ 唐兰：《卜辞时代的文学和卜辞文学》，《清华大学学报（自然科学版）》1936 年第 3 期，第 701 页。

该文讨论了甲骨刻辞中文学与非文学的区别、甲骨刻辞文学作品举例以及甲骨刻辞中的神话传说资料。① 曹兆兰《甲骨刻辞的形式美》认为："甲骨刻辞的排列大多具有整齐、对称、错综之美，有重句复沓、类似序曲、正歌、副歌、尾声、联曲的多种组合形态。"② 这是分析探讨甲骨刻辞的结构形态，可以视为一种文体研究。方建军《甲骨文、金文所见乐器助祭试探》分析了甲骨文中祭祀活动中乐器的使用情况，探讨了乐器演奏的娱神娱人、人神共乐和人神沟通的作用，③ 不过该文对甲骨文所透露出殷商时期的诗乐观念并未作深入探究。真正称得上对甲骨刻辞中文艺观进行研究的，是徐正英《甲骨刻辞中的文艺思想因素》。该文"通过对带'伐''舞''奏''文'等字的辞条的考察，我们发现商朝人确有浓厚的尚文意识；通过对孕育和记录'占''谱''册''祝''诰'等古代文体雏形的刻辞的考辨，又发现商朝人亦具备了朦胧的文体意识；通过对甲骨刻辞字、句、篇的例释，还发现商朝人已具备了较明晰的写作意识"。④ 该文对进一步研究甲骨刻辞中的文学批评思想极富启迪意义。

关于先秦铜器铭文中的文学批评思想研究，在本课题立项前和在研期间，学界相关研究论文一直不是太多。比较多的是从文学视角探讨商周铜器铭文，其中有些论述内容不同程度上涉及文学批评思想。关于金文文学思想内容之研究，开先河的无疑是王国维。王氏《两周金石文韵读》首先揭示了周代金文中存在韵文，为进一步研究金文文学思想特别是文体思想奠定了重要基础。王氏的研究对于省吾影响很大，其《双剑誃吉金文选》便极富文学批评色彩，如评《宗周钟铭》"渊奥宏朗，体势俊迈，惟诗书有此境界"，评《虢叔旅钟铭》"淫溢醇荡，气韵高邈"等等，诸如此类文学评论话语很多，可谓对金文文学特质感受颇深。民国时期的中国文学史著述，多有将商周金文纳入考察范围的，这些文学史著述主要研究先秦铜器铭义的思想内容，并对其散文文体特征作出初步判断（见第四章第三节论述）。再如，陈梦家说，"《大雅·韩奕》《崧高》等乃是王命的节录"，"《江汉》所载，变册命为韵文，当召伯虎时金文已有用韵语的；《常武》使尹氏宣王命，与金文同"。⑤ 这已经

---

① 姚孝遂：《论甲骨刻辞文学》，《吉林大学社会科学学报》1963 年第 2 期，第 61~71 页。

② 曹兆兰：《甲骨刻辞的形式美》，《深圳大学学报（人文社会科学版）》2005 年第 3 期，第 96 页。

③ 方建军：《甲骨文、金文所见乐器助祭试探》，《黄钟（中国武汉音乐学院学报）》2006 年第 2 期，第 82 页。

④ 徐正英：《甲骨刻辞中的文艺思想因素》，《甘肃社会科学》2003 年第 2 期，第 41 页。

⑤ 陈梦家：《西周铜器断代（上）》，中华书局，2004 年，第 409 页。

触及了周代诗文间互动关系问题，可惜没有深入展开。汤漳平《从两周金文看楚文学之渊源》，据两周金文探讨了楚族的起源和两周楚国青铜器铭文中的楚诗，特别是对楚国金文中楚诗的研究颇有创新意义，但很遗憾没有将此研究观点推及整个周代金文中。其次，关于周代金文的文艺思想研究的论文不多。如徐正英《西周铜器铭文中的文学功能观》，① 主要探讨西周铜器铭文中的文学思想，包括对文学社会功能与审美娱乐功能分析，并认为"西周人认识到了文学的社会功能"。但该文认为西周铜器铭文对"美"的功能认识早于《诗经》"美刺"中的"美"，这个说法可能欠妥。因为《诗经》中《周颂》皆为赞美之诗，而《周颂》最先编辑并在周初已经用于诗乐实践，又怎可能比西周铜器铭文晚呢？还有，该文认为"西周人对文学的娱乐审美功能亦有了初步认识"，此言不差。但接着说"西周铜器铭文言及娱乐目的的内容还很少，共有八篇"，此言极不准确，该文考察的西周铜器铭文实质只有四篇，西周铜器铭文言及娱神或娱人目的的铭文远远不止作者所说的这几篇。且两周铭文中对诗乐功能的认识在春秋以及战国时期表现仍然十分强烈，这点作者就没有后续研究了。又如，黄鸣《从先秦乐器铭文看先秦儒家乐论之嬗变》，② 该文对西周春秋战国乐器铭文都有所论述，论西周乐器铭文中的娱神、娱乐论，却没有涉及娱人目的。且作者将"天尹作元弄"之"弄"释为"玩赏"从而得出西周乐论有娱乐论，这种解释很值得商榷。该文为了映证传世文献所谓春秋"郑、卫之声"而强行将春秋战国青铜乐器铭文体现的音乐思想定为"世俗化"。正如作者自己文中所说，"郑、卫之声"为"民间新声"，其又怎可能与上层统治贵族乐器铭文同质呢？另，不知是作者资料占有不够，还是有意为之，在论述春秋战国乐器铭文时只取娱人内容，便说此时音乐思想为"世俗化"，事实上，春秋战国青铜乐器铭文表达的仍然是雅乐正乐诗乐观，与西周并无多大区别。例如春秋晚期齐鲍氏钟铭文："唯正月初吉丁亥齐鲍氏孙□择其吉金自作和钟卑鸣攸好用享以孝于伲皇祖文考用宴用喜用乐嘉宾及我倗友子子孙孙永保鼓之。"③ 此铭中，"用享以孝于以皇祖文考"属于娱神，而"用宴用喜用乐嘉宾及我朋友"则属于乐人。与西周时期青铜乐器

---

① 徐正英：《西周铜器铭文中的文学功能观》，《甘肃社会科学》2004 年第 2 期。

② 黄鸣：《从先秦乐器铭文看先秦儒家乐论之嬗变》，《阜阳师范学院学报（社会科学版）》2004 年第 6 期。

③ 香港中文大学、中国社会科学院考古研究所：《殷周金文集成释文（第一卷）》，香港中文大学出版社，2001 年，第 108 页。

铭文相比较，此铭娱神、娱人的基本内容及话语形式并无多大不同。再如，陈彦辉发表过系列关于先秦铜器铭文文体研究的文章，如《商周青铜铭文文体论》（《文学评论》2009 年第 4 期）、《西周册命铭文的礼仪内涵及其文体意义——以文体要素"拜手稽首"为例》（《广东外语外贸大学学报》2009 年第 5 期）、《周代铭文祝嘏辞的文体特征》（《学术交流》2011 年第 12 期）等。这些文章虽然探讨了先秦铜器铭文文体特征，但却没有涉及商周铜器铭文所体现出来的当时人们的文体思想。当前，先秦金文研究正朝文学领域推进。近年来，已有多项关于先秦金文文学研究的教育部和国家社科基金项目，但对文学批评思想领域的研究却仍然亟待拓展。

关于经籍的批评无疑属于较典型的文学批评思想。出土文献这方面的材料主要集中在楚简中。如湖北荆门郭店楚简中有关于《诗》《书》《易》《礼》《乐》《春秋》的引用与评论，许多批评术语是传世文献所没有的。而上博简的诗论材料则相当丰富，如上博简一的《孔子诗论》等，无论从批评范畴还是批评理论，都大大丰富了先秦文学批评思想的内容。关于楚简研究的著述相当多，仅郭店楚简研究的论著就有几十部，论文近 800 篇（含硕、博论文），研究者遍布中国大陆、台湾、香港以及美国等地。而关于上博竹简的研究著述也不少，论文也已达 400 余篇（据 CNKI 知网），而且正逐月不断在增加。但这些著述绝大部分是从文字、训诂以及历史、文化等视角出发的研究成果，真正从文学批评视角展开研究的专著并不多，论文近年开始有所增加，但显然在系统性方面有待加强。

郭店楚简研究著述与文学批评相关的主要集中在《性自命出》等篇，现略述之。首先是对"性""情"范畴之辨析。"性""情"或"情性"范畴，一直是中国文学批评思想中的核心范畴，因此，无论是哲学层面之探讨还是文学批评层面之辨析，无疑都具有浓郁的文学批评色彩。例如，向世陵《郭店竹简"性""情"说》，①"重点围绕物之动性、悦之逢性、故之交性、义之厉性、势之出性、习之养性、道之长性等七个性情发展阶段和类型"，对"性情"范畴进行辨析。该文虽然是从哲学层面对性情范畴的探讨，但性情范畴在战国竹简中已经演变成为诗学批评范畴，且在两汉时期成为诗学批评核心范畴，故该文探讨有助于文学批评视角对性情范畴之研究。汤一介《道始于

---

① 　向世陵：《郭店竹简"性""情"说》，《孔子研究》1999 年第 1 期。

情的哲学诠释——五论创建中国解释学问题》，① 重点分析郭店竹简《性自命出》中的"道始于情，情生于性"，辨析道、情、性、欲之关系，对文学批评范畴研究具有启迪意义。类似的，东方朔《〈性自命出〉篇的心性观念初探》探讨分析了郭店竹简《性自命出》篇中情、性、心范畴的内涵与联系，也具有文学批评研究之色彩。而陈昭瑛《性情中人：试从楚文化论〈郭店楚简性情篇〉》也是如此，"尝试从楚文化的脉络，探索《郭店楚简》重情、重身的思想倾向与楚人特殊的精神特质、审美意识、生活礼俗之间的可能联系"。②
其次，探讨郭店竹简中的乐论与乐教。这方面的著述比较多。例如，丁四新《论〈性自命出〉与公孙尼子的关系》"通过对《性自命出》与公孙尼子思想的细致比较研究，可以表明《礼记·乐记》的心性论内涵是颇为深刻丰富的。《乐记》中有关心性的论述，尤其是有关道与欲、天理与人欲的理解，以及以"正义"论身心关系，都比《性自命出》更深入、更高阔。结合其他有关传世文献的考察，似难推定《性自命出》为公孙尼子所作"。③ 饶宗颐《从郭店楚简谈古代乐教》，④ 主要结合《礼记》等传世文献以及出土青铜乐器等，从郭店竹简中梳理出了一些表现乐教的范畴与话语，揭示了战国时期的乐教思想内涵。蔡仲德《郭店楚简儒家乐论试探》，⑤ 主要从"论乐与人的关系，论乐对人的教德养心功用""论由礼至乐的递进关系""论乐与礼的相辅相成、相反相济""论乐之制作"等方面，探讨了《性自命出》中的儒家乐论，认为"郭店楚简中的儒家乐论重视音乐的社会功用，强调音乐教德养心得作用，强调礼乐配合治人治国的功用，反映了儒家乐论共有特征；这些乐论在儒家乐论史上占有一定的地位，就所论及的方面而言，其思想是孔孟思想的发挥与补充，但不如《中庸》《荀子乐论》《乐记》《孔子闲居》那样深入"。家浚《郭店楚简〈性自命出〉与〈乐记〉》从"感于物而动说""乐情说""移风易俗说""礼、乐同异说""乐之雅、俗说"等方面，比较了《性自命出》与《乐记》异同，认为"郭店楚简《性自命出》与今传《乐记》有许多联

　　① 汤一介：《道始于情的哲学诠释——五论创建中国解释学问题》，《学术月刊》2001 年第 7 期。
　　② 武汉大学中国文化研究院：《郭店楚简国际学术研讨会学术论文集》，湖北人民出版社，2000年，第 314 页。
　　③ 丁四新：《论〈性自命出〉与公孙尼子的关系》，《武汉大学学报（哲学社会科学版）》1999年第 5 期。
　　④ 武汉大学中国文化研究院：《郭店楚简国际学术研讨会学术论文集》，湖北人民出版社，2000年，第 3 页。
　　⑤ 蔡仲德：《郭店楚简儒家乐论试探》，《孔子研究》2000 年第 3 期。

系，但它不是《乐记》赖以发展的基础，更不是其原始版本"。① 孙星群《〈乐记〉成书于战国中期的力证——以湖北郭店楚墓竹简为据》，② 将《性自命出》的话语及性、情、德、道、礼乐等范畴与《礼记·乐记》比照，从而得出《乐记》成书于战国中期的结论。孟修祥《郭店竹简〈性自命出〉之音乐美学论》论述了《性自命出》的音乐之起源、音乐之功能、音乐之宗旨等方面内容，认为《性自命出》与《乐记》等经典著作表现出既有相同，也有相异之处的音乐美学观念。③ 梁惠敏《郭店竹简〈性自命出〉与〈乐记〉乐论比较谈》认为，"《性自命出》论及音乐的起源，音乐与情感的关系，音乐对人的性格和道德的形成所起的重要作用以及音乐的社会功能等，与《乐记》所表现出的音乐美学思想有其一致性，也有其相异性"。④ 鹿建柱《论〈性自命出〉的乐教内涵》主要从三方面分析《性自命出》的乐教内涵："其一，《性自命出》的乐教建立在具有性善论倾向的人性论基础上；其二，《性自命出》的音乐思想既重学又重教；其三，《性自命出》的乐教突出了情的重要作用。"⑤ 再次，探讨郭店竹简中的诗学理论。例如，饶宗颐《诗言志再辨——以郭店楚简资料为中心》，结合大量传世文献，对郭店竹简《语丛》《性自命出》等篇中关于"诗"和"志"的话语进行辨析，对"诗言志"命题重新进行探讨，认为"《诗》之为书，为篇章的总集，正荟萃着古今人的'志'之所托。'诗以道志'即所以见古今之志。通过这些诗，可以使民变化气质。儒家对诗的功用，从断章零简的语言，略可捉摸到古人立言的大体"。⑥ 曹建国：《楚简与先秦诗学研究》⑦ 第六章"从出土楚简看'诗言志'命题在先秦的发展"对"诗言志"在楚简中的表现作了细致分析，颇有创获。

　　还有一些关于郭店竹简的研究文章，也或多或少与文学批评思想研究相

　　① 　家浚：《郭店楚简〈性自命出〉与〈乐记〉》，《贵州大学学报（艺术版）》2001年第2期。

　　② 　孙星群：《〈乐记〉成书于战国中期的力证——以湖北郭店楚墓竹简为据》，《天津音乐学院学报（天籁）》2005年第3期。

　　③ 　孟修祥：《郭店竹简〈性自命出〉之音乐美学论》，《管子学刊》2006年第3期。

　　④ 　梁惠敏：《郭店竹简〈性自命出〉与〈乐记〉乐论比较谈》，《长江大学学报（社会科学版）》2006年第6期。

　　⑤ 　鹿建柱：《论〈性自命出〉的乐教内涵》，《西南民族大学学报（人文社会科学版）》2012年第7期。

　　⑥ 　武汉大学中国文化研究院：《郭店楚简国际学术研讨会学术论文集》，湖北人民出版社，2000年，第9页。

　　⑦ 　曹建国：《楚简与先秦诗学研究》，武汉大学出版社，2010年。

关。如王博《帛书〈五行〉与先秦儒家〈诗〉学》，李学勤《郭店楚简与儒家经籍》，廖名春《荆门郭店楚简与先秦儒学》《六经次序探源》《郭店楚简引〈书〉、论〈书〉考》《郭店楚简与〈诗经〉》，龚建平《郭店楚简中的儒家礼乐思想述略》、萧汉明《论庄生的性命说与道性二重观》、尹振环《楚简〈老子〉"绝智弃辩"思想及其发展演变》等，这些文章主要以考证和学术思想研究为主，对文学批评思想研究有一定借鉴作用。我们这里就不再一一述评了。

上博简研究著述与文学批评相关的主要集中在《孔子诗论》等篇什，而且近十年的探讨比较热烈。如陈桐生《孔子诗论研究》、黄怀信《上海博物馆藏战国楚竹书〈诗论〉解义》、虞万里《上博馆藏楚竹书〈缁衣〉综合研究》以及上海大学古代文明研究中心与清华大学思想文化研究所编辑的论文集《上博馆藏战国楚竹书研究》及其续编中的部分论文等等，这些研究著述在上博简研究上都取得了较好成绩。关于《孔子诗论》的诗学思想研究无疑属于典型的文学批评研究。在本课题在研的这几年时间中，学界发表了不少这方面的著述，有必要重点进行梳理和述评。近年来，《孔子诗论》诗学思想研究主要表现在如下几个方面：

第一，探讨《孔子诗论》中蕴含的诗学思想。这方面的论文主要探讨了《孔子诗论》中的教化观、诗言志、性情观、思无邪以及兴观群怨等实用主义功利观。例如，方铭《〈孔子诗论〉与孔子文学目的论的再认识》，[①] 认为《孔子诗论》与《诗序》是一致的，并据此探讨孔子对文学创作根本目的和终极目的之阐述。刘冬颖《上博竹书〈孔子诗论〉与风雅正变》[②] 据《孔子诗论》解诗认定，"风雅正变"说为后儒附会而传统"美刺"说完全是对《诗经》的误解。作者论点表面看颇为新颖，但却经不起推敲。因为《孔子诗论》解的只是《诗经》中部分诗篇，根本不是全部系统的解说，怎能轻易否定古人的《诗》学理论？那么今本《诗经》中如此大量的赞美与讽刺诗篇又作何解？张明华《〈孔子诗论〉与春秋时期诗学观念之比较》，[③] 该文认为《孔子诗论》与《左传》《国语》的诗学观有三个相同点："对诗的本质的认识和对风、雅、颂的认识是一致的；都采用'断章取义'的解诗方法；乃至对一些具体作品的解释也是一致的"；又有三个不同点："点滴论述和自成体

---

① 方铭：《〈孔子诗论〉与孔子文学目的论的再认识》，《文艺研究》2002 年第 2 期。

② 刘冬颖：《上博竹书〈孔子诗论〉与风雅正变》，《古籍整理研究学刊》2003 年第 2 期。

③ 张明华：《〈孔子诗论〉与春秋时期诗学观念之比较》，《孔子研究》2004 年第 2 期。

系的不同；断章取义和评论篇旨的不同；大、小雅并重和国风、小雅并重的不同"。朱中明《〈孔子诗论〉的原创性诗学观》，认为《孔子诗论》的原创性诗学观具体表现在"诗亡隐志"论、就《诗》论《诗》文本还原阐释模式、崇尚"德"与"知（智）"的审美价值取向。① 但该文中有些论断显然是作者对材料占有不够才形成的问题。如文中说"诗言志"是从创作者角度立论，"诗亡隐志"既是从创作者也是从接受者角度立论，故有原创性。其实，朱自清《诗言志辨》早就论述过"诗言志"包括献诗陈志、赋诗言志、教诗明志、作诗言志。因此，"诗亡隐志"是对西周至春秋诗学实践的总结，是对"诗言志"说在诗、志关系上的拓展，谈不上绝对的原创性。作者认为崇尚德、智的审美价值取向属于原创性，事实上，郭店竹简中以德、仁、义、礼、智、圣论诗十分普遍，到底哪个是原创呢？吴福秀《从上博简〈诗论〉探"诗言志"说》② 认为，上博简《诗论》"诗亡隐（离）志，乐亡隐（离）情"是对《尚书》"诗言志，歌永言"的发展，并且在"情""志"的理解上有融为一体的倾向。

廖群《"乐亡（毋）离情"：〈孔子诗论〉"歌言情"说》，③ 对《孔子诗论》中孔子如何理解情歌作了初步分析，文章篇幅短小，论述情的类型和涉及的材料范畴都不丰富。张丽丰《〈孔子诗论〉与性情学说》，④ 该文试图论述郭店竹简《性自命出》、上博简《性情论》与《孔子诗论》之间的学术关系，但全文只论述了《性自命出》和《性情论》的部分性情范畴，根本没有涉及《孔子诗论》性情学说之分析。而作者《试析〈孔子诗论〉以情论诗》⑤一文倒是分析了《孔子诗论》中以情论诗的部分材料，但篇幅太短，论述既不系统也欠深入。

毛宣国《"诗可以兴，可以观，可以群，可以怨"——孔子诗论的解释学意味》，⑥ 从解释学分析孔子诗学目的在于"以形象譬喻引发义理，求得作者与读者用心之相通，并通过学诗来提升人的精神，以达到礼义教化和人格培

---

① 朱中明：《〈孔子诗论〉的原创性诗学观》，《贵州师范大学学报（社会科学版）》2006 年第6 期。

② 吴福秀：《从上博简〈诗论〉探"诗言志"说》，《大庆师范学院学报》2010 年第 4 期。

③ 廖群：《"乐亡（毋）离情"：〈孔子诗论〉"歌言情"说》，《文艺研究》2002 年第 2 期。

④ 张丽丰：《〈孔子诗论〉与性情学说》，《文化研究》2009 年 5 月（上旬刊）。

⑤ 张丽丰：《试析〈孔子诗论〉以情论诗》，《文史》2010.03（中旬刊）。

⑥ 毛宣国：《"诗可以兴，可以观，可以群，可以怨"——孔子诗论的解释学意味》，《中国文学研究》2003 年第 4 期。

养的目的"。庄宇《谈孔子诗论之"兴观群怨"说》，① 认为孔子"在文学理论方面最重要的成就就是'兴观群怨'说，该学说是他对诗的功能的系统总结，并且成为后来许多学说的理论渊源"。赵东栓《"兴、观、群、怨"说与〈孔子诗论〉》，② 具体论述了《孔子诗论》中哪些材料分别体现了兴、观、群、怨。吴婷婷《从〈论语〉和〈孔子诗论〉看孔子功利主义诗学观》，③ 认为"《论语》与《孔子诗论》二者除形式上有所不同外，其本质内涵都是如出一辙的。《诗》在孔子眼中并不是作为文学作品来研读的，它主要是用来修身养性，达政专对的，作为孔子'内圣外王'的政治工具，伦理教化的手段"。金小璇《试析〈孔子诗论〉之德教》，④ 认为孔子"以《诗》教弟子的过程中，注重在历届诗歌内涵的前提下阐发其中的道德意义"。申红义《上博简〈孔子诗论〉的实用主义理论特色》⑤ 分析的也是《孔子诗论》"达政"、"专对"的强烈实用主义诗学理论。陈桐生《上博简〈孔子诗论〉对诗教学说的理论贡献》，⑥ 认为"《孔子诗论》突破了此前断章取义、借此证彼的说诗方法，说诗始终着眼于作品本身；作者第一次对颂、大雅、小雅、国风四类作品大旨进行归纳，这有助于说诗走向体系化"。张蕊《从上博简〈孔子诗论〉看孔子〈诗〉教》，⑦ 探讨了《孔子诗论》的《诗》教内容、方法和特点，特别是论述了孔子教《诗》的特点：重情、归礼和诗乐结合。周萌《从上博竹书〈孔子诗论〉解"思无邪"》，⑧ 该文解读的材料有很多人谈过，如"以色喻礼"，作者认为"《孔子诗论》要求合'礼'，大体是从自然情感出发，以至于最基本的伦理原则，较为原始纯朴，几乎没有多少政治化色彩"。与汉儒判断"思无邪"的区别主要在于是否政教伦理化。

---

① 庄宇：《谈孔子诗论之"兴观群怨"说》，《齐齐哈尔师范高等专科学校学报》2006 年第 3 期。

② 赵东栓：《"兴、观、群、怨"说与〈孔子诗论〉》，《齐鲁学刊》2010 年第 3 期。

③ 吴婷婷：《从〈论语〉和〈孔子诗论〉看孔子功利主义诗学观》，《重庆工商大学学报（社会科学版）》2005 年第 6 期。

④ 金小璇：《试析〈孔子诗论〉之德教》，《湖北经济学院学报（人文社会科学版）》2005 年第 4 期。

⑤ 申红义《上博简〈孔子诗论〉的实用主义理论特色》，《中州学刊》，2006 年第 4 期。

⑥ 陈桐生：《上博简〈孔子诗论〉对诗教学说的理论贡献》，《陕西师范大学学报（哲学社会科学版）》2006 年第 4 期。

⑦ 张蕊：《从上博简〈孔子诗论〉看孔子〈诗〉教》，《兰州大学学报（社会科学版）》2005 年第 2 期。

⑧ 周萌：《从上博竹书〈孔子诗论〉解"思无邪"》，《沧州师范专科学校学报》2009 年第 1 期。

第二，探讨《孔子诗论》的解诗方法与风格特征。例如，高华平《上博简〈孔子诗论〉的论诗特色及其作者问题》分析了《孔子诗论》论诗"重情"或"主情"的明显特征。黄康斌《〈孔子诗论〉的论诗方式》① 探讨了《孔子诗论》以情论诗特点、语言风格特点以及评论诗歌的句式结构特点。有助于认识战国文学批评具体操作形式发展特点。陈桐生《〈孔子诗论〉的论诗特色》② 认为，《孔子诗论》论诗有四大特色："一是它突破了此前断章取义的说《诗》方法，但并未形成统一的稳定的说《诗》形式，在说《诗》方法上处于由先秦向汉代过渡的形态；二是高举孔子旗帜，继承孔子《诗》学思想；三是以思孟学派的性情学说论《诗》，具有浓厚的哲学色彩；四是它从作品本身出发，而不是像汉代四家诗那样以史论《诗》。"周恩荣《〈孔子诗论〉的思维方式与孔子诗教的政治伦理功能》③ 分析了《孔子诗论》类喻式的思维方式。刘春雪《孔子以"德"说诗》④ 对《孔子诗论》中以"德"说诗的方式与表现进行分析。

第三，探讨《孔子诗论》与前后诗学思想之间的关系。这方面研究文章探讨的主要是《孔子诗论》在《诗》学批评发展史中的地位及意义。但其中的研究有很多分歧点，比如说，《孔子诗论》与《毛诗序》到底是一个什么样的关系？有的认为二者差别很大，分属于两个不同说诗体系；有的认为二者属于前后一脉相承的说诗体系。又如，《孔子诗论》与春秋《诗》学到底是什么关系？有的认为《孔子诗论》完全突破了春秋断章取义的说《诗》方式，而有的却认为《孔子诗论》仍然秉承了春秋断章取义的说《诗》方式，等等。争鸣反映了当前对《孔子诗论》性质与地位及意义的认识存在不同看法，原因主要在于不同研究者解析《孔子诗论》材料时视角不一，特别是分析残缺不全的不成体系的竹简材料时，有些研究者自由发挥的主观随意性太强，以至于在某种程度上对《孔子诗论》的研究变成了瞎子摸象。研究文章略举数例如下：

例如，曹建国《孔子论〈诗〉与上博简〈孔子诗论〉之比较》⑤ 比较了

---

① 黄康斌：《〈孔子诗论〉的论诗方式》，《荆楚理工学院学报》2009 年第 8 期。

② 陈桐生：《〈孔子诗论〉的论诗特色》，《文艺理论研究》2003 年第 5 期。

③ 周恩荣：《〈孔子诗论〉的思维方式与孔子诗教的政治伦理功能》，《河南大学学报（社会科学版）》2004 年第 2 期。

④ 刘春雪：《孔子以"德"说诗》，《安康学院学报》2011 年第 3 期。

⑤ 曹建国：《孔子论〈诗〉与上博简〈孔子诗论〉之比较》，《孔子研究》2003 年第 3 期。

上博简《孔子诗论》与《论语》等传世文献中记载的孔子论《诗》内容，认为孔子以"情志"论《诗》，对《诗》旨有精确允当的阐释。曹建国另著《楚简与先秦〈诗〉学研究》，① 其中第三章探讨"子游学派与《孔子诗论》关系"，第四章探讨"《孔子诗论》与汉代《诗》学"等都属于探析《孔子诗论》与前后诗学之关系。李存山《〈孔丛子〉中的"孔子诗论"》② 比较了《孔丛子》与《孔子诗论》中孔子对《诗》之评论，认为二者间存在内在关系，应属同一个诗说体系。并据此判断《孔丛子》非伪书。陈桐生《〈论语〉与〈孔子诗论〉的学术联系与区别》③ 认为《孔子诗论》是学孔而不泥于孔，"在学《诗》目的上，它不像《论语》那样重视出使应对；在说《诗》方法上，它不像〈论语〉那样断章取义，而是直探诗旨本身；在对人性的看法上，它不像孔子不谈性，而是以子思学派的性情理论说《诗》"。李平《〈孔子家语〉引诗与〈孔子诗论〉》④ 认为，《孔子家语》记载孔子诸多论诗或引诗，其论诗与《孔子诗论》的诗旨相同、相似或相关。韩高年《〈孔子诗论〉"邦风纳物"说》⑤ 从上博简《孔子诗论》第八章分析"邦风纳物"说是在继承春秋时期"以物观礼、以吾观德、以吾观政"思想的基础上结合邦风作品的实际提出的一个重要诗学命题。刘成群《〈孔子诗论〉、〈荀子〉及先秦儒学思想的历史脉络》⑥ 比较了《孔子诗论》与《荀子》在"情"以及"情乐"关系的认识，认为它们的"《诗》论"都具有一致性，从而"非常有力地印证并丰富了'孔子—七十子—七十子后学—荀孟—汉儒'这一条先秦儒学经籍传授以及思想延续的主线"。桑大鹏《三种诗论的诠释学观照——〈孔子诗论〉、〈左传〉、〈毛诗〉解诗差异之分析》⑦ 对三种具体诗论文本进行比照，分析其中差异。这种研究实质揭示了春秋至战国至汉代诗论的发展演变脉络。

　　刘冬颖《上博竹书〈孔子诗论〉与〈毛诗序〉的再评价》⑧ 认为"《毛

---

　　① 曹建国：《楚简与先秦〈诗〉学研究》，武汉大学出版社，2012 年。

　　② 李存山：《〈孔丛子〉中的"孔子诗论"》，《孔子研究》2003 年第 3 期。

　　③ 陈桐生：《〈论语〉与〈孔子诗论〉的学术联系与区别》，《孔子研究》2004 年第 2 期。

　　④ 李平：《〈孔子家语〉引诗与〈孔子诗论〉》，《华中师范大学研究生学报》2010 年第 3 期。

　　⑤ 韩高年：《〈孔子诗论〉"邦风纳物"说》，《青海社会科学》2010 年第 3 期。

　　⑥ 刘成群：《〈孔子诗论〉、〈荀子〉及先秦儒学思想的历史脉络》，《湖州师院学报》2008 年第 5 期。

　　⑦ 桑大鹏：《三种诗论的诠释学观照——〈孔子诗论〉、〈左传〉、〈毛诗〉解诗差异之分析》，《华中师范大学学报（人文社会科学版）》2006 年第 3 期。

　　⑧ 刘冬颖：《上博竹书〈孔子诗论〉与〈毛诗序〉的再评价》，《华侨大学学报》2002 年第 4 期。

诗序》的解诗方式完全是秉承孔子而来的，和《孔子诗论》可以说是一脉相承，所注重的都是《诗》的教化作用"。曹建国、张玖青《论上博简〈孔子诗论〉与〈毛诗序〉阐释差异——兼论〈毛诗序〉的作者》① 从阐释方式、内容以及词语训诂等比较先秦《诗》学的《孔子诗论》与汉代《诗》学的《毛诗序》之间差异。李会玲《〈孔子诗论〉与〈毛诗序〉说诗方式之比较——兼论〈孔子诗论〉在〈诗经〉学史上的意义》② 认为，"《孔子诗论》与《毛诗序》用《诗》观的不同，导致了它们说诗方式的差异：'言诗之内'与'言诗之外'；《诗》中之情与志的'显'处理与'隐'处理。历代说《诗》者都将《毛诗序》的'言诗之外'的材料误读为是在'言诗之内'。这种误读造成了《诗经》学史上的尊序与废序之争"。王泽强《〈孔子诗论〉的诗学观点及其与〈毛诗序〉的关系》③ 认为，《孔子诗论》的作者是孔子再传弟子，主要秉承春秋时代以诗为史的诗学思想，与《毛诗序》分属不同的说诗体系。方铭《〈孔子诗论〉第一简与〈诗序〉》④ 认为"诗亡隐志，乐亡隐情，文亡隐意"的思想内涵与传世《诗序》是一致的。林素英《从〈孔子诗论〉到〈诗序〉的诗教思想发展》⑤ 分析了《诗序》对于《孔子诗论》中《大雅》类诗的诗教思想之继承与发展，具体表现在"文王具有毫无争议的人君典型"、"《诗序》提出'天复命武王'乃展现注重'成德'之时代意义"。

　　房瑞丽《〈上博馆藏楚竹书诗论〉在〈诗〉学批评史上意义三题》⑥ 认为，"在从孔门《诗》教到《毛诗序》的流传过程中，上博《诗论》具有承上启下的作用"，"上博《诗论》对后世《诗》评具有指导性"。黄鸣《上博楚简〈诗论〉在〈诗经〉批评史上的地位》⑦ 认为，"上博楚简《诗论》代表了先秦儒家文学教化思想向两汉经学化儒家文学思想过渡的一环"，《诗论》

　　① 曹建国、张玖青：《论上博简〈孔子诗论〉与〈毛诗序〉阐释差异——兼论〈毛诗序〉的作者》，《安徽警官职业学院学报》2003 年第 3 期。

　　② 李会玲：《〈孔子诗论〉与〈毛诗序〉说诗方式之比较——兼论〈孔子诗论〉在〈诗经〉学史上的意义》，《武汉大学学报（人文科学版）》2003 年第 5 期。

　　③ 王泽强：《〈孔子诗论〉的诗学观点及其与〈毛诗序〉的关系》，《西北民族大学学报（哲学社会科学版）》2005 年第 5 期。

　　④ 方铭：《〈孔子诗论〉第一简与〈诗序〉》，《文艺研究》2006 年第 7 期。

　　⑤ 林素英：《从〈孔子诗论〉到〈诗序〉的诗教思想发展》，《古籍整理研究学刊》2009 年第 6 期。

　　⑥ 房瑞丽：《〈上博馆藏楚竹书诗论〉在〈诗〉学批评史上意义三题》，《河南教育学院学报（哲学社会科学版）》2003 年第 1 期。

　　⑦ 黄鸣：《上博楚简〈诗论〉在〈诗经〉批评史上的地位》，《学术研究》2002 年第 9 期。

"对诗义的阐释比较客观、对诗的情感把握较为真切；只是到汉代以后，《诗经》才被更多地附会上了历史教化色彩"。周淑舫《〈孔子诗论〉与朱子〈诗集传〉诗学理论的文化传承》① 认为，朱熹《诗集传》在文本体味、创作群体、天性人欲、赋比义释说、意象审美上继承和发展了《孔子诗论》的诗学思想。杜春龙《〈孔子诗论〉与汉四家〈诗〉研究》② 探讨了《孔子诗论》与汉代四家诗在论《诗》方法、论《诗》内容、论《诗》理论等方面的联系与区别。

除了郭店楚简和上博馆藏战国楚竹书外，出土的秦简、汉简以及帛书等也涉及诸多先秦典籍，但在相关的研究中，从这些出土文献进而探讨先秦文学批评思想的著述几乎没有。这方面的研究显然亟待加强。

国外关于中国文学批评史的研究实际上比国内要早。其中以日本学者为代表。例如，铃木虎雄的《中国诗论史》，及其弟子青木正儿的《中国文学思想史》《中国文学概说》等。其中都有关于先秦文学批评思想的探讨。有些观点比中国 20 世纪的诸多文学批评史著述都要先进。例如，《中国诗论史》有"尧舜及夏殷时代""周代"诗论的探讨，尽管材料不多，论述不深，但这种意识显然具有前瞻性。对探讨中国文学批评思想的起源问题有一定借鉴意义。但由于这些著述成书较早，难以运用新发现之地下材料，故其中的片面性可想而知。日本也有许多学者在研究中国的出土文献，如池田知久等关于简帛的研究。但这些研究多以文献研究为主，涉及文学批评思想的研究尚未多见。

二　课题研究意义与主要研究内容

本课题研究力图填补学术研究的某些薄弱环节。从出土文献中探讨先秦时期的文学批评思想，这在学术界尚属于最前沿研究领域。而本课题中的一些研究内容，诸如，殷商时期的诗乐观、中国文学批评思想的萌芽、殷周铜器铭文的文体嬗变及其文体观之发展、周代铜器铭文中的文学批评思想、先秦诗乐的接受与传播、诗歌与历史散文之互动关系以及战国楚地的文学批评思想等，都属于当前出土文献中最新的一些研究领域。本成果所形成的一些

---

① 周淑舫：《〈孔子诗论〉与朱子〈诗集传〉诗学理论的文化传承》，《湖州师院学报》2006 年第 3 期。

② 杜春龙：《〈孔子诗论〉与汉四家〈诗〉研究》，延边大学 2007 年硕士学位论文。

研究结论，在学术界亦具有一定的创新性。这些研究成果无疑会对中国文学史、文学批评史以及学术史的进一步研究产生一定影响。本课题主要在以下几方面做了一些探索和思考：

1. 确立了中国文学批评思想萌芽的时间和地域。关于中国文学批评萌芽问题，实乃中国文学批评史学科发展的根本问题，而之前的中国文学批评史著述几乎都没有探讨这一客观存在的学科基本问题。本成果结合考察出土文献与传世文献，认为中国文学批评思想萌芽于周王室，时间为西周初期，动因是制礼作乐这一新的文化体系发展。

2. 本成果赞同文学批评界关于《诗经》为中国文学批评思想萌芽的标志。但认为这个"萌芽"时间跨度太长，本身可以分成多个发展阶段来研究。按时间段大致可分为西周初期、中期后期和春秋时期等。

3. 从殷商甲骨卜辞中的诗乐活动探讨殷商时期的诗乐观。这是中国文学批评史研究的一个创新点。本成果试图寻找在《诗经》中文学批评思想萌芽之前的一些诗乐批评发展轨迹，力图将中国文学批评思想的发展源头朝前继续推进。

4. 探讨了殷周铜器铭文中蕴含文学批评思想的一些范畴。在已有的中国文学批评史著述中，对先秦时期的文学批评研究几乎没有涉及范畴研究。这是本成果的创新点之一。成果梳理出的蕴含文学批评思想的范畴对考察先秦文学批评思想发展轨迹有重要作用。

5. 探讨了殷周铜器铭文之嬗变及其背后所蕴含的文体观。本成果从叙事模式与叙事内容视角切入，对殷周铜器铭文文体嬗变及其文体观进行剖析。同时亦归纳分析出殷周铜器铭文文体的一些基本类型，并结合传世文献的文体研究话语以及文学史视野下铜器铭文的文体特征等说明殷周铜器铭文丰富类型背后的文体思想。这是一个全新的研究课题，是目前学术研究之最前沿内容。

6. 探讨青铜乐器铭文与先秦诗乐思想的地域特色。通过探析北方山东与南方吴国乐器铭文的思想内涵与相互间异同，探讨先秦时期诗乐的接受与传播问题。同时以"南音"北传为切入点，结合铜器铭文，探讨先秦诗乐传播的具体操作方式，同时考察在这种诗乐传播活动中所呈现的诗乐接受观念，为研究先秦时期不同地域文学批评思想的交融与互动做一些铺垫。

7. 探讨诗与文之间的互动关系。作为典型文学样式的诗歌与历史散文，在文学发展初期存在明显的互动关系。本成果通过金文与《诗经》对比研究，第一次揭示了历史散文与诗歌之间的密切关系，对文体论研究，以及先秦文学思想及文学批评史研究具有一定意义。

8. 探讨楚竹简中所蕴含的文学批评思想。本成果以战国楚竹简为考察对象，探讨了战国时期楚地这个诗学中心的文学批评的具体状况。揭示了战国诗学批评所呈现出的内转特征。以情性范畴和心理批评为研究重点，揭示战国诗学对前代诗学的传承，对两汉以及之后中国文学批评思想的影响。通过对郭店竹简的分析，揭示出以《诗》学批评为主要方式的战国文学批评对战国后期以及西汉初期儒学经典化发展的重要作用。

本课题主要采用"二重证据法"进行研究，将出土文献与传世文献互证，寻找先秦文学批评范畴、理论的生成及演变轨迹。

三　"文学批评"与本课题的研究范围及思路

既然本课题是关于出土文献与先秦文学批评思想的研究，那么，我们就必须首先弄清楚什么是"文学批评"？名不正，则言不顺。章培恒先生说："毫无疑义，中国文学批评史研究的是中国文学批评的历史。然而，什么是中国文学批评？再进一步说，什么是中国文学？倘连中国文学是什么都弄不清楚，当然也就更不会明白中国文学批评是什么。"[1]而事实上，20世纪中国文学批评史领域关于"文学批评"本身就一直存在认识上的分歧，这种分歧从中国文学批评史学科建立一直持续到当前。对"文学批评"持不同的认识，则相应地研究中国文学批评思想时，在方法、材料、评判标准以及理论思想等方面均存在很大差异。例如，同为中国文学批评史研究的大家，朱东润的《中国文学批评史大纲》将诗、文、词以及小说、戏曲批评全部列入考察范围，而郭绍虞的《中国文学批评史》则主要考察诗、文批评，几乎不涉及词论和小说、戏曲批评。当然，这种差异丝毫不影响朱、郭二人在中国文学批评思想研究上的贡献。

文学批评与文学观念的发展演变密切相关，因此，有必要先简单梳理一下20世纪中国"文学"观与"文学批评"观的发展情况，以便确立本课题研究中"文学批评"的内涵与外延。

---

① 朱东润：《中国文学批评史大纲》，上海世纪出版集团，2005年，第2页。

文学是一个历史范畴，不同时期、不同范围、不同的人存在不同的认识。文学观有古、今、中、外之别。中国历史上关于文学观的自觉与大规模深入探讨，实际上是自近代开始的。近代形成的是所谓"中国现代文学观"，而中国现代"文学"观的发生、发展实际上是在西学东渐的背景下发生的。中国现代文学观主要是借鉴西方文学观来审视中国文学发展而生成的，生成时间无疑在近现代。例如，1904 年，林传甲编写了京师大学堂国文讲义《中国文学史》，这是我国第一部文学史。看其中目录便可知其文学观：

第一篇：古文籀文小篆八分草书隶书北朝书唐以后正书之变迁
第二篇：古今音韵之变迁
第三篇：古今名义训诂之变迁
第四篇：古以治化为文今以词章为文关于世运之升降
第五篇：修辞立诚辞达而已二语为文章之本
第六篇：古经言有物言有序言有章为作文之法
第七篇：群经文体
第八篇：周秦传记杂史文体
第九篇：周秦诸子文体
第十篇：史汉三国四史文体
第十一篇：诸史文体
第十二篇：汉魏文体
第十三篇：南北朝至隋文体
第十四篇：唐宋至今文体
第十五篇：骈散古合今分之渐
第十六篇：骈文又分汉魏六朝唐宋四体之别①

如此体例的《中国文学史》，实际上是在中国传统学术的基础上，渗透了一些西方的文学观念。其虽名曰《中国文学史》，实质乃中国学术史，其主体仍然是中国传统学术的内容和体例。这点，作者自己也有明确论述：

每篇自具首尾，用纪事本末之体也，每章必列题目，用《通鉴纲目》之体也。《大学章程》曰："日本有《中国文学史》，可仿其意，自行编撰讲

① 林传甲：《中国文学史》，日本宏文堂印刷，1904 年，第 1~23 页。

授。"按日本早稻田大学讲义，尚有《中国文学史》一帙。①

林传甲的《中国文学史》受日本早稻田大学《中国文学史》的影响是十分明显的。林传甲的这部书都是由日本东京神田表神保町二番地日本宏文堂印刷的。

西学东渐对中国文学观念的影响是十分明显的。又如，1918 年商务印书馆印行的师范学校新教科书《中国文学史》，其中部分章目有"散体文家之分派""骈体文家之分派""诗学名家之类聚""词学名家之类聚""曲家之著作""小说之盛行"。② 显然，这部文学史的文学观念更加西化了，其中诗、词、曲、小说等被认为是纯文学样式，这无疑是西方文学观念影响深入之表现。故陈钟凡 1922 年《中国文学演进之趋势》说："晚近言文学者，莫不谓世界文学之演进，率由讴谣进为诗歌；由诗歌而为散文。今征诸夏文学演进之趋势，其历程亦有可得而言者，其流变之迹，著之于篇——一、原始文学……二、模仿动机……三、自身表现之动机……"。③ 以世界文学发展历程来观照中国文学的发展历史，这是近现代中国较普遍的一种文艺思潮。陈子展 1929 年《中国近代文学之变迁》认为中国近代文学观发展演变的原因在于："一、文学发展上自然的趋势……二、外来文学的刺激……三、思想革命的影响。"④ 特别是其中关于"外来文学的刺激"论述十分详细：

> 中国自与西洋各国交通，屡次为他们所战败后，于是才惊异或健羡他们的兵器，他们的制造，才开始研究他们的制造、格致之学。一时"中学为体，西学为用"的呼声遂遍于国中。后来又看到中国政治的腐败，不及欧美政治的修明，于是政府派遣五大臣出洋考察政治，预备立宪，同时革命党人则发出"革命排满，民主共和"的呼声。到了林纾，以古文家翻译西洋小说，且以为司各德的文学不下于太史公，于是中国才渐渐知道西洋亦有文学，亦有和我国古人所谓"文家之王都"——太史公一样伟大的作家，这是中国认识西洋文学的起点。同时留学西洋的学生研究西洋文学的也渐渐多起来了。王国维批评文艺，便常常引用西洋文学家的话。陈独秀作《现代欧洲

---

① 林传甲：《中国文学史》，日本宏文堂印刷，1904 年，第 23～24 页。

② 张之纯：《中国文学史》，商务印书馆，1918 年，第 9 页。

③ 《文哲学报》第 1 期，中华书局，1922 年。

④ 陈子展：《中国近代文学之变迁》，中华书局，1929 年，第 164 页。

文艺史谭》，便断定今后中国文艺，当趋向写实主义。到了胡适之，遂倡文学革命，作《建设的文学革命论》，揭示"国语的文学，文学的国语"，他因研究过欧洲各国国语文学的历史，更坚定他的这种主张。……我们至少只要看了上文，说是这次文学革命运动的推进，因受了外来文学的刺激而更有力，而更猛烈，谁说不宜？①

陈钟凡、陈子展等学者都亲历过中国近现代文学演进，他们的感受应该比任何人都来得深切。同时期探讨文学观念的著述甚多，如刘师培《论近世文学之变迁》（1907 年）、王国维《宋元戏曲考》及《屈子的文学精神》及红楼梦评论等、郭绍虞《文学观念与其含义之变迁》（1927 年）、陈钟凡《中国文学批评史》（1927 年）、鲁迅《中国小说史略》（1920 年北京大学、北师大讲稿，1923、1924 年出版）、胡适《五十年来中国之文学》（1922 年 3 月纪念《申报》五十周年而作：1872～1922）、钱基博《现代中国文学史》（无锡国专讲义，1932 年由学生集资印刷，此划分杂文学观与纯文学观的思路在 60 余年后的蔡钟翔、蔡镇楚等人的著述中再现）、郑振铎《晚清文选》（论近代散文发展，20 世纪 30 年代）、阿英《晚清小说史》（1937 年）、吴文祺《近百年来的中国文艺思潮》（1840—五四运动，20 世纪 40 年代）等。

中国现代文学观，在东西文化的不断碰撞中发展。19 世纪末 20 世纪初生成，逐渐改变传统的文学观，将小说、诗歌、戏曲、散文等视为文学主要样式。甚至出现刘经庵《中国纯文学史纲》等只研究诗歌、词、戏曲和小说的文学史。刘经庵《中国纯文学史纲》说：

> 文学的定义，无论中外皆有广狭之别。在中国，广义的文学是指一切用文字发表的东西，如政教、礼制、言谈、书简、学术、文艺等，即《释名》所谓"文者会集众字，以成辞义"之意。狭义的文学是指单指描写人生，发表情感，且带有美的色彩，使读者能与之共鸣共感的作品。这样的文学观念，在中国文人中很不多见。有之，要首推南朝的梁氏兄弟为近是。梁昭明以"一事出沉思，义归翰藻"者为文学。梁元帝《金楼子》篇云："吟咏风谣，流连哀思，谓之文。……至如文者：须绮縠纷披，宫徵靡曼，唇吻遒会，情灵摇荡。"这可称为中国文人中最早认识文学者！
>
> 在外国，英国文学家庞科士（Pan Coast）说："文学有二义：一则统包

---

① 陈子展：《中国近代文学之变迁》，中华书局，1929 年，第 167 页。

字义，凡由字母发为记载，可以写录，号称书籍者，皆为文学——是为广义。一则专为述作之殊名，惟宗主情感，以娱志为归者，如诗歌、历史、传记、小说、评论，乃足以当之——是为狭义。"戴昆西（De. Quincey）亦说："文学之别有二：一属于知，一属于情。属于知者，其职在教，——是为广义。属于情者，其职在感——是为狭义。"又说："与人以魔力者（用在感人），则为文学；与人以知识者（用在教人），则非文学。"这样，一般治文学的人，当舍广义的而取狭义的，庶不失于庞杂，侵占了别的学科的园地。①

显然，选择纯文学观，亦只是部分学者的有意而为之。但问题是：中国古代有没有纯文学观？割裂出纯文学观和杂文学观以及纯文学作品和杂文学作品是否符合中国古代文学发展的实际，是否合理？一个集经学家、纯文学家和杂文学家于一身的古代学者在从事三种不同著述创作时是否能自觉意识到用不同文学观来实现身份转换，或者根本就不存在转换？《孔子诗论》的"乐亡离情"；《毛诗序》的"情动于中而形于言"；陆机的"诗缘情"，刘勰的"为情造文"等等，难道这些"情"只局限于纯文学作品吗？因此，我们也很有必要考察一下中国古代文学观的演进状况。

就"文学"在先秦时期的演进来看，其发展脉络却是比较清晰的。请看傅庚生《中国文学批评通论》第一章"文学的义界"中的考察：

> "文"之本义与引申义——先秦时文学之观念——两汉"文学"与"文章"之分——六朝"文笔"之辨与文质兼重——文学观念之进步——唐宋复古与文学观念之漫漶——"明道"与"载道"——人文之发展与文学之认识——近世文学之义界——文学之四要素与文学定义——昔日论文者之意见偶同今解举例
>
> 《易·系辞传》云："道有变动，故曰爻；爻有等，故曰物；物相杂，故曰文；文不当，故吉凶生焉。"《说文解字》云："文，错画也，象交文。"《释名·释言语》云："文者，会集众采以成锦绣，会集众字以成词谊，如文绣然也。"《广雅·释诂》云："文，饰也。"是饰藻杂采为文之本义，而组字成章，为其引申义也。②
>
> 先秦之时，"文学"一词，涵义极广。《论文·学而篇》云："子曰：弟子入则孝，出则弟。谨而信，泛爱众而亲仁。行有余力，则以学文。"《公冶

---

① 刘经庵：《中国纯文学史纲》，北平书店，1935 年，第 1 页。
② 傅庚生：《中国文学批评通论》，商务印书馆，1947 年，第 1~2 页。

长篇》云："子贡曰：夫子之文章，可得而闻也；夫子之言性与天道，不可得而闻也。"《雍也篇》云："子曰：君子博学于文，约之以礼，亦可以弗畔矣夫。"《述而篇》云："子以四教：文、行、忠、信。"凡所称"文"与"文章"，盖指一切经籍言之也。又《先进篇》云："子曰：'从我于陈蔡者，皆不及门也。'德行，颜渊、闵子骞、冉伯牛、仲弓；言语，宰我、子贡；政事，冉有、季路；文学，子游、子夏。"邢昺疏云："若文章博学，则有子游子夏二八也。"以"文章"与"博学"分释"文""学"二字，析之为两，有增字解经之嫌。其实孔子论"文"，多指典籍而言，合于邢氏"博学"一义，"文学"亦犹"文"耳；独于论"时"辄似合于邢氏"文章"一义，亦差近于今世之所云文学也。

自兹厥后，诸子争鸣，对于文学之观念，终无二致。《荀子·大略篇》云："人之于文学也，犹玉之于琢磨也。《诗》云：'如切如磋，如琢如磨。'谓学问也。和之璧，井里之厥也，玉人琢之，为天下宝。子赣季路，故鄙人也，被文学，服礼义，为天下列士。"《墨子·非命篇》云："子墨子言曰：凡出言谈，由文学为之道也，则不可不先立仪法。若言而无仪，譬犹立朝夕于圆钩之上也，则虽有巧工，必不能得正焉。"《韩非子·六反篇》云："学道立方，离法之民也，而世尊之曰文学之士。"凡所云"文学"，仍属概括一切道术言之。

很明显，先秦"文学"观的源头在"文"的观念中。而且，在中国古代的很长时期，"文"均作为一个独立的词汇被广泛运用。其中很多时候的"文"显现着强烈的现代文学观之色彩。例如，《左传》僖公二十四年载子犯曰："吾不如（赵）衰之文也，请使衰从。"《汉书·扬雄叙传》："渊哉若人，实好斯文。初拟相如，献赋黄门。"《后汉书》创立《文苑传》，其中的"文"多指诗赋。以及魏晋南北朝时期"文笔说"中的"文"等等。显然，无论"文"或"文学"在先秦以及之后的不同时期中，均有不同内涵。但其中某些内核却一直被不断传承着，直至现代。

我们也不难发现，中国古代的文学观，一直就不是一种单纯的观念。因此，以纯文学观或杂文学衡量之，似乎都不太恰当。朱自清《评郭绍虞〈中国文学批评史〉上卷》说：

书中用到西方分类的地方并不多，如真善美三分法（六三、一八九面），各类批评的名称（一〇三面）偶尔涉及，毋庸深论；只有纯文学、杂文学二分法，用得最多，却可商榷。"纯文学"、"杂文学"是日本的名词，大约从DeQuincey的"力的文学"与"知的文学"而来，前者的作用在"感"，后者的作用在"教"。这种分法，将"知"的作用看得太简单（知与情往往不能相离），未必切合实际情形。况所谓纯文学包括诗歌小说戏剧而言，中国小说戏剧发达得很晚；宋以前得称为纯文学的只有诗歌，幅员未免过窄，而且，这里还有一个问题，汉赋算不算纯文学呢？再则，书中说南北朝以后"文""笔"不分（一四一面），那么，纯与杂又将何所附丽呢？书中明说各时代文学观念不同，最好各还其本来面目，才能得着亲切的了解。以纯文学、杂文学的观念介乎其间，反多一番纠葛。又书中以魏晋南北朝的文学观念与我们相同，称为"离开传统思想而趋于正确"。这里前半截没有什么问题，后半截以我们自己的标准，衡量古人，似乎不太公道。各时代的环境决定个时代的正确标准，我们也是各还其本来面目的好。①

显然，朱自清很早就注意到了以纯文学或杂文学观衡量中国古代文学的问题所在。这个问题，似乎不仅在20世纪三四十年代存在，而且一直持续到当前的中国文学史与中国文学批评史撰述中。蔡钟翔等著《中国文学理论史》说：

> 一切文学理论体系的建立，首先都要回答什么是文学。从古至今的中国文学理论，使用过两种不同的文学观念，建立了两个不同的范畴体系，经历了两个不同的发展时期，而"五四运动"前后发生的新文学运动，则大体上可以作为历史的分界。我们这里说中国文学理论是以杂文学观念为基础建立起来的范畴体系，是指从周秦以迄清末，中国文学理论范畴体系所具有的民族的历史的特征。从孔子以礼乐刑政为文到章炳麟"以有文字著于竹帛，故谓之文；论其法式，谓之文学"（《国故论衡文学总略》）。中国文学理论的范畴体系，始终是在杂文学观念的基础上演变的。②

显然，作为中国文学和中国文学批评思想发展初期的先秦时期，其文学观念无疑是典型的杂文学观。但即使同为杂文学观，先秦时期与明清时期的内涵自然不一样，而即使在先秦这个漫长的历史时期，各阶段的杂文学观自然也有区别，殷商与西周，西周与春秋，春秋与战国自然也应该各有特点。

---

① 　王丽丽：《朱自清学术文化随笔》，中国青年出版社，2000年，第108页。
② 　蔡钟翔、黄保真、成复旺：《中国文学理论史（一）》，北京出版社，1987年，第30页。

不同时期的文学批评，其范畴、理论及方式等都不一样。而且，不同时期的文学样式各异，每个时期有其主流的文学形式，相应的文学批评思想内涵也不一样。从殷商到西周再到春秋战国，文学的主要样式有诗歌、音乐、舞蹈以及历史散文等，这些文学样式也就是文学批评的主要对象。以诗乐为主体的礼乐文化，其批评思想的发展有其特殊性，即文学批评与政治批评、人物品评、文化批评等有时是有机融合在一起的，很难截然分开，很难分离出单纯的文学批评，因此，这个时期的文学批评不得不相对宽泛。诗乐舞合一时代的文学批评显然与诗乐分离后的文学批评无论从形式和内涵上都不一样。诗乐的分离，导致文学解读与批评的巨大变革。如从六诗到六义的演变，从观乐到说诗的嬗变，从赋诗言志到作诗抒情的变化等等。我们不能说，后面时代的是文学批评，而前面时代的就不是文学批评，因为，不同时期的文学，其内涵是不一样的。文学是一个历史范畴，若以今律古，则除当代文学批评之外的文学批评就都不是文学批评了，因为当代的文学观念是不同于历史上任何一个时期的文学观念的。因此，朱自清的"最好各还其本来面目"一语，无疑是十分中肯的。中国古代文学观有其自己的形态和演变轨迹，这是由中国古代社会制度与历史文化所决定，它只属于这一个，而非简单能以西洋文学观包罗或解构之。特别是中国礼乐文化体系的诗、乐、舞合一等基本特征，更是决定了中国文学观与西洋文学观的本质差异，这是不同民族文化的相异性使然。以西律中，或以今律古似乎都有些不太恰当。

当然，正如刘经庵《中国纯文学史》所言，西洋文学观也有广狭和纯杂之说。例如，20 世纪 40 年代末，韦勒克、沃伦《文学理论》第二章"文学本质"说：

> 什么是文学？什么不是文学？什么是文学的本质？这些问题看似简单，可是难得有明晰的解答。
>
> 有人认为凡是印刷品都可称为文学。那么，我们可以去研究"14 世纪的医学"、"中世纪早期的行星运行说"或者"新老英格兰的巫术"。正如格林罗所主张的"与文明的历史有关的一切，都在我们的研究范围之内"；我们"在想法理解一个时代或一种文明时，不局限于纯文学，甚至也不局限于付印或未付印的手稿"。根据格林罗的理论和许多学者的实践，文学研究不仅与文明史的研究密切相关，而且实际和它就是一回事。在他们看来，只要研究的内容是印刷或手抄的材料，是大部分历史主要依据的材料，那么，这种研究就是文学研究。……

　　还有一种给文学下定义的方法是将文学局限于名著的范围之内，只注意其"出色的文字表达形式"，不问其题材如何。……大部分的文学史著作确实讨论了哲学家、历史学家、神学家、道德家、政治家甚至一些科学家的事迹和著作。……"文学"一词，如果限指文学艺术，即想象性的文学，似乎是最恰当的。当然，照此规定运用这一术语会有某些困难；但在英文中，可供选用的代用词，不是像"小说"、"诗歌"那样意义比较狭窄，就是像"想象性的文学"或"纯文学"那样显得十分笨重和容易引人误解。有人反对应用"文学"这一术语的理由之一就在于它的语源暗示着"文学"仅仅限指手写的或印行的文献，而任何完整的文学概念都应包括口头文学。①

　　显然，西方的文学观也并非就只是纯文学观，且西洋文学观也一直在不断发展之中。不同时期不同人认识也很不一致，诸如"具有自我价值并被记录下来的言语"（托马舍夫斯基《诗学》），"文学是能动的语言结构"（图尼亚诺夫《文学事实》），"没有比文学更模糊的词了，这词用在各种场合，其语文内容极丰富又极不一致。要给出一个单一的、简短的文学的定义实际上是不可能的"（法国社会学家埃斯卡皮《文学和社会》），"在目前说文学不是什么倒更容易些"（英国文体学家查普曼《文学和社会》）。② 伊格尔顿《文学理论导读》绪论部分的"何谓文学"甚至说：

　　　　我使用"文学的"（literary）或"文学"（literature）字眼时，是将它们放在隐形的叉号之下，意指这些术语并非真正适用，不过目前我们没有更好的字眼。

　　显然，无论古今中外，文学观都处在不断发展演变之中。特别是新时期以来，文学观念更是呈现出丰富多样的特点。"新时期以来，人们广泛地思考着文学观念的涵义，……有从各种哲学观念，如主体论、现象学、表现主义、直觉主义、心理哲学、存在主义、西方马克思主义、语言哲学等方面来界定文学的；有从认识论、体验论、修辞论，来探讨文学的涵义的；有从文化、文艺思潮，如弗洛伊德主义、现代主义、形式主义、结构主义、阐释学、接受美学、后现代主义、新历史主义、后殖民主义、女权主义、生产论等学说，来描述文学本质；有从作品本身的不同层次如结构、语义、意象、修辞、象

---

① ［美］勒内·韦勒克、奥斯汀·沃伦：《文学理论》，江苏教育出版社，2005 年，第 9 页。
② 王先霈、王又平：《文学批评术语词典》，上海文艺出版社，1999 年，第 135 页。

征、隐喻，来界定文学。确实，文学观念上一旦突破'意识形态'说，对意识形态进行去蔽，它的多种形象就呈现出来，它的多种涵义就显得丰富起来，并在各个不同层次上展现自身而显得琳琅满目。这样，我们看到，有多少种哲学、观点、方法，就有多少种文学观念。"①

而我们无论以后世的何种文学观去研究先秦出土文献中的文学批评思想似乎都不太妥当。我们只有回到出土文献发生时代的文化背景中，用一种客观实在的态度陈述事实。"还其本来面目"似乎是最恰当的选择。

相应地，文学批评的范围就不应该只局限于纯或杂文学之中，应该根据出土文献中所呈现的"文学"观的客观状态来研究之。出土文献也不是一时一地之物，其中文学观自然也会相应呈现出不同形态。因此，文学批评的范围应当相应宽泛。事实上，"文学批评"一词本为舶来品。朱自清在评论郭绍虞《中国文学批评史》上卷时也说：

> "文学批评"一语不用说是舶来的。现在的学术趋势，往往以西方观念（如文学批评）为范围去选择中国的问题，姑无论将来是好是坏，这已经是不可避免的事实。②

罗根泽《周秦两汉文学批评史》第一章第二节"文学批评界说"说：

> 近来的谈文学批评者，大半依据英人森次巴力（Saintsbury）的文学批评史（The History of Criticism）的说法，分为：主观的、客观的、归纳的、演绎的、科学的、判断的、历史的、考证的、比较的、道德的、印象的、鉴赏的、审美的十三种。依我看是不够的。按"文学批评"是英文 Literary Criticism 的译语。Criticism 的原来意思是裁判，后来冠以 Literary 为文学裁判，又由文学裁判引申到文学裁判的理论及文学理论。文学裁判的理论就是批评原理，或者说批评理论。所以狭义的文学批评就是文学裁判；广义的文学批评，则文学裁判以外，还有批评理论及文学理论。③

但这些界说，实际上更多的是针对传世文献而言。特别对于文学批评思想发展的初始阶段，罗根泽所谓的"广义的文学批评"或"狭义的文学批

---

①　钱中文：《新理性精神文学论》，华中师范大学出版社，2000年，第116页。
②　王丽丽：《朱自清学术文化随笔》，中国青年出版社，2000年，第108页。
③　罗根泽：《周秦两汉文学批评史》，商务印书馆，1947年，第3页。

评"有时候都不适合。因此本课题的"文学批评"理应根据先秦文化发展特点以及出土文献的实际情况确立自己的研究范围。

我们考察文学观和文学批评观的发展线索，目的是要解决两个问题，即本课题的文学批评思想到底研究什么和如何研究。研究什么的问题，若从大的方面看，实质涉及了中国近百年来文学批评的理论思辨和研究实践。而从小的方面看，直接关系到本课题研究的具体对象，即出土文献中的哪些内容属于"文学批评"，应该探讨，而哪些内容不属于"文学批评"，不应该探讨，这显然是一个课题展开所必须解决的最基本的问题。章培恒先生说："与文学史研究领域内的这种认识上的歧异有关，在文学批评史领域内，也存在着把什么作为中国文学批评史的研究对象和在研究对象中注重哪些方面的问题。"① 而研究什么的问题，无疑在 20 世纪众多中国文学批评史著述中也是各不相同，采取哪一种判断标准无疑都有其合理性，也都有其局限性，这是从西方移植文学批评思想理论来审视中国传统文学的必然结果。当然，不同时代不同研究者，乃至同一时代不同研究者对这一问题的解答肯定也不尽一致。我们大体上采用杂文学观念去探讨分析出土文献中的文学批评思想，同时考虑到先秦，特别是萌芽时期中国文学和文学批评的特殊性，诸如诗乐舞合一，文史哲之间没有截然之界限，以及文学批评往往与道德评判、政治批判、人物心理评析、审美批评以及文化批评的杂糅等，在探讨出土文献中文学批评的理论与范畴时，在一定程度上作了适当拓展。凡是与后世典型文学批评理论及范畴存在或多或少联系的，或者在某种意义上蕴含后世文学批评理论及范畴因素的，我们都纳入考察分析之范围。而不是局限于以后世乃至当代文学批评所拥有的理论和范畴去衡量之，再说，这种衡量方式似乎对于萌芽时期的文学批评思想也毫无意义。刘明今先生说："宋司马光于《答孔文仲司户书》云：'古之所谓文者，乃诗书礼乐之文，升降进退之容，弦歌雅颂之声，非今之所谓文也。今之所谓文者，古之辞也。孔子曰：'辞达而已矣。'明其足以通意斯止矣，无事于华藻宏辩也。'他指出古代文与辞的观念有差别：辞表现为'华藻宏辩'，属于纯然的形式之美；文则不然，概指诗书礼乐的整体，如礼之升降进退，乐之弦歌雅颂。这是一种典型的以文化为文的观念，本着这样的观念进行文学批评，可称之泛文化批评。它产生于先秦，对后世文学批评的展开有着深

---

① 朱东润：《中国文学批评史大纲》，上海世纪出版集团，2005 年，第 3 页。

远的影响。"① 因此，本课题所采用的"文学批评"是一种广义的相对宽泛之概念，是针对萌芽时期文学批评思想研究所使用的一种特殊意义上的具有探索性质的学术研究术语，其并不等同于后世狭义的文学批评概念。

至于如何研究的问题，很多研究中国文学批评思想的前辈学者都曾经思考过。朱东润先生说："什么是文学批评？什么不是文学批评呢？在取材的时候，不能不有一个择别，择别便是判断，便不完全是史实的叙述。在叙述几个批评家的时候，不能不指出流变，甚至也不能不加以比较，这也是判断，更不是史实的叙述。文学批评史的本质，不免带有一些批评的气息。"② 因此，我们主张"最好各还其本来面目"研究出土文献中的文学批评思想，实质上正如朱东润先生所说，是尽量保持一种史实的叙述态度，根本目的是力图尽量还原出土文献发生的那个时代环境，以当时的主体价值标准为依据分析出现的各种文学批评思想现象、产生的原因以及对于当时文化建构的意义，而不是刻意地用我们现在的文学批评标准和理论去衡量古人，否则有失公允。当然，也诚如朱东润先生所说，有时不免有些主观评判，虽然不可能以今律古，但事实上也不可能完全做到以古证古，而分析、归纳的方式与方法以及逻辑结构关系的运用，仍然是建立在现代学科科学性的基础之上。我们在这种回归性的分析研究中，离析出与后世中国文学批评思想发展密切相关并产生重要影响的理论和范畴，为中国文学批评的新发展提供营养和血液。"我们使之现代转换，给以现代阐释，目的在于把它视为丰富的宝库，从中分离出那些具有生命力的东西，激活那尚未死去的东西"。③

鉴于先秦文学观和文学批评实践的特殊性，本课题对于下列思想资料，均列入探讨范围：

其一，凡论"文"之范畴者。正如吾师顾易生先生所说："这'文'也许概指'凡可观可象，秩然有章者'，也许统称文化学术、文字书写的书籍文献，其中自然也包括近代意义上的文学。"④ 现当代中国文学史和文学批评史著述，多将文学观念的生成溯源至"文"的字源意义中。在某种意义上而言，"文"之内涵的演变即为中国古代文学观念之演变。这也是中国文学和文学批

① 刘明今：《方法论》，复旦大学出版社，2000年，第3页。
② 朱东润：《中国文学批评史大纲》，上海世纪出版集团，2005年，第5页。
③ 钱中文：《文学理论：在新世纪的晨曦中》，载《新中国文学理论50年》，安徽大学出版社，2000年，第4页。
④ 顾易生、蒋凡：《先秦两汉文学批评史》，上海古籍出版社，1990年，第3页。

评思想发展的客观事实，故凡出土文献中涉及"文"之范畴者，我们将之列入探讨范围。

其二，凡论情性等心理范畴者。情性是中国文学批评思想的核心范畴，直接涉及情性的思想材料自然可以归属于文学批评思想之范围，而与情性紧密相关的心理范畴，因其蕴含强烈的文学批评思想内涵，且对后世文学批评发展产生深远影响，故此也列入探讨范围。

其三，凡涉及人物品评者。人物品评，属于中国文学批评的重要内容，在中国文学批评中，人品往往与文品密切联系在一起。诸如孔门的中庸思想和文质彬彬说、两汉时期的屈原评论、魏晋南北朝时期的建安七子论、应劭《人物流别志》以及明代前后七子论等等，其中均蕴含强烈的人物品评思想。但后世文学批评中的人物品鉴之风是渊源有自的，其源头无疑可以溯源至先秦，特别是殷周时代铜器铭文中的人物品评。虽然殷周铜器铭文中的人物品评不属于直接的文学批评活动，但其为后世文学批评在批评方法与范畴以及品评标准等方面奠定了重要基础，蕴含浓郁的文学批评思想内涵，故此列入探讨范围。

其四，凡论说诗歌、音乐与舞蹈者。先秦时期，诗乐舞合一，凡乐论、诗论及舞论实乃三位一体，其中任何一种思想观念都在不同程度上涉及文学批评思想。

其五，关于铭文文体研究。铜器铭文是先秦出土文献的重要内容，其时间跨度很大，其中铭文文体呈现出前后不同的演变轨迹。铜器铭文的文体比较丰富多样，研究铜器铭文文体多样性的发展状况，实际上就揭示了蕴含在这种文体发展演变背后强烈的文体观念。

其六，其他关于文化制度内容等与文学批评思想发展有一定关系的。诸如金文中所蕴含的与《诗经》相同的内容，虽非直接论述文学批评，但就诗、文关系研究而言，对研究这两种文学体裁之互动、各自的发展演变以及当时人们的诗文观念无疑有重要意义，故亦列入考察范围。

韦勒克说："我们还必须认识到，艺术与非艺术，文学与非文学的语言用法之间的区别是流动性的，没有绝对的界限。美学作用可以推展到种类变化多样的应用文字和日常言词上。"① 这用在先秦出土文献与文学批评思想研究上无疑是再恰当不过的了。

---

① ［美］勒内·韦勒克、奥斯汀·沃伦：《文学理论》，江苏教育出版社，2005 年，第 14 页。

第一章　甲骨卜辞与殷商时期的诗乐思想^①

《礼记·郊特牲》云："殷人尚声。"殷商时期，诗乐发展应该十分繁荣。但传承至后世的殷商诗乐形式却并不多，而且，对殷商时期诗乐的体制与结构，以及诗乐具体的开展情况，在传世文献中亦多语焉不详。20世纪以来，随着殷商甲骨卜辞的出土，人们逐渐认识到殷商时期诗乐发展的真貌，对"殷人尚声"也开始有了真切直观的感受。诗乐繁荣局面的形成，其背后自然应该有一定的诗乐理论在起作用。通过对殷商甲骨卜辞的探析，在一定程度上我们可以认知殷商时期诗乐思想的发展水平。

第一节　从甲骨卜辞看殷商时期的诗乐活动

殷商甲骨卜辞中，关于诗乐活动的记载很多，主要表现在如下几个方面：

一、求雨仪式中的诗乐活动

求雨是甲骨卜辞记载最多的内容之一。殷商时期旱灾发生十分频繁，这对于逐渐定居且以农业生产为主要手段的殷商部族无疑是最大的问题之一，故卜辞中求雨内容不少。求雨往往伴随着十分丰富的诗乐活动，诗乐是殷商求雨仪式中不可或缺的有机组成部分。卜辞求雨仪式中的诗乐活动又有下列表现：

1. 奏舞
例如：

《合》^② 12818：丙辰卜，贞今日奏舞有从雨。

---

① 此章内容发表于淮阴师范学院学报，2009年，第3期。
② 本文引用《甲骨合集》释文主要参考胡厚宣：《甲骨文合集释文》，中国社会科学出版社，1999年；姚孝遂、肖丁：《殷墟甲骨刻辞摹释总集》，中华书局，1988年。

《合》12819：庚寅卜，辛卯奏舞雨。

□辰奏（舞）雨。

庚寅卜，癸巳奏舞雨。

庚寅卜，甲午奏舞雨。

《合》12820：乙未卜，今夕奏舞有从雨。

《合》12821：乙酉卜奏舞……

《合》12822：卜，奏舞雨。

《合》12827：丙辰卜，今日奏舞有从雨。

《合》12978：乙巳卜，今日奏舞允从雨。

《合》14755 正：贞翌丁卯奏舞有雨。

《合》31024：己未卜贞…奏舞至甲子…

《英国所藏甲骨集》1282：甲辰卜翌乙巳我奏舞至于丙①

《英国所藏甲骨集》1285：…亥卜…奏舞…

据上可知，殷商卜辞凡言求雨则必"奏舞"。姚孝遂、肖丁《小屯南地甲骨考释》（以下简称《考释》）说："卜辞凡言'奏'，多与乐舞有关。而古代祭祀，每每以乐舞为其主要仪式。"② 为何古代祭祀每每以乐舞为其主要仪式呢？这当然是为了娱神的需要。殷商时期，已经出现了主宰一切的天神，卜辞中多以"帝"称之。这个"帝"不但司掌自然界的风雨云雷，而且掌控着人间祸福。故商人常乞福于上"帝"，而且以十分隆重的乐舞仪式来娱悦之，以祈求风调雨顺。也正是这个上帝主宰着降雨与否。例如，《合》900 正："自今庚子（至）于甲辰帝令雨。""至甲辰帝不其令雨。"《合》5658 正："丙寅卜，争，贞今十一月帝令雨。""贞今十一月帝不其令雨。"《合》10976 正："辛未卜，争，贞生八月帝令多雨。""贞生八月帝不其令多雨。"

既然是否降雨皆由帝来决定，则这个帝理当受殷人祈祷。而乐舞无疑又是最好的祈求手段，故《周礼·大司乐》云："乃奏黄钟、歌大吕、舞云门以祀天神。"又孔颖达疏曰："据堂上歌诗，合大吕之调，谓之歌者。……襄四年，晋侯飨穆叔，云奏《肆夏》，歌《文王》、《大明》、《绵》，亦此类也。"③

---

① 姚孝遂、肖丁：《殷墟甲骨刻辞摹释总集》，中华书局，1988 年，第 1076 页。

② 姚孝遂、肖丁：《小屯南地甲骨考释》，中华书局，1985 年，第 5 页。

③ 阮元：《十三经注疏》，中华书局，1980 年，第 788 页。

因此，卜辞的"奏舞"并非单纯的音乐活动，而是诗、乐、舞合一的综合艺术。

"奏舞"在西周初期得到继承和发展。例如，《逸周书》卷六《本典解》第五十七：

> （周公曰：）"古之圣王，乐体其政，士有九等，皆得其宜曰材多；人有八政皆得其则曰礼服。士乐其生而务其宜，是故奏皷以章乐，奏舞以观礼，奏歌以观和。礼乐既和，其上乃不危。"王拜曰："允哉！幼愚敬守，以为本典。"①

此段材料中有"奏鼓"、"奏舞"、"奏歌"，析言有别，散言则通。可知，"奏舞"实际上是包括音乐、舞蹈与诗歌的。"奏舞"所体现的诗乐观有二，一是"乐体其政"。陈逢衡注云："乐体其政，谓作乐以象其功德。"② 因此，可以断定，卜辞求雨之"奏舞"，当有歌功颂德的内容；二是"礼乐以和"。陈逢衡注云："舞有文舞、武舞，奏舞以观礼，如季札见舞韶舞之类。"③《韶舞》者，舜乐。《尚书·尧典》载帝舜命夔典乐，其终极目的乃"神人以和"。故知卜辞求雨之"奏舞"所追求的实乃人与天帝之和谐。《逸周书·本典》载有召公云"武考"，周公云"文考"，则知此当为周初之事，且上引材料乃周公对成王语。而周公是殷周之际重要历史人物，其中的"奏舞"所体现的诗乐思想无疑具有浓郁的殷商色彩。

2. 万舞

"万舞"在卜辞中主要表现于三个方面。

其一，求雨。如，

《合》28180：王其乎戍𪔂盂又雨。吉。

惟万𪔂盂田又雨。吉。

《合》30028：惟万乎𪔂又大雨。

惟戍乎𪔂又大雨。

《合》30041：于翌日丙𪔂又大雨。吉

---

① 黄怀信、张懋镕、田旭东：《逸周书汇校集注》，上海古籍出版社，2007年，第756页。

② 黄怀信、张懋镕、田旭东：《逸周书汇校集注》，上海古籍出版社，2007年，第756页。

③ 黄怀信、张懋镕、田旭东：《逸周书汇校集注》，上海古籍出版社，2007年，第756页。

《合》31032：王其呼万舞于…吉。

《合》31033：叀万舞。大吉

《小屯南地甲骨》（下简称《屯》）825：万舞其…

其二，求不遘雨。

《合》3013：（1）王又飨。

（2）万其奏，不遘大雨。

（3）其遘大雨。

《合》31025：……王其呼万奏……

"万舞"既可用于求雨，又可用于求不雨。用在求雨方面，自然与农事密切相关，尤其是殷商时期旱灾时有发生，故需以万舞求雨。而求不遘雨，主要与田猎有关，君王外出行猎当然不希望逢雨。例如，《合》28514："戊王其田湄日不遘大雨。"《合》28545："……今日壬王其田不遘大雨，大吉。"

同样是"万舞"，为什么既可用于求雨？又可用于求不雨呢？可能在祈求不同目的时，"万舞"的形式与内容有所区别。例如，求雨时，卜辞称之为"万舞"或"万呼舞"，而求不雨时，卜辞则称之为"万其奏"。表述上略有差异，二者之间似乎存在一定区别。《史记·儒林列传》说董仲舒"以《春秋》灾异之变推阴阳所以错行，故求雨闭诸阳，纵诸阴，其止雨反是"。[①] 据此推断，殷商时期，以万舞求雨和止雨的思路大概与董仲舒的手法无异。万舞本身可能包含阴阳两方面内容，在用于求雨和止雨的不同场合，或闭阳纵阴，或纵阳闭阴，故一套诗乐衍生出两套话语。

其三，求无灾。如，

《合》28461：（1）今日辛王其田亡灾。

（2）呼万舞。

《合》31032：王其呼万舞……吉

《合》31033：（1）甲午……

（2）叀万舞。大吉

避凶趋吉乃占卜的终极目的。据以上卜辞，万舞也是殷商时期祈求吉利，

---

① 司马迁：《史记》，中华书局，1959 年，第 3128 页。

被除灾祸的重要手段。

那么，万舞到底是一种什么性质的乐舞呢，其形式与内容又如何？对此卜辞却言之不详。因为万舞这种诗乐形式在商以降得到了充分的继承与发展，因此，欲知万舞之具体内容，可以据后世文献来考证之。

先秦文献中多有言万舞者。主要材料如下：

《邶风·简兮》：简兮简兮，方将万舞。日之方中，在前上处。硕人俣俣，公庭万舞。有力如虎，执辔如组。左手执龠，右手秉翟。

《商颂·那》：猗与那与，置我鞉鼓。奏鼓简简，衎我烈祖。汤孙奏假，绥我思成。鞉鼓渊渊，嘒嘒管声，既和且平，依我磬声。于赫汤孙，穆穆厥声。庸鼓有斁，万舞有奕。我有嘉客，亦不夷怿。自古在昔，先民有作。温恭朝夕，执事有恪。顾予烝尝，汤孙之将。

《鲁颂·閟宫》：秋而载尝，夏而楅衡，白牡骍刚。牺尊将将，毛炰胾羹，笾豆大房。万舞洋洋，孝孙有庆。

《左传》隐公五年：九月，考仲子之宫。将万焉。公问羽数于众仲，对曰："天子用八，诸侯用六，大夫四，士二。夫舞所以节八音，而行八风，故自八以下。"公从之。于是初献六羽，始用六佾也。

《左传》庄公二十八年：楚令尹子元欲蛊文夫人，为馆于其宫侧，而振万焉。夫人闻之，泣曰："先君以是舞也，习戎备也。今令尹不寻诸仇雠，而于未亡人之侧，不亦异乎！"御人以告子元。子元曰："妇人不忘袭雠，我反忘之！"

《春秋》宣公八年夏六月：壬午，犹绎，万入去籥。《公羊传》：绎者何？祭之明日也。万者何？干舞也。籥者何？籥舞也。其言万入去籥何？去其有声者，废其无声者，存其心焉尔。存其心焉尔者何？知其不可而为之也。犹者何？通可以已也。

据上可知，先秦传世文献或言"万舞"，或言"万"，二者所指实质是一样的。从上引六则材料看，使用万舞的地区有：邶、殷商王室、鲁国、楚国。《商颂·那》毛序云："祀成汤也。微子至于戴公，其间礼乐废坏。有正考甫者，得《商颂》十二篇于周之大师，以《那》为首。"[①]《国语》所载与此同。则可以断定，《那》为殷商时期的诗歌，乃商王室用来祭祀成汤的篇

① 阮元：《十三经注疏》，中华书局，1980年，第620页。

章。其所言"万舞"与甲骨卜辞所记的万舞应是完全一致的。邶为殷商故都，其诗歌自然属于殷商文化体系，故《简兮》所言"万舞"也当与卜辞"万舞"无异。鲁国在周代拥有天子礼仪，其存有历代乐章是十分正常的。《左传》载襄公二十九年季札于鲁观乐，其中便有舞《大武》（武王乐）、舞《韶濩》（殷汤乐）、舞《大夏》（禹乐）、舞《韶》（舜乐）四代之乐，则鲁国拥有殷商万舞也是理所当然的。楚文化本身具有强烈的殷商文化特征，尤其是近年在楚地出土的大量殷商时期青铜器，充分说明了楚文化与殷商文化的密切关系。楚国拥有万舞当是渊源有自的，源头应该就是卜辞所载之万舞。

先秦传世文献里的万舞皆源自殷商卜辞所载之万舞。因此，欲探究卜辞万舞之具体情况，可以据这些传世文献来据流探源。

首先，我们来看万舞的基本性质。关于此点，后人主要有两种说法。一种以《公羊传》为代表，认为万舞属干舞，是一种武舞。《公羊传》宣公八年何休注云："干，谓楯也。能为人扞难而不使害人，故圣王贵之以为武乐。万者，其篇名，武王以万人服天下，民乐之，故名之云尔。"① 郑玄也是持这种观点，《简兮》郑笺："万舞，干舞也。"② 《鲁颂·閟宫》笺同。干舞与籥舞相对，干舞属武舞，而籥舞属文舞。二者的形式与内容都是不同的。《礼记·明堂位》"朱干玉戚，冕而舞《大武》"，③ 演奏武舞时舞者手持红色的盾牌与玉做的斧头。《周礼·籥师》"教国子舞羽吹籥"，④ 羽、籥乃文舞主要相配之物。叶梦德《春秋考》卷十四：

> 舞有武舞，有文舞。干舞，武舞也。干，楯也；戚，斧也。左手执楯，右手执斧，以象武事者也。羽舞，文舞也。《诗硕人》所谓"左手执籥，右手秉翟"者也。籥者，吹之以节舞，而翟则，羽也。《舜典》言"舞干羽于两阶"者以征有苗，言之故用武也。古者为此二舞，各随其乐之所作。乐象武功，则舞以武舞。《明堂位》言"朱干玉戚，冕而舞《大武》"是也。乐象文德，则舞以文舞。《皮弁》"素积褐而武《大夏》"是也。六代之乐有分而用之者，有合而用之者。分而用之，则或以武舞或以文舞，不兼备。合而

① 阮元：《十三经注疏》，中华书局，1980 年，第 2281 页。
② 阮元：《十三经注疏》，中华书局，1980 年，第 308 页。
③ 阮元：《十三经注疏》，中华书局，1980 年，第 1489 页。
④ 阮元：《十三经注疏》，中华书局，1980 年，第 801 页。

用之，则文武迭用谓之偏舞。王子颓飨五大夫，乐及偏舞是也。而武舞亦或谓之万舞。诗言"公庭万舞"、"万舞洋洋"、"万舞有奕"之类是也。

另一种观点以吕祖谦为代表，认为万舞乃文、武二舞之总名，其中包括干、籥二舞。《吕氏家塾读诗记》卷四：

> 万舞，二舞之总名也。干舞者，武舞之别名也；籥舞者，文舞之别名也。文舞又谓之羽舞。郑康成据《公羊传》以万舞为干舞，盖公羊释经之误也。《春秋》书"万入去籥"，言文、武二舞俱入，以仲遂之丧，于二舞之中去其有声者，故去籥焉。公羊乃以万舞为武舞，与籥舞对言之，失经意矣。若万舞止为武舞，则此《诗》与《商颂》何为独言万舞，而不及文舞邪？《左氏》载"考仲子之宫将万焉"，妇人之庙亦不应文舞舞羽吹籥，独用武舞也。然则万舞为二舞之总名明矣。

按：《左传》庄公二十八年和《春秋公羊传》宣公八年已经将"万舞"性质说得十分明白。既然《左传》说用万舞来"习戎备"，则其武舞特征已言之甚明。又，《简兮》"宫庭万舞"紧接着下句是"有力如虎"，此当是对万舞者的评价，显然应是对武舞而非文舞的赞美之辞。《閟宫》"万舞洋洋"紧接着的文句是"公车千乘，朱英绿縢，二矛重弓。公徒三万，贝胄朱綅，烝徒增增。戎狄是膺，荆舒是惩，则莫我敢承"。从诗篇前后文意来看，这里的万舞似乎也只能是武舞。另外，吕祖谦对《春秋》的解读是有问题的，明王樵《春秋辑传》卷七曰：

> 干舞，武舞；籥舞，文舞。万者，干舞也。令尹子元欲蛊文夫人，为馆于其宫侧而振万焉，夫人闻之泣曰："先君以是舞也习戎备也。"则万为武舞明矣。《吕氏诗记》谓万乃文武二舞之总名，《春秋》"万入去籥"言二舞皆入，去其有声者耳，《公羊》乃以万为武舞与籥舞对言，失经意矣。按："万入去籥"谓武舞入文舞不入耳，非二舞并行乃留万而去籥也，《公羊》不误。

另，《左传》隐公五年说"将万问羽"，这也根本不能证明万舞就包括羽舞。其一，《春秋》经及《公羊》《谷梁》皆未言有"将万"之事。《左传》"将万"很可能是衍文。杜预说"万，舞也"，也并未说明万舞就包括羽舞。而且，《左传》后文并没有干舞内容，只有羽舞。若说万舞包括干、羽，则后文不应独言羽数。故何休云："所以仲子之庙唯有羽舞无干舞者"，"妇人无武事，独奏文乐"。其二，假如真如《左传》所云有万舞表演，则万舞与羽舞也是各自独立，不相包含。先秦时期的诗乐表演往往是文、武二舞具奏，以象征文、武二道皆备。故叶梦德《春秋考》卷十四说："六代之乐有分而用之者，有合而用之者。分而用之，则或以武舞或以文舞，不兼备。合而用之，则文武迭用谓之偏舞。王子颓飨五大夫，乐及偏舞是也。"但先秦时期也是文舞、武舞合而用之的偏舞情况居多。如《简兮》就是先奏万舞，后奏羽舞。《左传》此处亦当如此，故《正义》引刘炫云："《公羊传》曰万者云云，籥者云云，羽者为文，万者为武。武则左执朱干，右秉玉戚；文则左执籥，右秉翟。此传将万问羽，即似万、羽同者，以当此时万、羽俱作，但将万而问羽数，非谓羽即万也。"①

综上所述，万舞的基本性质应该属武舞。

其二，万舞的基本形式。

《诗经》对万舞演奏场面有所描绘。《简兮》曰"简兮简兮"；《那》有"奏鼓简简"，"万舞有奕"；《閟宫》云"万舞洋洋"。《简兮》毛传："简，大也。"②《那》毛传："以金奏堂下诸县（悬），其声和大简简然。"③《简兮》与《那》皆为殷人诗歌，其用语也基本一致，则"简简"描绘的乃是万舞声音与规模之宏大。场面之大无疑是万舞形式特点之一。第二个形式上的特点是参加的舞者人数众多。《閟宫》毛传云："洋洋，众多也。"孔疏亦云："执干戚而为万舞者，洋洋然众多。"④ 众多到什么程度，恐怕有上万人吧。《简兮》正义云：

　　谓之"万"者，何休云："象武王以万人定天下，民乐之，故名之耳。"《商颂》曰："万舞有奕。"殷亦以武定天下，美象汤之伐桀也。何休指解周舞，故以武王言之，万舞之名，未必始自武王也。⑤

孔颖达虽未见殷商甲骨卜辞，但其说万舞之名，"未必始自武王"则是完全正确的。其实，从传世文献《那》来看，万舞即为殷商旧制。何楷《诗经

① 阮元：《十三经注疏》，中华书局，1980年，第1727页。
② 阮元：《十三经注疏》，中华书局，1980年，第308页。
③ 阮元：《十三经注疏》，中华书局，1980年，第620页。
④ 阮元：《十三经注疏》，中华书局，1980年，第615页。
⑤ 阮元：《十三经注疏》，中华书局，1980年，第308页。

世本古义》卷十九也说："万，《初学记》云'大舞也'。所以名万者，何休以为象武王以万人定天下，民乐之，故名之。然《商颂》曰'万舞有奕'，《夏小正》曰'丁亥万用入学'，《竹书》'帝舜十七年春二月入学，初用万'。则万之称其来已久。"今甲骨卜辞再次证明，万舞之名称早在殷商时期即已十分流行，且形成了成熟的体制。据卜辞看，作为武舞的万舞可能得名于商汤伐桀以武定天下。如"乎万奏"、"乎万舞"、"万其奏"、"万乎羴"等，似乎可以看出，这些音乐、舞蹈场面气势恢宏，人数众多。"乎"，即"呼"，"王其乎万奏"、"王其乎万舞"，意思是说，商王发号施令，则万人奏乐、万人起舞。故明梁寅《诗演义》卷二说："大戴礼曰，汤武以万人得天下，故干舞称万舞，亦是舞人盛多之称也。"

其三，万舞的目的与使用场合。

据甲骨卜辞看，万舞的功用并非单一。可以用在农事方面求雨，也可用于祈求田猎活动不遭遇降雨，还可用来祓除灾祸，获得吉祥。据《合》28180看，万舞在盂田进行，则可能属郊外，而且卜辞求雨仪式一般都在郊野举行。据《合》3013"王又缮"看，此万舞当是在宫廷中举行。从先秦传世文献看，万舞的功能如卜辞所载一样，并非单一，如《那》与《閟宫》以万舞来进行祭祀，《简兮》中万舞似乎主要是娱乐，《左传》中万舞有用来祭祀，或"习戎备"，而子元以之蛊文夫人似乎又是对万舞的特殊用法，《公羊传》所载主要是祭祀活动使用万舞。使用场合也较为多样，有宫廷、宗庙、行馆等等。

3. 呼舞

例如：

《合》12831：辛巳卜，……贞乎舞又从雨。

　　　　　贞乎舞又从雨。

《合》13624 正：（1）于车舞

　　　　　　　　（2）乎舞于亶

　　　　　　　　（3）勿乎舞于亶

《合》16004 反：庚申卜，……贞乎舞。

《合》31031：王其乎舞……大吉

《合》40429：乎舞亡雨。

　　　　　乎舞又雨。

"乎舞"又作"乎霝"，《殷契粹编》第 846 片作："弜乎霝，亡大雨。"类似的，《殷契粹编》第 847："其霝至翌日。于翌日乃霝。……雨。"《殷契粹编》第 848 片："于翌日丙，霝，又大雨。吉"而霝字在胡厚宣《甲骨文合集释文》作霽，如：

《合》31035：（1）其霽至翌日。

　　　　　　（2）于翌日乃霽。吉

　　　　　　（3）……雨。

《合》30041：于翌日丙霽又大雨。吉

《合》30029：乎霽亡大雨。

《合》30030：其乎霽□大雨。

《合》30031：今日乙霽亡雨。

　　　　　　其霽……又大雨。

这说明，作"乎舞"或"乎霽"，或"乎霝"，只不过是不同释读者隶释时所存在的文字差异而已，其表现的意义实质上是完全一样的。郭沫若说：

均为求雨之事。则霝当是雩之异，从雨无声，无亦会意。无，古文舞。《说文》"雩，夏祭乐于赤帝，以祈甘雨也。𩁹，或从羽，雩，舞羽也"。[1]

陈梦家说："郭沫若释霝为雩，是对的。"[2] 姚孝遂、肖丁《小屯南地甲骨考释》说："卜辞'舞'字即象有所持而舞之形。舞蹈是雩祭祈雨时的一种主要形式。《公羊》桓公五年传：'大雩者何？旱祭也。'何休注：'使童女各八人舞而呼雩，故谓之雩。'"[3] 则甲骨卜辞中的"乎舞""乎霽"或"乎霝"，都应当是雩祭。《礼记·月令》说：

仲夏之月……命乐师修鞀、鞞、鼓，均琴、瑟、管、箫，执干、戚、戈、羽，调竽、笙、篪、簧，饬钟、磬、柷、敔。命有司为民祈祀山川百源，大

---

[1]　郭沫若：《郭沫若全集·考古编（第三卷）》，科学出版社，2002 年，第 574 页。
[2]　陈梦家：《殷虚卜辞综述》，中华书局，1988 年，第 601 页。
[3]　姚孝遂、肖丁：《小屯南地甲骨考释》，中华书局，1985 年，第 11 页。

雩帝，用盛乐。乃命百县雩祀百辟卿士有益于民者，以祈谷实。

郑玄注云：

> 阳气盛而当旱，山川百源，能兴云雨者也。众水始所出为百源。雩，吁嗟求雨之祭也。雩帝，谓为坛南郊之旁，雩五精之帝也。自鼗、鞞至柷、敔皆作，曰盛乐。凡他雩，用歌舞而已。百辟卿士，古者上公，若句龙、后稷之类也。《春秋传》曰"龙见而雩"，雩之正，当以四月，凡周之秋、三月中而旱，亦修雩礼以求雨，因着正雩此月，失之矣。天子雩上帝，诸侯以下雩上公。周冬及春夏虽旱，礼有祷无雩。[①]

据上可知，雩祭又分为大雩和一般雩祀。大雩由天子举行，先命有司雩祭祈祀山川百源，再祭祀上帝。一般雩祀则由诸侯以下举行，主要祈祀古代那些为百姓做出杰出贡献的君王及卿士之神。雩祭的正常时间在四月，孔疏说："四月纯阳用事，故制礼此月为雩，纵令不旱，亦为雩祭。"[②] 非常规雩祭主要是针对现实发生的严重旱情而举行，据《春秋》记载，非常规雩祭多在秋天（极少数在冬天）举行。

雩祭必然伴随歌舞。《月令》只言大雩用盛乐，盛乐即众乐器皆作，包括以干戚为代表的武舞和以羽籥为代表的文舞。郑玄说一般雩祭"用歌舞而已"，此与《说文》合，《说文》云："雩，夏祭乐于赤帝，以祈甘雨也……雩，羽舞也。"[③] 此当指一般雩祭而非大雩。无论大雩还是一般雩祭，其中除音乐、舞蹈外，最具特色的无疑是人声。郑玄曰："雩，吁嗟求雨之祭也。"《尔雅·释训》："舞号雩也。"郭注云："雩之祭，舞者吁嗟而求雨。"[④] 这种"吁嗟之歌"实质就是甲骨卜辞中"乎𩲱"的"乎"，郭沫若将此"乎"释为"呼"是很准确的。甲骨卜辞雩祭的"乎舞"、"乎𩲱"或"乎𩕄"，其中的"乎"（呼）就是舞者的吁嗟之歌。这种吁嗟之歌主要的演唱者当是女巫。何休说"使童女各八人舞而呼雩"，认为呼雩者为童女，但这似乎只是汉代雩祭的特点，而商周时期并非如此。《周礼·春官宗伯下·女巫》云："旱暵，则舞雩……凡邦之大灾，歌哭而请。"郑玄注云："使女巫舞旱祭，崇

① 阮元：《十三经注疏》，中华书局，1980 年，第 1369 页。
② 阮元：《十三经注疏》，中华书局，1980 年，第 1369 页。
③ 许慎：《说文解字》，中华书局，1963 年，第 242 页。
④ 郝懿行：《尔雅义疏》，上海古籍出版社，1983 年，第 579 页。

阴也。……有歌者，有哭者，冀以悲哀感神灵也。"疏云："大灾言歌哭而请，则大灾谓旱暵者。……此云歌者，忧愁之歌，若《云汉》之诗是也。"①因此，甲骨卜辞雩祭的基本思路就是崇阴抑阳，阳气太盛则旱，故要兴阴祈雨。阴柔的女巫再加上悲哀哭嚎的凄惨歌声，可以想象"乎𩅿"时的阴森凄惨场景。

二、山川祭祀中的诗乐活动

《周礼·大司乐》云："乃奏姑洗、歌南吕、舞大磬以祀四望；乃奏蕤宾、歌函钟、舞大夏以祭山川。"②此说明了凡山川祭祀，必奏歌舞的现象。同样，这种观念也是其来有自，在甲骨卜辞中有大量记载。

1. 舞河、奏河

《合》12834：……河，舞……从雨。

《合》12853：壬午卜，于河求雨，燎……

《合》12948：□子卜，𣪊，贞王令……河，沉三牛，燎三牛，卯五牛。王占曰：丁其雨。九日丁酉允雨。

《合》14603：乙巳卜，𠀳，贞舞河……

《合》14604：贞勿舞河。

《合》14605：癸亥卜，贞勿奏河。

《合》14606 正：奏河。

《粹》51：舞河眔𦏆

据上可知，舞河与奏河大概是在河边祭祀河神的仪式，目的似乎都是为了求雨。"舞"与"奏"自然也是诗、乐、舞合一的综合艺术。舞河与奏河的过程主要有沉牛、燎牛、卯牛等。卯是宰杀，燎是放置柴火上烧，沉是将牺牲沉入河水中。所祈求的神灵主要是河神，后世又称之为河伯。陈梦家认为𦏆也是舞河所降之神。后世祭祀河伯，牺牲由动物竟然变成童男童女。祭祀内容、目的与卜辞都有所不同，但思维方式基本一致，都是希望通过娱乐河神达到某种目的。

---

① 阮元：《十三经注疏》，中华书局，1980年，第817页。
② 阮元：《十三经注疏》，中华书局，1980年，第789页。

2. 舞岳

《合》12852：壬申卜，……（贞）……舞岳……

　　　　　　　壬申卜，……贞舞……𡝮亡其雨。

　　　　　　　……舞岳。

《合》14207：贞舞岳又雨

　　　　　　　贞岳亡其雨。

《合》14472：甲辰卜，争，贞我舞岳。

《合》14473：勿舞岳。

《合》14539：……来岳……河燎……沉……

《合》20398：乙酉卜，于丙奏岳，从用。不雨。

　　　　　　　辛丑卜，奏𣅈从甲辰陷。雨小。四月。

舞岳属于祭山。陈梦家说："凡祭山都与雨有关，祭山所以来雨来年，是极显然的。"① 为什么祭山都与雨有关呢？《公羊传》僖公三十一年说："三望者何？望祭也。然则曷祭？祭泰山河海。曷为祭泰山河海？山川有能润于百里者，天子秩而祭之。触石而出，肤寸而合，不崇朝而徧雨乎天下者，唯泰山尔。"山川百源能兴云雨，故要祭山。祭山必须用乐舞，故《周礼·舞师》曰："舞师掌教兵舞。帅而舞山川之祭祀，教帗舞；帅而舞社稷之祭祀，教羽舞；帅而舞四方之祭祀，教皇舞；帅而舞旱叹之事，凡野舞，则皆教之。凡小祭祀，则不兴舞。"② 显然，山川祭祀有一套成熟的乐舞制度。此虽为周礼，但源头当在殷商礼制中。《大雅·崧高》云："崧高维岳，骏极于天。维岳降神，生甫及申。"此亦单言"岳"，且言岳能降神。《大雅·崧高》毛传说："崧，高貌。山大而高曰崧。岳，四岳也。东岳岱，南岳衡，西岳华，北岳恒。尧之时，姜氏为四伯，掌四岳之祀，述诸侯之职。于周则有甫、有申、有齐、有许也。"郑玄笺也说："四岳，卿士之官，掌四时者也。因主方岳巡守之事，在尧时姜姓为之，德当岳神之意，而福兴其子孙。历虞、夏、商，世有国土。周之甫也、申也、齐也、许也，皆其苗胄。"③ 据此可知，周代的祀岳以及祈求岳神的观念已经历经了虞、夏、商之发展。周紧承商而来，卜

---

① 陈梦家：《殷虚卜辞综述》，中华书局，1988 年，第 596 页。

② 阮元：《十三经注疏》，中华书局，1980 年，第 721 页。

③ 阮元：《十三经注疏》，中华书局，1980 年，第 565 页。

辞中舞"岳"降神的活动及观念显然对周礼之发展产生了深刻影响。

三、祭祖仪式中的诗乐活动

《周礼·大司乐》说："乃奏夷则、歌小吕、舞大濩以享先妣；乃奏无射、歌夹钟、舞大武以享先祖。"① 此处所说虽为周代祭祖仪式，但其中奏乐舞的诗乐观当渊源有自。而且其中所用《大濩》即为殷商诗乐。因此，这种祭祖奏乐的源头可溯至甲骨卜辞中。卜辞中不乏祭祖礼仪的记载，其中多伴随着丰富的诗乐活动。

1. 舞𡿬

　　《屯》2906：乙亥贞，其于𡿬舞。
　　《屯》4513：戊寅卜，于癸舞，雨不？
　　　　　　　　辛巳卜，奏𡿬，从？不从？三月。
　　　　　　　　乙酉卜，于丙奏𡿬，从？用，不雨。

陈梦家认为，𡿬（冥）是殷人先公。② 卜辞中多有祈求𡿬的祭祀活动。例如，《屯》2516："乙亥，其來于𡿬牢三牛。"3571："乙卯贞，來禾于𡿬受……。"姚孝遂、肖丁《考释》说："來为祈求之义，亦为祭名。多用于來年、來禾、來雨，皆为祈求丰收之事。"《礼记·祭法》曰："殷人禘喾而郊冥，祖契而宗汤。"郊祭是配天的，可见冥在商族的历史上具有很高的地位。冥是管治水的，最后殉职而死。按照祭法，对殉职而死的人物特别尊崇。故《祭法》曰："夫圣王之制祭祀也，法施于民则祀之，以死勤事则祀之……，冥勤其官而水死。"③ 由于冥是治水的先公，故卜辞有时将其与"河"一起祭祀。如《屯》2272："五牢于冥，九牢于河。"这样的祭祀，使得冥逐渐变成了水神。陈梦家说："《左传》昭廿九'水正曰玄冥'，昭十八'禳火于玄冥、回禄'注云'玄冥，水神。回禄，火神'。由人名之冥，变为官名之玄冥，变为水神之玄冥。"④ 𡿬为商族先公，属《礼记·月令》"百辟卿士有益于民者"，向其祈雨是理所当然的。在祭祀𡿬的活动中，有舞有奏，诗乐内容显然十分丰富。

　　① 阮元：《十三经注疏》，中华书局，1980年，第789页。
　　② 陈梦家：《殷虚卜辞综述》，中华书局，1988年，第342页。
　　③ 阮元：《十三经注疏》，中华书局，1980年，第1590页。
　　④ 陈梦家：《殷虚卜辞综述》，中华书局，1988年，第342页。

2. 奏商

《小屯南》4338：（1）……贞希鬼于👤告。

（2）……其奏商。

姚孝遂、肖丁认为："👤为殷人经常乞雨祈年之对象，为先公之一"。[①]并认为 4338 片乃"有鬼为祟，以此祭告于先公👤以求佑护"。"奏商"为祭祀先公👤时的诗乐活动，但具体"商"是何含义，姚孝遂等认为"曾疑其象某种管乐之类而苦无佐证"，"'奏商'有可能指祭祀时奏某种管乐而言"。[②]"商"字在甲骨卜辞中出现频率很高，但一般皆为邦国名、地名或邑名、人名，如"大邑商"，"入于商"，"商妇姘"，"商臣"，"子商"之类。但下列卜辞中的"商"似乎就不能如此解了。

《屯》313：己酉卜，攸亢告启商。

《屯》4049：辛未，贞，其告商于祖乙👤。

《屯》4049：辛未，贞，夕告商于祖乙。

《屯》1059：己巳，贞商于👤奠。

《合》4299 正：贞，勿呼商……希。

《合》4300 正：贞，呼商……

《合》4301：贞，呼商比👤

乙亥，卜，殷，贞呼商比👤。

这些卜辞具有共同的特点，即皆为祭祀商代先公如👤、👤、👤，以及先王祖乙等。《屯》4049 祖乙后有👤，可能是合祭，或者祖乙即👤。《合》4299 与《屯》4338 一样，皆为有鬼作祟，祭祀先公以求佑护。"呼商"似乎为仪式的主要内容，与"呼👤"一样，当为乐舞活动。从"呼商"看，将"商"视为管乐可能有一定道理。《礼记·乐记》：

子赣见师乙而问焉，曰："赐闻声歌各有宜也，如赐者宜何歌也？"师乙曰："乙贱工也，何足以问所宜？请诵其所闻而吾子自执焉。爱者，宜歌商。

---

① 姚孝遂、肖丁：《小屯南地甲骨考释》，中华书局，1985 年，第 14 页。
② 姚孝遂、肖丁：《小屯南地甲骨考释》，中华书局，1985 年，第 15 页。

温良而能断者，宜歌齐。夫歌者，直己而陈德也，动己而天地应焉，四时和焉，星辰理焉，万物育焉。故商者，五帝之遗声也。宽而静，柔而正者，宜歌颂。广大而静，疏达而信者，宜歌大雅。恭俭而好礼者，宜歌小雅。正直而静，廉而谦者，宜歌风。肆直而慈爱，商之遗声也，商人识之，故谓之商。齐者，三代之遗声也，齐人识之，故 谓之齐。明乎商之音者，临事而屡断。明乎齐之音者，见利而让。临事而屡断，勇也；见利而让，义也。有勇有义，非歌孰能保此？故歌者上如抗，下如队，曲如 折，止如槁木，倨中矩，句中钩，累累乎端如贯珠。故歌之为言也，长言之也。说之故言之，言之不足，故长言之。长言之不足，故嗟叹之，嗟叹之不足，故不知手 之舞之、足之蹈之也。"①

郑玄注："商，宋诗也。"② 据此可知，"商"亦为一类诗乐名称。属"五帝之遗声"，且"商之遗声也，商人识之，故谓之商"。说明，"商"作为一种诗乐起源很早，在商代曾十分流行。而且具有"肆直而慈爱"、"临事而屡断，勇也"的特点，正与卜辞"奏商"、"呼商"之祈求先公佑护，赶走鬼祟相一致。因此，将卜辞"呼商"之"商"视为源自五帝的一种诗乐似乎也是可行的。

3. 奏示

《合》23271：□□［卜］，大，［贞］……奏……父丁牛。

《合》23256：壬子卜，即，贞祭其酒奏其在父丁。

这些是儿子祭祀父亲的卜辞。陈梦家《殷虚卜辞综述》有"八丁"说，③凡卜辞言"父丁"者，可能是祖庚、祖甲祭祀其父武丁，也可能是武乙祭祀父亲康丁，还可能是帝乙祭祀其父文武丁的。其中"奏"为奏乐歌舞当无疑义。又如：

《合》22050：乙未卜于妣壬奏。

《合》22680：己巳…其亦奏自上甲，其告于丁。

《合》27884：庚申卜，其奏宗句又燎东…。

《合》31029：丁卯奏王其祉……

《合》36482：甲午王卜，贞其于西宗奏示。王占曰：弘吉。

《合》39573：翌甲寅勿奏祖乙。

① 阮元：《十三经注疏》，中华书局，1980 年，第 1545 页。
② 阮元：《十三经注疏》，中华书局，1980 年，第 1545 页。
③ 陈梦家：《殷虚卜辞综述》，中华书局，1988 年，第 423 页。

《合》40528：贞帝示，若。今我奏祀。

《合》22050 乃祭祀先妣壬，《合》22680、39573 分别乃祭祀先王上甲、祖乙。而以上"宗""示"为卜辞祭祀先祖时所常见。陈梦家认为乃殷商祭祀先祖的庙号，"除私名以外，主名之前常常加以不同种类的区别字。"[1]"奏宗句""奏示""奏祀"等皆为在宗庙举行祭祀活动，其"奏"字无疑体现了殷商先祖祭祀仪式中丰富的诗乐活动。

四、其他场合的诗乐活动

卜辞中，除上述几类诗乐活动记载外，还有许多丰富的诗乐记载。略述如下：

《合》13517：乎妇奏于沘宅。

勿乎妇奏于沘宅。

"妇奏"体现了商代女性的诗乐活动。商代女性在国家政治生活中十分活跃，有能征善战的将帅，有管理日常事务的臣吏，也有从事诗乐活动的演奏人员。妇好墓的发掘便充分说明了卜辞对女性从事诗乐活动的记载是可信的。

《合》13604：贞奏尹门。

勿奏尹门。

《合》14311：（1）丁巳卜，宁，贞奏兹于东。

（2）贞勿奏兹于东。

尹门、兹显然皆为地名。尹门也可能如《诗经》"东门"之类的地点，当与某种祭祀仪式如高禖等关系密切。

《合》10171 正：（4）甲辰卜，殻，贞我奏丝玉，黄尹若。

（5）贞我奏丝玉，黄尹弗若。

《合》6016 正：戊戌卜，争，贞王归奏玉其伐。

《合》6653 正：贞王奏丝玉成佐。

贞王奏丝玉成弗佐。

---

[1]　陈梦家：《殷虚卜辞综述》，中华书局，1988 年，第 439 页。

此为祈福之辞。祈求"黄尹"福佑。其中"奏丝玉"似乎是演奏一种有玉饰的管弦乐器。再如：

《合》20975：壬午卜，扶，奏丘，**晶**南雨。

己丑卜，舞羊，今夕从雨，**彐**庚雨。

《合》20974：丁亥卜，舞**晶**今夕雨。

奏丘、舞羊、舞**晶**，充分说明，殷商举行乐舞演奏的地点极多。

《合》31022：（1）万更**美**奏又正。

（2）更庸奏又正。

（3）于盂**宙**奏。

（4）于新室奏。《合》31023：（1）更……庸……

（3）其奏庸门，**改**美又正。

《合》33128：（1）更**美**奏。

（2）更**叒**奏。

（3）更商奏。

上举几例卜辞中，"美奏""庸奏""商奏"之"美""庸""商"既可释为演奏的地点，也可释为演奏的乐器。《周颂·那》有言乐器"庸"之表演，又《合》27352："惟小乙作美庸用"可证，卜辞中的"庸"是可以视为一种乐器的。而"商"还可视为乐舞名称。其中"盂**宙**"、"新室"当是在室内宫廷演奏的地名。"庸门"与前述"尹门"同类，或为宫门。

《合》31036：（1）乙弜其雨。

（2）于丁亥奏**屶**不雨。

（3）丁弜奏**屶**其［雨］。

其奏［**屶**］更……

郭沫若将**屶**字释为戚。① 姚孝遂认为奏**屶**可能为干舞之类。② 金文中，商

---

① 郭沫若：《郭沫若全集·考古编》，第三卷，科学出版社，2002 年，第 763 页。
② 姚孝遂、肖丁：《小屯南地甲骨考释》，中华书局，1985 年，第 5 页。

代铭文中的许多立戈形符号与此相近，如《父子癸鼎》的立戈形作𢆶，因此，释为干舞之类比较合理。

第二节 从甲骨卜辞看殷商时期的诗乐思想

殷商卜辞记载了大量的诗乐活动，其中蕴涵着丰富的诗乐思想。这些诗乐思想不但直接推动了商以降诗乐实践的繁荣发展，而且成为以诗乐为主要观照对象的中国文学批评思想的发展源泉。

1. 殷人尚声

据第一节对甲骨卜辞的分析可以看出，殷人凡占卜祭祀必奏诗乐。其演奏形式丰富、地点繁多，而且称谓也多样，这充分显示出殷商时期对诗乐之高度重视。同时也表明，殷人对诗乐之功能推崇至极。关于这一点，在传世文献中也得到印证。《礼记·郊特牲》曰：

> 有虞氏之祭也，尚用气。血、腥、爓祭，用气也。殷人尚声，臭味未成，涤荡其声，乐三阕，然后出迎牲。声音之号，所以诏告于天地之间也。周人尚臭，灌用鬯臭，郁合鬯，臭阴达于渊泉，灌以圭璋，用玉气也。[1]

据此可知，不同历史时期的祭祀具有不同的特点，而与前后王朝相比，殷商祭祀最大的特点就是尚声。孔疏云："尚声谓先奏乐也。"[2] 凡祭祀先奏乐，充分体现出殷人崇尚诗乐的特点。这在甲骨卜辞中也可以看出。例如，

《合》00924

正：

(5) 贞乎子鏊卯屮毋于父乙．堂小宰．{册
良}，三重，五{宰}。 一 二 三

(6) 翌乙未乎子鏊视父．堂小宰，册良，
三重，五宰。郗龍𡧈。

(7) 乙巳卜，㱿．贞乎子鏊屮于屮祖宰．

---

① 阮元《十三经注疏》，中华书局，1980 年，第 1457 页。
② 阮元《十三经注疏》，中华书局，1980 年，第 1457 页。

```
              二
(8) 贞勿乎子盠出于止祖窜。
(9) 贞乎子盠出于止祖窜。　一　二告
              二
(10) 勿出。
(11) 贞乎帚竞于父乙窜，曾三窜，出反。
              一
      二　　　一　二　　　一　小告　二
        一　二告　二                ①
```

此为祭祖仪式，其中的"乎"，即"呼"，实乃"呼舞"，即祭祀先祖时的诗乐舞活动。从卜辞文字记录顺序我们不难发现，，"呼"为一切祭祀程序的首位，这正是"殷人尚声"之"先奏乐"的明证。殷商祭祀，在未宰杀牲之前即奏乐三阙。"三阙"已经是隆重盛大的诗乐场面了。孙希旦《礼记集解》说："凡乐正有四节，而降神惟三阙。《大司乐》：'尸出入，奏《肆夏》。'《左传》云：'金奏《肆夏》之三。'是尸入奏《肆夏》，亦奏《肆夏》之三矣。盖大飨之纳宾，祭祀之纳尸与降神，其事相类，故乐皆以三节为节。"②"涤荡其声"反映出祭祀时诗乐声音充塞天地之间，故殷人主要凭籍声来诏告天地间诸神。从甲骨卜辞来看，"殷人尚声"主要体现在两个方面：

其一，"尚声"思想渗透于社会生活的方方面面，凡占卜祭祀则首先必奏诗乐，诗乐已经成为殷人日常生活中不可或缺的一项基本内容。我们在第一节中已经从求雨、山川祭祀和宗庙祭祀等作了些分析，下面再举些其他方面例证，以充分说明殷人的这种诗乐思想在社会生活中的表现，同时进一步探析殷人尚声思想对后世诗乐观之深刻影响。

（1）被除疾病

例如，《合》00006：

---

① 本节引用《甲骨合集》释文主要参考胡厚宣《甲骨文合集释文》，中国社会科学出版社，1999年。

② 孙希旦《礼记集解》，中华书局，1989年，第712页。

(25)乙丑卜，宁，贞出報于保。

(26)辛未卜……晋王奏……（之若）。

(27)戊寅卜，尧，貞王弗疾出昌。　一

(28)貞其疾。七月。　一

问疾除病，这在殷商甲骨卜辞中较为常见。《金縢》篇就反映了西周初年周公举行祭祀为周武王祓除疾病，这无疑是殷商祭祀观念之延续。其基本思维方式是通过祭祀，祈求神灵，以祓除人的疾病。其中，演奏诗乐自然是十分重要的与神灵进行沟通的手段。《合》00006 中的 "王奏" 说明诗乐活动的隆重，而 "贞王弗疾"，显然是为商王祓除疾病。又如，《合》00376 正：

(20)乙巳卜，殼，貞出疾身不其龍。　一

　　二告　二　　三　　四　　五

(21)乙巳卜，殼，貞出（疾）身（其）龍。

　一　　二　（三）　二告　四　　五

(22)王固曰易其言奇，隹辛令。

(23)（呼）竝（帚）。　一

(24)勿乎竝帚。　一

此条卜辞祓除疾病的意图是十分明确的。其中有对贞，即贞问到底要不要在帚地举行 "呼舞" 活动。帚在甲骨卜辞中经常出现，当为专门的祭祀地点。

（2）军事活动

国之大事在祀与戎，战争对于上古时期的部族发展十分重要，殷商时期亦不例外。甲骨卜辞记载了大量的军事活动，其中不乏诸多与诗乐相关的内容。

《合》00076：

(1)众人戎帚。

(2)奏。

　　上文已云，畀当为专门的祭祀地点。"众人戎畀，奏"，这说的是众人全副武装在畀地集结，且演奏诗乐。这好像战争前的誓师仪式。殷人在专门的祭祀地点祭祀神灵，祈求神灵保佑，获取战争胜利。演奏诗乐是神人沟通的必备手段。这里的"奏"反映的是军事活动中的诗乐，除了娱神，无疑还有鼓舞士气、壮大军威、整齐队伍的作用。正如《荀子·乐论》所云："带甲婴軸，歌于行伍，使人之心伤"即"歌于行伍，则使人之心为之动荡"。[①] 这是对诗乐在军事活动中对人心作用的深刻认知。但这种思想的源头似乎可以溯至甲骨卜辞中。类似的：

《合》00540：

　　(1)〔戎〕辰卜，瑴，贞翌辛未令伐舌方受
　　　出又。一月。

　　(2)□□卜，瑴，贞乎多㙟伐舌方受出又。

　　(3)癸酉卜，瑴，贞乎多㙟伐舌方受出
　　　〔又〕。

　　　　二　　　　三　　　　三

《合》00547：

　　(1)辛酉卜，争，贞勿乎氏多㙟伐舌方．
　　　弗其受出又。　一

　　(2)贞勿㕛多㙟乎望舌方，其㞢。　一

　　(3)贞乎伐舌。　一　　不玄冥

《合》00548：

　　(1)辛酉卜，争，贞勿乎氏㙟伐舌方，弗
　　　其受出又。　二

　　(2)贞勿㕛多㙟乎望舌方，其㞢。　二

　　①　王先谦：《荀子集解》，中华书局，1988 年，第 381 页。

《合》06168：

(1)贞于大甲。

(2)贞登人三千乎伐舌方受业又。

(3)贞勿乎伐舌方。

《合》06931：

庚寅卜，殻，贞乎雀伐戬。　四

《合》06937：

乙丙卜，贞乎面从沚伐戬。

以上几则卜辞中，不同的贞人殻、争来占卜，反映不同时期殷商对其他部族的战争。伐舌方、伐戬，这在卜辞中十分常见，说明殷商时期战事频繁。在这些频仍的战事中，离不开诗乐活动。其中的呼舞在贞问军事活动时明显被摆在首要位置。

《合》06728：

(1)贞乎往征。

《合》06016 正：

(5)戊戌卜，争，贞王归奏王其伐。　一

从这两则卜辞可以看出，殷人出征前和战事完备归来时皆有相应的诗乐舞活动。这与《诗经》中战争篇所反映的诗乐活动相一致。如《豳风·东山》是"周公东征，三年而归，劳归士"[1] 之作，与卜辞《合》06016 的"归奏"有异曲同工之效。《毛序》云："《采薇》，遣戍役也。文王之时，西有昆夷之患，北有猃狁之难。以天子之命，命将率，遣戍役，以守卫中国。故歌《采薇》以遣之，《出车》以劳还，《杕杜》以勤归也。"[2] 遣戍出征与卜辞中的誓师往征同，而"勤归"则与卜辞中的

---

① 阮元：《十三经注疏》，中华书局，1980 年，第 395 页。

② 阮元：《十三经注疏》，中华书局，1980 年，第 412～413 页。

"归奏"一样。此外《六月》的"王于出征,以匡王国",① 《车攻》的"之子于征……展也大成"② 都明显带有出征前的祈祷祝福色彩,与卜辞所载战事的诗乐舞具有完全一致的功能与目的。《诗经》战争篇的诗乐舞,目的在于"序其情而闵其劳,所以说也",③ 即通过诗乐舞活动来慰藉那些备受战争创伤的心灵。而这样的诗乐思想,显然可以溯源到殷商甲骨卜辞之中。

（3）婚嫁

婚嫁为殷商甲骨卜辞记载的重要内容。

《合》00536:

(1)辛卯卜,争,勿乎取奠女子。 一

二 二告

(2)辛卯卜,争,乎取奠女子。 一

(3)〔乎取〕奠女子。 一 二 三 四

《合》00657:

□□〔卜〕,争,贞取沝妾。

《合》00945 正:

(6)贞皐乎取白马氏。 一

《合》01076:

(1)贞乎〔取酒〕致人㴬夫氏。 一 二

小告 〔三〕 四 五 六

(2)贞弗其〔氏〕…… 一 二 三 四

五 二告 六 不玄冥

《合》09741 正:

① 阮元:《十三经注疏》,中华书局,1980年,第424页。
② 阮元:《十三经注疏》,中华书局,1980年,第429页。
③ 阮元:《十三经注疏》,中华书局,1980年,第395页。

⑴₅⟩乎取女于林。　一

⑴₆⟩乎取女。　　　一

《合》21457：

……取衞女。

以上卜辞中，"取"乃"娶"，即迎娶，这是站在男方视角对婚姻的占卜。其中，娶奠女子、娶白马氏、娶女于林、娶汏妾、娶卫女等，充分反映出殷商部族与其他部族的婚姻关系，体现出殷商时期通过婚姻所展开的民族与文化交融。不难发现，所有这些婚娶仪式中，皆有隆重的诗乐活动。虽为占卜贞问，但充分说明以呼舞为主的诗乐舞活动实乃殷商时期婚娶活动的重要内容。

《合》1251：

⑸癸亥卜，𡆥（兂），贞业于示壬奭。

⑹贞勿乎婦。五月。

《合》01539：

囗未业于祖乙囗乎婦，若。

婚姻有娶有嫁，娶者于男方而言，而嫁者则于女方而说。殷人于婚嫁时皆会占卜贞问，从这些卜辞中不难看出，殷商时期的婚嫁皆有重要的诗乐舞场面。上两则卜辞，皆通过在宗庙中举行祭祖仪式，祈求嫁女之福佑。《昏义》："古者妇人先嫁三月，祖庙未毁，教于公宫；祖庙既毁，教于宗室。教以妇德、妇言、妇容、妇功。教成祭之，牲用鱼，笔之以蘋、藻。所以成妇顺也。"[①] 这是嫁前三月在女子祖庙的活动。这种文化制度似乎亦可以从殷商卜辞中找到源头。"呼归"是载歌载舞的热烈场面，这也是幸福婚姻的充分体现。此与《周南·桃夭》的"之子于归"完全一致，皆为对婚嫁诗乐舞活动场景之描述。方玉润《诗经原始》说《桃夭》："盖此亦咏新婚诗，与《关雎》同为房中乐，如后世催妆坐筵等词。特《关雎》从男求女一面说，此从女归男

---

① 阮元：《十三经注疏》，中华书局，1980 年，第 1681 页。

一面说，互相掩映，同为美俗。"① 《关雎》《桃夭》皆为诗乐舞合一的篇章。《关雎》男求女，相当于卜辞所言之"呼娶"，而《桃夭》为女从男，相当于卜辞所言之"呼归"。"呼娶""呼归"反映的是殷商时期的婚俗文化；《关雎》与《桃夭》描述的是西周初年的婚俗文化，二者之间的这种文化传承关系是比较明显的。同时，《诗经》"之子于归"的以"归"谓嫁当亦是周承殷制。

（4）送往与劳来

行役与来归，是古代社会生活中的常见现象。作为臣属，对此更有深刻体会。《诗经》中就有大量描写行役与来归之篇章。例如，《四牡》："劳使臣之来也。有功而见知则说矣。"② 《皇皇者华》："君遣使臣也。送之以礼乐，言远而有光华也。"③ 这种劳来与送往，在殷商甲骨卜辞中亦为常见。

《合》06946 正：

(1)戊午卜，㝱，貞乎雀往于㯱。   一
　　二告　二　三　　四
(2)戊午〔卜〕，㝱，貞勿乎雀往于㯱。
　　一　　二　　三　　不玄　四

(7)甲子卜，爭，雀弗其乎王族來。   一
(8)甲子卜，爭，雀弗其乎王族來。   一
　　二
(9)雀其乎王族來。   一　　二
(10)貞乎雀征目。   一　　二　　三　　四
(11)丁卯卜，爭，乎雀學戎祝。九月。
　　一　　二　　三　　四

雀乃卜辞中经常出现的人物，当为殷商王朝得力大臣。在《合》06946正中，记载了雀往于㯱、征目、戎祝的事情，足证雀为殷商王室的重要人物。卜辞所载，皆为出发前的送往之辞，主体当为商王，同于《诗经》的

①　方玉润：《诗经原始》，中华书局，1982年，第82页。
②　阮元：《十三经注疏》，中华书局，1980年，第406页。
③　阮元：《十三经注疏》，中华书局，1980年，第407页。

"君遣使臣"。而"王族来"，似乎是雀为王族某员的劳来之举，主体则为雀。在卜辞的劳来与送往中，存在很明显的诗乐活动"呼舞"。为何劳来与送往要有诗乐呢？这当然与殷人的尚声思想有密切关系。通过隆重的诗乐，向神灵祈求福佑，祓除灾祸。

《合》05111：

(1) 貞翌□申乎〔帚〕好往衡。

(2) 丁卯卜，設，貞王勿往出。

(3) 貞旬今至于庚戌不其雨。　　四

《合》07027：

(1) 己巳〔卜〕，乎往亡田。

这是贞问妇好、王的出行不要遇上灾祸。为实现这种目的而举行的诗乐活动主要是为了娱神。《诗经》的劳来之作，主要是慰籍使臣之心，属于娱人。当然，我们也不排除卜辞中的劳来之诗乐亦同时具备娱人作用，《合》06946既云雀为王族来而作诗乐，则娱人的色彩也是存在的。《诗经》的送往之作，除了《皇皇者华》毛序所说的"送之以礼乐，言远而有光华"，即希望通过遣送使臣，将君王之美德播扬四海外。更主要的目的仍然在娱人，如《大雅·崧高》尹吉甫慰籍仲山甫之作。[①] 甲骨卜辞中的君遣使臣，其诗乐除娱神外，是否兼具娱人作用呢？从"神人以和"视角看，似乎是存在的。若如此，则"殷人尚声"在送往与劳来中的影响无疑亦为周代诗乐思想之源头了。

（5）祈年籍田

甲骨卜辞中有不少记载了祈年与籍田活动。例如：

09530 正

(1) 己亥卜，爭，貞直出于且□。

(2) 辛丑卜，設，貞帚妌乎黍〔于〕丘商〔受

年〕。

---

① 阮元：《十三经注疏》，中华书局，1980 年，第 569 页："吉甫作诵，穆如清风。仲山甫永怀，以慰其心。"

09531 正

(1) □未卜．殻．貞……□申乎帚〔妌〕．

(2) 〔貞〕于乙酉……帚妌往黍。　二

(3) □氏出取。　一　三

09532

……勿令〔帚〕妌黍……其〔𡆥〕。　一

09533

□〔酉〕于〔帚妌〕往黍。

09534 正

□〔乎〕〔帚〕妌往黍〔若〕。

09535

(1) 貞□其〔受〕年。

(2) 貞乎黍于北受年。

09536

貞乎黍于岀受年。　一

09537

(1) □戌卜，宁，貞我受年。

(2) □□〔卜〕，宁，貞乎黍于羍圉受〔年〕。

09538

(1) 庚辰卜，爭，貞黍于爨。

(2) ……黍于麋。

09539

貞乎黍不其受年。

09540

(1) 貞乎伐舌方。

(2) 貞乎黍受年。

09541 正

貞乎黍〔受〕出年。

09542

　　貞乎黍。

09543

　　〔貞〕勿乎黍。

09544 正

　　壬戌卜，出，貞乎𤰙𢆶黍。　一

　　二告　二　三　四

　　一　二　二告　三　四

"呼黍有年"为以上卜辞的核心内容，这些皆为殷商时期的祈年仪式。其中"呼"反映了这些仪式中的诗乐舞活动。又如，

《合》27891：

　　(1)車田眾戉舞。

　　(2)□田眾□舞。

这是殷商籍田仪式之反映。其中诗乐舞色彩依然浓郁。甲骨卜辞中祈年与籍田仪式的诗乐舞形式，在《诗经》中可以找到类似篇章。《周颂·噫嘻》毛序："春夏祈谷于上帝也。"①《载芟》毛序："春籍田而祈社稷也。"②《周颂》的诗乐舞合一是没有任何疑问的，进一步推断，似乎这些载歌载舞的祈年与籍田模式可以溯源于甲骨卜辞之中。

其二，占卜祭祀活动中，诗乐舞成为最重要、最核心的环节。殷人占卜祭祀，其中有很多环节，诸如准备酒醴供品、宰杀牛羊牺牲等，但诗乐舞无疑是殷人摆在首位且最重要、最关键之环节。请看下列卜辞记载：

12818

　　(1)丙辰卜，貞今日奏舞出从雨。

　　(2)……雨。　一

12819

　　(1)庚寅卜，辛卯奏舞雨。　一

　　(2)□辰奏□雨。

---

① 阮元：《十三经注疏》，中华书局，1980年，第591页。
② 阮元：《十三经注疏》，中华书局，1980年，第601页。

⑶庚寅卜，癸巳奏舞雨。　一

⑷庚寅卜，甲午奏舞雨。　一

⑸……奏……乙……

12820

⑴辛未卜，贞自今至乙亥雨。一月。

　一　二告

⑵乙未卜，今夕奏舞业从雨。　一　二

　告

⑶乙未……東……

12821

⑴癸酉卜，奏舞……　三

⑵……不其雨。

12822

　□□卜，奏舞〔雨〕。

12823

　……奏舞雨。允……

12824

　贞由奏□雨。　一

12825

⑴□〔酉〕卜，今〔日〕勿奏〔亡〕其雨。

⑵□子卜……勿……

12826

　……〔奏〕舞雨。允□。

12827

⑴……不舞。

⑵〔乙〕卯卜，不其〔雨〕。

⑶丙辰卜，今日奏舞业从〔雨〕，不舞。

12828

⑴戊申卜，今日奏舞业从雨。

⑵……卲……

12829

　戊申……舞，今□业从雨。　一

12830 正

……方其尚……

12830 反

乙未卜，〔贞〕舞，今夕〔㞢〕从雨不。

12831 正

⑴辛巳卜，宁，贞乎舞㞢从雨。　一

⑵贞乎舞㞢从雨。　二

12831 反

⑴〔王〕固〔曰〕：吉。其雨之……

⑵之夕雨。

12832

囗申卜，囗，贞舞〔㞢〕从雨。

12833

丝舞㞢从雨。

12834

……河，舞……从雨。

12835

⑴舞㞢雨。

⑵其……

31022

⑴万叀美奏又正。

⑵叀庸奏又正。

⑶于盂宙奏。

⑷于新室奏。

31023

⑴叀……庸……

⑵弜狈。

⑶其奏庸門，饺美又正。

31024

己未卜，贞奏舞。

31025

……王其乎万奏……

31026

(1)……奏……正……又……

(2)不……大口。

31027

(1)叀叽奏。

(2)……征。

31028

叀……奏。

31029

(1)丁卯奏王其征……

(2)翌丁卯酒王受又。

31030

弜奏.王其每。　大吉

31031

王其乎舞……　大吉

31032

王其乎万舞……　吉

31033

(1)甲午……

(2)叀万舞。　大吉

(3)叀林舞又正。　吉

(4)叀辛奏又正。

(5)……奏……正。

31034

(1)其舞在□宫。

(2)乙巳。

(3)辛□。

(4)用。

31035

(1)其霽至翌日。

(2)于翌日延霽。 吉

(3)……雨。

31036

(1)乙弜諭卅其雨。

(2)于丁亥奏舟不雨。

(3)丁弜奏舟其〔雨〕。

其奏〔舟〕叀……

31037

叀……霽……用。

31038

(1)弜…… 大〔吉〕

(2)……霽。

31039

……霽……大……

以上卜辞之例中，舞、呼舞、奏、奏舞、万奏、乎奏、林舞、奏戚、乎万舞等语汇频繁出现。呼、奏、舞成为这些卜辞中的核心语汇，充分体现殷人在占卜祭祀中对诗乐舞的推崇，诗乐舞成为殷人祭祀中最核心的内容。这个特点在《商颂》中也有十分明显表现。《那》云：

> 猗与那与！置我鞉鼓。奏鼓简简，衍我烈祖。汤孙奏假，绥我思成。鞉鼓渊渊，嘒嘒管声。既和且平，依我磬声。于赫汤孙！穆穆厥声。庸鼓有斁，万舞有奕。我有嘉客，亦不夷怿。自古在昔，先民有作。温恭朝夕，执事有恪，顾予烝尝，汤孙之将。

范家相《诗沈》卷二十：

> 《那》为殷人尚声之证，通篇皆言声乐，中间"于赫汤孙，穆穆厥声"二句尤极分明。首曰"置我鞉鼓，奏鼓简简"，即《记》云"譁以动众，先鼓以警戒，三步以见方"，乃乐之始作，非如毛氏谓鞉乃乐之成也。诗分三

节，首節是乐三阕，然后出迎牲求神之事；二节牲既入，行九献，仍以鼗鼓为節；第三节是九献之终，金鼓交作而万舞在庭。节次如绘。……殷尤以声是尚耳。就此篇绎之，臭味未成，先以涤荡其声，既成则鼗鼓与管音并作焉，而结之以依我磬声，但言声不言味，非尚声之明证而何？

明朱谋玮《诗故》卷十：

《那》祀成汤也。汤之功德伟矣！宜在可述。此诗独举鼗鼓管磬庸鼓之声，与万舞之奕，以及执事有恪者何哉？商人尚声，声之盛，是德之盛也。汤之功德自有《大濩》之乐，此所谓声，盖即《大濩》之声耳。自古在昔，执事者恪以传之，虽助祭之宾闻此，莫不夷怿，则成汤来格，绥我思成，其可知矣。

《那》为祭祀商汤的篇章。据《那》可知，诗乐舞成为殷人祭祀时最主要的内容，与殷商甲骨卜辞中的诗乐舞之运用完全一致，充分体现出"殷人尚声"的思想认识。"殷人尚声"虽为祭祀时之特点，但其直接影响了诗、乐、舞的创作与繁荣，也确立了文艺在社会生活中的重要地位，使得文艺不仅成为人与神的沟通手段，也逐渐成为人与人、国与国之间重要的交流方式。这也是诗乐为什么成为周代重要文化内容，乃至春秋时期"不学诗无以言"局面的形成原因。

"尚声"之诗乐观贯穿整个殷商王朝发展历史，但不同时期，对"尚声"的目的不一样。早期，"尚声"带有实用功利目的，甚至带有一种崇敬心理。因为诗乐活动的对象不是人，而是神。而晚期则逐渐偏离实用功利色彩，走向纯审美阶段，从早期的娱神转变到末期的娱人。

2. 诗、乐、舞合一

前文已论及卜辞求雨仪式中之乐舞乃诗乐舞合一的综合艺术。诗乐舞合一，既是一种诗乐实践形式，也是一种诗乐制度观念。由于甲骨卜辞自身简约之特点，我们难以从中发现殷商祭祀活动中具体的诗歌乃至歌词，但通过比照，仍然可以初步感知殷商时期诗乐舞合一的制度形式。例如

《合》01707 反：

(1) 贞出于祖辛。

(2) 贞……乎多子……（集）。

27643

　　□□卜，貞〔王〕窒子多。

27644

　（1）虫王饗受又。

　（2）〔于〕多子饗。

27645

　　丙子卜，宁，貞王窒□壹子多。

27646

　　多子。

27647

　（1）貞虫多子饗于窒。

　（2）……窒……正。

27648

　（1）虫多子饗。

　（2）弜饗。

　（3）虫多□□。

27649

　　甲寅卜，彭，貞其饗多子。　　三

27650

　（1）弜。

　（2）虫多生饗。

　（3）虫多子。

　　以上卜辞中，"多子"、"子多"、"多生"都是指子孙众多。这些卜辞反映的是殷商时期的求子仪式。据《合》01707 可知，这些求子仪式中包含呼舞等诗乐舞活动。这可从《诗经》中得到某些佐证。《周南·螽斯》就是类似的祈求子孙众多的篇章。毛序："《螽斯》，后妃子孙众多也。"① 则《螽斯》篇似乎表现的是西周初年王室的求子仪式。而从《合》27643、27644、27645等来看，甲骨卜辞的这些求子仪式似乎也与殷商王室有关。这说明，像西周

---

① 阮元：《十三经注疏》，中华书局，1980 年，第 279 页。

初年的《螽斯》所描写的求子仪式样式，可能是殷商文化习俗的延续。这其中，诗乐舞合一的痕迹是十分明显的。《螽斯》当为祈子仪式中所唱。此为诗乐舞合一已无疑问。而在甲骨卜辞中，祈求后妃有子的记载比较多。在这些求子仪式中，由于殷人尚声，诗乐舞自然是必不可少的内容。《螽斯》为西周初年，甚至有认为是周文王时期的产物，则其中的殷商文化色彩亦十分浓厚。《螽斯》因为《诗经》传播而保留下来了歌词，但相应的乐谱和舞蹈内容却亡佚了，而从甲骨卜辞可以看出殷商时期的乐舞活动，但因书写工具等所限，不知当时具体的诗歌内容。而将《螽斯》与卜辞相互发明，则无疑可以说明甲骨卜辞中的诗乐活动以及《诗经》中的篇章实质都是诗乐舞合一的结构形式。另，据上文《那》与卜辞比照也可说明，凡甲骨卜辞中的诗乐活动，皆为诗乐舞合一的综合艺术。又如，《合》28209、31033 都有林舞：

(1) 癸……

(2) 虫甲午王受年。

(3) 虫祖丁林舞用，又正。

(1) 甲午……

(2) 虫万舞。 大吉

(3) 虫林舞又正。 吉

(4) 虫辛奏又正。

(5) …… 奏…… 正。

这很可能记载的是桑林之诗乐活动。据传世文献来看，这些在桑林祭祀时的诗乐活动是十分隆重的。桑林为殷商重要祭祀活动地点之一，并最终诞生以桑林命名的诗乐舞篇章。今本《竹书纪年》说商汤"十九年，大旱"、"二十年，大旱"、"二十一年，大旱"、"二十二年，大旱"、"二十三年，大旱"、"二十四年，大旱。王祷于桑林，雨"。① 连续的大旱，故商汤不得不"祷于桑林"求雨。《吕氏春秋·顺民》说："昔者汤克夏而正天下，天大旱，五年不收。汤乃以身祷于桑林，曰：'余一人有罪，无及万夫；万夫有罪，在余一人。无以一人之不敏，使上帝鬼神伤民之命。'于是剪其发，磨其手，以身为牺牲，用祈福于上帝，民乃甚说，雨乃大至。"《太平御览》卷八十三引《尸子》曰："汤之救旱，素车白马、布衣，身婴白茅，以身为牲。"这样隆

---

① 《竹书纪年二卷》，梁沈约注，明范钦订，嘉靖中四明范氏天一阁刊本。

重的求雨仪式当然是离不开诗乐活动的。这场求雨仪式即诞生了著名的殷商诗乐《桑林》，直到春秋时期还在演奏，如《左传》襄公十年载"宋公享晋侯于楚丘，请以《桑林》"。这是殷商的后裔宋人为晋国国君表演《桑林》。《桑林》也是有歌词的，《荀子·大略篇》记载了商汤求雨时《桑林》之乐的歌词：

> 政不节与？
> 使民疾与？
> 何以不雨至斯极也？
> 宫室盛与？
> 妇谒盛与？
> 何以不雨至斯极也？
> 苞苴行与？
> 谗夫兴与？
> 何以不雨至斯极也？①

《说苑·君道篇》所载与此略同。可以看出，歌词分前后三章，多为反省政治是否清明之辞。主要通过罪己以祈求上帝降雨。这充分说明，殷商时期的求雨仪式是诗、乐、舞合一的综合艺术。殷商卜辞所载其他如祭祖仪式、山川祭祀之诗乐活动当与此同。这也为商以降诗乐发展确立了基本范型。

3. 强烈的功利目的

从以上所引甲骨卜辞可知，殷商诗乐活动都带有强烈的功利目的。求雨、祭祖、山川祭祀以及出行、婚嫁、田猎等无不伴随隆重的诗、乐、舞活动。这里，诗乐舞只是娱神的手段。其目的或祈求上帝降雨，或祈求先公先王赐福，或祈求神祇祓除灾祸等等，带有强烈的功利性质。这与卜辞性质也有很大关系。卜辞记录的主要是占卜过程与结果，而占卜多与社会政治事件有关。因此，在这些以占卜祭祀为主题的社会活动里，其中的诗乐无疑带有强烈的上层建筑特征，其中宫廷、贵族、宗庙、礼仪的色彩自然是十分强烈的。即使娱神也带有强烈的政治礼仪色彩，因此，这样的诗乐自然属于雅乐。故吕祖谦《左氏传说》卷十六曰：

---

① 王先谦：《荀子集解》，中华书局，1988 年，第 504 页。

楚是蛮夷之国，令尹子元欲蛊文夫人，为馆于宫侧，振万焉。为恶慝之事，以行不正，固不可言。然而用万舞之乐，尚自存雅正之音。使当时敢肆行淫乐，子元用之必矣。以此见春秋之正气胜淫乐，尚未敢放行到得后来郑赂宋以女乐之蒙，齐人归女乐，晋侯赐魏绛女乐二八，是女乐尚用于当时之诸侯，及其大宗以女乐赂魏子，是淫声已徧于天下矣。

万舞是雅乐，这是毫无疑问的。其在春秋时期仍然承载着雅乐的基本功能，实践着政治礼仪作用。但，卜辞之雅乐体系发展至殷商后期，受到很大冲击，以娱人为主要目的的俗乐逐渐兴起。《史记·殷本纪》：

帝纣资辨捷疾，闻见甚敏；材力过人，手格猛兽；知足以距谏，言足以饰非；矜人臣以能，高天下以声，以为皆出己之下。好酒淫乐，嬖于妇人。爱妲己，妲己之言是从。于是使师涓作新淫声，北里之舞，靡靡之乐。厚赋税以实鹿台之钱，而盈钜桥之粟。益收狗马奇物，充仞宫室。益广沙丘苑台，多取野兽蜚鸟置其中。慢于鬼神。大绩乐戏于沙丘，以酒为池，县肉为林，使男女倮相逐其间，为长夜之饮。

显然，殷商后期的"淫乐新声"与卜辞系统的雅乐风格迥异。北里之舞，靡靡之乐，这实际上是新兴的民间俗乐开始走进殷商宫廷。《史记·乐书》：

故舜弹五弦之琴，歌南风之诗而天下治；纣为朝歌北鄙之音，身死国亡。舜之道何弘也？纣之道何隘也？夫南风之诗者生长之音也，舜乐好之，乐与天地同意，得万国之驩心，故天下治也。夫朝歌者不时也，北者败也，鄙者陋也，纣乐好之，与万国殊心，诸侯不附，百姓不亲，天下畔之，故身死国亡。

而卫灵公之时，将之晋，至于濮水之上舍。夜半时闻鼓琴声，问左右，皆对曰"不闻"。乃召师涓曰："吾闻鼓琴音，问左右，皆不闻。其状似鬼神，为我听而写之。"师涓曰："诺。"因端坐援琴，听而写之。明日，曰："臣得之矣，然未习也，请宿习之。"灵公曰："可。"因复宿。明日，报曰："习矣。"即去之晋，见晋平公。平公置酒于施惠之台。酒酣，灵公曰："今者来，闻新声，请奏之。"平公曰："可。"即令师涓坐师旷旁，援琴鼓之。未终，师旷抚而止之曰："此亡国之声也，不可遂。"平公曰："何道出？"师旷曰："师延所作也。与纣为靡靡之乐，武王伐纣，师延东走，自投濮水之中，故闻此声必于濮水之上，先闻此声者国削。"平公曰："寡人所好者音也，原遂闻之。"师涓鼓而终之。

当然，其目的正如后来汉武帝采民间诗歌一样，仅为满足统治者耳目娱乐所需罢了。《史记·殷本纪》：

> 纣愈淫乱不止。微子数谏不听，乃与大师、少师谋，遂去。比干曰："为人臣者，不得不以死争。"乃强谏纣。纣怒曰："吾闻圣人心有七窍。"剖比干，观其心。箕子惧，乃详狂为奴，纣又囚之。殷之大师、少师乃持其祭乐器奔周。周武王于是遂率诸侯伐纣。纣亦发兵距之牧野。甲子日，纣兵败。纣走入，登鹿台，衣其宝玉衣，赴火而死。周武王遂斩纣头，县之白旗。杀妲己。释箕子之囚，封比干之墓，表商容之闾。封纣子武庚、禄父，以续殷祀，令修行盘庚之政。殷民大说。于是周武王为天子。其后世贬帝号，号为王。而封殷后为诸侯，属周。

"殷之大师、少师乃持其祭乐器奔周"说明，以祭祀为主要目的的雅乐体系在殷商后期被边缘化。从强调政治礼仪的卜辞雅乐风格到纯粹为满足耳目享受的俗乐追求，诗乐观的改变甚至成为周武伐纣的一大理由，《史记·周本纪》：

> 居二年，闻纣昏乱暴虐滋甚，杀王子比干，囚箕子。太师疵、少师强抱其乐器而饹周。于是武王遍告诸侯曰："殷有重罪，不可以不毕伐。"乃遵文王，遂率戎车三百乘，虎贲三千人，甲士四万五千人，以东伐纣。十一年十二月戊午，师毕渡盟津，诸侯咸会。曰："孳孳无怠！"武王乃作太誓，告于众庶："今殷王纣乃用其妇人之言，自绝于天，毁坏其三正，离逿其王父母弟，乃断弃其先祖之乐，乃为淫声，用变乱正声，怡说妇人。故今予发维共行天罚。勉哉夫子，不可再，不可三！"

尽管政权更替，西周代殷。但殷商后期诗乐观的转变对整个诗乐发展产生了重要影响，即以民间诗乐为代表的"淫乐""新声"走上政治舞台，这可能也是《诗经》中郑、卫之风浓郁的根本原因吧。

第二章　铜器铭文与周代文学批评思想之发展

　　文学批评在周代获得了巨大发展。传世文献已经可以说明一些问题。20 世纪，中国文学批评史学科建立，开始关注周代文学批评思想的发展历程。但在一些根本性问题上，中国文学批评史界出现了巨大分歧。诸如，关于中国文学批评思想的萌芽问题，关于中国文学观念的演变问题等等。仅靠传世文献，显然已经不能解决中国文学批评史研究的许多分歧。而且，在传世文献基础上建立起来的中国文学批评史学科，本身就具有材料方面的先天不足，对出土文献的关注不够，导致 20 世纪中国文学批评史学科发展的局限性。周代，是中国文化高度发展繁荣期，以礼乐为核心的青铜文化，其中蕴涵丰富的批评思想。无论在范畴，还是在批评方法、批评标准以及理论体系等方面，均对中国文学批评思想发展产生巨大推动作用。

第一节　中国文学批评思想之萌芽

　　中国文学批评思想的萌芽，是中国文学批评史学科的基本问题。但自中国文学批评史学科建立伊始，关于这个学科发展的基本问题就没有形成统一认识。在 20 世纪的中国文学批评史著述中，各家对于中国文学批评思想萌芽的时间和地域众说纷纭。一个学科，连最基本的问题都不能解决，这无疑会严重阻碍学科的进一步发展。这个学科的基本问题，决定了各家著述从哪里说起，也就是说，中国文学批评史的上限从哪里开始。而要解决这一学科发展的基本问题，不得不依靠出土文献，特别是青铜器铭文了。

一、20世纪中国文学批评萌芽问题述略[①]

20世纪，关于中国文学批评萌芽问题的研究经历了三个发展阶段。每个阶段，对中国文学批评之萌芽都存在不同的认识。主要有《易经》说、《诗经》说、春秋战国说、两汉说等。产生分歧的主要原因在于判断标准不同、意识形态发展以及研究方法之影响。

自1927年陈钟凡《中国文学批评史》问世，中国人便掀起了自己研究并撰写中国文学批评史著作的浪潮。随着一大批中国文学批评史著述的诞生，中国文学批评史作为一门学科在20世纪的中国被真正建立了起来。作为一门学科，中国文学批评史必然要回答中国文学批评思想的萌芽问题。而关于这一问题的探讨，在20世纪中国文学批评史研究领域可以说是众说纷纭。

此节主要论析20世纪关于中国文学批评思想萌芽问题的研究历程及产生分歧之原因。而关于中国文学批评思想萌芽的具体时间和地域之论述，详见下文"从《诗经》与铜器铭文看中国文学批评思想的萌芽"。

（一）中国文学批评萌芽问题的研究历程

大体而言，20世纪关于中国文学批评萌芽问题的探讨，经历了三个发展阶段。

1. 1927年前后至1949年

虽然中国人写的第一部《中国文学批评史》著作诞生于1927年。但作为一门学科，中国文学批评史的肇端却在1927年之前。与中国文学史学科的诞生一样，中国文学批评史学科的形成是在西学东渐背景下发生的。西学的影响，主要表现在两个方面，其一，日本学者研究之影响。例如，1925年，铃木虎雄的《中国诗论史》，应该算第一部中国文学批评史研究著作。该著已经涉及了中国诗论发生的时间问题。该书第一章"尧舜及夏殷时代"云：

> 中国上古时代的诗论，由于没有文献可证，所以难以了解详情，即使是有文献可查可考者，也恐怕不能算作真正的诗歌理论。任何理论都是建立在大量的现象材料基础之上的，因而诗歌理论只能产生于民族文化得到较大的

---

① 此部分内容发表于《湖南文理学院学报》2009年第5期。又收在《新中国文论60年：中国中外文艺理论学会年刊（2009年卷）》，知识产权出版社，2010年4月；《金波涌处晓云开——庆祝顾易生教授八十五华诞文集》，复旦大学出版社，2010年10月。

发展之后，在中国，也就是魏晋以后。①

虽然，《中国诗论史》从尧舜时代写起，但铃木虎雄却并不认为中国诗歌理论产生于此时，而认为真正的诗歌理论诞生于魏晋时期。该书第二篇第一章"魏代——中国文学的自觉期"说：

> 通观自孔子以来直至汉末，基本上没有离开道德论的文学观，并且在这一段时期内进而形成只以对道德思想的鼓吹为手段来看文学的存在价值的倾向。如果照此自然发展，那么到魏代以后，并不一定能够产生从文学自身看其存在价值的思想。因此，我认为，魏的时代是中国文学的自觉时代。②

铃木虎雄认为魏的时代是中国文学自觉时代，也是中国真正诗歌理论的产生期。但文学自觉应该已经是文学批评的成熟期了，当然不等于文学批评的萌芽。事实上，《中国诗论史》在魏代之前，用不少篇幅论述了先秦时期孔子及其弟子的诗论思想，还着重论述了两汉时期的《毛诗序》及三家诗的理论以及扬雄、班固的辞赋观等。虽然没有明说，但铃木虎雄似乎是将孔子时代视为中国文学批评思想之萌芽。

铃木虎雄"对中国诗论史乃至中国文学批评史的研究，尤具创造性功绩"。铃木虎雄之后，其弟子青木正儿的《中国文学思想史》更是直接影响到了诸如罗根泽《中国文学批评史》等中国人文学思想史的撰写。此外，1925年本间久雄的《新文学概论》、1930年宫岛新三郎的《文艺批评史》等，均对中国文学批评史学科发展产生了一定影响。陈钟凡写的中国人第一本《中国文学批评史》所列的参考书，除了国人著述外，剩下的就是日本学者之著作，其中包括铃木虎雄的《支那诗论史》(《中国诗论史》)、儿岛献吉的《支那文学考》、盐谷温的《支那文学概论讲话》。③

其二，欧美以及前苏联文学批评思想的影响。除日本外，欧美以及前苏联文艺批评思想对第一阶段中国文学批评史学科的发展影响也很大。例如，1924年，愈之译述"东方文库第十六种"之《文学批评与批评家》；1925年，傅东华译美国琉威松博士《近世的文学批评》；1926年，傅东华译美国蒲克

---

① 铃木虎雄：《中国诗论史》，许总译，广西人民出版社，1989年，第3页。
② 铃木虎雄：《中国诗论史》，许总译，广西人民出版社，1989年，第37页。
③ 陈钟凡：《中国文学批评史》，中华书局，1927年，第178页。

女士的《社会的文学批评论》；1936 年，王西凡译《伯林斯基文学批评》；1948 年，刘辽逸译《论文学批评的任务》等等。这些译介，无论是理论还是范畴，均对中国文学批评史研究产生很大影响。例如，1943 年陈诠《文学批评的新动向》就是深受西方文艺思潮影响的文学批评理论力作。其第一章第一节"文学批评的新动向"说：

> 文学批评，在什么时候发生的呢？问题在历史事实上，很不容易解答，然而在常识推理方面，却非常容易解答，因为在世界文学史里边，愈到上古，事实愈模糊，材料愈缺少，无论考据家怎样费工夫也不能断定谁是文学批评的鼻祖。假如我们用笛卡儿思想的方法，先从极简单明白，在常识方面谁也不能否认的事实推论，那么我们就可以立刻建设第一个不可动摇的公理，就是：
> 先有文学，后有批评。[1]

陈诠的这种认识，显然深受世界文学史的影响。而且，用这个结论来判断中国文学批评思想的萌芽，似乎也很有效。因此，这种认识也被 20 世纪的各种中国文学批评史著述采纳，常常以之判断中国文学批评思想的萌芽。例如，郭绍虞说"文学批评的产生和发展，是在文学的产生和发展之后"，"文学批评必须在文学相当发展之后，才能产生，才能发展，才能完成"[2]。敏泽《中国文学理论批评史》"绪论"部分也说：

> 艺术起源于劳动，它的历史是很久远的。我国有文字记载的历史，开始于商朝。自商以后，文学才形之于文字。先有文学创作的实践，说明、概括文学创作的理论才逐渐产生发展起来。[3]

张少康、刘三富《中国文学理论批评发展史》也说：

> 文学理论批评是在文学创作产生之后，在一定文化发展条件下的必然现象，它应当是很早的。但是，我们现在研究文学理论批评的产生，只能从有文字记载开始。[4]

---

① 陈诠：《文学批评的新动向》，正中书局，1943 年，第 1 页。
② 郭绍虞：《中国文学批评史》，上海古籍出版社，1979 年，第 1 页。
③ 敏泽：《中国文学理论批评史》，人民文学出版社，1981 年，第 3 页。
④ 张少康、刘三富：《中国文学理论批评发展史》，北京大学出版社，1995 年，第 15 页。

　　文学批评是对文学的批评。文学批评不是空中楼阁，它必须在文学获得较大发展的基础上产生并发展。因此，文学批评的起源只能在文学之后而不能超前。

　　在中国文学批评史学科发展的第一阶段，各种中国文学批评史著述，甚至包括日本学者的著作，似乎一致认为，中国文学批评思想的萌芽在先秦时期。其中有如下代表性观点：

　　（1）先秦说

　　此说认为中国文学批评萌芽于先秦，但并未确定一个具体的时间点。例如，1947 年傅庚生的《中国文学批评通论》将中国文学批评史分为如下几个发展阶段：

> 先秦文评之规模——两汉批评学渐趋精密——魏晋南北朝文论之盛——隋唐复古主张之萌芽于确立——两宋文评与诗话——元明文评与公安派等——清之铜城派等。①

　　在这条中国文学批评史发展线索上，先秦无疑被视为了萌芽。傅庚生在其著作中具体论述了从殷商"惟尚质实"到《论语》《周礼》《孟子》《荀子》的文学批评思想，得出的结论是先秦"虽尚不过枝节之辞，而规模犕具矣"。②

　　（2）《诗经》说

　　此说以 1934 年罗根泽《中国文学批评史》为代表。该书第二篇"周秦的文学批评"之"诗人的自述"说：

> 到《诗经》时代的《南》与《风》的作者，便逐渐的透露了作歌的意义。《魏风·园有桃》说："心之忧矣，我歌且谣。"这虽然没有明说歌谣是心之忧或乐的表现，但亦暗示"心之忧矣"是可以表现于歌谣的。
>
> 到作《雅》《颂》的诗人，对作诗的意义，便不但有暗示，且有明言了。《小雅·节南山》说："家父作诵，以究王訩；式讹尔心，以畜万邦。"《巷伯》说："寺人孟子，作为此诗；凡百君子，敬而听之。"《大雅·崧高》说："吉甫作诵，其诗孔硕，其风肆好，以赠申伯。"《烝民》说："吉甫作诵，穆如清风。仲山甫永怀，以慰其心。"《鲁颂·閟宫》说："奚斯所作，孔曼且

---

① 傅庚生：《中国文学批评通论》，商务印书馆，1947 年，第 2 页。
② 傅庚生：《中国文学批评通论》，商务印书馆，1947 年，第 36 页。

硕，万民是若。"①

罗根泽关于中国文学批评思想萌芽的认识来源于日本学者青木正儿的《中国文学思想史》。罗根泽在后来的修订本中已经说明，而且将《诗经》中的文学批评思想分成五类。② 青木正儿《中国文学思想史》列有"《诗经》表现的诗的观念"一节，其中主要包括罗根泽所引用的四类，而其第五类则为"有的以讴歌圣代为目的"，③ 与罗根泽所列第五点稍有不同。

（3）春秋战国说

例如，1934 年郭绍虞《中国文学批评史》第一章第一节"孔门之文学观"说：

> 在周秦诸子的学说中本无所谓文学批评，但因其学术思想在后世颇有权威，故其及于文学批评者，也未尝不有相当的影响；——尤其以素主尚文之儒家为尤甚。盖后人以崇儒学之故，遂亦宗其著述；以宗其著述奉为文学模范之故，遂更连带信仰其文学观念；于是，这种文学观念遂成为传统的势力而深入人心。④

实际上，1927 年陈钟凡的《中国文学批评史》就是从孔子写起的。⑤ 类似的，1943 年朱东润《中国文学批评史大纲》第二"孔子孟子荀子及其他诸家"也说：

> 文学者，民族精神之所寄也。凡一民族形成之时期，其哲人巨子之言论风采，往往影响于其民族精神，流风余韵，亘千百年。故于此时其中，能深求一代名哲之主张，于其民族文学之得失，思过半矣。此其人虽不必以文学批评家论，而其影响之大，往往过一般之批评家远甚。《虞书》曰："诗言志，歌永言，声依永，律和声。"旧说以为虞舜之言，说诗者多称道之，所托虽古，实不足信。求古人之言论，要不出春秋以来，其时实为吾民族形成之时代。⑥

---

① 罗根泽：《中国文学批评史（一）》，人文书店，1934 年，第 8 页。
② 罗根泽：《中国文学批评史（一）》，上海古籍出版社，1984 年，第 35 页。
③ 青木正儿：《中国文学思想史》，孟庆文译，春风文艺出版社，1985 年，第 23 页。
④ 郭绍虞：《中国文学批评史》，上海书店，1934 年，第 11 页。
⑤ 陈钟凡：《中国文学批评史》，中华书局，1927 年，第 10 页。
⑥ 朱东润：《中国文学批评史大纲》，开明书店，1943 年，第 3 页。

2. 中华人民共和国成立后的 17 年

中华人民共和国成立后，中国文学史与文学批评史的研究均出现了不同的起伏阶段。50 年来，中国文学史与文学批评史研究又在不同历史阶段呈现出不同的发展趋势。学界一般将这 50 年的中国文学批评史研究分为三段，前 17 年为一段，后 23 年为一段，中间为十年"文革"。"文革"十年，学术荒芜，可以忽略不计。我们主要考察前 17 年与后 23 年。

前 17 年，在中国文学批评思想萌芽问题的研究上，与 20 世纪前 50 年相较，又有了巨大的发展。形成了以下几种代表性认识：

（1）春秋战国说

以郭绍虞 1959 年的《中国古典文学理论批评史》为代表。该书第二章"春秋战国"有专节"现实主义理论批评的萌芽"，论述说：

> 春秋战国是中国学术文化史上光辉灿烂的黄金时代。古典文学的理论批评就在这一时期开始萌芽，而首先开创这个风气的，也即是首先使私人设教成为风气的孔子。[①]

《中国古典文学理论批评史》，这是郭绍虞在前 17 年中不断学习改造思想后对其《中国文学批评史》的第二次修订。与其 1934 年著述比照，不难发现，在关于中国文学批评思想萌芽时间问题上，前后之说并无不同。但在萌芽的内涵上，前后之说则是不尽一致的。前说判断的依据是"文学观念的演进"，即所谓纯文学观念之发展演进，成为判断中国文学批评思想萌芽的理据。而后说则重在"现实主义理论"上，并将整个中国文学批评思想的发展简单分解成"现实主义文学批评"与"反现实主义文学批评"。[②] 这其中强烈的意识形态色彩是不言而喻的。虽然在时间上限，郭绍虞前后之说完全相同，但在关于中国文学批评思想萌芽的内涵上，郭绍虞的前后之说则大相径庭。而在 1979 年的《中国文学批评史》修订本中，郭绍虞在这一问题上则又作出了与之前迥异的判断。

（2）两汉说

1959 年，吉林大学中文系中国文学史教材编写小组编写了《中国文学史稿》。该书第六章"魏晋南北朝文学批评"第一节"文学批评的发展"论

---

① 郭绍虞：《中国古典文学理论批评史（上）》，人民文学出版社，1959 年，第 14 页。

② 郭绍虞：《中国古典文学理论批评史（上）》，人民文学出版社，1959 年，第 5 页。

述说：

> 文学批评的形成大致经过这样几个阶段：春秋战国孔（丘）、孟（轲）、墨（翟）、庄（周）、荀（卿）、韩（非）诸家，都发表过一些有关文学批评的言论，不过是只言片语，未能触及到文学的根本问题，属于文学批评的孕育期。两汉司马迁、扬雄、桓谭、王充等人，进一步提出了许多新的文学主张，是文学批评的萌芽时期；到了魏晋六朝，经过刘勰、钟嵘等人努力，文学批评在中国文学的土壤上才算正式建立起来。①

《中国文学史稿》是吉林大学中文系集中五四、五五、五六三个年级44位同学和八位教师，根据五四级同学所编大纲，在仅仅两三周的时间内，突击完成初稿，然后稍作修改，便出版使用的。这部教材的出版，是有其特殊历史文化背景的。书前的《说明》言道：

> 在我们的修改过程中，北大中文系五五级同学所编著的《中国文学史》已经出版，而且在全国范围内展开了关于中国文学史若干基本理论问题的讨论。这些问题在我们小组内也有热烈争论，因而，我们的论点也有所改变。但稿本系一面讨论修改，一面付印，已付印部分有的论点修改不及，这是我们至以为憾的。

显然，此书从编写到修改，均受到当时中国文学大讨论风潮之影响。很可能在修改时参照了当时北京大学中文系五五级编《中国文学史》。在中国文学批评的发生问题上，吉林大学《中国文学史稿》与北京大学中文系五五级编的《中国文学史》比较接近。北京大学中文系五五级编《中国文学史》"附论文学批评的萌芽"说：

> 文学批评是在文学发展以后才产生的。早在先秦时代孔子就提出了"尚文"、"尚用"的主张，荀子则正式奠定了传统的文学观（"明道"、"宗经"、"征圣"），而王充又进一步修正了它。②

吉林大学《中国文学史稿》和北京大学五五级编《中国文学史》均认为

---

① 吉林大学中文系中国文学史编写小组：《中国文学史稿·先秦至隋部分》，吉林人民出版社，1961 年，第 294 页。

② 北京大学中文系文学专门化 1955 级集体编著：《中国文学史（上）》，人民文学出版社，1958 年，第 110 页。

中国文学批评思想萌芽于汉代。但前者认为这种萌芽始自西汉初年，西汉时期的代表人物有司马迁、扬雄。而尽管这两部文学史判断中国文学批评思想萌芽的依据都是"新的文学主张"的出现，但二者显然在"新文学主张"发生的时间点上分歧较大。虽然二者都认可王充为中国文学批评思想萌芽的代表人物，但推崇度却很不一样。前者所认可的扬雄等，在后者看来，与王充根本不能相提并论。北京大学五五级编《中国文学史》论曰：

> 王充的文学主张不仅在崇尚典丽、崇尚对偶、以夸饰制胜的汉赋风行时独树一帜，起到了积极的、进步的作用，而且对后世影响也很大。象晋代葛洪、唐代刘知几、清代章学诚等都或多或少受到了他的影响，而这种主张就是对今天文学创作来说，也不无意义。
>
> 两汉辞赋大家扬雄发展了传统的文学观。他的主张文学应当反映现实，协助政治，但缺乏历史观念，走向复古，并且还不能摆脱汉赋的影响，在创作上也陷入了摹拟的巢臼，与王充是不能相比的。①

显然，北大《中国文学史》著者也并非没有发现扬雄在文学观发展方面的贡献，但认为扬雄有一个最大的问题——"复古"，故与王充不能比拟。

与北大《中国文学史》贬抑扬雄不同，1952 年谭丕模的《中国文学史纲》则高度评价扬雄，并将扬雄视为中国文学批评萌芽的代表人物。《中国文学史纲》"文学批评的受胎"：

> 在汉代文学批评也受胎了。在汉代地主经济和中央集权政治支配下，精神文化也要受统治，文学规范也没有不注射儒教精神的。扬雄《法言》的《吾子篇》，乃是发挥文学批评的篇章。在他这篇文章以前，还没有人像他这样原原本本来谈文学理论的东西。文学批评当在这个时候受胎，而杨雄就是帮助文学批评受胎的助手。②

显然，在"两汉说"中，各家的具体所指也不尽一致。无论从中国文学批评萌芽的时间和代表性人物上均存在一定差异。

---

① 北京大学中文系文学专门化 1955 级集体编著：《中国文学史（上）》，人民文学出版社，1958 年，第 112 页。

② 谭丕模：《中国文学史纲》，商务印书馆，1954 年，第 112 页。

（3）先秦两汉说

1963 年，游国恩《中国文学史》第八章"魏晋南北朝的文学批评"说：

> 建安以前，中国没有文学批评专著。但是，先秦的《论语》《孟子》《庄子》《荀子》，两汉的《史记》《汉书》《法言》《论衡》以及解释《诗经》《楚辞》的著作里，都散存着一些有关文学的言论，这些言论或提出了一些文学批评的根本原则，或评述古代及当代的文学作品，虽然只是一些片断，对后代的文学批评却起了很大的开创、启发、引导的作用。①

此虽没有明确说出"萌芽"二字，但从前后文意不难看出，游国恩《中国文学史》是将先秦两汉视为中国文学批评思想的萌芽。但这种说法似乎有些笼统，因为将中国文学批评的萌芽放在先秦两汉如此漫长的时空里，实际上很难说明什么具体问题。

3. 20 世纪的后 23 年

这个阶段是中国文学批评史研究蓬勃发展期。参与研究的人数众多，成果丰硕，形成一个发展高峰。而这个时期关于中国文学批评思想萌芽的论述，大多是在前人研究基础上的深化。也有一些新的论点产生，但这些结论本身似乎难以经得起推敲。

（1）《易经》说

以 1995 年出版的张少康、刘三富《中国文学理论批评发展史》为代表。该书第一章讲"先秦的文学观念和文学理论批评的萌芽"，其中第二节"文学理论批评的萌芽"说：

> 最早比较明确地表现了文学理论批评方面的见解的是《易经》中《家人》卦的象辞："君子以言有物。"以及《艮》卦爻辞六五："言有序。"这是后世文学理论批评中有关内容和形式基本要求的滥觞。"言有物"即是要求文学创作必须有充实的内容；"言有序"即是要求文学创作具备能正确表达内容的精练的语言形式。②

---

① 游国恩等：《中国文学史（一）》，人民文学出版社，1963 年，第 312 页。
② 张少康、刘三富：《中国文学理论批评发展史》，北京大学出版社，1995 年，第 17 页。

（2）《诗经》说

主张此说的主要有 1981 年敏泽的《中国文学理论批评史》，以及 1996 年顾易生、蒋凡的《先秦两汉文学批评史》等。敏泽《中国文学理论批评史》说：

> 从《诗经》中这些诗发表的对于诗歌功用的看法中，我们可以看出，自从人类进入阶级社会以后，不同阶级对于诗歌的社会作用的看法和要求就是截然不同的，它总是反映着一定的阶级利益和愿望。处于萌芽状态的文学理论批评也不例外。

敏泽认为"在最初的文学批评产生时，我国的文学已经发展到很高的地步，产生了第一部诗歌总集《诗经》"。① 因此，其《中国文学理论批评史》在确定"文学理论批评的萌芽"时把《诗经》看成最早的源头。吾师顾易生先生也说："在我国第一部诗歌总集《诗经》的某些篇章中，其作者也直接诉说了自己的创作目的与态度，反映其对文学的作用和社会意义的认识，虽然朴素、简短，却富有现实性，为我国文学批评的雏形。"②

（3）春秋战国说

以 1987 年蔡钟翔、黄保真、成复旺《中国文学理论史》为代表。该书第一编"先秦两汉"的"概述"部分说：

> 春秋战国，是中国古代文化的发祥期，中国文学理论的历史也在这时候揭开了序幕。
>
> 百家争鸣的中心论题之一，是对于诗书礼乐的评价。由于诗书礼乐与文艺直接相关，先秦诸子的文艺观也集中地在这个问题的争论中得以展现。③

（4）晋代说

以郭绍虞 1979 年版《中国文学批评史》为代表。该书"绪论"部分的"文学批评是怎样产生的"论曰：

> 文学批评的产生和发展，是在文学的产生和发展之后。在文学产生并且相当发展以后，于是要整理，整理就是批评。……以前的目录学者常把总集

---

① 敏泽：《中国文学理论批评史》，人民文学出版社，1981 年，第 3 页。
② 顾易生、蒋凡：《先秦两汉文学批评史》，上海古籍出版社，1996 年，第 27 页。
③ 蔡钟翔、黄保真、成复旺：《中国文学理论史（一）》，北京出版社，1987 年，第 3 页。

与文史合为一类，是也有相当理由的。所以挚虞《流别》，李充《翰林》，也就成为文学批评的滥觞。①

以上诸说，第 2、3 说是前人已有之论述。这些认识主要在具体材料的发掘和理论深刻性方面有所发展。第 1、4 说是创新之说。关于第 1 说的辨析，可参阅拙文《从〈诗经〉与铜器铭文看中国文学批评思想的萌芽》，②此不赘述。郭绍虞的"晋代说"将中国文学批评思想的萌芽定格在晋代，这与他之前的说法，从时间上看相差八九百年。这充分说明其前后思想认识的巨大变化。但问题是，郭绍虞 1979 年版《中国文学批评史》与 1934 年版相比较，可以明显看出，79 年版只是修改了绪论部分，而正文却与 34 年版无异。而"晋代说"的出现恰好就在 79 年版的绪论中。79 版"绪论"虽然说晋代是中国文学批评思想之滥觞，但正文却又从"孔门的文学观"写起，这似乎与"绪论"是矛盾的。因此可以看出，这样的结论显然是不成熟的。而且，将晋代视为中国文学批评的滥觞，那中国文学批评的发展与繁荣期又在何时？将一个文学批评理论思想泉涌的时代仅仅视为"滥觞"，明显与中国文学批评思想的发展实际不符。

（二）中国文学批评萌芽问题研究产生分歧之原因

以上诸说，在中国文学批评思想发生的时间上限上相差是很大的。最早的《易经》说将中国文学批评思想的起源定格在殷周之际，与最晚的晋代说相差近一千三百多年。如此时空悬殊的说法，不得不令人深思。为什么会形成如此巨大的差异呢？深入分析，可以发现产生分歧的主要原因有：

1. 判断标准的不同

标准的不同，是导致判断中国文学批评萌芽产生分歧的根本原因。概而论之，相关著述大约有如下几种判断依据。其一，依据文学观念的发展演变；其二，依据文学的发展繁荣，主张"《诗经》说"的多半受此影响；其三，依据"新文学主张"的诞生，主张"两汉说"的大多受此影响。现以文学观念演进为例说明之。如 1934 年郭绍虞的《中国文学批评史》就是依据文学观念的演进，将中国文学批评萌芽的时间定在春秋战国。该书第一篇第五章"文学观念之演变所及于文学批评之影响"说：

---

① 郭绍虞：《中国文学批评史》，上海古籍出版社，1979 年，第 1 页。
② 谭德兴：《从〈诗经〉与铜器铭文看中国文学批评思想的萌芽》，《衡阳师范学院学报》，2008 年第 5 期，第 76~82 页。

文学观念之所以逐渐演进，逐渐正确，其原因已如上述。我们且再看这种文学观念的演进，与文学批评的发展有什么关系。本来，对于文学观念的认识既得逐渐正确而清楚，也即是文学批评本身的演进，因为这本是文学批评中的一个重要的中心的问题。所以文学观念逐渐演进，逐渐正确，则文学批评的发展，也随之而逐渐进行。①

依据文学观之发展，郭绍虞将整个中国文学批评史分成三个时期：一是"文学观念演进期"（周秦迄南北朝），二是"文学观念复古期"（隋唐迄北宋），三是"文学批评完成期"（南宋、金、元直至现代）。春秋战国，为文学观念杂糅时代。郭绍虞说："周、秦时期所谓'文学'，兼有文章博学二义：文既是学，学不离文，这实是最广义的文学观念，也即是最初期的文学观念。"② 此时的"文学"虽然杂糅文与学，但其中孕育着"文"的种子，故可视为文学批评的萌芽。

再如，蔡钟翔等《中国文学理论史》也是依据文学观念发展建立起来的文学批评史线索。其"绪言"说道：

　　一切文学理论体系的建立，首先都要回答什么是文学。从古至今的中国文学理论，使用过两种不同的文学观念。建立了两个不同的范畴体系，经历了两个不同的发展时期，而"五四运动"前后发生的新文学运动，则大体上可以作为历史的分界。我们这里说中国文学理论是以杂文学观念为基础建立起来的范畴体系，是指周秦以迄清末。③

同样据文学观之发展来作判断，郭绍虞与蔡钟翔等都将中国文学批评的萌芽时间定在春秋战国。但二者的内涵却是完全不同的。郭绍虞是从文学观分途发展而得出结论，而蔡钟翔等则一直从杂文学观本身考察得出结论。但无论文学观是否逐渐分化成杂与纯，其起始却均在春秋战国的杂文学观中。故二者判断中国文学批评萌芽的时间相同。

2. 意识形态的影响

意识形态的发展影响到对中国文学批评萌芽的判断。最明显的表现在中华人民共和国成立后的 17 年。例如，郭绍虞的《中国古典文学理论史》，尽

①　郭绍虞：《中国文学批评史》，上海书店，1934 年，第 9 页。
②　郭绍虞：《中国文学批评史》，上海书店，1934 年，第 3 页。
③　蔡钟翔、黄保真、成复旺：《中国文学理论史（一）》，北京出版社，1987 年，第 30 页。

管在文学批评萌芽的时间点上与 1934 年版一致，但依据的线索已经完全不同。该书"绪论"第三节"发展规律中的斗争问题"说："中国古典文学理论批评史可说是现实主义文学批评发生发展的历史，也就是现实主义文学批评和反现实主义文学批评斗争的历史。"① 原本以文学观念纯与杂的分途发展为考察线索，而今演变成只考察现实主义与反现实主义的斗争线索。尽管在萌芽的时间起点上不变，但实质迥异。故《中国古典文学理论批评史》中充满着斗争色彩，诸如《文心雕龙》"对形式主义的斗争"，隋唐"对齐梁形式主义文学的斗争"，"对初唐形式主义文学与形式主义理论批评的斗争"等等。这种影响直至 20 世纪 80 年代。例如，蔡钟翔等《中国文学理论史》"绪言"首要论述的就是"关于经济基础的决定作用问题"，开篇即云"历史唯物主义是把辩证唯物主义运用于人类社会史，也就是用社会存在来解释社会意识"；其次论述"关于阶级分析法问题"，主张"运用阶级分析法于中国文学批评史的研究"；再次论述"关于世界观问题"，认为"分析研究文学理论家的世界观仍然是有意义的，因为这样可以更深刻地揭示其理论观点的实质，有助于更确切地作出评价"。因此，虽然郭绍虞 1934 年《中国文学批评史》、1959 年《中国古典文学理论批评史》、朱东润《中国文学批评史大纲》以及蔡钟翔等《中国文学理论史》等均将春秋战国视为中国文学批评萌芽的起点，但影响其形成这一判断的内在因素是完全不同的。

3. 研究方法之影响

中国文学批评史作为一门独立学科，本不应依附其他学科而发展。但在 1949 年之后的前 17 年时间里，中国文学批评史研究有一个十分奇怪的现象，那就是纷纷杂糅在中国文学史研究中而展开。就文学批评著述本身来说，前 17 年的中国文学批评史研究著述并不丰富。1963 年，汤大民说："目前发行的几部中国古代文学批评史，大都是解放前出版的旧著的再版，虽有修订，但没有根本的改动。"② 前 17 年，新编的完整的中国文学批评史著述实际上只有一部，那就是 1962 年黄海章的《中国文学批评简史》。这与前 17 年中国文学史研究著述的繁荣景象形成巨大反差。而在这些文学史著述中，却有不少篇幅被用来研究中国文学批评史。如此的研究方法，自然会影响到对中国文学批评思想萌芽的判断。例如，前文云 17 年的中国文学史在论述中国文学批

---

① 郭绍虞：《中国古典文学理论批评史（上）》，人民文学出版社，1959 年，第 5 页。

② 汤大民：《简评〈中国文学批评简史〉》，学术研究，1963 年，第 5 期，第 101~104 页。

评萌芽时多将时间点定在两汉时期。究其原因，当是受到文学史研究之影响。吉林大学《中国文学史稿》第六章"魏晋南北朝文学批评"第一节"文学批评的发展"说："两汉司马迁、扬雄、桓谭、王充等人，进一步提出了许多新的文学主张，是文学批评的萌芽时期。"① 显然，其判断萌芽的依据是"新的文学主张"的提出。另，从当时强调现实主义，尚用、尚质的审美思潮出发，整个中国文学史研究的价值判断直接影响到对中国文学批评萌芽的认识。故王充往往成为中国文学史中中国文学批评萌芽的代表，而提出"诗人之赋丽以则，辞人之赋丽以淫"的扬雄则常常靠边站。

二、从《诗经》与铜器铭文看中国文学批评思想之萌芽②

从传世文献《诗经》与出土的铜器铭文可以发现，中国文学批评思想实际滥觞于西周王室。在西周初期的文化及文学实践活动中，周王室形成了自己的以诗乐批评为核心的文学批评理论与范畴。随着西周政治、经济与文化的不断发展，以诗乐批评为主要样式的文学批评亦获得巨大发展。据西周晚期的青铜乐器铭文可知，至西周后期，已经形成较成熟的诗乐批评理论与范畴。这些文学批评理论及范畴对之后的先秦文学批评思想发展产生了十分重要的影响。

（一）中国文学批评思想萌芽于《诗经》时代

中国文学批评史的研究对象主要是中国文学批评思想的发生、发展和演变过程。这其中必然要涉及一个学科研究最基本的问题，即中国文学批评思想最早起源于何时？在文章上节论述中，我们已经概括了 20 世纪中国文学批评史著述中关于中国文学批评思想萌芽问题的各种观点，主要有先秦说、《易经》说、《诗经》说、春秋战国说、两汉说、晋代说等等。以上诸说，在中国文学批评思想萌芽问题的认识上差异很大。最早的《易经》说将中国文学批评思想的起源定格在殷周之际，与最晚的晋代说相差近一千三百多年。如此悬殊的说法，不得不令人深思，到底中国文学批评思想最早起源于何时？有没有一个客观的判断标准呢？要回答此问题，不得不首先弄清楚"什么是文学批评"。

---

① 吉林大学中文系中国文学史编写小组：《中国文学史稿·先秦至隋部分》，吉林人民出版社，1961 年，第 294 页。

② 此部分内容发表于《衡阳师范学院学报》2008 年第 5 期。

"文学批评"一词本为舶来品。罗根泽《中国文学批评史》第一章第二节"文学批评界说"说:

> 按"文学批评"是英文 Literary Criticism 的译语。Criticism 的原来意思是裁判,后来冠以 Literary 为文学裁判,又由文学裁判引申到文学裁判的理论及文学理论。文学裁判的理论就是批评原理,或者说批评理论。所以狭义的文学批评就是文学裁判;广义的文学批评,则文学裁判以外,还有批评理论及文学理论。

按罗根泽的说法,狭义的文学批评发展在前,即先有对作家或作品的裁判,然后才有相关的文学裁判理论。因此,也必须有文学本身的发展繁荣,即一定的作家或作品,文学裁判才能有对象可评论。关于这一点,20世纪中国各文学批评史著述的认识是基本一致的。如郭绍虞说"文学批评的产生和发展,是在文学的产生和发展之后","文学批评必须在文学相当发展之后,才能产生,才能发展,才能完成"。① 敏泽《中国文学理论批评史》"绪论"部分也说:

> 艺术起源于劳动,它的历史是很久远的。我国有文字记载的历史,开始于商朝。自商以后,文学才形之于文字。先有文学创作的实践,说明、概括文学创作的理论才逐渐产生发展起来。②

张少康、刘三富《中国文学理论批评发展史》也说:

> 文学理论批评是在文学创作产生之后,在一定文化发展条件下的必然现象,它应当是很早的。但是,我们现在研究文学理论批评的产生,只能从有文字记载开始。③

既然文学批评是对文学的批评,那么文学批评就不是空中楼阁,它必须在文学获得较大发展的基础上产生并发展。因此,文学批评的起源只能以文学的发展为基准。当然,可信的文学批评思想之起源也只能从有文字记载的历史算起。那么,有文字记载的我国的"文学相当发展"阶段又应该在何时

---

① 郭绍虞:《中国文学批评史》,上海古籍出版社,1979年,第1页。
② 敏泽:《中国文学理论批评史》,人民文学出版社,1981年,第3页。
③ 张少康、刘三富:《中国文学理论批评发展史》,北京大学出版社,1995年,第15页。

呢？关于此问题，实际上 20 世纪学人的认识是十分明朗的，那就是《诗经》时代。例如，闻一多在《文学的历史动向》一文中说：

> 汉人功利观念太深，把《三百篇》做了政治课本；宋人稍好点，又拉着道学不放手——一股头巾气；清人较为客观，但训诂学不是诗；近人囊中满是科学方法，真厉害。无奈历史——唯物史观的与非唯物史观的，离诗还是很远。明明一部歌谣集，为什么没人认真的把它当文艺看呢？①

闻一多主张以诗看《诗》，以歌谣看《诗》，以文艺看《诗》。胡适在《谈谈诗经》中也说"《诗经》并不是一部圣经，确实是一部古代歌谣总集"。梁启超《要籍解题及其读法》中也说：

> 《诗三百篇》，为我国最古而最优美之文学作品。其中颂之一类，盖出专门文学家音乐家所制，最为典重斋皇。雅之一类，亦似有一部分出专门家之手。南与风则纯粹的平民文学也。前后数百年间各地方各种阶级各种职业之人男女两性之作品皆有，所写情感对于国家社会、对于家庭、对于朋友个人相互之际、对于男女两性间之怨慕……等等，莫不有其代表之作。②

既然《诗三百篇》是我国最古而最优美之文学作品，且其中作家众多、题材多样、情感丰富，则《诗三百篇》当为我国文学相当发展之产物。这种认识事实上也被作为一般文学常识写进了 20 世纪中国的各种文学史著作中。诗歌是最典型的文学样式之一，而《诗经》则是这种典型文学样式的汇编。那么，在这样一个典型文学样式大量发生，而且已经被有意识地汇编成册进行传播时，这其中难道没有文学裁判吗？古诗三千之说尽管有人不信，但从先秦典籍所记载的大量歌谣推测，实际上先秦的歌谣当远非三千之数，那么从数量众多的歌谣中汇编出三百余篇，这其中应该有一定的选择和评价标准。因此，此时文学批评思想的萌芽是完全可能的。

但文学批评思想是一种观念形态，要判断这种观念已经萌芽，显然不能仅从诗歌编纂的活动来看，还得看当时人们的口中是否说出文学批评性质的话语。实际上，《诗经》文本中是不乏这样的文学批评话语的，例如：

---

① 闻一多：《文学的历史动向》，《闻一多全集（1）》，三联书店，1982 年，第 203 页。
② 梁启超：《要籍解题及其读法》，《梁启超全集》，北京出版社，1999 年，第 4655 页。

心之忧矣，我歌且谣。（《魏风·园有桃》）

维是褊心，是以为刺。（《魏风·葛屦》）

夫也不良，歌以讯之。（《陈风·墓门》）

家父作诵，以究王讻。（《小雅·节南山》）

寺人孟子，作为此诗，凡百君子，敬而听之。（《小雅·巷伯》）

君子作歌，维以告哀。（《小雅·四月》）

啸歌伤怀，念彼硕人。（《小雅·白华》）

矢诗不多，维以遂歌。（《大雅·卷阿》）

王欲玉女，是用大谏。（《大雅·民劳》）

吉甫作诵，其诗孔硕，其风肆好，以赠申伯。（《大雅·崧高》）

吉甫作诵，穆如清风，仲山甫永怀，以慰其心。（《大雅·烝民》）

这些话语均出自当时的"诗人"之口。虽然形式很简短，但其中的文学批评色彩无疑是十分浓郁的。罗根泽称这些是"诗人的意见"，是最早暗示和明言作诗的意义的。不难看出，这些话语十分明确地表达了诗人对诗歌功用的认识，有以诗歌来进行美和刺；有以诗歌来泄导忧愁；还有以诗歌来舒慰他人的心灵。其中的情感意识是自觉的，审美价值取向也是明确的。而且其中区分了歌、谣、诗、诵等，也已经有了一定的文体论色彩。敏泽《中国文学理论批评史》说：

> 从《诗经》中这些诗发表的对于诗歌功用的看法中，我们可以看出，自从人类进入阶级社会以后，不同阶级对于诗歌的社会作用的看法和要求就是截然不同的，它总是反映着一定的阶级利益和愿望。处于萌芽状态的文学理论批评也不例外。

敏泽认为"在最初的文学批评产生时，我国的文学已经发展到很高的地步，产生了第一部诗歌总集《诗经》"。[1] 因此，其《中国文学理论批评史》在确定"文学理论批评的萌芽"时把《诗经》看成最早的源头。吾师顾易生先生也说："在我国第一部诗歌总集《诗经》的某些篇章中，其作者也直接诉说了自己的创作目的与态度，反映其对文学的作用和社会意义的认识，虽然朴素、简短，却富有现实性，为我国文学批评的雏形。"[2]

---

[1] 敏泽：《中国文学理论批评史》，人民文学出版社，1981 年，第 3 页。

[2] 顾易生、蒋凡：《先秦两汉文学批评史》，上海古籍出版社，1996 年，第 27 页。

《诗经》中的文学批评思想主要表述的是西周初期至春秋中叶间人们对诗歌的创作目的和意义等的认识。这是一代诗歌观的反映，它并不仅仅局限于《诗经》文本中，而是在周代社会中有着广泛的思想基础的。例如，《国语·周语》载邵公语曰：

> 防民之口，甚于防川。川雍而溃，伤人必多。民亦如之。是故为川者决之使导；为民者，宣之使言。故天子听政，使公卿列士献诗，瞽献曲，史献书，师箴，瞍赋，蒙诵，百工谏，庶人传语，近臣尽规，亲戚补察，瞽、史教诲，耆、艾修之，而后王斟酌焉。

又《国语·晋语》载范文子曰：

> 吾闻古之王者，政德既成，又听于民，于是乎使工诵谏于朝，在列者献诗使勿兜，风听胪言于市，辨妖祥于谣，考百事于朝，问谤誉于路，有邪而正之，尽戒之术也。

《左传》襄公十四年载晋国乐师师旷之语曰：

> 是故天子有公，诸侯有卿，卿置侧室，大夫有贰宗，士有朋友，庶人、工、商、皂、隶、牧、圉皆有亲昵，以相辅佐也。善则赏之，过则匡之，患则救之，失则革之。自王以下各有父兄子弟以补察其政。史为书，瞽为诗，工诵箴谏，大夫规诲，士传言，庶人谤，商旅于市，百工献艺。故《夏书》曰："遒人以木铎徇于路，官师相规，工执艺事以谏。"

这些也都是西周至春秋间人们口中说出的话，与《诗经》中"诗人"们的意见完全一致。其中的诗、曲、箴、赋、诵、谣等皆可视为文学样式，与《诗经》中所说的歌、诗、诵、谣等类似，皆体现出浓郁的文体论思想。其中邵公、范文子、师旷等所强调的"采诗""献诗"文艺政策则充分反映出周代诗歌观的基本内涵——以诗歌来补察时政。此阐明了周代人们对诗歌创作的目的和意义的基本认识。这些可与《诗经》中的作者自言其诗歌创作目的及态度相发明。不难看出，周代对诗歌等文学样式的评判，已经有了较明确的审美价值取向。因此，说《诗经》乃我国文学批评思想的雏形是完全成立的。

那么，《易经》为什么不能作为中国文学批评思想的最早源头呢？按张少康、刘三富《中国文学理论批评发展史》之说，定《易经》为我国文学批评思想最早源头的主要依据是《家人》卦的象辞"君子以言有物"和《艮》卦六五爻辞的"言有序"。但这样的材料本身就存在一些问题：其一，《易经》的象辞一般认为并非殷周之际的产物，它不一定早于《诗经》；其二，例不十，法不立，单从一两例便得出一个结论，似乎有失科学性；其三，上引材料有断章取义之嫌，《家人》卦象辞完整句子应为"君子以言有物而行有恒"，此是言、行并称，可知这里的"言"并无特殊所指，就是平常一般社会生活言论。《艮》卦六五爻辞为："艮其辅，言有序，悔亡。"《田间易学》引胡仲虎曰："五艮辅，止其言也。能止其言者，必能止其所行，故悔亡。"引赵汝楳曰："言有序者，出令有缓急，发语有先后，治事有本末。"① 因此，《艮》卦爻辞的"言"也是与"行"相对的，并非专指文学样式。文学批评应该是针对具体文学样式的，《易经》中的"言"显然并非指特殊的言语形式——文学样式。这样的话语也就很难被视作文学批评材料了。因此，以《易经》为文学批评思想之源似乎是不恰当的。罗根泽《中国文学批评史》也说：

> 有意的诗歌，流传到现在的，中国方面，莫早于周初编辑的商代谣谚集——《周易》卦爻辞。这些谣谚都是古劳动人民歌唱出来的，但歌唱的意义，他们并未说出。

既然歌唱的意义在《易经》中并未说出，当然不能把《易经》看成是中国文学批评思想的最早起源。

鉴于《诗经》中已存在大量文学批评话语的事实，而且《国语》《左传》也记载了西周至春秋间人们一些典型的文学批评话语，因此，把百家争鸣作为中国文学批评思想的起源显然不符合中国文学批评思想的发展实际。而把中国文学批评思想的滥觞放到魏晋时期那就更不现实了。

（二）萌芽时期中国文学批评思想的发展演变

将《诗经》视为中国文学批评思想的萌芽，这没错。但这个"萌芽"本身所包含的时间跨度太长，而且地域也很广阔。因为《诗经》里的诗篇是在长达五百余年，多达十余个地区的时空背景中发生的。如此看来，说《诗经》是中国文学批评思想的萌芽则未免显得有些笼统、模糊。而且，作为中国文学批评史这样一个具备现代科学思想之学科的基本问题，也有些缺乏严谨。

---

① 钱澄之：《田间易学》，黄山书社，1998 年，第 513 页。

因此，很有必要将这个"萌芽"的时间和地域范围再缩小些。而大量铜器铭文的出土，正好可以帮助我们认真深入地探索这个问题。结合出土文献，我们不难发现，中国文学批评思想实际上在西周王室便早已萌芽。

据郑玄《诗谱》、杨甲《毛诗图说》以及《毛诗李黄集解》等可知，西周初期文王、武王、成王时期的篇章约有《二南》25 篇，大小《雅》40 篇，《豳风》7 篇，《周颂》31 篇。共 103 篇，约占整个《诗经》篇幅的三分之一。这充分说明，西周初期曾出现过一个诗歌发生的高峰期（本文所说的西周初期将周文王包括在内）。而郑玄《诗谱序》曰："后王稍更陵迟。懿王始受谮亨齐哀公。夷身失礼之后，邶不尊贤。自是而下，厉也，幽也，政教尤衰。周室大坏。《十月之交》《民劳》《板》《荡》，勃尔俱作；众国纷然，刺怨相寻。"这说明，西周后期，又出现了一个诗歌创作高峰。按《诗谱》，大、小《雅》的 105 篇均是西周时期的产物，除了西周初期的 40 篇，其余的 65 篇，均是西周后期之作，且几乎清一色的讽刺之作。

诗歌创作高峰的出现，必然有其相应的诗歌批评观在背后起指导作用。文学的繁荣必然带来文学批评理论与范畴的巨大发展。"自始以来的诗人，多喜欢谈论自己的作品，把文学见解写入自己的诗篇。所以，人类自有了诗歌，雏形的文学理论便相偕出现。荷马在他的史诗卷首，向缪司女神呼求灵感。这种行为便暗示一种诗的创作理论——即是诗篇的形成乃是神赐灵感的结果。这种看法对于后世诗歌理论史，有其重大的影响。"① "宽泛地说，诗学思想与诗歌创作同步。诗歌创作从哪里开始，诗歌的理论也从哪里开始。这不仅因为创作本身便体现为一定的指导思想，而且诗人也往往在诗中流露甚至直陈自己的创作动机与观念，成为诗学理论最初的胚芽。"② 西周诗歌创作的繁荣，同时也推动着文学批评思想的巨大发展。西周时期诗乐舞合一，无论在流传至今的传世文献中，还是不断出土的铜器铭文中，都有不同程度的周人关于诗乐创作动机与观念的陈述，这些无疑就是诗学理论的雏形，就是最初的文学批评思想。下面，我们主要结合《诗经》与西周青铜乐器铭文，从两个方面来分析西周时期文学批评思想的具体发展状况，同时也试图证明，早在西周王室，以诗乐批评为核心的中国文学批评思想就已经萌芽。

---

　　① 卫姆塞特、布鲁克斯：《西洋文学批评史》，颜元叔译，（台北）志文出版社，1975 年，第 1 页。

　　② 萧华荣：《中国诗学思想史》，华东师范大学出版社，1996 年，第 3 页。

1. 以诗乐愉情慰心的创作与接受观

《小雅·四牡》曰："是用作歌，将母来谂。"这是《诗经》文本中十分明确表述诗歌批评观的话语。郑玄《诗谱》认为《小雅·四牡》是周文王时篇章。并在"是用作歌，将母来谂"句下笺曰：

> 君劳使臣，述序其情。女曰：我岂不思归乎？诚思归也。故作此诗之歌，以养父母之志，来告于君也。人之思，恒思亲者，再言将母，亦其情也。

孔颖达《正义》曰：

> 作《四牡》诗者，谓文王为西伯之时，令其臣以王事出使于其所职之国，事毕来归，而王劳来之也。言凡臣之出使，唯恐其君不知己功耳。今臣使反，有功，而为王所见知，则其臣忻悦矣。故文王所述其功苦以劳之，而悦其心焉。

据上可知，《小雅·四牡》乃周文王时的篇章。其创作目的是十分明确的，即以诗歌来愉情慰心。《左传》襄公四年载穆叔聘问晋国，晋侯享之，其中"歌《鹿鸣》之三，三拜"（《小雅》之首，《鹿鸣》《四牡》《皇皇者华》）。穆叔解释三拜的原因时说："《四牡》，君所以劳使臣也，敢不重拜。"此充分说明《四牡》等诗歌在周代社会中确实曾发挥过愉情慰心的实际作用。因此，"是用作歌，将母来谂"充分体现出周人对以诗抒情和以诗愉情的深刻认识。显示出周人对诗歌创作和接受规律的深刻把握。就创作层面而言，作歌是为了抒发在外奔波之使臣内心思念亲人的强烈情感；就接受层面而言，当使臣出色完成使命回国时，为其演奏诗乐以抚慰使臣那憔悴的心灵。虽然这样做的终极目标还在于沟通与协和君臣关系，从而更好地为政教服务，但是这样的诗乐创作与接受观并不是体现在空洞的政治说教上，而是完全融汇在诗歌的文艺（情感）特质中。又如，《豳风·东山》毛诗序说：

> 《东山》，周公东征也。周公东征，三年而归，劳归士，大夫美之，故作是诗也。一章言其完也，二章言其思也，三章言其室家之望女也，四章乐男女之得及时也。君子之于人，序其情而闵其劳，所以说也。说以使民，民忘其死，其唯《东山》乎！

孔颖达《正义》曰：

　　周公之劳归士，所以殷勤如此者，君子之于人，谓役使人民，序其民之情意，而闵其劳苦之役，所以喜悦此民也。民有劳苦，唯恐民上不知。今序其情，闵其勤劳，则民皆喜悦，忘其劳苦，古人所谓"悦以使民，民忘其死"，其唯此《东山》之诗乎！

　　《东山》创作于周公东征之后。周公以《东山》篇"劳归士"，这无疑就是典型的以诗乐愉情慰心。这样的文学批评理念也是有来源的。不难发现，虽然《东山》与《四牡》发生的直接动因不同，但二者的指导思想和创作目的则完全一致，充分显示出二者在诗乐观上的一脉相承。可以说《东山》的作者是深谙诗歌创作与接受规律，即以诗乐愉情慰心。在创作中反复诉说使臣及其室家的内心情愫，然后通过"劳归士"的诗乐宴享活动，"序其情而闵其劳"，使多年为王室奔波的劳苦士众忘掉痛苦，其乐融融。这里，诗歌成为抚慰民心、协调上下关系的重要手段。而以诗愉情慰心显然也成为周初诗歌创作及传播的自觉理念。而且，这种以诗乐慰心的文学批评思想在周初以降影响深远。例如，《大雅·烝民》云："吉甫作诵，穆如清风。仲山甫永怀，以慰其心。"这是中国有文字记载的最早赠诗现象，赠诗的目的作者已经说得很明白，即"以慰其心"。郑玄说："穆，和也。吉甫作此工歌之诵，其调和人之性，如清风之养万物然。仲山甫述职，多所思而劳，故述其美以慰安其心。"《汉书·杜钦传》载杜钦说王凤曰："昔仲山甫异姓之臣，无亲于宣，就封于齐，犹叹息永怀，宿夜徘徊，不忍远去。""叹息永怀，宿夜徘徊，不忍远去"，此无疑深刻揭示了吉甫作诗抚慰仲山甫的原因。《大雅·烝民》作于西周宣王时期，这也说明，如此成熟而自觉的以诗慰心观念与实践是其来有自的，它的直接源头就在西周初期的诗歌创作与批评实践中。

　　出土的西周青铜乐器铭文也充分说明，以诗慰心的批评理论与实践确实在西周时期十分盛行。例如瘭钟铭："瘭趩趩夙夕圣越追孝于高祖辛公文祖乙公皇考丁公龢林钟用邵格喜侃乐前文人用祈寿介永命绰绾发禄纯鲁弋皇祖考高对尔烈严在上数数彙彙融绥厚多福广启瘭身勋于永命襄受余尔龢福瘭其万年桥角戴光义文神无疆觐福用寓光痍身永余宝。"①这里，作器者明确表述了其作和林钟的目的，那就是通过演奏诗乐"邵格喜侃乐前文人"等。这是通过

─────────────

　　①　香港中文大学、中国社会科学院考古研究所：《殷周金文集成释文（第一卷）》，香港中文大学出版社，2001年，第218页。

诗乐活动娱神，从而获得福禄。与《周颂》创作目的毫无二致。其中，诗乐所慰的是神格化的先祖之心。又如虘钟铭："唯正月初吉丁亥虘作宝钟用追孝于己伯用享大宗用洊好宾虘罞蔡姬永宝用邵大宗"①此铭中，作器者虘自言制作宝钟的目的是"用追孝于己伯，用享大宗，用乐好宾"，这其中包括娱神与悦人。"用乐好宾"无疑属于娱人，乃典型的以乐慰心。从这些西周中期的铜器铭文看，周人诗乐创作的目的是十分明确而自觉的。作为西周重要乐器的钟，主要在祭祀或宴享场合演奏。祭祀的目的重在娱神，这是愉悦以先公先王为主体的神族的心，以祈求福佑。而宴享的目的，当然是为了愉悦以宗族嘉宾为主体宾客的情感与心灵。钟是传达诗乐的不可或缺的工具，在某种意义上，钟与诗乐是不可分割的。因此，钟铭的思想实质体现的就是诗乐思想。而"用乐好宾"也恰恰能够在周初的诗篇中得到印证。例如，《小雅·鹿鸣》：

> 呦呦鹿鸣，食野之苹。我有嘉宾，鼓瑟吹笙。吹笙鼓簧，承筐是将。人之好我，示我周行。
> 呦呦鹿鸣，食野之蒿。我有嘉宾，德音孔昭。视民不恌，君子是则是效。我有旨酒，嘉宾式燕以敖。
> 呦呦鹿鸣，食野之芩。我有嘉宾，鼓瑟鼓琴。鼓瑟鼓琴，和乐且湛。我有旨酒，以燕乐嘉宾之心。

按郑玄《诗谱》，《鹿鸣》为西周初年作品。《毛序》："《鹿鸣》，燕群臣嘉宾也。既饮食之，又实币帛筐篚，以将其厚意，然后忠臣嘉宾得尽其心矣。"这是一首宴享诗。诗篇本身对宴享场合的诗乐内容作了详细的描述，可证西周宴享活动的诗乐合一。特别值得注意的是，诗篇明言"以燕乐嘉宾之心"，这充分反映了周初在宴享活动中以诗乐愉情慰心的基本理念。正可与虘钟铭文"用乐好宾"相互发明。

诗乐合一，则"用乐好宾"也是对周初"序其情而闵其劳，所以说也"之思想的发展与实践。"用乐好宾"铭刻的是西周中期周人自己说的话，我们虽然没有从西周早期的铜器铭文中发现类似话语，但西周中期以诗乐愉情慰心的认识能够作为一种被高度肯定的意识形态铭刻于青铜乐器上，则充分说

---

① 香港中文大学、中国社会科学院考古研究所：《殷周金文集成释文（第一卷）》，香港中文大学出版社，2001 年，第 53 页。

明，这样的认识在西周中期的社会中已经成为一种十分盛行的普遍观念。同时也证明，毛序、孔疏对西周初期《四牡》《东山》《鹿鸣》等乐章意义的解读是正确的，必有其依据。这就很好地说明了，西周后期的尹吉甫为什么能够说出"以慰其心"的话语了。因为，到了西周后期，以诗乐愉情慰心已经成为诗乐实践活动的核心批评观。请看：

鲜钟铭："唯□月初吉□寅王在成周嗣土澅宫王赐鲜吉金鲜拜手稽首敢对扬天子休用作朕皇考林钟用侃喜上下用乐好宾用祈多福子孙永宝。"①

郑井叔钟铭文："郑邢叔作灵龢钟用绥宝。"②

《鲜钟》的"用乐好宾"，《郑邢叔钟》的"用绥宾"都是典型的以诗乐愉情慰心。而《郑邢叔钟》似乎也说明了西周后期诗乐实践的批评理论不仅在周王室，而且在以诸侯国为主要构成单位的整个周文化体系内形成了较为一致的认识。

以诗乐治心，体现为两个层面的操作思路，其一，从创作层面而言，诗人作诗所寻求的是或于己或于人的心灵快感。其二，从使用传播层面而言，诗作后之传播，目的亦在于对己对人之心理治疗。例如，《魏风·园有桃》云："园有桃，其实之。心之忧矣。我歌且谣。"郑笺："我心忧君之行如此，故歌谣以写我忧。"笺云诗人作歌谣"以写我忧"，则《园有桃》之作者显然也有着明确的以诗来舒慰己心之思想。《诗谱》说"当周平、桓之世，魏之变风始作"，则此反映出东周初平王、桓王时期魏国诗乐批评观的发展。再如，春秋前期一编镈铭：

唯王正月初吉丁亥，……择厥吉金，作铸和钟，以享于我先祖。……允唯吉金，作铸和钟。我以夏以南，中鸣媞好，我以乐我心。③

此铭文明确地表达了以诗乐慰心的思想。此编镈为江苏丹徒县北山顶墓葬出土，为春秋前期徐国之铜器。这说明，以诗乐愉情慰心的思想已经从周代中央王室深入传播至各诸侯国。又《管子·内业篇》说："凡人之生也，必

---

①　香港中文大学、中国社会科学院考古研究所：《殷周金文集成释文（第一卷）》，香港中文大学出版社，2001 年，第 109 页。

②　香港中文大学、中国社会科学院考古研究所：《殷周金文集成释文（第一卷）》，香港中文大学出版社，2001 年，第 10 页。

③　刘雨、卢岩：《近出殷周金文集录》，中华书局，2002 年，第 228 页。

以平正；所以失之，必以喜、怒、忧、患。是故止怒莫若《诗》，去忧莫若乐。"以诗乐止怒去忧，充分说明愉情慰心的诗歌批评观对西周以降的先秦文学批评思想的发展产生了深刻影响。

2. 以和为核心的诗乐批评观

周初诗歌的发生形式主要有两种，一种是原创诗歌，一种是改编诗歌。

周室原创型诗歌有：

（1）用于协调君臣关系之作。如《鹿鸣》，毛序说："燕群臣嘉宾也，既饮食之，又实币帛筐篚，以将其厚意，然后忠臣嘉宾得尽其心矣。"

（2）用于协调兄弟关系之作。如《常棣》，毛序说："燕兄弟也。闵管、蔡之失道，故作《常棣》焉。"

（3）用于协调朋友关系之作。如《伐木》，毛序说："燕朋友故旧也。自天子至于庶人，未有不须友以成者。亲亲以睦，友贤不弃，不遗故旧，则民德归厚矣。"

（4）用于歌功颂德。如《周颂》等。

周室采入（改编）型诗歌：

这类诗歌以二《南》为代表。《吕氏春秋·音初》云：

> 禹行功，见涂山之女，禹未之遇而巡省南土。涂山氏之女乃令其妾候于涂山之阳，女乃作歌，歌曰："候人兮猗"，实始作"南音"。周公及召公取风焉，以为《周南》、《召南》。

历代《诗》学家都认为二《南》乃周初中央王室采诗所得。例如，郑玄《毛诗谱》说："武王伐纣定天下，巡守述职，陈诸国之诗，以观民风俗。六州者，得二公之德教尤纯，故独录之。属之太师，分而国之；其得圣人之化者谓之《周南》，得贤才之化者谓之《召南》。"孔颖达《毛诗正义》说："武王巡守得二《南》之诗。""武王遍陈诸国之诗，今惟二《南》在矣。"朱熹《诗集传》云：

> 武王崩，子成王诵立。周公相之，制礼作乐，乃采文王之世风化所及民俗之诗，被之筦玄，以为房中之乐。而又推之以及于乡党邦国，所以著明先王风俗之盛，而使天下后世之修身齐家治国平天下者，皆得以取法焉。盖其得之国中者，杂以南国之诗，而谓之周南。言自天子之国而被于诸侯，不但国中而已也，其得之南国者，则直谓之召南，言自方伯之国被于南方而不敢

以系于天子也。

原创和改编反映了周代第一个诗歌发展高潮。这个诗歌发展高潮充分体现出一个核心审美范畴——和。例如，

《鹿鸣》："鼓瑟鼓琴，和乐且湛。"
《常棣》："兄弟既具，和乐且孺。""兄弟既翕，和乐且湛。"
《伐木》："神之听之，终和且平。"

据《诗谱》，此三篇皆为周初之作。在这些篇章中，诗人或云"和乐"，或云"和平"，十分明确地表达了一种"和"的理念。而以《关雎》为代表的二《南》所体现的更是一种典型的"乐而不淫，哀而不伤"的中和审美思想，《毛诗序》称之为"所以风天下而正夫妇"。这所谓的"正"就是不偏不倚，也就是"和"，故《礼记·乐记》说："正声感人而顺气应之，顺气成象而和乐兴焉。"因此，二《南》所蕴涵的是以和谐夫妇关系为基础的修、齐、治、平之准则。显然，"和"既是一种诗乐审美追求，也是接受者用诗乐陶冶情性所要达到的最高艺术境界。

"和"乃周代诗乐批评的基本思想内核。这一点，在西周青铜乐器铭文中也得到了充分印证。例如：

癲钟铭："癲趄趄凤夕圣越追孝于高祖辛公文祖乙公皇考丁公穌林钟用邵格喜侃乐前文人用祷寿介永命绰绾发禄纯鲁弌皇祖考高对尔烈严在上數數橐橐融绥厚多福广启癲身勗于永命襄受余尔龘福癲其万年枏角戫光义文神无疆觐福用寓光癲身永余宝。"①
梁其钟铭："梁其曰丕显皇祖考穆穆異異克哲厥德农臣先王得纯亡痍梁其肇帅型皇祖考秉明德虔凤夕辟天子天子屑事梁其身邦君大正用天子宠蔑梁其曆梁其敢对天子丕显休扬用作朕皇祖考穌钟鎗鎗鏓鏓鍨鍨鏾鏾用邵格喜侃前文人用祈介康娱纯祐彝绾通禄皇祖考其严在上數數橐橐降余大鲁福亡斁用宝光梁其身勗于永命梁其其万年无疆艦臣皇王眉寿永宝。"②

---

① 香港中文大学、中国社会科学院考古研究所：《殷周金文集成释文（第一卷）》，香港中文大学出版社，2001 年，第 218 页。
② 香港中文大学、中国社会科学院考古研究所：《殷周金文集成释文（第一卷）》，香港中文大学出版社，2001 年，第 154 页。

走钟（周宝和钟）铭："走作朕皇祖文考宝和钟走其万年子子孙孙永宝用享。"①

鲁原钟铭："鲁原乍鯀钟用享考。"②

郑丼叔钟铭："郑邢叔作灵鯀钟用绥宝。"③

中义钟铭："中义作鯀钟其万年永宝。"④

昆疕王钟铭："昆疕王貯作鯀钟其万年子孙永宝。"⑤

虢叔旅钟铭："虢叔旅曰不显考惠叔穆穆秉元明德御于厥辟得纯亡愍旅敢肇帅型皇考威仪□御于天子乃天子多赐旅休旅对天子鲁休扬用作朕皇考惠叔大林鯀钟皇考严在上异在下數數叀叀降旅多福旅其万年子子孙孙永宝用享。"⑥

因为目前为止，尚未出土西周早期的钟，所以我们无法得知是否在西周早期的钟铭中有"和"的理念。但从西周中晚期的青铜乐器铭文中，我们不难发现"和"是其核心的诗乐观。以上青铜乐器铭文中，"和林钟"、"和钟"等话语，已经十分明确地阐述了作器者的诗乐观念。这些钟多为孝享先公先王而作，与《尚书》"八音克谐，无相夺伦，神人以和"之"和"的思想内涵完全一致。而且，这些铜器绝大部分是西周王畿之内的器物，由此可以推断，西周初期诗篇中所反映的"和"的诗乐批评思想确实是西周王室制礼作乐的核心理论。显然，"和"的诗乐批评理念在西周初期产生和发展，在西周中后期逐渐成为一种社会普遍接受的诗乐批评理论。

西周以降，"和"仍然是周王室诗乐批评的核心理论。例如，《国语·周语下》载周景王二十三年，王室将铸造大钟，单穆公批评说：

---

①　香港中文大学、中国社会科学院考古研究所：《殷周金文集成释文（第一卷）》，香港中文大学出版社，2001年，第32页。

②　香港中文大学、中国社会科学院考古研究所：《殷周金文集成释文（第一卷）》，香港中文大学出版社，2001年，第8页。

③　香港中文大学、中国社会科学院考古研究所：《殷周金文集成释文（第一卷）》，香港中文大学出版社，2001年，第10页。

④　香港中文大学、中国社会科学院考古研究所：《殷周金文集成释文（第一卷）》，香港中文大学出版社，2001年，第11页。

⑤　香港中文大学、中国社会科学院考古研究所：《殷周金文集成释文（第一卷）》，香港中文大学出版社，2001年，第25页。

⑥　香港中文大学、中国社会科学院考古研究所：《殷周金文集成释文（第一卷）》，香港中文大学出版社，2001年，第211页。

今王作钟也，听之弗及，比之不度，钟声不可以知和，制度不可以出节，无益于乐，而鲜民财，将焉用之。夫乐不过以听耳，而美不过以观目。若听乐而震，观美而眩，患莫甚焉。夫耳目，心之枢机也，故必听和而视正。①

伶人州鸠也说：

夫政象乐，乐从和，和从平。声以和乐，律以平声，金石以动之，丝竹以行之，诗以道之，歌以咏之，匏以宣之，瓦以赞之，革木以节之。物得其常曰乐极，极之所集曰声，声应相保曰和，细大不逾曰平。如是而铸之金，磨之石，系之丝木，越之匏竹，节之鼓而行之，以遂八风。于是乎气无滞阴，亦无散阳，阴阳序次，风雨时至，嘉生繁祉，人民和利，物备而乐成，上下不疲，故曰乐正。②

单穆公与伶人州鸠的言论充分说明，"和"乃东周王室诗乐批评的一种核心观念。这种思想观念，在出土文献中也得到大量印证。例如：

（1）春秋时期，楚国的王孙遗者钟铭："王孙遗者择其吉金，自作和钟，中翰且飏，元鸣孔煌，用享以孝，于我皇祖文考，用祈眉寿，余……肃哲圣武，惠于政德，淑于威仪，谋猷丕饬，阑阑和钟，用宴以喜，以乐嘉宾、父兄，及我朋友，余恁台心，诞中余德，和沴民人，余溥徇于国，皇皇熙熙，万年无期，世万孙子，永保鼓之。"③

（2）春秋时期的子璋钟铭："子璋择其吉金，自作和钟，用宴以喜，用乐父兄诸士，其眉寿无期，子子孙孙，永保鼓之。"④

（3）春秋晚期的王孙诰编钟铭："王孙诰择其吉金，自作和钟，中翰且扬，元鸣孔皇，有严穆穆，敬事楚王。余不畏不差，惠于政德，淑于威仪……"⑤

（4）春秋时期的齐鲍氏钟铭："择其吉金，自作和钟，俾匀赴好，用享以孝于台皇祖文考，用宴用喜，用乐嘉宾，及我朋友，子子孙孙，永保

① 徐元诰：《国语集解》，中华书局，2002 年，第 108 页。
② 徐元诰：《国语集解》，中华书局，2002 年，第 111 页。
③ 《殷周金文集成》，中华书局，1984 年，第 286 页。释文主要采自《殷周金文集成》修订增补本，中国社会科学院考古研究所编，中华书局，2007 年。下几例同。
④ 《殷周金文集成》，中华书局，1984 年，第 103 页。
⑤ 刘雨、卢岩：《近出殷周金文集成》，中华书局，2002 年，第 119 页。

鼓之。"①

（5）邾公牼钟铭："邾公牼择厥吉金，……，自作和钟，曰：余毕龏畏忌，铸台和钟二堵，以乐其身，以宴大夫，以喜诸士，至于万年，分器是持。"②

（6）许子酱师镈铭："择其吉金，自作铃钟，终翰且扬，元鸣孔煌，穆穆和钟，用宴以喜，用乐嘉宾、大夫，及我朋友，皇皇熙熙，万年无期，眉寿无已，子子孙孙，永保鼓之。"③

（7）之利钟铭："王欲复师，择吉金，自作和钟，以乐宾客，志劳赒诸侯，往矣，余之客，酋酋孔协，万世之后，无疾自下，允位，同汝之利，台孙皆永宝。"④

（8）徐王子旃钟铭："徐王子旃择其吉金，自作和钟，以敬盟祀，以乐嘉宾、朋友、诸贤，兼以父兄、庶士，以宴以喜，中翰且飇，元鸣孔煌，其音悠悠，闻于四方，諻諻熙熙，眉寿无期，子子孙孙，万世鼓之。"⑤

（9）春秋早期的秦公钟铭："秦公曰：余虽小子，穆穆帅秉明德，睿敷明刑，虔敬朕祀，以受多福，协和万民，号夙夕，烈烈桓桓，万生是敕，咸畜百辟、胤士，蔼蔼文武，镇靖不廷，揉燮百邦，于秦执事，作淑和镈，厥名曰固邦，其音锗锗雍雍孔煌，以昭各孝享，以受屯鲁多釐……"⑥

（10）战国早期，麋侯镈铭："麋侯自作和钟用。"⑦

东周铜器铭文中，以"和"铭钟铭铃铭镈的实在不胜枚举。⑧ 这些铜器铭文的出土地域是很广的，从周代王畿到各诸侯国。时间范围亦极为漫长，从春秋至战国。这些铜器铭文与传世文献《诗经》的《鹿鸣》《伐木》《常棣》等所表现的诗乐批评观是完全一致的，即通过"阑阑和钟，用宴以喜"，要用诗乐来协和君臣、父兄、朋友、嘉宾、诸贤、庶士以及民人之关系。声音之道与政通，"和"不仅体现诗乐钟声之和，实际上还蕴涵政治之和、百姓

①　《殷周金文集成》，中华书局，1984 年，第 143 页。

②　《殷周金文集成》，中华书局，1984 年，第 1533 页。

③　《殷周金文集成》，中华书局，1984 年，第 155 页。

④　《殷周金文集成》，中华书局，1984 年，第 172 页。

⑤　《殷周金文集成》，中华书局，1984 年，第 183 页。

⑥　《殷周金文集成》，中华书局，1984 年，第 299 页。

⑦　《殷周金文集成》，中华书局，1984 年，第 11 页。

⑧　《殷周金文集成》第一册，中华书局，1984 年。刘雨、卢岩：《近出殷周金文集成》第一册，中华书局，2002 年。

之和、天地之和。故《尚书·尧典》说"八音克谐，神人以和"；《庄子·天道篇》说"与人和者，谓之人乐；与天和者，谓之天乐"；《荀子·乐论》说"且乐也者，和之不可变者也"；《吕氏春秋·大乐》说"声出于和，和出于适。先王定乐，由此而生"。传世文献与出土文献皆说明了"和"在周文化体系中是一个核心范畴。特别是在诗乐批评领域，这个范畴从西周初期到春秋战国得到了不断传承。从周王室到各诸侯国，形成了以"和"为核心的丰富的诗乐理论体系。

综上所述，我们从"以诗乐愉情慰心的创作与接受观"和"以和为核心的诗乐批评观"两方面论述了西周以诗乐为主体的文学批评思想的发展情况。同时，也分析了产生于西周王室的这些文学批评思想对其后先秦文学批评思想所产生的深刻影响。因此，我们可以得出这样的基本结论：中国文学批评思想在西周初期的周王室就已经萌芽了，随周代礼乐文化体系的不断发展，以诗乐批评为主体的文学批评思想在周王室及其诸侯国逐渐丰富与成熟。

第二节　周代铜器铭文中蕴含文学批评思想之范畴

周代铜器铭文中的范畴十分丰富，有些具有十分浓郁的文学批评色彩，这些具有文学批评色彩的范畴主要涉及人物品评、政治批评、道德评判、心理剖析、文化批评及审美批评等等。当然，我们这里所讲的"文学批评"并非狭义的概念，乃指一切与文化、学术以及审美批评相关的认识与观念，特别是一些能直接在文学创作与评论中转化成某种理论认识的范畴，还有那些在后代文学批评思想发展中被重新激活而释放出更强的组织和解释能力的范畴。周代铜器铭文中闪耀文学批评光芒的范畴大致可分为以下几大类：人物品评范畴、诗乐批评范畴、心理批评范畴等。本节拟各选取每类的几个重点范畴来加以分析，以探究周代铜器铭文中文学批评思想意蕴的演变与发展轨迹。

我们在论述周代铜器铭文的某些范畴时，对相关的殷商铜器铭文以及甲骨卜辞中的相应范畴也一并列入考察，这与我们将周代视为中国文学批评思想的萌芽和发展期并不矛盾，目的只是在于探索周代铜器铭文中蕴含文学批评思想的某些范畴的更早源头。

一、人物品评范畴

人物品评，是周代铜器铭文中的主要内容之一。我们在周代铜器铭文中的文学批评思想一节中，有专门探析周代铜器铭文中人物品评所体现出来的文学批评思想。当然，周代铜器铭文中的人物品评并不完全等同于后世文学批评中的作家评论及人物品鉴，但其对后世文学批评诸如两汉时期的屈原评论、魏晋时期以才性论为中心的人物品藻等产生了深远影响。"中国古代文论产生的契机有二：一是因观风俗、识美刺，而促成教化论批评；另一便是人物品藻，因品藻人物而关注其才性，关注其体现才性的文学，以至品赏文学之美，由此形成以才性论为中心的文学批评。"① 周代铜器铭文中的人物品评在范畴与方式方法以及价值判断标准等方面为其后中国文学批评领域的人物品鉴奠定了十分重要之基础。这里，拟再选取其中的一些范畴加以分析，并与传世文献相比较，以探究这些范畴在中国文学批评思想发展中的意义。

（一）"文"在周代铜器铭文中的表现

"文"是周代铜器铭文中频繁出现的核心范畴之一。其作为核心范畴，组合能力极强。这些以"文"为核心所组成的范畴，在周代铜器铭文中多用来品评先公先王。

1. 文考、文父

（1）西周时期：②

文方鼎铭："文彝龚"。

原逪方鼎铭："唯王来格于成周年厚逪有赏于潇公逪用作厥文考父辛宝尊盨其子子孙永宝用。"

史喜鼎铭："史喜作朕文考翟祭厥曰唯乙。"

壴生鼎铭："壴生作其文考曰辛宝尊彝木羊册。"

禽鼎铭："禽作文考宝鼎子子孙孙永宝亚束。"

旐鼎铭："文考遗宝积弗敢丧旐用作父戊宝尊彝。"

（2）西周早期或中期：

斿鼎铭："斿作厥文考宝尊彝。"

---

① 刘明今：《方法论》，复旦大学出版社，2000年，第79页。
② 本节所引铜器铭文拓片及拓片旁之释文，除特别注明外，皆采自香港中文大学、中国社会科学院考古研究所编《殷周金文集成释文（第一卷）》，香港中文大学出版社，2001年。单独的铭文释文，主要采自《殷周金文集成》修订增补本，中国社会科学院考古研究所编，中华书局，2007年。

禽鼎铭："禽作文考父辛宝鼎亚束。"

旂鼎铭："唯八月初吉辰在乙卯公赐旂僕旂用作文公日乙宝尊彝羕。"

羌鼎铭："□命羌死嗣軐官羌对扬君命于彝用作文考寡叔鬻彝永余宝。"

（3）西周中期：

卫鼎铭："卫作文考小仲姜氏盂鼎卫其万年子子孙孙永宝用。"

穿鼎铭："唯王九月既望乙巳遣仲令穿𤔲嗣奠田穿拜稽首对扬遣仲休用作朕文考釐叔尊鼎其孙孙子子其永宝。"

伯陶鼎铭："伯陶作厥文考宫叔宝鬻彝用介永福子子孙孙其永宝。"

或者鼎铭："或者作旅鼎用介偁鲁福用绥眉禄用作文考宫伯宝尊彝。"

㦰方鼎铭："唯九月即望乙丑在𦣻师王俎姜使内史友员赐㦰玄衣朱襮裣㦰拜稽首对扬王俎姜休用作宝鬻尊鼎其用夙夜享孝于厥文祖乙公于文妣日戊其子子孙孙永宝。"

师趛鼎铭："唯九月初吉庚寅师趛作文考圣公文母圣姬尊鼻其万年子孙永宝用。"

卫鼎铭："卫肇作厥文考己仲宝鬻用桒寿介永福乃用饗王出入事人眔多倗友子孙永宝。"

瘐鼎铭："唯三年四月庚午王在丰王呼虢叔召瘐赐驹两拜稽用作皇祖文考盂鼎瘐万年永宝用。"

康生豆："康生作文考癸公宝尊彝。"

𩾌仲钟铭："兄仲作朕文考釐公大林宝钟。"

𪓐钟铭："首敢对扬天子丕显休，用作朕文考釐伯和林钟，𪓐眔蔡姬永宝。"

（4）西周晚期

走钟铭："走作朕皇祖文考宝和钟，走其万年子子孙孙永宝用享。"

郑虢仲鼎铭："郑虢仲悆肇用作皇祖文考宝鼎子子孙孙永宝用。"

（5）春秋晚期

王孙遗者钟铭："唯正月初吉丁亥，王孙遗者择其吉金，自作和钟，中翰且扬，元鸣孔皇，用享以孝，于我皇祖文考，用祈眉寿，余……万年无期，世万孙子永保鼓之。"

墜侯因脊敦铭："唯正六月癸未陈侯因脊曰皇考孝武趄公恭戴大谟克成其〔功〕惟因脊扬皇考邵申高祖皇帝佚嗣趄文朝闻诸侯诸侯答扬厥德诸侯铸〔荐〕吉金用作皇考孝武趄公祭器敦以烝以尝保有齐邦世万子孙永为典常。"

在周代铜器铭文中，"文考"或"文父"，实乃对父辈的尊称，其中的"文"是一种赞美之辞，包含对父辈道德品行和功业的褒扬，充分体现出周代文化的审美与价值判断。这里的"文"属于典型的人物品评范畴。

2. 文母、文姑

殷商时期铭：妇阕甗铭："妇阕作文姑日癸尊彝簧"《殷周金文集成》2403 器的妇阕鼎铭文与此相同。又如：

戉方鼎铭文："戉曰：'乌乎！王唯念戉辟列考甲公，王用肇使乃子戉率虎臣御淮戎。'戉曰：'乌乎！朕文考甲公、文母日庚弋休，则尚安永宕乃子戉，心安永袭戉身，厥复享于天子。唯厥使乃子戉，万年辟事天子，毋有眈于厥身。'戉拜稽首，对扬王命，用作文母日庚宝尊簋彝，用穆穆夙夜，尊享孝绥福，其子子孙孙永宝兹烈。"

戉簋铭："唯六月初吉乙酉在畲师戎伐歔肆戉率有嗣（司）师氏奔追御戎于臧林搏戎歔朕文母竞敏启行休宕厥心永袭厥身俾克厥敌获馘百执讯二夫俘戎兵盾矛戈弓箙矢裨胄凡百又卅又五歀将戎俘人百又十又四人衣搏无眈于戉身乃子戉拜稽首对扬文母福烈用作文母日庚宝尊簋俾乃子戉万年用夙夜尊享孝于厥文母其子子孙孙永宝。"

在殷周铜器铭文中，"文姑"或"文母"，是对已故母辈的赞美之辞。其中的"文"范畴与文考、文父的用法与含义相同，体现殷周时期人物品评的审美与价值判断。

3. 文人、文祖、文公

（1）西周中期

癫钟铭：癫趄趄夙夕圣越，追孝于高祖辛公文祖乙公皇考丁公和林钟，用邵格喜侃乐前文人，用祈寿介，永命绰绾……

师晨鼎铭："唯三年三月初吉甲戌王在周师录宫旦王格大室即位嗣马共佑师晨入门立中廷王呼作册尹册命师晨胥师俗嗣邑人唯小臣膳夫守〔友〕官犬眔奠人膳夫官守友赐赤舄晨拜稽首敢对扬天子丕显休命用作朕文祖辛公尊

鼎晨其〔万年〕世子子孙孙其永宝用。"

大师虘豆铭："大师虘作烝尊豆用招格朕文祖考用祈多福用介永命虘其永宝用享。"

（2）西周晚期

伯鲜鼎铭："隹正月初吉庚午伯鲜作旅鼎用享孝于文祖子子孙孙永宝用。"

旟叔樊鼎铭："旟叔樊作易姚宝鼎用享孝于朕文祖其万年无疆子子孙孙永宝用。"

兮仲钟铭："兮仲作大林钟，其用追孝于皇考己伯，用侃喜前文人，子子孙孙永宝用享。"

吴生残钟铭："生拜稽首，敢对扬王休，吴生用作穆公大林钟，用降多福，用喜侃前文人，用祈康龘纯鲁，用受。"

邢人女钟铭："邢人女曰，覭淑文祖皇考，克哲厥德，得纯用鲁，永终于吉，女不敢弗帅用，文祖皇考穆穆秉德，女宪宪圣越寁处。"

邢人女钟铭："宗室辪女作和父大林钟，用追孝侃前文人，其严在上，丰丰勃勃，降余厚多福无疆，女其万年子子孙孙永宝用享。"

师㝱钟铭："师㝱肇作朕烈祖虢季宼公幽叔朕皇考德叔大林钟，用喜侃前文人，用祈纯鲁永命，用介眉寿无疆，师㝱其万年永宝用享。"

梁其钟铭："……用邵格喜侃前文人，用祈介康……"

邢叔采钟铭："邢叔叔采作朕文祖穆公大钟，用喜乐文神，用祈福禄寿敏鲁，其子子孙孙永日鼓乐兹钟，其永宝用。"

五祀㝬钟铭："……用喜侃前文人，前文人庸厚多福……"

（3）春秋早期

秦公钟铭："秦公曰：我先祖受天命赏宅受国，烈烈昭文公、静公宪公不坠于上，昭合皇天，以虢事蛮方，公及王姬曰：余小子，余夙夕虔敬，朕祀以受多福，克明厥心，盭和胤士，咸畜左右，㦰㦰允义，翼受明德，以康奠协朕国盗百蛮俱即其服厥和钟，灵音铣铣雍雍，以宴皇公以受大福纯鲁多釐大寿万年，秦公其畯在位，膺受大命，眉寿无疆，匍有四方，其康宝。"

在周代铜器铭文中，凡"文人""文祖""文公"皆是对先公先王之美称，属典型的溢美之词。这里，"文"并非固定用于品评哪一个具体的人，而是在铭器时对先公、先王的整体评价。但"文公"也有用指具体历史人物的，如晋文公，《尚书》中也有《文侯之命篇》。这是传世文献中的用法，在铜器铭文中也有与此类似的，如晋姜鼎铭：

唯王九月乙亥晋姜曰余唯嗣朕先姑君晋邦余不暇荒宁经雍明德宣邲我猷用召匹辥辟每扬厥光烈虔不坠鲁覃京师燮我万民嘉遣我赐卤积千两勿废文侯覲命俾贯通弘征繁阳雠取厥吉金用作宝尊鼎用康柔绥怀远迩君子晋姜用祈绰绾眉寿作霝为极万年无疆用享用德畯保其孙子三寿是利。

晋姜鼎铭文中的"文侯"，当指晋文公，详见第五章论述。又如，西周晚期，虢文公子㱑鬲铭："虢文公子㱑作叔妃鬲，其万年子孙永宝用享。"此铭中，虢文公子㱑就属于具体的历史人物。这是虢文公子㱑自己作器，目的是为祭祀叔妃。

4. 文王、文武

宗周钟铭："王肇遹省文武勤疆土，南国服子敢陷处我土，王敦伐其至，扑伐厥都，服子乃遣间来逆昭王，南夷东夷俱见。廿又六年，邦唯皇上帝百神，保余小子朕猷有成，亡竞我唯司配皇天，王对作宗周宝钟，仓仓总总，央央雍雍，用邵格丕显祖考先王，先王其严在上，丰丰勃勃，降余多福，福余顺孙，参寿唯利，猷其万年畯保四国。"

师克盨盖铭："王若曰师克丕显文武膺受大命匍有四方则唯乃先祖考有爵于周邦干害王身作爪牙王曰克余唯堊乃先祖考克黹臣先王昔余既令汝今余唯申京乃命命汝更乃祖考觯嗣左右虎臣赐汝秬鬯一卣赤市五黄赤舄牙枼驹车犇较朱鞹靳虎冟熏裹画转画辒金甬朱旂马四匹銮勒索钺敬夙夕勿废朕命克敢对扬天子丕显鲁休用作旅盨克其万年子子孙孙永宝用。"

在周代铜器铭文中，凡"文王"皆指周文王。这在周代传世文献《诗经》《尚书》中亦如此。而铜器铭文中，"文武"并称者，多指称周文王和周武王，但也有指文、武两种品德的，属于人物品评范畴。

战国早期，䶒羌钟："唯廿又再祀，䶒羌作戎，厥辟韩宗徹率征秦、迮齐、入长城，先会于平阴武侄寺力嘉會兑楚京，赏于韩宗，令于晋公，昭于天子，用明则之于铭，武文咸烈，永世毋忘。"

此铭中，"武文"是指两种品德，这与《诗经》用法相同。例如，《大雅·崧高》："不显申伯，王之元舅，文武是宪。"孔颖达《正义》："言由申伯有文有武，故得与文武之人为表式。"

（5）文神

此鼎铭："唯十又七年十又二月既生霸乙卯王在周康宫夷宫旦王格大室即位嗣徒毛叔佑此入门立中廷王呼史翏册命此曰旅邑人膳夫赐女玄衣黹纯赤市朱衡銮旂此敢对扬天子丕显休命用作朕皇考癸公尊鼎用享孝于文神用介眉寿此其万年无疆畯臣天子灵终子子孙孙永宝用。"

这是讴歌赞美神格化的先祖。在周代铜器铭文中，先公先王多被神格化，如宗周钟铭中的"皇上帝百神"，其中"百神"就包括周部族的先公先王们。在周人观念中，先公先王多升入天庭，在帝左右，故祭祀时配祀天帝。如《金縢》云：

公乃自以为功，为三坛同墠。为坛于南方，北面，周公立焉。植璧秉珪，乃告大王、王季、文王。……祝曰："惟尔元孙某，遘厉虐疾。若尔三王，是有丕子之责于天，以旦代某之身。予仁若考，能多材多艺，能事鬼神。乃元孙不若旦多材多艺，不能事鬼神。乃命于帝庭，敷佑四方……"。

在周人祭祀中，周之先公先王大王、王季、文王均升登于天帝之所，敷佑周家子孙。故宗周钟说"先王其严在上"，意思是说先公先王与天帝一起，高高在上，威严无比。故后代子孙虔诚祭祀这些神格化先祖，以祈求福禄与寿介。例如：

㝬簋铭："王曰有余隹虽小子余亡康昼夜经拥先王用配皇天簧黹朕心墜于三（四）方四肆余以餕士献民畮盩先王宗室㝬乍乍龢彝宝簋，用康惠朕皇文烈祖考其格前文人其濒在帝廷陟降圉皇〔帝〕大鲁令用綸保我家朕位㝬身陀陀降余多福害忞宇慕远猷㝬其万年龢宝朕多御用萊寿介永命畯在立作罎在下唯王十又二祀。"

此铭中，"皇文烈祖考"及"前文人"们，均威严地高高在天帝之所，他们可以给人世间的周家子孙，特别是给周厉王降下福禄，保其君位，故周厉王要虔诚地祭祀这些神格化的先公先王。

（二）"文"字的演变及其文学批评内涵之发展

"文"字的含义，存在一个不断发展的历史过程。在"文"之内涵的不断演变中，也生成了不少文学批评思想。《说文》曰："文，错画也，象交文。"段玉裁注："错当作逪，逪画者，交逪之画也。《考工记》曰：'青与赤谓之文。'逪画之一耑也。逪画者，文之本义。"① "文"的字源意义当是错画之纹理，属象形。"文"的"象交文"特征，在殷及周代早期铜器铭文中的表现是十分明显的。如殷商时期的引作文父丁鼎：

2318-4

殷或西周早期文鼎：

1015

西周早期的文簋：

2930
效

二九三〇 效簋

---

① 段玉裁：《说文解字注》，浙江古籍出版社，1998年，第425页。

但早期的"文"字在字形中更多的时候是带有一个装饰符号的，此符号位于"文"字中间部位，多呈心形，如🖤状，有的甚至简化成了一个点（或许是因为铸刻，以及锈蚀，或者拓印的关系）。例如：

二六七〇

旅鼎

2670-6

这点，可从前文所引五类关于"文"范畴的拓片中很清晰地看出来。"文"的这种字形，在战国楚竹简中，也有类似表现。如《孔子诗论》中的"文亡离言""秉文之德"的两个"文"字：

《上海博物馆藏战国楚竹书（一）》将此字释为旻，马承源认为：

从口从文，在简文中，旻或"文"不完全相同。如文王之"文"不从口，文章之"文"从口，字的形体有点像战国文字"吴"字的写法，𠂤与𠂤，仅有细小的差别。"吴"字从口置矢字侧端的写法，与旻字从口从文置侧端的写法相似，但"文"字在简文中，也有写成"吝"的，与吝啬之吝一样。到了小篆时代，旻废而统一成为"文"字了。"文"在这里是指文采。①

马承源这是在释读"文亡离言"句。说此句中的"文"指文采，这是没有什么问题的，这也显示了战国楚竹简中"文"所具有的文学批评内涵。但马承源说楚竹简中，文章之"文"与文王之"文"有区别，文王之文不从口。这种论断显然有误。《孔子诗论》第五简有："《清庙》，王德也，至矣。敬宗庙之礼，以为本，秉文之德，以为其业。肃雍……"这其中"秉文之德"的"文"，正是指周文王（毛序："《清

———————————
① 马承源：《上海博物馆藏战国楚竹书（一）》，上海古籍出版社，2001年，第126页。

庙》，祀文王也，周公既成洛邑，朝诸侯，率以祀文王焉。"郑笺："济济之众士，皆执行文王之德。文王精神已在天矣，犹配顺其素如生存。"①），但写法却与"文亡离言"的"文"字形完全一样。这说明，文王之"文"与文章之"文"在字形上并无区别。季旭升《〈上海博物馆藏战国楚竹书（一）〉读本》：

> 玉姗案："文"字于〈孔子诗论〉中共出现十二次，"文王"之"文"不从口者居多，但简5、6有二例从口；"文章"之"文"则皆从口。足见二形看似有区别，其实未必。②

这种认识是正确的。从殷周铜器铭文看，"文"既有字中带心形符号的字形，也有未带心形符号的字形。例如：

引父丁作
殴簋
鬶文

2318-4

彝簋
父甲宝尊
無敄用作文

二四三二
無敄鼎

2432-8

---

① 阮元:《十三经注疏》，中华书局，1980 年，第 583 页。
② 季旭升:《〈上海博物馆藏战国楚竹书（一）〉读本》，北京大学出版社，2009 年，第 15 页。

尊
彝
斝

文旂辰唯
公僕在八
日旂乙月
乙用卯初
寶作公吉
　　賜

二六七〇　旂鼎

2670-6

　　同样是对人物之称美，"文"的字形，在殷周铜器铭文中，一作▨，一作▨，一作▨。虽然字形上稍有区别，但"文"字的含义却完全一样，皆为对人物的品评赞美之辞，充分体现出审美与价值判断，与"文王"之"文"、"文章"之"文"，在审美与价值判断方面实质并无二致。另，楚竹简▨，与金文▨的构型原理完全相同，皆为"文"字附加一个符号。此符号在金文中位于"文"字中间部位，而在竹简中位于右上角。这种位置的变化，与字的意义无关，可能与书写材料和书写工具有关。竹简"文"右上角的附加符号，明显呈锥形心形图案，这实际上是在金文附加符号▨的基础上演变而来，不过比金文心形符号更加简洁，这是文字发展演变的结果，但其字形绝对不是马承源所说的"口"字。这种"文"字写法可能传承自殷商，因为殷墟甲骨卜辞中的"文"多是此种字体。例如：

　　《合》946正：

　　《合》27695：

《合》4889：

4889

《合》18682：

18682

很明显，殷墟卜辞中的"文"，也有两种写法，一带有心形符号，一不带心形符号。这与殷周铜器铭文同步，也与楚竹简情况相符。

此外《合》4611 反、《合》22591 以及《怀》1701、《怀》1702 亦都有

"文"的卜辞。特别是《怀》1702："丙午卜……文武……丁其。"以及《合》4889："贞令遣以文取大任，亞。"据此二则卜辞，可以明显看出，"文"在殷商占卜时被用于人物品评。在《怀》1702 中，"文武"与殷周铜器铭文中的"文武"用法类似，都是对先祖的溢美之词，属典型的人物品评范畴。而《合》4889 似乎是对先妣的祭祀，其中"文"亦与金文中"文姑"、"文母"用法一样，也是典型的人物品评。又，在殷墟卜辞中，经常出现"文武丁"一语，例，《卜辞通纂》载：

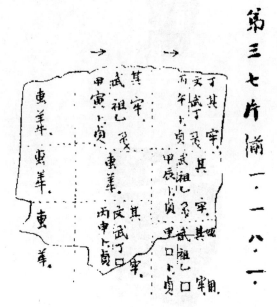

这里的"文武丁"就是商王文丁。据《竹书纪年》，商代君王中就有"文丁"。这种用法，显然与周代"文王""文侯"的用法一致，都蕴含着强烈的人物品评色彩。这充分说明，用"文"来品评人物在商代已经十分盛行，其中所蕴含的审美批评思想体现了商代文化的价值观，且这种价值观与品评方式在周代得到传承与发展。

　　一般的文学及文学批评史著述都习惯于将"文学"观念的源头追溯至"文"的字源意义中，例如钱基博《现代中国文学史》曰：

　　　治文学史，不可不知何谓文学；而欲知何谓文学，不可不先知何谓文。

① 　郭沫若：《郭沫若全集考古编》，第二卷，科学出版社，1982 年，第 241 页。

请先述文之涵义。文之含义有三：

（甲）复杂。非单调之谓复杂。《易系辞传》曰："物相杂故曰文。"《说文文部》："文错画，象交文。"是也。

（乙）组织。有条理之谓组织。《周礼天官典丝》："供其丝纩组文之物。"注："绘画之事，青与赤谓之文。"《礼记乐记》："五色成文而不乱。"是也。

（丙）美丽。适娱悦之谓美丽。《释名释言语》："文者会集众彩以成锦绣，会集众字以成辞义，如文绣然。"是也。

综合而言：所谓文者，盖复杂而有组织，美丽而适娱悦者也。复杂，乃言之有物。组织，斯言之有序。然言之无文，行而不远，故美丽为文之止境焉。①

又如陈钟凡《中国文学批评史》曰：

中国文学之封域，历世学者持说纷纭，莫衷一是。兹先就"文"之一词言之。《说文解字》曰："文，错画也，象交文。"《广雅释诂》云："文，饰也。"《释名释言言语》云："文者，会集众彩以成锦绣，会集众字以成词谊如文绣也。"是文以藻绘成章为其本义，后引申涵盖愈广。孔子称"尧舜焕乎其有文章。"又曰："文王既没，文不在兹乎？"则礼乐法制谓之文。《诗淇澳序》："美武公之有文章。"则威仪文词谓之文。《论语》言："文献不足。"《孟子》言："其文则史。"以典籍为文。许慎言："依类象形谓之文。"以文字为文。《左传》言"言之无文，行而不远。"又言："非文词不为功。"以口语为文章。盖凡事物之秩然有纪，及言此之有缘饰者，并得斯称。非仅就联字成章，著于竹帛者言之也。定文为篇籍之专称者，原属假名，非其本训矣。②

这里，陈钟凡将"文"的本义与引申义阐释得很清楚。

不难发现，"文"字的字源意义已经蕴含了后世文学观之端倪，而殷周文化体系中崇"文"的价值观又将这种端倪不断朝着文学批评的方向推进。这种推进，不仅体现在殷周金文的人物品评中，而且在殷商甲骨卜辞中就已经有所表现。

---

① 钱基博：《现代中国文学史》，中国人民大学出版社，2004 年，第 3 页。
② 陈钟凡：《中国文学批评史》，上海中华书局，1927 年，第 1 页。

在殷周时期，"文"虽为人物品评范畴，但其中蕴含着强烈的文学批评内涵。从殷周金文中"文"的组合表现可以发现，"文"是殷周思想文化体系中的一个核心价值观。其中包含道德与审美批评，也蕴含一定的政教批评。而在春秋战国传世文献中，"文"已经逐渐演变成为一个典型的文学批评范畴，特别是在儒家思想中。例如《左传》"经天纬地曰文"，此表明"文"已经从人物评论，上升至文化批评。而孔子的"言之无文，行而不远"，则充分说明，"文"已经演化成一种典型的文艺审美理论，对文艺创作与接受产生了十分重要的影响。特别是孔子的"文质彬彬"思想，则从表面的人物论，直接升华为内容与形式之关系批评。又如《国语·晋语》和《左传》僖公二十四年并载秦穆公享重耳一事：

> 秦伯将享公子，公子使子犯从。子犯曰："吾不如（赵）衰之文也，请使衰从。"乃使子余从。秦伯享公子如享国君之礼，子余相，如宾。卒事，秦伯谓其大夫曰："为礼而不终，耻也。中不胜貌，耻也。华而不实，耻也。不度而施，耻也。施而不济，耻也。耻门不闭，不可以封。非此，用师则无所矣。二三子敬乎！"明日宴，秦伯赋《采菽》，子余使公子降拜。秦伯降辞。子余曰："君以天子之命服命重耳，重耳敢有安志，敢不降拜？"成拜卒登，子余使公子赋《黍苗》。……秦伯赋《鸠飞》，公子赋《河水》。秦伯赋《六月》，子余使公子降拜，秦伯降辞。……

宴享其实就是一套礼仪的实施过程。参加宴享的双方在人员的选派上却十分强调能"文"，而能"文"中的重要一项就是能机智灵活地赋《诗》。虽然赋《诗》言志乃春秋时期外交、宴享等礼仪活动中的常见活动，但参加这种活动要求必须具备相当的《诗》语能力。因为虽然双方用《诗》达意，但在具体交流过程中，赋什么《诗》，如何赋答是不固定的，它根据当时主宾双方意识的具体磨合情况而随机应变、灵活处理。《周礼》说当时国子们的教育内容有六诗和乐语等，大概就是培养这种"文"的能力吧。显然，"文"在春秋中期已经演变成为一个典型的文学批评范畴，并为社会所广泛接受。虽然仍然与人物品评有关，但已经成为一个独立使用的批评范畴。这比孔子使用"文"来阐述相关思想要早很多。孔子继承并发展了这个范畴，形成了以"文"来品评事物的批评思想体系。而所有这些演变，其最初源头无不在殷周文化体系中的"文"论中。

（三）"德"在周代铜器铭文中的表现

"德"在商代铜器铭文中并未多见，而是周代金文中频繁使用的范畴之一。

师𣪘鼎铭文："唯王八祀正月辰在丁卯王曰师𣪘汝克尽乃身臣朕皇考穆王用乃孔德孙纯乃用心引正乃辟安德惠余小子肇淑先王德赐汝玄衮离纯赤市朱衡銮旃太师金膺銮勒用型乃圣祖考邻明令辟前王事余一人𣪘拜稽首休伯太师肩𣪘臣皇辟天子亦弗忘公上父獣德𣪘蔑暦伯太师不自作小子夙夕尃由先祖烈德用臣皇辟亦克款由先祖墓孙子一𣪘皇辟懿德用保王身𣪘敢厘王俾天子万年祥祢伯太师武臣保天子用厥烈祖介德𣪘敢对王休用绥作公上父尊于朕考墉季易父报宗。"

在此铭文中，前后连续用了六个"德"字，这充分说明西周时期对"德"的高度重视，也证明"德"乃周代礼乐体系中的核心范畴。在下文论述周代金文的文学批评思想时，对周代金文中"德"的表现和思想内涵将有详细分析，兹不赘述。在这里拟引述更多的一些资料，以说明"德"范畴在周代金文中使用的频繁性和重要性。例如殷商时期得鼎：

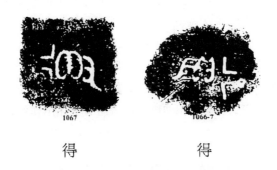

得　　　　　　　得

《老子》曰："德者，得也。"殷商铜器得鼎中的"得"，当是"德"字最初的表现形态。"德"在商代铜器铭文中表现比较单一，但在周代铜器铭文中却显示出极强的组合能力，演变出一系列以"德"为核心的范畴体系。其中包括"明德""元德""政德""天德""懿德""纯德"等等，如：

叔向父禹𣪘铭："叔向父禹曰余小子司朕皇考肇帅型先文祖恭明德秉威仪用申〔豹〕奠保我邦我家作朕皇祖幽大叔尊𣪘其〔严在〕上降余多福繁釐广启禹身勖于永命禹其万年永宝用。"

曆方鼎铭："曆肇对元德孝友唯型作宝尊彝其用夙夕蠲享。"

齐墜曼簠铭:"齐墜曼不敢盘康肇勤经德作皇考獻叔韓盘逸永保用匠。"

师艅鼎铭:"王如上侯师俞从王■赐师俞金俞则对扬厥德其作厥文考宝鼎孙〔孙〕子子宝用。"

叔家父簠铭:"叔家父作仲姬匡用盛稻粱用速先后诸兄用祈眉考无疆恝德不忘孙子之貺。"

晋姜鼎铭:"唯王九月乙亥晋姜曰余唯嗣朕先姑君晋邦余不暇荒宁经雍明德宣郊我獻用召匹辥辟每扬厥光烈虔不坠鲁覃京师嬖我万民嘉遣我赐卤积千两勿废文侯觐命俾贯通弘征繁阳譌取厥吉金用作宝尊鼎用康柔绥怀远迩君子晋姜用祈绰绾眉寿作霊为极万年无疆用享用德畯保其孙子三寿是利。"

从大盂鼎铭,我们还可发现,文王之德成为贯穿周代终始的一种典范,成为衡量后世政德之重要标准。

大盂鼎铭:"佳九月王才宗周令盂王若曰盂丕显玟王受天有大命在珷王嗣玟乍邦闢厥慝匐有四方畯正氒民,在雩御事虝酒无敢酖有柴烝祀无敢醙故天翼临子瀍保先王□有四方我闻殷坠命唯殷边侯甸雩殷正百辟率于酒故丧师巳女妹辰有大服余唯即朕小学女勿龀余乃辟一人今我唯即型禀于玟王正德若玟王令二三正今余唯令女盂绍荣敬雍德经敏朝夕入谏享奔走畏天威王曰■令女盂型乃嗣祖南公王曰盂酒绍夹死嗣戎敏谏罚讼夙夕绍我一人烝四方雩我其遹省先王受民受疆土赐女鬯一卤絅衣巿舄车马赐乃祖南公旂用狩易女邦嗣四伯人鬲自御至于庶人六百又五十又九夫赐夷嗣王臣十又三伯人鬲千又五十夫亟寰遷自厥土王曰盂若敬乃正勿废朕命盂用对王休用作祖南公宝鼎唯王廿又三祀。"

殷周铜器铭文中的人物品评范畴很多,而与"德"比较类似的范畴亦不少。如"圣",在殷周铜器铭文中就有:"宪宪圣爽""圣智""肃哲圣武""圣公""圣姬""圣敏""心圣""圣祖""圣孙""哲圣"。例如:

郑■尹霝鼎铭:"唯正月吉日初庚徐赐尹霝自作汤鼎宏良圣敏余敢敬盟祀刂津涂俗以知卹譸寿躬孯子眉寿无期永保用之。"

师望鼎铭:大师小子师望曰丕显皇考宄公穆穆克明厥心哲厥德用辟于先王德纯亡敃望肇帅型皇考虔凤夜出入王命不敢不令不娈王用弗忘圣人之后多蔑厤赐休望敢对扬天子丕显鲁休用作朕皇考宄公尊鼎师望其万年子子孙孙永宝用。"

曾伯霖簠铭："唯王九月初吉庚午曾伯霖哲圣元武元武孔黹克狄淮夷印燮繇汤金道锡行俱既俾方余择其吉金黄鳙余用自作旅匡以征以行用盛稻粱用孝用享于我皇祖文考天赐之福曾霖段不黄考万年眉寿无疆子子孙孙永宝用之享。"

"圣"实质上也是"德"的一种具体表现形态，亦属于典型的人物品评。其包含内在道德修为与外在行为准则，是内部心理世界与外部言行所有机结合而构成的一种审美品格。在战国楚竹简中，直接演变为"仁、义、礼、智、圣"的五行之一。这个五行，其实就是五德。"圣"是其中重要一德。这种演变，在战国时期表现最为明显。例如，战国晚期，中山王兴壶铭，这实际上是一篇典型的议论文，涉及对德、忠、信等范畴的阐释，已经演变成为一种思想体系。

中山王嚳铜方壶铭："唯十四年中山王嚳命相邦𧊒择郾燕吉金铸为彝壶节于裡醮可尚以飨上帝以祀先王穆穆济济严敬不敢泄荒因载所美邵大皇功诋郾之讹以警嗣王唯朕皇祖文武趄祖成考是有纯德遗训以眔及子孙用唯朕所仿慈孝寰惠举贤使能天不斁其有愿使得贤才良佐𧊒以辅相厥身余知其忠信也而专任之邦是以游夕饮飤宁又憀惕𧊒竭志尽忠以佐佑厥辟不贰其心受任佐邦夙夜匪懈进贤措能无有喘息以明辟光适遭郾君子迮不顾大义不忌诸侯而臣主易位以内绝邵公之业乏其先王之祭祀外之则将使上勤于天子之庙而退与诸侯齿长於迮同则上逆於天下不顺於人也寡人非之𧊒曰为人臣而反臣其主不详莫大焉将与吾君并立於世齿长於会同则臣不忍见也𧊒愿从在大夫以靖郾疆是以身蒙皋胄以诛不顺郾故君子迮新君子之不用礼义不顾逆顺故邦亡身死曾无一夫之救遂定君臣之位上下之体休有成功创辟封疆天子不忘其有勋使其老策赏仲父诸侯皆贺夫古之圣王务在得贤其即得民故辟礼敬则贤人至博爱深则贤人亲作敛中则庶民俯呜呼允哉若言明大之于壶而时观焉祗祗翼翼昭告后嗣唯逆生祸唯顺生福载之简策以戒嗣王唯德俯民宜可长子之子孙之孙其永保无疆。"

据中山王兴壶铭可知，"德"已经与忠、信等融合在一起，共同构成了一种庞大的思想体系。这对于进一步研究战国楚竹简五行思想的发展演变，甚至整个战国时期五行思想发展轨迹无疑有重要意义。

二、诗乐批评范畴

周代铜器铭文中的诗乐批评，主要表现在青铜乐器铭文中。在前文中，我们已经对重要诗乐范畴"和"有比较充分的论述了。"和"不仅是周代诗乐批评的重要标准，也是周代整个文化体系的核心观念，渗透在整个周代社会、政治以及文化中。如：

　　　　庚儿鼎铭："唯正月初吉丁亥徐王之子庚儿自作飤鉌用征用行用龢用鬻眉寿无疆。"

这虽然不是青铜乐器铭文，但"用和"仍然是其中重要的文化理念，反映了周代"和合文化"的重要特征。由于前文论述比较充分，关于"和"，我们这里就不多赘述了。

我们再看两个范畴："音"与"中"。

1. 音

"音"在先秦诗乐批评中很关键。据传世文献看，《吕氏春秋》有《音初》篇专论，而《礼记·乐记》中关于"音"之论述，也十分深刻而系统。这些传世文献对"音"的感受与品评，自然属于典型的文学批评思想。但，这些关于"音"之批评的基础，实际上在周代铜器铭文中已经确立。例如，曾侯乙墓出土的编钟铭文中，对音的分类细致而丰富。如浊姑洗、吕钟、浊坪皇、坪皇、浊文王、文王、浊新钟、新钟、浊兽钟、兽钟、浊穆钟、穆钟、韦音、剌音、宣钟、嬴孠、槃钟、六墉、夷则、吕音、少宫、少商、宫反等等，且许多音名都是前所未知的新发现。这充分显示出，早在战国初期，我国乐律学已达到很高水平，比传世文献所载乐律范畴远丰富得多。略举数例：

　　　"姑洗之徵角坪皇之羽嬴孠之羽曾为兽钟徵顤下角为穆音变商。"
　　　"姑洗鄭镈穆音之羽嬴孠之羽角犀则之羽曾應钟之变宫。"
　　　"新钟之羽为穆音之羽顤下角剌音之羽曾符于索宫之顤。"
　　　"文王之徵为穆音变商为大族羽角为黄钟徵曾。"
　　　"姑洗之商角嬴孠之宫嬴孠之在楚为新钟其在齐为吕音。"
　　　"姑洗之商曾穆音之宫穆音之在楚为穆钟其在周为剌音。"
　　　"无䍩之徵为应音羽曾为大族之徵顤下角为槃钟徵曾。"
　　　"姑洗之中镈韦音之宫韦音之在楚也为文王遟则之商为剌音变徵。"
　　　"姑洗之宫曾韦音之下角坪皇之变徵嬴孠之商。"
　　　"应音之宫应音之在楚为兽钟其在周为应音。"
　　　"姑洗之羽遟则之徵新钟之徵曾应音之变商韦音之羽曾。"

"姑洗之徵大族之羽新钟之变商妥宾之羽曾黄钟之徵角韦音之徵曾宣钟之珈徵。"

"为新钟其在齐也为吕音。"

"应音之鼓新钟之徵顨浊坪皇之下角浊文王之宫。"

"穆音之宫穆音之在楚为穆钟其在周为剌音。"

"姑洗之角韦音之宫其在。"

"姑洗之徵反穆音之羽新钟之羽角。"

"韦音之徵曾犀则之羽曾为剌音鼓。"

"韦音之变商为黄钟鼓为遟则徵曾。"

"应音之角穆音之商新钟之变徵韦音之变羽。"

"姑洗之宫角韦音之宫韦音之在楚也。"

"韦音之徵曾为坪皇之羽顨下角为棨钟羽。"

"韦音之宫。"

据以上铭文可知，在战国早期，对音律的分类已经十分成熟，充分显示出战国时期高超的审音与辨音能力。崔宪《曾侯乙编钟钟铭校释及其律学研究》说："从钟中十分丰富的、表示不同音关系的乐律术语上，了解到战国初期我国人民已具有较精密的音高概念和较高的听辨水平……这些复杂的音关系，说明早在二千四百年前我国人民已经在乐律用语使用上、音高概念比较精确，而这应又与审听音关系时具有较高的分辨力密切相关。"[1] 而这种精确高超的审音与辨音能力，正是诗乐批评思想产生的基础。例如，《国语·周语下》曰：

> 王将铸无射，问律于伶州鸠。对曰："律所以立均出度也。古之神瞽考中声而量之以制，度律均钟，百官轨仪，纪之以三，平之以六，成于十二，天之道也。夫六，中之色也，故名之曰黄锺，所以宣养六气、九德也。由是第之：二曰太蔟，所以金奏赞阳出滞也。三曰姑洗，所以修洁百物，考神纳宾也。四曰蕤宾，所以安靖神人，献酬交酢也。五曰夷则，所以咏歌九则，平民无贰也。六曰无射，所以宣布哲人之令德，示民轨仪也。为之六间，以扬沈伏，而黜散越也。元间大吕，助宣物也。二间夹锺，出四隙之细也。三

---

① 崔宪：《曾侯乙编钟钟铭校释及其律学研究》，人民音乐出版社，1997 年，第 8 页。

间仲吕，宣中气也。四间林锺，和展百事，俾莫不任肃纯恪也。五间南吕，赞阳秀也。六间应锺，均利器用，俾应复也。

"律吕不易，无奸物也。细钧有锺无镈，昭其大也。大钧有镈无锺，甚大无镈，鸣其细也。大昭小鸣，和之道也。和平则久，久固则纯，纯明则终，终复则乐，所以成政也，故先王贵之。"

这里的"六律"和"六间"就是十二律吕，是先秦诗乐体系的核心范畴。每一个律吕都对应一个固定的音高，而这些不同音高的音名，却同时蕴含着不同的文化内涵，显示了在具体音高基础上所形成的音乐与政治，音乐与审美的密切关系。"大昭小鸣，和之道也。和平则久，久固则纯，纯明则终，终复则乐，所以成政也。"这是在一定音级关系构成基础上，升华而成的"和平"审美理念，并在此音乐审美基础上进一步衍生出的政治批判理念。

音名中蕴含审美批评思想，这在曾侯乙编钟钟铭中出现的新的音乐范畴中也有体现。例如"穆音"。何谓穆音？崔宪《曾侯乙编钟钟铭校释及其律学研究》说："穆音，曾律名，律位在$^{\#}$A，律高为 998 音分，可用^{b}B（996 音分）代替。"[1] 这是从音律学科学测音视角而言的。若从文化审美视角看，"穆音"首先是一种庄严肃穆之音，具有崇高美之特点。"穆"或"穆穆"在周代铜器铭文中频繁出现。例如：

西周晚期虢叔旅钟铭：

虢叔旅曰：丕显皇考惠叔，穆穆秉元明德，御于厥辟，得纯亡愍，旅敢肇帅型皇考威仪，淄御于天子，乃天子多赐旅休，旅对天子鲁休扬，用作皇考惠叔大林和钟，皇考严在上，翼在下，降旅多福，旅其万年，子子孙孙，永宝用享

西周晚期梁其钟铭：

梁其曰：丕显皇祖考，穆穆翼翼，克哲厥德，农臣先王，得纯亡愍，梁其肇帅型皇祖考，秉明德，虔夙夕，辟天子，……

春秋早期秦公镈铭：

秦公曰：余虽小子，穆穆帅秉明德，睿敷明刑，虔敬朕祀，以受多福，

---

① 崔宪：《曾侯乙编钟钟铭校释及其律学研究》，人民音乐出版社，1997 年，第 42 页。

协和万民，号夙夕，烈烈桓桓，万生是敕，咸畜百辟、胤土，蔼蔼文武，镇靖不廷，揉燮百邦，于秦执事，作淑和镈，厥名曰固邦，其音锗锗雍雍孔煌，以昭各孝享，以受屯鲁多釐……

在这些铜器铭文中，"穆穆"即庄严肃穆，表达对先祖的一种崇敬心理。"穆穆"在周代青铜乐器铭文也常出现。例如，春秋时期许子酱师镈铭：

唯王正月初吉丁亥，许子酱师择其吉金，自作铃钟。中翰且飏，元鸣孔煌，穆穆和钟，用宴以喜，用乐嘉宾大夫及我朋友，煌煌熙熙，万年无期，眉寿毋已，子子孙孙永保鼓之。

其中，"中翰且扬，元鸣孔煌，穆穆和钟"显然是对当时演奏场境氛围的审美感受。"穆穆"一词，在金文中出现频率较高，主要表达一种庄严、肃穆之美，而这正是周代雅乐审美的基本特点。故《大雅·文王》毛传云："穆穆，美也。"曾侯乙墓出土的编钟里，"穆音"出现频率极高，其内涵正与周代铜器铭文中的"穆穆"一样，表达的是一种崇高审美特点。其他如"吕音""应音""刺音""韦音"等，也应该各自表达一种诗乐审美内涵，这些不同的音类具体表达了什么样的审美思想，还有待进一步研究。

其次，"穆音"表达一种和谐美。前文已论述过，周代诗乐审美的基本特点就在于"和"。故周代青铜乐器以"和钟"命名者甚多。"穆穆和钟"，已经明显透露出"穆穆"的尚"和"审美特征。"穆音"也是如此。如：

"姑洗之龢穆音之终坂坪皇之徵曾。"

既云"姑洗之和，穆音之终"，则"穆音"的尚"和"审美特征已十分明显。在曾侯乙墓的编钟铭文里，"穆音"常常与"穆钟"联系在一起，例如：

"穆音之宫穆音之在楚也为穆钟。"

此云"穆音之宫，穆音之在楚也，为穆钟"，说明"穆钟"与"穆音"为同一音名，在曾为穆音，在楚为穆钟。崔宪说："穆钟，楚律名，律位在^bB，律高为996音分。"[①] 但崔宪对穆音的律位和律高认定却与穆钟不同，只是说"可用^bB（996音分）代替"。"穆音"与"穆钟"应该不是代不代替

---

① 崔宪：《曾侯乙编钟钟铭校释及其律学研究》，人民音乐出版社，1997年，第29页。

的问题，实质是二者律位和律高相同，只是不同地区的同律异名现象。"穆钟"正如周代金文中常说的"和钟"一样，代表的是一种崇高、和谐的诗乐审美思想。"穆钟"在曾侯乙墓钟铭里出现的频率也较高。如：

　　　　"文王之终新钟之羽曾浊穆钟之商浊姑洗之宫。"
　　　　"兽钟之羽穆钟之徵姑洗之羽曾浊新钟之宫。"
　　　　与穆钟同时出现的还有兽钟、吕钟，应钟，新钟等音名，例如：
　　　　"穆钟之壴反浊兽钟之巽。"
　　　　"姑洗之宫反姑洗之在楚也为吕钟其反为匜钟。"
　　　　"姑洗之宫姑洗之在楚也为吕钟其反。"
　　　　"姑洗之终大族之鼓羸孚之变商应钟之徵角。"
　　　　"姑洗之羽遅则之徵新钟之徵新钟之。"
　　　　"新钟之羽为穆音之羽顝下角剩音之羽曾夺于索宫之顝"
　　　　"姑洗之羽角为文王羽为坪皇徵角为兽钟之羽顝下角。"
　　　　"无铎之徵为应音羽曾为大族之徵顝下角为槃钟徵曾。"
　　　　"姑洗之徵大族之羽新钟之变商遅则。"
　　　　"之羽曾兽钟之徵角。"

　　既然"穆钟"与"穆音"同，则似乎"吕钟"与"吕音"，"应钟"与"应音"都应该相同了。按"穆音""穆钟"之审美意蕴推测，则"吕音""应音""剩音"等与"穆音"一样，各自可能皆代表一种不同的诗乐审美内涵。

　　丰富的音乐范畴，高超的审音与辨音能力，直接衍生的文学批评思想远非止于此。其中蕴含着丰富的文学批评思想还有如下几方面内容

　　（1）声音之道与政通

　　例如，《国语·周语下》载周景王问钟律于伶州鸠：

　　　　王曰："七律者何？"对曰："昔武王伐殷，岁在鹑火，月在天驷，日在析木之津，辰在斗柄，星在天鼋。星与日辰之位，皆在北维。颛顼之所建也，帝喾受之。我 氏出自天鼋，及析木者，有建星及牵牛焉，则我皇妣大姜之姪伯陵之后，逄公之所凭神也。岁之所在，则我有周之分野也，月之所在，辰马农祥也。我太祖后稷之 所经纬也，王欲合是五位三所而用之。自鹑及驷七列也。南北之揆七同也，凡人神以数合之，以声昭之。数合声和，然后可同也。故以七同其数，而以律和其声，于 是乎有七律。

"王以二月癸亥夜陈，未毕而雨。以夷则之上宫毕，当辰。辰在戌上，故长夷则之上宫，名之曰羽，所以藩屏民则也。王以黄锺之下宫，布戎于牧之野，故谓之厉，所以厉六师也。以太蔟之下宫，布令于商，昭显文德，底纣之多罪，故谓之宣，所以宣三王之德也。反及嬴内，以无射之上宫，布宪施舍于百姓，故谓之嬴乱，所以优柔容民也。"

裘锡圭认为这段文字中的羽、厉、宣、嬴乱四个音律之名，就是曾侯乙编钟钟铭的"韦音""刺音""宣钟"和"嬴孠"。①而据《国语》可知，这四个音名每个的形成，都具有丰富的历史文化内涵，其中蕴含着强烈的政治批判思想。与前文所引的十二律吕一样，显示的是审音知政，声音之道与政通。这种诗乐批评思想在《礼记·乐记》《吕氏春秋》以及《毛诗序》的诗乐批评理念中得到了充分拓展。如《礼记·乐记》曰：

凡音者，生人心者也。情动于中，故形于声。声成文，谓之音。是故治世之音安以乐，其政和。乱世之音怨以怒，其政乖。亡国之音哀以思，其民困。声音之道与政通矣！宫为君，商为臣，角为民，征为事，羽为物。五者不乱，则无怗懘之音矣。宫乱则荒，其君骄；商乱则陂，其官坏；角乱则忧，其民怨；征乱则哀，其事勤；羽乱则危，其财匮。五者皆乱，迭相陵，谓之慢。如此则国之灭亡无日矣！郑卫之音，乱世之音也，比于慢矣！桑间濮上之音，亡国之音也，其政散，其民流，诬上行私而不可止也。

凡音者，生于人心者也；乐者，通伦理者也。是故知声而不知音者，禽兽是也；知音而不知乐者，众庶是也。唯君子为能知乐。是故审声以知音，审音以知乐，审乐以知政，而治道备矣！是故不知声者不可与言音，不知音者不可与言乐，知乐则几于礼矣！礼乐皆得谓之有德。

"声音之道与政通"，宫、商、角、徵、羽与君、臣、民、事、物相对应，音乱则社会政治衰乱，故"审声以知音，审音以知乐，审乐以知政"。其实，毛诗郑笺的诗学正变理论的思想源头也建立在审音辨音的原理之上。

（2）充分显示出先秦时期诗乐文化之交融

在曾侯乙墓编钟钟铭里，涉及多个国家和地区的音乐范畴，充分显示出先秦时期诗乐传播融合的特点。例如，涉及曾国的音名有 11 个，分别是：姑

---

① 裘锡圭、李家浩：《曾侯乙钟、磬铭文释文与考释》，见崔宪《曾侯乙编钟钟铭校释及其律学研究》，人民音乐出版社，1997 年，第 260 页。

洗、宣钟、蕤宾、韦音、无射、嬴孚、黄钟、应音、太簇、穆音。楚国音名十二个，即在黄钟、太簇、姑洗、蕤宾、夷则、无射六律的基础上，加前缀词"浊"表示低一律构成六吕。周音名有剌音、应音和应钟。其他国音名有晋国的槃钟、六塽，齐国的吕音和申国的夷则。不同国家地区的音名能在曾侯乙编钟钟铭中融为一体，也充分反映出先秦时期不同地区诗乐的发展融合。

（3）"知音"说

曾侯乙墓编钟的这种音的分类，与战国时期的音乐理论是相一致的，与《吕氏春秋》《毛诗序》《乐记》和《荀子·乐论》等传世文献的音乐思想相呼应。同时，我们也从更直观的层面，深刻感受了《吕氏春秋》"知音"说产生的深厚的诗乐文化基础。《吕氏春秋·本味篇》曰：

> 伯牙鼓琴，锺子期听之。方鼓琴而志在太山，锺子期曰："善哉乎鼓琴！巍巍乎若太山。"少选之间，而志在流水，锺子期又曰："善哉乎鼓琴！汤汤乎若流水。"锺子期死，伯牙破琴绝弦，终身不复鼓琴，以为世无足复为鼓琴者。

《遇合篇》曰：

> 凡能听音者，必达于五声。人之能知五声者寡，所善恶得不苟？客有以吹籁见越王者，羽、角、宫、徵、商不缪，越王不善；为野音，而反善之。说之道亦有如此者也。

无论是《本味》中钟子期的知音，还是《遇合》里越王的不知音，其理论基础无疑都建立在审音、辨音能力获得充分发展的基础之上。

2. 中

殷中铙铭：

西周早期，中鼎铭：

曾侯乙墓钟铭：

（镈中）

"姑洗之中镈韦音之宫韦音之在楚也为文王遅则之商为剌音变徵"

以上铭文，"中"应该是一个音乐批评术语，意为中和、中听、执中（允执厥中）。特别是中铙，这是铸刻在青铜乐器上的铭文，可能代表了一定的音乐批评理念。而曾侯乙墓钟铭"姑洗之中镈"，这里的"中"只能表达一种诗乐审美思想了。"中"即"和"，与伶鸠州谈铸钟一样，不能过大或过小，一味求大亦为失和失度，在这个意义上，与《吕氏春秋》的"适"相通。《吕氏春秋·仲夏纪·大乐》云："音乐之所由来者远矣：生于度量，本于太一。太一出两仪，两仪出阴阳。阴阳变化，一上一下，合而成章。……万物所出，造于太一，化于阴阳。萌芽始震，凝寒以形，形体有处，莫不有声。声出于和，和出于适。和、适，先王定乐，由此而生。"中即和，和即适。因此，殷周青铜乐器铭文的"中"表达的是一种中和之美。

三、心理批评范畴

心理批评，在中国文学批评思想中有十分丰富的内容，诸如"诗言志""情性""言意之辩"等中国诗歌的核心范畴与思想理论等，皆建立在心理研究和批评基础之上。这不仅是中国文学批评思想的重要特征，也是中国文化发展的基本特征。中国文化是以人为中心的，一切围绕着人的完善与发展问题而展开，因此，以人之生命特征为拓展基础的思想与范畴十分丰富。在战国竹简中，我们很容易感受到中国诗歌发展在先秦后期趋向人之心理世界的内转倾向。这种诗学内转，就是充分建立在心理研究基础之上。其实，在《诗经》中，诗人对"心"之剖析与论述就十分丰富，[①]并早在西周初期即已经形成以心理研究为基础的文学批评理论。这在本文相关章节中已经有比较详细论述，此不赘述。这里，我们拟通过分析周代铜器铭文中"心"之表现，探讨以"心"为基础的文学批评思想之发展。

1. 心

周代铜器铭文中"心"的表现，概括起来有如下情况：（1）既聪于心；

---

① 谭德兴：《汉代〈诗〉学研究》，第三章，贵州人民出版社，2003年。

（2）克明厥心；（3）弥心畏忌；（4）小心畏忌；（5）既専乃心；（6）小心恭齐；（7）心圣若虑；（8）休宕厥心；（9）不贰其心；（10）远猷腹心；（11）心贼；（12）聪蒙厥心。①

上曾大子鼎铭："上曾大子般殷乃择吉金自作蓍彝心圣若虑哀哀利锥用孝用享既穌无测父母嘉持多用旨食。"此鼎铭中，作器者对自我心理情状作了生动描述。"心圣若虑，哀哀利锥"，既是一种心性状况之写照，也蕴含深刻的道德批评。"圣"和"虑"都是一种对"心"的批评标准。"圣"在周代金文和《诗经》中出现频率很高，在前文对"德"范畴的论述中，我们可以发现，"圣"实际是一种道德评判标准。后来演变为楚竹简"仁、义、礼、智、圣"五德中的一个重要组成部分。"虑"实际是指为人处事的态度与原则。《小雅·雨无正》："昊天疾威，弗虑弗图。""虑"是周人眼中一种美好的政治品格，人们常说"人无远虑，必有近忧"。此鼎铭中用"虑"来表达作器者谨慎恭敬的处事态度，属自我赞美之辞。《尔雅·释训》："哀哀，怀报德也。""哀哀"在此铭中也是用来赞美作器者的道德品质。此鼎的铸造目的在于"用孝用享"，这是为先祖作器，表达作为后世子孙的作器者能不殄先祖绪业，以美好优良的道德品质发扬先祖功业。"既和无测"就是对这种"和谐孝享"场面的高度称赞。显然，此铭中的心理批评范畴"圣""虑""哀哀"等，在充分展示道德评判的同时，也具有浓郁的文学批评色彩。

王子午鼎铭盖铭："倗之（盨）。"器铭："隹正月初吉丁亥王子午择其吉金自作蓍彝铏鼎用享以孝于我皇祖文考用祈眉寿宏龏畍屖畏忌趩趩敬厥盟祀永受其福余不畏不差惠于政德淑于威仪阑阑兽兽令尹子庚殹民之所亟万年无期子孙是制。"

叔尸钟铭："唯王五月，辰在戊寅，师于淄淲。公曰：'汝尸，余经乃先祖，余既専乃心，汝小心畏忌，汝不坠夙夜，余引厌乃心，余命汝政于朕三军，肃成朕师旟之政德，谏罚朕庶民，左右毋讳。'尸不敢慭戒，虔恤厥死事，勠和三军徒旗，峯舆厥行师，慎中厥罚。公曰：'尸汝敬供台命，汝膺鬲公家，汝婆劳朕行师，汝肇敏于戎功，余赐汝釐都、官、胶，劙其县三百，余命汝嗣辞釐，婳或徒四千，为汝敌僚。'尸敢用拜稽首，弗敢不对扬朕辟皇君之登纯厚乃命。'汝尸毋曰余小子，汝専余于艰恤，赐休命。'公曰：'尸，汝康能乃有事，罘乃敌僚，余用虔恤不易，佐佑余一人，余命汝职佐

---

① 张亚初：《殷周金文集成引得》，中华书局，2001 年，第 525 页。

正斤卿鞤命于外内之事博盟刑以専戒公家膺卹余于盟卹汝以卹余朕身身余赐汝马车戎兵，釐仆三百又五十家，汝以戒戎钦。'尸用或敢再拜稽首，膺爱君公之赐光，余弗敢废乃命。尸典其先旧，乃其高祖，虢虢成唐，有严在帝所，専受天命，剷伐夏后，败厥灵师，伊少臣唯楠，咸有九州，处禹之堵。丕显穆公之孙，其配襄公之好妣，而成公之女，事生叔尸，是辟于齐侯之所，是小心恭齐，灵力若虎，勤劳其政事，又供于簰武灵公之所，簰武灵公赐尸吉金鉄镐，玄镠锛铝，尸用作铸其宝钟，用享于其皇祖、皇妣、皇母、皇考、用祈眉寿，灵命难老。丕显皇祖，其作福元孙，其万福纯鲁，和协而有事，俾若钟鼓，外内剀辟，戒戒誉誉，造而俑剷，毋或丞穎，汝考寿万年，永保其身，俾百斯男，而执斯字，肃肃义政，齐侯左右，毋疾毋已，至于世，曰：'武灵成，子子孙孙永保用享。'"

春秋中晚期鑰镈（齐侯镈）铭："唯王五月初吉丁亥齐辟鲍叔之孙迳仲之子鑰作子仲姜宝镈用祈侯氏永命万年鑰保其身用享用孝于皇祖圣叔皇妣圣姜于皇祖又成惠叔皇妣又成惠姜皇考迳仲皇母用祈寿老毋死保吾兄弟用求考命弥生肃肃义政保吾子姓鲍叔又成劳于齐邦侯氏赐之邑二百又九十又九邑与郢之民人都鄙侯氏从告之曰世万至于辝孙子勿或俞改鲍子鑰曰余弥心畏忌余四事是以余为大攻厄大事大徒大宰是辝可事子子孙孙永保用享。"

上三铭中的"畏忌翼翼""小心畏忌""弥心畏忌"等语，具有强烈的心理批评色彩。"畏忌"实际是作器者对自我心理情状的一种评述。这也是周代金文中所普遍肯定与推崇的一种道德品质。"畏忌"包含小心翼翼与谨小慎微的意思，具有自我警戒色彩。《大雅·桑柔》"匪言不能，胡斯畏忌"，郑笺："贤者见此事之是非，非不能分别皂白言之于王也，然不言之，何也？此畏惧犯颜得罪罚。"如此，则"畏忌"实际是周人的一种保身思想的体现。又《大雅·烝民》"既明且哲，以保其身"，孔疏云："择按去危，而保全其身，不有祸败。"因此，"畏忌"是周人对人之心性品质的一种批评标准，其核心内容在于自我保身。这种思想，在两汉时期的人物品评中产生了重要影响。例如，班固《离骚序》说：

且君子道穷，命矣。故潜龙不见是而无闷，《关雎》哀周道而不伤。蘧瑗持可怀之智，宁武保如愚之性，咸以全命避害，不受世患。故《大雅》曰："既明且哲，以保其身。"斯为贵矣。今若屈原，露才扬己，竞乎危国群小之间，以离谗贼。然责数怀王，怨恶椒兰，愁神苦思，强非其人，忿怼不容，沈江而死，亦贬絜狂狷景行之士。多称昆仑、冥婚、宓妃、虚无之语，皆非法度之政，经义所载。谓之兼《诗》风、雅，而与日月争光，过矣！然其文弘博丽雅，为辞赋宗。后世莫不斟酌其英华，则象其从容。……虽非明智之器，可谓妙才者也。

班固以《大雅·烝民》"既明且哲，以保其身"来品评《离骚》，从而批评屈原过"中"失度、"露才扬己"、"怨刺其上"。又《汉书·司马迁传》赞曰："乌呼！以迁之博物洽闻，而不能以知自全，既陷极刑，幽而发愤，书亦信矣。迹其所自伤悼，《小雅》巷伯之伦。夫唯《大雅》'既明且哲'，能保其身难矣哉！"此又引《大雅·烝民》"既明且哲"来批评司马迁"不能以知自全"，这又充分体现了源自周代的明哲保身的处世原则在两汉文学批评思想发展中所产生的重要影响。

塱盨铭："有进退雩邦人正人师氏人有辠有故乃御侕即汝乃繇宕卑复虐逐厥君厥师乃作余一人咎王曰塱敬明乃心用辟我一人善效乃友内辟勿使鬴虐纵狱爰夺暊行道厥非正命乃敢侯讯人则唯辅天降丧不廷唯死赐汝秬鬯一卣乃父市赤舄驹车辇较朱鞹靯靳虎冟熏里画转画辐金甬马四匹鋚勒敬夙夕勿废丕显鲁休用作宝盨叔邦父叔姞万年子子孙孙永宝用。"

此铭中的"敬明乃心"实质就是"敬明乃德"。在周代金文中，"明心"与"明德"具有基本一致的内涵。此铭中，周王用"敬明乃心"来勉励和督促臣下注意心身修为，这是用当时社会文化中普遍接受的主流价值标准来品评人物。"明德"在《诗经》和周代金文中出现比较频繁，具有浓郁的文学批评色彩。具体论述详见第二章第三节论述，此不赘述。

与心相关的心理范畴，在周代铜器铭文中也不少，如志、怒、恐、忘、忌、忠、忽然、念、淑、迷惑、慂、惕[1]、听[2]、虔[3]。有些涉及对情性之论述，例如，善[4]、欢、惧、爱[5]、哀[6]、惮惮[7]，这些范畴充分显示了周代铜器

---

① 张亚初：《殷周金文集成引得》，中华书局，2001年，第522页。
② 张亚初：《殷周金文集成引得》，中华书局，2001年，第574页。
③ 张亚初：《殷周金文集成引得》，中华书局，2001年，第1075页。
④ 张亚初：《殷周金文集成引得》，中华书局，2001年，第519页。
⑤ 张亚初：《殷周金文集成引得》，中华书局，2001年，第528页。
⑥ 张亚初：《殷周金文集成引得》，中华书局，2001年，第554页。
⑦ 张亚初：《殷周金文集成引得》，中华书局，2001年，第527页。

铭文对心理情感的描写。有些涉及心性内容，如命①：

　　　蔡侯纽钟铭："唯正五月初吉孟庚蔡侯□曰余虽末小子余非敢宁忘有虔不惕佐佑楚王窒窒为政天命是遄定均庶②

　　　邦休有成庆既恩于心迹中厥德均保大夫建我邦国为命祇祇不愆不贪自作歌钟无鸣无期于子孙鼓之③

　　周代金文中"命"字出现频繁。傅斯年《性命古训辨证》对周代44篇铜器铭文中的"命"字出现情况作了统计，并说："核其故实，论其字体，无一可指实为穆王以前器者，而甚多属于厉宣之世。即如宣王时之毛公鼎，文中命字十二见……是知宣世命字之用已严整固定矣。"④"命"属于典型的心理范畴，而对其字体字义演变的考察，无疑有助于研究《诗经》中周代诗篇大量心理描写产生的文化背景。周代诗歌大量的心理描写，说明当时诗歌创作对文艺心理思想有深刻研究。而要探究这种文艺心理思想到底起源何时，成熟于何时，显然不得不借助周代铜器铭文了。《诗经》与西周及春秋时期的铜器铭文发生在一个共同的文化土壤中，相同的话语与思想观念无疑可以相互发明。另，郭店竹简《性自命出》曰：

　　　凡人虽有性，心亡奠志，待物而后作，待悦而行，待习而后奠。喜、怒、哀、悲之气，性也。及其见于外，则物取之也。性自命出，命自天降。⑤

　　"性自命出，命自天降"，则郭店楚竹简中的性命论思想的源头在天命论中。而周代金文中的天命观以及关于命的种种论说，无疑与后世战国出土楚竹简的性命论有着千丝万缕的密切关系。

　　　西周晚期大克鼎铭："克曰穆穆朕文祖师华父恩谲玺心宀静于猷淑哲玺德肆克龚保玺辟恭王谏罳王家惠于万民柔远能迩肆克智于皇天顼于上下得纯亡敃赐釐无疆永念于玺孙辟天子天子明哲覭孝于神经念玺圣宝祖师华父勸克王服出入王命多赐宝休丕显天子天子其万年无疆保罳周邦畯尹四方王

①　张亚初：《殷周金文集成引得》，中华书局，2001年，第546页。

②　香港中文大学、中国社科院考古研究所：《殷周金文集成释文（第一卷）》，香港中文大学出版社，2001年，第175页。

③　中国社会科学院考古研究所：《殷周金文集成》，中华书局，1984年，第211页。

④　傅斯年：《性命古训辨证》，广西师范大学出版社，2006年，第24页。

⑤　陈伟等：《楚地出土战国简册（十四种）》，经济科学出版社，2009年，第221页。

在宗周旦王格穆庙即位䰩季佑膳夫克入门立中廷北向王呼尹氏册命膳夫克王若曰克昔余既令女出入朕命今余唯申壹乃命易女素市参絅苛蔥赐女田于野赐女田于渒赐女邢寓匋田于峻以氐臣妾赐女田于寏赐女田于匽赐女田于陣原赐女田于寒山赐女史小臣霝龠鼓钟赐女邢徵匋人郿赐女邢人奔于量敬夙夜用事勿废朕命克拜稽首敢对扬天子丕显鲁休用作朕文祖师华父宝鸞彝克其万年无疆子子孙孙永宝用。"①

在大克鼎铭文中，涉及的心理范畴有"心""哲""德""智""圣""念""命"等，几乎把所有的心理批评范畴都用上了，充分体现出周代对人物心理研究的高超水平。这与《诗经》中高超的人物心理刻画水平是完全相一致的。作为历史散文的周代铜器铭文与作为诗歌典型样式的《诗经》都有大量的人物心理描写，这说明，在周代文学创作中，文艺心理研究水平是较高的，对人物心理的描写与研究是比较自觉的。在大克鼎中的很多心理范畴是用来赞美"穆穆朕文祖师华父"，极尽赞美之能事，显示了周代铜器铭文中心理范畴的批评功能。这种将众多心理范畴融合在一篇文章中的做法，在战国楚竹简中比较常见，如郭店楚墓竹简的《五行》《性情》等。这也与战国时期的金文同步。

中山王䥯鼎铭："唯十四年中山王䥯作鼎于铭曰呜呼语不废哉寡人闻之蔓其溺于人也宁溺于渊昔者郾君子哙叡弅夫吾长为人主闻于天下之勿矣犹迷惑于子之而亡其邦为天下僇而况在于少君乎昔者吾先考成王早弃群臣寡人幼童未通智唯傅姆是从天降休命于朕邦有厥忠臣赒克顺克卑亡不率仁敬顺。"②

"天德以佐右寡人使佑社稷之任臣主之义夙夜不懈以诱导寡人今余方壮知天若否论其德省其行亡不顺道考度唯型呜呼哲哉社稷其庶乎厥业在只寡人闻之事少如长事愚如智此易言而难行也非任与忠其谁能之其谁能之唯吾老赒是克行之呜呼悠哉天其有刑于在厥邦是以寡人委任之邦而去之游。"③

"土遽惕之虑昔者吾先祖趄王昭考成王身勤社稷行四方以忧劳邦家今吾

---

① 香港中文大学、中国社科院考古研究所：《殷周金文集成释文（第二卷）》，香港中文大学出版社，2001年，第409页。

② 香港中文大学、中国社科院考古研究所：《殷周金文集成释文（第二卷）》，香港中文大学出版社，2001年，第419页。

③ 香港中文大学、中国社科院考古研究所：《殷周金文集成释文（第二卷）》，香港中文大学出版社，2001年，第421页。

老膊亲率三军之众以征不义之邦奋桴振铎辟启封疆方数百里列城数十克敌大邦寡人庸其德嘉其力是以赐之厥命唯有死罪及参世亡不赦以明其德庸其功吾老膊奔走不听命寡人惧其忽然不可得惮惮憟憟恐陨社稷之光是。"①

"以寡人许之谋虑皆从克有功智也诒死罪之有赦知为人臣之义也呜呼念之哉后人其庸庸之毋忘尔邦昔者吴人并越越人修教备任五年复吴克并之至于今尔毋大而肆毋富而骄毋众而嚣邻邦难亲仇人在旁呜呼念之哉子子孙孙永定保之毋替厥邦。"②

此铭对"德"的心理范畴论述系统而深刻，且叙述个性张显，抒情色彩十分浓郁。其中，语气助词使用频繁，文章节奏感极强，极富感染力和说服力，具有强烈的战国纵横策士之色彩。而且，这种心理研究的深刻性与系统性，与战国时期诗学批评的内转是完全一致的。

第三节　周代铜器铭文中的文学批评思想③

周代是中国文学批评思想发展的重要阶段。以前，学者们研究周代文学批评思想多据《诗经》《左传》等传世文献。但先秦传世文献数量毕竟有限，记载内容也不甚全面，且经过历代传抄，其中还不乏讹变及增饰的内容。如今，随着大量出土文献的涌现，我们可以据出土文献更加全面地来研究周代的文学批评思想了。在出土的文献中，青铜器铭文所占篇幅不少。青铜器因其特殊材质，仍保留着数千年前的文化风貌，而其铭文也将数千年前的文学批评思想定格于其中。

一、人物品评观：嘉功崇德

人物品评是中国文学批评思想的重要内容。诸如，先秦时期的"赋诗言志""赋诗观志""兴、观、群、怨"以及"立德、立功、立言""三不朽"理论，两汉时期对屈原的评论，《典论·论文》对建安七子的评价，刘劭《人物志》以及历代史传著述的人物论赞等等，无不呈现出强烈的人物品评色彩。

---

① 香港中文大学、中国社会科学院考古研究所：《殷周金文集成释文（第二卷）》，香港中文大学出版社，2001 年，第 423 页。

② 香港中文大学、中国社会科学院考古研究所：《殷周金文集成释文（第二卷）》，香港中文大学出版社，2001 年，第 425 页。

③ 此节内容发表于《贵州大学学报》2009 年第 3 期。

魏刘邵《人物志·序》曰："夫圣贤之所美，莫美乎聪明，聪明之所贵，莫贵乎知人，知人诚智则众才得其序，而庶绩之业兴矣！是以圣人著爻象则立君子小人之辞，叙诗志则别风俗雅正之业，制礼乐则考六艺祗庸之德，躬南面则援俊逸辅相之材，皆所以达众善而成天功也。"①斯言深刻揭示出文学批评的以诗观志、礼乐批评与人物品评之间不可分割的密切关系。人物品评之风渊源有自，而周代铜器铭文中亦蕴含着浓郁的人物品评内容，并闪耀着强烈的文学批评光芒，对后世文学批评发展产生重要影响。

周代是青铜器发展的极盛时代。周代的青铜器不但工艺精湛、类型多样，而且每件青铜器的铸造都有原因。《左传》昭公十五年载：

> 王曰："伯氏，诸侯皆有以镇抚王室，晋独无有，何也？"文伯揖籍谈。对曰："诸侯之封也，皆受明器于王室，以镇抚其社稷，故能荐彝器于王。晋居深山，戎狄之与邻，而远于王室，王灵不及，拜戎不暇，其何以献器？"……籍谈归，以告叔向。叔向曰："……彝器之来，嘉功之由，非由丧也。"

周天子向晋国索取彝器，而晋人不答应。因为晋人认为，青铜彝器是为"嘉功"而铸造的，"由丧"铸器则非礼也。孔颖达《正义》亦云："诸侯自有善功，乃作常器以献其功。"显然，青铜彝器乃为献功而造。这种认识与《左传》襄公十九年所载完全一致：

> 季武子以所得于齐之兵作林钟而铭鲁功焉。臧武仲谓季孙曰："非礼也。夫铭，天子令德，诸侯言时计功，大夫称伐。今称伐，则下等也；计功，则借人也；言时，则妨民多矣，何以为铭？且夫大伐小，取其所得，以作彝器，铭其功烈，以示子孙，昭明德而惩无礼也。今将借人之力以救其死，若之何铭之？"

这里，鲁国人臧武仲不但说明了青铜器"嘉功"而造的特点，而且还揭示了青铜器铭文的创作动因以及铭功的各种类型。据臧武仲言可知，青铜器的铸造之因乃"铭其功烈，以示子孙"，而其铭文的核心思想则是"昭明德而惩无礼"。"嘉功"或"昭明德"，其中必然包含对人物道德品行之讴歌赞美。以礼铭功，嘉功铸器，这些行为本身就是对历史人物品行的一种评判。颂扬

---

① 《人物志·颜氏家训·白虎通德论》，上海商务印书馆缩印明刊本，1936 年。

符合统治集团要求的道德礼仪，批判惩戒那违礼乱德者。因此，铜器铭文的铸刻体现出强烈的人物品评色彩。

据臧武仲言，周代符合礼仪的铜器铭文实际上可分为三等，也就是"嘉功"铸器的三种基本类型。这三类，在出土的青铜器铭文中都得到了充分印证。例如，宗周钟铭：

> 王肇遹省文武勤疆土，南国服子敢陷虐我土，王敦伐其至，扑伐厥都，服子乃遣间来逆邵王。南夷、东夷具见，廿又六邦，唯皇上帝百神，保余小子，朕猷有成亡竞。我唯司配皇天，王对作宗周宝钟，仓仓恩恩，央央雔雔，用邵格丕显祖考先王，先王其严在上，勃勃丰丰，降余多福，福余顺孙，参寿是利，害夫其万年，畯保四国。①

宗周钟乃周天子所作的青铜乐器。关于宗周钟作器之主，或以为周昭王，或以为周厉王。因此，宗周钟实乃"天子令德"型铜器。又如，郳公华钟铭：

> 唯正月初吉乙亥，郳公华择厥吉金，玄镠赤鉄，用铸厥和钟，以作其皇祖皇考，曰：余毕恭畏忌，淑穆不坠于厥身，铸其和钟，以邮其祭祀盟祀，以乐大夫，以宴士庶，子慎为之铭，元器其旧，哉（载）公眉寿，郳邦是保，其万年无疆，子子孙孙，永保用享。

此乃春秋晚期，郳悼公所作之青铜乐器，属"诸侯言时计功"类。再如，克钟铭：

> 唯十又六年九月初吉庚寅，王在周康烈宫。王乎士曶召克，王亲命克遹泾东至于京师，锡克甸车马乘。克不敢坠，尃奠王命。克敢对扬天子休，用作朕皇祖考白宝林钟，用匄纯嘏永命，克其万年，子子孙孙永宝。

此无疑属于大夫作器。

三类青铜器铭文，其宣扬的中心思想无疑都是道德礼仪。因此，对"德"的强调与品评往往成为周代铜器铭文的核心内容。周代青铜器铭文在论"德"时主要体现出三种基本思想观念。其一，帅秉明德；其二，克哲厥德；其三，惠于政德。三者有分有合，共同组成一个三位一体的人物品评体系。

---

① 本节铜器铭文释文主要参考中国社会科学院考古研究所编《殷周金文集成（修订增补本）》，中华书局，2007 年。

1. 帅秉明德

例如，虢叔旅钟铭曰：

> 虢叔旅曰：丕显皇考惠叔，穆穆秉元明德，御于厥辟，得纯亡愍，旅敢肇帅型皇考威仪，淄御于天子，乃天子多赐旅休，旅对天子鲁休扬，用作皇考惠叔大林和钟，皇考严在上，翼在下，降旅多福，旅其万年，子子孙孙，永宝用享。

关于此钟断代，或以为西周初期成王时，或以为西周晚期。这里，"穆穆秉元明德"是对惠叔人品的赞美；"穆穆"形容恭敬肃穆的样子，是对人物品质赞美之辞。故《大雅·文王》毛传云："穆穆，美也。""秉"即秉承、执行之意，亦是对人物品行之描述。如《周颂·清庙》"济济多士，秉文之德"，毛传："执文德之人也。"郑笺："济济之众士，皆执行文王之德。"《清庙》乃西周初期诗歌作品，此言"秉文之德"与金文"秉元明德"所强调的思想观念完全相同。"元"乃大、善之义，主要用来修饰"明德"。"明德"乃昭明光耀之德，是西周时期一种最高的人物品评标准，这在西周诗歌中也得到充分印证：

> 《大雅·文王》："穆穆文王，于缉熙敬止。"毛传："穆穆，美也。缉熙，光明也。"郑笺："穆穆乎文王，有天子之容。于美乎！又能敬其光明之德。"
> 《大雅·大明》："明明在下，赫赫在上。"毛序："《大明》，文王有明德，故天复命武王也。"毛传："明明，察也。文王之德，明明于下，故赫赫然着见于天。"郑笺："明明者，文王、武王施明德于天下。"
> 《大雅·皇矣》："帝迁明德，串夷载路。"孔疏："帝所以徙就文王之明德而顾之者，以其世世习于常道，则得居是大位也。"
> 《大雅·皇矣》："维此王季，帝度其心。貊其德音，其德克明。克明克类，克长克君。王此大邦，克顺克比。比于文王，其德靡悔。"毛传："心能制义曰度。貊，静也。"郑笺："德正应和曰貊，照临四方曰明。"
> 《大雅·皇矣》："帝谓文王，予怀明德。"郑笺："明德，光明之德。"

这说明，"明德"乃周代散文与诗歌中十分流行的话语，也是西周铜器铭文与西周诗歌在人物品评方面的共同标准，充分反映了周代社会主流文学作品所推崇的一种审美价值观。

"明德"的最高境界无疑是"文德"，其代表人物自然是周文王了。《周颂·武》"允文文王，克开厥后"，此句赞美有文德之文王，为周之后世子孙开创了好的基业。《周颂·载见》"烈文辟公，绥以多福"，此句赞美周之众诸侯有光耀之文德。故《大雅·皇矣》毛传曰："经纬天地曰文。"孔颖达《正义》曰："服虔曰：'德能经纬顺从天地之道，故曰文。'"显然，"文"是"德"的最高境界，故周代铜器铭文中多以之赞美皇祖烈考。例如：

走钟（周宝和钟）铭曰："走作朕皇祖文考宝和钟。"

兮仲钟铭曰："兮仲作大林钟，其用追孝于皇考己伯，用侃喜前文人。子子孙孙，永宝用享。"

吴生残钟铭曰："生拜手稽首，敢对扬王休，吴生用作穆公大林钟，用降多福，用喜侃前文人……"

邢人女钟铭曰："邢人女曰：景淑文祖皇考，克哲厥德，得纯用鲁，永终于吉。女不敢弗帅用文祖皇考，穆穆秉德，女宪宪圣爽，虔处宗室，肆女作和父大林钟，用追孝侃前文人……"

师奂钟铭曰："师奂肇作朕烈祖虢季究公幽叔朕皇考德叔大林钟，用喜侃前文人，用祈纯鲁永命，用介眉寿无疆，师奂其万年永宝用享。"

显然，青铜器铭文中的"文"是一种人物品评的最高标准。

不难看出，"秉元明德"是西周社会主流价值观所推崇的一种道德行为准则，这样的思想认识及类似话语在两周青铜器铭文中并不罕见。请看如下几例：

（1）西周晚期，邢人女钟铭文："邢人女曰：景淑文祖皇考，克哲厥德，得纯用鲁，永终于吉。女不敢弗帅用文祖皇考，穆穆秉德，女宪宪圣爽，虔处宗室，肆女作和父大林钟，用追孝侃前文人，其严在上……"

（2）西周晚期，梁其钟铭文："梁其曰：丕显皇祖考，穆穆翼翼，克哲厥德，农臣先王，得纯亡愍，梁其肇帅型皇祖考，秉明德，虔夙夕，辟天子，……"

（3）春秋早期，秦公钟铭文："秦公曰：余虽小子，穆穆帅秉明德，睿敷明刑，虔敬朕祀，以受多福，协和万民，号夙夕，烈烈桓桓，万生是敕，咸畜百辟、胤士，蔼蔼文武，镇靖不廷，揉燮百邦，于秦执事，作淑和镈，厥名曰固邦，其音锗锗雍雍孔煌，以昭各孝享，以受屯鲁多厘……"

据上可知，"秉元明德"强调的是对前辈先祖昭明之德的继承与弘扬。因此，其话语形式往往又表述为“帅秉明德”“帅型明德”等。“帅”即效仿、模仿及追随之意，“帅秉明德”宣扬的是一种世德，强调世世代代、子子孙孙明德不衰。这样的认识，在西周诗歌中也得到充分体现。例如，《大雅·文王》“文王孙子，本支百世。凡周之士，不（丕）显亦世。”毛传：“本，本宗也。支，支子也。不（丕）世显德乎！士者世禄。”郑笺：“凡周之士，谓其臣有光明之德者，亦得世世在位，重其功也。”又如，《大雅·皇矣》毛序：“美周也。天监代殷，莫若周。周世世修德，莫若文王。”此与金文嘏辞“子子孙孙，永宝用享”“万年无疆”“眉寿永宝”所表达的意思完全一致。再如，《大雅·下武》“下武维周，世有哲王”“王配于京，世德作求”“永言孝思，孝思维则”，郑笺：“后人能继先祖者，维有周家最大，世世益有明知之王。武王配行三后之道于镐京者，以其世世积德，庶为终成其大功。长我孝心之所思，所思者，其维则三后之所行。子孙以顺祖考为孝。”

显然，“帅秉明德”强调的是世世修德，注重的是子孙顺承祖考明德之意。而子孙顺承祖考之明德又可称之为孝，即云“子孙以顺祖考为孝”。故一旦子孙因功获赏受赐，则常常作铜器铭功，一方面向先祖表示子孙孝顺，弘扬了祖考之明德；另一方面又给下代子孙垂范，希望能世代继之。如《虢叔旅钟铭》，既赞美祖考惠叔能继承先祖明德，又表示自己要“帅型皇考威仪”，继续顺承父辈美好光耀之品德。同时，此番虢叔旅作钟铭器，主要是因功获得天子赏赐，体现了虢叔旅之孝道。铜器中直接说明作器以示享孝的很多，例如：

（1）春秋晚期，齐鲍氏钟：“唯正月初吉丁亥，齐鲍氏孙□择其吉金自作和钟，卑鸣攸好，用享以孝于佁皇祖文考，用宴用喜，用乐嘉宾及我朋友，子子孙孙永保鼓之。”

（2）春秋晚期，余購逐儿钟：“以铸和钟，以追孝先祖，乐我父兄，饮宴歌舞，子孙用之，后民是语。”

（3）春秋晚期，邵𪚥钟：“余不敢为骄，我以享孝，乐我先祖，以祈眉寿，世世子孙，永以为宝。”

享、孝是嘉功作器的一种表现形式，是“昭明德”的一个基本内容，也是一种符合礼仪的美好人物品行。

2. 克哲厥德

青铜器铭文言“德”，还涉及一种常用话语“克哲厥德”。如，邢人女钟铭"文祖皇考，克哲厥德，得纯用鲁，永终于吉"；梁其钟铭"丕显皇祖考，穆穆翼翼，克哲厥德，农臣先王，得纯亡愍"。这些话语皆属于对"德"之评述，但强调的重点却与"帅秉明德"有所不同。"克哲厥德"强调的是个人修身的目标与结果，评论仅限于某一个人，赞美的往往多为先祖先考。《大雅·荡》郑笺云："克者，能也。""克哲厥德"是讲个人修德所能够达到的一种高度。"哲"无疑是修身所要达到的道德水平。那么，何谓"哲"呢？《大雅·下武》"下武维周，世有哲王"，郑笺："哲，知也。"周代诗歌言"哲"的不少：

《大雅·抑》："哲人之愚，亦维斯戾。""其维哲人，告之话言。"郑笺："哲人，贤知之人。"

《周颂·雝》："宣哲维人，文武维后。"郑笺："又遍使天下之人有才知，以文德武功为之君故。"

《大雅·烝民》："既明且哲，以保其身。"孔颖达《正义》："既能明晓善恶，且又是非辨知，以此明哲，择安去危，而保全其身，不有祸败。"

《大雅·瞻卬》："哲夫成城，哲妇倾城。懿厥哲妇，为枭为鸱。"毛传："哲，知也。"郑笺："哲，谓多谋虑也。城，犹国也。丈夫，阳也。阳动故多谋虑则成国。妇人，阴也。阴静故多谋虑乃乱国。"孔颖达《正义》："谋虑苟当，则妇人亦成国，任、姒是也。谋虑理乖，虽丈夫亦倾城，宰嚭、无极是也。然则成败在于是非得失，不由动静。而云阴阳不同者，于时褒姒用事，干预朝政，其意言褒姒有智，唯欲身求代后，子图夺宗，非有益国之谋，劝王不使听用，非言妇人有智皆将为乱邦也。"

据上可知，"哲"实乃周人对"德"之某种状态的描述。主要讲的是能够明辨是非，乃贤智、明智与才智的一种理想状态。"哲"又是一种处世哲学、人生态度及生活原则，讲究的是能明辨是非，选择适合的方式安身立命。"哲"注重的是个人修身结果，是个人处世和生活之行动指南。正是因为"哲"的这种文化内涵，使得其在后世逐渐演变成为文学批评的重要范畴（见本章第二节心理批评范畴之论述）。

3. 惠于政德

政治无疑是周人修德的出发点与归宿。修身崇德最后终归要落实在政事方面。因此，周代铜器铭文又十分强调"政德"。例如，春秋中晚期王子午鼎铭曰：

　　唯正月初吉丁亥，王子午择其吉金，……用享以孝于我皇祖文考，用祈眉寿，宏龏龗犀，畏忌翼翼，敬厥盟祀，永受其福，余不畏不差，惠于政德，淑于威仪，阑阑兽兽，令尹子庚殿民之所亟，万年无期，子孙是制。

　　这是典型的嘉功崇德作器。铭文的主要意思是说，王子午作鼎，用来祭祀先祖，显示孝道，祈求赐福。同时，也表达了王子午恭谨严肃对待政事的态度。其中"不畏不差，惠于政德，淑于威仪"是其修治政事的具体要求。这里，"惠于政德"无疑是一切政事的核心所在。又如，春秋晚期王孙遗者钟铭曰：

　　唯正月初吉丁亥，王孙遗者择其吉金，自作和钟，中翰且扬，元鸣孔皇，用享孝于我皇祖文考，用祈眉寿，余圅龏龗犀，畏忌翼翼，肃哲圣武，惠于政德，淑于威仪，诲猷丕饬，阑阑和钟，用宴以喜，用乐嘉宾、父兄，及我朋友。余恁台心，延中余德，和沴民人，余溥徇于国，皇黄熙熙，万年无期，世万孙子，永保鼓之。

　　据此可知，"惠于政德，淑于威仪"似乎是春秋时期铜器铭文之习语。这表达了当时一种普遍的思想观念，即注重政德。"惠于"二字，强调的无疑是和惠、和谐。政德和惠，则庶民百姓受益。故《王孙遗者钟铭》全文的基调就是和谐，"和钟"、"和沴"等语传达出的是君臣之和、嘉宾朋友父兄之和及庶民百姓之和。因此，王子午鼎铭特别强调"殿民之所亟"。

　　"惠于政德"也十分关注为政者个人精神世界的建设问题。例如，春秋晚期，蔡侯纽钟铭：

　　唯正五月，初吉孟庚，蔡侯曰：余唯少子，余非敢宁忘，有虔不惕，佐佑楚王，崔崔豫政，天命是遅，定均庶邦，休有成庆，既聪于心，延中厥德，君子大夫，建我邦国，豫令只只，不愆不贰，自作歌钟，元鸣无期，子孙鼓之。

　　这里，蔡侯表达了自己为政的基本理念。其中"非敢宁忘，有虔不惕，佐佑楚王，崔崔豫政，天命是遅"说的是蔡侯谨遵天命，夙夜以政事为重的态度。既云"既聪于心，延中厥德"，又十分明确地强调，人的内部心理世界的建设是政德之基础，其观照于人的内部世界是十分明显的。类似的，王孙遗者钟铭云"余恁台心，延中余德"；王子午鼎云"畏忌翼翼"等均强调对为政者个人修"心"的要求。再如，春秋晚期，叔尸镈铭：

> 唯王五月，辰在戊寅。师于淄淹。公曰："汝尸，余经乃先祖，余既尃乃心，汝小心畏忌，汝不坠夙夜，宧执而政事。余引厌乃心，余命汝政于朕三军，肃成朕师旟之政德，谏罚朕庶民左右毋讳。

叔尸镈铭乃君王告诫叔尸，委以政事。其中，君王十分强调修"心"。全文"心"字凡三现，可见当时人们对"心"之重视程度，显示出对"心"与政德密切关系的深刻认识。从接受层面看，春秋时期的人们显然十分注重接受对象的内心修为。

周代铜器铭文言"德"，其范型多为周文王。在"惠于政德"上也不例外。例如，西周早期，大盂鼎铭：

> 唯九月王在宗周，命盂，王若曰："盂，丕显文王，受天有大命，在武王嗣文作邦，辟厥匿，匍有四方，畯正厥民，……今我唯即型稟于文王正德，若文王令二三正，今余唯令女盂召荣敬雍德经，敏朝夕入谏，享奔走，畏天畏。"

这里，"今我唯即型稟于文王正德"，表示在政事方面要以周文王为效仿的榜样。其中，"正德"即"政德"。陈梦家《西周铜器断代》认为《大盂鼎》属康王铜器。则，周康王不但表示自己要以周文王之政德为榜样，同时也要求大臣盂、荣等"敬雍德经"。"敬雍德经"即《尚书·酒诰》"经德秉哲"之意。《陈曼簠铭》"肇勤经德"也与此相类。

二、诗乐功能观：娱情乐心

周代铜器铭文言乐者极多，特别是青铜乐器铭文。这显示出了周代礼乐文化的高度发达。周代青铜乐器的制作自然也出于"嘉功崇德"之目的。但因青铜乐器的特殊性，使得青铜乐器在使用及效用上与一般青铜器有所区别。青铜器有多个门类，容庚《商周彝器通考》说"彝器之类别，自其应用言，大致可分为四类"。容庚所分的四类分别是：食器（鼎、鬲、甗、簠等）、酒器（爵、角、盉、尊等）、水器及杂器（匜、盂、盆、皿等）、乐器（钟、铃、铎、鼓等）。[①] 显然，按功能划分，青铜乐器成为了一个独立的青铜器

---

① 容庚：《商周彝器通考》，上海人民出版社，2008年，第18页。

种类。

那么，作为独立的青铜器种类，青铜乐器到底有什么作用呢？其在周人日常生活中究竟扮演着一个什么样的角色呢？这些问题的答案其实在许多青铜乐器铭文中已经揭晓。周代青铜乐器铭文实际上对青铜乐器的使用与功能有十分明确之阐述，充分体现出周人深刻成熟的诗乐思想。具体体现在如下几个方面：

1. 娱神观

青铜器多为祭器，青铜乐器亦不例外。在祭祀活动中，往往伴随丰富的诗乐活动。祭祀活动多种多样，有山川祭祀、宗庙祭祀等等。在这些祭祀活动中，诗乐演奏的一个主要目的就是娱神。例如：

> 越王者旨于赐钟铭："唯正月季春吉日丁亥，越王者旨于赐择厥吉金，自作和钟，我以乐考、帝、祖、大夫、宾客，日日以鼓之，凤暮不賁，顺余子孙万世亡疆，用之勿相。"
>
> 士父钟："作朕皇考叔氏宝林钟，用喜侃皇考，皇考其严在上，丰丰勃勃，降余鲁多福无疆，唯康祐、屯鲁，用广启士父身，擢于永命……"
>
> 宗周钟铭："王肇遹省文武勤疆土，南国服子敢陷处我土，王敦伐其至，扑伐厥都，服子乃遣间来逆邵王。南夷、东夷具见，廿又六邦，唯皇上帝百神，保余小子，朕猷有成亡竞。我唯司配皇天，王对作宗周宝钟，仓仓恩恩，央央雝雝，用邵格丕显祖考先王，先王其严在上，勃勃丰丰，降余多福，福余顺孙，参寿是利，□其万年，畯保四国。"
>
> 癲钟铭："敢作文人大宝协和钟，用追孝、敦祀、邵格乐大神，大神其陟降严祐，业绥厚多福，其丰丰勃勃，授余屯鲁、通禄、永命、眉寿、灵终。"

以上，"考、帝、祖""皇考""皇上帝、百神""大神"等，或为上帝、大神，或为神格化的周族先祖先考。铸器的目的很明确，如越王者旨于赐钟铭所言"自作和钟，我以乐考、帝、祖、大夫、宾客"，如癲钟之"邵格乐大神"，这正是《尚书·尧典》所表述的"八音克谐，无相夺伦，神人以和"的诗乐理念。这种理念，在《诗经》中也得到充分反映。例如，《周颂·有瞽》曰：

> 有瞽有瞽，在周之庭。设业设虡，崇牙树羽。应田县鼓，鞉磬柷圉。既

备乃奏，箫管备举。喤喤厥声，肃雍和鸣，先祖是听。我客戾止，永观厥成。

这里，"先祖是听"明确阐述了娱神的诗乐观。而"喤喤厥声，肃雍和鸣"则又充分体现出"八音克谐，神人以和"的诗乐理念。不难发现，《诗经》与周代铜器铭文的诗乐观呈现出高度的一致性。

通过娱神，既显示了周人"用享以孝"的"昭德"观，同时也向那些神格化的先祖先考们表达出后世子孙的功利目的，那就是祈福，祈求先祖先考赐与子孙以福禄。

2. 娱人观

《尚书·尧典》说"八音克谐，神人以和"。祭祀活动实质上是人与神的一种沟通与交流方式。其终极目的当然是人与神的和谐相处，其乐融融。如越王者旨于赐钟铭所言"自作和钟，我以乐考、帝、祖、大夫、宾客"，十分明确地表达了对神人同乐之追求。因此，周代的诗乐活动除了娱神，还要娱人。如前文引王孙遗者钟铭"阑阑和钟，用宴以喜，用乐嘉宾、父兄，及我朋友"，这说的就是典型的以诗乐娱人。又如：

子璋钟铭文："子璋择其吉金，自作和钟，用宴以喜，用乐父兄诸士，其眉寿无期，子子孙孙，永保鼓之。"

齐鲍氏钟铭文："择其吉金，自作和钟，俾匀赴好，用享以孝于台皇祖文考，用宴用喜，用乐嘉宾，及我朋友，子子孙孙，永保鼓之。"

之利钟铭文："王欲复师，择吉金，自作和钟，以乐宾客，志劳赙诸侯，往矣，余之客，奋奋孔协，万世之后，无疾自下，允位，同汝之利，台孙皆永宝。"

鲜钟铭："王赐鲜吉金，鲜拜手稽首，敢对扬天子休，用作朕皇考林钟，用侃喜上下，用乐好宾，用祈多福，孙子永宝。"

邾公钘钟铭："陆融之孙邾公钘作厥和钟，用敬恤盟祀，祈年眉寿，用乐我嘉宾，及我正卿，扬君灵，君以万年。"

据上可知，在青铜乐器的实际使用中，娱人活动涉及君臣关系、主客关系、父子兄弟关系以及朋友关系。显然，以青铜乐器娱人主要应用在上层贵族集团内部。礼别异，乐合同。尽管君臣、主客、父子有别，但通过诗乐活动，可以在一定程度上突破这种森严的等级制度，取得上下之间的和谐沟通与交流，达到一种和合的境地。另外，周代青铜乐器的使用多在宴飨场合。

"用宴以喜"是周代诗乐活动开展的主要形式。这一点在《诗经》中也得到印证。如《小雅·鹿鸣》《大雅·既醉》等，描写的均是在宴飨场合的君臣、父兄之间的和谐关系。

3. 乐心观

不管娱神还是娱人，青铜乐器的使用总得有一个着眼点，即乐器发挥效用的切入点。据周代青铜乐器铭文看，这个着眼点就是"心"。例如，春秋前期一编镈铭文曰：

> 唯王正月初吉丁亥，……择厥吉金，作铸和钟，以享于我先祖。……允唯吉金，作铸和钟。我以夏以南，中鸣媞好，我以乐我心。①

显然，"乐心"是周代青铜乐器的基本操作理念。"乐心"又可分为两个层面，其一，乐己心。如，此编镈的"以乐我心"，讲的是乐器使用主体以诗乐娱乐自己的身心。又如，邾公牼钟铭文曰：

> 邾公牼择厥吉金，……，自作和钟，曰：余毕龏畏忌，铸台和钟二堵，以乐其身，以宴大夫，以喜诸士，至于万年，分器是持。

邾公牼"自作和钟"，其"以乐其身"当是乐己心了。

第二个层面是乐他人之心。如上文所引的"以乐嘉宾"、"以乐宾客"等。"乐心"论反映出周代诗乐批评的深度，体现了周人对诗乐接受心理的深刻研究。这是周代心理认知水平以及文艺创作与接受理论高度发达的标志。这与周代诗歌作品中的认识完全一致。例如，《小雅·鹿鸣》第三章："呦呦鹿鸣，食野之芩。我有嘉宾，鼓瑟鼓琴。鼓瑟鼓琴，和乐且湛。我有旨酒，以燕乐嘉宾之心。""以燕乐嘉宾之心"与铜器铭文"乐心"观完全一致。《鹿鸣》为西周初期的作品，这充分说明以诗乐愉心的观念在周代形成甚早。又如，《大雅·烝民》云："吉甫作诵，穆如清风。仲山甫永怀，以慰其心。"尹吉甫明确地提出，其创作诗歌是用来抚慰仲山甫那颗忧伤的心灵。这是西周宣王时期的事情，充分说明，以诗乐愉悦人心的理念在西周已经发展得十分成熟了。再如，《魏风·园有桃》云："园有桃，其实之。心之忧矣。我歌且谣。"郑笺："我心忧君之行如此，故歌谣以写我忧。"很明显，《园有桃》之作者清醒地意识到作诗可以舒慰自己的心。《诗谱》说"当周平、桓之世，

---

① 刘雨、卢岩：《近出殷周金文集录》，中华书局，2002年，第228页。

魏之变风始作"，则此反映出春秋初期平王、桓王时期以诗乐娱情乐心观的深入发展。

三、诗乐审美观：声和境谐

审美既是一种情感体验，也是一种理性的文化批评。诗乐审美除表达乐器使用过程中接受者的内心情感体悟外，同时也阐释了诗乐接受者的文学批评观。例如，《左传》襄公二十九年季札观乐，季札观周之诗乐，每歌之后都不免一番评论，诸如"美哉！思而不惧"，"美哉，荡乎！乐而不淫"，"至矣哉！……哀而不愁，乐而不荒"等等，这些话语表达了季札深刻的诗乐批评思想。又如，《论语·八佾》："子谓《韶》：'尽美矣，又尽善也。'谓《武》：'尽美矣，未尽善也。'"以及"子曰：'《关雎》，乐而不淫，哀而不伤。'"这些话语与季札所说一样，体现了孔子的诗乐审美批评思想。周代乐器铭文比较细腻地描述了听者对乐器演奏的各种感受与评论，充分体现出周代深刻而成熟的诗乐审美批评思想发展水平。

1. 对乐器声音的审美批评

周代青铜乐器铭文在乐器声音方面的审美感受，可以用一个字来概括，那就是"和"。"和"也是周代文学批评思想的核心范畴，其在乐器铭文中出现的频率很高。最常见的形式是"和"作为前缀，来修饰各种乐器名称。例如，郘公华钟铭：

> 唯正月初吉乙亥，郘公华择厥吉金，玄镠赤铝，用铸厥和钟，以作其皇祖皇考，曰：余毕恭畏忌，淑穆不坠于厥身，铸其和钟，以卹其祭祀盟祀，以乐大夫，以宴士庶，子慎为之铭，元器其旧，哉（载）公眉寿，郘邦是保，其万年无疆，子子孙孙，永保用享。

类似的，益公钟"益公为楚氏和钟"、郑井叔钟"郑井叔作灵和钟"、中义钟"中义作和钟"、董武钟"悇作和钟"、郘君钟"用自作其和钟、和铃"、走钟"走作朕皇祖文考宝和钟"、楚王钟"楚王媵江仲芈南和钟"、郘叔之伯钟"铸其和钟"、鼄伯钟"用作朕文考鼄伯和林钟"、臧孙钟"自作和钟"、郘公劝钟"郘公劝作厥和钟"、迟父钟"迟父作姬齐姜和林钟"、子璋钟"子璋择其吉金自作和钟"、越王者旨于赐钟"自铸和钟"、楚余义钟"以铸和钟"、郘公孙班镈"为其和镈"、虢叔旅钟"用作皇考惠叔大林和钟"等等。

因此，在周代青铜乐器铭文中出现的"和"，实际上是一个频繁使用的诗乐审美批评范畴，体现的是对诗、乐、舞等文艺样式的一种批评，即关于礼乐文化呈现何种状态及特征的问题。"和"是在接受者感受礼乐文化所发生的情感体验基础上的升华。既然是以接受者的情感体验为基础，那么，乐器铭文中的"和"，通常伴随着接受者强烈的审美心理感受。这种审美感受充分建立在接受者诗乐活动中的视觉和听觉基础之上。例如，者减钟铭曰：

> 唯正月初吉丁亥，工歔王皮然之子者减，择其吉金，自作谣钟，不白不騪，不铄不彫，协于我灵籥，俾和俾孚，用祈眉寿繁釐，于其皇祖皇考，若召公寿，若三寿，俾汝鱻鱻剠剠，和和锵锵。其登于上下，闻于四方，子子孙孙，永保是常。

这篇乐器铭文，其核心思想就是"和"。"不白不騪，不铄不彫"讲的是色彩之和，这是从视觉方面对青铜乐器之审美感受。其实所表达的是一种中和的审美批评思想。这在季札观乐和孔子的诗乐审美批评中得到充分体现。"鱻鱻剠剠，和和锵锵"讲的是声音之和，这是听觉层面的审美感受。这种审美批评思想，也可在季札观乐和孔子诗乐批评中得到印证。如季札评《齐风》："美哉！泱泱乎，大风也哉！"评《豳风》："美哉，荡乎！"孔子："师挚之始，《关雎》之乱，洋洋乎盈耳哉！"这些诗乐批评也都是建立在听觉基础之上的审美批评。者减钟为春秋吴国第十五世王宫重器，而季札为吴国第十九世吴王寿梦第四子。者减钟诗乐批评范畴与理论的出土，无疑可以帮助我们认识季札成熟诗乐批评思想的来源，在确信季札观乐真实可靠的同时，对解决孔子删诗等诗学问题无疑有重要作用。

又如，笃叔之仲子平钟铭：

> 唯正月初吉庚午，笃叔之仲子平，自作铸游钟，玄镠鏛铝，乃为之音，嘟嘟雍雍（嗡嗡），闻于顶东，仲平善发且考，铸其游钟，以乐其大酉，圣智鼻唳，其受此眉寿，万年无期，子子孙孙，永保用之。

这里，"嘟嘟雍雍（嗡嗡）"是从听觉层面描述对"乃为之音"的审美感受。像这样的直接感官审美体验，在周代金文中很多，如宗周钟"仓仓恩恩，央央雝雝"、沈儿钟"中翰且扬，元鸣孔皇"、徐王子旃钟"中翰且扬，元鸣孔煌，其音悠悠"、秦公钟"其音锗锗雍雍孔煌"、蔡侯甬钟"简简和钟，鸣扬调畅"、王孙遗者钟"阑阑和钟"等等。铜器铭文中多用叠字来描述接受者的心理感受。这与《诗经》对诗乐的审美感受完全一致。如《邶风·简兮》

曰"简兮简兮";《商颂·那》有"奏鼓简简","万舞有奕";《简兮》毛传:"简,大也。"《那》毛传:"以金奏堂下诸县(悬),其声和大简简然。"《诗》之"简简"描述的是接受者对诗乐之审美感受,这与金文之"简简"、"阑阑"等表述内涵完全一致。再如《小雅·蓼萧》"和鸾雝雝"、《小雅·采芑》"八鸾玱玱"、《小雅·鼓钟》"鼓钟将将"、《周颂·执竞》"钟鼓喤喤,磬筦将将"等等,均可在金文中找到完全一致的诗乐审美体验。正是基于这些直接的感官审美,周代诗乐审美又升华至一种理论形态。如"协于我灵籥,俾和俾孚",就是基于感官层面的一种理论升华,强调的是诗乐文化理念上的中和审美思想。同时,通过声音之和,这种理念"登于上下,闻于四方",则又进一步发展至神人以和,天下之和的境界。如沇儿钟铭:

> 唯正月初吉丁亥,徐王庚之淑子沇儿择其吉金,自作和钟,中翰且𩫿,元鸣孔皇,孔嘉元成,用盤饮酒,和会百姓,淑于威仪,惠于盟祀,㪟以宴以喜,以乐嘉宾及我父兄庶士,皇皇熙熙,眉寿无期,子子孙孙永保鼓之。

因此,"和"在周代乐器铭文中既是接受者的感官审美体验,又是一个诗乐审美范畴,也是一种文化价值观。作为文化思想的"和"包含诸多层面,有政治之和、百姓之和、天地之和、人神之和、人与人之和等等。

"和"作为一种核心文学批评思想,始终贯穿在周代文艺活动中。除了周代的铜器铭文外,在诗歌方面,有《诗经》与铜器铭文相发明,如《鹿鸣》:"鼓瑟鼓琴,和乐且湛。"《常棣》:"兄弟既具,和乐且孺。""兄弟既翕,和乐且湛。"《伐木》:"神之听之,终和且平。"在散文方面,有《左传》《国语》等与金文相呼应,如《国语·周语下》载周景王二十三年,王室将铸造大钟,单穆公批评说:"今王作钟也,听之弗及,比之不度,钟声不可以知和,……故必听和而视正。"伶人州鸠也说:"夫政象乐,乐从和,和从平。声以和乐,律以平声,金石以动之,丝竹以行之,诗以道之,歌以咏之,匏以宣之,瓦以赞之,革木以节之。……故曰乐正。"这些不但说明了"和"是周代文学批评思想体系中的核心范畴,也充分体现出了周代极高的诗乐审美发展水平。

2. 对乐器演奏场境之评论

凡乐器都有一个演奏场境,而周代对乐器演奏场境是有着十分特殊要求的。在这些特殊的演奏场境中，接受者自然会有一些特殊的审美体验。首先，对演奏场境乐器制式之特殊感受。例如，春秋晚期，邵繠钟铭文曰：

> 唯王正月初吉丁亥，邵繠曰：……作为余钟，玄镠鎬铝，大钟八肆，其篪四堵，矫矫其龙，既伸邕虡，大钟既悬，玉磬鼍鼓，余不敢为骄，我以享孝，乐我先祖，以祈眉寿，世世子孙，永以为宝。

其中"大钟八肆，其篪四堵，矫矫其龙，既伸邕虡"，是对当时演奏场境乐器之摆设制式的审美感受，是视觉层面的一种审美体验。这篇铭文，涉及了周代的悬乐制度问题。《周礼·春官·小胥》："凡悬钟磬，半为堵，全为肆。"郑玄注："钟磬者，编悬之，二八十六枚而在一簴谓之堵。钟一堵，磬一堵，谓之肆。半之者，谓诸侯之卿、大夫、士也。诸侯之卿、大夫，半天子之卿、大夫，西悬钟，东悬磬。士亦半天子之士，悬磬而已。"据邵繠钟铭可知，邵繠当时宫中的乐器摆设情况是：环演奏大厅四面摆放，每面一堵（二肆）钟磬各 32 枚，四面共计钟磬各 128 枚，总 256 枚。如此看来，当时乐器的演奏场面颇为壮观，故邵繠以"矫矫其龙"来赞叹当时排列的乐器。只有身临其境者，才会有如此的感受。

其次，对乐器演奏场境氛围之审美体验。周代乐器铭文描绘的是雅乐的演奏情况，而周代乐器铭文中多有接受者对这种雅乐演奏场境的感受。例如，春秋时期许子酱师镈铭：

> 唯王正月初吉丁亥，许子酱师择其吉金，自作铃钟。中翰且𩜁，元鸣孔煌，穆穆和钟，用宴以喜，用乐嘉宾大夫及我朋友，煌煌熙熙，万年无期，眉寿毋已，子子孙孙永保鼓之。

其中，"中翰且扬，元鸣孔煌，穆穆和钟"显然是对当时演奏场境氛围的审美感受。"穆穆"一词，在金文中出现频率较高，主要表达一种庄严、肃穆的氛围，而这正是周代雅乐审美的基本特点。故《大雅·文王》毛传云："穆穆，美也。"又徐王子𣱲钟铭曰：

> 徐王子𣱲择其吉金，自作和钟，以敬盟祀，以乐嘉宾、朋友、诸贤，兼以父兄、庶士，以宴以喜，中翰且𩜁，元鸣孔煌，其音悠悠，闻于四方，諻諻熙熙，眉寿无期，子子孙孙，万世鼓之。

这是描写宴飨的诗乐活动。其中，"中翰且𩜁，元鸣孔煌，其音悠悠"，表述的既是听者在听觉层面上的感官感受，也是对当时钟磬齐鸣之氛围的审美体验。特别是"悠悠"一词，给人以余音袅绕，意境幽深之感。而且，这种诗乐意境似乎随着诗乐声在时空上不断拓展。"闻于四方，諲諲熙熙"，似乎已将庙堂与整个天下联成一体，而和合的审美理念也随诗乐演奏传遍天下。

第三章　青铜乐器铭文与先秦诗乐
思想的地域特色

——兼论南北诗乐思想之互动

我们在研读周代青铜乐器铭文时发现，两周时期，从中央王室到各诸侯国，青铜乐器铭文的文体模式、基本内容以及话语形式都存在惊人的相似性。例如，在诗乐核心理论上，注重视觉形式的中和美与追求听觉层面的中和美等以和论乐、评乐成为整个周代社会的普遍原则。在对诗乐功能目的的认识上，娱神与乐人成为最基本追求。而"用乐嘉宾朋友""用孝用享皇祖皇母"等也成为整个周代社会青铜乐器铭文的基本话语形式。特别是以"央央雠雠""嘟嘟嗡嗡"等叠字来描绘诗乐之和美，更是成为各地青铜乐器铭文的惯用手法与文化习俗。为什么周代各地的诗乐思想会呈现如此的发展特征呢？各地的乐器铭文又存在怎样的异同呢？这显然是研究先秦文学批评思想发展亟待解决的难题。由于出土材料的不完整与不系统，我们当前很难全面比较分析周代中央王室与所有诸侯国在乐器铭文中诗乐思想的异同。这里，我们只选取南北两个代表性地域为切入点，以北方山东、南方吴国青铜乐器铭文为中心，分析探究周代诗乐思想的地域特色。同时，试图探析形成这种局面的原因。

《左传》襄公二十九年，吴国公子季札聘问鲁国，观赏并点评了鲁国为之安排的诗乐。这既是吴国与鲁国一次深刻的诗乐文化之碰撞，也是南方与北方地域诗乐思想的一次深层次交流互动。季札观乐论乐，揭示了先秦诗乐思想地域间的交融与互动。本章在剖析山东、吴国青铜乐器铭文诗乐思想的基础上，进一步考察了整个先秦时期南北诗乐思想的交流与互动，以便说明形成周代各地青铜乐器铭文诗乐思想异同的深刻文化动因。

第一节　山东青铜乐器铭文的诗乐思想

周代，山东古国很多。黄盛璋《山东诸小国铜器研究》说："山东古国西周时以齐鲁为大，齐鲁而外，小国林立，春秋经传所记为数众多，入战国后则渐为齐、楚吞并，为数日少。"[①] 周代山东古国，除齐、鲁外，具体还包括莒、宿、鄅（上曽）、费、邾、曹、滕、小邾国、薛、郳、黄等。这些古国的铜器，都有或多或少的发现。不过，与文学批评思想关系最密切的还是青铜乐器铭文。周代山东地区的诗乐发展极为繁盛，根据考古发掘，目前已知山东地区出土的周代编钟数量就达 357 件。王清雷《山东地区两周编钟的初步研究》做了一个统计表：

表一　山东地区所见两周编钟统计表[②]　　　　单位：件

种类	两周	春秋	战国	总数
镈	1	34	27	62
甬钟	13	113	18	145
纽钟	—	92	58	150
合计				357

这说明，周代山东地区的诗乐发展达到了一个很高的水平，其诗乐批评思想发展水平亦不会很低。下文我们重点探讨山东青铜乐器铭文中的诗乐批评思想。

一、以"和"论乐

"和"是周代诗乐观的核心范畴与理论。周代青铜乐器铭文中，以"和"论乐、评乐是十分普遍的，山东青铜乐器铭文自然亦不例外。

邾钟（鼄伯钟）铭："首敢对扬天子丕显休用作朕文考鼄伯穌林钟邾罴

---

① 刘庆柱、段志洪、冯时：《金文文献集成》，第 29 册，线装书局，2005 年，第 516 页。
② 王清雷：《山东地区两周编钟的初步研究》，《文物》2006 年第 12 期，第 73 页。

蔡姬永宝。"①

此为西周中期莒国青铜乐器铭文之一。莒国，在西周乃至之前的历史文献基本无载，故出土的西周莒国之铜器，对研究莒国以及古代山东政治文化有十分重要之意义。此钟乃诸侯铭刻功烈所铸。"首"当是莒国国君，因获周天子之赏赐而为父釐伯作祭器。此钟铭文的核心诗乐观就在于"和"上。"林钟"为古代十二乐律之一，代表了诗乐理论中较高的研究水平。而加"和"字于其上，则表达了莒人的诗乐批评标准。以"和"为诗乐的核心与最高境界，这既是莒人的诗乐审美追求，也是整个西周礼乐体系的核心思想。该钟对诗乐观的表述与话语形式，均与周王室诗乐批评理论完全一致。这说明，至少西周中期，莒国的诗乐文化发展水平与周王室同步。周代诗乐思想与制度是如何在远在山东滨海的莒国实现同步发展的呢？这恐怕与当时的政治和文化制度紧密相关。莒国传为伯益后裔，而伯益是最早融入华夏的夷族。莒在商代为姑幕国，在周武王推翻商纣王政治变革中，莒人全力助周灭纣，并于周初获封。从此，莒国成为西周之属国，融入西周政治文化之中。因此，西周时期的莒国，应该拥有与周王室同样的政治礼乐文化制度。故在青铜乐器铭文中，莒国呈现出与西周王室毫无二致的诗乐观念。而且，以"文"范畴来赞美先公先王，用诗乐来愉悦神格化的先祖等，均与周室的文学批评思想一致。这样的思想观念在莒国青铜乐器铭文中是十分普遍的。

　　虘钟铭："唯正月初吉丁亥虘作宝钟用追考于己伯用享大宗用添好宾虘罘蔡姬永宝用邵大宗。"②

此莒钟，乃为己伯作器。"用追孝于己伯"属于娱神，而"用享大宗，用乐好宾"则属于典型的乐人了。莒国诗乐观与周王室一样，其娱神与乐人的诗乐功利目的是十分明确的。

　　益公钟铭："益公为楚氏和钟。"③

　　① 香港中文大学、中国社会科学院考古研究所：《殷周金文集成释文（第一卷）》，香港中文大学出版社，2001 年，第 56 页。
　　② 香港中文大学、中国社会科学院考古研究所：《殷周金文集成释文（第一卷）》，香港中文大学出版社，2001 年，第 53 页。
　　③ 山东省博物馆：《山东金文集成》，齐鲁书社，2007 年，第 10 页。

此器 1932 年出土于山东邹城。据器铭可知，此乃益公为楚氏作器。楚氏不可考，不过根据类似金文，大概可以判断，楚氏为一位女性。

平簋铭："乎作姑氏宝簋子子孙孙永宝用。"①

此铭"乎作姑氏宝簋"与益公钟"益公为楚氏和钟"在句式上基本相同，且二器铸作时间亦比较接近，当为同一时期的铸作风格。乎簋乃丈夫为妻子作器，则益公钟似乎也是益公为妻子楚氏作器。益公，今已难详考。益公钟铭文以"和"评乐的思想是十分明确的。类似的：

鲁原钟铭："鲁原乍龢钟用享考。"②

鲁原钟是迄今为止所发现的鲁国仅有的青铜钟。鲁原作钟，目的在于飨祀神格化的先祖。其以"和"作钟，所希冀的正是通过诗乐之和最终达到"神人以和"。同样，《邾叔钟》《邾君钟》亦是如此：

邾君钟铭："邾君求吉金用自乍其龢钟□鎗用处大保□□□□。"③
邾叔钟铭："唯王六（月）初吉壬午邾叔之伯□友择厥（厥）吉金用铸其龢钟以乍（祚）其皇祖皇考用祈眉寿无疆子子孙孙永保用享。"④

邾国为鲁国之附属国。周武王灭商建立周朝后，始封曹挟在邾建立邾国，附庸于鲁国。邾国又作邹国，亦称邾娄，有今山东费、邹、滕、济宁、金乡等县地。"邹鲁文化"的"邹"即指的是邾国。邾国文化发展水平很高，春秋时期国力曾一度强盛并活跃于当时的政治舞台。出土的邾国青铜乐器也是山东各古国中较多的，充分反映出邾国高度发达的诗乐文化。邾叔钟、邾君钟正是邾国青铜乐器中的重器。据二器铭文不难发现，以"和"铸钟，以"和"评乐乃邾国诗乐文化之基本理念。

"和"在山东青铜乐器铭文中的表现有时是很具体的。

簹叔之仲子平钟铭："唯正月初吉庚午莒叔之仲子平自作铸其游钟玄镠

① 香港中文大学、中国社会科学院考古研究所：《殷周金文集成释文（第三卷）》，香港中文大学出版社，2001 年，第 152 页。
② 山东省博物馆：《山东金文集成》，齐鲁书社，2007 年，第 11 页。
③ 山东省博物馆：《山东金文集成》，齐鲁书社，2007 年，第 34 页。
④ 山东省博物馆：《山东金文集成》，齐鲁书社，2007 年，第 40 页。

镐镐乃为之音央央雔雔闻于夏东仲平善弢祖考铸其游钟以乐其大酉圣智恭良其受此其眉寿万年无期子子孙孙永保用之。"①

就诗乐之和来说,此钟具体表现在:

其一,游钟形制上的色彩之和——"玄镠镐镐"。类似话语在郑国青铜钟铭中亦不少,如郑公铿钟铭"择厥吉金,玄镠肤吕",郑公华钟铭"择厥吉金,玄镠赤肤"。这些都是指青铜乐器的色泽适度,呈现出视觉上的中和之美。郭沫若《两周金文辞大系》说:

> 镠者,《尔雅·释器》"黄金谓之璗,其美者谓之镠"。《说文》云"璗,金之美者,与玉同色",又云"镠,黄金之美者"。《禹贡》"梁州贡镠铁银镂"。《史记夏本纪》"集解"引郑玄云"黄金之美者谓之镠"。此铸器知所谓黄金者实是铜。玄镠即《说文》所谓"与玉同色"者也。肤吕与玄镠对文,肤假借为黸,黑色也。吕乃铝省,此假借为鑢。②

因此,"玄镠镐镐""玄镠肤吕""玄镠赤镐",都是形容青铜乐钟的色泽之美,或黑红杂糅,或"与玉同色",颜色适度,给人一种视觉上的和美。

其二,游钟演奏时的声音之和——"央央雔雔,闻于夏东"。一个"闻"字,充分说明这是对乐钟于听觉层面的中和之审美。"央央雔雔",这是用叠字来描绘游钟演奏时的声音和美。这种表现诗乐之和的方式,在周代青铜乐器铭文中十分普遍,如宗周钟铭"仓仓恩恩,央央雔雔"等(见前文相关章节论述)。这也说明,周代山东地区的诗乐观,无论话语形式,还是基本范畴与理论,均与中央王室保持高度一致。

其三,游钟制作以及应用的终极目的——"神人以和"。以诗乐沟通神人关系,其渊源有自,前文在甲骨卜辞的诗乐中已经有十分详细的探讨。这种思想在周代诗乐观中得到进一步发展,前文在周代金文的文学批评思想论述已经有相关论述。其核心理论集中体现在《尚书·尧典》"八音克谐,无相多伦,神人以和"之中。乐器的铸造与演奏,诗乐的终极目的在于神人之和合。莒叔之仲子平钟铭"饗祀祖考,乐其大酉圣知"等,正是神人以和思想的表现。关于这点,山东青铜乐器铭文有十分丰富的内容,我们在后文的青铜乐

---

① 香港中文大学、中国社会科学院考古研究所:《殷周金文集成释文(第一卷)》,香港中文大学出版社,2001年,第136页。

② 郭沫若:《郭沫若全集·考古编(8)》,科学出版社,2002年,第405~406页。

器目的论中还有更详细地探讨。

诗乐之和，并非仅仅只是局限于诗乐的视听之审美观中，其政治目的也是十分明朗的。诗乐之和，通过作用于神与人，于神祈求福禄、祓除灾祸，于人陶冶情性、协和人际关系，从而进一步实现政治之和与百姓之和，乃至天下、四方之和。这点我们在周代金文的文学批评思想中已经有过论述，而山东青铜乐器铭文的表现也是十分清晰的。

> 叔夷编钟铭："唯王五月辰在戊寅师于临淄公曰汝夷余经乃先祖余既敷乃心汝小心畏忌汝不坠夙夜宦执而政事余弘厌乃心余命汝政于朕三军肃成朕师与之政德谏罚朕庶民左右毋讳夷不敢弗敬戒虔恤乃尸事戮和三军徒御雩乃行师慎中乃罚公曰夷汝敬供司命汝应奉公家汝恐劳朕行师汝肇敏于戎功余赐汝莱都糈爵其郡三百余命汝治司莱御国徒三千为汝敌僚夷敢用拜稽首弗敢不对扬朕辟皇君之锡休命公曰夷汝康能乃有事率乃敌僚余用登纯厚乃命汝夷毋曰余小子汝捍余于艰恤虔恤不易左右余一人余命汝简佐卿为大使继命于外内之事中敷明刑汝台敷戒公家应恤余于明恤汝台卹余朕身余锡汝车马戎兵莱仆二百有五十家汝台戒戎乍夷用国敢再拜稽首应受君公之锡光余弗敢废乃命夷典其先旧及其高祖虩虩成汤又严在帝所博受天命剗伐履司败乃灵师伊小臣佳辅国有九州处禹之都丕显穆公之孙其配翼公之出而成公之女雳生叔夷是辟于齐侯之所是小心龚齐灵力诺虔勤劳其政事有供于公所择吉金鈇镐鏴铝用乍铸其宝镈用享于其皇祖皇妣皇母皇考用祈眉寿灵命难老丕显皇祖其作福元孙其万福纯鲁和穆而有事俾若钟鼓外内剀辟都俞舍而倗剥毋或异类汝考寿万年永保其身俾百斯男而艺斯字肃义政齐侯左右毋疾毋已至于世曰武灵成子子孙孙永保用享。"①

叔夷编钟今存 13 器铭，多者 80 余字，少则 10 余字，13 器共计 605 字。叔夷编镈 8 器，铭文 480 字。叔夷编钟与叔夷编镈是齐国故城出土的大型青铜乐器。乃北宋宣和五年（1123 年），由青州临淄县民于齐国故城耕地所得，其中钟十余款。薛尚功论《叔夷编镈》：

> 其铭之铺张又如此，此臧武仲所谓"作彝器，铭功烈，以示子孙，以昭明德也"。齐之中世，栢公之业替焉，文字之传，尚复粲然可观，若此，"周

---

① 山东省博物馆：《山东金文集成》，齐鲁书社，2007 年，第 81～88 页。

监于二代，郁郁乎文哉"，信矣！①

显然，器铭之"铺张"，足见齐国文化之粲然可观，更显示出周代"郁郁乎文哉"的深厚文化底蕴。于叔夷编钟和叔夷编镈，可见齐国诗乐体制规模之庞大，可窥周代诗乐文化之丰富。叔夷编钟与叔夷编镈不但形制上规模盛大，而且，其铭文的篇幅与内容，均呈现出一种泱泱大国的磅礴气势。叔夷编钟与叔夷编镈是诗乐之和与政治之和有机交融的典型代表。

叔夷编钟与叔夷编镈铭文记载的主要是齐侯赐命大臣叔夷的内容。齐侯命令大臣叔夷为三军之长，肃成齐国师旅与齐国之政德，整饬齐国庶民百姓而不讳，并赏赐叔夷田地、车马、徒众以及吉金等。叔夷表示一定小心翼翼夙夜谨慎地完成执事。其中，叔夷的言辞体现了强烈的中和思想。诸如"穆和三军徒众"，这是治理军队的基本思想；"慎中厥罚"，这是掌管师旅与庶民的基本原则。齐侯的话语中也不无中和思想，诸如"康能乃有事"，这是告诫叔夷要和谐处理内外之事；"中専明刑"，这是要求叔夷"执中以布明刑"②。齐国君臣在政治思想中表现出来的中和思想是十分明确的。那么，这样的政治之和又是如何体现在钟镈的诗乐之和中呢？关键在于诗乐的基本功能。"礼别异，乐和同"，诗乐的主要功能之一就是协和人际关系，沟通各等级之间的思想与情感，从而达到政治上其乐融融之局面。因此，诗乐之和，实质上也是实现政治之和的基本手段。关于这一点，叔夷编钟与叔夷编镈铭文是有明确表述的：

> 用作铸其宝镈，用享于其皇祖皇妣皇母皇考，用祈眉寿灵命难老，丕显皇祖，其作福元孙，其万福纯鲁。和协而有事，俾若钟鼓外内剀辟，都都誉誉，舍而朋侪，毋或承奉。女考寿万年，永保其身，俾若百斯男而艺斯字，肃肃义政，齐侯左右，毋疾毋已，至于世曰武灵成，子子孙孙永保用享。

其一，诗乐之和的娱神祈福。诗乐以和娱神。娱神，其直接目的是"祈眉寿灵命""作福元孙""万福纯鲁"等，从而万世享成，永保其身。终极目的则仍然落实在维护与巩固政权和统治。

其二，诗乐之和与政事之和相辅相成。声音之道与政通，除了诗乐娱神

---

① 薛尚功：《历代钟鼎彝器款识法帖》，中华书局，1986年，第32页。
② 于省吾：《双剑誃吉金文选》，中华书局，1998年，第88页。

祈福达到政治目的外，乐人也是十分重要的。这其中包含两方面，一是个人以诗乐修身养性，完成较好的政治品格。二是以诗乐交流情感，增加和睦。"和协而有事"正是这种思想观念之体现。"俾若钟鼓外内剴辟"，是说要让诗乐钟鼓使内外皆和谐通畅不滞。政治之和，关键在于政令是否上下通畅，上下级间思想是否和谐统一，而通过诗乐钟鼓的交流与熏陶，在"乐和同"中实现内外剴辟。从叔夷编钟与叔夷编镈，我们不难发现，以"和"论乐、评乐，是周代山东诸侯国诗乐观的基本内核。这种"和"的诗乐理念，其具体表现形式是多样的，其内涵是十分丰富的。诗乐之和与政治之和相交融，青铜乐器所承载"和"之文化意蕴是十分深厚的。

二、对诗乐功能之认识

上文在分析山东青铜乐器铭文的以"和"论乐中，已经不同程度涉及对诗乐功能观的认识。对诗乐功能的认识与表述，在山东青铜乐器铭文中还有更为具体与明确的话语。下面我们再通过一些材料，来进一步探讨周代山东地区的诗乐批评思想。

1. 乐人论

例如，前文所引莒钟铭："作宝钟用追孝于己伯，用享大宗，用乐好宾。"其中，"追孝于己伯"属于娱神，"用享大宗"属于愉悦宗族，"用乐好宾"属于愉悦宾客。此铭对娱神乐人的诗乐目的表述十分明确。又如，

邾公钘钟铭："陆融之孙邾公钘作厥龢钟用敬恤盟祀祈年眉寿用乐我嘉宾及我正卿扬君灵以万年。"[1]

此铭中，对诗乐功能的阐述比较具体，有"敬恤盟祀""祈年眉寿"等。其中，"用乐我嘉宾及我正卿"，这是明确的乐人观念。与《小雅·鹿鸣》"以燕乐嘉宾之心"[2]的诗乐观完全一致，是周代主流核心诗乐价值观的反映。邾国青铜乐器铭文对诗乐功能的阐述十分丰富。

邾公牼钟："唯王正月初吉辰在乙亥邾公牼择厥吉金玄镠膚吕〔以〕作〔龢〕钟曰余毕恭畏忌铸辝龢钟二锗以乐其身以宴大夫以喜诸士至于万年分

① 香港中文大学、中国社会科学院考古研究所：《殷周金文集成释文（第一卷）》，香港中文大学出版社，2001年，第65页。

② 阮元：《十三经注疏》，中华书局，1980年，第405页。

器是持。"①

这里的乐人又分为两个层面，其一，乐己——"以乐其身"。这是作器者以诗乐愉悦自己，以修身养性，陶冶情性。其二，乐他人——"以宴大夫，以喜诸士"。这是作器者以诗乐愉悦他人。值得注意的是，作器者已经充分意识到了情感在诗乐中的巨大作用。《礼记·乐记》云：

> 凡奸声感人，而逆气应之。逆气成象，而淫乐兴焉。正声感人，而顺气应之。顺气成象，而和乐兴焉。倡和有应，回邪曲直，各归其分，而万物之理，各以类相动也。是故君子反情以和其志，比类以成其行。奸声乱色，不留聪明；淫乐慝礼，不接心术；惰慢邪辟之气，不设于身体。使耳目、鼻口、心知、百体皆由顺正，以行其义，然后发以声音，而文以琴瑟，动以干戚，饰以羽旄，从以箫管，奋至德之光，动四气之和，以着万物之理。是故清明象天，广大象地，终始象四时，周还象风雨，五色成文而不乱，八风从律而不奸，百度得数而有常。大小相成，终始相生，倡和清浊，迭相为经。故乐行而伦清，耳目聪明，血气和平，移风易俗，天下皆宁。②

这段话语，无疑是对周代诗乐实践的理论升华。用什么样的诗乐去感人，这是十分关键的，直接关系到天下安宁。正声感人，则和乐兴；奸声感人，则淫乐兴。这是两种截然不同的诗乐思想。而郏公牼钟显然是正声感人的最好诗乐实践之一。其中的"和钟二堵"已经充分表明这是典型的正声雅乐。以正声雅乐喜诸士，正是充分掌握了诗乐以情感人的特点。"二堵"涉及周代悬乐制度，我们在周代铜器铭文中的文学批评思想一章中已经作过相关论述。郭沫若《两周金文辞大系》说：

> 堵者，《周礼小胥》："凡悬钟磬，半为堵，全为肆。"郑注："钟磬者编悬之，二八十六枚而在一虡，谓之堵。钟一堵，磬一堵，谓之肆。"在《左传》襄公十一年"歌钟二肆及其镈磬"，杜注："悬钟十六为一肆。"郑说与《左传》及杜注异。郑意谓钟磬同在一虡各八则为堵。故曰"二八十六枚"。钟十六枚在一虡，磬十六枚在一虡，共二堵三十二枚始谓之肆。《左传》及杜说则言钟而不及磬。是杜意则钟十六枚为肆，磬十六枚亦为肆，半之则钟

---

① 香港中文大学、中国社会科学院考古研究所：《殷周金文集成释文（第一卷）》，香港中文大学出版社，2001年，第116页。

② 阮元：《十三经注疏》，中华书局，1980年，第1536页。

八枚为堵，磬八枚亦为堵。征之彝铭，本器言"和钟二堵"，《洹子孟姜壶》言"鼓钟一肆"，肆、堵均单以钟言而不及磬。《邵𣾼钟》言"大钟八肆，其竈四堵"，竈者镈磬也。《怀石磬》云"择其吉石自作竈磬"，竈即造之异，与镈通，盖金乐以磬为之镈磬，亦谓之竈。钟八聿，竈四堵，则磬数仅及钟鼓四分之一，是钟磬各为堵肆，而不相参合。据此以解小胥职文，亦正圆通无碍，盖谓"凡悬钟磬（各以）半（八枚）为堵，全（十六枚）为肆"也。①

再如齐鲍氏钟铭："唯正月初吉丁亥齐鲍氏孙□择其吉金自作和钟卑鸣攸好用享以孝于佁皇祖文考用宴用喜用乐嘉宾及我倗友子子孙孙永保鼓之。"②

此铭中，"用享以孝于以皇祖文考"属于娱神，而"用宴用喜用乐嘉宾及我朋友"则属于乐人。与前文所引青铜乐器铭文相比较，此铭娱神的基本内容及话语形式并无多大不同。而乐人方面，除了愉悦嘉宾外，此铭又涉及愉悦朋友。这无疑可以更进一步认识与了解周代诗乐以及宴飨活动的人员组成情况。"用喜用乐"与《邾公牼钟》一样，充分利用了诗乐以情动人的基本特点，以正声雅乐来沟通情感与陶冶性情。

楚之良臣余义钟铭：之良臣而𤔲之字父余万𤔲𤔲万得吉金镈铝以铸和钟以追孝先祖乐我父史饮馹歌舞孙孙用之后民是语③

此铭乐人内容又有不同。"乐我父史，饮宴歌舞"，其乐人对象涉及父辈与史官。宴飨活动中有史官参与，这无疑是十分珍贵的材料。《汉书·艺文志》说"左史记言，右史记事"，但一直苦于没有出土文献佐证，以致后世很多学者不大相信先秦时期有这种制度存在。而楚之良臣余义钟或许是最好的证明了。另，以诗乐愉悦父辈，这是周代主流诗乐观之表现，如孙遗者钟铭"阑阑和钟，用宴以喜，用乐嘉宾、父兄，及我朋友"，子璋钟铭"自作和钟，用宴以喜，用乐父兄诸士"等。这也说明，周代山东地区的诗乐观，在诗乐功能的认识与实践操作中，与当时周代社会主流价值观是完全一致的。

2. 娱神论

娱神属于周代主流诗乐观中的重要内容。前文各章节已经多有涉及此内

---

① 郭沫若：《郭沫若全集·考古编（8）》，科学出版社，2002年，第406~407页。

② 香港中文大学、中国社会科学院考古研究所：《殷周金文集成释文（第一卷）》，香港中文大学出版社，2001年，第108页。

③ 山东省博物馆：《山东金文集成》，齐鲁书社，2007年，第78~79页。

容。周代山东地区在诗乐娱神方面，与当时整个社会主流诗乐观保持完全一致。我们可以再看一些例证。

邾公华钟铭："唯王正月初吉乙亥邾公华择厥吉金玄镠赤镈用铸厥和钟以作其皇祖皇考曰余毕恭畏忌淑穆不坠于厥身铸其和钟以恤其祭祀盟祀以乐大夫以宴士庶子慎为之听元器其旧哉公眉寿邾邦是保其万年无疆子子孙孙永保用享。"①

此钟铭蕴含的文化内容十分丰富。前文已经探讨过，这中间有诗乐中和审美思想的充分表露，包括对乐钟形制上色彩的和美以及自名"和钟"所表达的中和诗乐观，而"慎为之听"，更是在传世文献中得到充分印证。例如，《国语·周语下》载周景王二十三年，王室将铸造大钟，单穆公批评说：

今王作钟也，听之弗及，比之不度，钟声不可以知和，制度不可以出节，无益于乐，而鲜民财，将焉用之。夫乐不过以听耳，而美不过以观目。若听乐而震，观美而眩，患莫甚焉。夫耳目，心之枢机也，故必听和而视正。听和则聪，视正则明，聪则言听，明则德昭，听言昭德，则能思虑纯固。②

显然，邾公华钟的"慎为之听"说的正与单穆公认识一致，强调的是诗乐之"听和"。

而在诗乐功能方面，此铭表述也十分具体明确。乐人方面，诸如"以乐大夫，以宴士庶子"，涉及的乐人对象又包括大夫、士与庶子，这对研究周代宴飨制度十分重要。娱神方面，"皇祖皇考"都是神格化的先祖，这是周代诗乐所表达的孝享与祈福功能。此外，"淑穆不坠于其身"强调的是诗乐的修身与陶冶情性作用；"以恤其祭祀盟祀"强调的是诗乐的社会交际功能；"恤其祭祀"，实质也是娱神之表现。国之大事在祀与戎。祭祀作为国家最重要的事情，目的是通过愉悦神灵，祈求福佑。前文论述很多，此不再赘述。恤盟祀，这是周代，特别是春秋时期社会交际文化之反映。前文引《邾公钇钟》铭文中也有"恤盟祀"之文，这实际也是邾国政治文化之反映。邾国在春秋时期

———————————

① 香港中文大学、中国社会科学院考古研究所：《殷周金文集成释文（第一卷）》，香港中文大学出版社，2001年，第217页。

② 徐元诰：《国语集解》，中华书局，2002年，第109页。

一度势力强盛，频繁参与诸侯间军事及结盟活动。而当时诸侯盟祀，必须有相应的诗乐活动。例如，《左传》文公三年：

> 晋人惧其无礼于公也，请改盟。公如晋，及晋侯盟。晋侯飨公，赋《菁菁者莪》。庄叔以公降拜，曰："小国受命于大国，敢不慎仪？君贶之以大礼，何乐如之？抑小国之乐，大国之惠也。"晋侯降辞，登成拜。公赋《嘉乐》。①

这是一次典型的盟会。其中宴飨中演奏《小雅·菁菁者莪》《大雅·嘉乐》无疑是诗乐在盟祀活动中的充分表现。又如，《左传》文公十三年：

> 冬，公如晋，朝，且寻盟。卫侯会公于沓，请平于晋。公还，郑伯会公于棐，亦请平于晋。公皆成之。郑伯与公宴于棐，子家赋《鸿雁》。季文子曰："寡君未免于此。"文子赋《四月》。子家赋《载驰》之四章。文子赋《采薇》之四章。郑伯拜，公答拜。②

而盟祀时，如果所展示的诗乐不当，危害极大。如《左传》襄公十六年：

> 晋侯与诸侯宴于温，使诸大夫舞，曰："歌诗必类。"齐高厚之诗不类。荀偃怒，且曰："诸侯有异志矣。"使诸大夫盟高厚，高厚逃归。于是叔孙豹、晋荀偃、宋向戌、卫甯殖、郑公孙虿、小邾之大夫盟，曰："同讨不庭。"③

齐国大夫高厚，在与诸侯盟祀时真可谓"不恤盟祀"了，其歌诗不类，引起诸侯公愤。孔颖达《正义》曰：

> 歌古诗，各从其恩好之义类。高厚所歌之诗，独不取恩好之义类，故云"齐有二心"。刘炫云："歌诗不类，知有二心者，不服晋，故违其令；违其令，是有二心也。"④

邾国在春秋时期，经常参与诸侯盟会，《邾公华钟》等青铜乐器铭文中特

---

① 阮元：《十三经注疏》，中华书局，1980 年，第 1840 页。
② 阮元：《十三经注疏》，中华书局，1980 年，第 1853 页。
③ 阮元：《十三经注疏》，中华书局，1980 年，第 1963 页。
④ 阮元：《十三经注疏》，中华书局，1980 年，第 1963 页。

别将"恤盟祀"作为诗乐之重要功能，可见这是春秋时期诸侯盟会的真实写照。

叔夷编钟和叔夷编镈中娱神内容也是十分清晰的。例如：

> 鈇镐玄镠鑮铝夷用作铸其宝钟用享于其皇祖皇妣皇母皇考用祈眉寿灵命难老丕显皇祖其祚福元孙其万福纯鲁和穆而有事僄若钟鼓外内剀辟都前舍而朋剌毋或异类。①

此铭中，"夷用作铸其宝钟，用享于其皇祖皇妣皇母皇考"，其娱神对象可谓遍及先公先王先妣先考了。

> 鏻镈（齐侯镈）铭："唯王五月初吉丁亥齐辟鲍叔之孙跻仲之子鏻作子仲姜宝镈用祈侯氏永命万年鏻保其身用享孝于皇祖圣叔皇妣圣姜于皇祖又成惠叔皇妣又成惠姜皇考跻仲皇母用祈寿老毋死保吾兄弟用求考命弥生肃肃义政保吾子姓鲍叔又成劳于齐邦侯氏赐之邑二百又九十又九邑与之民人都鄙侯氏从告之曰世万至于台孙子勿或渝改鲍子鏻曰余弥心畏忌余四事是以余为大攻厄大事大徒大宰是以可事子子孙孙永保用享。"②

此镈清同治庚午（1870 年）间出土于山西荣河县。此镈为齐国铜器，之所以出土于山西，正如郭沫若所言，"盖因事故辇入于晋，亦犹吴王夫差鉴之出土于晋地也"。③ 其中，"用享用孝于皇祖圣叔皇妣圣姜，于皇祖又成惠叔，皇妣又成惠姜，皇考遵仲、皇母"属于典型娱神，与叔夷编钟一样全面，但更加具体。

第二节　吴国青铜乐器铭文的诗乐思想与季札观乐

关于季札观乐，存在针锋相对的两种意见，即肯定与否定。持肯定意见者，相信季札观乐是真实发生的事情，并据此断定季札观乐时的《诗经》已

---

① 山东省博物馆：《山东金文集成》，齐鲁书社，2007 年，第 68 页。

② 香港中文大学、中国社会科学院考古研究所：《殷周金文集成释文（第一卷）》，香港中文大学出版社，2001 年，第 239 页。

③ 郭沫若：《郭沫若全集·考古编（8）》，科学出版社，2002 年，第 446 页。

经与今本相差不大，则当时只有 8 岁的孔子根本没有删过《诗》。持否定意见者则认为，季札观乐根本不可信，属于后人敷衍、杜撰的事情，进而又肯定孔子确实删过《诗》。两派意见，除涉及季札观乐与孔子删《诗》真伪问题外，都不可避免地又涉及《左传》成书及其真伪以及司马迁有无见过《左传》等问题。历代关于季札观乐及其相关问题的争论，均依据传世文献展开论述，其结果是谁也说服不了谁，两派意见相持不下，使得这一问题更加众说纷纭，莫衷一是。

关于季札观乐的探讨，实际上从两汉时期便已经开始了。两汉时期，便已经分成两派。肯定当信史看者，以司马迁为代表，《史记·吴太伯世家》全录《左传》襄公二十九年季札观乐原文。① 认为属于后人附会增衍者，郑众、服虔已开其端，如《周礼·春官·大师》疏引郑司农《左氏春秋》注云："孔子自卫反鲁，在哀公十一年。当此时，雅、颂未定，而云为歌大小雅、颂者，传家据已定录之，言季札之于乐与圣人同。"②《诗谱序疏》引服虔《左传》襄公二十九注云："哀公十一年，孔子自卫反鲁，然后乐正。雅、颂各得其所，距此六十一岁。当时雅、颂未定，而云为之歌小雅、大雅、颂者，传家据已定录之。"③ 汉人去古未远，即已经如是，更何况汉以降历代研究者呢！围绕传世文献，人们对这一问题都已经争论二千多年了，却仍然各持己见，争持不下。看来，若不从新的视角与新的材料上突破，是很难解决这桩公案的。

其实，讨论这一问题的关键，是季札有没有可能在鲁襄公二十九年（前544 年）发表如此高水平的评论？而这一点不但是肯定派所苦苦欲寻觅的证据，也是否定派持否定意见时最有力的证据之一。例如，翟相君认为季札观乐根本不可信，其罗列了六条怀疑的理由，其中第四条说："季札是吴国（今苏州市）公子，属于孟子说的'南蛮鴃舌之人'，不可能通晓各地的语言和音乐。就是今天，也很难找到这样的人。而二千五百年前的季札，竟然达到如此水平，这可能吗？"④ 赵制阳认为季札观乐是汉儒杜撰，并且说："从季札观乐的文章来看，它有可能出于后人的附益。理由是：（1）内容肤浅，没有抓住诗乐的要点。（2）季札与各国贤大夫所说的话，都是熟悉该国政情的明

---

① 司马迁：《史记》，中华书局，1959 年，第 1452～1453 页。
② 阮元：《十三经注疏》，中华书局，1980 年，第 796 页。
③ 阮元：《十三经注疏》，中华书局，1980 年，第 263 页。
④ 翟相君：《孔子删诗说》，河北学刊，1985 年第 6 期，第 86 页。

智评断，而且口气也大，不像是一位远居南国的年轻公子能说的话。"① 那么，时处南蛮的吴国公子季札到底有没有可能通晓音乐，说出高水平的诗乐评论话语呢？或者换句话说季札观乐在吴国文化中有没有相对应的高水平的诗乐文化基础呢？显然，传世文献是永远无法给出答案的，要想解决此难题，我们只有从出土文献入手了。

一、从吴国铜器铭文看吴国文化与周文化之关系

南方古吴国地区，出土了大量的青铜器。特别是江苏丹徒等地出土的铜器铭文，深刻揭示了南方吴国与北方周王室之间密切的政治与文化互动关系。

　　"唯四月辰在丁未〔王〕省武王成王伐商图徝省东国图王㴲于宜入大饗王赐虞侯矢曰迁侯於宜赐鬯一卣商瓒〔戬〕彤弓一彤矢百旅弓十旅矢千赐土厥刪三百□厥□百又□厥宅邑卅又五厥□百又四十赐在宜王人□□又七赐姓郑七伯厥庐□又五十夫赐宜庶人六百又□六夫宜侯矢扬王休作虞公父丁尊彝。"②

此铭说的是，西周早期，周王省览武王、成王伐商图以及东国之图，然后册命虞侯矢，赏赐虞侯矢弓箭物品及奴隶等。是器乃虞侯矢感激王恩，铭刻功业为父虞公丁作器。陈梦家在《宜侯矢簋和它的意义》一文中说："若根据簋铭，可以定为成王时，最晚是康王时。"③

历来研究者对该器为西周早期器物没有争议。铭文中的"虞侯"以及出土地丹徒。揭示了西周早期南方吴国与北方周王室之间的密切关系。唐兰认为铭文中的"虞"即"吴"，《宜侯矢簋考释》说：

　　这个簋出土在丹徒，它在春秋时是"朱方"，正是吴国的地域。皇览所说太伯的坟墓在无锡梅里，在它的东南；后来给吴国吞并了的邗国，在它的对面，长江北岸。那么，簋铭所说的"宜"，可能就在丹徒或其附近地区。④

　　① 赵制阳：《左传季札观乐有关问题的讨论》，《诗经国际学术研讨会论文集》，河北大学出版社，1994 年，第 506 页。
　　② 香港中文大学、中国社会科学院考古研究所：《殷周金文集成释文（第三卷）》，香港中文大学出版社，2001 年，第 452 页。
　　③ 刘庆柱、段志洪、冯时：《金文文献集成》，第 28 册，线装书局，2005 年，第 227 页。
　　④ 刘庆柱、段志洪、冯时：《金文文献集成》，第 28 册，线装书局，2005 年，第 229 页。

陈梦家《宜侯夨簋和它的意义》亦认为：

"此器以宜为东国之鄙，则所谓东国或包括了淮水以南的地区"，"若是这一群铜器出土于一墓（很可能），而铭文中的宜是当地的话，则西周初期周人的势力范围已达及东南"。[1]

李学勤《宜侯夨簋与吴国》说：

夨为虞侯，父称虞公。"虞"字从"虍"从"夨"，可理解为从"吴"省声，是"虞"字的异构，唐兰先生所释是精确的。《史记·吴世家》载，周太伯奔荆蛮，"自号句吴"，立为吴太伯；其弟仲雍继立，为吴仲雍，《吴越春秋》称吴仲，而《左传》、《论语》称虞仲。这说明太伯、仲雍时称吴，也即是虞，"吴"、"虞"字通。[2]

据传世文献所载，南方吴国与北方周王室之间，存在十分密切的政治与文化联系。《史记·周本纪》：

古公有长子曰太伯，次曰虞仲。太姜生少子季历，季历娶太任，皆贤妇人，生昌，有圣瑞。古公曰："我世当有兴者，其在昌乎？"长子太伯、虞仲知古公欲立季历以传昌，乃二人亡如荆蛮，文身断发，以让季历。

张守节《正义》：

太伯奔吴，所居城在苏州北五十里常州无锡县界梅里村，其城及冢见存。而云"亡荆蛮"者，楚灭越，其地属楚，秦灭楚，其地属秦，秦讳"楚"，改曰"荆"，故通号吴越之地为荆。及北人书史加云"蛮"，势之然也。[3]

《吴越春秋》上卷亦曰：

古公三子，长曰太伯，次曰仲雍，雍一名吴仲，少曰季历。季历娶妻太任氏，生子昌。昌有圣瑞。古公知昌圣，欲传国以及昌，曰："兴王业者，其在昌乎？"因更名曰季历。太伯、仲雍望风知指，曰："历者，适也。"知古公欲以国及昌。古公病，二人托名采药于衡山，遂之荆蛮。断发文身，为

---

[1] 刘庆柱、段志洪、冯时：《金文文献集成》，第 28 册，线装书局，2005 年，第 227 页。
[2] 刘庆柱、段志洪、冯时：《金文文献集成》，第 28 册，线装书局，2005 年，第 235 页。
[3] 司马迁：《史记》，中华书局，1959 年，第 115 页。

夷狄之服，示不可用。

　　古公卒，太伯、仲雍归，赴丧毕，还荆蛮。国民君而事之，自号为勾吴。吴人或问何像而为勾吴，太伯曰："吾以伯长居国，绝嗣者也，其当有封者，吴仲也。故自号勾吴，非其方乎?"荆蛮义之，从而归之者千有余家，共立以为勾吴。数年之间，民人殷富。遭殷之末世衰，中国侯王数用兵，恐及于荆蛮，故太伯起城，周三里二百步，外郭三百余里。在西北隅，名曰故吴，人民皆耕田其中。

　　古公病将卒，令季历让国于太伯，而三让不受，故云太伯三以天下让。于是季历莅政，修先王之业，守仁义之道。季历卒，子昌立，号曰西伯。遵公刘、古公之术业于养老，天下归之。西伯致太平，伯夷自海滨而往。西伯卒，太子发立，任周召而伐殷，天下已安，乃称王。追谥古公为大王，追封太伯于吴。

　　太伯祖卒葬于梅里平墟。仲雍立，是为吴仲雍。仲雍卒，子季简、简子叔达、达子周章、章子熊、熊子遂、遂子柯相、相子强鸠夷、夷子余乔疑吾、吾子柯庐、庐子周繇、繇子屈羽、羽子夷吾、吾子禽处、处子专、专子颇高、高子句毕立。是时，晋献公灭周北虞虞公，以开晋之伐虢氏。毕子去齐、齐子寿梦立，而吴益强，称王。凡从太伯至寿梦之世，与中国时通朝会，而国斯霸焉。①

　　"凡从太伯至寿梦之世，与中国时通朝会"，此揭示了吴国与周王室之间十分紧密的政治及文化关系，正可与出土文献宜侯夨簋铭相互发明。《宜侯夨簋》正是这种密切关系的一个写照，反映的是西周早期，吴国与周王室之间政治文化互动的具体表现。

　　显然，吴国与周王室间的这种政治文化联系，似乎自太伯奔吴以后就一直没有间断过。这样，就透露出一种信息，在周王室与南方吴国之间，政治文化交流的渠道是十分畅通的，这就为周王室的礼乐制度能在偏远的南方吴国产生影响奠定重要基础。这也是周王室的诗乐思想能在吴国铜器铭文中出现的原因之一。

二、吴国青铜乐器铭文中的诗乐思想

　　吴国青铜乐器铭文中的诗乐思想十分丰富，其所达到的水平一点不逊于中原。这些吴国青铜乐器铭文所表现出来的诗乐观，在一定程度上展示了春

---

①　周生春：《吴越春秋辑校汇考》，上海古籍出版社，1997 年，第 13 ~ 16 页。

秋时期南方僻壤诗乐批评的发展特点。

　　　　"唯正月初吉丁亥工馭王皮鸒之子者减擇其吉金自乍鵗钟不帛不羊不溧不彫协于我灵龠卑龢卑乎用旂眉寿縣釐于其皇祖皇考若召公寿若参寿卑女鑢鑢剞剞龢龢倉倉其登于上下□□闻于四方子子孙孙永保是尚。"①

　　这是典型的吴国铜器。乾隆二十六年，由临江（今江西临江县）村民耕田所得。吴国曾数次迁都，今江西境地多为古吴国疆域。铭文中的"工馭"，即"句吴"。唐兰《宜侯矢簋考释》："春秋时期，北方的虞称为'虞'，南方的虞，因为方言的缘故，称为'工馭''攻敔''攻吴'（称为邗，是所指地名不同，像魏的又称梁，与吴无关），古书称为'句吴'，一般只称'吴'，实际'吴'跟'虞'是一样的。"② 铭文"工馭王皮鸒之子"，即吴王皮鸒之子。马承源认为皮鸒即吴王毕轸，者减为毕轸之子，器物当作于春秋中期。③ 董楚平《吴越徐舒金文集释》说："春秋早中期的吴国铜器很少传世、出土。现有吴器铸明'工馭'、'工虞'者，以此器为最早，这使它显得特别稀贵。《史记吴太伯世家》说：'寿梦立而吴始益大，称王。'而据《者减钟》铭辞，皮鸒（毕轸，《史记》索隐说即句卑）已称'王'，早于寿梦二世。者减钟工艺颇高，风格类同中原。吴国在寿梦二年申公巫臣自晋使吴以前，应该已'通于中国'。"④ 此言极是。据宜侯矢簋铭辞可知，在西周初期，吴国就与周王室保持紧密联系。这恐怕也是者减钟风格类同中原的根本原因，这是吴国深受周文化影响之有力证据，亦是"与中国时通朝会"之必然结果。

　　者减钟不仅型制、工艺近似中原，而且铭辞体例与内容也颇与周王室铜器铭文类同，如其中纪年方式，祈求眉寿、子孙永保等叚辞句式，皇祖皇考、参寿四方等话语形式等。下面仅就其铭义中有关诗乐思想的内容作进一步分析。者减钟的诗乐思想核心内容就是"和"。具体表现在三个方面：

　　其一，瑶钟型制上的色彩之和——"不帛不羊，不溧不彫"。帛即白，羊即赤（騂），溧即铄，彫亦赤义。可详见马承源《商周青铜器铭文选》、董楚平《吴越徐舒金文集释》等。但马承源将其中的"不"释为语辞，并引《周

----

　　① 香港中文大学、中国社会科学院考古研究所：《殷周金文集成释文（第一卷）》，香港中文大学出版社，2001年，第164页。

　　② 刘庆柱、段志洪、冯时：《金文文献集成》，第28册，线装书局，2005年，第229页。

　　③ 马承源：《商周青铜器铭文选（四）》，文物出版社，1990年，第363页。

　　④ 董楚平：《吴越徐舒金文集释》，浙江古籍出版社，1992年，第39页。

颂·清庙》"不显不承"为证，这种解释是有问题的。① "不显"为周代诗文中的专用话语，即"丕显"，一般用指赞美先公先王的光辉业绩。例如《宗周钟》"丕显祖考先王"，《虢叔旅钟》"丕显皇考"等皆为此意。而《者减钟》的"不"则非"丕"义，而是与"乐而不淫""哀而不伤"的"不"同义。"不帛不羊，不濼不彤"意指钟之铜色青黄适中，不白不赤，不过度鲜亮亦不过度红亮。这主要是视觉层面青铜乐器所呈现的中和之美。

其二，瑶钟演奏时的声音之和——"龢龢剖剖，和和仓仓"。这里用四组叠字来描绘钟声之和，这是听觉层面青铜乐器所呈现的中和之美。周代青铜乐器铭文，多喜用叠字来描绘声音之和。如宗周钟"仓仓悤悤，央央雝雝"，笞叔之仲子平钟"嘟嘟嗡嗡"，秦公钟"其音铣铣雝雝"等。这说明，在对青铜乐器声音之中和审美方面，南方吴国与北方中原是完全一致的。

其三，瑶钟与其他乐器配合之和——"协于我灵龠，卑和卑孚"。马承源说："卑（俾）和卑（俾）孚，使之相和相应。孚，读为桴，使钟和籥等乐器吹奏相应。《韩非子·功名》：'至治之国，君若桴，臣若鼓。'"② 这是说，瑶钟与籥等其他乐器共同演奏时，相互之间相和相应。是从整个诗乐演奏体制方面所要求的和谐之美，是基于单个乐器以及具体感官层面上的一种诗乐理论升华，强调的是整个诗乐文化理念上的中和审美思想。

以上三个层面所体现的诗乐观之"和"，包含的内容是十分丰富的。既有乐钟本身的形制、色泽、声音之和，也有对整个诗乐演奏体系的协调之和的要求，这反映了春秋中期南方吴国诗乐观已经达到一种较高水平。与同时期中原乐器铭文所呈现的诗乐思想基本一致。为什么南方吴国在春秋中期能达到如此高的诗乐水平呢？这恐怕也是吴国"与中国时通朝会"之结果。

　　吴王光残钟铭："是严天之命，入城丕赓。寺春念岁，吉日初庚，吴王光穆赠临金，青吕専皇。以作寺吁和钟，振鸣虘焚，其音穆穆，阑阑和钟，鸣扬条虞。既孜且青，艺孜且纫。维缚临春，莘英有庆。敬夙尔光，沽沽漾漾，往已叔姬，虔敬命勿忘！"③

此器 1955 年出土于安徽寿县蔡侯墓，同墓出土的吴国铜器还有吴王光

---

① 马承源：《商周青铜器铭文选（四）》，文物出版社，1990 年，第 363 页。
② 马承源：《商周青铜器铭文选（四）》，文物出版社，1990 年，第 363 页。
③ 董楚平：《吴越徐舒金文集释》，浙江古籍出版社，1992 年，第 50 页。

鉴。吴王光残钟包括一枚较完整的甬钟与47块碎片。甬钟铭文残损严重，研究者将47块碎片作缀合，得出的释文相互间有些出入，不过各家释文大体内容与文字基本一致。① 吴王光残钟的作器背景是公元前506年，吴、蔡联军攻破楚国郢都，吴王光为纪念战争胜利，铭刻功烈而作。铭文首句"是严天之命，入城不（丕）赓"即是对事件之记叙，意思是说吴王光恭敬秉承上天之命，攻破郢城，为楚国及郢都更易人主。这是一篇叙事环节比较完整的历史散文，交代事件发生时间、动因及过程。因战争大获全胜，故吴王光获得大量"临金"，于是将这些临金赠给其女儿寺吁铸造和钟。铭文主要内容是对和钟形制及声音的描写，其基本思想与者减钟一致，核心观念仍然在于一个"和"字上。"青吕専皇"是指和钟质地与色泽之和美，这是视觉层面的"和"。而"振鸣且焚，其音穆穆，阑阑和钟，鸣扬条虡"，具体描绘了和钟演奏过程中的和谐。这是听觉层面之和。这种诗乐观念，与中原及同时期乐器铭文是完全一致的。如蔡侯甬钟"简简和钟，鸣扬调畅"、王孙遗者钟"阑阑和钟"等等，均是从听觉切入，着重对和钟声音之审美。"鸣扬条虡"亦包含对乐器演奏场景之审美评论，与蔡侯甬钟"鸣扬调畅"、邵黬钟"既伸邕虡"思想完全一致。可详第二章第三节论述，此不赘述。

再如，臧孙钟铭文："唯王正月初吉丁亥攻敔仲终臧之外孙坪之子臧孙择厥吉金自作和钟子子孙孙永保是从。"②

此为1964年江苏六合县程桥墓葬出土。该墓共出土铜器57件，其中编钟一共9枚，每枚均有铭文，除缺少个别字外，各枚铭文相同，最完整的铭文有37字。器主"臧孙"不可考，是器为春秋末期之物。据铭文"攻敔"及出土地点可以确定该器为吴国铜器。其诗乐观主要体现在两个方面，其一，"自作"一语，充分体现出作器者的自觉创作意识，亦可以从中窥知春秋晚期吴人对诗乐之热衷。其二，"和钟"，充分体现春秋后期，"和"之诗乐观在吴国的继承与发展。说明"和"始终是吴国诗乐观中最核心的思想观念。

又如，配儿钩鑃（甲器铭文）："□□□初吉庚午，吴王□□□□□子配儿曰：余熟臧于戎工且武。余翼恭畏忌，不敢誃。余择厥吉金，铉镠鏽铝，

① 祝振雷：《安徽寿县蔡侯墓出土青铜铭文集释》，吉林大学2006年硕士学位论文，第55~56页。

② 香港中文大学、中国社会科学院考古研究所：《殷周金文集成释文（第一卷）》，香港中文大学出版社，2001年，第64页。

自作钩鑃，以宴宾客，以乐我诸父。子孙用之，先人是娱。"① 配儿钩鑃共两器，于 1977 年在浙江绍兴县城西南四公里的狗头山南麓出土。据铭文"吴王"可知此乃吴国铜器。沙孟海《配儿钩鑃考释》："绍兴县是周代越国都城，甲器铭文首行纪时之下紧接一个'吴'字，知此是吴国之器。吴后为越所灭，器入于越。""钩鑃是一种乐器。口向上，下有柄，手执其柄击之。商代已有其制，一般称之为'钲'，军中用之。……春秋时代越国的钩鑃，也就是钲属。看它铭文，是用于祭祀与宴会上的。"②

钩鑃最早源于殷商，原本用于军旅。只是后来用途逐渐拓宽，特别是吴越南方诸国，在中原礼制基础上有所发展，故钩鑃亦兼用于祭祀与宴会。郭沫若《殷周青铜器铭文研究》："兼用于军旅与享祀，此殆商制也。揆诸情理，制器之初自当以兼用为宜，盖等是乐器耳，用之于军旅可，用之于享祀又何不可？"③

从诗乐观看，配儿钩鑃主要体现在制器的目的上。作器者对钩鑃这种乐器的功用是有明确认识的，体现在两个方面，即乐人与娱神。这也是该乐器实际运用于宴会与祭祀所承载的功能之显现。另，乾隆五十三年江苏常熟出土的姑冯钩鑃，亦为吴国铜器，其所体现的诗乐思想正与配儿钩鑃完全一致，姑冯钩鑃铭辞曰："唯王正月初吉丁亥，姑冯昏同之子，择厥吉金，自作商钩鑃，以乐宾客及我父兄。子子孙孙永保用之。"④

吴国钩鑃与中原及其他地区乐器铭文的功用观是完全一致的。如越王者旨于赐钟铭"自作和钟，我以乐考、帝、祖、大夫、宾客"，王孙遗者钟铭"阑阑和钟，用宴以喜，用乐嘉宾、父兄，及我朋友"，子璋钟铭"子璋择其吉金，自作和钟，用宴以喜，用乐父兄诸士"，齐鲍氏钟铭"择其吉金，自作和钟，俾勾赴好，用享以孝于台皇祖文考，用宴用喜，用乐嘉宾，及我朋友"，之利钟铭"择吉金，自作和钟，以乐宾客，志劳赙诸侯"，鲜钟"用作朕皇考林钟，用侃喜上下，用乐好宾"，邾公䤾钟"陆融之孙邾公䤾作厥和

---

① 此处铭文参考马承源及董楚平释文。见马承源：《商周青铜器铭文选（四）》，文物出版社，1990 年，第 369 页；董楚平：《吴越徐舒金文集释》，浙江古籍出版社，1992 年，第 65 页。

② 刘庆柱、段志洪、冯时：《金文文献集成》，第 29 册，线装书局，2005 年，第 171 页。

③ 郭沫若：《殷周青铜器铭文研究》，科学出版社，1961 年，第 94 页。

④ 香港中文大学、中国社会科学院考古研究所：《殷周金文集成释文（第一卷）》，香港中文大学出版社，2001 年，第 458～459 页。

钟，用敬恤盟祀，祈年眉寿，用乐我嘉宾，及我正卿”。① 这种乐人与娱神的诗乐思想，正是《尚书·尧典》所表述的“八音克谐，无相夺伦，神人以和”的诗乐理论。这种思想观念在《诗经》中也有不少反映。例如，《小雅·鹿鸣》：“呦呦鹿鸣，食野之芩。我有嘉宾，鼓瑟鼓琴。鼓瑟鼓琴，和乐且湛。我有旨酒，以燕乐嘉宾之心。”②《周颂·有瞽》：

> 有瞽有瞽，在周之庭。设业设虡，崇牙树羽。应田县鼓，鞉磬柷圉。既备乃奏，箫管备举。喤喤厥声，肃雝和鸣。先祖是听。我客戾止，永观厥成。③

《鹿鸣》的“以燕乐嘉宾之心”，《有瞽》的“先祖是听，我客戾止”，与配儿钩鑃的“以宴宾客，以乐我诸父。子孙用之，先人是娱”和姑冯钩鑃的“以乐宾客及我父兄”，不但基本思想观念一致，而且话语形式也几乎一样。相同的思想与相同的话语，这充分说明，吴国诗乐批评思想的发展与中原完全同步。这显然也是吴国文化与中原文化频繁交融互动的结果。

另外，于鸿志《吴国早期重器冉钲考》，将南疆钲视为吴王寿梦之重器，亦颇有意味。

> 南疆钲铭：“唯正月初吉丁亥，余□□之孙冉择其吉金，自作钲铖。以卑（俾）其船其般，□□□（以涉于）大川。以通其阴其阳，以至盂。余以行台师，余以伐雒，余以伐徐。嗟！子孙，余冉铸此钲铖，女勿丧勿败。余处此南疆，万世之外，子子孙孙其朋，作以□□（勤王?）”④

关于该器的断代及所属国别尚存在争议。不过该器属南国之器大概是没什么问题的，具体属于南国哪一国之器，诸家认识似乎有分歧。如果该器真属吴王寿梦之器，则于此可见吴国早期那高度发达的政治与文化。据《南疆钲》乐器铭文不难感知，吴国高度发达政治文化背景下相应之诗乐水平了。

又，曾宪通认为薛尚功《历代钟鼎彝器款式法帖》中的“商钟四”应为吴王僚之铜器，其曰：“去年初夏，重读薛氏《款识》，发现铭中有‘子胥宅

① 谭德兴：《论周代铜器铭文中的文学批评思想》，《贵州大学学报（社会科学版）》，2009 年第 3 期，第 50 页。
② 阮元：《十三经注疏》，中华书局，1980 年，第 405 页。
③ 阮元《十三经注疏》，中华书局，1980 年，第 594 页。
④ 刘庆柱、段志洪、冯时：《金文文献集成》，第 29 册，线装书局，2005 年，第 181 页。

句'及'楚之客畲辛'字样，于是寻绎字句，考订史实，继而发现铭辞内容与《左传》昭公二十三年（前519年）吴楚鸡父之战有关，铭辞亦稍稍可以通读。所谓'商钟四'，其实是吴王僚击败楚及其附庸之后所作的'铭功'重器，应称之为吴王钟。"①

> 吴王钟铭："唯王正甬屯吉日，子胥宅句之后，集亘众。夏，王发厚阵。择吉金，用作和林。以乐宾客，誌劳尃（父）诸侯往庆，楚之客畲辛欲圣（声）和，之后诸侯自宁，四鄙同安，之后玄孙皆吟风（讽）。"

若果如曾氏所考证，"商钟四"为吴王钟，则我们据此不难发现吴王僚时期的诗乐观，其一，以"和"为核心；其二，注重乐人与娱神。与吴国前后诸历史时期诗乐思想吻合。

三、吴国青铜乐器铭文与季札观乐之诗乐基础

《左传》襄公二十九年（前544年）载：

> 吴公子札来聘……请观于周乐。使工为之歌《周南》、《召南》，曰："美哉！始基之矣，犹未也，然勤而不怨矣。"为之歌《邶》、《鄘》、《卫》，曰："美哉，渊乎！忧而不困者也。吾闻卫康叔、武公之德如是，是其《卫风》乎！"为之歌《王》，曰："美哉！思而不惧，其周之东乎！"为之歌《郑》，曰"美哉！其细已甚，民弗堪也。是其先亡乎！"为之歌《齐》，曰，"美哉，泱泱乎！大风也哉！表东海者，其大公乎！国未可量也。"为之歌《豳》，曰："美哉，荡乎！乐而不淫，其周公之东乎！"为之歌《秦》，曰："此之谓夏声。夫能夏则大，大之至也，其周之旧乎！"为之歌《魏》，曰："美哉，沨沨乎！大而婉，险而易行，以德辅此，则明主也。"为之歌《唐》，曰："思深哉！其有陶唐氏之遗民乎！不然，何忧之远也？非令德之后，谁能若是？"为之歌《陈》，曰："国无主，其能久乎？"自《郐》以下无讥焉。为之歌《小雅》，曰："美哉！思而不贰，怨而不言，其周德之衰乎！犹有先王之遗民焉。"为之歌《大雅》，曰："广哉，熙熙乎！曲而有直体，其文王之德乎！"为之歌《颂》，曰："至矣哉！直而不倨，曲而不屈，迩而不逼，远而不携，迁而不淫，复而不厌，哀而不愁，乐而不荒，用而不匮，广而不宣，施而不费，取而不贪，处而不底，行而不流。五声和，八风平，节有度，守

① 刘庆柱、段志洪、冯时：《金文文献集成》，第29册，线装书局，2005年，第172页。

有序，盛德之所同也。"见舞《象箾》、《南籥》者，曰："美哉！犹有憾。"见舞《大武》者，曰："美哉！周之盛也，其若此乎！"见舞《韶濩》者，曰："圣人之弘也，而犹有惭德，圣人之难也。见舞《大夏》者，曰："美哉！勤而不德，非禹，其谁能修之？"见舞《韶箾》者，曰："德至矣哉，大矣！如天之无不帱也，如地之无不载也。虽甚盛德，其蔑以加于此矣。观止矣！若有他乐，吾不敢请已。"①

季札观乐，就其诗乐思想来看，主要体现在三个方面：

其一，赞同诗乐风格的多样化。季札观乐时，有明确评述的包括十三国风、小雅、大雅、颂以及三代之舞。季札在欣赏这些不同时期，不同地域的诗乐舞时，都能做到评述公允，不偏不倚，足见季札对待不同风格诗乐的平等与客观态度，不因国力之小大、政区之华夷以及时间之远近、存亡之与否而心存偏颇。顾易生、蒋凡《先秦两汉文学批评史》说："季札在听到各地区的诗乐时，都给以赞美，虽然分别指出其不足，已足以反映他对乐调与诗歌风格多样化的欣赏，而不偏取一格。这是'声一无听''物一无文'观念的反映。"② 此言极是。事实上，无论从出土文献，还是传世文献，都可以说明，"声一无听"思想在吴国是有深厚社会基础的。据《江苏丹徒北山顶春秋墓发掘报告》可知，此吴国墓葬中出土的乐器就有青铜编钟 1 套 12 件，石编磬一套 12 件，军乐器青铜錞于一套，青铜丁宁，悬鼓（仅存青铜鼓环），柎（仅存石质柎头）。③ 这说明，在吴国诗乐中，乐制构成的体系是十分丰富的。而在具体的诗乐活动中，吴人亦确实很好地实践了"声一无听"的思想。《国语·吴语》曰："昧明，（吴）王乃秉枹，亲就鸣钟鼓、丁宁、錞于，振铎，勇怯尽应，三军皆譁釦以振旅，其声动天地。"④ 据此可见，即使吴国军乐，亦是钟鼓、丁宁、錞于、振铎等诸乐相和相谐，是真正地做到了"声一无听"。好处在于，可使"勇怯尽应""三军譁釦振旅""声动天地"。吴国军乐的"声一无听"，不但"声动天地"，而且使得"晋师大骇不出"，足见吴乐之声威。

其二，以诗观风，声音之道与政通。季札论乐，多将各国诗乐与政治兴

---

① 阮元：《十三经注疏》，中华书局，1980 年，第 2006 ~ 2008 页。
② 顾易生、蒋凡：《先秦两汉文学批评史》，上海古籍出版社，1996 年，第 46 页。
③ 刘庆柱、段志洪、冯时：《金文文献集成》第 22 册，线装书局，2005 年，第 554 ~ 555 页。
④ 徐元诰：《国语集解》，中华书局，2002 年，第 550 页。

衰紧密联系在一起，充分揭示了社会政治之发展与诗乐风格之间的互动关系。季札以诗观各国政策之得失，国运之盛衰，将声音之道与政治之本相联系，很好地诠释了"文变染乎世情，兴废系乎时序"。顾易生、蒋凡《先秦两汉文学批评史》说："他在对各国诗乐的特征中推测其政治盛衰，这是'观志'方法的继承与发展。后来，《吕氏春秋·适音》云：'凡音乐，通乎政而移风平俗者也，俗定而音乐化之矣。故有道之世，观其音而知其俗矣，观其政而知其主矣。'《礼记·乐记》云：'声音之道，与政通矣。''审乐以知政，而治道备矣。'两者都还提到'治世''乱世''亡国'之音的不同特点及其与政治民情之关系。这些与季札之论是有渊源的。"① 这种诗乐思想在《毛诗序》中也得到了进一步发展，如"治世之音安以乐，其政和；乱世之音怨以怒，其政乖；亡国之音哀以思，其民困"。② 所有这些，溯其源，皆在季札论乐之中。而季札的这种以诗观风的思想，在吴国青铜乐器铭文中亦得到充分体现。例如，者减钟、吴王光残钟、臧孙编钟以及配儿钩鑃等铭文中，均蕴含强烈的政治色彩。首先，这些青铜乐器的铸造本身就与政治有密切关系。据《左传》襄公十九年、昭公十五年等可知，青铜器的铸造之因乃"铭其功烈，以示子孙"，而其铭文的核心思想则是"昭明德而惩无礼"。"嘉功"或"昭明德"，颂扬的是符合统治集团要求的道德礼仪，构建符合政治需要的社会秩序。③ 者减钟、吴王光钟等都是政措繁荣之记录。者减钟通过声音之和，使诗乐理念"登于上下，闻于四方"，则意图将诗乐之和贯通融会于政治之和乃至天下之和。吴、蔡联军攻破楚国郢都，吴王光为纪念战争胜利，铭刻功烈而作钟。铭文"是严天之命，入城不（丕）赓"，强烈的政治色彩不言而喻。而配儿钩鑃"余熟臧于戎工且武。余翼恭畏忌，不敢誇"，更是自我刻画了一位贤明恭敬的执政者形象，将政治与诗乐十分紧密地联结在一起。同时，从者减钟我们也不难感知处于繁盛期吴国文化与诗乐的大气，显示出"治世之音安而乐，其民和"的基本风格。另外，作为乐人与娱神的吴国诗乐，将"乐和同"的精神发挥至极致，无论宴会与祭祀活动，吴国诗乐充分强调诗乐沟通神人的作用，将诗乐维护统治秩序的功能发挥至极。而且，力图将这种维护社会与政治稳定的"和合"文化传达于"四方"。

---

① 顾易生、蒋凡：《先秦两汉文学批评史》，上海古籍出版社，1996 年，第 46 页。
② 阮元：《十三经注疏》，中华书局，1980 年，第 270 页。
③ 谭德兴：《论周代铜器铭文中的文学批评思想》，《贵州大学学报（社会科学版）》2009 年第 3 期，第 47 页。

其三，中和的审美思想。顾易生、蒋凡《先秦两汉文学批评史》说："季札用'忧而不困'来赞美《邶》《鄘》《卫》风，用'思而不惧'来赞美《王风》，用'乐而不淫'来赞美《豳》风，用'直而不倨，曲而不屈'等十四个分句来赞美《颂》，显然是《尧典》中'直而温，宽而栗，刚而无虐，简而无傲'等观点以及《诗·唐风·蟋蟀》'好乐无荒'和赵孟所谓'乐而不荒，乐以安民，不淫以使之'（见《左传》襄公二十七年）等语的发展，表现出对中和之美的强烈向往，为孔子赞美'《关雎》乐而不淫，哀而不伤'的前驱，而且比其前人和稍后的孔子所说丰富得多。"[1] 季札论乐，其中和审美思想是十分强烈的。这种思想如何从尧传至唐传至晋，又如何从北方传至遥远的南方吴国，这恐怕仍然得归结于吴国与周王室之间频繁的文化互动。而季札的中和审美思想，在吴国的青铜乐器铭文中也得到了充分印证。前文所引者减钟、吴王光残钟铭文等，更是具体翔实地阐明了吴人在具体诗乐活动中是如何实践诗乐之中和审美思想的。这些吴国青铜乐器铭文的论述，在某些方面比季札论乐还要具体而有针对性。这无疑可以很好解释季札观乐时，大量中和审美话语形成的诗乐文化基础。同时，也充分说明了春秋时期，吴国诗乐批评所达到的高超水平。这远比我们从传世文献中所认知的吴国文化要发达和先进得多。

总之，从吴国铜器铭文可知，季札观乐中的诗乐思想在当时的吴国文化中是完全存在的，季札完全具备知晓诗乐的文化基础。无论是具体的批评话语，还是丰富的诗乐理论，公元前 544 年季札观乐的事情是真实可信的。这对于进一步探究《诗经》的编纂、孔子删诗以及《左传》真伪等问题无疑有十分重要意义。

第三节　南音北传与先秦诗乐思想之互动

南音北传，既是一种文化交流融合现象，也是一部诗乐接受史。从南音北传，可以认知先秦时期诗乐的传播方式及其对文化发展之影响。同时，也可窥知，先秦文学批评思想接受传播的具体形态。先秦诗乐传播，其中最主要的方式之一就是通过战争进行的民族与文化交融。出土的铜器铭文，记载了大量的南北民族之间的战争，可以在一定程度上反映先秦文化与文学批评

---

① 顾易生、蒋凡：《先秦两汉文学批评史》，上海古籍出版社，1996 年，第 46 页。

思想传播的微观操作方式。

一、春秋时期北方对"南音"的接受与品评

春秋前期遱邟编镈铭："唯王正月初吉丁亥，徐王之孙寻楚馱之子遱邟择厥吉金作铸龢钟以享于我先祖余镛镠是择允唯吉金作铸龢钟我以夏以南中鸣媞好我以乐我心它它巳巳子子孙孙永保用之。"①

这是一篇典型的青铜乐器铭文。在传世文献中可以找到相互印证的类似篇章。《小雅·鼓钟》曰：

> 鼓钟将将，淮水汤汤，忧心且伤。淑人君子，怀允不忘。
> 鼓钟喈喈，淮水湝湝，忧心且悲。淑人君子，其德不回。
> 鼓钟伐鼛，淮有三洲，忧心且妯。淑人君子，其德不犹。
> 鼓钟钦钦，鼓瑟鼓琴，笙磬同音。以雅以南，以籥不僭。

铜器遱邟编镈铭文与《鼓钟》都描绘了诗乐演奏的场面和心理感受。遱邟编镈铭文的审美基调是欢快和谐的，从"和钟"和"中鸣媞好，我以乐我心"可以很明显感知。但《鼓钟》的基调却是忧伤的，这从"忧心且伤"、"忧心且悲"、"忧心且妯"等话语也不难认知，故毛诗和三家诗均将此诗定为刺诗。

遱邟编镈铭文与《鼓钟》篇，不但诗乐理念相同，连有些话语都完全一样，如"以雅以南"。遱邟编镈铭文作"以夏以南"，"夏"即"雅"也。《孔子诗论》中，《雅》正作《夏》，这在先秦时期属常见现象。何谓"雅"？何谓"南"？毛传曰："为雅为南也。舞四夷之乐，大德广所及也。东夷之乐曰昧，南夷之乐曰南，西夷之乐曰朱离，北夷之乐曰禁。以为籥舞，若是为和而不僭矣。"笺云："雅，万舞也。万也、南也、籥也，三舞不僭，言进退之旅也。周乐尚武，故谓万舞为雅。雅，正也。籥舞，文乐也。"可知，"以雅以南"中的"雅"是指王朝之雅乐，"南"乃指四方之夷乐。遱邟铭文也好，《鼓钟》也好，表达的都是"以陈先王之正乐正声之美，使人乐心于善"的基本诗乐理念。遱邟铭文乃正说，而《鼓钟》则为陈古讽今。雅、南同奏，和谐不僭，显示了中央王室对雅、南不同诗乐体系的态度。两种不同风格的诗乐共存于周室，且得到有机融合，相得益彰。

----

① 刘雨、卢岩：《近出殷周金文集录》，中华书局，2002年，第228页。

　　遱郘编镈乃春秋前期徐国之器物，属于周代南国诸侯文献。在徐国，存有雅乐是不足为奇的，因为徐国本为周家诸侯，应该拥有周室礼乐体系，而存有南乐，则更不足为奇，因为徐国本就属四夷之乐的产生地域。《鼓钟》，按毛诗说，为周幽王时期的诗篇，按三家诗说，为周昭王时期的诗篇。如此，"以雅以南"至少在西周后期已经发展成为十分成熟的文艺观。那么可以这么认为，这种雅南合奏的形式和理念最早形成于西周王室，之后作为周家礼乐制度影响各诸侯国。问题是，西周王室何以会存有四夷之乐？四夷之乐是如何被采入西周王室的？雅、南之乐的磨合又开始于何时，经历了多长时间？对此问题的研究，一方面可以探究西周采诗之文艺制度的发展演变情况，另一方面也可探究诸如"以雅以南"之合和诗乐理念到底是如何形成的。"南乐"为四夷之乐的代表，"南夷之乐"在先秦文献中往往又被称为"南音"。下面，拟通过南音的北传研究，探析先秦文学批评思想的发展演变。

　　"南音"指的是南方民族的风土音乐。先秦时期，"南音"在北方民族文化中有强烈表现，而且与"北音"有机地结合在一起。"南音"的北传渊源有自，其与先秦时期的民族迁徙以及南北民族间政治、文化交流等关系密切。

　　"南音"一词最早见于《左传》。《左传》成公九年载：

　　　　晋侯观于军府，见钟仪，问之曰："南冠而絷者，谁也？"有司对曰："郑人所献楚囚也。"使税之，召而吊之，再拜稽首。问其族，对曰："泠人也。"公曰："能乐乎？"对曰："先人之职官也，敢有二事？"使与之琴。操南音。公曰："君王如何？"对曰："非小人之所得知也。"固问之，对曰："其为大子也，师保奉之，以朝于婴齐而夕于侧也。不知其他。"公语范文子，文子曰："楚囚，君子也。言称先职，不背本也。乐操土风，不忘旧也……"。

　　钟仪家族世代为楚国乐官。钟仪虽被俘于北方，但念念不忘南国乡音。钟仪"操南音"而范文子称之为"乐操土风"，则当时所谓的"南音"指的就是南方风土音乐。狭义的即指楚国的音乐。从《左传》这段材料还可以看出，其一，春秋时期人们对音乐相当重视。当晋侯一听说楚囚钟仪乃音乐世家时，便立即与之琴并欣赏其演奏。其二，人们对音乐之地域文化特征有相当深刻的认识，并对音乐的地域文化价值表示肯定。范文子便充分肯定了楚囚钟仪"乐操土风，不忘旧也"。这里的"土风"实际上就是"楚风"。这也说明"国风"之审美价值观形成甚早。又如《左传》襄公十八年载：

晋人闻有楚师，师旷曰："不害。吾骤歌北风，又歌南风。南风不竞，多死声。楚必无功。"董叔曰："天道多在西北，南师不时，必无功。"叔向曰："在其君之德也。"

"北风"和"南风"是两种不同地域文化内涵的音乐形式。听乐而知战争双方的胜负，这是中国古代"可以观"之诗乐理念的具体表现。师旷对比当时的"北风"与"南风"，发现"南风不竞，多死声"，从而判断楚国此役无功。何为"南风不竞，多死声"？杜预注云："歌者吹律以詠八风，南风音微，故曰不竞也。师旷唯歌南北风者，听晋、楚之强弱。"这似乎说的是"南风"声音微弱，缺乏活力。从纯音乐风格特征而言，当时的北方音乐与南方可能是有明显不同的。大概北音要相对高亢雄壮些，而南音则相对细腻柔靡。但纯音乐形式的差异显然并非"北音"与"南音"间优劣的决定因素，音乐所载的时代社会内涵才是中国古代观乐的着重点。晋大夫董叔和叔向的话，无疑揭示了师旷判断"南风不竞，多死声"的根本依据——声音之道与政通。《礼记·乐记》曰："凡音者，生人心者也。情动于中，故形于声。声成文谓之音。是故治世之音安以乐，其政和；乱世之音怨以怒，其政乖；亡国之音哀以思，其民困。声音之道与政通矣。"社会治乱兴废的背景不同，则各自表现出的文艺特征亦迥异。验之当时师旷论乐的背景，楚国兴师北进，正值寒冬十二月。这对于习惯于南方温湿气候的楚人来说显然是极其不利的战争条件。再加上在异国他乡作战，从天时、地利而言，楚国明显处于下风。董叔从律历角度强调"天道多在西北"，这实际上正是从天时、地利方面揭示了楚国的劣势。而叔向则从"人和"方面分析了楚国国君不能施德于民，楚军缺乏战争获胜的关键因素。在这种背景下，很难想象当时楚国士兵以及百姓所发出的"南音"能有激情和活力。"不竞"且"多死声"正是当时"南音"的主要特征。

从春秋时期"南音"在北方传播的一些情况，我们可以看出，北方民族对"南音"不但不陌生，而且还有很深的了解。这充分说明"南音"在北方有一个长期而广泛的传播。显然，"南音"的北传并非始于春秋时期。春秋之前，"南音"已经有一个历史悠久的北传史。

二、春秋前"南音"在北方的传播与接受

1. 五帝时期

《诗·邶风·凯风》曰：

凯风自南，吹彼棘心。棘心夭夭，母氏劬劳。

凯风自南，吹彼棘薪。母氏圣善，我无令人。

爰有寒泉，在浚之下。有子七人，母氏劳苦。

睍睆黄鸟，载好其音。有子七人，莫慰母心。

《毛序》云："《凯风》，美孝子也。卫之淫风流行，虽有七子之母，犹不能安其室，故美七子能尽其孝道，以慰其母心，而成其志尔。"毛传："南风谓之凯风。乐夏之长养。"孔颖达《正义》云："南风谓之凯风，……李巡曰：南风长养万物，万物喜乐，故曰凯风。"

据上可知，《凯风》就是《南风》。但《南风》之歌却本是"南音"。《礼记·乐记》说："昔者舜作五弦之琴以歌《南风》，夔始制乐以赏诸侯。"郑玄注："夔欲舜与天下之君共此乐也。南风，长养之风也，以言父母之长养已。"孔颖达疏："《南风》，诗名，是孝子之诗。南风长养万物而孝子歌之，言已得父母，生长如万物得南风生也。"王质《诗总闻》云："舜作五玄之琴，以歌南风。夔始作乐，以宾南侯。'南'即《诗》之'南'也，'风'即《诗》之'风'也。"因此，《诗经·凯风》的乐章形式可能源自古老的舜乐《南风》之歌。毛序"《凯风》，美孝子也"所传承的大概是《南风》最初的乐章意义——歌咏孝道。而毛序后半部分则可能是《南风》这种音乐形式在卫地传播后所增载的特殊社会文化内容。

《南风》本为舜乐，而舜乐却具有强烈的"南音"特征。关于帝舜文化，尽管存在不同的说法，但无论何种说法，帝舜文化中的强烈南方文化特征是永远无法被抹煞的。《史记·五帝本纪》说："（舜）践帝位三十九年，南巡狩，崩于苍梧之野。葬于江南九疑，是为零陵。"裴骃《史记集解》曰："《皇览》曰：'舜冢在零陵营浦县，其山九溪皆相似，故曰九疑。'《传》曰：'舜葬苍梧，象为之耕。'《礼记》曰：'舜葬苍梧，二妃不从。'《山海经》曰：'苍梧山，帝舜葬于阳，丹朱葬于阴。'皇甫谧曰：'或曰二妃葬衡山。'"张守节《史记正义》云："《帝王纪》云：'舜弟象封于有鼻。'《括地志》云：'鼻亭神在道县北六十里。'《故老传》云：'舜葬九疑，象来至此，后人立祀，名为鼻亭神。'《舆地志》云：'零陵郡，应阳县东有山，山有象庙。'王隐《晋书》云：'此大泉陵县北部东五里有鼻墟，象所封也。'"

据上，帝舜南巡，最后死于南方并葬在零陵境内的苍梧之野，而其弟象也被封于苍梧附近。作为一个显赫的帝王，其葬地无疑代表了其文化的中心或文化主要辐射地域。因此，虞舜时期的南方不但不是人们想象中的文化荒漠，而且似乎为帝舜的重要文化圈层。而舜之二妃在湘水演变成女神，且以湘妃著称，则又进一步印证了虞舜文化的南方特征。

《南风》是"南音"，而《凯风》却是北方民族的作品。邶乃殷商故都，《汉书·地理志》云："河内本殷之旧都，周既灭殷，分其几内为三国，《诗风》邶、庸、卫国是也。邶，以封纣子武庚……故邶、庸、卫三国之诗相与同风。"邶、庸（鄘）、卫三国本都是殷商故都，后来又归并成卫国。三国之诗歌在春秋时期又统称为"卫诗"。《邶风》尽管可能经过周太师的加工，但其为风土之音是毫无疑问的。邶又为纣子武庚封地，则《邶风》实乃殷商文化的反映。从《南风》到《凯风》，是"南音"与北方民族文化相结合的产物。这其中有一个"南音"北传的过程。作为"南音"的《南风》之歌为什么能成为北方殷商文化的重要表现形式呢？"南音"又是如何传入北方文化圈的呢？这可能与南方民族的北迁有密切关系。《史记·楚世家》说：

> 楚之先祖出自帝颛顼高阳。高阳者，黄帝之孙，昌意之子也。高阳生称，称生卷章，卷章生重黎，重黎为帝喾高辛居火正，甚有功，能光融天下，帝喾命曰祝融。共工氏作乱，帝喾使重黎诛之而不尽。帝乃以庚寅日诛重黎，而以其弟吴回为重黎后，复居火正，为祝融。吴回生陆终，陆终生子六人，坼剖而产焉。其长一曰昆吾；二曰参胡；三曰彭祖；四曰会人；五曰曹姓；六曰季连，芈姓，楚其后也。昆吾氏，夏之时尝为侯伯，桀之时汤灭之。

裴骃《史记集解》引《世本》说："昆吾者，卫是也。"司马贞《史记索隐》说："《左传》曰：'卫侯梦见披发登昆吾之观，今濮阳城中有昆吾台是也。"《左传》哀公十七年杜预注亦云："卫有观在于昆吾氏之墟，今濮阳城中。"《大戴礼·帝系》也说："昆吾者，卫氏也。"显然，聚居在卫（邶、鄘、卫）地的民族原本为高辛氏时代南方重黎、吴回部落的一支。卫地的昆吾氏在夏代曾为侯伯，至夏桀时被商汤灭掉，于是融入到殷商民族中。民族的融合必然会带来文化，特别是音乐文化的融合。"南风"之乐在《邶风》中呈现，这当是随民族融合而文化交融的结果。但据《史记·楚世家》所说，南方民族的北迁在帝喾时期，而帝喾似乎早于帝舜。怎么帝舜的《南风》之歌能提前在帝喾时期随民族迁移而传入北方呢？这个矛盾可以这么来看，其一，《南风》之歌产生的音乐基础是"南音"，而南音非仅止《南风》之歌，类似的音乐形式在舜之前可能就存在。《礼记·乐记》说舜歌《南风》，并没有说舜始创《南风》之歌，则《南风》在舜之前北传是完全可能的。其二，帝舜与帝喾有合一现象。例如，《礼记·祭法》曰："殷人禘喾而郊冥，祖契而宗汤。"而《国语·鲁语》却说："殷人禘舜而郊冥，祖契而宗汤。"帝舜与帝喾身份的杂糅，说明在帝喾时期是完全可能有《南风》之乐存在的。而这种杂糅本身就是随民族融合而文化交融的重要表现。

2. 殷末周初

商周之际，社会政治发生了激烈深刻的巨变。经过一番血腥的刀光剑影，最终大邦殷商灭亡而西周王朝建立。周室在推翻强大的殷商王朝前，曾经过了长期而又耐心地蓄积力量的阶段。在一系列的反殷准备工作中，周室十分注重发展同周边部族的友好关系，这也是周室伐殷成功的关键。在伐纣之前，周室与南方民族在政治、经济和文化等方面便已存在长期密切的合作关系。《史记·周本纪》说武王伐纣时有庸、蜀、羌、髳、微、纑、彭、濮等诸侯国参与行动。《史记集解》说："孔安国曰：'八国皆蛮夷戎狄。羌在西；蜀、髳、微在巴蜀；纑、彭在西北；庸、濮在江、汉之南。'"《史记正义》曰："武王率西南夷诸州伐纣也。"[1]显然，殷末的西南、南部，特别是江汉之域都是周的势力范围。汉儒说"文王之德先被南国"，大概指的就是文王首先开辟西南、南方之域作为自己的根据地。《礼记·乐记》云："《武》，始而北出，再成而灭商，三成而南，四成而南国是疆。"《武》表现的是周武王伐商并建立西周的历史过程。不难看出，周室对南国建设的高度重视。《史记·楚世家》说："周文王之时，季连之苗裔曰鬻熊。鬻熊子事文王，早卒。其子曰熊丽，熊丽生熊狂，熊狂生熊绎。熊绎当周成王之时，举文、武勤劳之后嗣，而封熊绎于楚蛮，封以子男之田，姓芈氏，居丹阳。楚子熊绎与鲁公伯禽、卫康叔子牟、晋侯燮、齐太公子吕伋俱事成王。"楚武王三十七年，楚熊通说："吾先鬻熊，文王之师也，早终。成王举我先公，乃以子男田令居楚，蛮夷皆率服。"可以看出，在西周的建立和发展初期，南方诸侯，特别是楚国曾为周室立下过汗马功劳。当时的江汉之域实乃周家重要的经济、政治、文化和军事基地。故《诗谱》说："至纣，又命文王典治南国，江汉、汝旁之诸侯，于时，三分天下有其二，……故雍、梁、荆、豫、徐扬之人，被其化而从之。"[2]撇开圣人德化等附会内容，"文王典治南国"充分表明殷末周初，

---

① 司马迁：《史记》，中华书局，1959年，第123页。
② 阮元：《十三经注疏》，中华书局，1980年，第264页。

周的势力范围已达南部广大地区。郭沫若《中国史稿》第一册中说："在江西和湖南的一些地方也发现了不少西周的青铜器。这些发现证明，周朝的势力已经到达长江下游的江南地区。"① "周朝除了在黄河流域建立封国外，很早就向南方江、汉地区发展势力。如江、汉一带的庸、卢、彭、濮等方国部落随武王伐纣，说明双方在此之前已经有了联系。"② "周朝的势力和影响在西南达到很远的地方。在宗周西方大散关（陕西宝鸡西南），有周朝所封的散国，也是通往四川的要道。武王封同姓贵族于巴（今四川重庆北），是周朝在西南最远的封国，那里的巴、蜀等族都和周朝有同盟关系。四川的彭县和新繁都发现了商末周初的器物，可见商周文化在西南的影响了。"③

　　正是在这样的历史背景中，"南音"再次掀起北传高潮。《吕氏春秋·音初》云：

　　　　禹行功，见塗山之女，禹未之遇而巡省南土。塗山氏之女乃令其妾候于塗山之阳，女乃作歌，歌曰："候人兮猗。"实始作"南音"。周公及召公取风焉，以为《周南》《召南》。

　　《音初篇》从发生论探讨了四方风土之音"东音""南音""西音""北音"的最初发生情况。并揭示了四方之音中，"南音"与周王朝的密切关系。其中南土塗山氏之女所作的"南音"似乎并非"南音"之源而只是"南音"发展中的一种特殊流变形态，因为在夏禹之前的帝喾、帝舜时期，南土已经存在丰富的音乐形式。但《音初篇》从音乐发生与传播视角，说明了"南音"的发生及其被采入北方周室的时间、采者和命名等情况，并第一次触及到"南音"北传问题。高诱注："（南音），南方国风之音"，"取涂山氏女南音以为乐歌也"。④ 高诱认为二《南》的"南"实乃"南方国风之音"，因取者不同进入周室而称《周南》《召南》。显然，二《南》是"南音"北传的产物。

　　关于二《南》名称的含义，众说纷纭，莫衷一是。有"南化说""南音说""南国说""南土说"等（可参阅张启成《诗经风雅颂研究论稿》）。其中以"南化说"影响最大。例如，《毛序》说："然则《关雎》《麟趾》之化，王者之风，故系之周公。南，言化自北而南也。《鹊巢》《驺虞》之德，

---

① 郭沫若：《中国史稿》，人民出版社，1976年，第229页。
② 郭沫若：《中国史稿》，人民出版社，1976年，第231页。
③ 郭沫若：《中国史稿》，人民出版社，1976年，第233页。
④ 《二十二子》，上海古籍出版社，1986年，第646页。

诸侯之风也，先王之所以教，故系之召公。"郑玄："自，从也。从北而南，谓其化从岐周被江汉之域也。"陆德明《音义》曰："周者，代名，其地在《禹贡》雍州之域，岐山之阳，于汉属扶风美阳县；南者，言周之德化自岐阳而先被南方，故《序》云'化自北而南也'。"孔颖达亦云："言'南'者，言此文王之化自北土而行于南方。"① 关于二《南》名称含义的各种说法实际上并无根本性矛盾。因为"南国""南土"或"南方"必然有自己的音乐，即"南音"；而"南音"也必然源自"南国""南土"或"南方"。诸种说法有一点是完全一致的，即都认为二《南》采自南方。因此，二《南》实际上就是"南音"北传的诗乐成果。

关于二《南》采入周室的时间，学者们略有分歧。如，郑玄《毛诗谱》："武王伐纣定天下，巡守述职，陈诸国之诗，以观民风俗。六州者，得二公之德教尤纯，故独录之。属之太师，分而国之；其得圣人之化者谓之《周南》，得贤才之化者谓之《召南》。"孔颖达《毛诗正义》："武王巡守，得二《南》之诗。""武王遍陈诸国之诗，今惟二《南》在矣。"②魏源《诗古微》："二《南》之诗，实陈于武王时周、召分陕之后。所采则皆文王之化，非周、召之化。"③ 朱熹《诗集传》云：

> 武王崩、子成王诵立。周公相之，制礼作乐，乃采文王之世风化所及民俗之诗，被之筦弦，以为房中之乐。而又推之以及于乡党邦国，所以著明先王风俗之盛，而使天下后世之修身齐家治国平天下者，皆得以取法焉。盖其得之国中者，杂以南国之诗，而谓之周南。言自天子之国而被于诸侯，不但国中而已也，其得之南国者，则直谓之召南，言自方伯之国被于南方而不敢以系于大子也。④

周武王巡守与周公制礼作乐是紧密相联的两个阶段。而周公无疑是从西周武王立国到成康盛世的实力派人物。二《南》在周武王或周成王时采入实际相差不大，进一步区分亦无多大实际意义。对是周武王采入还是周公采入的区分也是如此。即使周公在成王时制礼作乐，其采诗也不会是一个临时的突击行动，在之前的武王时（或者文王时）周室很可能已经开始采风了。周

---

① 阮元：《十三经注疏》，中华书局，1980 年，第 273 页。
② 阮元：《十三经注疏》，中华书局，1980 年，第 264 页。
③ 魏源：《诗古微》，《续修四库全书》第 77 册，上海古籍出版社，1977 年，第 61 页。
④ 朱熹：《诗集传》，《钦定四库全书荟要》，吉林出版集团有限责任公司，2005 年，第 6 页。

公旦、召公奭是西周初期的实力派人物。采风很可能是周、召二公直接策划，采的诗以周南、召南命名自很正常。

周家采"南音"的目的是制礼作乐的需要。周初的文化建设，特别是制礼作乐，需要的东西实在太多，有取于"南音"是十分必要的。"南音"被采时间实际上并不是其最初进入北方周文化的时间。表面看来，采"南音"之前，似乎只是周文化的单向南扩运动，即文王之化自北行南。但从文化传播的基本规律可知，周之德化自北行于南方，实际上是周文化与南方文化的一个磨合过程，是一个文化双向互动过程。既有南方文化对周文化的接受，又有北方文化对南方文化的吸收。毛序屡次强调二《南》诗歌反映了文王之化行于南国的效果，朱熹《诗集传》也说二《南》所采乃"文王之世风化所及民俗之诗"，则周室所采的"南音"似乎并非南国最原始的"南音"，而是南北文化交融后的新"南音"。或者说是原始"南音"的音乐形式与周之政治、伦理等文化思想相互交融的产物。这种新"南音"在北方文化中的传播面是很广的，而且它原来的乐章内容可能比今本《诗经》中的二《南》还要丰富。例如，《礼记·射义》云：

> 射礼，天子以《驺虞》，诸侯以《狸首》，大夫以《采蘋》，士以《采蘩》为节。

《驺虞》《狸首》《采蘋》《采蘩》是周代进行射礼时的乐章。不同身份等级者所使用的乐章不同。四首诗的音乐节奏各异，不同的节奏适合不同身份的人进行射礼活动。但今本《诗经》的二《南》中并没有《狸首》。郑玄《诗谱》说："今无《狸首》，周衰，诸侯并僭而去之，孔子录诗不得也。为礼乐之记者，从后存之，遂不得其次序。"[①]不难知道，音乐的传播必须与时代社会发展相适应。《狸首》的不存当是音乐自身与时代社会相互调整的结果。孔颖达《毛诗正义》曰："射用四篇，而三篇皆在《召南》，则《狸首》亦当在。"[②] 因此，从《狸首》在周之礼乐体制中的演变也可窥"南音"兴废之一斑。

从上面射礼活动已可见周代各贵族阶层对"南音"的接受状况。又如，《仪礼》乡饮酒礼者，乡大夫三年宾贤能之礼，"乃合乐《周南·关雎》"；燕礼者，诸侯饮燕其臣子及宾客之礼，"遂歌乡乐《周南·关雎》"。故毛诗

---

① 阮元：《十三经注疏》，中华书局，1980年，第273页。
② 阮元：《十三经注疏》，中华书局，1980年，第273页。

《周南·关雎》序说《周南·关雎》"用之乡人焉，用之邦国焉"。显然，"南音"在周代社会中的传播面十分广泛，可以说是上到朝廷，下到普通百姓。

二《南》在今本《诗经》中属"国风"，以上只是"南音"在"国风"中的表现。而在雅颂之乐中，"南音"也有强烈表现。例如，《左传》襄公二十九年季札适鲁观乐，其中"有舞象箾南籥者"。《礼记·文王世子》有"胥鼓南"。《小雅·鼓钟》有"以雅以南，以籥不僭"。这些音乐活动中的"南"是"南音"在雅颂之乐中的表现。

《小雅·鼓锺》曰："以雅以南，以籥不僭。"毛传："为雅为南也。舞四夷之乐，大德广所及也。东夷之乐曰昧，南夷之乐曰南，西夷之乐曰朱离，北夷之乐曰禁。"《礼记·明堂位》曰："昧，东夷之乐也。任，南蛮之乐也。纳夷蛮之乐于大庙，言广鲁于天下也。"《旄人》云："舞四夷之乐。"《白虎通》云："王者制夷狄乐。"[1] 显然，在周之雅颂之乐中不无风土之音，特别是"南音"的成分。歌舞雅乐时要舞四夷之乐，这是什么音乐理念？原来是要"大德广所及也"，强调诗乐之厚德载物。故《国语·楚语》说楚国申叔时教楚太子诗乐的目的是要"导广显德，以耀明其志"。《礼记·明堂位》说"纳夷蛮之乐于大庙"，表明周之宗庙祭祀中亦有用"南音"。"南音"成为了雅颂之乐的有机组成部分。《孝经·钩命决》云："东夷之乐曰昧，南夷之乐曰任，西夷之乐曰株离，北夷之乐曰禁。东方之舞，助时生也。南方，助时养也。西方，助时杀也。北方，助时藏也。"[2] 不难看出，这种四夷之乐有强烈的地方文化特征——按方位文化构制成一个天人相应的音乐舞蹈系统。《汉书·律历志》云："南，任也。言阴气旅助夷则任成万物也。"《小雅·鼓锺》孔颖达《正义》说："南者，物怀任也。……以南训任，故或名任，此为南，其实一也。……于此言南而得总四夷者，以周之德先致南方。"看来，周王朝雅乐体系中的四夷之乐制有着丰富的天人内涵，它包括阴阳、律历、方位等。而其中以"南"总四夷之乐，则"南音"又呈现出更强烈的影响力。以"南"总四夷之乐，孔颖达说这是因为"周之德先致南方"，故雅乐中以"南"总四夷之乐。正因为"南音"在四夷之乐中最先进入周文化中，所以在周文化中仍习惯以"南音"来指代四夷之乐。陆德明说"周之德化先被南方"；孔颖达说"周之德先致南方"等，实际上也说明了在四夷音乐中，"南

---

[1]　阮元：《十三经注疏》，中华书局，1980年，第467页。
[2]　阮元：《十三经注疏》，中华书局，1980年，第467页。

音"确实最先与周文化发生互动关系。

程大昌《考古编》卷一认为在春秋战国社会的音乐实践中,所用的诗乐"未有出《南》《雅》"之外者。因此,他认为《诗经》中,二《南》为"南乐";《雅》《颂》为"雅乐",除此之外,皆为徒诗而非乐诗。① 顾炎武在此基础上进一步认为:"《周南》《召南》,南也,非风也。……'南'、'豳'、'雅'、'颂'为四诗。"② 顾氏认为二《南》不是风诗,"南"是与"风"并列的一种诗体。此论似乎有些武断。从文献所载来看,似乎周之礼仪场合的用乐,确实主要集中在"南"、"雅"之内。但这并不能说明二《南》非风土之音,燕享、宗庙祭祀同样可以用风土之音的。例如,汉代朝廷一切礼仪活动所用之乐便主要是采自秦、楚、代、赵之类的俗乐。

3. 周王朝衰落之后

《史记·楚世家》载:

> 当周夷王之时,王室微,诸侯或不朝,相伐。熊渠甚得江汉间民和,乃兴兵伐庸、杨粤,至于鄂。熊渠曰:"我蛮夷也,不与中国号谥。"

周室衰落,当时想独立称霸的并非楚国一家。熊渠之语"我蛮夷也"云云并不能说明楚国当时乃文化蛮夷,也不能以此为据证明楚国与周王朝存在文化鸿沟。据《国语·楚语》可知,楚国文化教育体系及内容实与周王朝无异。熊渠之语,是其谋求楚国独立的思路与借口,也是楚国势力强大的标志。随着经济与综合国力的提高,文化中最民族性的东西必然会突出和高涨。周夷王之后,南方民族特别是楚国与周以及北方诸侯形成了长期的政治与军事对抗,相应的,文化上也形成了相互敌视与斗争。于是,"中国"与"荆蛮"、"北风"与"南风"表面上似乎成为冰炭对立的两种文化体系。这在《诗经》中也有反映:

> 《小雅·采芑》:"蠢尔荆蛮,大邦为仇。"
> 《鲁颂·闷宫》:"荆舒是惩,戎狄是膺。"
> 《商颂·殷武》:"奋伐荆楚,深入其阻。"

在周代铜器铭文中,更是大量记载了周王室与南方诸侯之间的矛盾与斗

---

① 程大昌:《考古编》,《影印文渊阁四库全书》,第 448 册,台湾商务印书馆,1986 年,第 3 页。

② 黄汝成:《日知录集释》,岳麓书社,1994 年,第 80 页。

争，略举些例为证。① 周昭王时期：

西周昭王诲鼎："唯叔从王南征，唯归。唯八月在▣▣居，诲作宝鬲鼎。"

西周昭王**𫞏**驭簋："**𫞏**驭从王南征，伐楚荆，又得，用作父戊宝尊彝。"

西周昭王中方鼎："唯王令南宫伐反虎方之年，王令中先，省南国贯行，艺王居在夔▣真山。中乎归生凤于王，艺于宝彝。"

又如出土于湖北省孝感县的中甗：

王令中先，省南国贯行，艺居在曾。史儿至，以王令曰："余令汝使小大邦，又舍汝扛量至于汝虘小多。"中省自方，复造□邦，在□自次。白贾厥□□厥人□汉中州，曰段、曰旅。厥人廿夫，厥𡧑𢆶言曰，宾□贝。曰传□王□休，**𫶕**肩又羞**全**□□**肃**，用作父乙宝彝。

以上几例铜器铭文，均记录了西周昭王时期对南国，特别是荆楚地区的征伐。《史记·周本纪》说："昭王之时，王道微缺。昭王南巡狩不返，卒于江上。其卒不赴告，讳之也。"张守节《正义》引《帝王世纪》云："昭王德衰，南征，济于汉，船人恶之，以胶船进王，王御船至中流，胶液船解，王及祭公俱没于水中而崩。其右辛游靡长臂且多力，游振得王，周人讳之。"② 这说明，周昭王时，中央王室与南方诸国在政治与文化关系上已经发生了深刻变化。昭王南征，既是周王室对南方诸国在政治上的试图重新控制，也反映出深刻的文化交融与互动关系。《左传》僖公四年载：

四年，春，齐侯以诸侯之师侵蔡。蔡溃，遂伐楚。楚子使与师言曰："君处北海，寡人处南海，唯是风马牛不相及也，不虞君之涉吾地也何故？"管仲对曰："昔召康公命我先君大公，曰：'五侯九伯，女实征之，以夹辅周室！'赐我先君履，东至于海，西至于河，南至于穆陵，北至于无棣。尔贡包茅不入，王祭不共，无以缩酒，寡人是徵。昭王南征而不复，寡人是问。"对曰："贡之不入，寡君之罪也，敢不共给。昭王之不复，君其问诸水滨！"师进，次于陉。夏，楚子使屈完如师。师退，次于召陵。

---

① 本节青铜器铭文拓片及释文采自马承源主编《商周青铜器铭文选（三）》，文物出版社，1988 年。

② 司马迁《史记》，中华书局，1959 年，第 134 ~ 135 页。

齐侯陈诸侯之师，与屈完乘而观之。齐侯曰："岂不榖是为？先君之好是继。与不榖同好如何？"对曰："君惠徼福于敝邑之社稷，辱收寡君，寡君之愿也。"齐侯曰："以此众战，谁能御之？以此攻城，何城不克？"对曰："君若以德绥诸侯，谁敢不服？君若以力，楚国方城以为城，汉水以为池，虽众，无所用之。"屈完及诸侯盟。①

这段材料，一方面印证了周昭王南征的历史事实，与前所引昭王时铜器铭文相呼应，另一方面，也充分说明，南方诸国与周王室之间一直存在密切的文化互动关系，这种文化互动从西周初期到春秋时期一直在持续着。这不仅仅是物质上的进贡包茅，也自然包括文化上诸如南夷之乐等诗乐文化方面的进献，进而深刻揭示了周王室与各诸侯国甚至包括僻远南方诸国诗乐思想共同性的原因。

再如，宗周钟铭："王肇遹省文武勤疆土。南国服子敢陷虐我土。王敦伐其至，扑伐厥都。服子乃遣间来逆昭王。南夷东夷俱见，廿又六邦。"宗周钟乃西周厉王时期的器物。铭文详细地记载了周王室与南方诸侯国之间的斗争及最后的统一。周厉王时期，周王室频繁与南方诸国发生战事，二者间的政治文化关系在西周末期进入了一个新的发展阶段。类似的铜器铭文很多。

　　西周厉王鄝生盨铭："王征南淮夷，伐角、津，伐桐、遹，鄝生从。执讯折首，孚戎器，孚金，用作旅盨，用对烈。……"
　　虢仲盨盖铭："虢仲以王南征，伐南淮夷，在成周，作旅盨。兹盨有十又二。"

上二例说明西周厉王时期，周王室对南淮夷频繁发动征战。西周末期，周王室与南方诸侯的政治文化关系，在兮甲盘中也有充分体现：

　　唯五年三月既死霸庚寅，王初格伐玁狁于䢐䝱。兮甲从王，折首执讯，休亡愍，王赐兮甲马四匹、驹车。王令甲征治成周四方积，至于南淮夷。淮夷旧我帛贿人，毋敢不出其帛、其积、其进人。其贮，毋敢不即次即市。敢不用令，则即刑扑伐。其唯我诸侯百姓，厥贮毋不即市，毋敢或入蛮宄贮，则亦刑。兮伯吏父作盘，其眉寿万年无疆，子子孙孙永宝用。

---

①　阮元《十三经注疏》，中华书局，1980 年，第 1792～1793 页。

此铭记载了周宣王时期对南淮夷的统治与管理。"淮夷旧我**帛**贿人，毋敢不出其**帛**、其积、其进人。其贮，毋敢不即次即市"，意思是说"淮夷从来是向我贡纳财赋的臣民，不敢不提供赋税、委积和力役。其市场的财货，不准不向司市的官舍办理货物存放和陈列市肆的手续"。[①] 此铭为我们提供了西周时期，中央王室与南方诸侯间政治文化关系的具体实证，有助于我们了解中央王室与各诸侯间文化互动的政治与经济基础。再如，六年琱生簋铭：

唯六年四月甲子，王才**莽**。召伯虎告曰：余告庆曰，公厥禀贝，用狱积，为伯有祇有成，亦我考幽伯幽姜令。余告庆，余与邑讯有辞，余典勿敢封，今余既讯有辞曰：**具**令。余既一名典献，伯氏则报璧。琱生对扬朕宗君其休，用作朕烈祖召公尝簋，其万年子子孙孙宝用享于宗。

郭沫若《两周金文辞大系》说："此铭所记，与《大雅·江汉》篇乃同时事，乃召虎平定淮夷，归告成功而作。诗之'告成于王'即此之'告庆'；诗之'赐山土田，于周受命'即此之'余以邑讯有司，余典无敢封'。邑即所受之土田，典即所受之命册，'勿敢封'者谓不敢封存于天府也。诗之'作召公考，天子万寿'，即此之'对扬宗君其休，用作烈祖召公尝簋'。"[②]《大雅·江汉》：

江汉浮浮，武夫滔滔。匪安匪游，淮夷来求。既出我车，既设我旟。匪安匪舒，淮夷来铺。

江汉汤汤，武夫洸洸。经营四方，告成于王。四方既平，王国庶定。时靡有争，王心载宁。

江汉之浒，王命召虎：式辟四方，彻我疆土。匪疚匪棘，王国来极。于疆于理，至于南海。

王命召虎：来旬来宣。文武受命，召公维翰。无曰予小子，召公是似。肇敏戎公，用锡尔祉。

釐尔圭瓒，秬鬯一卣。告于文人，锡山土田。于周受命，自召祖命，虎拜稽首：天子万年！

虎拜稽首，对扬王休。作召公考：天子万寿！明明天子，令闻不已，矢其文德，洽此四国。

① 马承源：《商周青铜器铭文选（三）》，文物出版社，1988 年，第 306 页。

② 郭沫若：《郭沫若全集·考古编（第八卷）》，科学出版社，2002 年，第 307 页。

与铜器铭文对照，不难看出《大雅·江汉》与六年琱生簋铭无论在内容，还是形式上均十分相似，有些话语更是完全一样。显然，这是带有浓郁铜器铭文色彩的诗歌，甚至可能就是在铜器铭文基础上加工而成，充分显示出周代诗歌与历史散文之间的互动，也在一定程度上说明了诗与文之间是没有绝对的界限。可以肯定的是，诗中的召虎与六年琱生簋中的召虎为同一人，则六年琱生簋铭与《大雅·江汉》皆反映出西周宣王时期周王室与南国之间的政治及文化关系。

在《诗经》中，记载周王室征伐南国的诗篇还有很多，如《小雅·采芑》：

> 薄言采芑，于彼新田，于此菑亩。方叔涖止，其车三千。师干之试，方叔率止。乘其四骐，四骐翼翼。路车有奭，簟茀鱼服，钩膺鞗革。
> 薄言采芑，于彼新田，于此中乡。方叔涖止，其车三千。旂旐央央，方叔率止。约軧错衡，八鸾瑲瑲。服其命服，朱芾斯皇，有瑲葱珩。
> 鴥彼飞隼，其飞戾天，亦集爰止。方叔涖止，其车三千。师干之试，
> 方叔率止。钲人伐鼓，陈师鞠旅。显允方叔，伐鼓渊渊，振旅阗阗。
> 蠢尔蛮荆，大邦为仇。方叔元老，克壮其犹。方叔率止，执讯获丑。戎车啴啴，啴啴焞焞，如霆如雷。显允方叔，征伐玁狁，蛮荆来威。

《大雅·常武》：

> 赫赫明明。王命卿士，南仲大祖，大师皇父。整我六师，以修我戎。既敬（儆）既戒，惠此南国。
> 王谓尹氏，命程伯休父，左右陈行。戒我师旅，率彼淮浦，省此徐土。不留不处，三事就绪。
> 赫赫业业，有严天子。王舒保作，匪绍匪游。徐方绎骚，震惊徐方。如雷如霆，徐方震惊。
> 王奋厥武，如震如怒。进厥虎臣，阚如虓虎。铺敦淮濆，仍执丑虏。截彼淮浦，王师之所。
> 王旅啴啴，如飞如翰。如江如汉，如山之苞。如川之流，绵绵翼翼。不测不克，濯征徐国。
> 王犹允塞，徐方既来。徐方既同，天子之功。四方既平，徐方来庭。徐方不回，王曰还归。

正是在这种情况下，"南音"进入了一个新的北传时期。于是有前文所引春秋师旷的"南风"与"北风"之争；有楚囚钟仪"南音"之卓异于北方文化中。但这是新的社会政治形势下，产生的"南音"北传的新状况，与殷末周初不同。殷末周初"南音"是在友好和谐的温和政治氛围下北传，而春秋时期"南音"是在相互斗争的政治氛围下北传。此外，两次传播方式也有不同前期主要是通过采风的方式，而后期则主要是通过文化斗争或人才北流，如楚才晋用以及楚囚晋用等方式。《诗经》中反映楚国与北方诸侯对立的篇章皆为周夷王以后的作品（本文认为《商颂》的乐章形式可以为殷商时期东西，但诗歌所反映的内容无疑是春秋时期的），即周室与南方诸侯关系破裂后之作。政治关系的破裂必然导致文化上之敌视。这种思想在汉代仍有深刻的影响。如《史记·淮南厉王淮南王安衡山王传》载太史公曰：

> 《诗》之所谓"戎狄是膺，荆舒是惩"，信哉是言也。淮南、衡山亲为骨肉，疆土千里，列为诸侯，不务尊蕃臣职以承辅天子，而专挟邪僻之计，谋为叛逆，仍父子再亡国，各不终其身，为天下笑。此非独王过也，亦其俗薄，臣下渐靡使然也。夫荆楚骠勇轻悍，好作乱，乃自古记之矣。

此段话被班固一字不改抄入《汉书·淮南衡山济北王传》赞中。司马迁、班固都认为淮南王、衡山王等的谋反叛逆行为发生，乃荆楚俗薄使然。这似乎是一种人性发展的地域决定论，其理据便是《诗经》。"戎狄是膺，荆舒是惩"乃《鲁颂·閟宫》文，颜师古注说："言北有戎狄南有荆舒，土俗强犷，好为寇乱，常须以兵膺当而惩艾也。"因此，此诗实揭示了春秋时代南北两种不同文化的冲突与斗争。以诸夏为代表的中原文化始终把荆楚视为与戎狄蛮夷同列，二者间冲突与斗争一直延续不绝，直至汉代。故《汉书·严朱吾丘主父徐严终王贾传》赞曰："《诗》称'戎狄是膺，荆舒是惩'，久矣其为诸夏患也。汉兴，征伐胡越，于是为盛。"不过，这种文化冲突论，虽然一定程度上发现了历史文化发展的某些特点，但如果坚持永恒不变的人性地域决定论，则必然带来尊夏卑夷的狭隘民族观，从而也为强势文化对弱势文化的征伐提供了理论依据。汉代仍是民族与文化融合的重要时期，出现这种认识不足为奇。

如果仅据周、楚政治关系破裂后的表现去判断"南音"北传的时间则肯定会出现偏颇。如陈槃认为："两下民族（周与楚）关系之恶劣已然如此，则其没有'亲被文王之化'不言可喻了。"① 于是判断二《南》乃春秋时期的周公、召公采入而非西周的周公、召公:"不知《二南》是东迁以后的诗,那时江汉民族与东都洛邑,南北遥遥相对。周自西周以来,竟尚'雅'乐,荆楚民族自成风气,周公把采辑起来,谱入乐章,成为一种'南'乐。周公采的,冠以'周'字,召公采的,识以'召'字,这就成为现在的'《周南》《召南》'了。不过采诗的周公、召公,并非西周时之周公、召公,乃是春秋时之周公、召公耳。"② 诚然,二《南》的德化说不无后人敷衍的成分,但"文王之化先被南国"实际上也揭示了周室在其早期与南方民族的密切关系。若以春秋时期的关系衡量,则齐、晋、鲁等与周室都曾有关系恶劣的一面,能说北方诸侯不被文王之化吗? 政治文化关系是一个动态发展的东西,不可静止看问题。由于南方民族与周室在殷末周初的密切关系,使得"南音"能传入周室,成为周文化之重要组成部分。而随周王朝权力的失坠以及诸侯力政,南方民族特别是楚国与北方民族关系恶化,"南音"主要通过斗争的方式输入北方,在文化多元背景中,"南音"倔强地以其强烈的地域文化与北方文化进行着对话,为推动秦汉民族统一以及文化整合进程起着积极作用。

---

① 顾颉刚:《古史辨(三)》,上海古籍出版社,1982年,第432页。
② 顾颉刚:《古史辨(三)》,上海古籍出版社,1982年,第434页。

第四章　商周铜器铭文之嬗变与文体思想之发展

关于商周青铜器铭文的文体，在学术界研究得很不够，就目前的研究成果看，大多都还停留在粗线条探讨阶段。例如，将商周铜器铭文文体分为祭祀、册命、训诰、记事四类文体，① 这是目前对商周铜器铭文文体分类最主要的一种认识。但实际上这种划分也是有很多问题值得深入讨论的。首先，青铜器是一种礼器，又称彝器，即宗庙中的常用之器。应该说商周铜器基本都与祭祀有关，事实上商周铜器铭文多有为先祖先公作宝尊彝的字样，则铜器铭文多与祭祀有关。其次，商周铜器铭文都有记事色彩，将记事作为一种文体单独列出时如何界定其标准。再次，有很多战争记载和法律文书性质的铭文似乎很难归入这四类。实际上，关于商周铜器铭文的文体类型，可从同时期的文献中找到相对应类型。同为历史散文，《尚书》与商周铜器铭文风格最接近，而关于《尚书》的文体研究，前人早就有六体、十体之说（典、谟、训、诰、誓、命、贡、歌、征、范）。因此，套用《尚书》文体归类，似乎不难归纳出金文的文体类别。

我们这里要研究的是，作为历史散文的商周铜器铭文文体是如何演变的，进而考察这种演变背后的文体观之发展。文体不是抽象存在的东西，作为历史散文的商周铜器铭文的文体是由铭文的叙事结构和叙事内容所共同构成的。商周铜器铭文的叙事结构模式包含的内容较为复杂，我们主要考查两种模式：

1. 时间叙述模式

商周铜器铭文的时间叙述结构模式主要有两种，其一，以殷商铜器铭文为代表。其固定时间叙述格式为"日—月—年"。其中也有排列为"日—年—月"的，或者只有日和年，或者只有日和月。这种时间叙述模式与殷墟甲骨卜辞完全一样，说明这种时间叙述结构模式为商代文化中的固有程式。在这

---

① 陈彦辉：《商周青铜铭文文体论》，《文学评论》2009 年第 4 期，第 80 ~ 83 页。

种时间叙述模式中，无论是否日月年三者齐备，其中日是关键，也是不可或缺的。此充分反映出殷人以日为中心的观念。为什么会这样？这可能与殷商文化体系有关。纵观商代文化，无不以日为其文化核心地位。商代的君王均以日命名，死后的庙号也是如此，无论生前或死后，其日名就是其人名。这在《史记·殷本纪》和《竹书纪年》中很容易找到相关例证。商人崇日，可能与图腾崇拜有关。丁山《古代神话与民族》说："现在，我考定了商代的'高祖上甲'，本是日神，也是天神；这位天神，甲骨文正写成十字架形。"[1]此充分揭示了商代日图腾的特点。但据《诗经·玄鸟》等文献记载，商族的图腾似乎为鸟图腾。[2] 例如《诗·商颂·玄鸟》曰："天命玄鸟，降而生商，宅殷土芒芒。"孔颖达疏曰："言上天命此玄鸟，使下而生此商国，故契之子孙得居此殷土，其国境广大芒芒然。"《吕氏春秋·音初篇》曰：

> 有娀氏有二佚女，为之九成之台，饮食必以鼓。帝令燕往视之，鸣若谥隘，二女爱而争搏之，覆以玉筐，少选发而视之，燕遗二卵北飞，遂不反。二女作歌，一终曰："燕燕往飞。"实始作为北音。

高诱注曰铭文："天令燕降卵有娀氏女，吞之生契。《诗》云：'天命玄鸟，降而生商。'又曰：'有娀方将，立子生商。'此之谓也。"《史记·殷本纪》对玄鸟生商则说得更为详细：

> 殷契，母曰简狄，有娀氏之女，为帝喾次妃。三人行浴，见玄鸟坠其卵，简狄取吞之，因孕生契。契长而佐禹治水，有功。封于商，赐姓子氏。

《论衡·吉验篇》曰：

> 北夷橐离国王侍婢有娠，王欲杀之。婢对曰："有气大如鸡子，从天而下，我故有娠。"后产子，捐于猪溷中，猪以口气嘘之，不死；复徙置马栏中，欲使马藉杀之，马复以口气嘘之，不死。王疑以为天子，令其母收取，奴畜之，名东明，令牧牛马。东明善射，王恐夺其国也，欲杀之。东明走，南至掩淲水，以弓击水，鱼鳖浮为桥，东明得渡，鱼鳖解散，追兵不得渡，因都王夫余。故北夷有夫余国焉。东明之母初妊时，见气从天下，及生，弃

---

① 丁山：《古代神话与民族》，商务印书馆，2006年，第21页。
② 谭德兴：《论鸟卵生人神话的演变及其文化意蕴》，（香港）《新亚论丛》2006年第1期。

之，猪马以气嘘之而生之。长大，王欲杀之，以弓击水，鱼鳖为桥。天命不当死，故有猪马之救；命当都王夫余，故有鱼鳖为桥之助也。

这则故事在《后汉书·东夷列传》载之更详：

> 夫余国，在玄菟北千里。南与高句骊，东与挹娄，西与鲜卑接，北有弱水。……初，北夷索离国王出行，其侍儿于后姙身。王还，欲杀之。侍儿曰："前见天上有气，大如鸡子，来降我，因以有身。"王囚之，后遂生男。王令置于豕牢，豕以口气嘘之，不死。复徙于马兰，马亦如之。王以为神，乃听母收养，名曰东明。东明长而善射，王忌其猛，复欲杀之。东明奔走，……因至夫余而王之焉。

李贤注曰："索或作橐。"可证《论衡》所言的"橐离国"即《后汉书》的"索离国"。二书所言乃同一神话故事。据上可知，东夷夫余国始祖"东明"的感生模式与玄鸟生商模式是基本一致的。鸡子就是卵，从天而降下鸡子就是从天降卵，这无异于玄鸟从天降卵生契。从天降鸟卵而生人，这似乎是东部民族对部族始祖降诞的普遍认识。又如《魏书·高句丽传》曰：

> 高句丽者，出于夫余。自言先祖朱蒙。朱蒙母河伯女，为夫余王闭于室中，为日所照，引身避之，日影又逐，既而有孕生一卵，大如五升。夫余王弃之与犬，犬不食；弃之与豕，豕又不食；弃之于路，牛马避之；后弃之野，众鸟以毛茹之。夫余王割剖之不能破，遂还其母。其母以物裹之，置于暖处。有一男子，破壳而出，及其长也，字之曰朱蒙。其俗言朱蒙者，善射也。

又《隋书·高丽传》也说：

> 高丽之先，出自夫余。夫余王尝得河伯女，因闭于室内，为日光随而照之，感而遂孕，生一大卵，有一男子破壳而出，名曰朱蒙。夫余之臣以朱蒙非人所生，咸请杀之，王不听。及壮，因从猎，所获居多，又请杀之。其母以告朱蒙，朱蒙弃夫余东南走。遇一大水，深不可越。朱蒙曰："我是河伯外孙，日之子也。今有难，而追兵且及，如何得渡？"于是鱼鳖积而成桥，朱蒙遂渡，追骑不得济而还。朱蒙建国，自号高句丽，以高为氏。

《四库全书》史部载记类有《朝鲜史略》六卷，其中对朱蒙神话传说的记载与上几则材料也大同小异。以上关于高丽国的几则神话虽然在详略和某些细节上存在细微差异，但很显然讲述的都是同一个神话故事，都是讲高丽国始祖朱蒙的降诞问题。这几则神话与《论衡》和《后汉书》中的东明神话实际上是由同一个神话故事母本分化而出。《魏书·高句丽传》的"朱蒙"实际上就是东明。不过，东明神话是讲夫余国先祖的降诞，而朱蒙是讲高句丽先祖的降诞。但既然夫余与高句丽接邻，且"高句丽者，出于夫余"，而《后汉书·东夷列传》又云高句骊"东夷相传以为夫余别种，故言语法则多同"，因此，夫余与高丽本就是同一个种族。既然二者"言语法则多同"，那么在始祖降诞神话传说上的一致性自是十分正常的。又《后汉书·东夷列传》云高句骊"好祀鬼神、社稷、零星，以十月祭天大会，名曰东盟"，此祭祀的"东盟"神实际上就是东明。

　　与《论衡》和《后汉书》东明神话相比较，几则高丽神话中女子受孕的方式和生出的结果似乎不一样。后者乃女子受日照而怀孕，前者乃形如鸡子的气降身而孕。表面看确实有差异，但实质上仍是一样的。太阳从形体上来说就是一个卵，与鸡子无异，而古代实际上也是相信太阳中有三足乌，那么日光的下泻就如同三足乌遗卵了，而吸收日光之精华本就是感受一股精气。因此，受日照而怀孕与天降鸡子气而孕实质上是一样的，这实际上也都是玄鸟坠卵生人模式的演变。

　　据上可知，东方部族的鸟图腾实质上就是日图腾。这也是商族崇日的根本原因。可能也是商代金文中以日为首的文化根源所在。

　　西周初年，铜器铭文的时间叙述模式基本沿袭了殷商风格，到了西周康王时期，其时间叙述模式才逐渐演变成"年—月—日"。这也成为春秋战国历史散文在时间叙事方面的一种固定模式。这种变化，在很大程度上可能与周代农业文明有关系。"年"在金文中就是禾穗的象形（见下页图）。

　　农业文明十分重视"年"，年成好，即收成好，收成好即意味着国家兴旺、社会政治稳定，而这对于农业文明的周部族极其重要。

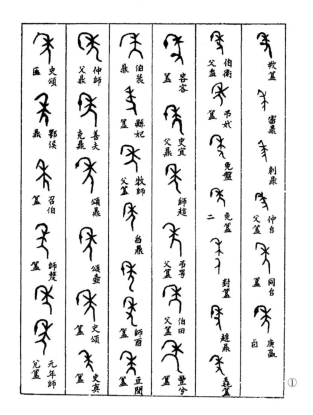

2. 语言叙述模式

商周铜器铭文在叙事时，其语言会呈现不同结构形态。有第三人称叙述模式，也有第一人称叙述模式。其中，直接引语以及嘏辞等言语结构形态的发展演变，充分显示出商周铜器铭文创作在言语结构模式上的逐渐成熟。第一人称以及直接引语的使用，大大增强了铜器铭文的抒情色彩，其历史真实性与叙述生动性充分显示出商周铜器铭文在文体观念上的发展。嘏辞的发展演变，随周代礼乐文化体系的发展而发展。在西周中后期十分繁荣，这与周代嫡长子等宗族制度发展有关。"本支百世，宗子成城"的文化观念，导致了金文中子子孙孙永保用观念的浓厚。有人认为这是不朽观念的体现，恐怕未必。这应该是宗族观以及孝、德观念之反映。周人采取的政治体制是分封制，宗子成城，传承百世的思想，在《尚书》《诗经》中得到充分表露，这是政治文化制度的显现，一度在秦始皇时期成为争议的政治话题，并最终演变成

---

① 容庚：《金文编》，张振林、马国权摹补，中华书局，1985 年，第 502 页。

一场文化灾难。传承百世，后代因功获赏，则往往作器以祭祀先祖，表达不殄先祖辉煌业绩，显示后代在继承前人功业上的成功，这就是孝，就是德。因此，周代的孝、德是融会政治文化的一种思想观念，在周代铜器铭文的嘏辞中得到充分体现。从孝与德，方才演变出春秋时期的三不朽理论。但这已经是引申意义了。立德、立功、立言。只有德与功能在铜器铭文嘏辞中找到源头，但立言则似乎已经完全与铜器铭文无关了。

而商周铜器铭文的叙事内容则更为丰富。大致而言包括赏赐、祭祀、册命、训诰、战争以及法律文书、争讼等。可以看出，从商到周，铜器铭文的叙事内容也是在不断发展演变的。在商代，大概主要有赏赐、祭祀以及战争。而这些内容，在周代虽然亦继续存在，但内涵明显不一样。如赏赐，从商代的贝朋，到周代的弓、矢、车、马、布、酒、田土、青铜器等。而祭祀内容的变化则更为明显，商周不同的文化体系，不同的文明制度，祭祀内容明显不同。如从商代的祭祀上帝到周代的祭祀天神等。而战争叙事的差异在商周铜器铭文中也是十分明显的。即使同为周代铭文，这些内容也存在一个逐渐发展的过程。西周早期与晚期，与东周乃至战国相互间都存在明显差异。其他叙事内容，在商周铜器铭文中的发展演变也是十分显著的。

商周铜器铭文的文体嬗变，显然有明确的思想观念在背后起作用。这种铜器铭文文体的发展演变，绝对不是自发和不自觉的。商周时期，铭文的铸刻和创作是由专门的人员来完成的，而铭文的类型也肯定有成熟的理论在起指导作用。如《左传》襄公十九年云：

> 季武子以所得于齐之兵作林钟而铭鲁功焉。臧武仲谓季孙曰："非礼也。夫铭，天子令德，诸侯言时计功，大夫称伐。今称伐，则下等也；计功，则借人也；言时，则妨民多矣，何以为铭？且夫大伐小，取其所得，以作彝器，铭其功烈，以示子孙，昭明德而惩无礼也。今将借人之力以救其死，若之何铭之？"

《左传》关于铜器铭文铸刻动因和类型分析说明，在周代，对铭文的基本体式是有一定规范的，而这种规范显然是随着商周铜器铭文的不断发展演变而逐渐成熟的。

下面拟通过具体分析商周铜器铭文的叙事模式，来探究其背后的文体观之发展。因文体包括的内容较为复杂，涉及书写风格、篇章结构以及铭文在铜器上的位置等，为了更为直观和具体展现商周铜器铭文文体之嬗变，也为研究方便，在探讨商周铜器铭文文体时同时附上铭文拓片。

第一节　时间叙事模式之嬗变

作为历史散文，时间意识无疑是其最关键的标志。对时间的认识和表述，成为商周铜器铭文文体发展演变的重要特征。大致而言，这种发展可分为三个阶段，第一阶段，从殷商晚期至西周初期的武王、成王间。第二阶段，在西周中期康王时期。第三阶段，为西周康王以后。

1. 第一阶段

这个时期的铜器铭文，在时间叙述模式上呈现为以日为中心的观念，基本类型有"日—月—年""日—年—月""日—月""日—年"等。例如小臣俞尊铭："丁子，王省夔𠂤，王锡小臣俞夔贝。隹王来征人方，隹王十祀又五，肜日"。[①] 此则铜器铭文属于帝乙时期作品。在商代金文中，这篇属于叙事结构比较完整的。首先，该则金文具有明确的时间历史意识。最先记日"丁子"，这是典型的商代金文时间格式，无论其中有无月或年等时间名称，总是将日摆在首端，充分突出日的中心位置，这与殷商甲骨卜辞的时间叙述模式是完全一致的。总是将时间日的叙述次序固定在开端，显示出日名对殷人的重要意义。最后记商王帝乙十五年的时间，商代一般称年为"祀"，"十祀又五"即十五年。商代金文多将纪年的时间放在铭文后面，这也是商代金文的一个基本特征。其次，有事件发生的地点。地点无疑是历史散文叙事环节中的重要一环，是叙事结构完整性的重要联结。商王帝乙巡察夔𠂤，虽然目前尚不清楚夔𠂤的具体位置，但可以明确知道这是当时一个比较有名的地名。其三，事件内容十分清晰。商土帝乙征伐人方回来，巡察夔𠂤，在夔𠂤赏赐小臣俞夔贝，并在十五年举行祭祀活动。其中的肜日乃商代的一种祭祀名称。《尚书》有《高宗肜日》，可见肜日乃商代一种十分隆重的祭祀仪式。卜辞中有肜夕、肜日连续祭祀的，肜夕所祭之日在王名日之前日，而肜日则在王名日那天祭祀。在《小臣俞尊》中，叙事的时间、地点和事件经过是比较完整和清晰的，已经具备了历史散文叙事的基本要素。而铭文的作者也是比较明晰的，当为小臣俞作器，这属于典型的因功而铭器。

又如，帝乙时的小子𦥑卣：

盖铭：冀母辛

---

① 本节所引铜器铭文拓片及释文采自马承源主编《商周青铜器铭文选（三）》，文物出版社，1988年。

器铭：乙子，子令小子䰧先以人于堇，子光赏䰧贝二朋。子曰："贝，唯蔑女历。"䰧用作母辛彝。才十月二，隹子曰："令望人方昜。"

这则金文在商代金文中算比较长的了。可以看出，这是在早期商代金文基础上的不断发展而形成的。从盖铭看，䰧属氏族名称，"母辛"表示为祭祠母辛而作器。殷周子孙因功获赏，多作器祭祀先祖，以表达孝享之礼。一方面告慰先祖，子孙继承并发扬了先祖功烈，同时也祈求先祖们更多的福佑。在时间方面，此铭只有日和月的时间纪录，日在首端，为商代金文固定模式，月在末端，也是商代金文习俗。全文叙述模式，除了第三人称叙述外，尚有直接引语，即纪录了"子"的话语。虽然话语简洁，但足见"子"的威严。第一句话是子曰："贝，是用来奖励你的功劳的。"这句话一方面说明了商代金文中赏贝的目的和意义，另一方面，小子䰧也用"子曰"来强调自己功劳不小，颇有自豪意味。另一句话是子曰："命令你到人方昜去。"此语足见"子"的威严。人方是与殷商交恶的敌对部族，金文与卜辞中多有征伐人方之语，如作册般甗："王宜人方，无侮。"意思是说商王打算对人方用兵而祭社，希望战事能够顺利而不受敌人之侮。出兵之前，要隆重祭社，可见人方是令殷商十分棘手的敌人。纪录子的话语，一方面显示小子䰧自己在殷商王朝中的重要地位，深得上司信任，另一方面与前面因功获赏相呼应。可见，这种叙述模式，绝对不是随意的涂鸦，而是经过严谨地构思而成的铭文。同时也表明，作者对在十分短小有限的篇幅内如何叙事，是有着十分成熟的认识的。这充分显示出，商代后期，对金文如何叙事，在思想认识上已经比较成熟。

䜌作父乙簋铭：戊辰弜师赐䜌🐘户🏠橐贝用作父乙宝彝在十月一唯王廿祀🏠日遘于妣戊武乙俪豖一🏠。[1]

此与小臣俞尊类似，但在叙事上要更详细。首先从时间上看，此铭日、月、年齐备。其次，在祭祀内容方面，记载更详细。🏠日为合祭，铭文详细记叙了合祭的对象商王武乙配偶戊和🏠，并且连祭祀时用一豖为牺牲都仔细纪录。再者，🏠为族徽，放置在铭文最末端。因此，这篇铭文的历史意识十分强烈，叙事结构十分完整，作为历史散文应有的基本框架和基本要素已经基本成熟。与西周后

---

[1] 香港中文大学、中国社会科学院考古研究所：《殷周金文集成释文（第三卷）》，香港中文大学出版社，2001 年，第 294 页。

期的长篇金文比，只是篇幅的长短而已，在基本要素和基本结构上已经差异不大。

　　小臣邑斝：癸子，王锡小臣邑贝十朋，用作母癸尊彝，隹王六祀，肜日才四月，亚吳。

　　这则铭文，在时间上的叙述格式稍异，分为"日—年—月"。属于殷商金文时间叙述模式的一种变体。仍符合商代金文时间意识以日为中心的范围。

　　再看，帝辛时期的二祀邲其卣的盖铭、器内铭："亚獏父丁。"器外底铭："丙辰王令邲其贶鬯于夆田菑宾贝五朋才正月遘于妣丙肜日大乙俪隹王二祀既䄗于上帝。"①

　　在这则金文中，我们可以十分清楚地看到，🌿这是一个族徽，更是一种图腾。其明显带有图形徽标的符号性质。当是该氏族的邲因功受赏，而为其父丁作器铭功。其中裸祭上帝，属殷商时期的特殊文化现象。此与卜辞一致。在殷人思想观念中，已经形成主宰万物的上帝神。这则铭文除了记事外，也表达了殷人的天帝观。

　　四祀邲其壶盖铭、器内铭："亚獏父丁。"器外底铭："乙巳王曰尊文武帝乙宜才召大廪遘乙羽日丙午臬丁未🌿己酉王才梌邲其易贝才四月隹王四祀羽日。"

　　这与上篇铭文为同一家族同一人所作器物，所不同的是在时间叙述模式上。这篇铭文虽然也是"日—月—年"格式，但其中记日却非一日，其中包含四日，这当是一个连续的祭祀活动，在不同的时间段内完成，所以有连续不断的记日。其中也纪录了商王帝辛的话语"尊文武帝乙宜"，意为：敬奉文武帝乙酒肴。这是纪录商王在祭祀仪式开始时的发号司令，说明商工就是最大的司仪或巫师。马承源说"文武帝是帝名"，这值得商榷。"文武"应该是一种赞美词语，属于人物品评的范畴。这在殷周金文中常见，相当于称赞该先王能文能武，为文武之表率。如《大雅·崧高》说尹吉甫为"文武之宪"一样。商王中也有"文武丁"，说的也是帝丁为文武之表率。再如殷墟晚期小子省壶盖铭："甲寅子商小子省贝羹五朋省扬君商用乍父乙宝彝。"在这篇铭文中，"省扬君商"句值得注意，这是说小子省因功获赏，称扬君王之赏赐。这是周代金文"对扬君休"的雏形，为周代金文中嘏辞之先河。

　　再看殷墟晚期的六祖戈、六父戈、六兄戈：

　　　　① 香港中文大学、中国社会科学院考古研究所：《殷周金文集成释文（第四卷）》，香港中文大学出版社，2001 年，第 156 页。

六且戈铭："且日己且日日己且日丁且日庚且日乙且日丁大且日己。"六父戈铭："父日己父日辛父日癸中父日癸大父日癸大父日癸且日乙。"六兄戈铭："兄日丙兄日癸兄日癸兄日壬兄日戊大兄日乙。"

这三篇铭文类似，皆属于殷商铜器铭文中特殊类型的篇章结构模式，风格与其他殷商金文迥异。每篇铭文中只有一系列人名排列。这种模式，实际上展示的是一个家族谱系，其中包含十分丰富的历史信息。每篇金文的六个人物之间，存在密切的宗族血缘关系。这其中的历史意识显然也是很强烈的。

殷周之际，周部族的铜器铭文沿袭了殷商铜器铭文的时间叙述模式。

利簋铭："珷征商隹甲子朝岁鼎克闻夙又商辛未王才阑自易又事利金用乍旜公宝尊彝。"①

这篇金文，记录的内容是周武王征商，属于殷周之际的产物。其中，记录时间的甲子、辛未，很明显，这则铭文在时间叙述模式上只有日，而没有月和年。虽然作器者为周武王手下，但这仍然属于殷商金文风格。

天亡簋铭："乙亥王又大丰王汎三方王祀于天室降天亡佑王衣祀于王丕显考文王事糦上帝文王严在上丕显王作省丕緐王乍庚丕克乞衣王祀丁丑王饗大宜王降亡勋復爵祟唯朕有蔑敏扬王休于尊殷。"②

这是周武王时期的铜器铭文，内容为周武王祭天，其中"上帝"观念明显承袭了殷商文化思想。这里，周文王已经配祀上帝，显示出周部族先祖神格化的文化形态。在时间叙述模式上，这则铭文只有"乙亥、丁丑"两个日名，与商代四祀𫘧其壶类似，属于隔日的连续祭祀。

2. 第二阶段

在周成王时，铜器铭文的时间叙述模式开始逐渐发生变化。

何尊铭："隹王初𨿈宅于成周复禀珷王礼福自天在四月丙戌王诰宗小子于京室曰昔在尔考公氏克弼玟王肆玟王受兹大令隹珷王既克大邑商则廷告于

---

① 香港中文大学、中国社会科学院考古研究所：《殷周金文集成释文（第三卷）》，香港中文大学出版社，2001年，第287页。
② 香港中文大学、中国社会科学院考古研究所：《殷周金文集成释文（第三卷）》，香港中文大学出版社，2001年，第374页。

天曰余其宅兹中国自之乂民乌虖尔有虽小子无识覻于公氏有恪于天彻命苟享
戈叀王恭德谷天训我不敏王咸诰何赐贝卅朋用作叀公宝尊彝。隹王五祀。"①

这则铭文属于周成王时期作品。虽然铭文后面在年的纪录上仍沿袭了殷
商旧制，但其中有一个关键性变化，即月开始在日前面了。"四月丙午"，这
种时间叙述模式在成王之前的铜器铭文中不存在，而日在月后的形式也是殷
商金文中所绝对不可能出现的。这是十分重要的一个变化，说明，这种时间
叙述模式的演变在周成王时开始发生根本性改变。

保卣铭："乙卯王令保及殷东或（国）五侯延（诞）兄六品蔑历于保易宾用
乍文父癸宗宝尊彝遘于四方迨（会）王大祀袚（祐）于周才二月既望。"②

"二月既望"，这在时间叙述上已经开始记录月相了，这也是一个根本性变化。又如

御正良爵铭："隹四月既望丁亥公大保赏御正良贝，用乍父辛尊彝。"③

同样，在西周成王时期的御正良爵中，不但开始记录月相，而且，日亦
在月后，其时间格式逐渐成为"月—月相—日"，这已经逐步演变成典型的周
代金文时间叙述模式了。这表明，在西周成王时，周代金文的时间叙述模式
已经逐步脱离殷商模式，开始形成自己的特色。而这种新模式的形成，显然
与周成王时期文化发展有关。在政权刚刚建立时，周承殷制，这是为了社会
稳定的需要。而随着对武庚等殷商旧族叛乱势力的最后铲除，周族政权进一
步加强和巩固，制礼作乐等周族文化体系建设的开展，使得周文化逐渐形成
自己的风格。而这种变化，在周成王时的铜器铭文风格演变中得到了证实。

德方鼎铭："隹三月王才成周祉（延）珷福自蒿（镐）咸王易值（德）
贝廿朋用作宝尊彝。"④

①　香港中文大学、中国社会科学院考古研究所编《殷周金文集成释文》（第四卷），香港中文大
学出版社，2001年，第275页。
②　香港中文大学、中国社会科学院考古研究所编《殷周金文集成释文》（第四卷），香港中文大
学出版社，2001年，第159页。
③　香港中文大学、中国社会科学院考古研究所编《殷周金文集成释文》（第五卷），香港中文大
学出版社，2001年，第305页。
④　香港中文大学、中国社会科学院考古研究所编《殷周金文集成释文》（第二卷），香港中文大
学出版社，2001年，第305页。

在这篇金文中，逐渐形成了周代金文的固定叙述模式："惟……月，王才……"，这不但是周代金文中稳定的叙述模式，也是典型的周代历史散文叙述模式，与《周书》《逸周书》以及《春秋》等已经基本接近。

在周代金文文体演进中，成王、康王时期无疑是一个质变期，这与这个时期国力与文化发展状况有密切关系。在时间叙述模式变换中，其中似乎经历过一段"月—日"的时间叙述阶段，例如：

宜侯夨簋铭："惟四月辰在丁未王省武王成王伐商图祉（延）省东或（国）图王立（位）于宜入社南向王令虞侯夨曰繇侯於宜易鬯一卣商瓒一□彤弓一彤矢百旅弓十旅矢千易土厥眅三百□厥□百又廿厥宅邑卅又五厥□百又四十易在宜王人□又七生易郑七伯厥□□又五十夫易宜庶人六百又□六夫宜侯夨扬王休作虞公父丁尊彝。"①

很明显，西周康王后，铭文篇幅开始逐渐增大。这与周王朝国力增强有关，正如汉大赋与汉武帝一样，西周成康盛世，必须有长篇巨制的铭文方才与当时国力匹配。

3. 第三阶段

庚嬴鼎铭："隹（唯）廿又二年四月既望己酉王㓵（格）宮宮衣（殷）事丁子（巳）王蔑庚嬴麻（历）易爵朝贝十朋对王休用乍宝鼎。"②

庚嬴卣铭："唯王十月既望辰在己丑王逆（格）于庚嬴宫王穑（蔑）庚嬴历赐贝十朋又丹一柉（管）庚嬴对扬王休用作乍文姑宝尊彝其子子孙孙万年永宝用。"③

以上两例说明，周康王时"年—月—月相—日"的时间叙述模式已经逐步成熟。在之后的金文中，或有月，或有年，或有月日等，都属于这种时间叙述模式的省略形式，再也没有只有"日"的金文形式了。西周晚期的金文在时间叙述模式上相对固定。

---

① 香港中文大学、中国社会科学院考古研究所编《殷周金文集成释文》（第三卷），香港中文大学出版社，2001年，第452页。

② 香港中文大学、中国社会科学院考古研究所编《殷周金文集成释文》（第二卷），香港中文大学出版社，2001年，第340页。

③ 香港中文大学、中国社会科学院考古研究所编《殷周金文集成释文》（第四卷），香港中文大学出版社，2001年，第168页。

周宣王时期的兮甲盘铭："隹五年三月既死霸庚寅王初格伐玁狁于**詈**𫖮兮**囷**（甲）从王折首执**緧**休亡**敃**（愍）王赐兮**囷**（甲）马四匹驹车王令**囷**甲政（征）**緰**（治）成周四方**責**（积）至于南淮夷淮夷旧我**𪓰**晦（贿）人毋敢不出其**𪓰**其**責**（积）其进人其**賔**毋敢不即**餗**（次）即**𡴊**敢不用令**劕**（则）即井（刑）**𢾨**（扑）伐其隹我者（诸）侯百生（姓）**氒**（厥）**賔**毋不即**𡴊**（市）毋敢或入**𤔲**安**賔劕**（则）亦井兮伯吏父作般（盘）其眉寿万年无疆子子孙孙永宝用。"①

周宣王时的膳夫山鼎铭："唯卅又七年正月初吉庚戌王才周各（格）图室南宫乎入佑善（膳）夫山入门立中廷北卿（向）王乎（呼）史**桒**册令山王曰山令女（汝）官**嗣歔**献人于**㝫**用乍**審**（宪）司贮母（毋）敢不善易女（汝）玄衣**黹**屯（纯）赤市朱黄**鑾**旂山拜**頴**首受册，佩**㠯**（以）出反入堇章（返纳瑾璋）山敢对扬天子休令用乍朕皇考叔硕父尊鼎用祈介眉寿绰绾永令**霝**（灵）冬（终）子子孙孙永宝用。"②

周幽王时期的柞钟铭："隹（唯）三年四月初吉甲寅中大师右柞易载朱黄**鑾嗣**五邑甸人事柞拜于对扬仲大师休用作大林钟其子孙永宝。"③

可以很清晰地看到，在西周晚期，铜器铭文的时间叙述模式已经固定为"年—月—月相—日"的结构形态了。这也是西周金文叙事最完整的标志性特征。

第二节　语言叙述模式之嬗变

商周铜器铭文的语言叙述结构模式存在一个逐渐发展的过程。其演变趋势，大致而言，由简单到复杂，由表现手法单一到语言叙述手段多样。大致分为几个发展阶段：

1. 图画符号阶段

商周铜器铭文的发展，从无文字到有文字，从最初的图画符号表述，到最后的长篇大论，这其中经历过数百年的发展历史。但若论最早的铜器铭文语言叙述形态，则无疑可溯至图画符号。在商代早期的铜器上，往往没有太

---

①　香港中文大学、中国社会科学院考古研究所编《殷周金文集成释文》（第六卷），香港中文大学出版社，2001年，第131页。

②　香港中文大学、中国社会科学院考古研究所编《殷周金文集成释文》（第二卷），香港中文大学出版社，2001年，第391页。

③　香港中文大学、中国社会科学院考古研究所编《殷周金文集成释文》（第一卷），香港中文大学出版社，2001年，第101页。

多的铭文，多刻有简单的图画符号，这实际上也是一种叙事语言。图画符号也是表达思想，传递情感的工具，是浓缩的言语结构形式。商代铜器中的图画符号丰富多样，例如：

①

有人将这个图画符号视为文字，释为"天"。但实际情况可能并非如此，这个更像一个人形，是一个虔诚祭祀的人的模样。因为，这个符号具有极强的组合能力，请看如下图画：

---

① 此节铜器铭文拓片主要采自严一萍编《金文总集》，（台湾）艺文印书馆，1983 年。

以上图画符号，皆非单一符号组成，其核心的符号就是一个站立的人形，这些图画符号明显具有会意性质，叙述的是一个场景或一个故事。有作立形人荷担状，有作立形人持戈状，有作立形人头顶饰物状，也有用斧头砍掉一立形人头颅状。很明显，这些组合符号内蕴含着一个文化语境，实质上是在叙述一个个事件。虽然呈图画符号，但其表意功能同样存在，叙述的大多应该是与祭祀有关的一个场景，因年代久远，具体内容难以明了。但至少，可以肯定，立形人像似乎不能释为"天"字。因为在以上一系列组合图画符号中，立形人像所呈现的明显是普通人物特征，而非上天的特征。

实际上，在商代铜器铭文中，人形符号很多，内涵亦丰富多彩。如：

这两图画符号，皆为组合而成，明显具有会意特征。左边是一大人伸出手作祈求拥有状，手内环抱着的是一个小人，即"子"字。这可能是祈子仪式的场景，表达希望上天赐予子嗣。祈子活动，在上古时期比较普遍，文献中的记载也不少。殷商姓子，源于玄鸟生商。玄鸟生商实际上就是简狄在水边的一个高禖祈子仪式演化而成的神话传说。《大雅·生民》所描绘的内容与玄鸟生商故事一样，都是高禖祈子仪式的变体。这说明，商周时期，祈子仪式在文化中影响甚大。铜器为祭器，在上面刻画祈了图画符号，与商代文化比较吻合。这种以人形符号为组合符号的图画，在商代铜器中不少，再如：

此乃一跪形女性，用双手在拿持锥形物件。

此乃一半蹲形人物在背负酒坛状。

此二符号，一为微蹲形人头戴饰物，一为微蹲形人物手持环状物件。商代金文中的跪形或半蹲形人物，可能多为女性。在宗庙祭祀中，女性往往发挥着十分重要的作用，如《诗经·采蘩》《诗经·采蘩》就是其文化写照。

除了人形符号，商周金文中最多的就是植物或动物图案。例如：

此明显为一植物图案，像黍稷之形状，表达的可能是祈求丰年的意思。

以上动物图画符号，包括牛、羊、鹿、鸟、鱼、龙等，这些图画符号很明显不是文字，但却发挥着叙事功能，每一个图画符号背后都蕴含着一种文化信息。有人认为这些是图腾，有人认为这些是氏族标志，或以为是装饰图

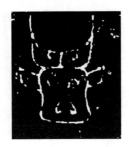

案，无论哪种解读，这些图画符号都发挥了其传递信息的作用，显示了一定的历史意识，呈现出早期铜器铭文的特殊叙事结构模式。

当然，商周铜器铭文中，也有单个文字形态出现的，如：

以手持笔书写状，这是"史"字。可以据此发现，单一文字也有着强大的叙事功能。据此可以知道，笔的发明可能很早，这从殷墟卜辞中的以毛笔书写的"祀"字看，史官们在进行写作时，可能是先写后刻（铸），铜器铭文的创作应该也是如此。

再看：

亚型框中，一卯字，何意？如果仅从铭文看，可能永远也难解其意。但若从文化源流上寻找，则似乎不难解读此铭含义。在贵州三都水族自治县等水族居住地区，有一个盛大的节日，就叫卯节，也叫"歌节"，水语的意思是

"吃卯"，这是水族的年节。

过节时，有十分隆重的祭祀仪式，水族长老（水书先生）在稻田中，口念水书，主持祭祀仪式。而水族的主要姓氏韦姓，其远祖就是殷商部族之一的韦豕，后来迁徙至贵州，故神秘的水书是与甲骨卜辞风格最接近的文字符号，例如，民国 20 年《八寨县志稿》卷二十一《风俗志》记载水家"反书"：

狄家反書

①

　　当代的许多学者认为，这种贵州文化中独有的"水书"直接源自殷商甲骨文，甚至有学者认为早于殷商甲骨文，可溯源于夏代陶文刻符。也有许多历史文献认为，贵州就是殷商时期的鬼方。我们这里不讨论水书的文体，只是就水族与殷商部族之文化关系，以及水族最隆重的节日"卯节"来释读铜器铭文中那亚型框中的"卯"字。金文中凡亚型框，多表祭祀，而亚型框中的卯字，可能与水族的卯节一样，正是殷商部族的一个十分隆重的祭祀节日，虽然其内涵未必如今天的水族卯节，但在其节日性与宗教祭祀性方面，可能具有很深的渊源关系。因此，这一个铭文符号，其实际的叙事内容是很丰富的，只是我们没有找到合适的解码器而已。从叙述功能看，下面的图画符号可能与铭文是一样的：

---

　　①　（民国）郭辅相修，王世鑫等纂：《八寨县志稿》，成文出版社，1931 年，第 392 页。

𨤵作父乙簋铭文：戊辰弜师赐𨤵🐚户橐贝用作父乙宝彝在十月一唯王廿祀𠦪日𨑒于妣戊武乙奭豕一奉旅。①

图画符号中，一人和一豕组合在一起，单看这符号，似乎很难搞清其文化内涵。但对比下则铭文的"豕一"，似乎可以确定，图画符号表达的也是在某一日举行的一场祭祀仪式，其中用的牺牲为一豕。就叙事功能看，图画符号更会意，而铭文则更具体详细而且直接，不受文化时空限制，而图画符号则只有具体历史语境中的人才能解读。

2. 短小铭文阶段

铜器铭文中的单一文字，稍增衍，就成为两个以上文字的铭文形式了。例如，如殷墟中期妇好鼎：

（铭文：妇好）

---

① 香港中文大学、中国社会科学院考古研究所：《殷周金文集成释文（第二卷）》，香港中文大学出版社，2001年，第294页。

妇好为商王的配偶。马承源说："妇好的称谓见于宾组卜辞与历组卜辞，以董作宾的五期分法，则武丁或武乙、文丁时皆有妇好。按商王诸妇名从女之字，皆当为此商王配偶所属的族氏之称。"① 此通过铭刻氏族名称显示出强烈的历史意识。这则铭文，虽然只有简单的两个字，但记事色彩浓郁，且身份意识突出。

②　③

司母戊、司母辛，这些铜器铭文表达出一种强烈的身份意识。铭文所叙述的实际上是一个事件，即祭祀母辈的一个祭祀活动。铭文所传达的实际有两个历史空间，其一为母辈，其一为子辈。除了表达铭器的目的外，也有强烈的身份意识。在铜器上铭铸族徽或氏族名称，表明该器物的属主，体现一定的历史语境。

小子夔卣盖铭："夔母辛"器铭铭文："乙子，子令小子夔先以人于堇，子光赏夔贝二朋。子曰：'贝，唯蔑女历。'夔用作母辛彝。才十月二，隹子曰："令望人方啻。"④

盖铭三字，实际上与司母戊、司母辛类似，大概是一种身份标识，也叙述了两个历史时空，但器铭就大大丰富多彩了。小子夔除了以第一人称叙事外，在文中还两引"子曰"语，不但增强了叙事的生动性和形象性，也为简

① 马承源：《商周青铜器铭文选（三）》，文物出版社，1988 年，第 2 页。
② 马承源：《商周青铜器铭文选（三）》，文物出版社，1988 年，第 1 页。
③ 马承源：《商周青铜器铭文选（三）》，文物出版社，1988 年，第 1 页。
④ 马承源：《商周青铜器铭文选（三）》，文物出版社，1988 年，第 3 页。

短的铜器铭文增添了鲜明的人物个性描绘。子的权威与威严，小子的恭敬与自豪，皆在简短的铭文中得到体现。

宰椃角器内铭：“庚申王才𩱛王各宰椃從易贝五朋用乍父丁隮彝才六月隹王廿祀羽又五□。”鋬铭：𡴃册。①

在这则铭文中，作者很清晰地出现在铭文中。铭文叙述商王赏赐宰椃朋贝，宰椃作器，但记录的却是𡴃。因此，铭文的叙事口吻用的是第三人称。

作册般甗铭：“王宜人方无敄（侮）咸王商（赏）作册般贝用作父己尊来册。”②

这则铭文叙事人称视角也一样，商王赏赐史官般，而记录的史官是来。

3. 长篇铭文阶段

商代金文中，直接引用人物的语言并不长，而周代金文中，则大大丰富。

西康王宜侯夨簋铭：“隹四月辰在丁未王省武王成王伐商图祉（延）省东或（国）图王位于宜入土南鄉王令虞侯夨曰繇侯於宜易䰜鬯一卣商瓚一彤弓一彤矢百旅弓十旅矢千易土厥甽三百□厥□百又廿厥宅邑卅又五厥□百又四十易在宜王人□又七生易郑七伯厥𠂤□又五十夫易宜庶人六百又□六夫宜侯夨扬王休作𡗜公父丁尊。”③

此虽为𡗜侯作器，但记录者绝非𡗜侯，因为不可能自己在文中称自己为𡗜侯，这是史官模拟𡗜侯的视角叙事。其中引用周康王的话语很长，都是记叙赏赐的物件，很详细，显示赏赐的丰富与隆重，映衬𡗜侯功劳之伟大。

康王时期的大盂鼎铭：“隹九月王才宗周令盂王若曰盂丕显玟王受天有（佑）大令在珷王嗣玟乍邦闢氒匿匍有四方畯（畯）正氒民在雩（于）卸（御）事𠭯酉（酒）无敢𨡛（酖）有𥹳（柴）𢍜（蒸）祀无敢𩀼古（故）天異（翼）临子灋保先王□有四方我闻殷述（坠）令隹殷边侯田（甸）雩（与）殷正百辟率肄（肆）于酉（酒）

① 马承源：《商周青铜器铭文选（三）》，文物出版社，1988 年，第 5 页。
② 马承源：《商周青铜器铭文选（三）》，文物出版社，1988 年，第 6 页。
③ 马承源：《商周青铜器铭文选（三）》，文物出版社，1988 年，第 34 页。

古（故）丧师巳女（汝）妹（昧）晨又（有）大服余佳即朕小学女（汝）勿剋余乃辟一人今我佳即井（型）**富**于玟王正德若玟王令二三正今余佳令女（汝）盂**鼞**（召）**焚**（荣）**丂**（敬）**餷**（雝）德巠（经）敏朝夕入讕（谏）享奔走畏天畏（威）王曰**而**令女孟井（型）乃嗣且南公王曰盂廼**鼞**（召）夹死（尸）嗣（司）戎敏谏（妹）罚讼夙夕召我一人**登**（烝）四方雩（粤）我其遹省先王受民受疆土易（赐）女（汝）鬯一卣冂衣市舄车马易乃且南公旂用**鬴**易女（汝）邦嗣（司）四白（伯）人鬲自驭至于庶人六百又五十又九夫易夷嗣（司）王臣十又三白（伯）人鬲千又五十夫**遜寏輝**（雍）自氒土王曰盂若**丂**（敬）乃正勿灋（废）朕令盂用对王休用乍且南公宝鼎佳王廿又三祀。"①

此铭文篇幅很长，其中几乎都是记录康王语，属于典型的记言。其中"王若曰""王曰"都是史官转叙康王的话语。涉及的内容极为复杂，有政教、教育、告诫、赏赐等等。康王直呼"盂"，显示信任与亲切，而**叡巳**等叹词的使用，更凸显康王对盂之谆谆教诲和殷切希望，周康王忧国忧民的思想情感在此铭文中展露无遗。同时，如此大规模的篇幅，也充分显示了西周盛世时期的大气象。

毛公鼎铭："王若曰父厝丕显文武皇天引厌氒德配我有周雁（膺）受大命**衒**（率）褱（怀）不廷方亡不閈（觐）于文武耿光唯天**龆**（将）集氒命亦唯先正**畧**辪氒辟爵（恪）堇（谨）大命肆皇天亡昊（斁）临保我有周丕巩先王配命畞（旻）天疾畏（威）嗣（司）余小子弗彶邦**龆**（将）害（曷）吉**翻翻**四方大从不静乌乎**趯**余小子圂湛于囏（艰）永巩先王王曰父厝今余唯肇（肇）巠（经）先王命命汝辥（乂）我邦我家内外**态**（擁）于小大政粤朕立虩许上下若否雩四方死毋童余一人在立引唯乃知余非庸又闻汝毋敢妄宁虔夙夕惠我一人雍我邦小大猷毋折**威**告余先王若德用印邵皇天**醽**恪大命康能四国俗（欲）我弗乍先王忧王曰父厝雩（越）之庶出入事于外尃命尃政藇小大楚赋无唯正昏引其唯王智廼唯是丧我国厤自今出入尃命于外氒非先告厝父厝舍命母（毋）又敢**态**（拥）尃命于外王曰父厝今余唯蹕先王命命

① 马承源：《商周青铜器铭文选（三）》，文物出版社，1988年，第37页。

女（汝）亟一方囩（宏）我邦我家女颛于政勿雝建庶囩啻母敢龏橐龏橐乃侮鳏寡善效乃友正母敢湏（湎）于酒汝母敢豖在乃服囦夙夕敬念王畏不锡女母弗帅用先王作明井（刑）俗（欲）女弗以乃辟函于囏（艰）王曰父厝已曰及兹卿事寮大史寮于父即尹命女舖嗣公族夆参有司小子师氏虎臣夆朕褒事以乃族干吾王身取赗卅寽易汝秬鬯一卣裸圭瓒宝朱市悤黄玉环玉瑹金车緐较朱㠯囩新虎冟熏裹右厄画轉画輴金甬错衡金踵金豙矗金簟筭鱼（箙）马四匹攸勒金嗃金膺朱旂二铃易汝兹关（膝）用岁用政毛公对厝对扬天子皇休用作尊鼎子子孙孙永宝用。"①

同样为史官转叙君王话语，同样为训诫和赏赐，但周宣王时期的毛公鼎铭所体现出来的风格就迥然不同。周宣王时期，周王室国力衰微，宣王有心恢复周室，故铭文中反复出现的是恳切哀求之语气。"旻天疾威"，天下动荡，周王室陷入了一个十分艰难的局面，这些都能从宣王口中清醒表达出来，正因为有这样的困难局面，也正因为宣王有恢复之志，故文中不断出现对父厝恳切哀求。宣王能够即位，完全依赖朝中故相老臣，即位后恢复周室的希望自然也主要在旧臣身上。此铭文充分反映出西周后期的社会政治形势，将社会现状与人物心理有机融合在铭文中。"乱世之音怨以怒"，此铭文如实地反映了西周晚期乱世特征。"文变染乎世情，兴废系乎时序"，西周晚期的铜器铭文，在叙事风格与审美基调上，与成康盛世完全不同。充分显示出，不同社会发展阶段，铜器铭文语言叙事风格的差异。

第三节　商周铜器铭文文体类型及其文体思想

徐正英先生说："古代文体属古代文学理论研究的范畴，探测出反映在甲骨刻辞中的某些文体，便捕捉到了蕴藏在商朝人这方面相应的文学意识。"② 此言极是。对于文学批评思想萌芽时期的文体观念，我们不可能要求像后世文体研究者那样有十分明确的表述话语，但商周铜器铭文文体类型的丰富多样却是不争的事实。如此丰富多样的铜器铭文，背后定当有

---

① 马承源：《商周青铜器铭文选（三）》，文物出版社，1988 年，第 316 页。
② 徐正英：《甲骨刻辞中的文艺思想因素》，《甘肃社会科学》2003 年第 2 期，第 37 页。

一定的文体观在起指导作用。因此，对于商周铜器铭文，我们只要分析探究出了其中丰富的文体类型以及这些文体类型的发展演变，则无疑就等于揭示了蕴含在商周铜器铭文背后的文体观念及其发展演变情况。下面，我们分三方面来说明，殷周铜器铭文的创作中是存在十分自觉的文体意识的。

（一）丰富的文体类型

选择什么样的文体来创作一篇铜器铭文，这在殷周时代是很有讲究的。从青铜器的性质与功能看，不同性质的青铜器使用于不同的礼乐场合，这就决定了青铜器上的铭文体裁与内容的差异。因此，不同性质与功能的青铜器上会铭刻不同文体的铭文。青铜器铭文的文体划分，可以根据不同的标准。按内容划分，可以分为祭祀体、宴飨体、赐命体、诰命体和文书体等等；按体裁划分，大致可以分为韵文体与非韵文体。下面分别说明之。

1. 祭祀体

肆作父乙簋铭："戊辰弜师赐肆💿户囊贝用作父乙宝彝在十月一唯王廿祀合日遘于妣戊武乙奭豕一牵旅。"①

此簋铭记载的主要是殷商帝乙时期的祭祀活动。马承源说："合日，殷周祭名之一。合从劦，当有协和之义，即古之大合祭'祫'。"又云："'遘于妣戊武乙俪，豕一'，时值武乙配偶妣戊的祭日，祭祀时用一豕为牺牲。"② 又如，宰椃角："庚申，王在寓，王格宰椃从。赐贝五朋，用作父丁尊彝。在六月，唯王廿祀羽又五。"马承源说："羽，即羽日，祭名，周祭之一。卜辞羽日必在王名日干之日举行，则此当是祭祖庚。"③ 此乃帝辛时期记载祭祀的铜器铭文。又如，小臣邑斝："癸子，王赐小臣邑贝十朋，用作母癸尊彝，唯王六祀，肜日在四月。"这是帝辛第六年的肜祭。再如，二祀邲其卣："丙辰，王令邲其眱鬯于峰田，🐾宾贝五朋。在正月遘于妣丙肜日大乙俪。唯王二祀，既炒于上帝。"马承源说："在正月遘于妣丙肜日大乙俪，在正月丙

① 香港中文大学、中国社会科学院考古研究所：《殷周金文集成释文（第三卷）》，香港中文大学出版社，2001年，第294页。
② 马承源：《商周铜器铭文选（三）》，文物出版社，1989年，第4页。
③ 马承源：《商周铜器铭文选（三）》，文物出版社，1989年，第5页。

辰日，时值大乙的配偶妣丙肜日之祭。"① 六祀邲其卣："乙亥，邲其赐作册 🔣 🔣一，用作祖癸尊彝。在六月，唯王六祀，羽日。"不难看出，这几则商代铜器铭文的结构模式是比较一致的，基本要素是"日—赐物—作器—月—年—祭祀"。这说明，商代祭祀体铜器铭文是有相对固定的格式的，作器者不会随意撰写，这也是商代祭祀体铜器铭文的基本文体特征。

再来看周代。周代铜器铭文的祭祀文体，又可分为两类，一类是先祖祭祀的铭文，一类属于公祭性质铭文。下面分别论述之。

（1）先祖祭祀之文体

叔具鼎铭："叔具作厥考宝尊彝。"②

此为西周早期的祭祀体铭文。西周早期的祭祀体铭文内容比较简单，只有"某为某作器"的最基本结构要素。此铭乃叔具为其父作器。类似的，如

长子狗鼎铭："长子狗作文父乙尊彝。"③

再如：

姬作㫚姑日辛鼎铭："姬作㫚姑日辛尊彝。"④

此铭属典型西周早期祭祀体铭文，基本结构要素是"某为某作器"。此铭乃姬为其母辈日辛作器。西周中期

仲枏父鬲铭："唯六月初吉师汤父有嗣仲枏父作宝鬲用敢饗孝于皇祖考用祈眉寿其万年子子孙孙其永宝用。"⑤

---

①　马承源：《商周铜器铭文选（三）》，文物出版社，1989 年，第 8 页。

②　香港中文大学、中国社会科学院考古研究所：《殷周金文集成释文（第二卷）》，香港中文大学出版社，2001 年，第 208 页。

③　香港中文大学、中国社会科学院考古研究所：《殷周金文集成释文（第二卷）》，香港中文大学出版社，2001 年，第 214 页。

④　香港中文大学、中国社会科学院考古研究所：《殷周金文集成释文（第二卷）》，香港中文大学出版社，2001 年，第 207 页。

⑤　香港中文大学、中国社会科学院考古研究所：《殷周金文集成释文（第一卷）》，香港中文大学出版社，2001 年，第 559 页。

　　此为西周中期祭祀体铭文。与西周早期相较，西周中期祭祀体铭文篇幅明显增长，且基本结构要素又增加了不少。除了西周早期的"某为某作器"核心要素外，增加了作器时间、原因、作器目的以及祈福性质的嘏辞，这已经是结构要素比较完整的祭祀体铜器铭文了。这种祭祀体结构模式逐渐稳定，且应用地域较广，持续时间也较长。例如：

　　　　兮仲钟铭文："兮仲作大林钟其用追孝于皇考己伯用侃喜前文人子子孙孙永宝用享。"①

　　　　伯鲜鼎铭："隹正月初吉庚午伯鲜作旅鼎用享孝于文祖子子孙孙永宝用。"②

　　　　德克簋铭："德克作朕文祖考尊簋克其万年子子孙孙永宝用享。"③

　　　　伯喜簋铭："伯喜作朕文孝烈公尊簋喜其万年子子孙孙其永宝用。"④

　　　　作林父簋铭："卓林父作宝簋用享用孝祈眉寿其子子孙孙其永宝用鼎。"⑤

　　　　禾簋铭："唯正月己亥禾肇作皇母懿恭孟姬馔彝。"⑥

　　　　芮叔簋甲铭："芮叔𠂤父作宝簋用畗（享）用考（孝）用易宾（眉）寿子子孙孙永宝用。"⑦

　　　　梁其壶乙铭："隹（唯）五月初吉壬申梁其乍障（尊）壶用享孝于皇且考用祈多福釁（眉）寿永令无疆其百子千孙永宝用其子子孙

　　① 香港中文大学、中国社会科学院考古研究所：《殷周金文集成释文（第一卷）》，香港中文大学出版社，2001 年，第 36 页。
　　② 香港中文大学、中国社会科学院考古研究所：《殷周金文集成释文（第二卷）》，香港中文大学出版社，2001 年，第 306 页。
　　③ 香港中文大学、中国社会科学院考古研究所：《殷周金文集成释文（第三卷）》，香港中文大学出版社，2001 年，第 222 页。
　　④ 香港中文大学、中国社会科学院考古研究所：《殷周金文集成释文（第三卷）》，香港中文大学出版社，2001 年，第 226 页。
　　⑤ 香港中文大学、中国社会科学院考古研究所：《殷周金文集成释文（第三卷）》，香港中文大学出版社，2001 年，第 239 页。
　　⑥ 香港中文大学、中国社会科学院考古研究所：《殷周金文集成释文（第三卷）》，香港中文大学出版社，2001 年，第 204 页。
　　⑦ 刘庆柱、段志洪、冯时：《金文文献集成（第 27 册）》，线装书局，2005 年，第 356 页。

孙永宝用。"①

珊我父簋甲铭："珊我父乍交尊簋用享于皇且文考用易釁（眉）子子孙孙永宝用。"②

先祖祭祀文体，其有基本稳定的行文结构模式，其中最基本要素为："某为某作器—用享祖考—祈求福禄眉寿—子子孙孙永宝用。"这种结构模式的最核心要素是"某为某作器"，这也是周代最早先祖祭祀铜器铭文文体的雏形，在此基础上逐渐增加其他要素。有的祭祀文体会在铭文开端记录作器与祭祀活动进行的具体时间，一般只包括月、日，而不纪年。这种先祖祭祀铜器铭文文体模式持续的时间较长，一直到春秋末期，与整个周代礼乐体系的运行时间基本同步。不过，在周代先祖祭祀铭文文体中，也有少数特例。例如：

䥽簋铭："王曰有余隹小子余亡康昼夜至（经）雍先王用配皇天簧𥷣朕心墜于四方肆（肆）余㠯（以）馘士献民再嫠先王宗室䥽乍𥯛彝宝簋，用康惠朕（朕）皇文剌祖考其各𦓊（前）文人其濒才帝廷陟降𧵩皇帝大鲁令（命）用黔（令）保我家朕（朕）位䥽身𨺴陁降余多福宪（宪）𡥏宇慕远猷䥽其万年𥯛实朕（朕）多御用𦓊寿匃永令（命）旽（峻）才立乍（作）彞才（在）下隹（唯）王十又（有）二祀。"③

这是西周晚期，周厉王在位第十二年时举行的一场先祖祭祀活动。铭文的结构模式，在基本要素上，与一般周代先祖祭祀文体没有什么出入，主要不同在于，其一，篇幅比一般祭祀文体要长。这是因为一般祭祀文体开端即云某为某作器，而此铭在作器前加了一段"王"的话语，目的在于祭祀时向先祖表明继嗣君王能勤劳天下，修身治国，不负先祖期望。这为下文写作器作了有力铺垫。若果真如斯言所述，则此周厉王与传世文献里的形象差异那就太大了。其二，描写祭祀先祖的话语比一般祭文肃穆华贵，且无论称呼以及嘏辞都十分雍容典雅。这与此祭文作者帝王身份有关。其三，作为纪年的

---

① 刘庆柱、段志洪、冯时：《金文文献集成（第27册）》，线装书局，2005年，第371页。
② 刘庆柱、段志洪、冯时：《金文文献集成（第27册）》，线装书局，2005年，第356页。
③ 香港中文大学、中国社会科学院考古研究所：《殷周金文集成释文（第三卷）》，香港中文出版社，2001年，第448页。

时间与一般祭文时间位置不同，放在整个行文的末尾。这种形式在甲骨卜辞与商代铜器铭文中常见，西周晚期少有。可能与此祭文记录的祭祀活动的重要性有关系。

（2）公祭铭文之文体

> 天亡簋铭："乙亥王又大礼王汎三方王祀于天室降天亡佑王衣祀于王丕显考文王事饎上帝文王监在上丕显王作省丕𧼌王乍庶丕克乞衣王祀丁丑王飨大宜王降亡得爵退囊唯朕有蔑敏启王休于尊迨毁。"①

此铭记录的是，周武王举行祭祀文王的隆重祭祖典礼，天亡助祭有功而作器。公祭主要是指君王在公开场合举行的大型祭祀活动，这种公祭活动除祭祀先祖外，一般要隆重地祭祀天地。与单纯的在宗庙里举行的先祖祭祀活动相比，场面规格要大得多，且祭祀的对象范围也更广。这种公祭性铭文，对祭祀的过程与内容多有详细描写，显得格外庄重。

2. 宴飨体

宴飨，是殷周金文中描写的主要内容之一。例如：

> 虘钟铭："唯正月初吉丁亥虘作宝钟用追孝于己伯用享大宗用添好宾虘罴蔡姬永宝用邵大宗。"②

> 子璋钟铭："唯正十月初吉丁亥群孙斨子璋子璋择其吉金自作龢钟用宴以喜用乐父兄诸士其眉寿无期子子孙孙永保鼓之。"③

> 齐鞄氏钟铭："唯正月初吉丁亥齐鲍氏祖文考用宴以孝于佁皇孙□择其吉金自作龢钟卑鸣攸好用享以孝于佁祖文考用宴用喜用乐嘉宾及我侗友子孙孙永保用之。"④

> 邾公牼钟铭："唯王正月初吉辰在乙亥邾公牼择厥吉金玄镠膚吕〔以〕

---

① 香港中文大学、中国社会科学院考古研究所：《殷周金文集成释文（第三卷）》，香港中文大学出版社，2001 年，第 374 页。

② 香港中文大学、中国社会科学院考古研究所：《殷周金文集成释文（第一卷）》，香港中文大学出版社，2001 年，第 54 页。

③ 香港中文大学、中国社会科学院考古研究所：《殷周金文集成释文（第一卷）》，香港中文大学出版社，2001 年，第 82 页。

④ 香港中文大学、中国社会科学院考古研究所：《殷周金文集成释文（第一卷）》，香港中文大学出版社，2001 年，第 108 页。

作［龢］钟余毕恭畏忌铸辝龢钟二锗以乐其身以宴大夫以喜诸士至于万年分器是持。"①

鄩子臧白镈铭："唯正月初吉丁亥许子将师持其吉金自作铃钟中韩虡扬元鸣孔煌穆穆龢钟用宴以喜用乐嘉宾大夫及我倗友鼓鼓趣趣万年无期眉寿母巳子子孙孙永保鼓之。"②

徐王子旃钟铭："唯正月初吉元日癸亥徐王子旃择其吉金自作龢钟以［敬］盟祀以乐嘉宾倗友诸贤兼以父兄庶士以宴以喜中韩虡韹元鸣孔皇其音簮簮闻于四方韹韹熙熙眉寿无期子子孙孙万世鼓之。"③

宴飨乃周代实践礼乐文化的重要形式之一。宴飨活动在《诗经》《左传》等传世文献中也有大量记载。宴飨体铜器铭文乃殷周铜器铭文中数量最多的文体之一。其最基本的结构要素是："时间（月＋月相＋日）—作器—娱神（先祖）—乐人（宴飨）—嘏辞。"有意思的是，这种宴飨体文体模式从西周至春秋几乎没有大的改变，而且，地域分布十分广阔，从北至南不同的地域在使用铜器铭文宴飨体时居然惊人一致。这说明，当时官学中有专门掌握这种文体的专职人员，《周礼·春官》中太祝掌"六祝"之辞，很可能就是周代专门负责撰写文辞之人，自然也包括对青铜器铭文的撰写。

3. 赐命体

赐命主要是上对下委以一定职命，并赏赐一定物品。这类文体在殷周铜器铭文中是比较常见的。例如：

公臣簋甲铭："虢中令公臣嗣（司）朕（朕）百工易（锡）女（汝）马乘（钟）五金用事公臣（拜稽）首，（敢扬）天尹不（丕）显休用乍（作）尊簋公臣其万年永宝兹休。"④

生史簋铭："召白（伯）令生史吏（使）于楚白（伯）锡宾用乍（作）

---

①　香港中文大学、中国社会科学院考古研究所：《殷周金文集成释文（第一卷）》，香港中文大学出版社，2001 年，第 116 页。

②　香港中文大学、中国社会科学院考古研究所：《殷周金文集成释文（第一卷）》，香港中文大学出版社，2001 年，第 118 页。

③　香港中文大学、中国社会科学院考古研究所：《殷周金文集成释文（第一卷）》，香港中文大学出版社，2001 年，第 142 页。

④　刘庆柱、段志洪、冯时：《金文文献集成（第 27 册）》，线装书局，2005 年，第 357 页。

宾簋用事乇（厥）勴日丁用事乇（厥）考日戊。"①

卫簋甲铭："隹八月初吉丁亥王客于康宫荣伯右卫内即立王曾命卫赐赤市（韍）攸（鋚）勒卫敢对扬天子丕显休用乍朕（朕）文且考宝攈簋卫其万年子子孙孙永宝用。"②

恒簋盖甲铭："王曰恒令女更奈克嗣（司）直畐（鄙）易（锡）女（汝）爨（銮）旂用事讯（夙）夕勿灋（废）朕（朕）令（命）恒拜稽敢对扬天子休用乍（作）文考公叔宝簋其万年世子子孙孙虞宝用。"③

五年师旋簋甲铭："隹（唯）王五年九月既生霸壬午王曰师旋令（命）女（汝）羞追于齐侪女（汝）干五易（锡）羍盾生皇昼内戈琱咸䣄必彤沙（缕）敬母（毋）败速（绩）旋敢易（扬）王休用乍（作）宝簋子子孙孙永宝用。"④

大盂鼎铭："隹九月王才宗周命盂王若曰盂丕显玟王受天有大令（命）在珷王嗣玟乍邦闢厥匿匍有四方㽙（畯）正乇民在雩御事勴酒无敢酖有茲烝祀无敢醶故天翼临子瀿保先王□有四方我闻殷坠命唯殷边侯甸雩殷正百辟率肆于酒故丧师巳女妹晨有大服余唯即朕小学女勿觥乃辟一人今我唯即型禀于玟王正德若玟王令二三正今余唯令女盂（绍）荣敬雍德经敏朝夕入谏享奔走畏天威王曰盂令女盂型乃嗣祖南公王曰盂廼绍夹死嗣戎敏谏罚讼夙夕绍我一人烝四方雩我其遹省先王受民受疆土赐女鬯一卣冂衉衣市舄车马赐乃祖南公旂用狩赐女邦嗣四伯人鬲自御至于庶人六百又五十又九夫赐夷嗣王臣十又三伯人鬲千又五十夫極寰遷自乇（厥）土王曰盂若敬乃正勿废朕命盂用对王休用作祖南公宝鼎唯王廿又三祀。"⑤

善鼎铭："唯十又二月初吉辰在丁亥王在宗周王格大师宫王曰善昔先王既令女佐胥豦侯今余唯肇申先王命命女佐胥豦侯监麸师戍赐女乃祖旂用事善敢拜稽首对扬皇天子丕丕休用作宗室宝尊唯用绥福号前文人

①　刘庆柱、段志洪、冯时：《金文文献集成（第27册）》，线装书局，2005年，第357页。
②　刘庆柱、段志洪、冯时：《金文文献集成（第27册）》，线装书局，2005年，第357页。
③　刘庆柱、段志洪、冯时：《金文文献集成（第27册）》，线装书局，2005年，第357页。
④　刘庆柱、段志洪、冯时：《金文文献集成（第27册）》，线装书局，2005年，第357页。
⑤　香港中文大学、中国社会科学院考古研究所：《殷周金文集成释文（第二卷）》，香港中文大学出版社，2001年，第411页。

秉德恭纯余其用格我宗子与百姓余用介纯鲁于万年其永宝用之。"①

赐命体金文也有其相对稳定的结构模式，其基本结构要素有："时间－地点－委命－赐物－嘏辞。"

4. 册命体

册命乃周代常见的礼仪，主要是君王对臣属所举行的册命仪式，其中也有赏赐物品等。与赐命体区别主要在于有无册命仪式。例如：

师晨鼎铭："唯三年三月初吉甲戌王在周师录宫旦王格大室即位嗣马共佑师晨入门立中廷王呼作册尹册命师晨胥师谷嗣邑人唯小臣膳夫守［友］官犬眔奠膳夫官守友赐赤舄晨拜稽首敢对扬天子丕显休命用作朕文祖辛公尊鼎晨其［万年］世子子孙孙其永宝用。"②

此鼎铭："唯十又七年十又二月既生霸乙卯王在周康宫夷宫旦王格大室即位嗣徒毛叔佑此入门立中廷王呼史翏册命此曰旅邑人膳夫赐女玄衣黹纯赤市朱衡銮旂此敢对扬天子丕显休命用作朕皇考癸公尊鼎用享孝于文神用介眉寿此其万年无疆畯臣天子灵终子子孙孙永宝用。"③

颂鼎铭："唯三年五月既死霸甲戌王在周康邵宫旦王格大室即位宰引佑颂入门立中廷尹氏受王命书王呼史虢生册命颂王曰颂令汝官嗣成周贮廿家监嗣新造贮用宫御赐汝玄衣黹纯赤市朱衡銮旂鋚勒用事颂拜稽首受命册佩以出返入觐璋颂敢对扬天子丕显鲁休用作朕皇考龏叔皇母龏姒宝尊鼎用追孝祈介康𤔲纯祐通禄永命颂其万年眉寿畯臣天子灵终子子孙孙宝用。"④

善夫山鼎铭："唯卅又七年正月初吉庚戌王在周格图室南宫乎入佑膳夫山入门立中廷北向王呼史桒册命山王曰山令女官嗣饮献人于�用乍𡩜司贮毋敢不善赐女玄衣黹纯赤市朱衡銮旂山拜稽首受册佩以出返入觐章山敢对扬天子休命用作朕皇考叔硕父尊鼎用祈介眉寿绰绾永命灵终子子孙孙永

---

① 香港中文大学、中国社会科学院考古研究所：《殷周金文集成释文（第二卷）》，香港中文大学出版社，2001 年，第 386 页。

② 香港中文大学、中国社会科学院考古研究所：《殷周金文集成释文（第二卷）》，香港中文大学出版社，2001 年，第 383 页。

③ 香港中文大学、中国社会科学院考古研究所：《殷周金文集成释文（第二卷）》，香港中文大学出版社，2001 年，第 387 页。

④ 香港中文大学、中国社会科学院考古研究所：《殷周金文集成释文（第二卷）》，香港中文大学出版社，2001 年，第 396 页。

宝用。"①

大克鼎铭："克曰穆穆朕文祖师华父恩醽毕心盅静于猷淑哲毕德肆克龏保毕辟恭王谏夐王家惠于万民柔远能迩肆克智于皇天顼于上下得纯亡敃赐釐无疆永念于毕孙辟天子天子明哲颙孝于神经念毕圣宝祖师华父勤克王服出入王令多赐宝休丕显天子天子其万年无疆保夐周邦畯尹四方王在宗周旦王格穆庙即位醽季佑膳夫克入门立中廷北向王呼尹氏册命膳夫克王若曰克昔余既令女出入朕命今余唯申褱乃命赐女素市参絅苹蔥赐女田于野赐女田于渒赐女邢寓匋田于峻以毕臣妾赐女田于康赐女田于匽赐女田于陣原赐女田于寒山赐女史小臣灵和鼓钟赐女邢徽匋人顝赐女邢人奔于量敬夙夜用事勿废朕命克拜稽首敢对扬天子丕显鲁休用乍朕文祖师华父宝蠶彝克其万年无疆子子孙孙永宝用。"②

周代铜器铭文中的册命体铭文数量较多。其基本结构要素是："时间（年＋月＋月相＋日）—王在某地—佑者某—被册命某—入门立中庭北向—王呼某册命某—王曰或王若曰语（册封官职、赏赐物品、告诫勉励）—被册命者接受册书而出—返回馈赠王以礼物—对扬天子休命而为先祖作器—祈福嘏辞。"至今出土的周代册命体金文，其文体基本结构模式几乎完全一样。这也为研究周代的册命礼仪提供了重要材料。陈梦家说："册命既是预先书就的，在策命时由史官授于王而王授予宣命的史官诵读之。""当时的命书既是书于简册的，宣读以后交于受命者，受命归而铸之彝器，则西周铭文中的王命实即当时册命的记录，应无可疑。"③ 这些册命都是预先书写好了的，由专门人员书写。《周礼·内史》曰：

> 凡命诸侯及孤卿大夫，则策命之。凡四方之事书，内史读之。王制禄，则赞为之，以方出之。赏赐亦如之。内史掌书王命，遂贰之。④

据此可知，册命体铭文中的"王若曰"或"王曰"等王命，是有专职人员撰写的，故其结构模式基本一致。也可证明，周代王命等是有相对稳定的

① 香港中文大学、中国社会科学院考古研究所：《殷周金文集成释文（第二卷）》，香港中文大学出版社，2001 年，第 391 页。

② 香港中文大学、中国社会科学院考古研究所：《殷周金文集成释文（第二卷）》，香港中文大学出版社，2001 年，第 409 页。

③ 陈梦家：《西周铜器断代》，中华书局，2004 年，第 408 页。

④ 阮元：《十三经注疏》，中华书局，1980 年，第 820 页。

文体结构模式的。这说明，周代对册命的文体是有自己一套操作规则的，其中文体意识是显然存在的。

5. **诰命体**

诰命体铭文主要是指君王对臣下的训诫告勉文辞，在训诫告勉的同时，又委以一定的重任。这类文体与《尚书》中的"诰"体文章基本一致。其主要内容是记载君王的话语，属于记言体散文中的重要篇章。例如：

> 师𩵥鼎铭："唯王八祀正月辰在丁卯王曰师𩵥汝克荩乃身臣朕皇考穆王用乃孔德䜌纯乃用心引正乃辟安德惠余小子肇淑先王德赐汝玄衮䌹纯赤市朱衡銮旂大师金膺鉴勒用型乃圣祖考郪明令辟前王事余一人𩵥拜稽首休伯大师肩𩽾𩵥臣皇辟天子亦弗忘公上父𣪘德𩵥蔑厤伯太师不自作小子夙夕尃由先祖烈德用臣皇辟伯亦克款由先祖𢦏孙子一𩽾皇辟懿德用保王身𩵥敢厘王俾天子万年褘祎伯大师武臣保天子用厥烈祖介德𩵥敢对王休用绥作公上父尊于朕考墉季易父报宗。"①

> 毛公鼎铭："王若曰父厝丕显文武皇天引厌氒德配我有周膺受大命率怀不廷方亡不闬于文武耿光唯天将集氒命亦唯先正𤔲燮氒辟𤔲勤大命肆皇天亡斁临保我有周丕巩先王配命旻天疾威司余小子弗彶邦将曷吉𣪘𣪘四方大纵不静乌乎𨕙余小子圂湛于艰永巩先王王曰父厝今余唯肇经先王命命汝燮我邦我家外内憃于小大政屏朕位虩许上下若否𤔲四方死毋动余一人在位引唯乃智余非庸又昏汝毋敢荒宁虔夙夕惠我一人雍我邦小大猷毋折缄告余先王若德用仰昭皇天中格大命康能四国欲我弗作先王忧王曰父厝𤔲之庶出入事于外敷命敷政艺小大楚赋无唯正昏引其唯王智廼唯是丧我国历自今出入敷命于外氒非先告父厝父厝舍命毋有敢憃敷命于外王曰父厝今余唯申先工命命女極一方（宏）我邦我家女顜于政勿雍建庶人𣅳毋敢䜌橐䜌橐乃侮鳏寡善效乃友正毋敢湎于酒汝毋敢坠在乃服恪夙夕敬念王威不惕女毋弗帅用先王作明（型）欲女弗以乃辟陷于艰王曰父厝已曰及兹卿事寮大史寮于父即尹命女𤔲嗣公族𤔲参有嗣小子师氏虎臣𤔲朕褱事以乃族扞吾王身取徵卅锊赐汝秬鬯一卣裸圭瓒宝朱市葱衡玉环玉瑹金车㩷缧较朱𩰎鞃靳虎冟熏裏右轭画鞞画轺金甬错衡金蹋金豙约𥂴金簟笰鱼箙马四匹鉴勒金𨪯金膺朱旂二铃赐汝兹关用岁用政毛公

---

① 香港中文大学、中国社会科学院考古研究所：《殷周金文集成释文（第二卷）》，香港中文大学出版社，2001年，第398页。

脣对扬天子皇休用作尊鼎子子孙孙永宝用。"①

诰命体铭文除了篇首记录时间的文句外，一般主要记载的都是"王曰"或"王若曰"的君王话语。《毛公鼎》铭文更是直接以"王若曰"开篇，文中周王苦口婆心，似训诫似告勉又似祈求的语气，充分反映出西周晚期周王室所面临的十分艰难之政治局面。周王将挽救周室政权的希望几乎全部寄托在父辈大臣毛公身上，在诫勉的同时，又委以毛公重任。铭文记录了周王亲口所言，这对了解西周晚期的社会真貌以及当时的君臣关系无疑有十分重要之意义。

6. 文书体

文书体铭文，实际上就是铭刻在铜器铭文上的一种具有法律效力的法律文书。这样的铭文文体与一般的金文完全不同。例如：

> 散氏盘铭："用矢
（业）散邑乃即散用田眉自瀗涉以南至于大沽一封已陟二封至于边柳复涉瀗陟
戠
陕以西封于敝城楮木封于
逨奉于
道内陕
登于厂湶封诸
陕陵陵刚
封于单道封于原道封于周道以东封于东
疆右还封于眉道以南封于
逨道以西至于唯莫湄邢邑田自桹木道左至于邢邑封道以东一封还以西一封陟刚三封降以南封于同道陟州刚登
降械二封矢人有司眉田鲜且散（微）武父西宫襄豆人虞丂录鼎（贞）师氏右眚小门人
原人虞
淮司工虎
册丰父唯人有司荆丂凡十又五夫正眉矢舍散田司土𣎴寅司马单𤰔
人司工
君宰德父散人小子眉田戎散（微）父
父襄之有司
州
㦤从𩫏凡散有司十夫唯王九月辰才乙卯矢卑鲜且𤕌旅誓曰我既付散氏田器有爽实余有散氏心贼
（则）
（隐）千罚千传弃之鲜且𤕌旅则誓乃卑西宫襄武父誓曰我既付散氏湿田牆田余有爽变
（隐）千罚千西宫襄武父则誓
（厥）受图矢王于豆新宫东廷
（厥）左执要史正中农。"②

此铭文乃西周时期矢国人所做，内容主要是记载矢、散两国之间的土地转让。矢人因侵夺散国土地，被判向散国割让土地。双方派了官员参加，对具体割让的土地作了详细的疆界划分，并立誓为证，最后将割让土地的左半

---

① 香港中文大学、中国社会科学院考古研究所：《殷周金文集成释文（第二卷）》，香港中文大学出版社，2001 年，第 433 页。

② 刘庆柱、段志洪、冯时：《金文文献集成（第 27 册）》，线装书局，2005 年，第 372 页。

契约藏入矢国档案府库。这种铭文文体十分特殊，其作为法律文书契约的性质十分明显，而且最后确实是被作为档案收藏的。这种文书体的结构形式与其他铜器铭文截然不同，其由如下部分组成。第一，交代土地割让的缘由。即"用矢撲散邑，乃即散用田"一语，意思是说矢人侵夺了散国的田地，于是割让矢国土地给散国。第二，对割让给散国的矢人土地的界域作具体标明。矢人一共割让给散国两处土地，即眉邑和邢邑田地。文书中对两个地方的割让土地的"四至"做了详细说明，并树立封界。第三，记录参加割让土地的矢国相关人员名单。第四，矢国派遣相关官员立誓，以保证矢国割让的土地没有劣质田土，付给的农具没有差错，若有问题，甘愿受罚，甚至愿意接受车裂之刑罚。第五，矢国君王在宫廷举行割让土地的授图仪式，并将左半契约由史官藏入档案府库。这种铭文文体，真正称得上是法律文书。

7. 记事体

殷周铜器铭文大多具有记事功能，不过因铜器的功用与性质不同，记事的色彩强弱不一。记事体是指铭文核心内容就是记事，且叙事色彩十分浓郁的铜器铭文。我们这里考察两类记事铜器铭文。

其一，一般生活记事。

曶鼎铭："唯王元年六月既望乙亥王在周穆王大［室］王若曰曶令女更乃祖考嗣卜事赐女赤市□用事王在遥应邢叔赐曶赤金䲵曶受休［命］于王曶用兹金作朕文孝宄白鬺牛鼎曶其万［年］用祀子子孙孙其永宝唯王四月既生霸辰在丁酉邢叔在异为□□使厥小子䵼以限讼于邢叔我既赎汝五［夫效］父用匹马束丝限许曰祗则俾我偿马效父［则］俾复厥丝束䵼效父迺许䵼曰于王参门□木䵼用徵延兹五夫用百锊非出五夫［则□］詭迺䶎又詭眔䶈金邢叔曰裁王人迺赎用［徵］不逆付曶毋俾式于祗曶则拜稽首受兹五夫曰陪曰恒曰劦䲵曰省使锊以告祗迺俾［饗］以曶酒及羊丝三锊用致兹人曶迺诲于䶈［曰］汝其舍䵼矢五秉曰弋当俾处厥邑田厥田祗则俾复令曰诺昔馑岁匡眔厥臣廿夫寇曶禾十秭以匡季告东宫迺曰求乃人乃弗得女匡罚大匡迺稽首于曶用五田用豩一夫曰嗌用臣曰疐曰朏曰奠曰用兹四夫稽首曰余无由具寇足秭不出鞭余曶或以匡季告东宫曶曰弋唯朕［禾是］偿东宫迺曰偿曶禾十秭遗十秭为廿秭［若］来岁弗偿则

付四十秝遒或即舀用田二又臣［一夫］凡用即舀田七田人五夫舀覓匡
卅秝。"①

舀鼎铭记事比较丰富。第一件事，说的是周王元年六月乙亥那天，周王
在周穆王大室委命舀，让其继续其先祖其父亲所从事的占卜职事，并赏赐舀
赤金，舀用周王所赐赤金为其父铸造宝鼎。第二件事，说的是第二年四月丁
酉那天，舀派人到邢叔那里告限的状，舀与限因为买卖奴隶之事引起纠纷，
最后舀获胜诉。第三件事，说的是以前饥荒之年，匡地人抢了舀的禾十秝
（二千把），舀到东宫那里告匡季的状，最后舀获胜诉，判匡季赔偿舀禾十秝，
再送十秝；若明年不还清，就得加倍处罚四十秝，最终舀从匡人那里得到了
三十秝。② 舀鼎铭的记事，虽然三件事情之间互不关联，但却都与舀有关，这
里的记事是以舀为中心而展开的，好像是记叙舀的经历一般，这显然是以人
物为中心的记事。另，此铭记事，具有十分强烈时间意识。前两件事是按时
间前后顺序叙事，而最后一件事，却是采用了补叙的艺术手法，叙述的是
"昔馑岁"的事情。通过补叙，突出舀的斗争能力强大，充分刻画出一个无
讼不胜的人物形象。舀生活中的事情很多，而此铭却选取了三件特别有代
表性的事件，以说明舀之能力强、地位高。显然。所叙的几件是特意精心
剪裁的，围绕一个中心而展开记叙。精心剪裁、补叙手法的运用，充分体
现出西周中期叙事艺术的高超水平，也反映出西周铜器铭文记事方面的风
格特征。

儓匜铭："佳三月既死霸甲申王才荸上宫白揚父廼成䩲（劾）曰牧牛
敢乃可湛（勘）女敢以乃師訟女上㚤（代）先誓今女亦既又钤（御）誓専
趩嗇䙹（睦）儓寽（周）亦丝五夫亦既钤乃誓女亦既從辭從誓弋（式）可
（苟）我義鞭女千殸殸女今我赦女義鞭女千黜殸女今大赦女鞭女五百罰女
三百寽白揚父廼或使牧牛誓曰自今余敢夒（扰）乃小大事乃師或（又）以
女告則到乃鞭千殸殸牧牛則誓乃以告更弢吏舀于會牧牛辭誓成罰金儓用乍
旅盉。"③

① 香港中文大学、中国社会科学院考古研究所：《殷周金文集成释文（第二卷）》，香港中文大
学出版社，2001年，第414页。

② 詹安泰、容庚、吴重翰：《中国文学史》，高等教育出版社，1957年，第45页。

③ 刘庆柱、段志洪、冯时：《金文文献集成（第27册）》，线装书局，2005年，第363页。

此铭讲述西周晚期，牧牛与其师打官司，最后遭到伯扬父弹劾，受到鞭刑和罚金的惩处。最后让牧牛发誓，一旦再有类似事件发生，将受到更严厉的惩处。这篇铭文对牧牛事件前因后果叙述的非常详细，铭文在时间、地点、事件过程、结果等因素方面交代的十分完整，真可谓一篇典型的记叙文。类似的，如琱生簋（甲）记叙西周王室贵族之间因为争田土所发生的矛盾等，也是时间、地点、起因、经过、结果等记事因素完备。此说明，至西周晚期，铜器铭文中已经形成十分成熟的记叙文体裁。

其二，战争记事。

虢季子白盘铭："唯十又三年正月初吉丁亥虢季子白作宝盤丕显子白将武于戎功经维四方搏伐玁狁于洛之阳折首五百执讯五十是以先行趄趄子白献馘于王孔嘉子白义王格周庙宣廨爰飨王曰白父孔顕有光王赐乘马是用佐王赐用弓彤矢其央赐用钺用征蛮方子子孙孙万年无疆。"①

兮甲盘铭："佳五年三月既死霸庚寅王初格伐玁狁于暑盧（余吾）兮囿（甲）从王折首执搻（讯）休亡敁（愍）王赐兮囿（甲）马四匹驹车王令囿甲政（征）嫡（治）成周四方賣（积）至于南淮夷淮夷旧我貟（帛）畮（贿）人毋敢不出其貟（帛）其賣（积）其进人其實毋敢不即陳（次）即芇（市）敢不用令勶（则）即井（刑）屡（扑）伐其佳我者（诸）侯百生（姓）乒（厥）實贾毋不即芇（市）毋敢或入蠻（蛮）安（宄）實贾勶（则）亦井（刑）兮伯吏父作般（盘）其眉寿万年无疆子子孙孙永宝用。"②

不嬰其簋铭："唯九月初吉戊申伯氏曰不嬰御方玁狁广伐西俞王令我羞追于西余来归献禽余命汝御追于署汝以我车宕伐玁狁于高陶汝多折首执讯戎大同从追汝汝彶戎大敦汝休弗以我车陷于艰汝多擒折首执讯伯氏曰不嬰汝小子汝肇诲于戎功赐汝弓一矢束臣五家田十田用从乃事不嬰拜稽手休用作朕皇祖公伯孟姬尊簋用介多福眉寿无疆永纯灵终子子孙孙永

①　香港中文大学、中国社会科学院考古研究所：《殷周金文集成释文（第六卷）》，香港中文大学出版社，2001年，第130页。

②　香港中文大学、中国社会科学院考古研究所：《殷周金文集成释文（第六卷）》，香港中文大学出版社，2001年，第131页。

寶用享。"①

小盂鼎铭："隹八月既望辰才甲申昧爽三左三右多君入服酉明王各周廟□□□□賓延邦賓尊其旅服東鄉盂以多旂佩戈（鬼）方□□□□王門告曰王盂以□□伐鬼方□□□□執酉三人獲馘三千八百二馘孚人萬三千八十一人孚馬□□匹孚車十兩孚牛三百五十五牛羊廿八羊盂或□□□□□乎□我征執兽一人获馘百卅七馘孚人□□□人孚馬百四匹孚車百□兩王□曰□盂拜稽首囂進即大廷王令荣邋酉［燚婳］即邋厥故□越白□□或□□□虡以亲□從商折酉于□□令□□□乒（厥）（馘）入门□西旅□□入夐□□□□□□□三门即立中廷北乡（向）盂告勣即立（位）□□□□□□于明白（伯）□白（伯）□□告于盂以□大□侯田（甸）□□□盂征□咸賓即立献賓王乎（呼）献盂以□□进賓□□大□三□入服酉（酒）王各庙祝献□□邦賓不（丕）□□□用牲奞（褅）用王□王成王□□卜□戒王□□从□□□邦賓王乎（呼）□□□盂（以）区入凡区（以）品奞若翌日乙酉□三事□□入服酉（酒）王各庙□王邦賓延王令赏盂□□□□□弓一矢百画轷一貝胄一金册一戒戈□□□□用作□白（伯）宝尊彝隹（唯）王廿（卅）又五祀。"②

以上几篇都属于记叙战争的记事体铭文。各篇铭文对战争记事，都有一个共同点，即注重战争的前因与后果，例如，兮甲盘铭就是如此，战争只是周王室统治南方诸夷的重要手段。宗周钟铭所叙也与此类似。小盂鼎铭算周代铭文中记叙战争篇幅比较长的了，但对战争具体过程的描叙与其他铭文一样，十分简略，几乎看不到具体的战争场面描写，篇幅长主要在于对战争结果的记叙十分详细，包括具体的战利品以及君王的赏赐物品。这种战争叙事方式，直接影响到《国语》《左传》等历史散文中的战争描写。特别是《左传》的战争描写是其突出的文学成就，但《左传》战争叙事也有一个共同点，即详于战前的决定胜利的因素以及战后的政治影响，对战争过程描写十分简略。这种叙事文体模式，实际上在西周铜器铭文中已经基本形成。这说明，西周所形成的文体观念，对春秋乃至战国时期的历史散文撰写产生了十分重

　　① 香港中文大学、中国社会科学院考古研究所：《殷周金文集成释文（第三卷）》，香港中文大学出版社，2001 年，第 463 页。
　　② 刘庆柱、段志洪、冯时：《金文文献集成（第 27 册）》，线装书局，2005 年，第 367 页。

要的影响。

以上的文体类型划分，主要是根据铭文所载的内容。若按体裁区分，则殷周铜器铭文可分为两类，即韵文与非韵文。王国维《两周金石文韵读》说：

> 前哲言韵，皆以诗三百五篇为主，余更搜周世韵语见于金石文字者得数十篇，中有杞、鄫、许、邾、徐、楚诸国之文，出商、鲁二颂与十五国风之外，其时亦上起宗鲁，下迄战国，亘五六百年，然其用韵与三百篇无乎不合，故即王、江二家部日谱而读之，虽金石文字用韵无多，不足以见古韵之全，然足以证近世古韵学之精密。①

金文中的用韵，其实不仅可证清代古韵学之精密，更可改变人们固有的文体观念。现代文体观，按体裁分为小说、戏剧、散文、诗歌四类文体。对于诗歌与散文的区别，往往正是以用韵与否来进行区分。我们在前文第三章论述六年琱生簋时，曾讨论过西周时代诗文之间的界限问题。因为按是否用韵的标准是很难区分周代的诗文的。陈必祥《古代散文文体概论》说：

> 过去有人说："有韵为诗，无韵为文。"这就诗和文相对而言，大体是正确的。但若作较广阔的范围的探讨，则未必确当。试看荀子的《劝学》：
>
> 积土成山，风雨兴焉；积水成渊，蛟龙生焉；积善成德，而神明自得，圣心备焉。故不积跬步，无以至千里，不积小流，无以成江海。骐骥一跃，不能十步；驽马十驾，功在不舍。锲而舍之，朽木不折；锲而不舍，金石可镂。
>
> 这里"兴"、"生"押韵，"德"、"得"押韵，"舍"、"镂"押韵；虚词"焉"在句末也有协韵的作用。这是一种很自然的押韵，它不求工整，也不避用字的重复，只看不读，一般不易发现，只有在反复诵读中，才能体味其韵律美。②

不仅战国诸子散文用韵，更早的西周金文中，用韵就已经成为普遍现象，而韵文作为周代金文的体裁特征之一，也是十分明显的。请看王国维《两周金石文韵读》中的部分例证：

---

① 刘庆柱、段志洪、冯时：《金文文献集成（第36册）》，线装书局，2005年，第1页。
② 陈必祥：《古代散文文体概论》，河南人民出版社，1986年，第19页。

沈兒鐘

惟正月初吉丁亥降王庚之孫子沈兒鑄其吉金自作鈴
鐘中□虡易元鳴孔皇陽部孔嘉元成用龢飲酒飫□
耕郡怒于戚義惠于盟（祀）龢以匽以樂嘉賓及我
父兄庶士皇□照□萬世無疆子二孫二永保鼓之之部

宗周鐘

王肇遹相文武堇疆土南國腶敢陷處我土王敦伐其
至我伐□郡服□乃遣間來逆邵王南夷東夷具見
三十有六□惟皇上帝百神保余小子朕猷有成亡競余
惟司配皇天對作宗周寶鐘倉倉□鐄銑銑雝雝用卲
不顯祖考先王其嚴在上□熊熊戰□□□降余
多福□余余令令□□□□□□□臨郡合韶
歔其萬年峻保三□之部

歪仲簠

歪仲作寶盨□弁之金□□鎛□魚郡其玄其黃用成
虎猇雓梁陽部用鄉大正歔王室□□韙真合韶鑄具召歔張
仲受無疆□之郡諸友飲飲具□□張仲弁壽幽部

中師父鼎

中師父作季妓如寶尊鼎其用高用□于皇祖帝考用錫
眉壽無疆其子孫萬年永寶幽部用
叔夜鼎

叔夜鼎

叔夜鑄其鷯鼎以征以行用鑊用□用靳眉壽無疆陽部

簹鼎

惟正月初吉辛亥郡之孫簹大事神作其造鼎十用征
以作以御賓窑子孫是若魚部

────────

召仲考父壺

惟六月初吉丁亥召仲考父作壺用祀用鄉多福滂二用
靳眉壽萬年無疆子二孫二永保是高陽部

虢季子白盤

惟十有二年虢季子白作寶盤不顯子白庸武于戎工經
維四方搏伐嚴狁于洛之陽折首五百執訊五十是以先
行□趠二子白獻馘于王二孔嘉子白義王格周廟宣榭爰
鄉王曰伯父孔顯有光王錫乘馬是用左王錫用弓彤矢
其央錫用戊用政蠻方子二孫二萬年無疆陽部

────────

①　刘庆柱、段志洪、冯时主编《金文文献集成（第36册）》，线装书局，2005年，"宗周钟"第2页，"沈儿钟"第4页，"中师父鼎""叔夜鼎""【簹】鼎""歪钟簠"第5页，"召仲考父壶""虢季子白盘"第6页。

　　王国维对金文韵读的研究成果影响很大，于省吾《双剑誃吉金文选》等多采用其说法。王氏研究，对金文文学思想研究有十分重要之意义。特别是在文体学上，有助于我们重新审视上古时期文体发展实际以及文体划分之标准。尤其对诗文之间的互动关系研究有重要启迪。例如，沇儿钟铭若按四言句式排列，似乎就是一首典型诗歌，与《诗经》中篇章结构形式基本一致。排列如下：

　　　　序：惟正月初吉丁亥，徐王庚之淑子沇儿，择其吉金，自作和钟。

　　　　正文：中翰且扬，元鸣孔皇。孔嘉元成，用盤饮酒。和会百姓，淑于威仪，惠于盟祀，吾以宴以喜。以乐嘉宾，及我父兄庶士。皇皇熙熙，眉寿无期。子子孙孙，永宝鼓之。

　　此钟铭文的首句，相当于诗歌序言性质，主要介绍作器的时间、作者以及诗乐基本理念等。如果这句话可以看做诗歌序言，则诗序的起源可上推至西周时代。正文中的四言句式，不但押韵，而且与《诗经》诗句结构形式毫无二致。汤漳平考察了王孙遗者钟铭、王孙诰钟铭、王子午鼎铭等 7 件楚国青铜器铭文后认为："上述七则铭文，除开头两三句类似诗序，写作器的时间、制作者、器物名称外，其余部分，大抵用四言韵文写成，颇类《诗经》中的雅颂之诗，而且写得还颇有韵味。"[①]此论颇有道理，但可惜作者只局限于楚国铭文而没有将研究视角涉及整个周代金文，且没有深入探讨周代诗文间互动关系问题。那么，这样的铭文到底是诗歌还是散文呢？又，西周金文与《诗经》之间存在明显的杂糅现象，例如，《大雅·崧高》"王命申伯'式是南邦，因是谢人，以作尔庸'""王命召伯，彻申伯土田"；《大雅·韩奕》"王亲命之：……"；《大雅·常武》"王命卿士""王谓尹氏，命程伯休父"；还有前文所引的《大雅·江汉》，这些诗篇与金文册命无异。陈梦家说："《大雅·韩奕》、《崧高》等乃是王命的节录"，"《江汉》所载，变册命为韵文，当召伯虎时金文已有用韵语的；《常武》使尹氏宣王命，与金文同"。[②]既然周代金文用韵语，而诗歌又变铭文类册命为韵文，内

　　① 汤漳平：《从两周金文看楚文学之渊源》，见姚小鸥主编《出土文献与中国文学》，北京广播学院出版社，2000 年，第 154 页。
　　② 陈梦家：《西周铜器断代》，中华书局，2004 年，第 409 页。

容多与金文同。则显然，早期的文体发展很难用简单的是否用韵来划分。

周代青铜器铭文并非全部押韵，这说明，当时文体撰写在是否用韵方面是有特别讲究的。但至于什么样的器铭该用韵，什么样的器铭可以不用韵，目前尚未清楚，有待进一步研究。

（二）周代研究文体的思想与话语

对文体的研究，先秦时期已经开始。《周礼·大师》说：

> 大师：掌六律、六同，以合阴阳之声。阳声：黄钟、大蔟、姑洗、蕤宾、夷则、无射。阴声：大吕、应钟、南吕、函钟、小吕、夹钟。皆文之以五声：宫、商、角、徵、羽。皆播之以八音：金、石、土、革、丝、木、匏、竹。教六诗，曰风、曰赋、曰比、曰兴、曰雅、曰颂；以六德为之本，以六律为之音。①

这里，"六律""五声""八音""六诗"并举，"六律""五声""八音"都是指不同音乐风格与形式，则"六诗"当也是指不同风格与形式的诗乐。这其中，很明显涉及对诗歌风格体裁的研究。《周礼·大师》郑玄注说：

> 风，言贤圣治道之遗化也。
> 赋之言铺，直铺陈今之政教善恶。
> 比，见今之失，不敢斥言，取比类以言之。
> 兴，见今之美，嫌于媚谀，取善事以喻劝之。
> 雅，正也，言今之正者，以为后世法。
> 颂之言诵也，容也，诵今之德，广以美之。②

这里，郑玄对"六诗"有一个完整的界说。可以明显看出，按郑玄说，"六诗"实际上是不同诗歌体裁在内容、功能以及语言结构形式上的差异。既然说"六诗""以六德为之本，以六律为之音"，则"六诗"间文体差异除了思想内容，还应该包含诗乐风格形式上的区别。但郑玄时代，诗乐早已分离，故郑玄亦不可能对"六诗"文体作音乐层面之分析。

---

① 阮元：《十三经注疏》，中华书局，1980 年，第 795 页。
② 阮元：《十三经注疏》，中华书局，1980 年，第 795 页。

"六诗"是诗乐合一时代诗歌的文体形式。战国之前，诗乐合一，故有周代"六诗"之说。战国以降，诗乐分离，"六诗"演变成以文辞风格体裁为中心的"六义"。《毛诗序》：

> 故诗有六义焉：一曰风，二曰赋，三曰比，四曰兴，五曰雅，六曰颂。上以风化下，下以风刺上，主文而谲谏，言之者无罪，闻之者足以戒，故曰风。至于王道衰，礼义废，政教失，国异政，家殊俗，而变风变雅作矣。国史明乎得失之迹，伤人伦之废，哀刑政之苛，吟咏情性，以风其上，达于事变而怀其旧俗者也。故变风发乎情，止乎礼义。发乎情，民之性也；止乎礼主，先王之泽也。是以一国之事，系一人之本，谓之风。言天下之事，形四方之风，谓之雅。雅者，正也，言王政之所由废兴也。政有小大，故有小雅焉，有大雅焉。颂者，美盛德之形容，以其成功，告于神明者也。是谓四始，《诗》之至也。①

由于诗乐分离，故《诗经》之传播接受以及阐释只能以文辞为主。"六义"是指《诗经》中诗歌风格体裁，但主要研究的是以语言形式为对象的诗歌艺术风格特征，其中也包含一定的思想内容特征。郑玄解"六诗"实际上是在解说"六义"，这既是受《毛诗序》之影响，也是诗乐分离后诗歌解说的基本特点。这是诗歌文体研究在先秦两汉时期的一个主要发展特点。其后，孔颖达、朱熹等也有不同程度的论述。孔颖达《毛诗正义》说：

> 然则风雅颂者，诗篇之异体，赋比兴者，诗文之异辞耳。大小不同而得并为六义者，赋比兴是诗之所用，风雅颂是诗之成形，用彼三事，成此三事，是故同称为"义"，非别有篇卷也。②

这里，孔颖达又按体用之说将"六义"截然划分成两部分。风、雅、颂为一类，乃诗之体，赋比兴为一类，乃诗之用。这种划分，实际上考察基点仍然在诗歌文辞方面。其后朱熹又提出"赋比兴"为经，

---

① 阮元：《十三经注疏》，中华书局，1980年，第271页。
② 阮元：《十三经注疏》，中华书局，1980年，第271页。

"风雅颂"为纬的"三经三纬"说。① 而吕祖谦则在《吕氏家塾读诗记》卷一中引程氏说"《国风》、大小《雅》、三《颂》诗之名也。六义，诗之义也。一篇之中，有备六义者，有数义者。"② 并说"诗举有此六义，得风之体多者为《国风》，得雅之体多者为大小《雅》，得颂之体多者为《颂》。《风》非无雅，《雅》非无颂也。"严粲认为孔颖达"三体三用"说不对，说"六义"中的"风雅颂"不是"《诗》名之《风》、《雅》、《颂》"，而"六义"皆属于"用"。③ 这些关于"六义"的论述，毫无疑问属于诗歌文体研究，但始终围绕着诗歌的文辞而展开，这种诗歌文体论虽源于周代，但与先秦时期的"六诗"侧重点已完全不同。

在《周礼》中，亦不乏对散文文体特征的研究。《周礼·春官·大祝》：

> 大祝掌六祝之辞，以事鬼神示，祈福祥，求永贞。一曰顺祝，二曰年祝，三曰吉祝，四曰化祝，五曰瑞祝，六曰筴祝。掌六祈以同鬼神示，一曰类，二曰造，三曰襘，四曰禜，五曰攻，六曰说。作六辞以通上下亲疏远近，一曰祠，二曰命，三曰诰，四曰会，五曰祷，六曰诔。④

这里所言的"六祝""六祈""六辞"等属于中国古代典型的文体，其中对每类文体的总体特征以及具体文体细类进行说明与区分。"六祝""六祈""六辞"等都是以文辞为中心的文体，特别是祝、类、说、祠、命、诰、（盟）会、祷、诔等应该属于散文体裁。

除了《周礼》，先秦时期的《尚书》《诗经》本文中，都有不同程度论述文体的话语。例如，《尚书》分典、谟、诰、命、誓、训等不同文体，这种分类本身就属于文体研究。《尚书》中也有明确论述文体的话语，例如，《尚书·毕命》曰："政贵有恒，辞尚体要，不惟好异。"孔传云："政以仁义为常，辞以理实为要，故尚之。若异于先王君子所不好。"孔颖达疏曰："为政贵在有常，言辞尚其体实要约，当不惟好其奇异。"⑤《毕命》虽为伪古文《尚书》之篇章，但其材料来源当有依据。且《诗经》中亦有类似话语，《大雅·板》曰："辞之

---

① 黎靖德：《朱子语类》，中华书局，1994 年，第 2070 页。

② 《影印文渊阁四库全书》，第 75 册，台湾商务印书馆，1986 年，第 334 页。

③ 《影印文渊阁四库全书》，第 75 册，台湾商务印书馆，1986 年，第 14 页。

④ 阮元：《十三经注疏》，中华书局，1980 年，第 808 页。

⑤ 阮元：《十三经注疏》，中华书局，1980 年，第 245 页。

辑矣，民之洽矣。辞之怿矣，民之莫矣。"毛传："辑，和。洽，合。怿，说。莫，定也。"郑玄笺云："辞，辞气，谓政教也。王者政教和说顺于民，则民心合定。此戒语时之大臣。"① 显然，"辞尚体要"与"辞之辑矣"等表达的思想认识是一致的，都是对君王的政论性说教文章的文体基本要求。这种文体观关注的更多在风格方面。另外，《墨子》亦有："立辞而不明于其类，则必困矣。"童庆炳认为："《尚书》、《墨子》所述，很可能是我国文体论的起源。"②

既然先秦时期已经有一定的文体研究，那么作为当时十分盛行的铜器铭文自然是在一定文体思想指导下的创作实绩。这也充分说明，殷周铜器铭文是在一定明确文体思想观念指导下的自觉创作，而绝非随意而为的自由创作。其中任何一类文体的选择与运用，都遵循一定的规则与要求。

（三）现代文学史视野下殷周铜器铭文的文体特征

对铜器铭文的文体性质，现代文学史也有所关注，这说明在现代文学观念的视野下，殷周铜器铭文已经具有强烈的文体特征，则这种强烈文体特征的背后应当有一定的文体观念在起作用，否则是不可能形成起码的文体的。例如，1915 年曾毅《中国文学史》说：

> 汤之盘铭曰："苟日新，日日新，又日新。"章三句，句三字，惟以一定为韵，前世无其例，后世未有比也。黄帝之与舆几铭，夏禹之笋簴铭，皆已湮没不见，为后世铭文之祖者，实推此盘铭耳。惟以比于武王之盥盘铭，汤之高古，不如武之丰腴。盥盘铭曰："与其溺于人也，宁溺于渊。溺于渊犹可游也；溺于人不可救也。"忧勤之中，而重以危苦之情矣。
>
> 桑林祷辞，见于《荀子》，为后世祝辞之权舆。其辞曰："政不节与，使民疾与，宫室崇与，妇谒盛与，苞苴行与，谗夫昌与。"此亦与股肱元首歌。同为三言诗，每句加与字之语助词者也。及殷周鼎革之交，伯夷叔齐耻食周粟，隐于首阳山，及饿且死，作《采薇歌》。箕子朝周，过殷之故墟，伤宫室坏，遍生禾黍，作《麦秀歌》，以发其缠绵悱恻之情，而音节之谐和，非复昔日质直之比，抒情诗之源，乃以益畅而开百三篇六义之风。历史家谓抒情诗常先于叙事诗，以观中国上古之文学，又何不然？反而思之，彼叙事诗者，其韵调不必谐，其体制不必整，而抒情诗则因人文既进，思想大开，感物兴怀，足饶情致，故其发为歌咏者常觉柔婉，见诸辞藻者，美于形容，此

---

① 阮元：《十三经注疏》，中华书局，1980 年，第 549 页。
② 童庆炳：《文体与文体的创造》，云南人民出版社，1994 年，第 11 页。

三百篇之诗所以皆可入乐也。①

此处所论，涉及汤之盘铭和周武王之盥盘铭。据前后文意，作者是将盘铭和盥盘铭皆视为诗歌。不过似乎是"前世无其例，后世未有比"的独特用韵方式的诗歌体例。又如，1932 年冯沅君、陆侃如《中国文学史简编》在例举《殷文存》里的戊辰彝铭文后，认为："我们拿这些铜器上的文句来和上文所引较长的卜辞合看，便可明了中国散文起源的状况了。""……三、从殷墟卜辞所记舞与乐的情形知道那里必有许多已佚了的歌辞；四、从商末钓及较长的卜辞知道原始的叙事散文业已产生。"②

这里，作者显然是将金文与甲骨卜辞一起视为中国散文的起源，以散文文体看待金文，而且将金文视为殷周时代最可信最真实的散文材料。那么，到底什么的文体形式可视为散文呢？1949 年施慎之《中国文学史讲话》说：

> 中国的文章，大概可以两类：第一类是有音韵的，重词藻，带着骈俪的气息，像词赋等作品，介乎韵文与散文之间，我们把它称作美文，其实并非散文的正宗。第二类是纯粹的散文，比较近于实用，普通把它称作古文。这里所说最早的散文是指这一类，隋唐以前把美文当作文章的正宗，隋唐以后把古文当作文章的正宗，两者各有所偏。这里也不具论。但是在中国历史上最早的散文，并不是独立的，那些论述学术记载事情的经、史、子三种书里，都有极优美的文章，所以是经史诸子，实在是先秦时代的散文。③

这里，以有韵无韵来划分散文与诗歌，显然存在很大问题。前文已述，如《荀子》亦有押韵的段落，金文、卜辞更是如此。因此，单凭有韵无韵来划分散文与诗歌放在殷周时代似乎行不通。不过，这只是 20 世纪早期中国文学史研究者的认识，而如今这种认识，显然不符合中国文学发展实际，特别是先秦时期中国散文文体的发展实际。若持这种观点，是很难区分先秦时期诗歌与散文之间的基本界限的，更不用说拿来研究金文了。作为早期散文文体，殷周金文有很多是押韵的，这已是不争之事实。又 1931 年胡怀琛《中国文学史概要》在论述周以前箴铭时认为："箴铭不是发表情感的文字，他的本身，严格的说，不能算是文学，但是和诗歌谣谚有同样的形式，多少和文学

---

① 曾毅：《中国文学史》，上海泰东图书局，1915 年，第 27 页。
② 冯沅君、陆侃如：《中国文学史简编》，开明书店，1932 年，第 7 页。
③ 施慎之：《中国文学史讲话》，世界书局，1949 年，第 9 页。

作品有点关系，我们姑且把他说一说。……只有《大学》上所引的汤之盘铭，可以算是可信而且很好的一首周以前的箴铭。那铭道：'苟日新，日日新，又日新。'我们要知道周以前的箴铭是怎样，只看这一首就是了。"[①]

这里，胡怀琛虽将铭文作诗歌看待，但却认为铭文不是发表情感的文字，只是与诗歌谣谚有同样的形式罢了。不过，仅从文体样式看，铭文显然与诗歌同类。

再如，1935 年容肇祖《中国文学史大纲》第三章"西周时代的背景和铜器所载的韵文，及长篇的记录"认为：

一、西周历史的背景：中国史的起点，据传说在五千年以前。然含神话及传说而但论可徵的信史，实始于殷商之代，唐虞夏后，文献不足徵也。殷商甲骨和铜器的纪事，为今日所能承认为中国文学史的邃古的一章的开始的'文书'。甲骨刻辞和钟鼎彝器的记载，便是最可靠的材料。那里的商民族是由东北而来定居于河南的黄河流域，他们的文明程度已经是很高的，他们用龟甲去占卜，他们已知使用铜器，他们已有很繁赜的文字；他们在龟甲兽骨和铜器上所刻的文辞，是很整饬的。他们很信占卜，他们对于卜年卜寸是很注意的，可知那时已入一个农业的时代。他们也颇注重田渔，可见他们仍未脱尽游猎时代的生活。周民族是在殷商西部的民族，突起于殷商中叶后，他们喜欢用蓍占，后来结撰的《周易》便从此出。由周武王伐纣，河南各处的地域，由此殷民族的文化和周民族的文化混合了，便急猝的进步了。那时渐渐完全入到很成熟的农业社会之中。《诗经》里，关于农业事的咏歌是极多的，'十亩之间兮，桑者闲闲兮'，这种的情诗，科表现出农村的生出。那时的文学，因社会生活复杂，而产生成熟。他们的抒情诗，活的表现他们复杂的社会了。《诗经》，便是西周伟大的文学著作。其他文书的纪事，西周也比殷商不同，丰长了，整饬了，有时也使韵律了，这是他们文章的进步。以一先说他们的叶韵的文章和长篇的记录。二、周金叶韵的文章：——商代钟鼎彝器的刻辞，往往只是记着人名、徽号，或某人作此，用作某用，及子孙永宝用的一类铭辞，只举一事之目，到周代则文彩绚然，记录详细的多了。王国维著《两周金石韵读》，所记西周至战国铜器铭辞，有韵者三十七篇。（近人郭沫若《金文丛考》有《金文韵读补遗》）他以为用韵与《三百篇》无乎不合。今举西周的铭辞两篇列下，可知西周的记事文，已趋严整及典雅，并且更求韵律的谐协。较商代，盖已进步得多了。兹录虢季子白盘、及宗周钟铭辞于下……三、周金长篇的记载：周金铭辞，

[①]　胡怀琛：《中国文学史概要》，商务印书馆，1931 年，第 19 ~ 21 页。

有时记事较长的，意义更深厚，文辞亦能动人。兹录不娶敦盖铭文字于下——
……又毛公鼎铭，文最长，文体与尚书中之周诰同，兹录于下——……这些文
字，和周诰大约相同。①

容肇祖对殷周金文的研究明显有些心得，其认识到了殷周金文，特别是
周代金文的文体特点：其一，押韵，主要依据王国维、郭沫若金文用韵研究
成果；其二，记事功能，这是区别金文与诗歌的最大体裁不同之特征；其三，
金文与《尚书》周诰具有同样的文体性质，即散文文体特点。

另，1957 年，詹安泰、容庚等、吴重翰《中国文学史》的先秦两汉部分
论述说：

> 看上面所举的十几个例子，就可以知道西周铭文包含着丰富的材料，是
> 值得我们来研究的。周代的经典，如尚书、春秋和三传，经过后人的传写，
> 难免有些错误，如大诰误写"文王"作"宁王"，后人因而误解作"武王"；
> 也误写"前文人"作"前宁人"，这样，汉代人便无法解得通了。从文学的
> 角度来看，西周的铭文，虽长短不一致，大多是能够用很完整的形式来描述
> 当时某些社会现实的，这已是相当成熟的散文，其中虽有文义晦涩难解之
> 处，也是少数。②

该文学史著作对殷周金文的研究全面而深入，作者认为，金文实乃成熟的散
文，并对十多篇西周铜器铭文进行深刻分析。这里，将金文视为成熟的散文文体，
可能与著者的学术研究领域有关。众所周知，作为文学史著者之一的容庚，乃金
文研究大家，对殷周金文非常熟悉，且撰写过《殷周青铜器通论》和《商周彝器
通考》等金文研究重要著作。正因为如此，他比一般文学史作者对殷周金文有更
深刻的了解与研究，故能对殷周金文的文体特征作深入细致的分析与归纳。这种
对金文文体的研究力度，在现当代中国文学史著述中是比较突出的。正因为有这
些研究者不断开拓，当前，殷周铜器铭文已经被视为一种典型的散文文体样式写
进中国文学史了。例如，袁行霈主编《中国文学史》第一卷第三章说：

> 同样未经后人加工的商周铜器铭文，反映了我国早期记事记言文字由简至繁
> 的发展。商周时君王、公侯、臣子都可以作铜器铭文，君王所作铜器被视为国之

---

① 容肇祖：《中国文学史大纲》，朴社出版，1935 年，第 12～17 页。
② 詹安泰、容庚、吴重翰：《中国文学史》，"先秦两汉部分"，高等教育出版社，1957 年，第 48 页。

重宝。铜器铭文有长有短，广泛记述了社会生活。商代铭文记事简单，形式一律。如："丁巳，王省夔京，王易小臣俞夔贝，惟王来征夷方，唯王十祀有五，肜日。"（《殷文存》上二六·后）开头交代事件发生的时间，然后叙事，内容大多是殷王的赏赐，最后还有告于先祖的祭日，周代铭文字数增加了，内容复杂了。不仅有记事文字，还出现了与《尚书》诰命类似的记言文字。例如，以记事为主的《曶鼎》，先写了周王策命曶继承父业为王卜者；又写了曶用匹马束丝购买五个奴隶，引起纠纷，曶胜诉之事；还记载了匡季带其奴仆抢劫了曶的十秭禾，曶向东宫控告匡季而胜诉，得到了加倍赔偿的事。叙事已有一定规模了。而像《毛公鼎》等侧重记言的铭文，其中的训诰，已和《尚书》没有什么区别。①

结　论

对于殷周金文文体思想研究，我们可以得出如下论断：

第一，周代有文体分类现象的实际存在。例如《尚书》与《诗经》，作为自西周初年就已经开始编纂的书籍，其文体分类背后，显然有深刻的文体思想在起指导作用。而《周礼》中"六诗"等实际上也是文体分类具体表现。

第二，周代已经有明确论述文体的话语。《尚书·毕命》"辞尚体要"，"政贵有恒"。《诗经》"辞之辑矣"，墨子"立辞而不明于其类，则必困矣"等等。故童庆炳认为："《尚书》、《墨子》所述，很可能是我国文体论的起源。"

第三，后世的诗文划分标准，很难用来区分殷周时期的金文，更不要说去区分甲骨卜辞了。对于诗与文这两种后世的典型文体，其在殷周时期似乎存在密切互动现象，因此，从文体发展源头看，诗歌与散文有合一现象。

第四，金文中客观存在的丰富的文章体制，实际上充分体现了殷周时代对文体的深刻认识与着力追求，代表了殷周时期人们对文体形制的实际探索与研究。其中有些文体明显存在不断发展完善的现象，而不同时空下某些文体的一致性充分说明，殷周时期人们对文体的认识是自觉的，营构也是刻意而为之的。

第五，现代文学观视野下的殷周金文具有强烈的文体特征，这也说明，从现代文体学看，殷周金文已经具备现代文体色彩，而这种文体色彩的形成，绝非不自觉的，其背后当有深刻的文体观在起指导作用。

---

① 袁行霈：《中国文学史》，高等教育出版社，2002 年，第 88 页。

第五章　周代铜器铭文与《诗经》的文学批评思想

　　周代铜器铭文与《诗经》乃同一时代、同一历史文化背景下的产物，二者之间必然有许多相同、相通和相似之处。前文在探析周代铜器铭文中的文学批评范畴和文学批评思想时，亦曾大量引述《诗经》中的材料来进行印证。出土文献的研究，离不开传世文献，只有二者有机结合，才能推动各自研究的发展。而《诗经》与铜器铭文的互证，则正是"二重证据法"的最好运用，使铜器铭文研究和《诗》学发展能够相互促进。本章拟通过周代铜器铭文与《诗经》对比研究，探究铜器铭文与《诗经》在语言文字、名物制度以及文化思想等方面共性，揭示周代铜器铭文与《诗经》形成相同思想的深厚文化基础，进而探析二者在文学批评思想方面之共通性。

第一节　周代铜器铭文与《诗经》的字词、名物及史实

　　将《诗经》与金文互证，此法滥觞于北宋，至清代达到高峰。与《诗经》发生在同一历史文化背景的地下材料如今亦只有金文，而二者的互证，对解决《诗经》和金文各自的许多问题，诸如辨字释词、名物制度考证以及诗篇与铭文断代等无疑有巨大作用。

（一）字词互证

　　识字辨词无疑是金文研究的最基本环节。一件青铜器的出土，若没有对其铭文的字词辨析，则进一步的研究根本无从谈起。但铜器铭文的年代久远，古今相隔悬殊，文字、语言以及文化等均相差甚远，有时很难以今律古。要准确辨认出土文献的字词，当然得回归于出土文献的发生时代。而能说明出土文献发生时代语言、文字及文化背景的当然只能是相应的传世文献。《诗》

就是这样的传世文献。《诗》的发生时代最早可溯至殷商,最晚亦至春秋中期。因此,《诗》在辨析殷周铜器铭文方面起着十分重要的作用。

例如,《考古图》卷一载有晋姜鼎铭,引杨南仲"卑(俾)贯通弘"句释文曰:

> 疑"毌"字读为"贯",音冠,象穿贯宝货形。"贯"字从二毌,或即毌字。今毛诗有"串夷",字俗用为串穿之串。①

此所引毛诗为《大雅·皇矣》,原句为"帝迁明德,串夷载路"。毛传:"徙就文王之德也。串,习。夷,常。路,大也。"郑笺:"串夷即混夷,西戎国名也。路,应也。天意去殷之恶,就周之德,文王则侵伐混夷以应之。"②很明显,在"串夷载路"的训释上,毛传与郑笺截然不同。故孔疏曰:"郑唯串夷、载路为异。以天意徙就周之明德,是天去恶与善。文王以天之去恶如是,其患中国之混夷,文王则侵伐之,以应天意。以天去恶,故己亦伐恶以应之。"③郑玄之所以有此异辞,当与其所据文本有很大关系。《经典释文》曰:"串,古患反,一本作'患'。或云郑音患。"《正义》亦云:"郑以《诗》本为'患',故不从毛。"④马瑞辰《毛诗传笺通释》卷二十四曰:"《尔雅·释诂》'串'、'贯'并训'习也',《释文》'贯'作'惯',云:'本又作贯,又作遗。'《玉篇》:'串,或为惯。'传以'串'即'贯'字之假借,故以'习'释之,未若笺谓'串夷'即'混夷'为允。'串'即'毌'字之隶变,贯、毌古今字,昆、贯双声,畎与昆、贯亦双声,故知串夷、混夷为一,皆畎夷之假借。"⑤

毛传与郑笺的训释差异是由各自所据文本不同造成的,很难绝对地说二者谁对谁错。而且,毛传并非不知道混夷。《大雅·绵》"混夷駾矣,维其喙矣",毛传:"駾,突。喙,困也。"⑥这说明毛传是把"混夷"作"昆夷"看的。又《小雅·采薇》毛序曰:"文王之时,西有昆夷之患,北有猃狁之难。"此亦说明毛诗是知道文王之时有昆夷的。之所以对"混夷"与"串夷"

---

① 吕大临、赵九成:《考古图·续考古图·考古图释文》,中华书局,1987年,第9页。
② 阮元:《十三经注疏》,中华书局,1980年,第519页。
③ 阮元:《十三经注疏》,中华书局,1980年,第520页。
④ 阮元:《十三经注疏》,中华书局,1980年,第520页。
⑤ 马瑞辰:《毛诗传笺通释》,中华书局,1989年,第843页。
⑥ 阮元:《十三经注疏》,中华书局,1980年,第511页。

训诂不同，根本原因当在于作毛传者所见《诗》之文本"串"与"混"字形相差太大。若从字形上看，"串"确实与金文中的𢎥很近。金文的𢎥实乃上下二册，而"串"乃上下二中。马瑞辰说"串即册字之隶变"，如此，毛传的训释就没有什么不妥。而且，《大雅·生民》有"厥声载路"句，毛传"路，大也"，郑笺"是时声音则已大矣"。① 这里，毛、郑均将"载路"训释为"大"。因此，"串夷载路"之"载路"不当从郑笺训为"应"。《尔雅·释诂》："路，大也。"先秦时期，"路"为"大"义。《左传》桓公二年"大路越席"，注："大路，玉路，祀天车也。"疏："路训大也。君之所在以大为号，门曰路门，寝曰路寝，车曰路车。"② 若"载路"之"路"训为"大"，则"串夷"就不当训为"混夷"，当从毛传为妥。

又如，《宣和博古图》卷二解说晋姜鼎铭末句"三寿是利"说：

> 其末也，又言"保其孙子，三寿是利"，则"三寿"者，与诗人言"三寿作朋"同意，盖晋姜观其始，特保我子孙而外之三卿，亦冀寿考也。③

此处所引"三寿作朋"为《鲁颂·閟宫》诗句，原文为："万舞洋洋，孝孙有庆。俾尔炽而昌，俾尔寿而臧。保彼东方，鲁邦是常。不亏不崩，不震不腾。三寿作朋，如冈如陵。"毛传："寿，考也。"郑笺："三寿，三卿也。"孔颖达《正义》："老者，尊称。天子谓父事之者为三老，公卿大夫谓其家臣之长者称室老。诸侯之国立三卿，故知三寿即三卿也。言'作朋'者，谓常得贤人，僖公与之为朋，即《伐木》传云'国君友其贤臣'是也。"④ 很明显，晋姜鼎铭文与《鲁颂·閟宫》文皆为嘏辞。《宣和博古图》认为二者的"三寿"同义，即郑笺所云的"三卿"。但王应麟《困学纪闻》卷三却说：

> 《晋姜鼎铭》曰："保其孙子，三寿是利。"《鲁颂》"三寿作朋"，盖古语也。先儒以为"三卿"，恐非。⑤

此将郑笺和《宣和博古图》之"三寿"说一起否定。其后《诗》学各家

---

① 阮元：《十三经注疏》，中华书局，1980 年，第 530 页。
② 阮元：《十三经注疏》，中华书局，1980 年，第 1741 页。
③ 王黼：《宣和博古图》，《四库全书》第 840 册，（台北）商务印书馆，1986 年，第 406 页。
④ 阮元：《十三经注疏》，中华书局，1980 年，第 616 页。
⑤ 王应麟：《翁注困学纪闻》，商务印书馆，1935 年，第 285 页。

对"三寿"亦是训释各异。例如,程晋芳《毛郑异同考》卷十说:

> 案:由孔疏言之,则传笺略同。荆公曰"寿考之三卿为公朋也"亦此意。朱子以为未详。然古义自可用,故又引郑氏三卿之说。严华谷曰,愿有寿考之三卿为朋友,郑皆如冈陵之固,视其君臣同庆也。鄙意疏引三老之说尤为近之,此盖养老之典,如其德则如其寿也。①

陈奂《诗毛氏传疏》卷二十九说:

> 传释"寿"为"考","三考"义未闻。疑"考"乃"老"之误。张衡《东京赋》"降至尊以训恭,送迎拜乎三寿"。薛综注云:"三寿,三老也。"又《新序·杂事》五:"诗曰'寿胥与试',美用老人之言以安国也。"下章"寿",三家诗释为"老"则与此三寿为三老义同。笺云"三寿,三卿也",应是申成毛训。《椒聊》传"朋,比也"。古比方、比合不分上去声,三寿作朋意谓君与臣合德也。②

戴震《毛郑诗考》说:

> "三寿作朋",震按:三寿谓上寿、中寿、下寿之人作朋,言皆得与为比寿。由是引而极之,故又曰"如冈如陵"。王伯厚云晋姜鼎铭曰"保其子孙,三寿是利",《鲁颂》"三寿作朋"盖古语也。③

马瑞辰《毛诗传笺通释》说:

> 据下言"如冈如陵",是祝其寿考,则寿从传训考为是。考犹老也,三寿犹三老也。晋姜鼎铭"保其子孙,三寿是利";昭三年《左传》"三老冻馁",杜注:"三老谓上寿、中寿、下寿,皆八十以上。"《文选》李善注引《养生经》:"黄帝曰:上寿百二十,中寿百年,下寿八十。"皆三寿即三老之证。笺训为三卿,失之。④

据上可知,研《诗》者亦多有引晋姜鼎铭为证。各家关于"三寿"训

---

① 程晋芳:《毛郑异同考》,《续修四库全书》第 63 册,上海古籍出版社,1997 年,第 542 页。
② 陈奂:《诗毛氏传疏》,《续修四库全书》第 70 册,上海古籍出版社,1997 年,第 433 页。
③ 戴震:《毛郑诗考证》,《续修四库全书》第 63 册,上海古籍出版社,1997 年,第 599 页。
④ 马瑞辰:《毛诗传笺通释》,中华书局,1989 年,第 1147 页。

释主要集中在两个方面，其一，晋姜鼎铭之"三寿"与《鲁颂》之"三寿"是否同义。其二，"三寿"之含义究竟是什么。关于第一点，正反两方面的意见均肇始于宋人。《宣和博古图》认为同义，而《困学纪闻》疑之。后人将这两种观点加以拓展。如，顾广誉《毛诗详说》说"王氏《困学纪闻》所载晋姜鼎铭'保其孙子，三寿是利'，彼自谓上、中、下三等之寿，与此（三寿作朋）不同。"① 胡承珙《毛诗后笺》亦说："《困学纪闻》引晋姜鼎铭曰'保其子孙，三寿是利'，案此用诗'三寿'字，不指'三卿'说。"② 戴震显然也是持否定意见。赞同者，如马瑞辰，以金文来考证《诗》义。

考晋姜鼎铭和《鲁颂·閟宫》的发生时间。一般认为晋姜鼎乃晋文公夫人所作。董逌《广川书跋》卷三曰：

> 铭曰"维王十月乙亥，晋姜曰余维嗣先姑君晋邦，余不敢荒宁"，知其为晋鼎矣。然则其谓"晋姜"，则齐女也。春秋时齐归晋女者，献公则齐姜，文公则大姜，平公则少姜，其在春秋前则穆侯夫人。书传虽间有遗缺，不得尽见，然其著者此尔。少姜早死，齐姜不得主祀，穆夫人不尽穆侯世，惟文公夫人当襄公世，犹不弃祀事，疑此大姜鼎也。③

《宣和博古图》："晋姜，齐侯宗女。姜氏以其妻晋文侯，故曰晋姜。观其始言君晋邦，取其寡小君之称以正其名，中叙文侯威贯通洪征绥阳汤原，以显己之有助。"④

晋文公在位时间为公元前 636 年至前 628 年，则晋姜鼎当作于此段时间范围内。《诗谱》说："僖二十年，新作南门，又修姜嫄之庙。至于复鲁旧制，未遍而薨。国人美其功，季孙行父请命于周，而作其颂。"则《鲁颂·閟宫》当作于僖公刚薨后不久。僖公在位时间为前 659 年至前 627 年与晋文公为同时期人物。若按具体发生时间，晋姜鼎可能稍早于《鲁颂·閟宫》，但二者大体为同一历史时期的产物，时间相隔应该不远。故可以判断，"三寿"应为当时流行语汇，乃嘏辞中常用语。既然二者为同一历史时期产物，则两"三寿"

---

① 顾广誉：《毛诗详说》，《续修四库全书》第 72 册，上海古籍出版社，1997 年，第 334 页。
② 胡承珙：《毛诗后笺》，《续修四库全书》第 67 册，上海古籍出版社，1997 年，第 773 页。
③ 董逌：《广川书跋》，《行素草堂金石丛书》，光绪丁亥本。
④ 王黼：《宣和博古图》，《四库全书》第 840 册，（台北）商务印书馆，1986 年，第 406 页。

应该同义。

从铭文与诗文综合看，"三寿"当指人。前人多纠缠于"三老"与"三卿"之上，其实，"三老"与"三卿"在本质上是一致的。正如陈奂所说，郑笺乃"申成毛训"。《汉书·礼乐志》注引李奇说："王者父事三老，兄事五更。诗云：'三寿作朋。'"《后汉书·儒林列传》载："中元元年，初建三雍。明帝即位，亲行其礼。天子始冠通天，衣日月，备法物之驾，盛清道之仪，坐明堂而朝群后，登灵台以望云物，袒割辟雍之上，尊养三老五更……"可知，三老五更实乃渊源有自的一种礼仪制度。天子谓父事之者为三老，诸侯之国立三卿。晋国、鲁国皆为诸侯之国，故知其所云"三寿"当指"三卿"，在本质上与天子立三老礼仪制度一样。因此，郑笺之说更准确。《宣和博古图》采用郑玄之说以释金文是很恰当的。

今本《诗经》中，尚有很多字词含义不甚明确，且各家在这方面的分歧更是成为《诗》学发展中的一种常见现象。弄清诗篇的字词含义，显然是《诗经》学发展的重要基础。如何解决《诗》学领域的这些问题，仅靠内证或其他传世文献显然已经难以实现，故有时需要依靠新材料的发现来解决之。而金文的出土，无疑极大推动了《诗经》学的发展，特别在辨文释字方面，创获很大。

例如，《山左金石志》卷二论宋戴公戈曰：

今释其文曰"朝王，商戴公归之造"。何以知为"朝"字也？《诗》"愵如调饥"，《释文》作"輖"，今作"调"者，字形相近而误。輖音周，周朝一声之转，古字通借。此戈借为朝觐之朝，犹毛诗借为朝夕之朝矣，其右旁近舟，古钟鼎舟周每同字也。

又《积古斋钟鼎彝器款识》卷八论宋戴公戈亦曰：

案："輖"当为"朝"，《诗》"愵如调饥"，《释文》作"輖"，今作"调"者，字形相近而误。輖音周，周輖一声之转，古字通借。此戈借为朝觐之朝，犹毛诗借为朝夕之朝矣。其右旁近舟，古钟鼎舟周每同字也。

宋戴公戈的拓片与铭文如下：

此铭《殷周金文集成》未收，《山东金文集成》收入，定为西周时器。《山左金石志》卷二说：

> 此戈乃戴公朝于平王归后所作，至子武公时始加铭追记作戈时乃朝王之后，故称讳也。戈造于先，铭勒于后，故文凿而非铸。此戈为颜教授（崇槳）目覩田夫自曲阜土中掘出者，文字铭语非后人所能伪托矣。

毕沅、阮元在考释《宋戴公戈铭》时，均引用了《诗·周南·汝坟》"愵如调饥"句。毛传："愵，饥意也。调，朝也。"郑笺："愵，思也。未见君子之时，如朝饥之思食。"《释文》："调，张留反也。又作輖，音同。"马瑞辰《毛诗传笺通释》曰：

> 调，《释文》云"本又作輖"。今按，明赵灵均《说文钞》本及《五音韵谱》本引《诗》并《蜀石经》本正作"輖饥"。杨凝式《韭化帖》"輖饥正甚"亦作"輖"，惟《韩诗》及今《说文》二徐本作"朝饥"。輖、调俱从周声。《说文》："辀，旦也，从舟，舟声。"周、舟古同声通用。故"朝饥"可借为"调"与"輖"也。传云"调，朝也"，正谓"调"为"朝"之假借。

又《易林·兑之噬嗑》："南循汝水，伐树斩枝。过时不遇，愵如周饥。"则《齐诗》又作"周饥"。尚秉和注："'周'毛诗作'调'，传云'朝也'。丁晏云，'周'，《释文》作'輖'，'周'即'輖'之省文。"[1] 又据王先谦

---

① 尚秉和：《焦氏易林注》，光明日报出版社，2006 年，第 569 页。

《诗三家义集疏》，《鲁诗》作"朝饥"。①

综上可知，《汝坟》"惄如"句，各家诗文有"调饥""朝饥""周饥""輖饥"之说。为什么会形成如此的诗文差异呢？导致这种文字差异的背后肯定有一定原因。诗文差异的出现是伴随汉代《诗》学分化而形成的，而从先秦文字发展演变来看，应以《鲁诗》"朝饥"说为正，其余皆为文字演变或《诗经》传播中形成的假借。这点可以在周代金文中得到印证。在周代金文中，"朝"字由形旁![]和声旁"舟"构成，如：

（利簋）　　（朝歌右库戈）　　（先兽鼎）　　（大盂鼎）

形旁![]，即倝，《说文》："倝，日始出光。"② 此为象形，象日光刚刚从树丛露出，故为朝夕之朝。![]在《仲殷父簋》中又讹作"車"，故有后来"朝"作"輖"者，乃形近音近而误。《说文》："朝，旦也，从倝，舟声。"③ 朝音舟，同音相通，故有调、周、輖之假借。《小臣继彝》铭："惟十有三月王宅旁舟，小臣继即事王，锡贝五朋，扬天子休，用作父宝尊彝。"《积古斋钟鼎彝器款识》卷五论曰：

> 案：旁舟，犹言邦京也。舟古通周。《考工记》"作舟以行水"，注云：'故书'舟'作'周'。'《诗·大东》"舟人之子"，笺云："'舟'当作'周'。"《左传》"申舟"，《吕览》作"申周"；"华周"，《说苑》作"华舟"，二字古通用也。

此亦可解释朝与调、周、輖的假借问题。《吕氏春秋·音初篇》说《二南》为周公、召公采入，当为西周时期的作品，则西周时期的《汝坟》必作"惄如朝饥"。汉代四家诗中，《鲁诗》文最接近周代原貌，故《汉书·艺文志》说三家诗中"鲁最为近之"。毛、齐诸家诗文作调、周、輖等属同音假

① 王先谦：《诗三家义集疏》，中华书局，1987年，第59页。
② 许慎：《说文解字》，中华书局，1963年，第140页。
③ 许慎：《说文解字》，中华书局，1963年，第140页。

借，实乃口耳相传的结果。《汉书·艺文志》说《诗经》"遭秦而全者，以其讽诵，不独在竹帛故也"。《诗经》长期口耳相传，在汉初写定时，因方言、记忆等导致同音假借。故"朝饥"讹为调饥、周饥、輖饥。

又如《缀遗斋彝器考释》论《井仁钟》铭曰：

> 盨下从皿，阮、吴二录并失摹，按盨字见薛氏《款识》，《秦公钟》薛氏释为盅，阮录《卯敦铭》释从之。今审此字，上从叔，不从弔，如薛、阮二家所释，则此"显盨"为称美其祖考之辞，与《善夫克鼎》"盨愆厥德"语皆不可通。此字又从心作愁，《郑公华钟》曰"愁穆不坠于乃身"，《邻沇兒钟》曰"愁于仁义"，其义并同，盖皆以淑为义。古叔、淑同字。淑，善也。因思《书·费誓》"善敹乃甲胄，敿乃干，无敢不吊"，以下文"无敢不善"言之，则"吊"字当为"淑"字之讹。又《左》昭公二十六年传王子朝告诸候之辞曰："帅群不吊之人"，"不吊"即"不淑"，犹云不善之人耳。据此知《书·大诰》诸篇之"弗吊"，《诗·节南山》之"不吊昊天"，"吊"字皆当作"淑"，盖由古文"叔"作𣁬，篆文"吊"作𢑏，二字以形相近而讹者也。或谓余此论不免武断，余曰是有确据，非凿空也。《庄子·德充符》曰"蕲以諔诡幻怪之名"，而《齐物论》曰"其名为吊诡"，此"吊诡"即"淑诡"之讹灼然甚明。又《周礼·春官》太祝六曰诔，郑司农注引《春秋传》曰"孔子卒，哀公诔之曰'闵天不淑，不憖遗一老'"，是先郑所见《左氏传》正作'淑'，康成亲见先郑此注，故于《节南山》诗"不吊昊天"，毛传以"吊"为至，笺云："至犹善也，不善乎昊天，诉之也。"然不敢显指经文为误字，则汉儒之慎，而此一字遂历二千年之久，佔毕之儒罕有知其讹者，夫小可叹之至矣。犹幸司农此注存于《周礼》，狄为佐证，古义不亡，功莫大焉。

《说文》："吊，问终也。古之葬者，厚衣之以薪。从人持弓，会敺禽。"[1]"吊"只有悯意，何来善义？故朱熹以"愍吊"释之。[2]且毛传"吊，至也"的训释实难理解，故郑笺、孔疏均未从之。郑笺改训为"善"，这是有一定道理的。根本原因在于"不吊昊天"之"吊"属讹误，正字本应为"淑"。方濬益从金文与传世文献之二重证据，考释出"吊"当为"淑"。现代金文研

---

[1]　许慎：《说文解字》，中华书局，1963年，第167页。
[2]　朱熹：《诗集传》，《钦定四库全书荟要》，吉林出版集团有限责任公司，2005年，第88页。

究者多认为周代金文中的“吊”有两个义项，其一用为伯叔之“叔”，其二通“淑”，善也。[①] 殊不知，这种认识可能混淆了“叔”与“吊”的释文。据方濬益说来看，现代学者对金文中“吊”的释文实际上是有误的，凡释“吊”的，均应作“叔”。“叔”乃本字，根本不存在“吊”用为“叔”的，此字本来就是“叔”。又《叔觯》铭：“。”《缀遗斋彝器考释》论曰：

> “叔”为彝器铭习见，字皆古文象形，篆文作尗，《说文》云“豆也，象尗豆生之形也”。按许君此语乃古训，与古文字正合，当是史籀大篆十五篇之辞以说尗字，殊不见象形之意。经典通作叔，又作菽。《诗·采菽》笺云“菽，大豆也”。《齐民要术》引杨泉《物理论》“菽者众豆之总名”。盖豆之为物其类不一，然蔓生者为多，故《楚辞》曰“菽藟兮蔓衍”是也，此文正象其蔓衍有所攀附之状，其端三角象豆荚，是为豆生之形，故《说文》云然。然《说文》无“菽”字，又与“叔”异义。彝器文只作，引申为伯仲叔季之称。《诗·七月》“烹葵及菽”，《释文》本作“叔”，《生民》“艺之荏叔”，《礼记·檀弓》“啜叔饮水”，《释文》皆曰“叔”，或作“菽”。《管子·戒篇》“北伐山戎，出冬葱与戎叔布之天下”，房注：“戎叔，胡豆。”据此知“菽”为后世俗字。

显然，彝器铭文中，根本没有“淑”与“菽”字，只有“叔”字。古叔、淑、菽同字。这种现象在金文中也十分普遍，如立与位、稱与爯、伯与白、邶与北、才与在等。“叔”与“淑”同字，也不存在“吊”通“淑”的问题了。因“叔”字的误释与讹误，故导致一些诗文的难以理解。方濬益说此字历数千年之久罕有知其讹者，此语似乎并没有夸张。

再如，邶伯鬲铭：“邶伯作彝。”《古文审》论曰：

> 邶，旧释作，以为鼎之下体，即鼎字。又云此益省。非也，此明是北字，小篆作与此同。此用为邶。《说文》：“邶，故商邑，自河内朝歌以北是也。”《春秋大事表五》今河南卫辉府东北有邶城。案：今俗误作邺，又误用邺，古止作北。《诗》释文“邶本又作鄁”，《字林》方代反，《国语》补音卷三引《字林》作鄁。

① 陈初生：《金文常用字典》，陕西人民出版社，2004年，第786页。

又《缀遗斋彝器考释》论北伯鼎曰：

> 按："北"字为二人相背之形，说详前背父乙鼎铭，释此曰"北伯"，自是国名，字又作邶，《说文》："邶，故商邑，在河南朝歌以北。"《诗谱》曰"自纣城而北谓之邶"。《汉书地理志集注》："邶或作鄁。"是邶之命名正以其在殷都之北。武王克商，分纣城而封之者，特其事不详，得此铭，知其爵为伯，可补经传之阙。

《诗经》十五国风，其地域及文化历史背景大多有历史文献清晰可考。只有极少数地区的地理位置与历史背景不清楚，《邶风》就是其中之一。郑玄《诗谱》曰：

> 邶、鄘、卫者，商纣畿内方千里之地。其封域在《禹贡》冀州大行之东。北逾衡漳，东及兖州桑土之野。周武王伐纣，以其京师封纣子武庚为殷后。庶殷顽民，被纣化日久，未可以建诸侯，乃三分其地，置三监，使管叔、蔡叔、霍叔尹而教之。自纣城而北谓之邶，南谓之鄘，东谓之卫。武王既丧，管叔及其群弟见周公将摄政，乃流言于国，曰"公将不利于孺子"。周公避之，居东都二年。秋，大熟未获，有雷电疾风之异。乃后成王悦而迎之，反而遂居摄。三监导武庚叛。成王既黜殷命，杀武庚，复伐三监。更于此三国建诸侯，以殷馀民封康叔于卫，使为之长。后世子孙稍并彼二国，混而名之。七世至顷侯，当周夷王时，卫国政衰，变风始作。故作者各有所伤，从其国本而异之，为《邶》《鄘》《卫》之诗焉。

《汉书·地理志》曰：

> 河内本殷之旧都，周既灭殷，分其畿内为三国，《诗·风》邶、庸、卫国是也。鄁，以封纣子武庚；庸，管叔尹之；卫，蔡叔尹之：以临殷民，谓之三监。故《书序》曰"武王崩，三监畔"，周公诛之，尽以其地封弟康叔，号曰孟侯，以夹辅周室；迁邶、庸之民于洛邑，故邶、庸、卫三国之诗相与同风。《邶诗》曰"在浚之下"；《庸》曰"在浚之郊"；《邶》又曰"亦流于淇"，"河水洋洋"，《庸》曰："送我淇上"，"在彼中河"。《卫》曰："瞻彼其奥"，"河水洋洋"。故吴公子札聘鲁观周乐，闻《邶》《庸》《卫》之歌，曰："美哉渊乎！吾闻康叔之德如是，是其《卫风》乎？"至十六世，懿公亡道，为狄所灭。齐桓公帅诸侯伐狄，而更封卫于河南曹、楚丘，是为文公。而河内殷虚，更属于晋。康叔之风既歇，而纣之化犹存，故俗刚强，多

豪桀侵夺，薄恩礼，好生分。

关于《邶风》的史料主要就是这两段文字。但其中许多问题实际上并不明朗，如邶作为一个国家的爵位是什么，邶的地理位置究竟在哪，何时真正并入卫国等。这些问题对《诗经》邶、鄘、卫三风的区分及相互间关系研究无疑有重要作用。而清人对《北伯鬲》的考释，首先从出土文献方面证实了邶的爵位乃伯，弥补了传世文献之不足。周代铜器中关于邶伯的主要有：

> 《北伯作彝鬲》：北（邶）伯作彝。
> 《北伯作尊鼎》：北（邶）伯作尊。
> 《北伯邑辛簋》：北（邶）伯邑辛作宝尊簋。
> 《北伯✿卣》：北（邶）伯✿作宝尊彝。[1]

王国维《观堂集林》卷十八《北伯鼎跋》曰：

> 彝器中多北伯、北子器，不知出于何所。光绪庚寅，直隶涞水县张家洼又出北伯器数十种。余所见拓本，有鼎一，卣一。鼎文云"北伯作鼎"，卣文云"北伯作宝尊彝"。北，盖古之邶国也。自来说邶国者，虽以为在殷之北，然皆于朝歌左右求之。今则殷之故虚得于洹水，大且、大父、大兄三戈出于易州，则邶之故地自不得不更于其北求之，余谓邶即燕，鄘即鲁也。邶之为燕，可以北伯诸器出土之地证之，邶既远在殷北，则鄘亦不当求诸殷之境内。

陈梦家《西周铜器断代》说："北伯诸器出于燕地，乃西周初邶国之器，似无可疑。……北伯皆仅限于西周初期，可认作武、成间殷遗的铸作。成王诛武庚，更封卫、宋、燕而北器遂亡。北伯器出土之地，或以为邵公封地。"[2]

关于邶、鄘、卫的分封问题，先秦文献没有提及。《史记》中无论《殷本纪》还是《周本纪》都没有三分邶、鄘、卫之说。相关的分封两次，其一，周武王克殷后："封尚父于营丘曰齐，封弟周公旦于曲阜曰鲁，封召公奭于燕，封弟叔鲜于管，弟叔度于蔡。""封商纣子禄父殷之余民，武王为殷初定未集，乃使其弟管叔鲜、蔡叔度相禄父治殷。"[3] 其二，成王平息武庚叛乱后：

---

① 陈梦家：《西周铜器断代》，中华书局，2004 年，第 77 页。
② 陈梦家：《西周铜器断代》，中华书局，2004 年，第 78 页。
③ 司马迁：《史记》，中华书局，1959 年，第 126 页。

"以微子开代殷后，国于宋，颇收殷余民，以封武王少弟封为卫康叔。"① 据《史记》，根本没有三分殷畿内之地为邶、鄘、卫之说。且具体武庚封于何地也言之不详，而且很明显封卫与封武庚根本不是同时期的事情。《帝王世纪》说："自殷都以东为卫，管叔监之；殷都以西为鄘，蔡叔监之；殷都以北为邶，霍叔监之，是为三监。"② 此说与《史记》《诗谱》《汉书·地理志》的说法皆各不相同。这说明，三分殷畿内为邶、鄘、卫之说中传说附会成分不少。司马迁去古未远，而班固、郑康成又去司马迁几百年，则似乎当以《史记》为信。而按《史记》说，前后两次分封中，封于殷都以北的只有燕，这与北伯诸器在燕地的出现十分吻合。因此，对于邶之地理位置，似乎可以肯定王国维"邶即燕"之说。

（二）名物互证

金文中的名物实乃读懂读通铜器铭文的症结之一。由于常常缺乏文献可依，因此后人对许多出土器物往往难以正确认知。例如，苏轼说"胡穆秀才遗古铜器，似鼎而小，上有两柱，可以覆而不蹶，以为鼎则不足，疑其饮器也，胡有诗，答之"，其《胡穆秀才遗古铜器诗》云：

> 只耳兽啮环，长唇鹅擘喙。三趾下锐春蒲短，两柱高张秋菌细。君看翻覆俯仰间，覆成三角翻两髻。古书虽满腹，苟有用我亦随世。嗟君一见呼作鼎，才注升合已漂逝。不如学鸱夷，尽日盛酒真良计。③

容庚《宋代吉金书籍述评》说："其状物入微，吾辈一见可知其为爵者，以轼之渊博尚不之知。"④ 连苏轼都不知爵为何物，这充分说明，对古代器物的认知确实存在一定的难度。古器物难识，则古器物尤其是其中铭文所蕴涵的名物制度就更难把握了。不过，认知金文中的名物较稳妥的办法还是得从传世文献中寻找依据。由于《诗》中所涉名物丰富，故《诗》对认知同时代金文之名物就起着至关重要的作用。

由于时空隔阂，历史文化背景不同，今天的人们认识如《诗经》这样的作品时，对其中的名物制度往往十分陌生，理解起来有一定难度。而周代金

---

① 司马迁：《史记》，中华书局，1959 年，第 132 页。
② 司马迁：《史记》，中华书局，1959 年，第 127 页。
③ 苏东坡：《苏东坡全集》，中国书店，1986 年，第 92 页。
④ 容庚：《宋代吉金书籍述评》，《学术研究》1963 年第 6 期，第 82 页。

文研究中也存在相同难题。借助金文与《诗经》之比照，有时往往能取得较好的效果。

1. 在器物形制与作用方面之互证

（1）罍

例如，《考古图》卷四足迹罍：

> 闻此器在洹水之滨亶甲墓旁得之，司尊彝祭祀祼，皆有彝献，皆有尊酢，皆有罍，彝为上尊，罍为下尊，上者宜小，下者宜大。此器形制与师艅彝略相似而容受加大，盖罍属也。《诗》云"我姑酌彼金罍"，罍亦用金也。环颈之文与后所图兽环细文三壶相似，或以为象山形，谓之山罍。①

此云罍为下尊，宜大，正与《诗》义合。其中所引《诗》句为《周南·卷耳》文。许慎《五经异义》六言罍制引《韩诗》说："金罍，大器也。天子以玉，诸侯、大夫皆以金，士以梓。"② 此亦说明，足跡罍当为诸侯器。

又如，钱坫《十六长乐堂古器款识考》论周饕餮罍尊：

> 右罍尊……兽高四寸五分，满身饕餮兽云，罍花纹无铭。《说文解字》："橗，龟目酒尊，刻木作云雷象，象施不穷也，或作罍。……《诗》酌彼金罍。"毛传："人君黄金罍。"《五经异义》："韩诗说，金罍，大夫器也，天子以玉，诸侯大夫以金。"毛诗说，金罍，酒器也，人君以黄金目饰，尊大，一硕金饰龟目。盖刻为云雷之象。

《两罍轩彝器图释》卷四论周齐侯中罍：

> 罍，《说文》木部："橗，龟目，酒尊，刻木作云雷象，象施不穷也。从木，畾声。"晶橗或从缶，晶橗或从皿。𤖅，籀文。橗，器作晶，即𤖅之省。罍，古用木。郑君《司尊彝》注云"山罍亦刻而画之为山云之形"。《诗·卷耳》正义引此申之曰："言刻画则用木矣，故礼图亦云刻木为之。许氏《五经异义》引韩诗说'金罍，大夫器也，天子以玉，诸侯大夫皆以金，士以梓'。"毛诗说"金罍，酒器也。"许不从韩说谓以玉。经策明文则金玉亦就其饰言之，其实皆用木也。故解字以从木之橗为正字。

---

① 吕大临、赵九成：《考古图·续考古图·考古图释文》，中华书局，1987 年，第 97 页。
② 王先谦：《诗三家义集疏》，中华书局，1987 年，第 27 页。

金罍为《诗·周南·卷耳》中器物名，毛传与韩诗在训释时存在明显差异。按毛诗说，此诗主人公当为天子；而据韩诗，则此诗主人公当为诸侯或大夫。王先谦说："《周南》之诗，是文王未称王时作，无嫌于金罍为诸侯之制。"此为调和之说。弄清器物的形态与使用制度，无疑有助于认识诗篇之主旨。造成分歧的原因，在于毛诗与三家诗对《周南》产生的历史背景理解有异。毛诗有正变之说，《诗谱序》说："文武之德光熙前绪，以集大命于厥身，遂为天下父母，使民有政有居，其时诗风有周南、召南，雅有鹿鸣、文王之属。"这里所谓的"集大命于厥身"、"为天下父母"，实际上是认为文王已经受天命而王，故有金罍人君之器的说法。而三家诗多认为《周南》为刺诗，故金罍只能是"下以讽刺上"的大夫之器。实际上毛诗的文王受命说存在严重的漏洞。《诗本义》之"二《南》为正风解"论曰：

> 天子诸侯当大治之世，不得有风。风之生，天下无王矣。故曰：诸侯无正《风》。然则周、召可为正《风》乎？曰：可与不可，非圣人不能断其疑。当文王与纣之时，可疑也；二《南》之诗正变之间，可疑也。可疑之际，虽恶纣而主文王，然文王不得全有天下尔，亦曰服事于纣焉，则二《南》之诗，作于事纣之时，号令征伐不止于受命之后尔，岂所谓周室衰而关雎始作乎？史氏之失也。推而别之，二十五篇之诗，在商不得为正，在周不得为变焉。上无明天子，号令由己出，其可谓之正乎？二《南》起王业，文王正天下，其可谓之变乎？此不得不疑而轻其与夺也。学《诗》者多推于周而不辨于商，故正变不分焉。以治乱本之二《南》之诗，在商为变而在周为正乎？或曰：未谕。曰推治乱而迹之当不诬也。

《李黄集解》（黄）曰：

> 古之说诗者皆传讹承深失诗人之意，未有为之釐正者。其说曰：文王以二《南》之地分赐二公而为之采邑。故《关雎》《麟趾》之化，系之周公者，自陕以东周公主之也。《鹊巢》《驺虞》之化，系之召公者，自陕以西召公主之也。陈少南又谓文王抚有西戎，南化江汉，天下既一，则分岐东于周公，分岐西于召公，一东一西，皆以北为上。自上而下，故言自北而南。李迁仲亦从其说。吾不知文王所以分地于二公者，果请之天子而与之邪，抑不请之天子而自与之邪。文王处君臣之难而有事君之小心。内文明而外柔顺。未尝萌畔援歆羡之欲也。而肯为是举乎？且当是时，纣虽不道，犹天子也。文王虽圣人，犹诸侯也。文王居羑里而系《易辞》，其志

可见，安有纣犹在上而文王擅分其地以与人哉？或者又以为文王受命称王，于是乎分陕，此不知文王者也。

　　若完全相信毛诗、郑笺的二《南》说，则稍进一步推演就不难得出这样的结论：文王能化治南国，实乃商纣用人得当。在这样的前提下，那么"二《南》之化"到底应算谁的政绩呢？算文王似乎不当，因为当时仍然是纣王号令天下。如果说商纣已政衰，则二《南》不得为正《风》；如果说文王已经受命，二《南》是歌颂文王政治清明，则天下无二主，儒家所说文王三分天下有其二而仍服事殷之事无异于虚美文王了。如此，不是把文王看成了一个篡夺殷商天下的诸侯么？又何来文王之德乎？汉儒的文王受命称王说，从历史事实来说，可能没有此事，这不过是春秋笔法之类的后人创作。正如汉代辕固与黄生争论汤、武到底是受命称王还是弑君一样。① 三家诗学者似乎坚持的是历史真相。故对于金罍之说，王先谦亦说："毛传统言'人君'，所以成其曲说，不若韩之得实也。"事实证明，夏殷周之爵制，天子确以玉也。②

　　（2）豆
　　例如，《考古图》卷五镫：

　　　　愚按，《诗》"于豆于登"，注：豆，木豆；登，瓦豆也。③

　　又如，《广川书跋》之古豆：

　　　　秘阁有豆，其制甚备，中直而下承，有跗如盤，礼官疑之。政和三年诏尽出古器，俾儒官考定。盖朝廷讲礼既备，将大革器物，以合三代。或以问余，豆之制不同，何哉？余曰，礼之所设其器异也。《诗》曰"于豆于登"，传曰"瓦豆谓之登"。豆之制则同。毛氏谓瓦为登，木为豆，不知古者铜为盖有制也。

　　此所引《诗》传为《大雅·生民》毛传。今毛传文为"木曰豆，瓦曰登"。与此所引略异。孔颖达《生民》正义曰："《释器》云：'木豆谓之豆，瓦豆谓之登。'是'木曰豆，瓦曰登'。对文则瓦、木异名，散则

---

①　司马迁：《史记》，中华书局，1959 年，第 3122 页。
②　王先谦：《诗三家义集疏》，中华书局，1987 年，第 27 页。
③　吕大临、赵九成：《考古图·续考古图·考古图释文》，中华书局，1987 年，第 116 页。

皆名豆，故云瓦豆谓之登。"① 可知，豆、登皆属豆器。宋代金文研究者将二者合一正是依据《诗》义。郑笺说"祀天用瓦豆，陶器质也"，《郊特牲》亦云"埽地而祭，于其质也，器用陶匏"。这些虽然说明了瓦豆的作用，但并未说古无铜制豆器。董逌据出土铜镫认定毛传不知登有铜器，似乎有些苛刻。

再如，《东观余论》之"商貍首豆说"：

> 案《射义》诸侯以《貍首》为节。《貍首》之诗逸矣，其义弗可知，然即名以求其义，盖取所田之物为名，貍兽之小者言小兽，则大兽可知。故国君用射于田，以所获禽一为乾豆，盖以祀事为先，此豆饰以貍首，义或出此，其庙享之器欤。②

此将出土之商貍首豆与逸诗《貍首》联系起来，视角颇新。对进一步研究《貍首》及貍首豆的文化内涵具有重要启迪。

（3）琫珌

例如，《考古图》卷八琫珌：

> 李氏录云，《诗》曰"鞞琫有珌"，又曰"鞞琫容刀"。《春秋传》曰"藻率鞞鞛"，皆注为佩刀之上下饰，乃刀削具装之首尾。③

此所引《诗》文出自《小雅·瞻彼洛矣》和《大雅·公刘》。毛传："鞞，容刀鞞也。琫，上飾。珌，下飾。""下曰鞞，上曰琫。"《考古图》所释正据《诗》义。

（4）盉

例如，《宣和博古图》卷十九解说周麟盉铭：

> 且麟之为物，音中钟吕，步中规矩，而昔人取以为圣时之瑞也。而又角端有肉，示武而不用。许慎以为仁兽，而诗人况忠厚，故云《关雎》风化之应。然则饰之于器，殆不徒设夫盉以调饮食以养人，所谓仁厚者在是矣，故以麟旌之直焉。④

① 阮元：《十三经注疏》中华书局，1980年，第532页。
② 黄伯思：《东观余论》，《丛书集成新编》第51册，新文丰公司出版，1985年，第265页。
③ 吕大临、赵九成《考古图·续考古图·考古图释文》，中华书局，1987年，第142页。
④ 王黼：《宣和博古图》，《四库全书》第840册，（台北）商务印书馆，1986年，第434页。

《毛诗序》云:"《麟之趾》,《关雎》之应也。《关雎》之化行,则天下无犯非礼,虽衰世之公子,皆信厚如麟趾之时也。"《周麟盉》以麟饰盉的文化内涵与《诗》义完全一致。

(5)尊

例如,《绍兴内府古器评》之汉凫尊:

诗人以水譬礼,谓水,玩之则溺,犯之则濡,而凫之为物,出入于水而不溺,以况则习于礼者也。饮酒者,苟能以礼自防,岂有沉湎败德之患乎!凫尊之设其意如此。①

(6)持刀器

例如,《绍兴内府古器评》之商持刀父癸彝铭:

父癸者,成汤之父号也。于父癸而言,孙者。盖孙可以为王父尸耳。两手持刀,以明割牲之意。《诗》云"执其鸾刀,以启其毛,取彼血膋",凡以此也。②

又如,商持刀祖诒卣:

先王之事亲于羞。哜则执鸾刀,于舞则执干戚。凡于祭祀,未尝不亲执其劳以示孝子竭力从事之意。此商之彝器,所以多作子象以持刀者,殆谓是欤。③

再如,周持刀宝彝:

是器铭作孙,象形而手执刀。孙又疑为子字。古之彝器多此象,盖欲示孝子亲职其劳,以明割牲之意云耳。《诗》云"执其鸾刀,以启其毛,取其血膋",凡以是也。古人之于祭祀致其尽者如此。④

此所引《诗》文出自《小雅·信南山》。毛传:"鸾刀,刀有鸾者,言割中节也。"孔颖达疏:"鸾即铃也,谓刀环有铃,其声中节。故《郊特牲》曰:'割刀之用而鸾刀之贵,贵其义也。声和而后断。'是中节也。"显然,诸持刀器所蕴涵的是殷周祭祀活动中的一种礼仪,似乎不仅表达孝义,还寓示

---

① 张抡:《绍兴内府古器评》,中华书局,1986年,第1页。
② 张抡:《绍兴内府古器评》,中华书局,1986年,第3页。
③ 张抡:《绍兴内府古器评》,中华书局,1986年,第4页。
④ 张抡:《绍兴内府古器评》,中华书局,1986年,第29页。

着中和之审美思想。

（7）觚

例如，《绍兴内府古器评》之商木觚：

> 昔之作诗者尝借仁于樛木，而王安石以木为仁类，则木者，仁也。觚爵饮器而取象如此，盖尝禘与禴射与夫燕飨之间未尝不以仁为主耳。先王创一器，必有名指，一名必有戒，以谓败德者莫若酒，而觚有孤义，故制觚者，所以戒其败德而孤欤。①

《周南·樛木》赞美的是后妃之德。言后妃仁厚，能逮下，而无嫉妒之心。《白虎通·性情篇》云："肝所以仁者何？肝，木之精也。仁者好生，东方者，阳也，故肝象木色青而有枝叶。"仁与木成为后世阴阳五行理论的重要组成部分，但二者的结合恐怕在殷商已经肇端。

（8）钟

例如，《宣和博古图》卷二十五解说周虺钮钟铭：

> 其钮独状以虺，按《诗》言"维熊维罴，男子之祥；维虺维蛇，女子之祥"，则虺阴类，凡钟属阴而鼓属阳，于是以虺识之。盖昔人所以取象命意皆有微意存乎其间也。②

此所引《诗》文出自《小雅·斯干》。《诗》句义可以用来证明周人对钟之阴性特质的深刻认识。

又如，《宣和博古图》卷二十五解说周荇叶钟：

> 三十六枚各状荇叶，且昔之飨祀，凡沼沚之毛，蘋蘩之菜，皆可荐羞，然诗人特以荇为后妃之况者，以谓荇上出乎水下出乎水，以象乎由于法度之中，……则荇之荐羞，钟之合乐，有得于法度之表耳。③

《周南》屡言采荇、采蘋、采蘩。沼沚之毛，蘋蘩之菜，皆可荐羞，所采之事既为妇女职事，也进一步用来兴喻后妃之德。周钟饰以荇叶，正是合于礼仪法度之标志。

---

① 张抡：《绍兴内府古器评》，中华书局，1986年，第7页。
② 王黼：《宣和博古图》，《四库全书》第840册，（台北）商务印书馆，1986年，第905页。
③ 王黼：《宣和博古图》，《四库全书》第840册，（台北）商务印书馆，1986年，第908页。

（9）铎

例如，《宣和博古图》卷二十六解说周栖凤铎：

凡乐舞必振铎以为之节。铭之以凤，亦取其凤凰来仪之象，而为栖木形，如《诗》所谓"凤凰鸣矣，于彼高冈；梧桐生矣，于彼朝阳"。①

此所引为《大雅·卷阿》句。诗句义与周栖凤铎铭相互发明，其义甚显。

（10）钲

例如，《宣和博古图》卷二十六解说周云雷钲：

右二器皆以云雷为饰。按《诗》之《常武》美宣王能立武事而曰"如雷如霆，徐方震惊"，则兵所贵者在能震服而已，不特如此雷为天威，而兵者所以将天威者也。雷之收发必以其时，而兵者贵乎戡而时动者也。虽然雷之所作，泽必从之，则吾之兵非以毒天下也。乃所以利之耳，又况止戈为武而钲又取夫止于一而已。②

（11）弩

例如，《宣和博古图》卷二十七解说汉银错弩机：

右六器皆饰以银错细纹，独后二器复著飞鸟之形，如《诗》之《常武》言"如飞如翰"，而《大明》称尚父亦曰"维时鹰扬"，以取击搏飞扬之势，则弩机之饰此，古人岂无意义哉！③

（12）刀笔

例如，《宣和博古图》卷二十七解说汉刀笔：

盖古者用简牒，则人皆以刀笔自随而削书。《诗》云"岂不怀归，畏此简书"。盖在三代时，固已有削书矣。④

（13）壶

例如，《绍兴内府古器评》之汉鱼壶：

① 王黼：《宣和博古图》，《四库全书》第 840 册，（台北）商务印书馆，1986 年，第 935 页。
② 王黼：《宣和博古图》，《四库全书》第 840 册，（台北）商务印书馆，1986 年，第 939 页。
③ 王黼：《宣和博古图》，《四库全书》第 840 册，（台北）商务印书馆，1986 年，第 949 页。
④ 王黼：《宣和博古图》，《四库全书》第 840 册，（台北）商务印书馆，1986 年，第 963 页。

《鱼丽》之诗美万物之盛多，能备礼而鱼之为物，潜逃深眇，难及于政，至于盛多，则王者之政成而荐享之礼备。此器以鱼为饰，意其在是欤。①

2. 礼仪制度方面之互证

（1）世次的文化内涵

例如，《宣和博古图》卷二解说周穆公鼎铭曰：

> 曰"不显走"者，诗言"有周不显"，王安石释之云"不显者，乃所以甚言其显也"。"走"者，如太史公以谓牛马走，则"走"乃自卑之称。皇祖穆公者，考秦世次，先武公，次成公，而穆公又其次。今铭复先穆公，次言成公，后言武公者，质诸经传，莫不有意义。昔商之禘祀，自上而推之下，尊尊之义，故《长发》之诗曰"有娀方将"，又曰"玄王恒拨，相土烈烈"，而终之以"实维阿衡，实左右商王"。此先言有娀以及契，至于相土、成汤而下，然后及于阿衡也。周之禘祀自下而推之上，亲亲之义。故《雝》之诗曰"既右烈考，亦右文母"，盖自烈考以上逮于文母也。自上及下，则原其始而知王业之所由兴；自下而上，则举其近而昭王业之所以成。当时各有所主，而此鼎之文，世次亦有所法也。②

此揭示出《诗》之不同时期篇章行文特点所蕴涵的文化内涵。据鼎铭可知，《周颂》行文特点与此鼎铭同，反映出周代禘祀时的世次顺序。而《商颂》恰好反之。这也从一个侧面也反映出，《商颂》非春秋时期作品，其禘祀世次已经说明了其殷商特征。

（2）习语的文化内涵

例如，《宣和博古图》卷二载周师秦宫鼎铭曰："敢对扬天子丕显休，用作尊鼎，其万年永宝用。"宣和博古图说：

> 臣受命于君，则当有以对扬之。诗曰"对扬王休"，《书》曰"对扬天子之休命"。此言"敢对扬天子丕显休"，盖亦如是矣。然后可以作鼎保用而祝之以万年为词云。③

此引《诗》《书》之文，说明金文习语"对扬天子丕显休"之含义。

---

① 张抡：《绍兴内府古器评》，中华书局，1986年，第29页。
② 王黼：《宣和博古图》，《四库全书》第840册，（台北）商务印书馆，1986年，第415页。
③ 王黼：《宣和博古图》，《四库全书》第840册，（台北）商务印书馆，1986年，第439页。

又如，《历代钟鼎彝器款识法帖》卷七解说迟父钟铭云：

> 是钟迟父为齐姜作也。曰"用昭乃穆穆"、"不显龙光"，则穆穆以言其钦和，不显以言其甚显，而龙光又言其承天子之宠光也。《诗》言"为龙为光"是矣。盖钟乐之大者，乐所以示其和，而铭之所载又以形容其和之穆。①

此引《小雅·蓼萧》句说明金文习语"不显龙光"之含义。

（3）关于母氏之制

例如，《宣和博古图》卷十载商母乙卣铭："丙寅王锡，贝朋用作母乙彝。"《博古图》说：

> 曰"作母乙彝"者，如诗言"文母"同意。考商、周之时，立子生商者有娀也，故《长发》之禘及之；厥初生民者姜嫄也，故《雍》之禘及之。是皆率亲之义耳。盖知是卣乃王锡臣工以追享其母氏欤。②

此说明，《诗》与金文中之禘祀及于母氏，实乃殷周的一种文化制度。

类似的，《宣和博古图》卷十九解说商母乙鬲铭：

> 商祖于契，契之生实自有娀之女，而《诗》于《长发》尝及之，则知具母道者，皆得庙食也。故周继商之后亦有姜嫄之庙，而后世又以为禖神焉。③

《宣和博古图》卷十九解说周京姜鬲铭：

> 按《诗》之《思齐》曰"思齐太任，文王之母。思媚周姜，京室之妇。太姒嗣徽音，则百斯男"。盖太王之妃曰太姜，王季之妃曰太任，文王之妃曰太姒。曰京姜者，京室之妇也。周有天下，在武王时，及其追尊祖考，则以古公为大王，季历为王季，于是国以京言之，故谓之京姜。④

《绍兴内府古器评》解说商妇康鬲铭：

> 束者莫知其为谁。曰"子孙妇"，则言承祖考之祀者，固在于子孙，而

---

① 薛尚功：《历代钟鼎彝器款识法帖》，中华书局，1986年，第28页。
② 王黼：《宣和博古图》，《四库全书》第840册，（台北）商务印书馆，1986年，第581页。
③ 王黼：《宣和博古图》，《四库全书》第840册，（台北）商务印书馆，1986年，第784页。
④ 王黼：《宣和博古图》，《四库全书》第840册，（台北）商务印书馆，1986年，第793页。

妇之从夫，亦当相其祀事耳。故《采蘩》之美夫人；《采蘋》之咏大夫妻，皆莫不以祭祀为先焉。①

以上几例引《诗》，均可揭示金文所反映的，殷周祭祀制度中女性的地位及作用。

（4）关于三月庙见之制

例如，《攀古楼彝器款识》论斿鼎形妇：

> 张孝达说此器乃大夫妻庙见时所作祭器，上作旗形者，著其夫之爵，礼所谓妇人无爵，从夫之爵也。熊旗六斿，上大夫所建。《周官》疏所谓祥大夫六命得建六斿也。此器六斿，故知为上大夫。妻称妇者，所谓三月而庙见，成来妇也。择日而祭于庙，成妇之义也。鬺即鬺，鬺即亨，亨即湘。《诗》所谓"于以湘之，维锜及釜。谁其尸之，有齐季女"也。毛传："湘，亨也。"《释文》亨本又作烹，煮也。故知鬺即湘。此器之义即在《采蘋》之诗。案，序云：《采蘋》，大夫妻能循法度也，能循法度则可以承先祖共祭祀矣。笺云：今既嫁为大夫妻，能循其为女时所学之事，以为法度。是诗为既嫁为妇而作甚明。传笺于蘋藻云云，虽主教成之祭言，然语意自谓既嫁为妇，人美其家，教有法，追叙其将嫁时事，……吻合诗礼，故是可宝。

又周季彝铭，《从古堂款识学》论曰：

> 亚屋有四阿形，庙室之象。……季，非叔季之季。《诗·召南》"谁其尸之，有齐季女"，传："尸也，主季少女也，女，微主也。"又《左》襄二十八年传"季兰尸之"，注："使服兰之女而为之主，盖主妇之称。"

此与斿形妇鼎一样，均反映了"三月庙见"之礼制。亚形屋正象庙室之形，中有一人持器物，当是正在主持祭祀仪式，而主祭很可能是一名女子。此类铜器形象描绘了"三月庙见"的场面，与《召南·采蘋》相印证。另，此铭云"作季"，则"季"显非叔季排行之季，而似乎应指祭祀之名。此铭正与《婚义》

---

① 张抡：《绍兴内府古器评》，中华书局，1986年，第1页。

等礼法同。《婚义》:"古者妇人先嫁三月,祖庙未毁,教于公;祖庙既毁,教于宗室。教以妇德、妇言、妇容、妇功。教成之祭,牲用鱼,芼之以蘋、藻。所以成妇顺也。"① 这是嫁前三月在女子祖庙的活动。而嫁后三月,在夫家祖庙也有一场祭祀活动。《魏风·葛屦》毛传:"夫人三月庙见,然后执妇功。"孔颖达《正义》:"既入夫家,仍云'女手',明是未成妇也。《曾子问》云:'三月而庙见,称来妇。'又云:'女未庙见而死,归葬于女氏之党,示未成妇也。'则知既庙见者为成妇也。……妇入三月,乃见于舅姑之庙。"② 斿形妇爾铭既称妇,又著夫爵,则显然应为嫁后三月庙见。而周季彝铭有"作季"语,与《召南·采蘋》"于以湘之,维筥及釜。谁其尸之,有齐季女"语同,当为嫁前三月庙见。且《召南·采蘋》既然称"女",则恐怕描写的也应该是嫁前三月庙见仪式,而非嫁后之事。

　　(三) 史实互证

　　金文所蕴涵之史实往往成为铜器断代的依据,许多标准器的确立,常常就是根据金文中的史实信息而定。对金文史实的认证,当然得据传世文献,诸如《史记》等。但,由于《诗》中包含许多十分明确的历史信息,因此,《诗》也常常成为判断金文史实的重要依据。此所言史实,主要指历史人物与历史事件。《诗经》与周代金文往往涉及许多相同的历史人物与事件,这有助于认识周代一些历史事件真相与历史人物的身份等,对探讨周代的民族关系与文化交融,特别是铜器断代,以及诗篇创作背景等有重要意义。

　　例如,关于秦国历史。《集古录跋尾》载秦昭和钟铭曰:

　　　　右《秦昭和钟铭》曰"秦公曰,丕显朕皇祖,受天命,奄有下国,十有二公"。按《史记·秦本纪》,自非子邑秦而秦仲始为大夫,卒,庄公立,卒,襄公、文公、宁公、出公、武公、德公、宣公、成公、穆公、康公、共公、桓公、景公相次立。太史公于《秦本纪》云"襄公始列为诸侯",于《诸侯年表》则以秦仲为始。今据《年表》始秦仲则至康公为十二公,此钟为共公时作也。据《本纪》自襄公始,则至桓公为十二公,而铭钟者当为景

　　① 《毛诗注疏》,《钦定四库全书荟要》,吉林出版集团有限责任公司,2005 年,第 124 页。
　　② 《毛诗注疏》,《钦定四库全书荟要》,吉林出版集团有限责任公司,2005 年,第 307 页。

公也。故并列之，以俟博识君子。①

欧阳修判断秦昭和钟铭中"十有二公"的依据是《史记》，但《史记》之《秦本纪》和《十二诸侯年表》关于秦国历史的记载明显存在不一致。因此，欧阳修无法得出明确结论。

又《历代钟鼎彝器款识法帖》卷七载有盨和钟铭，薛尚功说：

> 右钟铭，按右器物铭云"丕显朕皇祖，受天命，奄有下国，十有二公"。《欧阳文忠公集》右录以为，太史公《史记》于《秦本纪》云襄公始列为诸侯，而《诸侯年表》则以秦仲为始。今据《年表》始秦仲，则至康公为十二公。此钟为共公时作也。据《本纪》自非子为周附庸邑于秦，至秦仲始为大夫，仲死子庄公伐破西戎，于是予之秦仲没及其先大骆地犬丘并有之，为西垂大夫。庄公卒，子襄公代立，犬戎之难，襄公有切周室，于是平王始封襄公为诸侯，赐之岐以西之地，曰"戎无道，侵薄我岐丰之地，秦遂能攻戎，即有其地，与誓封爵之"。襄公于是始国，与诸侯通使聘享之礼，而《诗》美襄公，亦以能取周地始为诸侯受显服。盖秦仲初未尝称公，庄公虽称公，然犹为西垂大夫，未立国也。至襄公始国为诸侯矣，则铭所谓奄有下国十有二公者，当自襄公始。然则铭斯钟者，其景公欤？②

薛尚功在欧阳修研究的基础上，作出了明确判断，认为秦之"十二公"当自襄公始。之所以能形成较为明确认识，其依据正在于《诗·秦风》关于秦国历史的叙述。《诗谱》云："秦仲之孙襄公，平王之初，兴兵讨西戎以救周。平王东迁王城，乃以岐、丰之地赐之，始列为诸侯。"故《秦风》10首，其中有5首与襄公有关。看来，秦襄公才是秦国立国封侯的关键人物，故薛尚功有此论断。

又如，关于周宣王时期的历史人物。《历代钟鼎款识法帖》卷十五论张仲簋：

> 刘原父《先秦古器记》云"右二簋得于骊山白鹿原。簋者，稻粱器。其铭曰'张仲'，见于《小雅》，宣王臣也。所谓'张仲孝友'者矣。赞曰

① 欧阳修：《欧阳修全集》，中国书店，1986年，第1098页。
② 薛尚功：《历代钟鼎彝器款识法帖》，中华书局，1986年，第29页。

'宣治中兴，方虎董征，张仲孝友，秉德辅成，或外是经，或内是承，文武师师，安有不宁？'"欧阳文忠公《集古录》云"……《诗·六月》之卒章曰'侯谁在矣，张仲孝友'，盖周宣王时人也……"①

《集古录跋尾》《张仲器铭》：

《诗·六月》之卒章曰"侯谁在矣，张仲孝友"。盖周宣王时人也，距今实千九百余年，而二器始复出，原父藏其器，予录其文，盖仲与吾二人者相期于二千年之间，可谓远矣，方仲之作斯器也，岂必期吾二人者哉。盖久而必有相得者，物之常理尔，是以君子之于道，不汲汲而志常在于远大也。②

《先秦古器记》论《张伯煮匜》：

按其铭曰："张伯作煮匜，其子子孙孙永宝用"。张伯不知何世人，似亦张仲昆弟矣。匜者盥器，其形制可以挹，可以泻，足以效其用。赞曰：伯也何人，仲友其兄，此之谓欤。矫矫宝匜，龙角虎躯。礼之象类，可得求诸"。③

据上可知，刘敞、欧阳修以及薛尚功等判断金文中的"张仲"、"张伯"为周宣王时期人物，其依据就是《小雅·六月》。《毛诗序》："《六月》，宣王北伐。"毛传："张仲，贤臣也。善父母为孝，善兄弟为友。使文武之臣征伐，与孝友之臣处内。"郑笺："张仲，吉甫之友，其性孝友。"《六月》所载张仲及周宣王时史实成为铜器断代的重要依据。

又如，《周太保鼎》："太保虎作宝尊彝。"《宁寿鉴古》卷一曰：

《江汉》之诗曰："王命召虎，来旬来宣。文武受命，召公维翰。"又曰："釐尔圭瓒，秬鬯一卣。告于文人，锡山土田。于周受命，自召祖命。"毛传云："召虎，召穆公也。召公，太保召康公也。"郑笺云："召康公，名奭，召虎之始祖也。"宣王欲尊显召虎，使虎受山川土田之赐命，用其祖召康公受封之礼。是鼎当是虎受赐，因作鼎以祭其始祖太保

---

① 薛尚功：《历代钟鼎彝器款识法帖》，中华书局，1986年，第75页。
② 欧阳修：《欧阳修全集》，中国书店，1986年，第1096页。
③ 刘敞：《公是集》，商务印书馆，1937年，第595页。

召公奭也。

《大雅·江汉》描写的是周宣王命召伯虎平淮夷之事。《诗序》曰："尹吉甫美宣王也，能兴衰拨乱，命召公平淮夷。"诗文颇有周代铜器铭文之风格。周代铜器中还有召伯虎簋二器，郭沫若认为召伯虎簋（其二）铭文所载即《大雅·江汉》之事。《两周金文辞大系》说："此铭所记与《大雅·江汉》篇乃同时事，乃召伯虎平定淮夷归告成功而作。诗文'告成于王'即此之'告庆'，诗之'锡山土田，于周受命'，即此之'余以邑讯有司，余典勿敢封'，邑即所受之土田，典即所受之命册，'勿敢封'者谓不敢封存于天府也。诗之'作召公考，天子万寿'即此文'对扬朕宗君其休，用作烈祖召公尝簋。"① 据《大雅·江汉》之召伯虎事迹，不难判断周太保鼎、召伯虎簋的铸作时代。

又如，南仲鼎铭："惟王命南宫伐反虎方之年，王命中先相南国，……"《商周文字拾遗》论曰：

> 是铭，《博古图》疑为南宫括，又疑为南宫毛，或曰其名曰仲，盖即《诗》所谓南仲。窃谓是言得之，但合南宫与仲为一人，则不然。其文曰王命南宫，即继之曰王命仲，则非一人可知。审其文义，更合下二铭参之，南宫者，盖仲之考也，其曰王命南宫伐叛虎方之年，曰于归生原，皆追溯之辞也。盖是时南宫已卒，仲追叙其事以作庙器。

又，无专鼎铭："惟九月既望申戌，王格于周庙，燔于图室，司徒南仲右无专入门，立中廷……"《积古斋钟鼎彝器款识》论曰：

> 考南仲有二，《诗出车》篇之南仲，毛传以为文王之属。《常武》篇之南仲，毛传以为王命南仲于太祖，是宣王之臣也。此铭不类商器，当是宣王时臣。

《从古堂款识学》亦云：

> 南仲，据《诗》毛传《出车》篇云，南仲，文王之属，是南仲为文王时人。《常武》篇云"王命南仲于太祖"，是宣王时又一南仲。据郑笺《常武》

---

① 郭沫若：《郭沫若全集·考古编》，科学出版社，2002 年，第 307 页。

篇云，南仲，文王时武臣也，宣王之命卿士为大将也，乃用其以南仲为太祖者，今太师皇父是也。命将必本其祖者，因有世功，于是尤显，是《常武》之南仲即《出车》之南仲。为郑笺之说者谓《竹书纪年》帝乙三年王命南仲西拒昆夷，城朔方，南仲自是文王时人。为毛传之说者谓《汉书·古今人表》第三等于周宣王之世列召虎、方叔、南仲、仲山甫、申伯、尹吉甫、韩侯蹶父、张仲、程伯休父，自是宣王时又一南仲。今按，南宫中鼎云"惟王命南宫伐反虎方之年，王命仲先相南国"，虎，白虎，西方宿，虎方犹云西方。《诗·采薇》序云，文王之时，西有昆夷之患。《出车》篇云"赫赫南仲，薄伐西戎"，事正相合，是南宫中即《出车》之南仲矣，是铭云司徒南仲右无专内门位中廷，王呼史翏册命无专曰官嗣佐王遗侧成方。佐王，即《周礼·大司寇》之职掌建邦之三典以佐王，刑邦国、诘四方。遗侧，犹云反复审克之意。成方，刑法也。《礼·王制》刑者侀也，侀者，成也，一成而不可变，故君子尽心焉。所谓遗侧成方也，盖无专者，甫侯之后，……计甫侯至无专近则四五世，远则五六世，正当宣王时，则宣王时又一南仲无疑矣。或说官嗣佐王，嗣当释作司，佐王犹《诗·六月》篇云佐天子。遗侧成方当释作虎即南宫中鼎之虎方，当时南中伐西戎，无专为之副也。

关于历史人物南仲，在周代金文与《诗经》中均有二位南仲。据《南中鼎》来看，南宫中显然是南仲之祖辈，而非父考。鼎铭云南宫中事迹实乃追述之词，这样的体例在周代金文中比比皆是。后代因功作器，往往在铭文开始要称述祖辈功业，以示己辈能不殄先祖之绪，能发扬光大先辈业绩。这也是孝道之体现。如此，南宫中伐虎方之事当为周初"薄伐西戎"之南仲，而鼎铭之南仲则就是《常武》之宣王时期南仲矣。南仲鼎的铭文正与《诗经》之二南仲相印证。

再如，留君簠二器："留君招作鐈簠，用享用孝，用祈眉寿，（子）孙永宝。"《积古斋钟鼎彝器款识》曰：

案：留字，《说文》作留，从丣，丣，古文酉。《玉篇》作留，从卯。此留字从𩇕，疑是卯古文。薛氏《款识》"刘公簠"，刘字从𤞞，与此正同。"叔𤞞敦"，留旁亦从卯，盖卯有茂音，留字从之得声，古不从丣。《石鼓》柳字从丣可证也。《公羊传》云，古者郑国处于留，周人有留子嗟，留子国，详《王风·邱中有麻》诗毛传。后为留康公、刘文公食采。此留君是畿内诸侯，招，其名也。

《王风·丘中有麻》毛传：“留，大夫氏，子嗟，字也。”“子国，子嗟父”。毛传以《诗》中“留子嗟”“留子国”皆为人名。马瑞辰《毛诗传笺通释》云：

> “彼留子嗟”，传：“留，大夫氏。”瑞辰按：留、刘古通用。薛尚功《钟鼎款识》有刘公簠，《积古斋钟鼎款识》作留公簠。留即春秋刘子邑。

这是充分利用金文的研究成果来解释《诗经》。两相印证，很有说服力。而忽视金文的互证，则往往在解诗时穿凿附会。如《诗本义》论曰：“留为姓氏，古固有之，然考诗人之意，所谓彼留子嗟者，非为大夫姓留者也。”[1] 于是《本义》曰：“唯彼贤如子嗟子国者独留于彼而不见录。”欧阳修居然将“留”解释为停留、留下。姚际恒更是走向极端，《诗经通论》：“愚按，此诗固难解，然‘留’字是留住之留；子嗟、子国……亦必非人名；嗟、国字只同助辞。”[2]《诗经原始》亦说：“中间‘彼留’‘彼留’云者，乃虚拟之辞耳。‘嗟’固助辞，‘国’即彼国之国，犹言彼留子于其国耶？其国不可久留也。”[3] 现当代学人的误释就更不用多举例了。《留君簠》二器，不但印证了毛传说的正确，也说明地下材料对于《诗经》研究的重要性。

又如，《愙斋集古录》论戬狄钟：

> 是钟无作器者之名，亦编钟之文不完者。铭文有戬狄不龚语，当即纪北伐獯狁之事。《诗·采薇》獯狁之故，传云“獯狁，北狄也。”《采薇》、《出车》毛传皆以为文王之诗。《说文》，戬，戬尽也。歼，歼尽也。戬与歼同意。龚，古恭字，《书·甘誓》女不恭命，《左》氏僖二十七年传杞不共也，《释文》共本作恭。戬狄不龚，言北狄不恭而击尽之。首云侃先王，前钟当有喜字……阮氏以为成王所作，此云先王其严在帝左右，先王谓文王也，《诗》云文王陟降在帝左右。此铭颂文王伐狄之

---

① 欧阳修：《毛诗本义》，《钦定四库全书荟要》，吉林出版集团有限责任公司，2005年，第25页。
② 姚际恒：《诗经通论》，中华书局，1985年，第115页。
③ 方玉润：《诗经原始》，中华书局，1986年，第201页。

功，当亦成王时所作器。

《诗经》中有很多篇章记录了与玁狁的战争，而周代金文中也有不少铭文记载伐玁狁之事。除此铭外，又如兮甲盘铭即记载了尹吉甫随宣王征伐玁狁之事。按毛诗说，《诗》中记录与玁狁战争主要分两个时期，一为文王时，一为宣王时。由于此钟无作器者之名，不像兮甲盘铭有尹吉甫可与《诗经》互证，因此，很难判断其时代。清人依据"先王其严在帝左右"判断先王为文王，而作器者为成王。这种认识未免有些武断。戲狄钟拓片如下左。

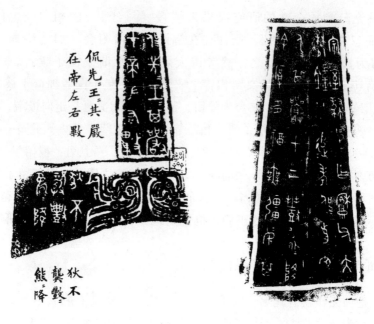

（戲狄钟）　　　　　　　　　　（井人钟）

此钟铭曰："……侃先王，先王其严在帝左右，戲狄不龚，数数叀叀，降……"，而类似话语在西周晚期铜器铭文中很多：

宗周钟铭：先王其严在上，数数叀叀，降余多福……

虢叔旅钟铭：皇考严在上，翼在下，数数叀叀，降旅多福……

井人钟铭：用追孝侃前文人，前文人其严在上，数数叀叀，降余厚多福……

特别是井人钟铭，无论句法，还是字体皆与戲狄钟同，且皆为钟铭，二器当为同时期产物。井人钟拓片如上页①。因此，将𢦏狄钟定为周宣王器可能更合理些。

第二节　周代青铜乐器铭文与《诗经》的文学批评思想

周代青铜器铭文中，青铜乐器铭文与《诗经》在文学批评思想方面存在诸多相同内容。这些相同内容包括对诗乐创作目的的论述，对诗乐品评标准的具体阐述，以及表露一定的文体意识等等。对比分析青铜乐器铭文与《诗经》中的文学批评思想，有助于深刻认知周代文学批评思想的发展真貌，对重新评价周代文学批评思想的发展水平无疑有重要意义。

一、对诗乐创作目的的明确认识

《诗经》中的文学批评思想比较丰富，其中重要的一个方面，就是诗人们自我诉说诗歌创作目的。我们在前文第二章第一节中曾引述了《诗经》中的一些话语：

> 心之忧矣，我歌且谣。（《魏风·园有桃》）
> 维是褊心，是以为刺。（《魏风·葛屦》）
> 夫也不良，歌以讯之。（《陈风·墓门》）
> 家父作诵，以究王讻。（《小雅·节南山》）
> 寺人孟子，作为此诗，凡百君子，敬而听之。（《小雅·巷伯》）
> 君子作歌，维以告哀。（《小雅·四月》）
> 啸歌伤怀，念彼硕人。（《小雅·白华》）
> 矢诗不多，维以遂歌。（《大雅·卷阿》）
> 王欲玉女，是用大谏。（《大雅·民劳》）
> 吉甫作诵，其诗孔硕，其风肆好，以赠申伯。（《大雅·崧高》）
> 吉甫作诵，穆如清风，仲山甫永怀，以慰其心。（《大雅·烝民》）

这些话语，都是诗人们自我言说其诗歌创作目的。这充分说明，在《诗经》中某些篇章发生时，创作者对自己的创作目的是有十分明确而自觉

---

① 中国社会科学院考古研究所：《殷周金文集成》，中华书局，1984 年，第 99 页。

的认识的。这体现出来的文学批评思想主要在于《诗经》时代，人们已经形成明确的诗歌创作观。关于这一点，20 世纪中国文学批评史著述是有很清楚认识的。例如，罗根泽《中国文学批评史》称这些是"诗人的意见"，进一步演进便是"诗言志"和"美刺"。① 又如，敏泽《中国文学理论批评史》说："从这些诗中，可以清楚地看出，作者们都是公开地宣讲自己作诗的政治目的和意义的。这些诗可以分为两类：一种是反映了在周代奴隶主的统治下，被压迫阶级对于诗歌的作用的看法……他们或者是抒发自己的忧愤和不平，或者是对奴隶主统治者的气势汹汹的质问和抨击……另一种对诗的看法截然相反，反映了周代奴隶主统治者对于诗歌的这种观点……公开申述自己的作诗目的是为奴隶制服务……既不存在抽象的超阶级的文学，也不存在抽象的超阶级的文学理论批评。"② 抛开著者的意识形态色彩，敏泽显然认为这些宣讲自己作诗目的和意义之话语就是典型的文学理论批评。再如，张少康《中国文学理论发展史》也说："上述几首诗中，诗人所表达的作诗意图，在《诗经》中是有代表性的。这说明文学创作和文学思想的发展已经从原始时代初期表现朴素简单的劳动生活和愿望要求，从原始时代后期和奴隶时代前期的表现宗教意识、宗教情感，进入了描写社会现实生活中的政治、伦理、道德关系和由此引起的种种思想矛盾、感情矛盾。《诗经》作者非常突出的一点是强调诗歌的美刺作用，认为文学作品应当表现出人们对现实生活的褒贬态度，要以文艺为武器对现实生活，特别是对社会政治起积极的干预作用。"③ 这里，张少康认为，诗人所表达的作诗意图，是文学思想发展到一定水平之表现。此外，陈良运《中国诗学批评史》将这些话语归结为"《诗》三百"中的诗歌创作观念，并得出几点结论：第一，"《诗》三百"有了比较明确的诗歌文体意识："歌""诵""诗"。第二，"歌""诵""诗"的社会功用，确实如后来学者所总结的：美、刺、讽、谏。第三，对于"歌""诵""诗"文体自身的审美趣味与文体特征已有初步觉察，那就是少数知识分子诗人，如尹吉甫。④

　　论述《诗经》中文学批评思想的著述很多，此不再赘述。总之，研究者

① 罗根泽：《中国文学批评史》，商务印书馆，1947 年，第 41 页。
② 敏泽：《中国文学理论批评史》，人民文学出版社，1981 年，第 5 页。
③ 张少康：《中国文学理论批评发展史》，北京大学出版社，1995 年，第 18 页。
④ 陈良运：《中国诗学批评史》，江西人民出版社，2001 年，第 25~26 页。

均认为,《诗经》中那些诗人自我阐明创作意图的话语实质就是典型的文学批评思想。

《诗经》是流传至今为数不多的周代传世文献。在《诗经》的产生与运用时代,诗乐舞合一,诗旨即乐旨即舞旨。因此,《诗经》中诗人自言作诗意图,实际上就是对诗乐舞创作目的之明确认识。也体现出诗人对美、刺手法在诗乐舞艺术样式中的自觉运用,同时,还蕴含着对诗乐舞一定的文体意识和审美评判。而这些,在周代铜器铭文中皆有相应之反映,显示了相同社会文化背景下传世文献与出土文献的高度一致性。特别是乐器铭文中,有大量作器者自我阐明作器目的,这些乐器铭文对作器目的的表述,实质就是对诗乐舞创作目的的明确自觉认识,而从周代乐器铭文中,我们不难发现当时人们对诗乐文体的初步认识以及较为丰富的诗乐审美批评。这些无疑皆属于典型的文学批评思想,可与《诗经》中的文学批评思想相互发明,多视角揭示周代文学批评思想的发展真貌。

1. 青铜乐器铭文中的创作意识

与《诗经》一样,在周代青铜乐器铭文中,作器者的作器意识是十分强烈的,往往会自我表明其"作"的行为。例如:

　　觋仲钟铭:"兄仲作朕文考厘公大林宝钟。"①
　　应侯见工钟铭:"见工敢对扬天子休用作朕皇祖应侯大林钟用赐眉寿永命子子孙孙永宝用。"②
　　鲁原钟铭:"鲁原乍龢钟用享考。"③
　　楚公豪钟铭:"楚公豪自铸林钟孙孙子子其永宝。"④
　　己侯虎钟铭:"纪侯虎作宝钟。"⑤
　　邿公敔人钟铭:"唯邿正二月□邿公敔(人作其)(龢钟用)追〔孝于

---

　　① 香港中文大学、中国社会科学院考古研究所:《殷周金文集成释文(第一卷)》,香港中文大学出版社,2001 年,第 17 页。
　　② 香港中文大学、中国社会科学院考古研究所:《殷周金文集成释文(第一卷)》,香港中文大学出版社,2001 年,第 69 页。
　　③ 香港中文大学、中国社会科学院考古研究所:《殷周金文集成释文(第一卷)》,香港中文大学出版社,2001 年,第 8 页。
　　④ 香港中文大学、中国社会科学院考古研究所:《殷周金文集成释文(第一卷)》,香港中文大学出版社,2001 年,第 22 页。
　　⑤ 香港中文大学、中国社会科学院考古研究所:《殷周金文集成释文(第一卷)》,香港中文大学出版社,2001 年,第 6 页。

厥］皇祖哀公皇考晨公用祈眉寿万年无疆子子孙孙永宝用之。"①

自作其走钟铭："自作其走钟。"②

铸侯求钟铭："铸侯求作季姜朕钟其子子孙孙永享用之。"③

黾君钟铭："黾君求吉金用自作其龢钟□铃用处大正□□□。"④

戕孙钟铭："唯王正月初吉丁亥攻敔仲终戕之外孙坪之子戕孙择厥吉金自作和钟子子孙孙永保是从。"⑤

麇侯镈铭："麇侯自作龢钟用。"⑥

以上所引周代青铜乐器铭文，其"作"的意识是十分清晰的。铸造青铜乐器的实质即作乐，例如，"鲁原作和钟用享孝""麇侯自作和钟用"等，这不是说铸造一件青铜钟即达到享孝目的或拿青铜钟来自我把玩，而是说鲁原作钟以诗乐舞祭祀先祖以获得福禄，麇侯自我铸造和钟以和谐诗乐舞来娱乐心身。故邢叔采钟曰："永日鼓乐兹钟，其永宝用。"铸造乐器的关键是要鼓乐使用。前文第一章所引《商颂·那》正是诸乐器皆作以诗乐舞祭祀先祖完成享孝之代表。因此，铸造乐器与作乐、作诗、作舞在诗乐舞合一的时代实乃多位一体的事情。这点，实际上周代青铜乐器铭文也有明确表述，例如：

余赎**逨**儿钟铭："唯正九月初吉丁亥曾孙……余萬**逨**儿得吉多金镈铝以铸和钟以迫孝先祖乐我父兄饮飤歌舞于孙用之后民是语。"⑦

这里，"以铸和钟""饮飤歌舞"，铭文所表现的诗乐实践就是诗乐舞合一。因此，周代青铜乐器铭文中作器观的背后是有明确诗乐舞创作意识的。

---

① 香港中文大学、中国社会科学院考古研究所：《殷周金文集成释文（第一卷）》，香港中文大学出版社，2001 年，第 33 页。

② 香港中文大学、中国社会科学院考古研究所：《殷周金文集成释文（第一卷）》，香港中文大学出版社，2001 年，第 4 页。

③ 香港中文大学、中国社会科学院考古研究所：《殷周金文集成释文（第一卷）》，香港中文大学出版社，2001 年，第 22 页。

④ 香港中文大学、中国社会科学院考古研究所：《殷周金文集成释文（第一卷）》，香港中文大学出版社，2001 年，第 28 页。

⑤ 香港中文大学、中国社会科学院考古研究所：《殷周金文集成释文（第一卷）》，香港中文大学出版社，2001 年，第 57 页。

⑥ 香港中文大学、中国社会科学院考古研究所：《殷周金文集成释文（第一卷）》，香港中文大学出版社，2001 年，第 7 页。

⑦ 香港中文大学、中国社会科学院考古研究所：《殷周金文集成释文（第一卷）》，香港中文大学出版社，2001 年，第 145 页。

另外，我们可以发现，从西周中期至战国时代，乐器铭文中创作意识一直十分浓郁，而且产生这种创作意识的地域也是十分广阔的。再者，这种"作"的内涵也不尽一致，有为他人作器者，如"兄仲作朕文考釐公大林宝钟""作朕皇祖应侯大林钟"等，这些多为先祖作器，以诗乐舞祭祀神格化之祖辈。也有为自己作器的，如"麋侯自作和钟用""臧孙自作和钟""邾君自作和钟""自作其走钟"等，这是自我作器，以诗乐舞自娱自乐。

诗歌、音乐、舞蹈与以钟为主体的乐器是相辅相成、密不可分的。因此，乐器的制作理念与诗乐舞的创作目的在本质上是一样的。如后文所引的"天尹作元弄"、《大雅·崧高》"吉甫作诵"以及"麋侯自作和钟用""自作其走钟"等，这些都是对各自诗乐实践活动的评述，同时也表现出自我的诗乐追求与诗乐批评理念，而这些无疑属于典型的文学批评思想。同样，宋公戍镈铭："宋公戍之歌钟。"① 这也是对自我所作乐器的一种标记与明示，铭文中虽没有出现"作"字，但其基本目的与"作"一样，都是对自我诗乐实践活动的评述。铭文曰"宋公戍之歌钟"，则钟与歌之间的密切关系不言自明。又如：

蔡侯纽钟铭："唯正五月初吉孟庚蔡侯□曰余虽末小子余非敢宁忘有虔不惕［佐］［佑楚王］**崔崔**为政天命是**遅**定均庶邦休有成庆既恩于心延□□□□□［建］□□□为［命］［祇］□□不贡自作歌钟元鸣舞期子孙鼓之。"②

郘子受编钟铭："唯十又四年唯□月戊申郘子受作**鼄彝**歌钟其永亡祚东鄂配厥休。"③

遳邡编镈铭："唯王正月初吉丁亥，徐王之孙寻楚歔之子遳邡择厥吉金作铸龢钟以享于我先祖余**鏥**镠是择允唯吉金作铸龢钟我以夏以南中鸣媞好我以乐我以它它巳巳子子孙孙永保用之。"④

以上所引青铜乐器铭文中，至少出现了三种诗乐文体概念。试析如下：

---

① 香港中文大学、中国社会科学院考古研究所：《殷周金文集成释文（第一卷）》，香港中文大学出版社，2001年，第4页。

② 香港中文大学、中国社会科学院考古研究所：《殷周金文集成释文（第一卷）》，香港中文大学出版社，2001年，第185页。

③ 刘雨、卢岩：《近出殷周金文集录》，中华书局，2002年，第39页。

④ 刘雨、卢岩：《近出殷周金文集录》，中华书局，2002年，第228页。

（1）歌

"宋公戍之歌钟""自作歌钟""作歌钟"，铭文中"歌"之文体概念十分明确，这可从《诗经》中得到证明，"歌"在《诗经》中确实是作为一种文体被称述的。例如：

> 心之忧矣，我歌且谣。（《魏风·园有桃》）
>
> 夫也不良，歌以讯之。（《陈风·墓门》）
>
> 是用作歌，将母来谂。（《小雅·四牡》）
>
> 作此好歌，以极反侧。（《小雅·何人斯》）
>
> 君子作歌，维以告哀。（《小雅·四月》）
>
> 虽无德与女，式歌且舞。（《小雅·车舝》）
>
> 啸歌伤怀，念彼硕人。（《小雅·白华》）
>
> 矢诗不多，维以遂歌。（《大雅·卷阿》）
>
> 虽曰"匪予"，既作尔歌。（《大雅·桑柔》）

《魏风·园有桃》"心之忧矣，我歌且谣"，毛传："曲合乐曰歌，徒歌曰谣。"① 孔颖达《正义》曰：

> 《释乐》云："徒歌谓之谣。"孙炎曰："声消摇也。"此文歌谣相对，谣既徒歌，则歌不徒矣，故云："曲合乐曰歌"。乐即琴瑟。《行苇》传曰："歌者，合于琴瑟也。"歌谣对文如此。散则歌为总名。《论语》云"子与人歌"，《檀弓》称"孔子歌曰'泰山其颓乎'之类，未必合乐也。②

通过歌、谣对比，"歌"的文体特征就十分清楚了。毛传曰"曲合乐曰歌"，因此，诗乐相合是歌的文体特征。这种文体特征，显然也是周代乐器铭文中"歌"之文体特点，"歌钟"本来就是用来与曲（诗）相合的，其合乐特质不言而喻。

（2）"夏"与"南"

"以夏以南"就是"以雅以南"，其中包含两种文体：雅与南。《小雅·鼓钟》曰："鼓钟钦钦，鼓瑟鼓琴，笙磬同音。以雅以南，以籥不僭。"毛传曰："为雅为南也。舞四夷之乐，大德广所及也。东夷之乐曰昧，南夷之乐曰

---

① 阮元：《十三经注疏》，中华书局，1980 年，第 357 页。

② 阮元：《十三经注疏》，中华书局，1980 年，第 358 页。

南，西夷之乐曰朱离，北夷之乐曰禁。以为籥舞，若是为和而不借矣。"笺
云："雅，万舞也。万也、南也、籥也，三舞不借，言进退之旅也。周乐尚
武，故谓万舞为雅。雅，正也。籥舞，文乐也。"① 雅者，万舞，典型的中原
乐舞；南者，四夷之乐舞，二者风格特征迥然不同。因此，"以夏以南"体现
出来的是两种不同风格特征的乐舞样式的和谐相融，其中的文体意识是较
明朗的。陈良运认为《诗经》中的创作观念中包含比较明确的诗歌文体
意识，因为诗人们常常以"歌""诵""诗"来称述当时以四言为主体的
口语文体或书写文体。② 而这点显然在周代青铜乐器铭文中也是比较明确的。
因此周代青铜乐器铭文中的创作观不但言之确凿，而且还包含强烈的诗乐舞
文体意识。

另外，"以雅以南"也体现出周代人们对诗乐雅俗以及正淫关系之思
考。《鼓钟》毛序："刺幽王。"则"以雅以南""以夏以南"反映了西周
末至春秋前期南北不同地域对诗乐雅俗、正淫关系的共同看法。孔颖达
疏曰：

　　幽王既作淫乐失所，故言其正者。言善人君子皆鼓击其钟，则其
声钦钦然，人闻而乐进其善。又鼓其瑟与琴，又击其堂下东方之笙磬，
于是四悬之乐皆得和同其音矣。琴瑟，堂上也；笙磬，堂下也，是上
下之乐得所，以为王者之雅乐，以为四方之南乐，又以为羽舞之籥乐，
如是音声舒合，节奏得所，为和而不参差，此正乐之作也。③

不难发现，"以雅以南"是周代正乐之标准。正乐中，既有王者之雅乐，
包括堂上之琴瑟与堂下之笙磬，又有四夷之南乐，还有羽舞之籥乐。四夷之
南乐，明显属于俗乐性质，因此，周代正乐内涵雅乐与俗乐的有机融合，目
的在于"大德广所及"。"以雅以南""以夏以南"属于正乐之标准，那么与
之相对的就是淫乐了。何为淫乐？孔颖达《正义》曰：

　　王者象功成以作乐，其意与道德和比。今幽王用乐，不与德比者，
正谓鼓其淫乐是也。毛直言淫乐，不知以何为淫乐。王基曰："所谓淫乐
者，谓郑、卫桑间濮上之音，师延所作新声之属。"王肃："凡作乐而非

---

① 阮元：《十三经注疏》，中华书局，1980 年，第 467 页。
② 陈良运：《中国诗学批评史》，江西人民出版社，2002 年，第 25 页。
③ 阮元：《十三经注疏》，中华书局，1980 年，第 466 页。

所，则谓之淫。淫，过也。幽王既用乐不与德比，又鼓之于淮上，所谓过也。桑间濮上，亡国之音，非徒过而已。"未知二者谁当毛旨。①

孔颖达列出两种淫乐说，其一，郑、卫桑间濮上之音，这是从诗乐风格与内容上说的；其二，作乐非所谓之淫。孔颖达不知二者哪种说法与毛传说法更切合。其实，据《鼓钟》诗文"鼓钟将将，淮水汤汤"看，《鼓钟》之淫乐，应该属于作乐非所。故郑笺说："为之忧伤者，嘉乐不野合，牺象不出门。今乃于淮水之上，作先王之乐，失礼尤甚。"② 因此，毛传说的"鼓其淫乐"应该是指作乐非所。意指以鼓钟为代表的先王正统礼乐不应该在野地使用，这是严重的失礼，是对先王诗乐的亵渎，故为淫乐。这种思想观念，直接生成了春秋末期孔子的"郑声淫"认识。郑、卫之音乃发生于桑间濮上，属于典型的野合之乐，自然与堂上堂下的周代正乐，无论内容乃至风格差异极大，这对于维护周礼的孔子来说是十分难以接受的，故目之以"淫声"。但这种作乐非所谓之淫的思想观念却在西周后期、春秋前期已经产生。"以雅以南""以夏以南"是通过强调正乐，来批判淫乐。

2. 周代青铜乐器铭文与《诗经》的创作目的

周代青铜乐器，因其特殊性质与运用场合，主要体现在娱神与乐人上，其微观操作方式则通过乐心完成。这点，我们已经在第二章第三节"周代铜器铭文中的文学批评思想"中有较具体的论述。论述时，我们已经与《诗经》相同思想的篇章进行了比照，阐明了相同文化语境下传世文献与出土文献的思想一致性。而且，我们还在第二章第一节中对《诗经》中"以诗乐愉情慰心的创作与接受观"与周代铜器铭文进行了对比分析。这些都充分说明，娱神、乐人以及慰心等对诗乐创作目的的认识，在周代青铜乐器铭文与《诗经》中存在共通性。因为前文已经有大量分析与讨论，这里，我们就不再赘述。只列出一些铜器铭文，以说明这种思想认识在不同时期与地域的表现是十分丰富的。

（1）对诗乐娱神的认识

瘌钟铭："瘌趩趩夙夕圣趰追孝于高祖辛公文祖乙公皇考丁公龢林钟用

---

① 阮元：《十三经注疏》，中华书局，1980年，第466页。
② 阮元：《十三经注疏》，中华书局，1980年，第466页。

邵格喜侃乐前文人用禆寿介永命绰绾发禄纯鲁弌皇祖考高对尔烈严在上龡龡霥霥融绥厚多福广启疢身勤于永命襄受余尔黻福疢其万年**欈**角**戠**光义文神无疆觊福用寓光疢身永余宝。"①

丼叔采钟铭："邢叔叔采作朕文祖穆公大钟用喜乐文神人用祈福禄寿敏鲁其子子孙孙永日鼓乐兹钟其永宝用。"②

兮仲钟铭："兮仲作大林钟其用追孝于皇考己伯用侃喜前文人子子孙孙永宝用享。"③

吴生残钟铭："生拜手稽首敢对扬王休吴生用作穆公大林钟用降多福喜侃前文人用祈康**龚**纯鲁用受。"④

土父钟铭："□□□□□作朕皇考叔氏宝林钟用喜侃皇考皇考其严在上龡龡霥霥降余鲁多福亡疆隹康佑纯鲁用广启士父身勤于永［命］［士］父其罘□□万年子子孙孙永宝用享于宗。"⑤

丼人女钟铭："宗室肄女作穌父大林钟用用追孝侃前文人其严在上龡龡霥霥降余厚多福无疆女其万年子子孙孙永宝用享。"⑥

师㝈钟铭："师㝈肇作朕烈祖虢季究公幽叔朕皇考德叔大林钟用喜侃前文人用祈纯鲁永命用介眉寿无疆师㝈其万年永宝用享。"⑦

虢叔旅钟铭："虢叔旅曰丕显考惠叔穆穆秉元明德御于厥辟得纯亡愍旅敢肇帅型皇考威仪□御于天子乃天子多赐旅休旅对天子鲁休扬用作朕皇考惠叔大林穌钟皇考严在上异在下龡龡霥霥降旅多福旅其万年子子孙孙永宝用享。"⑧

---

①　香港中文大学、中国社会科学院考古研究所：《殷周金文集成释文（第一卷）》，香港中文大学出版社，2001年，第218页。

②　香港中文大学、中国社会科学院考古研究所：《殷周金文集成释文（第一卷）》，香港中文大学出版社，2001年，第436页。

③　香港中文大学、中国社会科学院考古研究所：《殷周金文集成释文（第一卷）》，香港中文大学出版社，2001年，第36页。

④　香港中文大学、中国社会科学院考古研究所：《殷周金文集成释文（第一卷）》，香港中文大学出版社，2001年，第67页。

⑤　香港中文大学、中国社会科学院考古研究所：《殷周金文集成释文（第一卷）》，香港中文大学出版社，2001年，第110页。

⑥　香港中文大学、中国社会科学院考古研究所：《殷周金文集成释文（第一卷）》，香港中文大学出版社，2001年，第72页。

⑦　香港中文大学、中国社会科学院考古研究所：《殷周金文集成释文（第一卷）》，香港中文大学出版社，2001年，第107页。

⑧　香港中文大学、中国社会科学院考古研究所：《殷周金文集成释文（第一卷）》，香港中文大学出版社，2001年，第211页。

以上乐器铭文都认为诗乐目的之一在于娱神，但对神的群体之表述比《诗经》更加具体、更加广泛，材料也更丰富。《诗经》主要集中在《大雅》部分篇章以及三《颂》特别是《周颂》中，而《周颂》等在具体诗篇中阐述娱神理念的篇章却并不多，大部分的诗旨是通过《毛诗序》等后世评述以说明的。在正文中明确唱出娱神观念的主要有《有瞽》（见第二章第三节）。颂者，容也。《有瞽》描述的是一个诗乐舞合一的祭祀先祖场面。其中涉及的乐器十分丰富，涉及的神相对比较单一，只言及"先祖是听"。《大雅》部分祭祀篇章也与此类似，如《文王》祀文王，《生民》祀后稷等，这与周代乐器铭文存在一定差异。周代乐器铭文涉及的神主要包括：皇考、先祖和帝，这是三类不同的神祇。为什么《诗经》只言及"先祖"呢？这可能与《诗经》所收录的篇章有关。按理说，周代应该有祭祀各种神祇的篇章，但由于《周颂》只有 31 篇，显然非周代祭祀诗歌的全部。

周代乐器铭文中，谈及娱神的，主要是钟铭、镈铭。而且，在这些青铜乐器铭文中，似乎也没有言及其他种类的乐器，这与《诗经》存在很大不同。这可能是由于铭文性质所导致。铭文的创作主要目的在于嘉功崇德，不在于对诗乐场面的纪录。而《周颂》是祭祀时的唱词，故有对诗乐场面详细之描绘。

（2）对诗乐娱人的认识

郑丼叔钟铭："郑邢叔作灵穌钟用绥宝。"①

徐王子**旃**钟铭："唯正月初吉元日癸亥徐王子**旃**择其吉金自作穌钟以［敬］盟祀以乐嘉宾倗友诸贤兼以父兄庶士以宴以喜中翰虡**韹**元鸣孔皇其音**䶵䶵**闻于四方**韹韹**熙熙眉寿无期子子孙孙万世鼓之。"②

中义钟铭："中义作穌钟其万年永宝。"③

楚中逆镈铭："唯八月甲申楚公逆自作大雷镈厥名曰［身**枺**］

① 香港中文大学、中国社会科学院考古研究所：《殷周金文集成释文（第一卷）》，香港中文大学出版社，2001 年，第 10 页。

② 香港中文大学、中国社会科学院考古研究所：《殷周金文集成释文（第一卷）》，香港中文大学出版社，2001 年，第 142 页。

③ 香港中文大学、中国社会科学院考古研究所：《殷周金文集成释文（第一卷）》，香港中文大学出版社，2001 年，第 11 页。

□□□□□公逆其万年有寿［□保］厥身于孙子其永宝。"①

"作商句鑃以乐宾客及我父兄子子孙孙永保用之。"②

"敢諆余择厥［吉］金铉镠镭铝自作钩鑃台宴宾客以乐我诸父？子□用之先人是语。"③

子璋钟铭文：唯正十月初吉丁亥群孙斨子璋子璋择其吉金自作龢钟用宴以喜用乐父兄诸士其眉寿无期子子孙孙永保鼓之。"④

嘉宾钟铭："舍武于戎功虘闻用乐嘉宾父兄大夫倗友。"⑤

王子婴次钟铭："八月初吉日唯己□王子婴次自作龢钟永用宴喜。"⑥

敬事天王钟铭："唯王正月初吉庚申自作永命其眉寿无疆。敬事天王至于父兄以乐君子江汉之阴阳百之外以之大行。"⑦

周代青铜乐器铭文对娱人的论述要比《诗经》更明确。二者的娱人对象并无多大差异，如《豳风·东山》"劳归士"，《小雅·四牡》"劳使臣"，《小雅·鹿鸣》"燕群臣嘉宾"，《常棣》"燕兄弟"，《伐木》"燕朋友"等。但《诗经》只有少数篇章在诗文中明言娱人目的，如《鹿鸣》在诗文中明确表述该诗乐是"以燕乐嘉宾之心"，《大雅·烝民》诗人说其作诗目的是为了抚慰仲山甫，希望"仲山甫永怀，以慰其心"，其余大多数诗篇的创作目的皆通过《毛诗序》得以明了。但周代乐器铭文中则明确表述诗乐目的就在于"以乐"嘉宾、父子、朋友、诸士、君子等。

周代青铜乐器铭文中还有兼具娱神与娱人者，例如：

---

① 香港中文大学、中国社会科学院考古研究所：《殷周金文集成释文（第一卷）》，香港中文大学出版社，2001年，第68页。

② 香港中文大学、中国社会科学院考古研究所：《殷周金文集成释文（第一卷）》，香港中文大学出版社，2001年，第459页。

③ 香港中文大学、中国社会科学院考古研究所：《殷周金文集成释文（第一卷）》，香港中文大学出版社，2001年，第465页。

④ 香港中文大学、中国社会科学院考古研究所：《殷周金文集成释文（第一卷）》，香港中文大学出版社，2001年，第76页。

⑤ 香港中文大学、中国社会科学院考古研究所：《殷周金文集成释文（第一卷）》，香港中文大学出版社，2001年，第29页。

⑥ 香港中文大学、中国社会科学院考古研究所：《殷周金文集成释文（第一卷）》，香港中文大学出版社，2001年，第30页。

⑦ 香港中文大学、中国社会科学院考古研究所：《殷周金文集成释文（第一卷）》，香港中文大学出版社，2001年，第44页。

鲜钟铭："唯□月初吉□寅王在成周嗣土淲宫王赐鲜吉金鲜拜手稽首敢对扬天子休用作朕皇考林钟用侃喜上下用乐好宾用祈多福子孙永宝。"

越王者旨于赐钟铭："唯正月季春吉日丁亥越王者旨于赐择厥吉金自作穌钟我以乐考帝祖大夫宾客日日以鼓之夙暮不贷顺余子孙万世亡疆用之勿相。"①

这里，鲜钟作朕皇考林钟，"用侃喜上下"属娱神，"用乐好宾"属娱人。越王者旨于赐钟既云作和钟以乐考、帝、祖，也说以乐大夫、宾客，则明显属于神人皆乐。此乃《尚书·尧典》"八音克谐，无相多伦，神人以和"思想之具体表现。

（3）对诗乐乐心之认识

遱邡编镈铭："唯王正月初吉丁亥，徐王之孙寻楚歔之子遱邡择厥吉金作铸穌钟以享于我先祖余镛镠是择允唯吉金作铸穌钟我以夏以南中鸣媞好我以乐我以它它巳巳子子孙孙永保用之。"②

这里，铭文"我以乐我心"充分体现了周代乐器铭文中对诗乐乐心操作方式的深刻认识，与《鹿鸣》"以燕乐嘉宾之心"、《烝民》"以慰其心"的思想认识及话语形式均呈现高度一致性。揭示了周人对诗乐乐心之微观层面的深刻探讨，显示了周代文学批评思想发展的较高水平。

二、对诗乐批评标准的具体阐释

《诗经》和周代青铜乐器铭文都有谈到品评诗乐的标准。例如，《大雅·崧高》云："吉甫作诵，其诗孔硕。其风肆好，以赠申伯。"郑笺："硕，大也。吉甫为此诵也，言其诗之意甚美大，风切申伯，又使之长行善道。以此赠申伯者，送之令以为乐。"③诗篇受叙述方式限制，虽没有明说这些就是诗乐品评的标准，但从诗人自我的评价中，我们不难感知，这就是诗人评价一篇诗歌好与坏，有无价值及意义的标准。按郑玄说，"其诗孔硕"是讲其诗意之美大，"其风肆好"是讲其诗内容之善。这是从艺术风格与思想内容两方面对诗

---

① 香港中文大学、中国社会科学院考古研究所：《殷周金文集成释文（第一卷）》，香港中文大学出版社，2001年，第109页。

② 刘雨、卢岩：《近出殷周金文集录》，中华书局，2002年，第228页。

③ 阮元：《十三经注疏》，中华书局，1980年，第568页。

歌的品评。训"孔"为"美"，训"硕"为"大"，历来研究者都没有什么异议。对于"其风肆好"，有从艺术风格上训释的，如《毛诗李黄集解》李曰："吉甫作诗诵之，其为诗甚美，其风味又极其好，以赠申伯矣。夫所谓'其诗孔硕'者，非谓作诗之美，以其所陈之辞甚美也。"① 此以辞美、风味极好训释吉甫的诗歌品评标准。《吕氏家塾读诗记》说："其风肆好，盖诗有六义，是篇虽雅，其间固有风之体也。"② 这又是从文体风格特征上训释吉甫的诗歌品评标准。总之，虽各家对吉甫诗歌品评标准的理解略有分歧，但都认识到了"其诗孔硕，其风肆好"是诗人尹吉甫对自己所作诗歌的自我审美品评。其中蕴含的诗乐审美品评标准很丰富，属于典型的文学批评思想。另外，《大雅·烝民》云："吉甫作诵，穆如清风。仲山甫永怀，以慰其心。"毛传："清微之风，化养万物者也。"郑笺："穆，和也。吉甫作此工歌之诵，其调和人之性，如清风之养万物然。"③ 显然，这其中的"穆如清风"，是诗人对诗歌艺术感染力的审美品评。《大雅·文王》毛传："穆穆，美也。""穆如清风"是讲诗歌对人之情性的陶冶，如清风滋润万物般和美。这是诗人尹吉甫对自己所作诗歌艺术感染力的高度评价，无疑也属于典型的文学批评思想。而《诗经》中这些典型的文学批评思想在周代青铜乐器铭文中都能找到大量材料与之佐证。

1. 论诗乐声音的品评标准

乐器至关重要因素无疑是声音。因此，周代青铜乐器铭文对乐器声音有大量论述，主要阐述的思想是关于诗乐之审美批评，即什么样的声音才是最美的。这种品评的诗乐批评理论实质就是诗乐声音的批评标准。例如，周代青铜乐器铭文中常常出现"中翰且扬，元鸣孔皇"之话语。

王孙遗者钟铭："唯正月初吉丁亥王孙遗者择其吉金自作龢钟中翰叚鴋元鸣孔皇用享以孝于我皇祖文考用祈眉寿余甬龏歔屖畏墬趩趩肃悊圣武惠于政德淑于威仪诲歔丕飤阑阑龢钟用宴以喜用乐嘉宾父兄及我倗友余恁訇心延永余德龢𪊁民人余尃昀于国㡀㡀趣趣万年无期世万孙子永保鼓之。"④

鄦子𥂩𦥑镈铭："唯正月初吉丁亥许子将师持其吉金自作铃钟中翰叚

① 李樗、黄櫄：《毛诗李黄集解》，吉林出版集团有限责任公司，2005年，第709页。
② 吕祖谦：《吕氏家塾读诗记》，吉林出版集团有限责任公司，2005年，第444页。
③ 阮元：《十三经注疏》，中华书局，1980年，第569页。
④ 香港中文大学、中国社会科学院考古研究所：《殷周金文集成释文（第一卷）》，香港中文大学出版社，2001年，第229页。

扬元鸣孔煌穆穆龢钟用宴以喜用乐嘉宾大夫及我倗友鼓鼓**趩趩**万年无期眉寿
母巳子子孙孙永保鼓之。"①

　　沇儿镈铭："唯正月初吉丁亥徐王庚之淑子沇儿择其吉金自作龢钟
中翰且扬元鸣孔皇孔嘉元成用盘饮酒和会百姓淑于威仪惠於盟祀獻以
宴以喜以乐嘉宾及我父兄庶士皇皇熙熙眉寿无期子子孙孙永保
鼓之。"②

　　王孙诰编钟铭："唯正月初吉丁亥王孙诰择其吉金自作龢钟中翰且
扬元鸣孔皇有严穆穆敬事楚王余不畏不差惠于政德淑于威仪畣恭默迟
畏忌翼翼肃哲臧御闻于四国恭厥盟祀永受其福武于戎功海憼不猷阑阑
龢钟用宴以喜以乐楚王诸侯嘉宾及我父兄诸士皇皇熙熙万年无期永保
鼓之。"③

　　"中翰且扬，元鸣孔皇"，这是对诗乐声音之评论。"中翰且扬"即
"终翰且扬"，这是《诗经》中常用句式，如《邶风·终风》"终风且
暴"，"终……且……"句式，相当于"又……又……"，如"又好又快"
之类。"翰"表示声音很高亢。《小雅·小宛》"翰飞戾天"，毛传："翰，
高。""中翰且扬"形容诗乐声十分高扬。这其中蕴含着对诗乐声音的审
美评判，即高扬之钟声才是最美之声音，这是对诗乐声音外部风格特征的
审美批评。

　　"元鸣孔皇"也是对诗乐声音之评论。周代青铜乐器铭文中喜用"元"
字来修饰诗乐，除上文引述诸例外，又如：

　　晋侯苏编钟铭："唯王卅又三年，王亲遹省东国、南国。正月既生霸戊
午，王步自宗周。二月既望癸卯，王入格成周。二月既霸壬寅，王偵往东。
三月方死霸，王至于革，分行。王亲命晋侯苏：率乃师，左复，观。北复，
□，伐夙夷。晋侯苏折首百又廿，执讯廿又三夫。王至于勋城，王亲远省师。
王至晋侯苏师，王降自车，立南向。亲命晋侯苏：自西北敦伐勋城。晋侯率

_____

① 香港中文大学、中国社会科学院考古研究所：《殷周金文集成释文（第一卷）》，香港中文大学出版社，2001年，第118页。

② 香港中文大学、中国社会科学院考古研究所：《殷周金文集成释文（第一卷）》，香港中文大学出版社，2001年，第165页。

香港中文大学、中国社会科学院考古研究所：《殷周金文集成释文（第一卷）》，香港中文大学出版社，2001年，第166页。

③ 刘雨、卢岩：《近出殷周金文集录》，中华书局，2002年，第158页。

厥亚旅、小子、戉人先陷入，折首百，执讯十又一夫。王至，淳淳烈烈，夷出奔。王命晋侯苏率大室小臣车仆从逋逐之。晋侯折首百又一十，执讯廿夫；大室小臣车仆折首百又五十，执讯六十夫。王唯返，归在成周。公族整师，宫。六月初吉戊寅，旦，王格大室，即位，王呼膳夫曰：召晋侯苏。入门，立中廷。王亲赐驹四匹。苏拜，稽首，受驹以出。返入，拜，稽首。丁亥，旦，王鄘于邑伐宫。庚寅，旦，王格大室，嗣工扬父入佑晋侯苏，王亲**齍**晋侯苏**鬯邑**、弓、矢百、马四匹。苏敢扬天子丕显鲁休，用作元穌扬钟，用邵格前前文文人人，其严在上，翼在下，敼敼橐橐，降余多福，苏其万年无疆，子子孙孙永宝兹钟。"①

天尹钟的"天尹作元弄"，晋侯苏编钟的"作元和扬钟"都是对诗乐之评论。"天尹作元弄"，商承祚曰："天尹，人名。元者，佳也，善也，元弄谓佳善之奉钟也。"② 则其中之"元"即"善"义。《易·乾·文言》："元者，善之长也。"③ 周代青铜乐器铭文中的"元"多用此义。"元鸣"之音即好音，故齐鲍氏钟铭曰："唯正月初吉丁亥齐鲍氏孙□择其吉金自作穌钟卑鸣攸好用享以孝于伯皇祖文考用宴用喜用乐嘉宾及我倗友子子孙孙永保鼓之。"④

"自作和钟，俾鸣攸好"，这实际上也是从诗乐声音角度对所作乐器诗乐功效之评论。显然，这种"攸好"之声音就是"元鸣"。"俾鸣攸好"与"元鸣孔皇"的诗乐批评思想是完全一致的。

天尹钟的"作元弄"和晋侯苏编钟的"作元和扬钟"以及齐鲍氏钟的"俾鸣攸好"，这其中的文学批评思想在于作器者已经具备自觉的诗乐批评观念，以"嘉善"、"攸好"来评判自己所作之乐器，这是对诗乐思想内容之评述，也说明这种诗乐批评具有十分明确的品评标准。天尹钟和晋侯苏编钟皆为西周晚期之物，这些铭文记录的是西周晚期的人自己说的话，十分可信。因此，我们有充分理由相信，至迟在西周晚

---

① 香港中文大学、中国社会科学院考古研究所：《殷周金文集成释文（第一卷）》，香港中文大学出版社，2001 年，第 3 页。

刘雨、卢岩：《近出殷周金文集录》，中华书局，2002 年，第 59 页。

② 刘庆柱、段志洪、冯时：《金文文献集成》，线装书局，2005 年，第 346 页。

③ 阮元：《十三经注疏》，中华书局，1980 年，第 14 页。

④ 香港中文大学、中国社会科学院考古研究所：《殷周金文集成释文（第一卷）》，香港中文大学出版社，2001 年，第 108 页。

期，人们已经形成很具体很明朗的诗乐品评标准，也具备了自觉的诗乐批评意识。

另，"孔皇"即《大雅·崧高》之"孔硕"，指诗乐思想内容之嘉善。故周代青铜乐器铭文有时直接用"孔嘉"，如上文所引沈儿钟"元鸣孔皇，孔嘉元成"，都是对诗乐思想内容美善之评论。而曾子㝬鼎"俾奠孔嘉"之"孔嘉"指政事之美善，虽非乐器铭文，用义与沈儿钟同。因此，周代乐器铭文中的"元鸣孔皇"即《大雅·崧高》之"其诗孔硕"，就是对诗乐从思想内容方面做出的一种价值评判。

吉甫作诵与天尹作元弄以及晋侯苏作元和扬钟都是自我言明创作目的。奉钟、编钟与诵是周代诗乐体制不可分割的有机体。诗乐舞合一，完成诗乐功能的基本物质条件就包括钟，钟铭所传达的诗乐思想与诗乐目的，与作为诗歌形式的诵是完全一致的。吉甫以诵治心，其中就是在一个燕享场合，就必须同时辅以相应的诗乐，而乐之产生则离不开钟。这点，已经在大量周代钟铭"以乐我嘉宾父子朋友"中得到充分证明。《崧高》，为西周宣王时期作品，与天尹钟、晋侯苏编钟为同一历史时期的产物，二者相同的诗乐观，相同的自我审美批评方式（即何样诗乐为嘉为善？何样诗乐可以发挥治疗人心作用？）可以揭示，在西周晚期，人们已经形成成熟的诗乐批评理论及标准。诗乐舞合一，凡诗论乐论舞论都是十分典型的文学批评活动。这也是周代礼乐文化的基本特征。

2. 论诗乐之艺术感染力

周代青铜乐器铭文中，多有对乐器演奏氛围的切身感受评论。例如：

> 梁其钟铭："梁其曰丕显皇祖考穆穆異異克哲厥德农臣先王得纯亡敃梁其肇帅型皇祖考秉明德虔夙夕辟天子天子肩事梁其身邦君大正用天子宠蔑梁其曆梁其敢对天子丕显休扬用作朕皇祖考穌钟鎗鎗鎗鎗鍦鍦鑼鑼用邵格喜侃前文人用祈介康龢纯祐龏绾通禄皇祖考其严在上敷敷彙彙降余大鲁福亡斁用宝光梁其身勴于永命梁其其万年无疆犕臣皇王眉寿永宝。"①

秦公钟铭："服作厥龢钟灵音铣铣雝雝以宴皇公以受大福纯鲁多釐大寿万年秦公其畯龏在位膺受大命眉寿无疆甸有四方其康宝。"①

以上，梁其钟的"仓仓恩恩，央央雝雝"，秦公钟的"铣铣雝雝"均是对诗乐演奏现场诗乐的切身感受。我们在第二章第三节中已经论述了这是听觉层面对诗乐的审美感受，其实质是对诗乐艺术感染力之评论。秦公钟铭即云"灵音"，对这种萦绕回荡的诗乐之感染力可谓推崇备至。前文已述，《烝民》中，尹吉甫对自己所作诗歌的感染力十分自信，其以"穆如清风"来形容诗歌接受者接受自己诗歌后之表现。这与秦公钟之"灵音"意蕴是相通的。周代青铜乐器铭文多用叠字描绘诗乐演奏的过程，描摹的是诗乐那种连续不断的余音缭绕之感，这其中无疑有强烈的心身实际体验，是对诗乐艺术感染力的一种形象评述。

3. 论诗乐总体风格特征

我们在第二章、第三章的相关内容中，已经阐述过，"和"是周代诗乐的核心范畴与基本理论。同时，"和"也是周代诗乐的基本风格特征与总体要求。这点，在《诗经》和周代青铜乐器铭文中论述十分明显。前文论述已多，此不再赘述。"和"是在乐器之间的配合、诗乐与神人关系以及诗乐与政治协和等层面所形成的周代诗乐总体风格特征。在周代青铜乐器铭文中，还有另外一个对诗乐总体风格特征的概述，那就是"淑"，请看：

秦公镈（秦铭勋钟、盠和钟、秦公钟）铭："秦公曰丕显朕皇祖受天命竈有下国十有二公不坠在上严夤夤天命保乂厥秦虢事蛮夏曰余虽小子穆穆帅秉明德虔尃明型虔敬朕祀以受多福协龢万民虔夙夕烈烈趄趄万姓是敕咸畜百辟胤士趄趄文武镇静不廷柔燮百邦于秦执事作淑龢［钟］厥名曰旹邦其音铣铣雝雝孔煌以邵格孝享以受纯鲁多釐眉寿无疆畯疐在位高引有庆甸有四方永宝宜。"②

戎生编钟铭："唯十又二月乙亥，戎生曰：休辥皇祖宪公，趄趄趄趄，启厥明心，广经其猷，趄粤穆天子歙霝，用建于兹外土地，繑嗣蛮戎，用幹不廷方。至于辥皇考邵伯，殹殹穆穆，懿歉不晳，盠匹晋侯，用龏王命。今余弗叚废其规光，对扬其大福。劼遣鲁责，俾濳征鲧汤，取厥吉金，用作宝协钟。厥

① 香港中文大学、中国社会科学院考古研究所：《殷周金文集成释文（第一卷）》，香港中文大学出版社，2001年，第231页。

② 香港中文大学、中国社会科学院考古研究所：《殷周金文集成释文（第一卷）》，香港中文大学出版社，2001年，第238页。

音雍雍，鎗鎗铜铜，**琅琅鵠鵠**，即穌且淑。余用邵追孝于皇祖皇考，用祈韸眉寿。戎生其万年无疆，黄考有**蒸**，畯保其子孙，永宝用。"①

这里，秦公钟的"作淑和钟"，戎生编钟的"厥音……既和且淑"，说明，"淑"与"和"是相辅相成的诗乐范畴。我们在前文本章第一节中，曾经比较过《诗经》与金文中"淑"的使用情况及其内涵。据郑笺不难知道，《诗经》中的"淑"即"善"，用在诗乐上，则是对善的思想内容与好的艺术形式有机结合之诗乐之美称。既然"淑"、"和"并称，则二者间应该互有异同，相同点在于二者都是对美好诗乐之总体风格特征之概述，都是内容与形式有机结合之标准诗乐之范型。不过"淑"更侧重于思想内容，即乐德，正如"淑女"是后妃之德标准一样。"和"更侧重于诗乐形式，即乐律。《周礼·太师》说："教六诗，曰风、曰赋、曰比、曰兴、曰雅、曰颂，以六德为之本，以六律为之音。"则周代诗乐的构成，乐器铭文中的"淑"、"和"大概刚好与六诗中的"六德"、"六律"相对应。

4. 论诗乐之接受——慎听

周代青铜乐器铭文对诗乐之接受也有所论述。例如：

> 郳公华钟铭："唯王正月初吉乙亥郳公华择厥吉金玄镠赤膚用铸手几钟以作其皇祖皇考曰余毕恭畏忌淑穆不坠于厥身铸其和钟以卹其祭祀以乐大夫以宴士庶子慎为之听元器其旧哉公眉寿郳邦是保其万年无疆子子孙孙永保用享。"②

"慎为之听"，这显然是对诗乐接受之要求。周代青铜乐器铭文论述诗乐的内容很多，但像这样明确对接受者作要求的却不多见。"慎听"诗乐的基本前提，便是社会中存在多样风格的诗乐，如上文所述，周代而且西周时期，社会中便已经存在截然对立的两种诗乐接受观，即正声与淫声。检索文献，似乎这种对立的诗乐接受观渊源有自。例如，《史记·周本纪》引《尚书·太誓》之周武王语曰：

> 今殷王纣乃用其妇人之言……乃断弃其先祖之乐，乃为淫声，用变乱正声，怡悦妇人……③

---

① 刘雨．卢岩：《近出殷周金文集录》，中华书局，2002 年，第41 页。
② 香港中文大学、中国社会科学院考古研究所：《殷周金文集成释文（第一卷）》，香港中文大学出版社，2001 年，第 217 页。
③ 司马迁：《史记》，中华书局，1959 年，第 121 页。

又《史记·殷本纪》说商纣王的过失在于：

> 好酒淫乐，嬖于妇人。爱妲己，妲己之言是从。于是使师涓作新淫声，北里之舞，靡靡之乐。①

此表明，殷纣政权在诗乐接受观上的偏失与错误，成为了周伐殷的重要理由之一。这说明，诗乐接受观政治意义极其重要。这种诗乐观的源头似乎还可以追溯到殷商之前，例如，据称是夏代的《五子之歌》说：

> 太康尸位以逸豫，灭厥德⋯⋯五子咸怨，述大禹之戒以作歌。⋯⋯其二曰：训有之，内作色荒，外作禽荒。甘酒嗜音，峻宇彤墙。有一于此，未或不亡。②

《五子之歌》中的"训"似乎为大禹之戒。其中明确反对"逸豫"、"嗜音"。"嗜音"实质就是沉溺于靡靡之乐中。大禹之"训"强调以正确的诗乐观治国理政。看来，周武王所强调的"先祖之乐""正声"等也是渊源有自的。《吕氏春秋·古乐篇》曰：

> 乐所由来者尚也，必不可废。有节、有侈、有正、有淫矣。贤者以昌，不肖者以亡。昔古朱襄氏之治天下也，多风而阳气畜积，万物散解，果实不成，故士达作为五弦琴，以来阴气，以定群生。昔葛天氏之乐，三人操牛尾，投足以歌八阕⋯⋯故作舞以宣导之。昔黄帝令伶人伦作为律⋯⋯，黄帝又命伶伦与荣将，铸十二钟，以和五音，以施《英》《韶》；以仲春之月，乙卯之日，日在奎，始奏之，命之曰《咸池》。帝颛顼生自若水，实处空桑，乃登为帝。惟天之合，正风乃行；其音若熙熙凄凄锵锵。帝颛顼好其音，乃令飞龙作效八风之音，命之曰《承云》，以祭上帝⋯⋯。帝喾命咸黑作为声歌，《九招》《六列》《六英》⋯⋯。帝尧立，乃命质为乐⋯⋯瞽叟乃拌五弦之瑟，以为十五弦之瑟，命之曰《大章》，以祭上帝。舜立，⋯⋯乃令质修《九招》、《六列》、《六英》，以明帝德。禹立，勤劳天下⋯⋯于是命皋陶作为《夏籥》九成，以昭其功。殷汤即位⋯⋯功名大成，黔首安宁，汤乃命伊尹作为《大护》，歌《晨露》，修《九招》《六列》，以见其善。周文王处岐⋯⋯周公旦乃作诗曰："文王在上，于昭于天。周虽旧邦，其命维

---

① 司马迁：《史记》，中华书局，1959年，第105页。
② 阮元：《十三经注疏》，中华书局，1980年，第156～157页。

新。"以绳文王之德。……武王即位，……乃命周公作为《大武》。成王立，……乃为《三象》，以嘉其德。故乐之所由来者尚矣，非独为一世之所造也。①

据此可知，周之前的历代帝王无不好音喜乐，其中也包括殷商的先祖。但这些前代帝王所喜好的皆为正声雅乐，追求的是以乐和民、以乐善民、以乐象德。无怪乎周武王罪责商纣"断弃先祖之乐"而为"靡靡之乐"。在这里，我们似乎也看到了孔子"放郑声"以及《礼记·乐记》《毛诗序》等"声音之道与政通"的思想源头。《国语·晋语》载：

平公说（悦）新声。师旷曰："公室其将卑乎？君之明兆于衰矣！夫乐以开山川之风也，以耀德于广远也。风德以广之，风山川以远之，风物以听之，修诗以咏之，修礼以节之。夫德广远，而有时节，是以远服而迩不迁。"②

悦"新声"而不悦雅乐，这在《礼记·乐记》里也有类似记载：

魏文侯问于子夏曰："吾端冕而听古乐则唯恐卧，听郑卫之音则不知倦，敢问古乐之如彼，何也？新乐之如此，何也？"③

魏文侯之问，正是关于听乐之困惑。而子夏除了解释古乐与新乐区别外，特别强调"为人君者，谨其所好恶而已矣"。④ 在诗乐上"谨其所好恶"，这正是"慎听"之表现。周代正统诗乐观是坚决反对"淫声"而极力维护"正声"的。这就是"慎听"的主要内涵。传世文献与出土文献相互发明，充分说明周代礼乐文化体系中对诗乐接受也是有十分明确之要求的。

---

① 许维遹：《吕氏春秋集释》，中华书局，2009年，第118页。
② 徐元诰：《国语集解》，中华书局，2002年，第427页。
③ 阮元：《十三经注疏》，中华书局，1980年，第1538页。
④ 阮元：《十三经注疏》，中华书局，1980年，第1541页。

第六章　楚竹简与战国文学批评思想之发展

近年来，出土了大量战国时期的楚竹简。诸如湖北郭店荆门竹简，上海博物馆藏战国楚竹简等。在这些竹简中，记录了战国时期社会历史文化发展的很多内容，包括不少历史文献的传播和接受状况。同时，也反映了战国时期文学批评思想的发展水平。例如《孔子诗论》《郭店竹简·缁衣》等，皆为典型的文学批评材料，充分体现了先秦时期诗学批评高度的系统性和深刻的理论性。我们已经在绪言部分对相关研究成果进行了梳理和评述，本章对已经研究充分的内容不作或少作探讨，对没有研究或研究不系统的内容则进行新的探析。

第一节　《孔子诗论》的文学批评思想

在出土的战国楚竹简中，《孔子诗论》别具一格。其不但第一次向世人展示了孔子及其后学论《诗》的全新内容，而且充分体现出先秦时期以诗看《诗》的文学批评思想。在其中的诗歌品评中，涉及大量的批评思想与范畴。研究《孔子诗论》，有助于深刻认识先秦诗学发展演变的脉络。

一、文体论思想："诗亡离志，乐亡离情，文亡离言"

在《孔子诗论》中，已经有较明显的文体意识。孔子曰："诗亡离志，乐亡离情，文亡离言。"[1] 关于此简的释文，学界聚讼纷纭。争论的焦点在于对"离"字的释解。[2] 此字简文作"隦"，但先秦其他传世文献和《说文》中均无此字。于是有了"离""隐""吝""泯"等不同的释文。其实，尽管各家

---

① 马承源：《上海博物馆藏战国楚竹书（一）》，上海古籍出版社，2001 年，第 123 页。
② 刘信芳：《孔子诗论述学》，安徽大学出版社，2003 年，第 103～109 页。

释文有差异，但对文句的理解似乎并无二致，即各家都认为此语讲的是诗与志、乐与情、文与言之间不可分割的紧密关系。因此，从思想研究视角而言，"离"字的不同释文对理解孔子整个语义似乎并无多大妨碍。孔子此语，实际上涉及对三类不同文体基本特征的认识。孔子以十分简明的话语高度概述了诗、乐、文三种文体的本质特征。这种高度的理论概括，既是对孔子以前诗学实践的基本总结，也对孔子之后诗学发展产生了深远的影响。

（一）诗亡离志与诗的本质特征

在"诗亡离志"中，"诗"属于文体类别名称，而"志"则是该类文体的本质特征。"诗"作为一种文体范畴，在孔子之前早已经被人们认识并经常称述。例如，《小雅·巷伯》："寺人孟子，作为此诗，凡百君子，敬而听之。"《大雅·卷阿》："矢诗不多，维以遂歌。"《大雅·崧高》："吉甫作诵，其诗孔硕，其风肆好，以赠申伯。"这些都是西周时期的诗人们自己所说的话语。显然，在西周时期，"诗"是作为一类文体被人们创作、运用与品评的。但，在西周时期，尚未见对"诗"这类文体本质特征之论述。到了春秋时期，人们开始对"诗"的本质特征进行理论阐释。例如，《左传》襄公二十七年载：

> 郑伯享赵孟于垂陇。子展、伯有、子西、子产、子大叔、二子石从。赵孟曰："七子从君，以宠武也。请皆赋，以卒君贶，武亦以观七子之志。"子展赋《草虫》，赵孟曰："善哉！民之主也。在上不忘降，故可以主民。抑武也，不足以当之。"伯有赋《鹑之贲贲》，赵孟曰："床笫之言不逾阈，况在野乎？非使人之所得闻也。"子西赋《黍苗》之四章，赵孟曰："寡君在，武何能焉？"子产赋《隰桑》，赵孟曰："武请受其卒章。"子大叔赋《野有蔓草》，赵孟曰："吾子之惠也。"印段赋《蟋蟀》，赵孟曰："善哉！保家之主也。吾有望矣。"公孙段赋《桑扈》，赵孟曰："匪交匪敖，福将焉往？若保是言也，欲辞福禄，得乎？"卒享。文子告叔向曰："伯有将为戮矣！诗以言志，志诬其上，而公怨之，以为宾荣，其能久乎？幸而后亡。"叔向曰："然。已侈！所谓不及五稔者，夫子之谓矣。"

这是春秋时期一次十分典型的诗学活动。此次宴享不但所赋诗篇较多，而且明确提出了"诗以言志"的理论。说出"诗以言志"的赵孟是晋国人，从他与叔向的对话，不难发现"诗以言志"应该是当时社会中一种普遍接受的理论认识。而且，赵孟在要求郑国七子赋诗的同时，也明确阐明了其目的是"以观七子之志"。这说明，对诗与志的关系，在春秋时期各诸侯国间存在完全一致的认识。而且，"赋诗言志"的允当与否也成为当时对士大夫能力评判的一个重要依据。

那么，诗与志到底是一种什么样的关系呢？二者其实是二位一体的关系，也就是说二者是同一事物在不同发展阶段所呈现的不同形态。"志"为内部的心理思想形态，而"诗"乃外部的言语结构形态。正如《毛诗序》所云："诗者，志之所之也，在心为志，发言为诗。""诗"实际上是心理内部的"志"以言语结构形式外化的一种形态。诗与志本来就是同一事物，故《说文》云："诗，志也。从言，寺声。"① 杨树达说"寺"与"志"音近假借，朱自清说"志"的本义就是"停止在心上""藏在心里"。② 则诗显然就是"藏在心里"的东西发而为言了。因此，诗与志实际上是同一事物一内一外的两种不同呈现方式。"诗以言志"就是作诗者或赋诗者以一种约定俗成的言语结构形式（四言句式，重章复沓、赋比兴手法等）来表述自己内心的与这种言语结构相称的思想。而"以诗观志"也就是听者通过作者或赋者所表述的言语结构形式来察看其内部思想。如此，则志就是诗，诗就是志。作诗或赋诗的目的就是要让内部思想通过特殊的言语形式以外化，使人知晓。正如孔子所说"言以足志，文以足言。不言谁知其志？言而无文，行而不远"。③ 如果始终停留在内部心理阶段，那么又有谁能知道你的所思所想呢？又如何进行思想交流呢？而"志"的外化实际上也可以有多种方式，比如通过图画，通过一般的言说等，而且这些方式事实上也确实在人类的思想文化交流中频繁出现过。例如，以图画传达思想，从原始时期的刻符到现代绘画艺术，都做到过。而《论语·先进》所载子路、曾晰、冉有、公西华侍坐，更是典型的通过一般日常对话以阐明己志。可为什么"志"却独独与"诗"紧密联系在一起呢？除了"诗"乃一种具有特殊艺术感染力的言语形式外（即言而有文），恐怕还与"诗"的强烈情感内涵有关。故《毛诗序》说"情动于中而形于言"。"情动"无疑是"志"能够外化成"诗"的关键因素，是催化剂。没有情，则外化的言语似乎很难叫做"诗"。而内部的"志"如果没有情的要素，则即使外化，也不成其为"诗"。从这个角度而言，"志"就是"情"，"情"就是"诗"。故《左传》昭公二十五年言"审则宜类以制六志"，孔颖

① 许慎：《说文解字》，中华书局，1963年，第51页。
② 朱自清：《诗言志辨》，古籍出版社，1956年，第9页。
③ 阮元：《十三经注疏》，中华书局，1980年，第1985页。

达疏曰："在己为情，情动为志，情志一也。"① 因此，"诗"是一种具有特殊艺术感染力的富有强烈情感的言语形式。或许，也只有用诗这种方式来言志，方才使得"志"更加生动、形象，容易感染与打动听者。因此，作诗也好，赋诗也好，其实都不是最终目的。其根本目的只有一个，那就是言志。如何让内部的"志"使人知晓，这才是做诗与赋诗的出发点与归宿。当然，其表达方式绝不是一般言说形式那么简单直接，而是必须通过特殊的言语结构形式含蓄婉转传达出来，使赋听双方都在这一过程中能够感受到一种隽永回味的艺术魅力。

明确论及诗与志的关系，赵孟绝对不是第一人。《国语·楚语上》载：

> 庄王使士亹傅太子箴……问于申叔时，叔时曰："教之春秋，而为之耸善而抑恶焉，以戒劝其心；教之世，而为之昭明德而废幽昏焉，以休惧其动；教之诗，而为之导广显德，以耀明其志；教之处，使知上下之则；教之乐，以疏其秽而镇其浮；教之令，使访物官；教之语，使明其德，而知先王之务用明德于民也；教之故志，使知废兴者而戒惧焉；教之训典，使知族类，行比义焉。"

这则材料说的是楚庄王时期的事情。楚庄王向申叔时请教如何对太子进行教育，而申叔时的回答中就涉及了诗教内容。"教之诗，而为之导广显德，以耀明其志"。不难看出，诗教的最终目的就是为了"耀明其志"。很显然，这是赵孟"诗以言志""以诗观志"的直接理论源头。楚庄王公元前 613 年至公元前 591 在位，因为材料讲的是关于太子的教育问题，则只能是发生在楚庄王在位期间。而赵孟论及诗与志的关系是在鲁襄公二十七年，即公元前 546年，则申叔时的那番话至少比赵孟所言早将近 50 年。50 年，半个世纪，应该说这个时间不算太长也不算太短，但其间诗与志的关系却发生了很大变化。据申叔时所言，诗教是当时整个官学教育体系中的重要一环。此外，尚有"教之春秋""教之世""教之处""教之乐""教之令""教之语""教之古志""教之训典"等相关教育内容。但在这些教育项目中，只有诗教与受教育者的志有关。朱自清说："'耀明其志'值受教人之志，就是读诗人之志；'诗以言志'，读诗自然可以'明志'。"② 朱自清将"教之诗"仅仅理解成读

---

① 阮元：《十三经注疏》，中华书局，1980 年，第 2108 页。
② 朱自清：《诗言志辨》，古籍出版社，1956 年，第 19 页。

诗、诵诗活动，这恐怕不全面。其中应该包括如何作诗的教学内容。《周礼·大师》说："大师：教六诗，曰风、曰赋、曰比、曰兴、曰雅、曰颂；以六德为之本，以六律为之音。"《周礼·大师》郑玄注说：

> 风，言贤圣治道之遗化也。
> 赋之言铺，直铺陈今之政教善恶。
> 比，见今之失，不敢斥言，取比类以言之。
> 兴，见今之美，嫌于媚谀，取善事以喻劝之。
> 雅，正也，言今之正者，以为后世法。
> 颂之言诵也，容也，诵今之德，广以美之。

这是周代王官之学的内容。这里的"教六诗"皆为教贵胄子们如何创作诗歌的问题。显然，周代王官之学的"教诗"是包含作诗教学的。而周代王官之学的诗教内容正是申叔时所言的楚国官学诗教以及赵孟时期晋、郑等国士大夫在官学中所受诗教的源头。为什么要学习作诗呢？因为这是周代士大夫安身立命的一项基本能力。《国语·周语上》说：

> 故天子听政，使公卿至于列士献诗，瞽献书，师箴，瞍赋，矇诵，百工谏，庶人传语，近臣尽规，亲戚补察，瞽史教诲，耆艾修之，而后王斟酌焉，是以行事而不悖。

这是西周后期周厉王时期的大臣邵公说的话。据此，可知，在西周时期，"公卿至于列士献诗"是周王室政治方面的一个基本措施。这里的"献诗"更多是作诗（尽管可能所献为他人原创，但献诗的性质实际上也是作，绝非如春秋时期称引大家所熟知的文本《诗》中的篇章）。"献诗"也成为西周士大夫政治生活的一项日常任务，同时也是一种能力。"登高能赋，可以为大夫"。"献诗"无疑对公卿至于列士们的诗歌创作能力提出了很高的要求。若没有在官学中接受过作诗教育，则很难想象周代的士大夫们能够不自觉地创作出大量传诵千古的佳作。请看今本《诗经》中所载的西周时期的公卿与士大夫作品（据《毛诗序》）：

> 《节南山》，家父刺幽王也。
> 《正月》，大夫刺幽王也。
> 《十月之交》，大夫刺幽王也。

《雨无正》，大夫刺幽王也。

《小旻》，大夫刺幽王也。

《小宛》，大夫刺幽王也。

《小弁》，刺幽王也。太子傅作焉。

《巧言》，刺幽王也。大夫伤于谗，故作是诗也。

《何人斯》，苏公刺暴公也。暴公为卿士而谮苏公焉，故苏公作是诗以绝之。

《巷伯》，刺幽王也。寺人伤于谗，故作是诗也。

《大东》，刺乱也。东国困于役而伤于财，谭大夫作是诗以告病焉。

《四月》，大夫刺幽王也。

《北山》，大夫刺幽王也。

《无将大车》，大夫悔将小人也。

《小明》，大夫悔仕于乱世也。

《甫田》，刺幽王也。君子伤今而思古焉。

《青蝇》，大夫刺幽王也。

《宾之初筵》，卫武公刺时也。

《绵蛮》，微臣刺乱也。

《公刘》，召康公戒成王也。成王将涖政，戒以民事，美公刘之厚于民，而献是诗也。

《卷阿》，召康公戒成王也。

《民劳》，召穆公刺厉王也。

《板》，凡伯刺厉王也。

《荡》，召穆公伤周室大坏也。

《抑》，卫武公刺厉王，亦以自警也。

《桑柔》，芮伯刺厉王也。

《云汉》，仍叔美宣王也。

《崧高》，尹吉甫美宣王也。

《烝民》，尹吉甫美宣王也。

《韩奕》，尹吉甫美宣王也。

《江汉》，尹吉甫美宣王也。

《常武》，召穆公美宣王也。

《瞻卬》，凡伯刺幽王大坏也。

《召旻》，凡伯刺幽王大坏也。

《駉》，颂僖公也。……史克作是颂。

这些就是西周时期的献诗之作。作者群包括诸侯王、朝中重臣以及一般的士阶层。而且，这些作品属于典型的言志之作。言志与抒情实际上是二位一体的，请看《毛诗序》的说法：

《豳风·东山》毛序："……君子之于人，序其情而闵其劳。"
《小雅·四牡》毛传："……伤悲者，情思也。"
《小雅·菁菁者莪》毛序："乐育材也，天下嘉乐之矣。"
《小雅·巧言》毛序"……大夫伤于谗，故作是诗也。"
《小雅·大东》毛序"……谭大夫作是以告病焉。"
《小雅·角弓》毛序："……骨肉相怨，故作是诗也。"
《小雅·苕之华》毛序："……君子闵周室之将亡，伤己逢之，故作是诗也。"
《大雅·荡》毛序："邵穆公伤周室大坏也，……故作是诗也。"
《大雅·云汉》毛序："……百姓见忧，故作是诗也。"

再看《诗经》中诗人们自己的话语：

家父作诵，以究王讻。（《小雅·节南山》）
寺人孟子，作为此诗，凡百君子，敬而听之。（《小雅·巷伯》）
君子作歌，维以告哀。（《小雅·四月》）
啸歌伤怀，念彼硕人。（《小雅·白华》）
矢诗不多，维以遂歌。（《大雅·卷阿》）
王欲玉女，是用大谏。（《大雅·民劳》）
吉甫作诵，其诗孔硕，其风肆好，以赠申伯。（《大雅·崧高》）
吉甫作诵，穆如清风，仲山甫永怀，以慰其心。（《大雅·烝民》）

据上可知，献诗之作，皆有明确的目的。诗人们很清楚他们创作诗歌是为了什么。虽然诗人们的话语中尚未明确出现"言志"二字，但实际所抒发的内心的思想情感无一不属"志"的范畴。其中最典型的当属于周公作《鸱鸮》了。《尚书·金滕》载：

武王既丧，管叔及其群弟乃流言于国，曰："公将不利于孺子。"周公乃告二公曰："我之弗辟，我无以告我先王。"周公居东二年，则罪人斯得。于后，公乃为诗以贻王，名之曰《鸱鸮》。王亦未敢诮公。

这应该算是中国历史上最早的赠诗活动了。《毛诗序》："《鸱鸮》，周公救乱也。成王未知周公之志，公乃为诗以遗王，名之曰《鸱鸮》焉。"郑笺："未知周公之志者，未知其欲摄政之意。"显然，周公作《鸱鸮》就是为了向成王表明心志。周公与周成王之间产生了隔阂，这对刚刚兴立不久的周王朝来说无疑是一个十分严重的问题。应该说周公是可以通过当面解释等许多方式来阐明自己的心志，但为什么周公却偏偏选择作诗言志呢？这只能说明"以诗言志"的观念在西周初年就已经具备极大的权威性。因为人们深信，只有诗才是最好的言志手段。再看《鸱鸮》：

> 鸱鸮鸱鸮，既取我子，无毁我室。恩斯勤斯，鬻子之闵斯。
> 迨天之未阴雨，彻彼桑土，绸缪牖户。今女下民，或敢侮予？
> 予手拮据，予所捋荼。予所蓄租，予口卒瘏，曰予未有室家。
> 予羽谯谯，予尾翛翛，予室翘翘。风雨所漂摇，予维音哓哓！

整篇采用比兴手法，虽然讲的是当时武庚叛乱、管蔡流言之事，但通篇却无一字明言之。朱熹《诗集传》云：

> 公乃作此诗以贻王，託为鸟之爱巢者，呼鸱鸮而谓之曰：鸱鸮鸱鸮，尔既取我之子矣，无更毁我之室也，以我情爱之心，笃厚之意养此子，诚可怜悯。今取之其毒甚矣，况又毁我室乎！以比武庚既败，管蔡不可更毁我王室也。

显然，通过以诗言志，周公委婉含蓄地表达了其殷勤爱护周王室的一番苦心。意蕴隽永，言有尽而意无穷。特别是比兴手法的运用，生动形象展现了周公对成王的爱护、对周王室笃厚忠贞以及为国家安危的深切忧虑。其艺术感染力，显非其他方式所能够比拟。故成王读罢，"亦未敢诮公"。这恐怕也是周公之所以选择以诗言志的根本原因。再如，《左传》昭公十二年载：

> 左史倚相趋过。（楚灵）王曰："是良史也，子善视之。是能读《三坟》、《五典》《八索》《九丘》。"（子革）对曰："臣尝问焉。昔穆王欲肆其心，周行天下，将皆必有车辙马迹焉。祭公谋父作《祈招》之诗，以止王心。王是以获没于祇宫。臣问其诗而不知也。若问远焉，其焉能知之？"王曰："子能乎？"对曰："能。其诗曰：'祈招之愔愔，式昭德音。思我王度，式如玉，

式如金。形民之力，而无醉饱之心。'"

周穆王喜好周游天下，最后能劝止其心，使其能够在祇宫中安度余生的竟然是祭公谋父所作《祈招》之诗。于此亦可见西周中期"诗以言志"所发挥的巨大作用。也正是由于西周"以诗言志"说盛行，故整个西周时期的诗歌创作十分繁荣，形成了初期、中晚期等几个创作高峰期。

当然，西周时期亦并非皆为作诗言志，亦有赋诗言志者。《国语·周语上》载：

> 穆王将征犬戎，祭公谋父谏曰："不可。先王耀德不观兵。夫兵戢而时动，动则威，观则玩，玩则无震。是故周文公之颂曰：'载戢干戈，载櫜弓矢。我求懿德，肆于时夏，允王保之。'先王之于民也，懋正其德而厚其性，阜其财求而利其器用，明利害之乡，以文修之，使务利而避害，怀德而畏威，故能保世以滋大。"

同样是祭公谋父劝谏周穆王。不过这里不是作诗，而是赋诗言志。所赋的是周公创作的诗歌。但效果不佳，最后没有达到目的。西周时期，像这样的赋诗现象不多，最普遍的还是作诗言志。到了春秋时期，这种现象恰恰颠倒过来。惯性作用，春秋前期，作诗言志现象仍然存在。今本《诗经》中的许多风诗就是这个时期产物。如《载驰》《硕人》《株林》等，关于这些诗篇的诗本事在《左传》中不乏记载。但春秋时期更为普遍的却是赋诗言志。春秋时期，社会形势变化，诸侯间往来频繁，《汉书·艺文志》说：

> 诸侯卿大夫交接邻国，以微言相感，当揖让之时，必称《诗》以谕其志，盖以别贤不肖而观盛衰焉。故孔子曰"不学《诗》，无以言"也。

文变染乎世情，兴废系乎时序。社会发展，春秋不同西周，此时诸侯逐渐力政，礼乐征伐不自天子出而自诸侯出。诸侯间使节往来聘问频仍，随着政治文化交流的拓展，使得赋《诗》成为一种社会政治需要。为什么要赋诗呢？这与《诗》的背景有关。其一，《诗》是王官之学的共同教材，自然有相同的文化背景与共同语言。其二，《诗》之委婉的艺术风格，很适合作为春秋时期诸侯间交流工具。春秋时期特殊的社会文化，即表面上仍遵奉周天子，需要一个礼仪性的东西作为维系诸侯之间关系的面纱。其三，尽管礼崩乐坏，但礼乐发展的惯性，使得周礼仍然有很大的市场，在没有找到可以完全替代的礼乐体系前，周礼仍然是维系社会发展与交往的主要工具（除非有新的王朝出现，重新制礼作乐）。

春秋时期诗教与西周的最大区别，在于创作与运用之上。西周的献诗主要强调作诗，而春秋时期的运用则注重赋《诗》。孔子所说的"不学《诗》，无以言"，其落脚点更主要在于读《诗》、诵《诗》以及如何用《诗》来发挥社会政治作用。故又有"诵《诗三百》，授之以政，不达；使于四方，不能专对，虽多亦奚以为""诗可以兴、可以观，可以群，可以怨"等论述，所强调的主要在用《诗》方面。

战国时代，除了在理论上更深入阐释"诗言志"外，主要开始在创作上真正实践作诗言志的思想。而这种思想，在两汉又得到进一步强化。《汉书·艺文志》曰：

> 春秋之后，周道浸坏，聘问歌咏，不行于列国，学《诗》之士逸在布衣，而贤人失志之赋作矣。大儒孙卿及楚臣屈原离谗忧国，皆作赋以风，咸有恻隐古诗之义。其后宋玉、唐勒；汉兴，枚乘、司马相如，下及扬子云，竞为侈丽闳衍之词，没其风谕之义。是以扬子悔之，曰："诗人之赋丽以则，辞人之赋丽以淫。如孔氏之门人用赋也，则贾谊登堂，相如入室矣，如其不用何！"自孝武立乐府而采歌谣，于是有代、赵之讴，秦楚之风，皆感于哀乐，缘事而发，亦可以观风俗，知薄厚云。

战国至两汉时期，属于作诗言志的时代。诗人对此是有自觉认识的。例如，《悲回风》："介眇志之所惑兮，窃赋诗之所明。"《九辩》："贫士失职而志不平。"王逸："故作《九辩》以述其志。"《庄子·天下篇》说："《诗》以道志。"《荀子·儒效篇》说："《诗》言是其志也。"又《礼论篇》说："听《雅》《颂》之声，而志意得广焉。"教《诗》明志，赋《诗》言志，这其中的"志"显然具有强烈的政治礼义规范特征。同时，战国时期的"志"与"情"也存在密切关系。故《荀子·正名篇》说："性之好、恶、喜、怒、哀、乐谓之情。"《礼记·礼运》亦说："何谓人情？喜、怒、哀、惧、爱、恶、欲，七者弗学而能。"屈原《离骚》"怀朕情而不发兮，余焉能忍与此终古？"《惜诵》"惜诵以致愍兮，发愤以抒情。"。

"诗言志"是先秦《诗》学的传统观念。先秦《诗》学的"诗言志"主要是一种诗歌接受理论。它主要通过断章赋《诗》的方式，用《诗》表达称《诗》者之志。而在汉代《诗》学中，"言志"说已不再占《诗》学的主要地位。但发展的惯性，使得"诗言志"仍然或隐或现地不时被汉儒所称用。不过，汉代的"诗言志"与先秦相较，其内涵已有了根本性的变化了。这种变化就是，汉代"诗言志"的"志"不再是接受者之志，而是指创作主体——诗人之志。例如，《毛诗大序》云："诗者，志之所之也，在心为志，发言为诗。"这是从心理发生的角度说"志"，显然，这里的"志"是指的诗人之志。《毛诗大序》是毛诗学派的理论纲要。因此，在具体的解说中，众《小序》和《毛传》基本上与《大序》是相呼应的，且均将诗篇之"志"直指诗人的内心深处。请看下列毛诗、郑笺对"志"的心理解析：

> 《周南·卷耳》毛序：后妃之志也，又当辅佐君子，求贤审官，知臣下之勤劳。内有进贤之志，而无险诐私谒之心，朝夕思念，至于忧勤也。
> 郑笺：器之易盈而不盈者，志在辅佐君子，忧思深也。
> 《邶风·北门》毛序：刺仕不得志也。言卫之忠臣不得其志尔。
> 郑笺：不得其志者，君不知己志而遇困苦。

不仅毛诗，汉代其他学派也将"志"直指诗人。如，《潜夫论·赞学篇》曰："《国风》歌《北门》，故所谓不忧贫也，岂好贪而弗之忧邪？盖志有所专，昭其重也。"《本政篇》曰："《诗》伤'皎皎白驹，在彼空谷'、'巧言如流，俾躬处休'，盖言衰世之士，志弥洁者身弥贱，佞弥巧者官弥尊也。"

既然"志"是诗人之志，那么"诗言志"也就是诗人作诗以言志了。故《邶风·燕燕》郑笺云："庄姜无子，陈女戴妫生子名完，庄姜以为己子。庄公薨，完立，而州吁杀之。戴妫于是大归，庄姜远送之于野，作诗见己志。"这种"作诗见志"的诠释，与刘向《列女传》相同，《列女传·母仪传》说：

> 卫姑定姜者，卫定公之夫人，公子之母也。公子既娶而死，其妇无子，毕三年之丧，定姜归其妇，自送之至于野，恩爱哀思，悲心感恸，立而望之，挥泣垂涕。乃赋诗曰："燕燕于飞，……泣涕如雨。"送去归泣而望之，又作诗曰："先君之思，以畜寡人。"……
> 颂曰：卫姑定姜，送妇作诗。恩爱慈惠，泣而望之。数谏献公，得其罪尤。聪明远识，丽于文辞。

关于《燕燕》的创作背景，郑玄与刘向之说是不同的，这是汉代《诗》学派别间的分歧。但有一点认识是相同的，即《燕燕》乃卫国君夫人见己志所作。

从刘向的叙述中不难看出，像定姜这样的作诗明志，其"志"中还饱含着深深的情感。故郑玄于"之子于归，远送于野"句下笺："夫人之礼，远送不出门。今我送是子，乃至于野者，舒己愤，尽己情。"这又完全从创作的抒情层面解"诗言志"。诗人"作诗见志"就是"舒己愤，尽己情。"从这个角度而言，"作诗言志"与"发愤作诗"和作诗慰心是完全相同的了。于此也可见汉代《诗》学各派在创作理论上的共性认识。

"作诗言志"包含着情感，这在汉代《诗》学中是普遍共识。又如，《豳谱》云："成王之时，周公避流言之难，出居东都二年。思公刘、大王居豳之职，忧念民事至苦之功，以比序己志。"这里，周公作诗以"比序己志"中就包含深厚的情感，故《东山》毛序说："周公东征也。……序其情而闵其劳，所以说也。"郑笺也反复言："序归士之情也。"也正揭示了《东山》的情感内涵，故曹操于《苦寒行》中感叹："悲彼《东山》诗，悠悠使我哀。"

刘向《列女传》中的"作诗明指""作诗明意"等实质上说的都是作诗明志。这种"志"多为仁、义、礼、智、信的内容。这是刘向所处的社会政治需要的反映。但即使在这种三从四德的贞节之"志"的表白中，仍饱含着浓情，如《列女传》"鲁寡陶婴"传说：

> 陶婴者，鲁陶门之女也。少寡养幼孤，无强昆弟，纺绩为产。鲁人或闻其义，将求焉。婴闻之，恐不得免，作歌明己之不更二也。其歌曰：
> 黄鹄之早寡兮，七年不双。鹞颈独宿兮，不与众同。夜半悲鸣兮，想其故雄。天命早寡兮，独宿何伤！寡妇念此兮，泣下数行。呜呼哀兮！死者不可忘。飞鸟尚然兮，况于贞良！虽有贤雄兮，终不重行。
> ……婴寡终身不改。君子谓陶婴贞壹而思。《诗》云："心之忧矣，我歌且谣。"此之谓也。

像这种贞节故事，显然是汉儒的杰作。陶婴作歌，事实上体现了汉儒的创作观。此歌既然是为了"明己之不二更"，则当是明志之作无疑了。其所采用《诗》之比兴手法自不用多说。值得注意的是，此言志之作中浓烈的情感。此歌以黄鹄为喻，把寡妇七年独宿，夜半思念其故夫的悲愁心情作了淋漓尽致的剖析。寡妇也是人，也有常人的情欲需求。刘向虽要树一个贞节的妇女榜样，但也并没有把陶婴拔高成高、大、全式的人物。而是通过人物正常的内心矛盾冲突，让其最后屈情就礼。如果从陶婴对其故夫的感情角度而言，此歌不亚于一曲缠绵悱恻的爱情悲歌。刘向又以《诗》互解，更突出了其中的情感内涵。《魏风·园有桃》"心之忧矣，我歌且谣。"郑笺云："歌谣以写我忧矣。"如此，这些《诗》学中关于创作的认识与创作中关于诗歌的认识——"抒中情而属诗""诗赋……泄哀乐之情""下以自慰"也是完全一致的。

作诗言志在两汉时期得到极大开拓。请再看下列汉儒创作中关于"志"的表述：

> 庄忌《哀时命》："志憾恨而不呈兮，抒中情而属诗。"
>
> 王逸注："属，续也。言己上下无所遭遇，意中憾恨，忧而不解，则抒我中情，属续诗文，以陈己志也。"
>
> 孔臧《杨柳赋》："赋诗断章，合陈厥志。""乃作斯赋，以叙厥情。"
>
> 繁钦《愁思赋》："怅俯仰而自怜，志荒惆而摧威。聊弦歌以厉志，勉奉职于闺闱。"
>
> 杨修《孔雀赋》："故兴志而作赋。"
>
> 王粲《神女赋》："称诗表志。"
>
> 丁仪《厉志赋》："瞻亢尤而惧进，退广志于《伐檀》。"
>
> 曹操《秋胡行》："意中迷烦，歌以言志。""来到此间，歌以言志。""万岁为期，歌以言志。"……《步出夏门行》："歌以言志，观沧海……"，"幸甚至哉，歌以咏志。"……

以上这些"言志"说具有两个特点。其一，这些"志"均是创作主体——诗人之志。或作诗或作赋，都是作者言己心志。不难看出这其中创作主体意识的自觉。其二，这些作诗或作赋言志，都包含着抒情的内容。从诗歌发生角度的心理层面而论，志与情很难截然割裂。故《毛诗序》说："诗者，志之所之也，在心为志，发言为诗。"孔颖达《正义》曰："诗者，人之志意之所之适也；虽有所适，犹未发口，蕴藏在心，谓之为志；发见于言，乃名为诗。言作诗者，所以所以抒心志愤懑，而卒成于歌咏，故《虞书》谓之'诗言志'也。包管万虑，其名曰心；感物而动，乃呼为志。志之所适，外物感焉，言悦豫之志则和乐兴而颂声作，忧愁之志则哀伤起而怨刺生。《艺文志》云'哀乐之情感，歌咏之声发'，此之谓也。"但志与情毕竟不是同一事物，二者还是有区别的。大体而言，志带有强烈的目的性而情则没有；志带有强烈的礼仪或理性内涵而情则是非理性的。故王夫之《诗广传·论北门》说："心之所期为者，志也。""发乎其不自己者，情也。"[1] 这也是汉儒要求

---

① 王夫之：《诗广传》，《全山全书》第三册，岳麓书社，1992 年，第 325 页。

"发乎情，止乎礼义"和"反情以和其志"的原因所在了。

据上可知，"诗亡离志"所体现的是中国诗歌发展的一种核心理论，其思想渊源有自，这是对西周至春秋诗学实践的总结，是对"诗以言志"理论的进一步拓展。同时，这种认识，也对战国乃至两汉时期的诗志关系发展产生了巨大影响。"诗亡离志"揭示了诗歌的本质特征，即志乃诗之根本，没有志，就没有诗；先有志，后有与之相应的言语结构形式（诗），志乃诗的本质属性，诗乃志的外化形式。《孔子诗论》的这种认识，代表了诗与志关系理论发展历程中的一个重要阶段，对以后特别是两汉时期诗志说之发展演变产生了十分重要的影响。

（二）乐亡离情与乐的本质特征

何谓乐？《礼记·乐记》云：

> 凡音之起，由人心生也。人心之动，物使之然也。感于物而动，故形于声。声相应，故生变，变成方，谓之音。比音而乐之，及干戚、羽旄，谓之乐。

此揭示了乐的由来。乐，最初的来源在于人心感物，是心物碰撞后之产物。但人心感物的直接产物却并非乐，而是声。声按一定次序组合在一起方才成为音。孔颖达《正义》云"合音乃成乐，是乐由音而生，诸乐生起之所由也。"虽然，乐由音组合而成，但音要想变成乐，也必须有一些条件。郑玄说："五音虽杂，犹未足为乐，复须次比器之音及《文》《武》所执之物，共相谐会，乃是由音得名。"① "共相谐会"说得就是和谐，因此，乐的最大特点就在于一个字"和"。

那么，何谓"情"呢？"情"字出现较晚。人们对其进行大规模的探讨也开始于战国时代。"情"字的最初义是指客观事物或人之行为的实际状况。例如《荀子·不苟篇》云："身之所长，上虽不知，不以悖君；身之所短，上虽不知，不以取赏。长短不饰，以情自竭，若是，则可谓直士矣。"郝懿行注曰："情，实也。竭，举也。言短长皆以实称说，不加文饰，所以为直士。"② 情既然指"实"，那么又可引申为诚实、忠厚。如，《论语·子路篇》云："上好信，则民莫敢不用情。"朱熹注曰："情，诚实也。"《荀子·礼论篇》

---

① 阮元：《十三经注疏》，中华书局，1980 年，第 1527 页。
② 先谦：《荀子集解》，中华书局，1988 年，第 50 页。

说"情之至也。"杨倞注曰："貌，谓威仪。情，谓中诚。"① 显然，这里的"诚实""忠厚""中诚"已经具有了人之内部心理特征。也就是说"情"已经具有了指称人之内部心理特征意义了。在此基础上，"情"又一变而可指人的情感或情绪了。故《荀子·正名篇》说："性之好、恶、喜、怒、哀、乐谓之情。"《礼记·礼运》亦说："何谓人情？喜、怒、哀、惧、爱、恶、欲，七者弗学而能。"屈原《离骚》"怀朕情而不发兮，余焉能忍与此终古？"《惜诵》"惜诵以致愍兮，发愤以抒情。"因此，在战国时代，"情"已经具备了情感的含义，且已经在生活中被使用。

乐与情之间，存在难以分割的关系。首先，乐的产生，本来就是情动的结果。《礼记·乐记》云：

> 乐者，音之所由生也，其本在人心之感于物也。是故其哀心感者，其声噍以杀。其乐心感者，其声啴以缓。其喜心感者，其声发以散。其怒心感者，其声粗以厉。其敬心感者，其声直以廉。其爱心感者，其声和以柔。六者非性也，感于物而后动。是故先王慎所以感之者。故礼以道其志，乐以和其声，政以一其行，刑以防其奸。礼、乐、刑、政，其极一也，所以同民心而出治道也。

据此可知，乐产生的根源在于人心感物。但感物必须有"情动于中"，而不同的情感"哀、乐、喜、怒、敬、爱"感物后的结果，即所形成的音的风格特征也是迥然不同的，即"其乐心感者，其声啴以缓。其喜心感者，其声发以散。其怒心感者，其声粗以厉。其敬心感者，其声直以廉。其爱心感者，其声和以柔。"因此，之所以能形成不同音乐风格，在很大程度上是因为形成音乐的情感基础有异。

其次，乐能够反映出深刻的思想情感。《礼记·乐记》云：

> 凡音者，生人心者也。情动于中，故形于声。声成文，谓之音。是故治世之音，安以乐，其政和。乱世之音，怨以怒，其政乖。亡国之音，哀以思，其民困。声音之道，与政通矣。

显然，不同社会背景中产生的音乐均蕴含着不同的思想情感。音乐的传播，正是表现情感的需要。这种以乐来传达思想情感的观念及做法也是其来有

---

① 王先谦：《荀子集解》，中华书局，1988 年，第 357 页。

自的。例如，《诗经》中的诗人们对此即已经有明确认识。《魏风·园有桃》："心之忧矣，我歌且谣。"此明言以歌谣抒泻心中的忧愁。《小雅·四牡》："是用作歌，将母来谂。"此明言以作歌以表达对母亲的思念之情。《小雅·四月》："君子作歌，维以告哀。"此明言创作诗歌的目的就是为了表达心中的哀愁。《小雅·白华》："啸歌伤怀，念彼硕人。"此亦明言高声长歌是为了抒发心中的感伤，表达对恋人的思念之情。《礼记·乐记》云：

> 乐也者，情之不可变者也。礼也者，理之不可易者也。乐统同，礼辨异。礼乐之说，管乎人情矣。穷本知变，乐之情也。

因此，乐所表达的思想情感是明确的。也正因如此，人们可以用乐来表达自己的内心情怀，沟通上下等级之间的关系。而乐的内涵实质就是"人情"。孔颖达云：

> "穷本知变，乐之情也"者，以乐本出于人心，心哀则哀，心乐则乐，是可以原穷极本也。若心恶不可变恶为善，是知变也，则上文云"唯乐不可以为伪"是也。此言穷人根本，知内外改变，唯乐能然，故云"乐之情也"。①

因此，从另一种意义上说，乐昭示的是人之内部世界的真实状况。《韩诗外传》卷七载：

> 昔者孔子鼓瑟，曾子子贡侧门而听。曲终，曾子曰："嗟乎！夫子瑟声殆有贪狼之志，邪僻之行，何其不仁趋利之甚？"子贡以为然，不对而入。夫子望见子贡有谏过之色，应难之状，释瑟而待之。子贡以曾子之言告。子曰："嗟乎！夫参，天下贤人也，其习知音矣。乡者丘鼓瑟，有鼠出游，狸见于屋，循梁微行，造焉而避，厌目曲脊，求而不得。丘以瑟淫其音。参以丘为贪狼邪僻，不亦宜乎！"

据此可知，乐的基本特点之一，就是可以表达人们内心的真实思想感情。这实际上是乐——情关系的一个层面的体现。第二个层面，是改变人之情，只有乐可以办到。因此，乐既可以真实反映人之内部情感，同时也可以改变人之内部世界的状况，这也正是古代之所以开展乐教的目的。乐是陶冶情性、

---

① 阮元：《十三经注疏》，中华书局，1980年，第1537页。

铸造品节的最重要手段。《荀子·乐论》云：

> 夫声乐之入人也深，其化人也速，故先王谨为之文。乐中平则民和而不流，乐肃庄则民齐而不乱。民和齐则兵劲城固，敌国不敢婴也。如是，则百姓莫不安其处，乐其乡，以至足其上矣。然后名声于是白，光辉于是大，四海之民莫不愿得以为师，是王者之始也。乐姚冶以险，则民流僈鄙贱矣；流僈则乱，鄙贱则争；乱争则兵弱城犯，敌国危之如是，则百姓不安其处，不乐其乡，不足其上矣。故礼乐废而邪音起者，危削侮辱之本也。故先王贵礼乐而贱邪音。其在序官也，曰："修宪命，审诗商，禁淫声，以时顺修，使夷俗邪音不敢乱雅，太师之事也。"墨子曰："乐者，圣王之所非也，而儒者为之过也。"君子以为不然。乐者，圣王之所乐也，而可以善民心，其感人深，其移风易俗。

这正是历代君王之所以重视乐教的根本原因，也是为什么要崇雅乐，排斥郑卫之音的原因。由此而生出一系列对乐的评判标准。《尧典》《周礼》《左传》《国语》中的乐教与《诗经》的乐章意义完全一致。如《豳风·东山》一方面真实揭示征人与思妇的情感状态，另一方面亦通过这种展示，起到"序其情"的慰心作用，藉此改变那种因战争造成男旷女怨、骨肉分离的忧愁情状。

其三，乐可以约束人之思想情感。《毛诗序》云："发乎情，止乎礼义。"诚然，乐产生的基本条件必须是"情动于中"。但此情未必皆合理性规范。情是诗乐发生的必备要素，但同时对情要加以约束，方才能够达到制乐的终极目的。《礼记·乐记》云：

> 凡音者，生于人心者也。乐者，通伦理者也。是故知声而不知音者，禽兽是也。知音而不知乐者，众庶是也。唯君子为能知乐。是故审声以知音，审音以知乐，审乐以知政，而治道备矣。是故不知声者，不可与言音。不知音者，不可与言乐。知乐，则几于礼矣。礼乐皆得，谓之有德。德者得也。是故乐之隆，非极音也。食飨之礼，非致味也。《清庙》之瑟，朱弦而疏越，壹倡而三叹，有遗音者矣。大飨之礼，尚玄酒而俎腥鱼。大羹不和，有遗味者矣。是故先王之制礼乐也，非以极口腹耳目之欲也，将以教民平好恶，而反人道之正也。

显然，乐之中包含强烈的礼义特征。制礼作乐的目的在于节制人们"好恶"等思想情感，使之始终能够反归于正道。《礼记·乐记》又云：

> 是故君子反情以和其志，广乐以成其教。乐行而民乡方，可以观德矣。德者，性之端也。乐者，德之华也。金石丝竹，乐之器也。诗，言其志也。歌，咏其声也。舞，动其容也。三者本于心，然后乐器从之。是故情深而文明，气盛而化神，和顺积中，而英华发外，唯乐不可以为伪。

在这里，乐与情、志、文、言皆有机统一在了一起。孔颖达云：

> "反情以和其志"者，反己淫欲之情，以谐和德义之志也。诗，言其志也"者，欲见乐之为体，有此三事。诗，谓言词也。志在内，以言词言说其志也。"三者本于心，然后乐气从之"者，三者，谓志也、声也、容也。容从声生，声从志起，志从心发，三者相因，原本从心而来，故云"本于心"。先心而后志，先志而后声，先声而后舞。声须合于宫商，舞须应于节奏，乃成于乐，是故"然后乐气从之"也。"是故情深而文明"者，志起于内，思虑深远，是"情深"也。言之于外，情由言显，是"文明"也。①

总之，"乐亡离情"是对乐之本质特征的理论概括，其基本理论思想对战国以降之乐论产生了十分重要的影响。

（三）文亡离言与文的本质特征

"文亡离言"，揭示的是先秦时期两种知识载体"文"与"言"之间的深刻关系，其主要包括三个方面的内涵：第一，文（文献典籍）由言组成，这是对"文"之构成方式（对经典形式特征的）的认识。第二，文（文献典籍）靠言传播，这是对"文"的接受方式（孔门接受实际上正是通过析"文"之言而展开）的认识。第三，文（文献典籍）之言必须文（文采），这是对经典形式上的特殊要求，目的是通过言之有文，进而使"文"传播得更广更远。

在先秦时期，"文"有多种含义。《说文》："文，错画也，象交文。"这是指"文"的本义，即文彩。字的构成属象形，乃拟交织的纹路形状。如《墨子·公输》中的"文轩"之文即此义。又如《谷梁传》哀公十三年："吴，夷狄之国也，祝发文身。"范宁注："文身，刻画其身以为文也。"② 除文的本义外，还有几种引申义。其一，表文德，这点在周代金文中颇多。《诗经》中亦不少。

---

①　阮元：《十三经注疏》，中华书局，1980 年，第 1536 页。
②　阮元：《十三经注疏》，中华书局，1980 年，第 2451 页。

如《吕氏春秋·论大》引《夏书》："天子之德广运，乃神乃武乃文。"① 这种用法可能从商代就已经开始，如殷商帝王中有"文丁"之名。其二，表文才。如《国语·晋语》和《左传》僖公二十三年并载秦穆公享重耳一事：

> 秦伯将享公子，公子使子犯从。子犯曰："吾不如（赵）衰之文也，请使衰从。"乃使子余从。秦伯享公子如享国君之礼，子余相，如宾。卒事，秦伯谓其大夫曰："为礼而不终，耻也。中不胜貌，耻也。华而不实，耻也。不度而施，耻也。施而不济，耻也。耻门不闭，不可以封。非此，用师则无所矣。二三子敬乎！"明日宴，秦伯赋《采菽》，子余使公子降拜。秦伯降辞。子余曰："君以天子之命服命重耳，重耳敢有安志，敢不降拜？"成拜卒登，子余使公子赋《黍苗》。……秦伯赋《鸠飞》，公子赋《河水》。秦伯赋《六月》，子余使公子降拜，秦伯降辞。……

宴享就是一套礼仪的实施过程，参加宴享的双方在人员的选派上十分强调能"文"，能"文"中的重要一项就是能机智灵活地赋《诗》。虽然赋《诗》言志乃春秋时期外交、宴享等礼仪中的常见活动，但参加这种活动要求必须具备相当的《诗》语能力。这里的"文"指人的文才。

文还有一种含义，那就是指某些学术文献。例如：

> 《论语·学而》：子曰："弟子入则孝，出则悌，谨而信，泛爱众而亲仁。行有馀力，则以学文。"

> 《论语注疏》引马融曰："文者，古之遗文也。"邢昺《疏》曰："注言古之遗文者，则《诗》《书》《礼》《乐》《易》《春秋》是也。"②

> 朱熹《四书章句集注》："文，谓《诗》《书》六艺之文。"③

> 《论语·子罕》：子畏于匡，曰："文王既没，文不在兹乎？天之将丧斯文也，后死者不得与于斯文也；天之未丧斯文也，匡人其如予何？"

> 《史记·孔子世家》："将适陈，过匡，颜刻为仆，以其策指之曰：'昔吾入此，由彼缺也。'匡人闻其言，告君曰：'往者阳货今复来。'乃率众围孔子数日，乃和琴而歌，音曲其哀，有暴风击军士僵仆，于是匡人有知孔子圣人，自解也。匡人闻之，以为鲁之阳虎。阳虎尝暴匡人，匡人于是遂止孔子。

---

① 《二十二子》，上海古籍出版社，1986年，第668页。

② 刘宝楠：《论语正义》，中华书局，1957年，第10页。

③ 朱熹：《四书章句集注》，中华书局，1983年，第49页。

匡人拘孔子益急，弟子惧。孔子曰：'文王既没，文不在兹乎？天之将丧斯文也，后死者不得与斯文也。天之未丧斯文也，匡人其如予何！'孔子使从者为宁武子臣于卫，然后得去。"①

《论语正义》：兹者，有所指之辞。下两言斯文，斯兹同义。文武之道，皆存方策，夫子周游，以所得典籍自随，故此指而言之。文在兹，即道在兹，故孟子以孔子为闻而知之也。②

综合各种文献所载，同时结合《孔子诗论》竹简上下文，首句"诗"、次句"乐"皆指文体，则"文亡离言"之"文"也应该是某些文献的类称。因此，"文亡离言"包含一定的文体内涵，体现了孔子的文辞观。其一，孔子已经充分认识到了《诗》《书》《易》《礼》《春秋》共同的构建因素——言；其二，孔子对这种靠"言"传播的"文"的传播与接受方式进行了探讨；其三，孔子对"文"之"言"是有特殊要求的。《左传》襄公二十五年载：

> 仲尼曰："《志》有之：'言以足志，文以足言。'不言，谁知其志？言之无文，行而不远。晋为伯，郑入陈，非文辞不为功。慎辞也！"

这段记载，正可与《孔子诗论》的"文亡离言"相互发明。作为这些古之遗文的"文"，孔子对其构成因素"言"是有特殊要求的，即这些"言"必须有文采，必须经过润饰与加工。孔子曾经说过"辞达而已"，而且《论语·学而》载："子曰：'巧言令色，鲜矣仁！'"（注：包曰："巧言，好其言语。令色，善其颜色。皆欲令人说之，少能有仁也。"）《正义》曰：

> 《礼表记》："子曰：情欲信，辞欲巧。"《诗雨无正》："巧言如流，俾躬处休"。《左传》载师旷善谏，叔向引"巧言如流"美之。又《烝民》诗："令仪令色。"彼文言"巧"、"令"，比是美辞。此云"鲜矣仁"者，以巧令多由伪作，故下篇言："巧言、令色、足恭，左丘明耻之，丘亦耻之。"又《书·皋陶谟》云："何畏乎巧言令色，孔壬。"孔，甚也。壬，佞也。以巧言令色为甚佞，则不仁可知。然夫子犹云"鲜仁"者，不忍重斥之，犹若有未绝于仁也。曾子立事云："巧言令色，能小行而笃，难于仁矣。"与此文义同。③

① 司马迁：《史记》，中华书局，1959 年，第 1919 页。
② 刘宝楠：《论语正义》，中华书局，1957 年，第 176 页。
③ 刘宝楠：《论语正义》，中华书局，1957 年，第 5 页。

孔子也说过"文质彬彬"的话，因此，孔子并不反对辞巧，而是反对那些不诚实的巧辞。孔子本人是十分注意修辞的。故有《春秋》一字寓褒贬，书成而弟子不能赞一辞之说。① 孔子有对《诗》《书》《易》等经典进行整理，这其中即包含精雕细刻地润饰与精炼剪裁。故《孔子世家》说孔子整理《诗》时"去其重"，这就是一种典型的修饰活动。另，古代学者皆认为孔子作《文言》，如果《文言》真是孔子所作，则《文言》就充分体现了孔子通过整理《易经》所表达出来的文辞观。阮元《文言说》曰：

> 孔子于《乾》《坤》之言，自名曰"文"。此千古文章之祖也。为文章者，不务协音以成韵，修辞以达远，使人易诵易记，而惟以单行之语，纵横恣肆，动辄千言万字，不知此乃古人所谓直言之言，论难之语，非言之有文章者也，非孔子之所谓文也。《文言》数百字，几于句句用韵。孔子于此发明乾坤之蕴，诠释四德之名，几费修词之意，冀达意外之言。要使远近易诵，古今易传，公卿学士皆能记诵，以通天地万物，以警国家身心，不但多用韵，抑且多用偶。……凡偶皆文也，于物两色相偶而交错之，乃得名曰"文"。文即象其形也。然则千古之文，莫大于孔子之言《易》，以用韵比偶之法，错综其言，而自名曰"文"。②

阮元认为《文言》乃孔子所作，且认为只有《文言》才真正体现了孔子的文辞观。关于《文言》作者，古今颇有争议，我们这里不多作讨论。但阮元说孔子文辞观的出发点与归宿在于"要使远近易诵，古今易传"，这正是《左传》襄公二十五年载孔子语"言之无文，行而不远"之意，也是《孔子诗论》"文亡离言"的真正内涵。这很可能是孔子在整理经典的过程中所获得的一种切身感受与体会，体现了先秦时期人们对"文"与"言"关系的深刻认识。

（四）诗乐文与志情言的交叉关系

在"诗亡离志，乐亡离情，文亡离言"中，虽然诗、乐、文均为不同之文体，且三句话也分别揭示了三种不同文体的基本特征。但由于先秦时期文体发展的特殊性，以及当时文化体系的时代性，注定了诗、乐、文这三种文体之间不会界限迥然、互为藩篱的。三者之间存在交叉与密切的互动关系，

---

① 《史记·孔子世家》曰："至于为《春秋》，笔则笔，削则削，子夏之徒不能赞一辞。"中华书局，1959 年，第 1944 页。

② 阮元：《揅经室集》，中华书局，1993 年，第 606 页。

这主要表现在如下几个方面：

其一，诗、乐与志、情合一。《礼记·孔子闲居》载：

> 子夏曰："民之父母，既得而闻之矣，敢问何谓五至？"孔子曰："志之所至，诗亦至焉，诗之所至，礼亦至焉，礼之所至，乐亦至焉，乐之所至，哀亦至焉。哀乐相生，是故正明目而视之，不可得而见也。倾耳而听之，不可得而闻也。志气塞乎天地。此之谓五至。"

志之所至，诗、礼、乐、哀亦皆至之。诗、乐乃不同语境和不同层面的文体形式，二者皆可言志。诗、乐与志、情之间存在密切关系。《毛诗序》曰："诗者，志之所之也，在心为志，发言为诗。情动于中而形于言，言之不足，故嗟叹之，嗟叹之不足，故永歌之，永歌之不足，不知手之舞之、足之蹈之也。"孔颖达《正义》曰："《艺文志》云：'诵其言谓之诗，咏其声谓之歌。'然则在心为志，出口为言，诵言为诗，咏声为歌，播于八音谓之为乐，皆始末之异名耳。"① 因此，志、言、诗、歌、乐，实质是同一动态言语过程中不同发展阶段的不同称呼罢了。孔颖达说这些"皆始末之异名"，充分揭示了诗、乐与情、志之间不可分割的密切关系。再如，《史记·孔子世家》：

> 孔子学鼓琴师襄子，十日不进。师襄子曰："可以益矣。"孔子曰："丘已习其曲矣，未得其数也。"有间，曰："已习其数，可以益矣。"孔子曰："丘未得其志也。"有间，曰："已习其志，可以益矣。"孔子曰："丘未得其为人也。"有间，有所穆然深思焉，有所怡然高望而远志焉。曰："丘得其为人，黯然而黑，几然而长，眼如望羊，如王四国，非文王其谁能为此也！"师襄子辟席再拜，曰："师盖云文王操也。"

此段材料，司马迁当有所本。如果事实真为孔子的亲身经历，则说明，对乐与志之关系研究，为孔子时代的一种普遍现象，且孔子通过深入研习，已经达到了一种相当的高度。如此，《孔子诗论》中能出现"诗亡离志，乐亡离情"之语，亦毫不奇怪。二者实可相互发明。

其二，情、志合一。"情动"是"志"外化的必须条件，是诗歌发生的催化剂。而"志"则是"情动"的根本前提。若心中无志，则根本不可能产生情。志乃情之根，情乃志之花。白居易《与元九书》说"根情，苗言，华

---

① 阮元：《十三经注疏》，中华书局，1980 年，第 270 页。

声，实义"，正可用之形容情与志之密切关系。因此，"诗亡离志"，亦包含着诗亡离情，这是后来诗言志转化为诗言情、发愤抒情以及诗缘情等理论的基础。而"乐亡离情"，亦蕴含着乐亡离志，这在上文所引的《孔子世家》中已经得到充分体现。

其三，诗、乐分离，导致新的创作、传播以及解读方式的产生。诗乐合一，诗即乐，乐即诗，虽然也有"诵诗三百，歌诗三百，舞诗三百"，但在诗乐合一时代，诵言并未占据主体，也不成为诗乐创作、传播和解读的主要方式。故季札只是观乐，因为鲁国给他展现的诗歌均以诗乐舞的综合立体艺术形式出现在他面前。而春秋时代的"诗以言志"虽然有"言"，但实际的操作方式却是赋诗必由乐工，且讲"诗以言志"的赵孟却是通过赋诗以观郑国七子之志，而郑国七子赋诗也是通过断章方式进行。既云断章，自然断的是诗乐合一的乐章，而非纯言语结构的诗章。诗乐分离，诗以言传，言以释诗。诵诗、语诗、论诗成为诗学发展的主要方式。而以言作文，据言释文，籍言传文也成为必然。故有孟子"不以文害辞，不以辞害志，以意逆志"之说。文、辞、言、意也就逐渐演变成为战国诗学批评之核心范畴。

二、《孔子诗论》的情性观[1]

情性乃中国诗学的核心范畴。可据传世文献，以情性论诗的源头却只能上溯至汉代。例如，《汉书·翼奉传》载翼奉上封事曰："故《诗》之为学，情性而已。"[2]《汉书·匡衡传》载匡衡上疏曰："故《诗》始《国风》，《礼》本《冠》、《婚》，始乎《国风》，原情性而明人伦也。"[3]《韩诗外传》卷二曰："原天命，治心术，理好恶，适情性，而治道毕矣。四者不求于外，不假于人，反诸己而存矣。《诗》曰：'伐柯伐柯，其则不远。'"[4]《毛诗序》曰："国史明乎得失之迹，伤人伦之废，哀刑政之苛，吟咏情性，以风其上，达于事变而怀其旧俗者也。故变风发乎情，止乎礼义。发乎情，民之性也；止乎礼义，先王之泽也。"[5]很明显，汉代伊始，情性思想在诗学中就已经发展成熟。那么，汉代诗学如此成熟的情性思想又形成于何时？汉代以情性论诗的

---

① 此部分内容发表于《武陵学刊》2011 年第 1 期。
② 班固：《汉书》，中华书局，1964 年，第 3170 页。
③ 班固：《汉书》，中华书局，1964 年，第 3340 页。
④ 韩婴：《韩诗外传集释》，许维遹校释，中华书局，1980 年，第 77 页。
⑤ 阮元：《十三经注疏》，中华书局，1980 年，第 269 页。

源头又在哪里呢？这些问题在传世文献中显然是找不出答案的。而《孔子诗论》的出土，却刚好解决了这个学术难题。在《孔子诗论》中，论者将情性与诗紧密联结到一起，以情性论《诗》，不但开拓了《诗》学发展的新局面，实现了诗学观之内在超越，而且开创了文艺理论发展之新方向，为诗歌之批评、解读和创作建立了理论规范。

(一) 释心明诗

《孔子诗论》十分注重从心理视角剖析诗篇。例如第四简：

> ……曰：诗，其犹平门，与贱民而逸之，其用心也将何如？曰：《邦风》是也。民之有罴倦也，上下之不和者，其用心也将何如？①

这里，论者反复强调"其用心也将何如"，呈现出浓郁的心理分析色彩。论者将诗比喻为平门，何谓平门？《上海博物馆藏战国楚竹书》说："春秋吴国城门名，吴王阖闾始筑城，四面八门，北面称为平门、齐门。又《三辅黄图都城十二门》：'长安城南出第三门曰西安门，北对未央宫，一曰便门，即平门也。'平门在简文中可能泛指城门。"② 城门的作用当然是供人们之出入，而将诗喻为城门，则显然是将诗歌视为人之思想情感的泄导口。"与贱民而逸之"，"逸"者，舒缓安逸，此正是对诗歌泄导人情功能之描述。简文作者认为，诗歌可以起到抚慰民心的作用。这是从接受层面说的。而"其用心也将何如"则又从心理层面揭示诗人创作诗歌的用意所在，即在于泄导人情，抚慰民心。竹简在这里以平门作喻，形象地阐释诗歌的创作目的与实践意义。其从诗歌接受与发生两个层面探讨了《邦风》的基本特征。阐述所切入的视角均为读者与作者的内部心理世界。简文"民之有罴倦也，上下之不和者，其用心也将何如"说的意思与前文完全一致。正因为有民之疲倦与不和，所以才需要用诗歌来"逸之"，这更显示出诗人们的良苦用心与高度的社会责任感，同时也表达了对诗歌功能的基本认识。因此，这段简文谈的是诗歌的接受与发生问题。通过剖析民之心态与诗人创作心理，从而揭示诗歌那无可替代的心理治疗功能。

---

① 本文所引《孔子诗论》释文主要依据马承源《上海博物馆藏战国楚竹书（一）》（上海古籍出版社，2001年）。同时参考季旭升《上海博物馆藏战国楚竹书（一）读本》（北京大学出版社，2009年），李零《上博楚简三篇校读记》（中国人民大学出版社，2007年），陈桐生《孔子诗论研究》（中华书局，2004年）。

② 马承源：《上海博物馆藏战国楚竹书（一）》，上海古籍出版社，2001年，第130页。

《孔子诗论》的心理分析还体现在大量心理范畴的使用上。例如，与"心"最相近的范畴是"志"。《毛诗序》："在心为志，发言为诗。""志"是诗人创作过程中的一种特殊心理状态，是诗歌发生的前奏，若没有"志"则不成其为诗，诗乃诗人内部"志"之外化。在《孔子诗论》中，"志"已经成为诗歌解说的重要切入点。请看下列材料：

第一简：……行此者其有不王乎？孔子曰："诗亡离志，乐亡离情，文亡离言。第八简：《十月》善諀言。《雨无政》《节南山》，皆言上之衰也，王公耻之。《小旻》多疑矣，言不中志者也。《小宛》其言不恶，少有仁焉。《小弁》《巧言》，则言谗人之害也。《伐木》……

第十九简：……溺志，既曰天也，犹有悁言。《木瓜》有藏愿而未得达也。交……

第二十简：……币帛之不可去也，民性固然。其离志必有以谕也，其言有所载而后纳，或前之而后交，人不可干（捍）也。吾以《杕杜》得雀……

简文中使用如此之多的"志"，其浓郁的心理分析色彩就毋庸多言了。但，简文这里所言之"志"均为诗人之志。简文主要是通过分析诗篇文辞，来追溯诗人创作时的内部思想动态，这是对"诗言志"说的巨大发展。与战国之前的春秋《诗》学存在很大不同。那么，战国以前的"诗言志"说又是一种什么样的状况呢？请看《左传》襄公二十七年记载：

郑伯享赵孟于垂陇，子展、伯有、子西、子产、子大叔、二子石从。赵孟曰："七子从君，以宠武也。请皆赋以卒君贶，武亦以观七子之志。"子展赋《草虫》，赵孟曰："善哉！民之主也。抑武也不足以当之。"伯有赋《鹑之贲贲》，赵孟曰："床笫之言不逾阈，况在野乎？非使人之所得闻也。"子西赋《黍苗》之四章，赵孟曰："寡君在，武何能焉？"子产赋《隰桑》，赵孟曰："武请受其卒章。"子大叔赋《野有蔓草》，赵孟曰："吾子之惠也。"印段赋《蟋蟀》，赵孟曰："善哉！保家之主也，吾有望矣！"公孙段赋《桑扈》，赵孟曰："匪交匪敖，福将焉往？若保是言也，欲辞福禄，得乎？"卒享。文子告叔向曰："伯有将为戮矣！诗以言志，志诬其上，而公怨之，以为宾荣，其能久乎？幸而后亡。"叔向曰："然。已侈！所谓不及五稔者，夫子之谓矣。"文子曰："其余皆数世之主也。子展其后亡者也，在上不忘降。印氏其次也，乐而不荒。乐以安民，不淫以使之，后亡，不亦可乎？"

　　显然，在《孔子诗论》之前，已经形成"诗以言志"的成熟思想理论。但，春秋时期的"诗以言志"却无一不是说的用诗者之"志"，根本没有涉及对诗歌作者即诗人创作心理的分析。

　　《孔子诗论》的出现，标志着"诗言志"说的根本变化，即从关注用诗者之志转变为强调作诗者之志。这种诗学发展之转变，其直接动因当在于春秋以降诗乐分离。诗乐合一，则《诗》学活动的重心在运用，即通过赋诗、歌诗，表达赋《诗》者之志，其基本特点在于赋诗断章，即将诗篇章节自由解构，与不同语境有机组合，从而达到《汉书·艺文志》所说的"古者诸侯卿大夫交接邻国，以微言相感，当揖让之时，必称《诗》以谕其志，盖以别贤不肖而观盛衰焉"。① 战国时期诗乐分离，诗学发展不得不内转，正如孟子所云"说诗者不以文害辞，不以辞害志，以意逆志，是为得之"，② 其主要方法就是通过分析诗篇文辞，以探究文辞背后所蕴藏的诗人之志。

　　《孔子诗论》在说诗时，充分运用了心理剖析手段，通过研究诗人内部心理世界，从而把握诗篇的思想内涵，形成独具特色的战国诗学体系。这种阐释方式，充分显示出战国《诗》学发展的根本转向，即由强调诗歌外部的运用到注重对诗篇本身及诗人与受众心理之分析。《孔子诗论》为两汉时期《诗》学的不断深化发展奠定了重要基础。

　　（二）以情论诗

　　"情"是《孔子诗论》所使用的一个重要心理范畴，除"情"字本身外，《孔子诗论》还大量使用"情"的子范畴如爱、哀、怨、乐等，构建了一个以情论诗的诗学大厦，充分揭示了《诗》之篇章及辞句背后所蕴藉的丰富情感内涵。

　　在《孔子诗论》中，"情"字凡五现，分别见下列材料：

　　　　第一简：……行此者其有不王乎？孔子曰：诗亡离志，乐亡离情，文亡离言。……

　　　　第十简：《关雎》之改（怡），《樛木》之时。《汉广》之知，《鹊巢》之归，《甘棠》之保。《绿衣》之思，《燕燕》之情，害（曷）？曰：终而皆贤于其初者也。《关雎》以色喻于礼……

----

① 班固：《汉书》，中华书局，1964 年，第 1755 页。
② 阮元：《十三经注疏》，中华书局，1980 年，第 2735 页。

第十一简：……情，爱也。《关雎》之改（怡），则其思益矣。《樛木》之时，则以其禄也。《汉广》之智，则智不可得也。《鹊巢》之归，则俪者……

第十六简：……召公也。《绿衣》之忧，思古人也。《燕燕》之情，以其蜀（笃）也。孔子曰：吾以《葛覃》得氏初之诗，民性固然。见其美必欲反其本。夫葛之见歌也，则……

第十八简：……因《木瓜》之报，以喻其悁者也。《杕杜》，则情，喜其至也。

如此高的使用频率，可以说"情"是《孔子诗论》的核心范畴。

"情"字在战国时期有两个义项。一个义项是指客观事物或人之行为的实际状况。例如《荀子·不苟篇》云："身之所长，上虽不知，不以悖君；身之所短，上虽不知，不以取赏。长短不饰，以情自竭，若是，则可谓直士矣。"郝懿行注曰："情，实也。竭，举也。言短长皆以实称说，不加文饰，所以为直士。"另一个义项是指人的思想情感或情绪。例如《荀子·正名篇》说："性之好、恶、喜、怒、哀、乐谓之情。"《礼记·礼运》亦说："何谓人情？喜、怒、哀、惧、爱、恶、欲，七者弗学而能。"屈原《离骚》曰："怀朕情而不发兮，余焉能忍与此终古？"《惜诵》曰："惜诵以致愍兮，发愤以抒情。"《孔子诗论》中的"情"字，皆指人的情感或情绪。如第十一简"情，爱也"，第十八简"情喜其至也"，都可以十分明确判断是指人的思想情感。而第十简、第十六简，"《燕燕》之情"与"《绿衣》之思""《绿衣》之忧"对举，则此"情"所指也当为人之思想情感。

以上所引竹简文辞，除第一简外，其余各简的"情"字皆是对具体《诗》篇思想情感内涵之概述。主要涉及《燕燕》和《杕杜》。关于《邶风·燕燕》的主旨，毛诗与三家诗的说法不尽一致。《毛序》曰："《燕燕》，卫庄姜送归妾也。"郑笺："庄姜无子，陈女戴妫生子名完，庄姜以为己子。庄公薨，完立，而州吁杀之。戴妫于是大归，庄姜远送之于野，作诗见己志。"① 而刘向《列女传·母仪篇》云：

卫姑定姜者，卫定公之夫人，公子之母也。公子既娶而死，其妇无子，毕三年之丧，定姜归其妇，自送之，至于野。恩爱哀思，悲心感恸，立而望

---

① 阮元：《十三经注疏》，中华书局，1980 年，第 298 页。

之，挥泣垂涕。乃赋诗曰："燕燕于飞，差池其羽，之子于归，远送于野，瞻望不及，泣涕如雨。"送去归泣而望之。又作诗曰："先君之思，以畜寡人。"君子谓定姜为慈姑过而之厚。①

　　毛说为卫庄姜送归妾，刘向说为卫定姜送归媳。虽然二者在认定诗篇所描写的主人公方面存在分歧，但对诗篇性质的认识却并无二致，即皆认为《燕燕》为送别之作。由于都认为是送别之作，因此汉代各家《诗》学对《燕燕》情感内涵之剖析是十分深刻的。除了刘向说外，又如《易林》"萃"之"贲"："泣涕长诀，我心不悦。远送卫野，归宁无咎。"②"恒"之"坤"："燕雀衰老，悲鸣入海。忧在不饰，差池其羽。颉颃上下，在位独处。"③《后汉书·皇后纪》载和熹邓皇后在"和帝葬后，宫人并归园"时赐周、冯贵人策曰："朕与贵人托配后庭，共欢等列，十有余年。……今当以旧典分归外园，惨结增叹，《燕燕》之诗，曷能喻焉？其赐贵人王青盖车，……"④邓皇后与周、冯贵人在一起生活了十余年，相互间自然有着深深的情谊，在分离之际也难免悲愁。但礼法所定又不得不分，于是邓皇后也只能像"卫庄姜送归妾"一样与贵人们分别。不同的是，卫庄姜是"泣涕如雨"地作《燕燕》以慰心，而邓皇后则是"惨结增叹"地诵《燕燕》之诗来慰情。这些都是三家诗说，曾经在两汉鼎盛一时。

　　《孔子诗论》的出土，也使我们认识到，三家诗说能在两汉四百年中占据官学地位，其学说是渊源有自的。单从对《燕燕》一诗的解说看，汉儒之说并非向壁虚构，而是直接源自于战国诗说。因为对《燕燕》诗篇情感内涵的认识其实在战国时期就已经形成了。竹简关于《燕燕》之说，有两处。其一，"……《燕燕》之情，害（曷）？曰：终而皆贤于其初者也"，这是对一组诗篇共同特征的归纳概括。就《燕燕》来说，"终而皆贤于其初者"是很好理解的，因为无论是庄姜送归妾，还是定姜送归妇，其中都有一个人物关系的发展史。初期二人未必有很深的感情，而最终分别时却"恩爱哀思"、"泣涕长诀"，这其中显然经历了一个情感不断加深最后达到升华的过程，而这正是简短的诗句背后所蕴藏的深厚情感内涵，故曰"终而皆贤于其初者"。

----

　　① 刘向：《古列女传》，《影印文渊阁四库全书》，第448册，（台北）商务印书馆，1986年，第11页。

　　② 尚秉和：《焦氏易林注》，光明日报出版社，2006年，第448页。

　　③ 尚秉和：《焦氏易林注》，光明日报出版社，2006年，第318页。

　　④ 范晔：《后汉书》，中华书局，1965年，第421页。

其二，"《燕燕》之情，以其蜀（笃）也"。一个"笃"字，无疑揭示出人物之间那种深厚的情谊，也将诗篇蕴藏的情感内涵发掘出来。也有将"笃"释为"独"者，亦可。《易林》"在位独处"，《后汉书》"孤心……"等皆可与之相互发明。与"笃"字一样，皆揭示出庄姜（定姜）的情感状态，不过视角有异。"笃"是对归妾之情而言，而"独"则描述的是分别后庄姜自己内心深处的情感状态。

再看《杕杜》。《诗经》中有两《杕杜》，一在《唐风》，一在《小雅》。竹简此处所言当为《小雅·杕杜》。该篇表现的是思妇对征夫的深切思念之情。《毛序》："劳还役也。"[1] 说明此篇是用来慰藉久役归来的臣属。竹简"《杕杜》，则情喜其至也"，讲的正是《杕杜》的乐章义。西周时期，诗乐合一。当久役臣属归来，燕享之际，乐奏此诗，可以抚慰思妇与征夫的那颗因饱受思念之苦而受伤的心灵。孔颖达《疏》说："述其功苦以劳之，而悦其心焉。"[2] 古代征役，直接造成的是妻离子散、男旷女怨。《盐铁论·徭役篇》说："古者无过年之徭，无逾时之役。今近者数千里，远者过万里，历二期不还，父母愁忧，妻子咏叹。愤懑之恨，发动于心。慕积之思，痛于骨髓。此《杕杜》《采薇》之诗所为作也。"[3] 此深刻揭示了《小雅·杕杜》《采薇》为情而作的特点。《小雅·杕杜》曰：

> 有杕之杜，有睆其实。王事靡盬，继嗣我日。日月阳止，女心伤止，征夫遑止。
> 有杕之杜，其叶萋萋。王事靡盬，我心伤悲。卉木萋止，女心悲止，征夫归止！
> 陟彼北山，言采其杞。王事靡盬，忧我父母。檀车幝幝，四牡痯痯，征夫不远！
> 匪载匪来，忧心孔疚。斯逝不至，而多为恤。卜筮偕止，会言近止，征夫迩止！

这是一首典型的思妇诗。思妇睹杕杜得以藩殖而动心，触发心中对征夫的思念。因此，《杕杜》篇抒发的是强烈的思念之情。而"劳还役"时，则

---

① 阮元：《十三经注疏》，中华书局，1980年，第416页。
② 阮元：《十三经注疏》，中华书局，1980年，第405页。
③ 郭沫若：《盐铁论读本》，《郭沫若全集·历史编（8）》，人民出版社，1985年，第604页。

又表现出"喜悦之情"。故竹简云"喜其至也",是对因征夫归至而男女双方所表现出的喜悦之情的高度概括,解说的无疑是《杕杜》篇的乐章义。这说明,战国时期虽然诗乐分离,但去古未远,故能对诗篇乐章义有所传承,同时也证明《毛序》所说是有先秦《诗》学渊源的。

"情"字作为情感或情绪含义,这是战国中后期的事情。这也说明,《孔子诗论》很可能属于战国中晚期的产物。又据《荀子》所言,"情"包括好、恶、喜、怒、哀、乐。《诗论》中除了直接以"情"字言诗外,以喜、怒、哀、乐等具体情感状况言诗的亦不少。上引材料已经涉及喜、爱、忧、思、恶等范畴。如第八简"其言不恶",第十简《绿衣》之思",第十六简《绿衣》之忧",第十一简"情,爱也",第十八简"喜其至也"。又如,论及"爱"的还有:

第十五简:……及其人,敬爱其树,其保(褒)厚矣。《甘棠》之爱,以召公……

第十七简:……《东方未明》有利词。《将仲》之言,不可不畏也。《扬之水》其爱妇烈。《采葛》之爱妇……

第二十七简:……如此,《何斯》雀之矣。离其所爱,必曰:吾奚舍之?宾赠是也。孔子曰:"《蟋蟀》知难。《中氏》君子,《北风》不绝人之怨,子立(子衿)不……

论及"困"、"闷"和"悔"的有:

第九简:……实咎于其也。《天保》,其得禄蔑疆矣,巽(顺)寡德故也。《祈父》之责,亦有以也。《黄鸣》则困而欲反其古(故)也,多耻者其病之乎?《菁菁者莪》则以人益也。《裳裳者华》则……

第二十六简:……《邶·柏舟》,闷。《谷风》,背。《蓼莪》有孝志。《隰有苌楚》,得而悔之也。……

论及"愉"、"悦"、"乐"的有:

第三简:……也,多言难而悁怼者也,衰矣少矣。《邦风》,其纳物也,溥观人俗焉,大敛材焉,其言文,其声善。孔子曰:"唯能夫……"

第十四简:……两矣。其四章则喻(愉)矣,以琴瑟之悦,拟好色之愿,以钟鼓之乐,……

这里，"悁怼"乃典型的情感心理范畴。李零《上博楚简三篇校读记》作"怨怼"，① 亦通。《说文》："怼，怨也。"② "怨怼"是先秦时期广泛使用的情感心理范畴。例如《左传》僖公二十四年："其母曰：'盍亦求之，以死谁怼？'对曰：'尤而效之，罪又甚焉。且出怨言，不食其食。'"③ 怼，即怨言，指介子推对重耳的埋怨。《谷梁传》庄公三十一年："财尽则怨，力尽则怼。"范宁注："怼，恚恨也。"④《孟子·万章上》载孟子曰："告则不得娶。男女居室，人之大伦也。如告，则废人之大伦以怼父母，是以不告也。"赵歧注："舜父顽母嚚，常欲害舜。告则不听其娶，是废人之大伦，以怨怼于父母也。"⑤ "怨怼"当是战国时代常用术语。用在《诗经》上，主要是指《小雅》的情感特征。"多言难而悁怼者"，这是对《小雅》情感基调的高度概括。这在传世文献中亦可得到印证。如《史记·屈原贾生传》："《国风》好色而不淫，《小雅》怨诽而不乱，若《离骚》者，可谓兼之矣。"⑥ 其中，以"怨诽"概括《小雅》，正是对楚竹简"多言难而悁怼者"的发展。"怨诽"与"怨怼"同义，皆为怨恨意。此正是《小雅》中衰世篇章的基本特征。

（三）以性论诗

"性"也是《孔子诗论》使用频率较高的一个心理范畴。与子范畴如德、诚、命、信等，共同构成了"以性论诗"的战国《诗》学特征。同时，性与情一起，组成了以情性为核心诗学范畴的战国诗学批评体系。

先来看看"性"的使用情况：

第十六简：……《绿衣》之忧，思古人也。《燕燕》之情，以其蜀（笃）也。孔子曰："吾以《葛覃》得氏初之诗，民性固然。见其美必欲反其本。夫葛之见歌也，则……

第二十简：……币帛之不可去也，民性固然。其离志必有以谕也，其言有所载而后纳，或前之而后交，人不可干（捍）也。……

第二十四简：……后稷之见贵也，则以文武之德也。吾以《甘棠》得宗庙之敬。民性固然。甚贵其人，必敬其位。

① 李零：《上博楚简三篇校读记》，中国人民大学出版社，2007 年，第 33 页。
② 许慎：《说文解字》，中华书局，1963 年，第 221 页。
③ 阮元：《十三经注疏》，中华书局，1980 年，第 1817 页。
④ 阮元：《十三经注疏》，中华书局，1980 年，第 2389 页。
⑤ 阮元：《十三经注疏》，中华书局，1980 年，第 2734 页。
⑥ 司马迁：《史记》，中华书局，1959 年，第 2482 页。

在简文中，"民性固然"反复出现，且皆与礼义有关。如《葛覃》之"民性固然"是与"反其本"联在一起的。何谓"反其本"？反本，即归宁父母。父母乃子女的根本，反本体现出的是浓厚的孝敬之伦。《毛序》云："《葛覃》，后妃之本也。后妃在父母家，则志在于女功之事，躬俭节用，服瀚濯之衣，尊敬师傅，则可以归安父母，化天下以妇道也。"①《毛序》之说，其直接源头即在楚竹简的《诗》论中。又如，"币帛之不可去也，民性固然"，此乃评论《木瓜》。币帛乃表达礼义的载体。《礼记·坊记》："子云：礼之先币帛也，欲民之先事而后禄也，先财而后礼则民利。"郑玄注："既相见，乃奉币帛以修好也。"②此币帛与礼，皆是建立在对人性深入剖析的基础之上。《木瓜》毛传："孔子曰：'吾于《木瓜》，见苞苴之礼行。'"③毛传对《木瓜》礼义内涵的理解当是源自孔子之说。再如，以"《甘棠》得宗庙之敬"，再次引出"民性固然"之论。宗庙之敬，无疑有强烈的礼义特征。这是后人对前人的一种崇敬之心。尊崇的对象皆为有德之人，即对百姓有过大功之人。《礼记·祭法》云：

> 夫圣王之制祭祀也，法施于民则祀之，以死勤事则祀之，以劳定国则祀之，能御大菑则祀之，能捍大患则祀之。是故厉山氏之有天下也，其子曰农，能殖百谷。夏之衰也，周弃继之，故祀以为稷。共工氏之霸九州也，其子曰后土，能平九州，故祀以为社。帝喾能序星辰以着众，尧能赏均刑法以义终，舜勤众事而野死，鲧鄣鸿水而殛死，禹能修鲧之功，黄帝正名百物，以明民共财，颛顼能修之，契为司徒而民成，冥勤其官而水死，汤以宽治民而除其虐，文王以文治，武王以武功，去民之菑，此皆有功烈于民者也。④

第二十四简所论之后稷、召公皆属"有功烈于民者"，故百姓敬奉之。此"民性固然"背后亦具有强烈的礼义特征。这种认识，直接影响到两汉时期对情性关系的认识。《毛诗序》曰："……国史明乎得失之迹，伤人伦之废，哀刑政之苛，吟咏情性，以风其上，达于事变而怀其旧俗者也。故变风发乎情，止乎礼义。发乎情，民之性也；止乎礼义，先王之泽也。"⑤毛序此虽为论述

---

① 阮元：《十三经注疏》，中华书局，1980年，第276页。
② 阮元：《十三经注疏》，中华书局，1980年，第1621页。
③ 阮元：《十三经注疏》，中华书局，1980年，第327页。
④ 阮元：《十三经注疏》，中华书局，1980年，第1590。
⑤ 阮元：《十三经注疏》，中华书局，1980年，第269页。

变风变雅的发生动因及基本特征，但与竹简论《葛覃》《木瓜》《甘棠》的思想是完全一致的，即无论变诗，还是正诗，其最终都要回归于礼义。

竹简除直接论述"性"外，还使用了大量的与"性"相关的范畴，如德、敬、诚（命、信）等。例如：

第二简：……寺也。文王受命矣。《讼》，坪德也，多言后，其乐安而迟，其歌绅而惕。其思深而远，至矣。《大夏》，盛德也，多言……

第五简：……是也，又成功者何如？曰：《讼》是也。《清庙》，王德也，至矣。敬宗庙之礼，以为其本；秉文之德，以为其蘗（质）。肃雍……

这里，涉及最多的是"德"这个范畴。"德"字在周代金文中出现频率极高，与《诗》相呼应。《史记·乐书》云："德者，性之端也；乐者，德之华也。"[1] 以《颂》为代表的宗庙之乐，目的就在于歌功颂德。《颂》的音乐舒缓疏越，一唱三叹，所要传述的是"德"的范型。张守节《正义》云："德，得理也。性之端，本也。言人禀生皆以得理为本也。"[2] 只有德正，才有乐华。故《正义》云："德为性本，故曰情深也。乐为德华，故云文明。"[3] 《史记·乐书》材料直接取自《乐记》，属于战国时代产物，与《孔子诗论》为同一文化发展阶段思想。显然，《孔子诗论》所说的"德"实乃性之根本，而性又为情之基础。故《孔子诗论》中所有的情之范畴，均建立在性之基础之上，这个基础的最厚实底座就是德。再看下列材料：

第六简："……多士，秉文之德"，吾敬之。《烈文》曰："乍竞唯人"，"不显维德"，"于乎！前王不忘"。吾悦之。"昊天有成命，二后受之"，贵且显矣。《讼》……

第七简：……"怀尔明德"，曷？诚谓之也。"有命自天，命此文王。"诚命之也，信矣。孔子曰："此命也夫，文王虽裕（欲）也，得乎？此命也。"

第二十四简：……后稷之见贵也，则以文武之德也。吾以《甘棠》得宗庙之敬。民性固然。甚贵其人，必敬其位。

---

① 司马迁：《史记》，中华书局，1959年，第1214页。
② 司马迁：《史记》，中华书局，1959年，第1214页。
③ 司马迁：《史记》，中华书局，1959年，第1215页。

不难看出，"敬""诚""命""信"等范畴，皆是从"德"衍生出来的产物，而"德"又是性之端，则这些无疑都是典型的性的子范畴。竹简论述多从文王之德展开。这是因为文王受天命而王，其品性为万世表率。

（四）论诗歌接受者之情性

《孔子诗论》不仅深入剖析《诗》篇中蕴含的情性内涵，而且对诗歌接受者的情性也有十分明确的剖析。这种论述主要表现在两个方面，一是接受者对诗歌的审美感受，反映出接受者的诗歌接受观；另一方面，揭示接受者在接受诗歌后的情感反映，显示出诗歌对读者情性的陶冶作用。例如：

> 第二简：……寺也。文王受命矣。《讼》，坪德也，多言后，其乐安而迟，其歌绅而惕。其思深而远，至矣。《大夏》，盛德也，多言……

其中"其乐安而迟，其歌绅而惕，其思深而远"，表述的是接受者对《颂》的审美感受，涉及对诗歌音乐风格和思想特征的整体品评。这种接受，是文本与读者之间频繁互动所最终形成的一种认识，包括形式和内容两方面的审美体验。又如：

> 第三简：……也，多言难而悁怼者也，衰矣少矣。《邦风》，其纳物也，溥观人俗焉，大敛材焉，其言文，其声善。孔子曰："唯能夫……"

"其言文，其声善"，属于审美评判，包括对《邦风》形式和内容两方面的审美判断。"其言文"，充分肯定《风》诗的文采，而"其声善"则是对《风》诗音乐的整体品评。这些品评方式和使用术语，均可在传世文献中的孔子话语中得到印证。例如，《左传》襄公二十五年载：

> 仲尼曰："《志》有之：'言以足志，文以足言。'不言，谁知其志？言之无文，行而不远。晋为伯，郑入陈，非文辞不为功。慎辞也！"①

这里，孔子所探讨的是"言"与"文"之间的关系。"言"是传志达意的基本载体，但如果"言"没有经过恰当的润饰，没有文采，则其传播的广度与深度必然大打折扣。这也正是《诗》之所以能广泛传播的原因。"其言文，其声善"，正是对《诗》之形式与内容特征的高度概括。《礼记·乐记》

---

① 阮元：《十三经注疏》，中华书局，1980年，第1985页。

说："凡音者，生人心者也。情动于中，故形于声，声成文，谓之音。"孔颖达《疏》曰："谓声之清浊杂比成文。"① 又《礼记·乐记》说："故钟鼓管磬羽籥干戚，乐之器也；屈伸俯仰缀兆舒疾，乐之文也。"② 《史记·乐书》亦云："文采节奏，声之饰也。"③ 故"其言文，其声善"是对《风》诗形式和内容特征之感受与品评。又如：

> 第六简：……多士，秉文之德"，吾敬之。《烈文》曰："乍竞唯人"，"不显维德"，"于乎！前王不忘"。吾悦之。"昊天有成命，二后受之"，贵且显矣。《讼》……

> 第二十一简：贵也。《将大车》之嚣也，则以为不可如何也。《湛露》之益也，其犹驰与？孔子曰："《宛丘》，吾善之。《猗嗟》，吾喜之。《鸤鸠》，吾信之。《文王》，吾美之。《清……》"

> 第二十二简：……《宛丘》曰："洵有情，而亡望。"吾善之。《猗嗟》曰："四矢反，以御乱。"吾喜之。《鸤鸠》曰："其义（仪）一兮，心如结也。"吾信之。《文王》曰："文王在上，于昭于天。"吾美之。

这里，"吾善之""吾喜之""吾信之""吾美之""吾敬之""吾悦之"等等，皆是论者对自己接受诗歌后情感反应之描述。以第一人称的方式叙述，充分体现出诗歌之深刻感染力，以及对人之性情陶冶的巨大作用。其中包含审美价值判断，也有道德情感的升华。

《孔子诗论》对诗歌接受者情性之论析，充分体现出先秦时期文艺审美思想之发展。《左传》襄公二十九年，季札观乐，有十余次"美哉"之叹，孔颖达《疏》曰："季札所云'美哉'者，皆美其声也。"④ 季札观乐之感体现的无疑是先秦时期最早的诗歌接受美学，也是《孔子诗论》诗歌接受美学思想的源头。《论语·八佾》说："子谓《韶》，尽美矣，又尽善也。谓《武》，尽美矣，未尽善也。"朱熹注说："《韶》，舜乐。《武》，武王乐。美者，声容之盛。善者，美之实也。"⑤ 《论语》中的"美"和"善"是孔子观乐之感，正可与《孔子诗论》"美"、"善"范畴相发明，充分体现儒家的诗歌接受美

---

① 阮元：《十三经注疏》，中华书局，1980 年，第 2527 页。
② 阮元：《十三经注疏》，中华书局，1980 年，第 1530 页。
③ 司马迁：《史记》，中华书局，1959 年，第 1215 页。
④ 阮元：《十三经注疏》，中华书局，1980 年，第 2006 页。
⑤ 程树德：《论语集释》，中华书局，1990 年，第 223 页。

学思想，从形式和内容两方面解析了儒家文艺审美思想之内核。这种文艺审美思想，也直接开启了两汉时期对屈原及其作品之批评。如《史记·屈原贾生列传》曰："屈平之作《离骚》，盖自怨生也。《国风》好色而不淫，《小雅》怨悱而不乱，若《离骚》者，可谓兼之矣。……其文约，其辞微，其志洁，其行廉，其称文小而其指极大，举类迩而见义远。"①若仔细推敲，可以发现，此段文字的"文约"和"志洁"正源自于战国时期的"言文"和"声善"，且正是以《诗》学之审美标准来品评辞赋，充分体现了战国《诗》学之审美思想在两汉文学批评中的发展演变。

三、从战国楚竹简看孔子《诗》学的特点及意义

在出土的战国楚竹简中，《诗》学材料不少。其中主要篇章有《郭店楚墓竹简》的《缁衣》篇、《五行》篇，《上海博物馆藏战国楚竹书》的《孔子诗论》《民之父母》等。除《五行》篇难以确定外，其余诸篇皆与孔子有关。孔子以《诗》为教，但先秦文献包括《论语》在内，记载孔子《诗》学的内容实在太少。楚竹简的发现，无疑有助于更进一步研究孔子的《诗》学思想。

（一）孔子与楚国《诗》学之关系

战国楚竹简中有如此多的孔子论《诗》内容，这充分说明孔子与楚国《诗》学有着十分密切之关系。为何孔子会与楚国《诗》学发生联系呢？这恐怕与孔子及其后学的学术活动有关。

首先，孔子在楚地拥有很高的声望，甚至亲身游历过楚国。《史记·孔子世家》载：

> 孔子迁于蔡三岁，吴伐陈。楚救陈，军于城父。闻孔子在陈蔡之间，楚使人聘孔子。孔子将往拜礼，陈蔡大夫谋曰："孔子贤者，所刺讥皆中诸侯之疾。今者久留陈蔡之间，诸大夫所设行皆非仲尼之意。今楚，大国也，来聘孔子。孔子用于楚，则陈蔡用事大夫危矣。"于是乃相与发徒役围孔子于野。不得行，绝粮。从者病，莫能兴。……于是使子贡至楚。楚昭王兴师迎孔子，然后得免。

据《孔子世家》，孔子是到过楚国的。孔子之所以前往楚国，那是因为楚人久闻孔子大名，欲聘孔子为政。而且，在孔子到达楚国后，楚昭王还欲封

---

① 司马迁：《史记》，中华书局，1959年，第2482页。

孔子以疆土。《史记·孔子世家》云：

> 昭王将以书社地七百里封孔子。楚令尹子西曰："王之使使诸侯有如子贡者乎？"曰："无有。""王之辅相有如颜回者乎？"曰："无有。""王之将率有如子路者乎？"曰："无有。""王之官尹有如宰予者乎？"曰："无有。""且楚之祖封于周，号为子男五十里。今孔丘述三五之法，明周召之业，王若用之，则楚安得世世堂堂方数千里乎？夫文王在丰，武王在镐，百里之君卒王天下。今孔丘得据土壤，贤弟子为佐，非楚之福也。"昭王乃止。

最后，因为楚令尹子西的反对，楚昭王没有封孔子土地，原因还在于孔子及其弟子的威望实在太高，楚人怕孔子拥有土地后君天下，对楚国不利。

孔子具体在楚国待了多长时间，《史记》未言，只是说"于是孔子自楚反乎卫。是岁也，孔子年六十三，而鲁哀公六年也"。似乎孔子在楚国停留的时间并不长。但从楚狂接舆将孔子比作凤鸟来看，孔子在楚国的影响是很大的。这也说明很可能在孔子入楚之前，孔子的一些著述已经在楚国流传，否则，楚人不会对孔子如此了解。《韩诗外传》卷一载：

> 孔子南游适楚，至于阿谷之隧，有处子佩璜而浣者。孔子曰："彼妇人其可与言矣乎？"抽觞以授子贡，曰："善为之辞，以观其语。"子贡曰："吾北鄙之人也，将南之楚，逢天之暑，思心潭潭，顾乞一饮，以表我心。"妇人对曰："阿谷之隧，隐曲之汜，其水载清载浊，流而趋海，欲饮则饮，何问于婢子！"受子贡觞，迎流而挹之，奂然而弃之，从流而挹之，奂然而溢之，坐置之沙上，曰："礼固不亲授。"子贡以告，孔子曰："丘知之矣。"抽琴去其轸以授子贡，曰："善为之辞，以观其语。"子贡曰："向子之言，穆如清风，不悖我语，和畅我心。于此有琴而无轸，愿借子以调其音。"妇人对曰："吾野鄙之人也，僻陋而无心，五音不知，安能调琴？"子贡以告，孔子曰："丘知之矣。"抽絺帷五两以授子贡，曰："善为之辞，以观其语。"子贡曰："吾北鄙之人也，将南之楚。于此有絺帷五两，吾不敢以当子身，敢置之水之浦。"妇人对曰："行客之人，嗟然永久，分其资财，弃之野鄙。吾年甚少，何敢受子？子不早去，今窃有狂夫守之者矣。"诗曰："南有乔木，不可休思，汉有游女，不可求思。"此之谓也。

这就是孔子南游楚国的故事，虽为以事证《诗》，但孔子适楚一事恐怕并非完全毫无根据。

其次，在孔子弟子中，亦不乏楚人。据《史记·仲尼弟子列传》，有"公孙龙字子石，少孔子五十三岁"，《集解》云："郑玄曰楚人。"①"任不齐字选"，《集解》云："郑玄曰楚人。"②"秦商字子丕"，《集解》云："郑玄曰楚人。"③在七十子之徒及其弟子中，也不乏居住于楚国者。《史记·儒林列传》云：

> 自孔子卒后，七十子之徒散游诸侯，大者为师傅卿相，小者友教士大夫，或隐而不见。故子路居卫，子张居陈，澹台子羽居楚，（《正义》：今苏州城南五里有澹台湖，湖北有澹台。）子夏居西河，子贡终于齐。如田子方、段干木、吴起、禽滑釐之属，皆受业于子夏之伦，为王者师。是时独魏文侯好学。后陵迟以至于始皇，天下并争于战国，儒术既绌焉，然齐鲁之间，学者独不废也。于威、宣之际，孟子、荀卿之列，咸遵夫子之业而润色之，以学显于当世。④

《史记·仲尼弟子列传》：

> 孔子传易于瞿，瞿传楚人馯臂子弘。⑤

这其中，居住于楚国，传播孔子学说的弟子有澹台子羽，再传弟子有馯臂子弘、吴起，后学有荀卿等。正是因为弟子及后学的努力，孔子学说才能在楚国得到广泛深入传播。如此，在战国楚简中存在大量孔子《诗》学内容就不难理解了。

（二）楚竹简孔子《诗》说的基本类型

战国楚竹简中的孔子《诗》说，大概可以分为三种基本类型。

其一，《缁衣》型。

郭店楚墓竹简中，有《缁衣》篇。此与传世文献《礼记·缁衣》篇大同小异。郭店竹简《缁衣》引《诗》情况如下：

第一章：《大雅·文王》

---

① 司马迁：《史记》，中华书局，1959年，第2219页。
② 司马迁：《史记》，中华书局，1959年，第2221页。
③ 司马迁：《史记》，中华书局，1959年，第2223页。
④ 司马迁：《史记》，中华书局，1959年，第3116页。
⑤ 司马迁：《史记》，中华书局，1959年，第2211页。

第二章：《小雅·小明》

第三章：《曹风·鸤鸠》

第四章：《大雅·板》《小雅·巧言》

第五章：《小雅·节南山》

第六章：《大雅·抑》

第七章：《大雅·下武》

第八章：《小雅·节南山》

第九章：《小雅·都人士》

第十章：《小雅·正月》

第十二章：逸诗

第十四章：《大雅·抑》

第十五章：《大雅·抑》

第十六章：《大雅·文王》

第十七章：《大雅·抑》《小雅·车攻》

第十八章：《曹风·鸤鸠》

第十九章：《周南·葛覃》

第二十章：《小雅·鹿鸣》

第二十一章：《周南·关雎》

第二十二章：《大雅·既醉》

第二十三章：《小雅·小旻》

　　竹简《缁衣》除第十一、第十三章未引《诗》外。其余21章皆引《诗》为证。而且，第四、第十七章均两引《诗》句为证。在《诗》中分布情况为：引《风》诗3篇4次，引《小雅》8篇9次，引《大雅》5篇8次。竹简《缁衣》引《诗》明显集中在《雅》诗部分。今本与简本相对照，还存在下列情况：其一，简本共23章，而今本24章。其二，今本的第一、第十六两章，为简本所无。其三，简本第十四、第十五两章于今本中合为一章，即第七章。若将今本第七章一分为二，再除去第一、第十六两章，则刚好23章，能够与简本一一对应。虽然在前后章节排列顺序上，今本与简本有大的差异，但由于各章之间几乎没有必然的前后逻辑关系，因此，这种排列顺序差异在讨论今本与简本异同时实在无关大局。此外，今本与简本差异主要还在于某些文字的异体与古今差异以及语句繁简差异。

　　下面，我们选取简本《缁衣》与今本《缁衣》的部分章节进行比较，以具体说明《缁衣》型孔子说《诗》的具体特点。

简本：夫子曰：好美如好《缁衣》，恶恶如恶《巷伯》，则民臧它而刑不屯。《诗》云："仪刑文王，万邦作孚。"

今本：子曰：好贤如《缁衣》，恶恶如《巷伯》，则爵不渎而民作愿。刑不试而民咸服。《大雅》曰："仪刑文王，万国作孚。"

按：此章简本为第一章，今本为第二章。郑玄注云："《缁衣》、《巷伯》皆诗篇名。"陆德明引郑玄《目录》云："善其好贤者之厚，故述其所称之诗以为其名也。《缁衣》，《郑诗》，美武公也。"①《礼记·缁衣》主要是对君民、君臣关系之阐述，故以美郑武公好贤之诗篇《缁衣》为题。

按古代特别是先秦时期篇章命名之规律，一般取首章首句之文辞为题。但今本题目文辞出现在第二章中，简本却正好在第一章中，因此，有学者认为今本第一章为衍文有一定道理。《礼记正义》云："此篇凡二十四章，唯此云'子言之曰'，余二十三章皆云'子曰'，以篇首宜异故也。"②今本第一章体例与其余二十三章均异，前代学者已经发现此问题。但由于没有地下材料发现，故不能做出正确之判断。

文字差异方面。简本作"好美"，今本作"好贤"，简本优于今本。其一，《郑风·缁衣》毛序曰："美武公也……故美其德……"其二，《潜夫论·德化篇》曰："'上天之载，无声无息。仪刑文王，万邦作孚。'此姬氏所以崇美于前，而致刑措于后。"这些材料充分说明，"好美"实乃《缁衣》篇的主旨，亦为诗之本义。毛序以及王符所本《诗》之文义，其来有自。

又简本"万邦"，今本作"万国"，亦简本为优。其一，《大雅·文王》创作于西周时代，当时诗文中没有"万国"之习称。这在《尚书》以及西周金文中可得到印证。其二，《汉书·刑法志》"仪刑文王，万邦作孚"，王先谦据颜师古注"则万国皆信顺也"，断定《汉书》正文作"万国"，乃后人顺毛所改。此实乃臆测。如此，《毛诗正义》孔疏此句亦云"则与天下万国作信"，又顺何而改？

又《左传》昭公六年载，三月，郑人铸刑书。叔向使诒子产书，曰："……今吾子相郑国，作封洫，离谤政，制参辟，铸刑书，将以靖民，不亦难乎？

① 阮元：《十三经注疏》，中华书局，1980年，第1647页。
② 阮元：《十三经注疏》，中华书局，1980年，第1647页。

《诗》曰：'仪式刑文王之德，日靖四方。'又曰：'仪刑文王，万邦作孚。'如是，何辟之有？"实际上《汉书》是全抄《左传》昭六年文。《左传》正作"万邦"，而《礼记》中对《大雅·文王》此句的释义，显然与《左传》相同。简本为战国中期文籍，《左传》亦为战国文籍，则此句释义应在战国之前有训。如果叔向之训诂可信的话，则春秋时期对《大雅·文王》已有此训，当为当时王官《诗》学之通义。另外，毛诗源于子夏，王符为鲁诗，在传授渊源上亦与子夏有关系，则毛、鲁诗皆与孔门有关系。

简本：子曰：有国者章好章恶，以视民厚，则民情不紙。《诗》云："靖共尔位，好是正直。"

今本：子曰：有国者章善瘅恶，以示民厚，则民情不贰。《诗》云："靖共尔位，好是正直。"

按：此章简本与今本差异不大。主要是一些异体字的差异。如，"视"与"示"、"紙"与"贰"、"诗"与"寺"、"情"与"靖"等。此外，简本"章好章恶"，今本作"章善瘅恶"。据简本可知此章文字原貌。第四章简本、今本皆有"章好""慎恶"之语，显然"好"与"恶"相对为文乃本貌。虽然今本经过修改，但比简本为优。其一，"善"与"恶"相对为言，而"好"与"恶"相配虽然也说得通，但不如"善"、"恶"相配之妥帖。另《尚书》亦作"章善"。其二，"章恶"不如"瘅恶"。"章"乃表彰、彰著意，不宜与"恶"相连。郑玄说："章，明也。瘅，病也。"孔颖达《正义》说："章善瘅恶者，章，明也；瘅病也。言为国者有善以赏章明之，有恶则以刑瘅病之也。"[1] 故今本"章善瘅恶"于义为安。此章引诗为《小雅·小明》篇。孔颖达《正义》云："言大夫悔仕乱世，告语未仕之人，言更待明君，靖谋共其尔之禄位，爱好正直之人，然后事之也。"[2] 孔子引诗句的意思是想说明，只有在上者扬善惩恶、赏罚分明，下民之情才会不变。

简本：子曰：为上可望而知也，为下可述而志也，则君不疑其臣，臣不惑于君。《诗》云：淑人君子，其仪不忒。《尹诰》云：惟伊尹及汤，咸有一德。

今本：子曰：为上可望而知也，为下可述而志也。则君不疑于其臣，而臣不惑于其君矣。《尹吉》曰：惟尹躬及汤咸有壹德。《诗》云：淑人君子，

---

① 阮元：《十三经注疏》，中华书局，1980年，第1648页。

② 阮元：《十三经注疏》，中华书局，1980年，第1648页。

其仪不忒。

按：此章讲的是理想的君臣关系。即君臣以诚相待，上下一德。据简本引《尹诰》可证今本《尹吉》之误。郑玄说："'吉'当为'告'，'告'古文'诰'字之误也。"《曹风·鸤鸠》毛序："刺不壹也。在位无君子，用心之不壹也。"此《毛序》说与简本引《诗》义同。可见毛诗序与先秦诗学有密切渊源，期"自谓传自子夏"似乎有一定道理。

简本：子曰：上人疑则百姓惑，下难知则君长劳。故君民者，章好以视民欲，谨恶以禁民淫，则民不惑。臣事君，言其所不能，不词其所能，则君不劳。《大雅》云："上帝板板，下民卒担。"《少雅》云："非其止之，共唯王**惡**。"

今本：子曰：上人疑则百姓惑，下难知则君长劳。故君民者章好以示民俗。慎恶以御民之淫。则民不惑矣。臣仪行，不重辞。不援其所不及，不烦其所不知，则君不劳矣。《诗》云："上帝板板，下民卒瘅。"《小雅》曰："匪其止共，惟王之邛。"

按：此章引诗出自《大雅·板》和《小雅·巧言》。此二诗在毛序、郑笺看来皆为刺诗。那么，此章实际上要说明的是什么样的君臣、上下关系才是理想的。在上者必须有明确的善恶价值取向，这样才不会导致百姓、臣下的疑惑与混乱。而臣下也应该坦诚、竭力为君王奔波，这样君王才不会辛劳。引诗的目的，是想从反面说明异化的君臣、上下关系所产生的恶果。"上帝板板，下民卒瘅"，郑笺云："王为政反先王与天之道，天下之民尽病。"[1]"匪其止共，惟王之邛"，郑笺云："邛，病也。小人好为谗佞，既不共其职事，又为王作病。"[2] 所引诗篇都有具体的历史背景，《毛诗序》："《板》，凡伯刺厉王也。"[3]"《巧言》，刺幽王也。大夫伤于谗，故作是诗也。"[4] 因此，像这种引诗，可以说是以史为鉴。

简本：子曰：民以君为心，君以民为体，心好则体安之，君好则民欲之。故心以体法，君以民亡。《诗》云："谁秉国成，不自为正，卒劳百姓。"《君牙》云：……

---

① 阮元：《十三经注疏》，中华书局，1980年，第548页。
② 阮元：《十三经注疏》，中华书局，1980年，第454页。
③ 阮元：《十三经注疏》，中华书局，1980年，第548页。
④ 阮元：《十三经注疏》，中华书局，1980年，第453页。

今本：子曰："民以君为心，君以民为体。心庄则体舒，心肃则容敬。心好之，身必安之；君好之，民必欲之。心以体全，亦以体伤，君以民存，亦以民亡。《诗》云："昔吾有先正，其言明且清，国家以宁，都邑以成，庶民以生。谁能秉国成，不自为正，卒劳百姓。"《君雅》曰："夏日暑雨，小民惟曰怨，资冬祁寒，小民亦惟曰怨。"

按：两相比照，可以发现，今本"谁能秉国成"之前的《诗》文明显属增衍之文，为简本所无，且"昔吾……其言……"的言语结构形式明显不属于诗歌语言体式。再比照今本《诗经》，可以肯定今本"谁能秉国成"的"能"属于增衍之文。此章说的也是君民关系。以生命作喻，把国君比喻为"心"，将百姓比喻为"体"。今本比简本说得更具体，也更详细，内容比简本要全面些，形象地揭示了君民之间不可分割的相互依存关系。"心以体全，亦以体伤，君以民存，亦以民亡"，这比后世的水舟之喻似乎更能令人有切身之感。引诗出自《小雅·节南山》，目的想通过历史上的不正确的君民关系来证明自己阐述的观点。毛诗序："《节南山》，家父刺幽王也。"[1] 可见，此章引诗也属于以史为鉴。

其二，《民之父母》型。

竹简《民之父母》收在《上海博物馆藏战国楚竹书》[2] 中，与《礼记·孔子闲居》《孔子家语·论礼》存在惊人的相似性。一方面可证《礼记》《孔子家语》等汉代甚至汉代以降的材料有先秦内容存在，自然不能轻易将这些材料包含的思想理论归之于后人。另一方面也可证，汉代以来典籍中关于孔子的《诗》说未必皆为汉儒及其后儒伪托，其中有先秦真实的《诗》学内容。《民之父母》型孔子《诗》说特点很鲜明，即全部通过问答方式行文。所有话题的产生皆源自子夏问孔子关于《大雅·泂酌》句"恺悌君子，民之父母"引起的。这实际上是孔门的一次《诗》学教学研讨会，采取的形式是学生问、老师回答。在孔子答疑中，又引用了《邶风·谷风》"凡民有丧，匍匐救之"等诗句，可谓《诗》中有诗，以诗解《诗》。其次，这种论《诗》方式，极富哲理性，具有高度的理论概括性。诸如"五至"、"三亡"，所构成的实际上是一个内涵丰富的礼乐体系，充分显示了孔门以礼解《诗》的基本思想。同时，"哀乐相生"凸显孔门对诗篇情感内涵之把握，以情论诗与

---

① 阮元：《十三经注疏》，中华书局，1980 年，第 440 页。

② 马承源：《上海博物馆藏战国楚竹书（二）》上海古籍出版社，2002 年，第 176～179 页。

《孔子诗论》等相呼应。而"美矣！大矣"之论断，更是充分表达了孔子的诗学审美观与价值观，显示了孔子从具体诗篇上升至礼乐理论高度的深刻洞察力。

附錄：《民之父母》、《孔子閒居》、《論禮》文字、用句比較表

（按竹書本序列）

《民之父母》（按：竹書無此句）

《孔子閒居》孔子閒居，子夏侍。

《論禮》（無此句）[注二]

□曼屭 於孔子 ……：「

子夏
曰：「

子夏侍坐於孔子，
曰：「

《詣》曰：「幾俤君子，民之父母」，敢曼可女而可胃民之父母？」

敢問《詩》云：『凱弟君子，民之父母』何如斯可謂民之父母矣？」

敢問《詩》云：『愷悌君子，民之父母』何如斯可謂民之父母？」

孔三含曰：「民□父母虖，必達於豊樂之蓎，㠯至『五至』㠯行『三亡』，㠯皇于天下。四方又敗，必先皆之，

孔子曰：「夫民之父母乎，必達於禮樂之原，以致『五至』而行『三無』，以橫於天下。四方有敗，必先知之，

孔子曰：「夫民之父母，必達於禮樂之源，以致『五至』而行『三無』，以橫於天下。四方有敗，必先知之，

丌□胃『民之父母』矣。

此之謂『民之父母』矣。

此之謂『民之父母』。

子鼍曰：「

子夏曰：「『民之父母』矣。敢問何謂『五至』？」

子夏曰：「『民之父母』，既得而聞之矣，敢問何謂『五至』？」

孔□曰：「『五至』虖，志之所□至者，勿亦至安；志之所至者，豊亦至安；樂之所至者，

孔子曰：「志之所至，詩亦至焉；詩之所至，禮亦至焉；禮之所至，

孔子曰：「志之所至，詩亦至焉；詩之所至，禮亦至焉；樂之所至，

樂亦至焉；

樂亦至焉；

樂亦至焉，

哀亦至焉，詩禮相成，哀樂相生。

哀亦至焉，哀樂相生。

惪亦至安，惪樂相生。君子以正，此之胃『五至』。」

子曰：「『五至』既　窅之矣，敢窅可胃『三亡』？」

子夏曰：「『五至』既得而聞之矣，敢問何謂『三無』？」

子夏曰：「敢問何謂『三無』？」

孔□曰：「『三亡』虖，亡聖之樂，亡體□豊，亡備之粲。君子曰此皇于天下。

孔子曰：「無聲之樂，無體之禮，無服之喪，此之謂『三無』。

孔子曰：「無聲之樂，無體之禮，無服之喪，此之謂『三無』。

君子曰正，此之胃『五至』。

君子曰此皇于天下。

奚耳而聖之，不可旻而窅也；明目而見之，不可旻而見也，而旻既塞於四沽矣，

傾耳而聽之，不可得而聞也；明目而視之，不可得而見也；

傾耳而聽之，不可得而聞也；明目而視之，不可得而見也；

是故正

是以正

志氣塞於天地，行之充于四海，

志氣塞乎天地，

此之謂『三亡』。

此之謂『五至』。

此之謂『五至』矣。」[注二]

子邑曰：「亡聖之樂，亡體之豊，亡備之礨，　可志是辿？

子夏曰：「『三無』既得略而聞之矣，　敢問，　何詩　近之？

子夏曰：「　　敢問『三無』，　何詩　近之？

孔□曰：「善才！商也！迺可孚時矣。『城王不敢康，廸夜晉命又簪』，亡聖之樂。『禑我尼□，□□□□』，

孔子曰：「『夙夜其命宥密』，無聲之樂也。『威儀逮逮，不可選也』，

孔子曰：「『夙夜基命宥密』，無聲之樂也。『威儀逮逮，不可選也』，

無體之禮也。『凡民有喪，扶伏救之』，無服之喪也。」

無體之禮也。『凡民有喪，匍匐救之』，無服之喪也。

□□□□，□□□□□□，□□□□兗也。

□□□。『□□□□，□□□□，□□□□□□□』

子邑曰：「刀才詖也。　敗矣！厷矣！大矣！　書□□□□？

子夏曰：「　　言則大矣！美矣！盛矣！言盡於此而已乎？

子夏曰：「　　言則美矣！大矣！言盡於此而已乎？[注三]

□□□□□□，□□□□□？

孔子曰：「何爲其然也？君子之服之也，　吾語汝，其義猶有『五起』焉。

孔子曰：「何爲其然也？　　　　猶有『五起』焉。

□□□□□□可見而窮异？

子夏曰：：何如？

子夏曰：：何如？

孔子：「亡聖之樂，熒志不慹；

□體之豐，內虐賢悲。亡聖之樂，塞于四方；亡體之豐，槐我尸＝；亡備之粲，塞于四方；亡體之禮，

孔子曰：「無聲之樂，氣志不違；無體之禮，威儀遲遲；無服之喪，內恕孔悲。無聲之樂，日聞四方；無體之禮，

孔子曰：「無聲之樂，氣至不違；無體之禮，威儀遲遲；無服之喪，內恕孔哀。【注四】

（無此句）

亡聖之樂，它返孫＝；亡體之豐，塞于四海；亡備之粲，為民父母；亡聖之樂，熒□既旻；亡體之豐，槐我

無體之禮，氣志既起；無體之禮，施及四海；無服之喪，施於孫子；無聲之樂，氣志既得；無體之禮，威儀

（無此句）

異＝　亡備　堯＝，它返四國。

翼翼；　無服之喪，施及四國。

（無此句）

日述月相＝；亡體之□，屯旻同明。

日就月將＝；無服之喪，純德孔明。

（無此句）

亡聖之樂，熒志既從；亡體之豐，上下禾同；亡備□堯，吕畜萬邦。

無聲之樂，氣志既從；無體之禮，上下和同；無服之喪，以畜萬邦。

無聲之樂，所願必從；無體之禮，上下和同；無服之喪，施及萬邦。

（無此句）

（無此句）

既然，而又奉之以三無私，而勞天下，此之謂『五起』。【注五】

其三，《孔子诗论》型。

《上海博物馆藏战国楚竹简》将其分为四类：第一类概论《讼》《大夏》《少夏》和《邦风》，第二类是论各篇《诗》的具体内容，第三类为单简上篇名纯粹是《邦风》的。第四类是单支简文属于《邦风》《大夏》、《邦风》《少夏》等并存的。① 这是兼顾竹简形状而言的，非仅为论《诗》内容。如果仅从《诗》说内容来看，《孔子诗论》大概包括这几个方面的内容。其一，概论诗乐基本性质的，如第一简。整理者将其命名为"诗序"。这是不是"诗序"，学术界尚存在不同看法。且仅凭单一的一支简就断定"诗序"的存在，未免有些臆测加武断，也极易导致诗学研究的误区。这很容易使人将《毛诗序》与之联系起来，而整理者在末尾处也有意将《毛诗序》与《孔子诗论》相比照，甚至有文章将《毛诗序》的源头直接溯至《孔子诗论》中。《孔子诗论》未必就是毛诗学派的源头，而且种种迹象说明，《孔子诗论》与子夏无关，子夏也似乎没有到过楚国讲学吧。不管第一简是不是诗序，但有一点是可以确定的，这一简论述的诗乐，带有明显的概论性质，甚至未必就是谈论《诗经》的。其二，总论《风》《雅》《颂》的不同风格与特征的。实际上，这部分内容倒有些与《毛诗序》中论《风》《雅》《颂》基本特征相似。其三，论述具体诗篇内容的，这部分内容的特点见前文"《孔子诗论》的情性观"论述，此不赘述。其四，谈自己读《诗》之篇章之感受的。参见前文《孔子诗论》情性观之论诗歌接受者之情性的内容，此亦不再赘述。

（三）孔子说《诗》的基本特点及意义

楚竹简孔子《诗》说，充分显示出先秦儒家诗学发展的基本特点，体现了战国文学批评思想的发展水平。

1. 《诗》之经典化（《诗》学政治批判）的巨大发展

据楚简所载，《诗》在战国中期肯定有竹简本，或帛书本，但是否有写定的《诗》传则很难说。而《诗》与其他典籍，特别是儒家典籍有一个固定的排列顺序。竹简记载如下：

《性自命出》：

> 《诗》《书》《礼》《乐》，其始出皆生于人。《诗》，有为为之也；《书》，有为言之也；《礼》《乐》，有为举之也。圣人比其类而论会之……

---

① 马承源：《上海博物馆藏战国楚竹书（一）》，上海古籍出版社，2001年，第121～122页。

《六德》：

> 故夫夫，妇妇，父父，子子，君君，臣臣，六者各行其职而（谣言）无
> 纇作也。观诸《诗》《书》则亦在矣；观诸《礼》《乐》则亦在矣；观诸
> 《易》《春秋》则亦在矣。

《语丛》：

> 《易》，所以会天道人道也。
> 《诗》，所以会古今之志也者。
> 《春秋》，所以会古今之事也。
> 《礼》，交之行述也。
> 《乐》，或生或教者也。

据上，战国中期，已经存在六经的统称和排列顺序。大致看来，顺序为：诗—书—礼—乐—易—春秋，其中宗经、明道、征圣的思想较为明显，早于《荀子·儒效》篇的认识。《儒效》云：

> 圣人也者，道之管也：天下之道管是矣，百王之道一是矣。故《诗》
> 《书》《礼》《乐》之道归是矣。《诗》言是其志也，《书》言是其事也，
> 《礼》言是其行也，《乐》言是其和也，《春秋》言是其微也，……天下之道
> 毕是矣。

不难看出，荀子对儒家典籍的论述体例，在战国中期的竹简中早已有之。有的学者认为《易》乃秦焚书后升为儒家经典，现在据竹简来看不是这样的。战国中期，《易》不仅是卜筮工具，而且已经产生了天人合一、天人感应的哲学思想，已经超越了工具层面，与其他几种典籍一样具有纲领性质地位。今本《礼记·缁衣》中有引《易》的内容，而简本无之，说明今本《缁衣》乃全本，竹简本有佚失。

从郭店竹简《缁衣》看，与春秋时期相比，《诗》对政治的阐释能力得到巨大拓展，无论深度与广度皆有质的飞跃。这说明，《诗》作为政治纲领的性质，在战国中期已经基本形成。尽管竹简《缁衣》中的话语是孔子的，而且，也非孔子集中性阐述，只是片断式的语录。但编者的编纂，无疑体现出明确的指导思想。这种编纂并非杂凑，而是有体系的。从思想内容上看，竹简《缁衣》可分为三个方面：

（1）第一章至第十三章。主要讲的是为政方面的内容。又可分为三层：一至七章讲的是君民关系，八至十一章讲的是执政大臣与百姓之关系，十二、十三章讲的是政教。引《诗》的目的主要是为了证明所言有据可依，以增强说服力。

（2）第十四章至第十九章（包括二十三章）。主要讲的是言与行之关系。更多的是强调君子的修身问题。

（3）第二十章至第二十二章。讲的是朋友关系。

《诗》与政治，在战国中期既已经形成如此密切之关系，使得《诗》成为政治批评的重要尺度之一。这也是秦始皇焚《诗》的原因之一。因为，作为政治评判的依据，《诗》早已为人们所公认。《诗》与政治的关系，成为秦国政治发展的阻碍。这也是陆贾极力推崇《诗》《书》之原因，这也是《诗》能在汉代成为谏书的基础。

2.《诗》学文学批评思想的巨大发展

楚竹简中的孔子《诗》说，从文学批评视角看，大致包含如下方面内容：

（1）诗歌发生论：从赋诗言志到诗言志；从实践运用到理论研究。

（2）诗歌情感论：既有对《诗》之整体情感文艺特质的概述，也有对具体篇章词句背后蕴含情感思想内涵的分析。

（3）审美风格论：关于《风》《雅》《颂》之审美风格论述。建立起一种审美导向，构建正确的诗乐发展方向，形成了明晰的审美价值判断标准（雅乐体系）。

3. 诗学批评与政治批判的有机结合

竹简中的孔子《诗》说，绝对不是简单的诗歌鉴赏，也不是茶余饭后的消遣娱乐。每一次引《诗》、论《诗》，出发点与归宿无疑皆落实在政教二字上。因此，竹简中的孔子《诗》说，既充分体现出孔子对诗歌文艺特质的深刻把握，也反映出孔子《诗》说的政治目的。这是诗学批评与政治批判的有机结合，为两汉文学批评之发展奠定了重要基础。

4. 孔子论《诗》形成了自己的理论体系

竹简中的孔子《诗》说，形成了丰富的理论体系，反映出战国诗学发展的高超水平。具体表现在：

（1）独特的诗学范畴与理论："五至""三亡"等。

（2）丰富的思想内涵：心物关系论，诗歌发生论，情性论。

（3）强烈的政教指归：君臣关系，君民关系，朋友关系，家庭关系。包括个人的修身问题，这一切最终皆落实于政教。

第二节　郭店竹简与战国《诗》学批评

郭店竹简中《诗》学内容十分丰富。从郭店竹简的引《诗》、用《诗》可以发现，战国中后期，《诗》已经被儒家经典化，而且成为一种品评标准，被广泛运用于政教批评、言行评论以及心理审美批评等方面，充分显示出战国时期楚地《诗》学批评的发展繁荣。

一、郭店竹简与《诗》之经典化

在郭店竹简中，《诗》具有很高的地位，已经上升到经典的高度。例如，《性自命出》曰：

> 《诗》《书》《礼》《乐》，其始出皆生于人。《诗》，有为为之也；《书》，有为言之也；《礼》《乐》，有为举之也。圣人比其类而论会之，观其先后而逆顺之，体其义而节文之，理其情而出入之，然后复以教。教所以生德于中者也。①

这里，《诗》《书》《礼》《乐》并称，足见《诗》已经成为儒家思想体系的重要组成部分。其云"《诗》，有为为之也"，这与《礼记·曾子问》完全一致：

> 子夏问曰："三年之丧卒哭，金革之事无辟也者，礼与？初有司与？"孔子曰："夏后氏三年之丧，既殡而致事，殷人既葬而致事。《记》曰：'君子不夺人之亲，亦不可夺亲也。'此之谓乎？"子夏曰："金革之事无辟也者，非与？"孔子曰："吾闻诸老聃曰：'昔者鲁公伯禽有为为之也。今以三年之丧，从其利者，吾弗知也！'"②

据此可知，"有为为之"当属孔子说过的话语。郭店竹简《性自命出》与《礼记·曾子问》皆为儒家思孟学派著述，故用语相同。"有为为之"，郑玄注云："伯禽，周公子，封于鲁。有徐戎作难，丧卒哭而征之，急王事也。

---

① 荆门市博物馆：《郭店楚墓竹简》，文物出版社，1998 年，第 179 页。
② 阮元：《十三经注疏》，中华书局，1980 年，第 1401 页。

征之,作《费誓》。"① 据此可知,鲁国遭徐、淮诸国入侵,虽然鲁侯伯禽正逢母丧,但为国家利益,毅然中断三年之丧而卒哭带兵出征。孔子引老聃语,充分肯定伯禽之行为。而用之论《诗》,"有为为之"强调的就是《诗》之篇章的发生,无论美刺,皆有其崇高的目的。郭店竹简对《诗》的这种认识,从诗歌发生视角揭示了《诗》之特点与作用,其对《诗》之推崇无疑是很高的。

据《性自命出》可知,《诗》《书》《礼》《乐》乃圣人赖以为教的主要内容,这点可与《荀子·劝学》篇相互印证:

> 学恶乎始?恶乎终?曰:其数则始乎诵经,终乎读礼;其义则始乎为士,终乎为圣人。真积力久则入。学至乎没而后止也。故学数有终,若其义则不可须臾舍也。为之人也,舍之禽兽也。故书者、政事之纪也;诗者、中声之所止也;礼者、法之大分,类之纲纪也。故学至乎礼而止矣。夫是之谓道德之极。礼之敬文也,乐之中和也,诗书之博也,春秋之微也,在天地之间者毕矣。②

从荀子论述中不难看出,《诗》已经成为儒家经典。郭店竹简与荀子时代相近,很明显,竹简中的"《诗》《书》《礼》《乐》"等,既是儒家的主要教学内容,也是构成儒家思想体系的重要经典。《诗》在竹简中也已经被经典化了。又如,郭店竹简《六德》篇曰:

> 故夫夫,妇妇,父父,子子,君君,臣臣,六者各行其职而(谣言)无疑作也。观诸《诗》《书》则亦在矣;观诸《礼》《乐》则亦在矣;观诸《易》《春秋》则亦在矣。③

此段材料强调,《诗》《书》《礼》《乐》《易》《春秋》蕴含着"夫夫,妇妇,父父,子子,君君,臣臣"之六德。这"六德"正是儒家思想体系中的核心内容,也正是儒家所推崇的纲常之道。类似的话语,同样的意思,在《荀子·儒效》中也有表述:

> 圣人也者,道之管也:天下之道管是矣,百王之道一是矣。故诗书礼乐

---

① 阮元:《十三经注疏》,中华书局,1980年,第1401页。
② 王先谦:《荀子集解》,中华书局,1988年,第11页。
③ 荆门市博物馆:《郭店楚墓竹简》,文物出版社,1998年,第188页。

之道归

> 是矣。诗言是其志也，书言是其事也，礼言是其行也，乐言是其和也，春秋言是其微也，故风之所以为不逐者，取是以节之也，小雅之所以为小雅者，取是而文之也，大雅之所以为大雅者，取是而光之也，颂之所以为至者，取是而通之也。天下之道毕是矣。①

这里，荀子宣扬的是明道、征圣的思想。所云"诗书礼乐之道归是矣"，说的是儒家之道皆蕴含在《诗》《书》《礼》《乐》等经典中。荀子的"归是矣"与竹简《六德》"亦在矣"话语相近，意思完全相同。特别在对《诗》的基本性质的认识上，《荀子》与郭店竹简也完全一致。例如，郭店竹简《语丛》曰：

> 《易》，所以会天道人道也。《诗》，所以会古今之志也者。《春秋》，所以会古今之事也。《礼》，交之行述也。《乐》，或生或教者也。②

《荀子·儒效》所云的"诗言是其志也"与郭店竹简《语丛》所说的"《诗》，所以会古今之志也者"话语相似，意思完全相同，这些都是对春秋以来"诗以言志"说的继承和发展。反映了战国时期对《诗》之作用与本质特征的认识。这里的"志"就是《性自命出》所说的"有为"，是一种理性的符合礼义规范的集体利益价值观。这正是郭店竹简《诗》学批评展开的基础。

在郭店简中，无论《性自命出》，还是《六德》和《语丛》等，《诗》《书》《礼》《乐》《易》《春秋》多并称出现。这种论述模式，与汉代经学极盛下汉儒的表述方式基本一致。例如，《汉书·艺文志》曰：

> 《乐》以和神，仁之表也；《诗》以正言，义之用也；《礼》以明体，明者著见，故无训也；《书》以广听，知之术也；《春秋》以断事，信之符也。五者，盖五常之道，相须而备，而《易》为之原。③

虽然在六经排名次序上郭店简与汉儒有出入，但二者在儒家经学体系构成的基本内容上却完全一致。这充分说明，汉代经学体系的发展源头在战国

---

① 王先谦：《荀子集解》，中华书局，1988 年，第 133 页。
② 荆门市博物馆：《郭店楚墓竹简》，文物出版社，1998 年，第 194 页。
③ 班固：《汉书》，中华书局，1964 年，第 1723 页。

时期，而郭店竹简正是这种儒家经典化的代表。正是由于《诗》在战国中后期逐渐经典化，拥有了较高的地位，其才能成为品评人与物的标准。也正是由于战国中后期对《诗》之"有为"、"言志"、"载道"等特征和性质的深入探讨，才使得《诗》这个品评标准有了具体而明确的内容。

二、《缁衣》与《诗》学之政教批评

郭店竹简引《诗》用《诗》，皆着眼于"有为为之"上。特别是引《诗》最多的《缁衣》篇，所引的诗句，都是有深刻思想文化意蕴的。其基本操作方式是，通过与诗句相比照，建立起十分明确的《诗》学批评价值判断体系，以《诗》来品评人物，批评政治，指导言行，实践着《诗》的经典化历程。

（一）以《诗》评人：崇德亲民

郭店竹简《缁衣》篇通过引《诗》，建立起了一种人物品评的标准。所引《诗》句，多包含对历史人物之品评，评论的人物既有正面形象，也有反面形象。郭店竹简一般对所引《诗》文是不阐释的，因为作为当时通行的儒家经典，作为儒家主要教学内容的教本，《诗》义是完全没有必要在竹简中来赘述的，当时竹简的作者与读者对所引《诗》文都是再清楚不过的了。

1. 君王

我们先看竹简《缁衣》篇《诗》学批评的第一类人物——君王。例如，简本《缁衣》第一章云：

> 夫子曰：好美如好《缁衣》，恶恶如恶《巷伯》，则民咸力而刑部顿。《诗》云："仪刑文王，万邦作孚。"①

此章与《礼记·缁衣》在文字上稍有差异。《礼记·缁衣》曰："子曰：好贤如《缁衣》，恶恶如《巷伯》，则爵不渎而民作愿，刑不试而民咸服。《大雅》曰：仪刑文王，万国作孚。"竹简与传世文献虽然在文字上稍异，但表达的意思则是完全一致的，即强调作为君王，应该具备一种基本的政治品格——亲贤人，远小人。故《礼记·缁衣》郑玄注云：

> 《缁衣》《巷伯》，皆《诗》篇名也。《缁衣》首章曰"缁衣之宜兮，敝予又改为兮。适子之馆兮，还予授子之粲兮"，言此衣缁衣者，贤者也，宜

---

① 荆门市博物馆：《郭店楚墓竹简》，文物出版社，1998年，第129页。

长，为国君。其衣敝，我愿改制，授之以新衣，是其"好贤"，欲其贵之甚也。《巷伯》六章，曰："取彼谗人，投畀豺虎。豺虎不食，投畀有北。有北不受，投畀有昊。"此其"恶恶"，欲其死亡之甚也。①

亲贤人，远小人，这是孔子的政教观，在《论语》中也可得到印证。《论语·卫灵公》："放郑声，远佞人，郑声淫，佞人殆。"能"远佞人"者势必会亲贤能。这里，简本《缁衣》以《诗经》具体篇章为例，对如何亲贤人、远佞人加以详细说明。其中引用到了《郑风·缁衣》和《小雅·巷伯》的篇名，以及《大雅·文王》的诗句。《郑风·缁衣》为《诗经》中"亲贤人"之代表。《毛诗序》曰："《缁衣》，美武公也。父子并为周司徒，善于其职，国人宜之，故美其德，以明有国善善之功焉。"显然，《郑风·缁衣》所赞美的是郑武公这位善于职守的君王。孔颖达《正义》曰：

以桓公已作司徒，武公又复为之，子能继父，是其美德，故兼言父子，所以盛美武公。《周礼·大司徒职》曰："因民常而施十有二教焉：一曰以祀礼教敬，则民不苟；二曰以阳礼教让，则民不争；三曰以阴礼教亲，则民不怨；四曰以乐教和，则民不乖；五曰以仪辨等，则民不越；六曰以俗教安，则民不愉；七曰以刑教中，则民不暴；八曰以誓教恤，则民不怠；九曰以度教节，则民知足；十曰以世事教能，则民不失职；十有一曰以贤制爵，则民慎德；十有二曰以庸制禄，则民兴功。"是司徒职掌十二教也。祀礼，谓祭祀之礼，教之恭敬，则民不苟且。阳礼，谓乡射、饮酒之礼，教之谦让，则民不争斗。阴礼，谓男女昏姻之礼，教之相亲，则民不怨旷。乐，谓五声八音之乐，教之和睦，则民不乖戾。仪，谓君南面，臣北面，父坐子伏之属，辨其等级，则民不逾越。俗，谓土地所生习，教之安存，则民不愉惰。刑，谓刑罚，教之中正，则民不残暴。誓，谓戒敕，教之相忧，则民不懈怠。度，谓宫室衣服之制，教之节制，则民知止足。世事，谓士农工商之事，教之各能其事，则民不失业。以贤之大小，制其爵之尊卑，则民皆谨慎其德，相劝为善，以功之多少，制其禄之数量，则民皆兴立功效，自求多福。司徒之职，所掌多矣。此十二事，是教民之大者，故举以言焉。②

作为君王，善于职守的表现之一就是亲贤人、远小人，这也是开明君主

① 阮元：《十三经注疏》，中华书局，1980年，第1647页。
② 阮元：《十三经注疏》，中华书局，1980年，第337页。

的基本政治品德。郑武公无疑是这方面的表率。故《缁衣》以"好美如好
《缁衣》"论之，试图建立的，正是一种贤王明君的判断标准。而"恶《巷
伯》"则是厌恶、远离奸佞小人之代表。《毛诗序》曰："《巷伯》，刺幽王也。
寺人伤于谗，故作是诗也。"孔颖达《正义》曰：

> 寺人以身既得罪，恐更滥及善人，故戒时在位，令使自慎。言人欲往之
> 杨园之道，当先加历于亩丘，而乃后于杨园也。以兴谗人欲行潜大臣之法，
> 亦当毁害于小臣而讫，乃后至于大臣也。谗人立意如此，故我寺人之中字曰
> 孟子者，起发为小人之更谗，而作《巷伯》之诗，使凡百汝众在位之君子
> 者，当敬慎而听察之，知我之无罪而被谗，谗人不已而敬慎也。①

《巷伯》所表达的是诗人对奸佞小人的深恶痛绝之情。此篇已经成为千古
传唱的痛斥奸佞的杰作，也是态度鲜明表明善恶立场之典范。故此篇亦成为
衡量政治态度的基本标准。

《诗经》时代，君王的楷模无疑是周文王。故简本《缁衣》第一章的最
后以《大雅·文王》作结。《礼记·缁衣》郑玄注："刑，法也。孚，信也。
仪法文王之德而行之，则天下无不为信者也。文王为政，克明德慎罚。"② 这
里，周文王已经成为一种政治坐标，"文王之德"是衡量君王政德的参照系。
显然，简本《缁衣》引《大雅·文王》，目的还是想树立一种政教上万世不
刊之标准。

君王之好恶，无疑可直接决定政教之成败。故简本《缁衣》第二章又云：

> 子曰：有国者章好章恶，以示民厚，则民情不忒。《诗》云："靖共而
> 位，好是正直。"③

这里，"章好章恶"要求的是君王在政教善恶方面应该具有的明确态度和
价值取向。"好是正直"所彰显的是一种基于明确善恶取向上的政教价值判断
标准。从简本《缁衣》第一章就不难看出，战国《诗》学批评展开的基础正
在于《诗》之"有为为之"，即每篇诗歌的"言志"和"载道"的内容。这
里，《诗》已经成为一种评价标准。以《诗》评政，依《诗》品人，也成为

---

① 阮元：《十三经注疏》，中华书局，1980 年，第 456 页。
② 阮元：《十三经注疏》，中华书局，1980 年，第 1647 页。
③ 荆门市博物馆：《郭店楚墓竹简》，文物出版社，1998 年，第 129 页。

简本《缁衣》诗学批评的基本方式。

又如，简本《缁衣》第六章云：

> 子曰：上好仁，则下之为仁也争先。故长民者，章志以昭百姓，则民致行己以悦上。《诗》云："有觉德行，四方顺之。"

此章所引诗句出自《大雅·抑》。《毛诗序》曰："《抑》，卫武公刺厉王，亦以自警也。"竹简引诗的目的仍在于树立政教之典范。这里推崇的还是郑武公，而批评的却是周厉王。虽然全诗没有直接讽刺周厉王的话语，但对郑武公高度赞美的同时，实际上就委婉批评了周厉王。这也是《诗经》的基本艺术风格。《国语·楚语》云："昔卫武公年九十有五矣，犹箴儆于国曰：'自卿以下，至于师长，苟在朝者，无谓我耄而舍我。'于是乎作《懿》以自儆。"韦昭注云："昭谓《懿》，《诗·大雅·抑》之篇也。抑读曰懿。《毛诗序》曰：'《抑》，卫武公刺厉王，亦以自警。'"据此可知，郑武公在耄耋之年仍能作诗自警，足见其政德之美。《抑》曰："无竞维人，四方其训之。有觉德行，四国顺之。"郑玄笺云："人君为政，无强于得贤人。得贤人则天下教化，于其俗有大德行，则天下顺从其政。言在上所以倡道。"孔颖达《疏》亦云："言人君为国，无强乎维在得其贤人。若得贤人，则国家强矣。所以得贤则强者，以此贤人有德，四方之俗有不善者，其可使此贤人教训之。此贤人可以教训者，此贤者有正直大德行，四方之民得其教化，其皆慕仰而顺从之。四方皆顺，是为强也。"显然，政治教化的关键就在于能否"得贤人"，竹简引《诗》的目的，正在于倡导《大雅·抑》的政教审美追求，即亲贤人，远小人。

再如，简本《缁衣》第七章曰：

> 子曰：禹立三年，百姓以仁道，岂必尽仁。《诗》云："成王之孚，下土之式。"《吕刑》云："一人有庆，万民赖之。"

此引诗句出自《大雅·下武》。《毛诗序》曰："《下武》，继文也。武王有圣德，复受天命，能昭先人之功焉。"周武王能继承文王事业，受天命，为周家开基之主，故亦为君王之典范。"成王之孚，下土之式"，强调的是一个"信"字。郑笺云："王道尚信，则天下以为法，勤行之。""尚信"亦为政教成功的标准之一，而君王是否尚信则更是成为百姓能否幸福之关键。

简本《缁衣》除了评价、赞美正面君王形象外，还同时批判了一些反面君王形象。例如，简本《缁衣》第四章云：

> 子曰：上人疑则百姓惑，下难知则君长劳。故君民者，章好以示民欲，谨恶以御民淫，则民不惑。臣事君，言其所不能，不辞其所能，则君不劳。《大雅》云："上帝板板，下民卒疸。"《小雅》云："非其止共，唯王之邛。"①

此章所引诗句分别出自《大雅·板》和《小雅·巧言》。这两首诗在《毛诗》中都属于变雅。变雅是社会由治转乱的背景下发生的。也就是《毛诗序》所说的"至于王道衰，礼义废，政教失，国异政，家殊俗，而变风、变雅作矣"。对于《大雅·板》，《毛诗序》说："《板》，凡伯刺厉王也。"《毛诗》作："上帝板板，下民卒瘅。"孔颖达《疏》曰："其为政教反又反也。既反于先王，又反于天道。以此之故，天下之民蒙其恶政，尽皆困病矣。"②据此可知，《板》讽刺批判的是周厉王。郑玄《诗谱序》云："自是而下，厉也幽也，政教尤衰，周室大坏，《十月之交》《民劳》《板》《荡》勃尔俱作。众国纷然，刺怨相寻。"③则竹简此处引诗，目的当在于批评反面的君王形象，强调在上者如何建立正确的君民关系。又《毛诗序》曰："《巧言》，刺幽王也。大夫伤于谗，故作是诗也。"郑笺云："邛，病也。小人好为谗佞，既不共其职事，又为王作病。"④此处通过批判周幽王之政治，强调"远佞人"对于政教之重要意义，试图树立一种正确的政教评判标准。

又如，简本《缁衣》第五章云：

> 子曰：民以君为心，君以民为体。心好则体安之，君好则民欲之。故心以体废，君以民亡。《诗》云："谁秉国成，不自为正，卒劳百姓。"《君牙》云："夏日暑雨，小民惟曰怨，资冬祁寒，小民亦惟曰怨。"⑤

此章引诗出自《小雅·节南山》。"谁秉国成，不自为正，卒劳百姓"，批评周幽王不亲自打理朝政，使得政措极其不公正，百姓生活在水深火热之

---

① 荆门市博物馆：《郭店楚墓竹简》，文物出版社，1998年，第129页。
② 阮元：《十三经注疏》，中华书局，1980年，第548页。
③ 阮元：《十三经注疏》，中华书局，1980年，第263页。
④ 阮元：《十三经注疏》，中华书局，1980年，第453页。
⑤ 荆门市博物馆：《郭店楚墓竹简》，文物出版社，1998年，第129页。

中。这里，竹简通过引诗，批判不正的国君形象，建立起正确的人物品评标准。又如，简本《缁衣》第十章云：

> 子曰：大人不亲其所贤，而信其所贱，教此以失，民此以烦。《诗》云："彼求我则，如不我得。执我仇仇，亦不我力。"《君陈》云："未见圣，如其弗克见。我既见，我弗迪圣。"

此章所引诗句出自《小雅·正月》。《毛诗序》曰："《正月》，大夫刺幽王也。"《正月》："彼求我则，如不我得。执我仇仇，亦不我力"，郑玄笺云："彼，彼王也。王之始征求我，如恐不得我。言其礼命之繁多。王既得我，执留我，其礼待我謷謷然，亦不问我在位之功力。言其有贪贤之名，无用贤之实。"孔颖达《正义》曰：

> 王政所以为民疾苦，由不能用贤。视彼阪田墝埆之地，有菀然其茂特之苗。以兴视彼空谷仄陋之处，有杰然其秀异之贤。然天之以风雨动摇我特苗，如将不我特苗之能胜。言风雨之迅疾也。以喻被王之以礼命以征召我贤者，如恐不我贤者之能得。言礼命之繁多也。及其得我，则空执留我，其礼待我謷謷然，亦不问我在 位之功力。言小人贵名贱实，不能用贤，故政教所以乱也。

据此可知，竹简引诗，是想通过批评周幽王之所作所为，建立一种正确的政治评判标准，即实实在在地选贤授能。

2. 大臣

我们再看简本《缁衣》中《诗》学批评的第二类人物形象——大臣。例如，简本《缁衣》第八章云：

> 子曰：下之事上也，不从其所以命，而从其所行。上好此物也，下必有甚焉者矣。故上之所好恶，不可不慎也，民之表也。《诗》云："赫赫师尹，民具尔瞻。"①

此章所引诗句出自《小雅·节南山》。《节南山》曰："赫赫师尹，民具尔瞻。忧心如惔，不敢戏谈。"郑玄笺云："此言尹氏，女居三公之位，天下之民俱视女之所为，皆忧心如火灼烂之矣。又畏女之威，不敢相戏而言语。

---

① 荆门市博物馆：《郭店楚墓竹简》，文物出版社，1998 年，第 129 页。

疾其贪暴，胁下以形辟也。"孔颖达《正义》曰：

> 节然高峻者，彼南山也。山既高峻，维石岩岩然，故四方皆远望而见之。以兴赫赫然显盛者，彼太师之尹氏也。尹氏为太师既显盛，处位尊贵，故下民俱仰 汝而瞻之。汝既为天下所瞻，宜当行德以副之。今天下见汝之所为，皆忧心如被火之燔灼然，畏汝之威，不敢相戏而谈语，是失于具瞻矣。又天下诸侯之国日相侵 伐，其国已尽绝灭矣，汝何用为职而不监察之？国见绝灭，罪汝之由也。①

很明显，竹简引诗，将批判矛头直指周王朝三公之一的尹太师，批评作为执掌朝政大权的尹太师远贤人、亲小人，没有给百姓做一个好的表率。此章通过引诗品评人物，欲图建立的仍是一种正确的政教评判标准。

再如，简本《缁衣》第九章云：

> 子曰：长民者衣服不改，从容有常，则民德一。《诗》云："其容不改，出言有训，黎民所信。"②

此章所引诗句出自《小雅·都人士》。《毛诗序》云："《都人士》，周人刺衣服无常也。古者长民，衣服不贰，从容有常，以齐其民，则民德归壹。伤今不复见古人也。"（按此《毛序》乃抄引《礼记·缁衣》篇文）今本《毛诗·都人士》文句与此有出入，作"彼都人士，狐裘黄黄。其容不改，出言有章。"郑玄笺云："城郭之域曰都。古明王时，都人之有士行者，冬则衣狐裘，黄黄然取温裕而已。其动作容貌既有常，吐口言语又有法度文章。疾今奢淫，不自责以过差。"③ 不难看出，竹简此章通过引诗，充分肯定《都人士》中长民者之做法，强调执政者必须给百姓作出表率，必须以诚信服众，也只有这样，民心才能归一。

综上所述，简本《缁衣》中《诗》学批评主要涉及两类人物形象，其品评的标准实际上可以概括为四个字：崇德亲民。崇德，一方面是对君臣个人品德修为的要求，同时也是选贤授能的一种政治评价标准。亲民，实乃政治教化之实践，以《诗》为标准，简本《缁衣》树立了政治评判的理论依据。

---

① 阮元：《十三经注疏》，中华书局，1980年，第440页。
② 荆门市博物馆：《郭店楚墓竹简》，文物出版社，1998年，第130页。
③ 阮元：《十三经注疏》，中华书局，1980年，第493页。

并以《诗》中具体的历史人物品评为参照，建立起一种可以看得见的可比照的人物品平标准。竹简《缁衣》论述形象生动，可操作性强。

（二）以《诗》论言行：慎言谨行

言行关系，一直是儒家思考的重要命题。如孔子曰"言而不文，行而不远"，这其中的文学批评色彩就很浓郁，对言辞艺术与实践效果的关系进行探讨，涉及了形式与内容等核心文学批评范畴。孔子还有"文质彬彬"之说，实质也涉及了对言辞艺术与品行关系之思考。言与行的关系，既是修身立命的内在品质问题，也蕴含一定的政教意义。就个人而言，恰当的言行关系是成为君子的关键，不恰当的言行则有可能成为小人。就政教而言，慎言谨行是一种值得肯定与推崇的政德。例如，殷太甲三年不言，而出言唯雍。鲁申公批评汉武帝"为治者不在多言"（实质是对辞赋与政教关系批评，辞赋是对汉代政治的一种言语反映形式），同样的问题，一直延续到汉宣帝对辞赋与政治关系的评说。甚至在某种程度上说，汉哀帝罢乐府其实质也是对言语艺术与政教关系之反应。

郭店竹简《缁衣》篇中，有很大一部分内容就是关于言行关系的探讨。在探讨言行关系时，简本《缁衣》多据《诗》立论，充分体现了战国《诗》学批评的基本特征。这部分内容的主要论点如下：

1. **重言**

重言即十分重视言语对政教的作用。例如，简本《缁衣》第十四章云：

> 子曰：王言如丝，其出如缗。王言如索，其出入绋。故大人不倡流。《诗》云："慎而出话，敬而威仪。"①

此章所引诗句出自《大雅·抑》。既云"王言"，则此章论述显然有强烈的针对性，这是对君王言语之特殊要求。"丝""缗""索""绋"，四物一个比一个大，形象说明了在上者言语对百姓的巨大影响。孔颖达《礼记正义》疏曰："此一节明王者出言，下所效之，其事渐大，不可不慎。"② 这是对君王言语之品评，带有强烈的政教色彩。《抑》云："慎尔出话，敬尔威仪，无不柔嘉。白圭之玷，尚可磨也，斯言之玷，不可为也。"孔疏："当谨慎尔王所出之教令，又当恭敬尔在朝之威仪，使教令威仪无不安审美善。言使之皆

---

① 荆门市博物馆：《郭店楚墓竹简》，文物出版社，1998年，第130页。
② 阮元：《十三经注疏》，中华书局，1980年，第1648页。

安善也。又言教令尤须谨慎，白玉为圭，圭有损缺，犹尚可更磨鑢而平，若此政教言语之有缺失，则遂往而不可改。"① 竹简此章要求君王必须慎言，特别是政教号令更须谨慎。这种对言语的特殊要求，带有强烈的审美与价值判断。

又如，简本《缁衣》第十七章云：

子曰：言从行之，则行不可匿。故君子顾言而行，以成其信，则民不能大其美而小其恶。《大雅》云："白圭之玷，尚可磨也。此言之玷，不可为也。"《小雅》云："允也君子，展也大成。"《君奭》云："昔在上帝，割绅观文王德，其集大命于厥身。"②

此章引诗出自《大雅·抑》和《小雅·车攻》。"顾言而行，以成其信"，强调"诚信"在言语中的重要意义。诗篇极力否定的是言语之玷，而言语之玷最大的表现无疑是不能信守承诺、背渝盟誓等等缺乏诚信的现象。此章论述中"美"、"恶"并称，其审美价值判断十分明显。

2. 谨行

谨行，即强调行为举止必须谨慎，不得超越一定的礼仪规范。例如，简本《缁衣》第十五章云：

子曰：可言不可行，君子弗言；可行不可言，君子弗行，则民言不危行，［行］不危言。《诗》云："淑慎而止，不衍于仪。"③

此章引诗出自《大雅·抑》。《礼记·缁衣》郑玄注云："淑，善也。愆，过也。言善慎女之容止，不可过于礼之威仪也。"④ 说明此章引诗的目的是强调对行为举止的要求。作为真正的君子，其行为举止必须符合一定的礼仪规范，不能超越一定的度。这里的"君子"当是包括君王在内的上层统治者。竹简此章认为，在上者的言行应该有一个标准。这个标准包括美善等具体内容。正如孔子所言，"文质彬彬，然后君子"。也只有君子的言行才符合一个度，能够达到中和的审美要求。

---

① 阮元：《十三经注疏》，中华书局，1980 年，第 554 页。
② 荆门市博物馆：《郭店楚墓竹简》，文物出版社，1998 年，第 130 页。
③ 荆门市博物馆：《郭店楚墓竹简》，文物出版社，1998 年，第 130 页。
④ 阮元《十三经注疏》，中华书局，1980 年，第 1648 页。

3. 慎终

慎终，即充分重视言行的实践效应，强调言行的有始有终，对言行的终极结果十分慎重。例如，简本《缁衣》第十六章云：

> 子曰：君子道人以言，而恒以行。故言则虑其所终，行则稽其所敝，则民慎于言而谨于行。《诗》云"穆穆文王，于辑熙敬止。"①

此章引诗出自《大雅·文王》。《礼记·缁衣》孔颖达《正义》曰：

> 此一节亦赞明前经言行之事。"道人以言"者，在上君子诱道在下以善言，使有信也。……"故言必虑其所终"者，谓初出言之时，必思虑其此言得终末，可恒行以否。"而行必稽其所敝"者，稽，考也。言欲行之时，必须先考校此行至终敝之时，无损坏以否。②

所言是否得终，所行是否可持之以恒，这显然是对言行的终极考量。周文王之言行是周家政教之楷模，故竹简引《大雅·文王》对周文王言行之评论，试图树立的是"君子"的言行标准。《大雅·文王》孔疏曰："毛以为，穆穆然而美者，文王也。既有天子之容矣，于呼美哉！又能于有光明之德者而敬之。"③ 则竹简引诗还具有强烈的政教审美色彩。

言行要求必须有成效，正如简本《缁衣》第十四章所云"大人不倡流言"，即君子大人们不应该倡导"不可用之言"，言有所终，言有成效，这是竹简言语批评的基本要求。简本《缁衣》第十九章亦云：

> 子曰：苟有车，必见其辙。苟有衣，必见其敝。人苟有言，必闻其声；苟有行，必见其成。《诗》云："服之亡怿。"④

此章引诗出自《周南·葛覃》。《礼记·缁衣》孔颖达正义曰：

> 此明人言行必慎其所终也；将欲明之，故先以二事为譬喻也。"苟有其车，必见其轼"者，言人苟称家有车，必见其车有载于物，不可虚也。言有车无不载也。"苟有其衣，必见其敝"者，言人苟称家有衣，必见其所著之

---

① 荆门市博物馆：《郭店楚墓竹简》，文物出版社，1998 年，第 130 页。
② 阮元：《十三经注疏》，中华书局，1980 年，第 1651 页。
③ 阮元：《十三经注疏》，中华书局，1980 年，第 502 页。
④ 荆门市博物馆：《郭店楚墓竹简》，文物出版社，1998 年，第 131 页。

衣，有终敝破也，不虚称有衣而无敝也。"人苟或言之，必闻其声"者，既称有言，必闻其声，不可有言而无声也。"苟或行之，必见其成"者，人苟称有行此事，必须见其成验，不可虚称有行而无成验也。①

成效是对政教言行的基本要求。那么所引《葛覃》篇诗文又是如何与言行之成效相联系的呢？《葛覃》云："是刈是濩，为絺为绤，服之无斁。"则"服之无斁"与女工有关。毛传："濩，煮之也。精曰絺，粗曰绤。斁，厌也。古者王后织玄紞，公侯夫人纮綖，卿之内子大带，大夫命妇成祭服，士妻朝服，庶士以下各衣其夫。"笺云："服，整也。女在父母之家，未知将所适，故习之以絺绤烦辱之事，乃能整治之无厌倦，是其性贞专。"② 古者妇女"各衣其夫"，故有"是刈是濩，为絺为绤"之举。按毛、郑之说，"服之无斁"是指妇女整治衣服毫无厌倦。但《礼记·缁衣》郑注却与《毛诗》郑笺相异。《礼记·缁衣》郑注曰："言己原采葛以为君子之衣，令君子服之无厌，言不虚也。"孔疏曰："《诗》之本意，言后妃习絺绤之事，而无厌倦之心。此则断章云，采葛为君子之衣，君子得而服之无厌倦也。言君子实得其服而不虚也，引之者，证人之所行终须有效也。"③ 据此，《缁衣》引诗似乎与诗篇本义无涉，此"服之无斁"乃指君子穿着妇女作的衣服而不知厌倦，以君子之爱不释手，证女工之终有成效，从而说明言行之不可虚称，必得以成效验之。

慎终表现在行为方面，就是持之以恒。如简本《缁衣》第二十三章云：

> 子曰：宋人有言曰：人而亡恒，不可为卜筮。其古之遗言欤？龟筮犹弗知，而况于人乎？《诗》云："我龟既厌，不我告犹。"④

此章引诗出自《小雅·小旻》。《小旻》篇乃"大夫刺幽王"，竹简此处所引与诗篇主旨无涉，当属断章取义。《小旻》孔疏曰："言小人不尚德，而好灼龟求吉，请问过度，渫渎神灵。我龟既厌繁数，不肯于我告其吉凶之道也。"⑤ 因此，竹简此章所讲的"有恒"当指行为始终如一，遵守礼仪法度。

① 阮元：《十三经注疏》，中华书局，1980年，第1651页。
② 阮元《十三经注疏》，中华书局，1980年，第276页。
③ 阮元《十三经注疏》，中华书局，1980年，第1651页。
④ 荆门市博物馆：《郭店楚墓竹简》，文物出版社，1998年，第131页。
⑤ 阮元《十三经注疏》，中华书局，1980年，第449页。

《礼记·缁衣》孔颖达《正义》曰：

> 此一节明为人臣之法，当有恒也。"人而无恒，不可以为卜筮"者，南人，殷掌卜之人，有遗余之言称云：人而性行无恒，不可为卜筮。"古之遗言与"？龟筮犹不能得知无恒之人，而况于凡人乎。"诗云：我龟既厌，不我告犹"者，《小雅·小旻》之篇，刺幽王之诗。言幽王性行无恒，数诬卜筮，故云我龟既厌倦于卜，不于我身告其吉凶之道也。引之者，证无恒之人不可以为卜筮也。①

无恒之人不仅不可以为卜筮，更不能执掌政权。"有恒"是慎终在行为举止方面的一种特殊判断标准。

4. 守一

守一，强调的是言行的始终如一，也可引申为言行之整齐划一，或言行一致。这是对在上者言行的严格要求。例如，简本《缁衣》第十八章云：

> 子曰：君子言有物，行有格，此以生不可夺志，死不可夺名。故君子多闻，质而守之；多志，质而亲之；精知，略而行之。《诗》云："淑人君子，其仪一也。"《君陈》云："出入自而师虞，庶言同。"②

此章引诗出自《曹风·鸤鸠》。《毛诗序》曰："《鸤鸠》，刺不壹也。在位无君子，用心之不壹也。"③何谓"壹"？即言行均一，对所有的人一视同仁。诗篇以鸤鸠之养其子，朝从上下，晚从下上，平均如一的行为，赞美用心均壹之人，以讽刺当今在位之人鸤鸠不如。所以，竹简此章强调的是言行举止的审美标准。《礼记·缁衣》孔颖达《正义》曰：

> 此一节明下之事，上当守其一。……"言有物而行有格也"，物，谓事之徵验；格，谓旧有法式。言必须有徵验，行必须有旧法式。既言行不妄，守死善道，故"生则不可夺志，死则不可夺名"。言名、志俱善，欲夺不可也。"故君子多闻，质而守之"者，虽多闻前事，当简质而守之。"多志，质而亲之"者，谓多以志意博交汎爱，亦质少而亲之。"精知，略而行之"者，谓精细而知，孰虑于众，要略而行之。此皆谓闻见虽多，执守简要也。……

---

①　阮元《十三经注疏》，中华书局，1980年，第1651页。
②　荆门市博物馆：《郭店楚墓竹简》，文物出版社，1998年，第131页。
③　阮元：《十三经注疏》，中华书局，1980年，第385页。

"《诗》云：淑人君子，其仪一也"者，此《曹风·鸤鸠》之篇，刺曹公不均平也。言善人君子，其威仪齐一也。引之者，证为政之道须齐一也。①

显然，"守一"本是《诗经》政教审美的基本要求。竹简引诗之目的，正在于规范在上者之言行举止，试图建立"守一"的政教审美标准。

5. 好正

好正，强调的是择友的标准，即君子选择朋友应选正直之人，这实际上讲的是一种行为标准。例如，简本《缁衣》第二十一章云：

> 子曰：唯君子能好其匹，小人岂能好其匹。故君子之友也有向，其恶有方。此以迩者不惑，而远者不疑。《诗》云："君子好仇。"②

此章引诗出自《周南·关雎》。"君子好仇"本指男女之匹配，即君子所配乃窈窕淑女。不过男女夫妇关系与朋友之义相通。"琴瑟友之"就已经说明了美好的夫妇关系与朋友之道相合。故男女之择偶标准可用于择友上。《礼记·缁衣》孔颖达《正义》曰：

> 此一节明其朋匹之事。"君子能好其正"者，匹，匹偶。言君子能爱好其朋友匹偶，……"故君子之朋友有乡，其恶有方"者，言"乡"、"方"皆犹辈、类也。言君子所亲朋友及所恶之人，皆有辈类。言君子善者则为朋友也。既好恶不同，故君子之交，可者与之，不以荣枯为异，是朋友。不善者，则可憎恶之，言有常也。若小人唯利是求，所善所恶，无恒定也。"是故迩者不惑，而远者不疑也"，由好恶有定，可望貌而知，故近者不惑，远者不疑也。"《诗》云：君子好仇"者，此《周南·关雎》之篇，《诗》意云："窈窕淑女，君子好仇。"此则断章云：君子之人，以好人为匹也。③

据此可知，"好正"是一种行为标准。竹简此处引诗为断章取义，旨在说明君子择友当以正直善良之好人为标准。

6. 求善

求善，亦为择友之标准，即交友之道，不在对方是贫贱，还是富贵，唯在对方是否善良。例如，简本《缁衣》第二十二章云：

---

① 阮元：《十三经注疏》，中华书局，1980 年，第 1650 页。

② 荆门市博物馆：《郭店楚墓竹简》，文物出版社，1998 年，第 131 页。

③ 阮元：《十三经注疏》，中华书局，1980 年，第 1650 页。

子曰：轻绝贫贱，而重绝富贵，则好仁不坚，而恶恶不著也。人虽曰"不利"，吾弗信之矣。《诗》云："朋友攸摄，摄以威仪。"①

此章引诗出自《大雅·既醉》。《礼记·缁衣》孔颖达《正义》曰：

此一节明交友之道，唯善是仇，以威仪相摄佐也。"则好贤不坚，而恶恶不著也"者，以贤而贫贱则轻绝之，是"好贤不坚"。恶而富贵则重绝之，则恶恶不著"也。如此者，是贪利之人，故云"虽曰'不利'，吾不信也"。"《诗》云：朋友攸摄，摄以威仪"者，此《大雅·既醉》之篇，美成王之时大平之诗。于时朋友群臣，所以礼义相摄佐之时以威仪也。言不以富贵贫贱而求利者。②

以《大雅·既醉》之赞美周成王时的朋友关系，说明交友之道的行为标准在于唯善是求。

7. 明德

明德，讲择人之道，即君子不重用，也无须理睬无德之人。简本《缁衣》第二十章云：

子曰：私惠不怀德，君子不自留焉。《诗》云："人之好我，示我周行。"③

此章引诗出自《小雅·鹿鸣》。郑笺云："人有以德善我者，我则置之于周之列位。言己维贤是用。"④ 竹简引诗目的在于强调择人之道唯德是举。《礼记·缁衣》孔颖达正义曰：

此一节明君子唯以德是与。"私惠不归德"者，言人以私小恩惠相问遗，不归依道德，如此者，君子之人不用留意于此等之人，言不受其惠也。"《诗》云：人之好我，示我周行"者，此《小雅·鹿鸣》之篇。言文王燕饮群臣，爱好于我，示我以忠信之道也。周，忠信。行，道也。惟以忠信正道以示我，不以亵渎、邪辟之物而相遗也。⑤

① 荆门市博物馆：《郭店楚墓竹简》，文物出版社，1998 年，第 131 页。
② 阮元：《十三经注疏》，中华书局，1980 年，第 1650 页。
③ 荆门市博物馆：《郭店楚墓竹简》，文物出版社，1998 年，第 131 页。
④ 阮元：《十三经注疏》，中华书局，1980 年，第 405 页。
⑤ 阮元：《十三经注疏》，中华书局，1980 年，第 1650 页。

宽泛点说，唯德是举也可以视为一种交友之道。

三、《五行》与《诗》学心理批评

审美是非功利性质的活动，尤其是非政治功利性活动。审美最终的目的应该是通过心身之愉悦，达到情性之陶冶。郭店竹简《五行》篇所引《诗》文，均着眼于人之内部心理情感，通过所引《诗》文的心理情感范型，建立一种正确的心理情感导向，从而完成标准的仁、义、礼、智、圣内部世界建构。"发乎情，止乎礼义"是这种《诗》学审美批评的最好概括。

(一) 释心

郭店竹简《五行》篇第四章云：

> 不仁，思不能精。不智，思不能长。不仁不智，"未见君子，忧心不能惙惙；既见君子，心不能悦；亦既见之，亦既觏之，我心则 [悦]"，此之谓 [也。不] 仁，思不能精。不圣，思不能轻。不仁不圣，"未见君子，忧心不能忡忡；既见君子，心不能降"。①

此章引诗出自《召南·草虫》。《草虫》通篇皆为人物心理描写，"心"字前后共出现 6 次。诗章随人物情感心理之变化而逐渐展开。诗中人物大致经历了三种情感阶段，其一，心忧。按郑玄说法，此诗第一章描写的是婚嫁途中女子的心理活动。出嫁女子在婚嫁途中，见草虫雌雄喓喓和鸣、蝗虫成双成对上下跳跃，睹物动心，触发了内心情怀，想到即将面对的夫君，心中忐忑不安。出现这种情感心理，与当时的婚姻礼法有关系。按当时礼制，有三月庙见之规定，即新妇嫁入夫家，必须经过三个月的考察期。三个月过后，夫家没有异议，于是就在宗庙举行祭祀仪式，正式接纳新妇为夫家家族成员，新妇不但可以改称"女"为"妇"，而且死后是可以入夫家祠堂的。能否得到夫家认可，无疑是每个出嫁女子的最大忧虑。故《战国策·赵策四》说赵太后送女儿出嫁，为之祝福祈祷的话语就是"必勿使反"。新妇没有被夫家遣返回家，这无疑是婚姻中十分关键的。其二，心悦。这是女子嫁入夫家后之情感心理。"亦既见之，亦既觏之，我心则悦"，说的是新妇与夫君及夫家亲族见面，并完成婚媾后之

---

① 荆门市博物馆：《郭店楚墓竹简》，文物出版社，1998 年，第 149 页。

心情。看来婚姻的双方都对彼此十分满意，故有"我心则悦"之感。其三，心夷。这本应是生活的常态，真正的家庭主妇，哪可能心总处在忧虑和兴奋状态之中。心忧和心悦都不过是特殊背景下的特殊情感心理，而正常的情感心理应该是很平和、平静的，没有太多波澜。当然，也只有经历过心忧和心悦之两个情感磨合阶段，才能达到心夷的境地。这是情感心理相辅相成的三个阶段。

但是，竹简《五行》篇此处乃反其道而用之，形象说明"不仁不智"者的情感心理不但未见时"忧心不能惙惙"，而且婚遇后其"心不能悦"。而"不仁不圣"者的情感心理也是如此，不但未见时"忧心不能忡忡"，而且，婚遇后其"心不能降"。此处应该是将《草虫》的诗句变化后使用，用众人熟悉的诗篇的情感心理，来剖析"不仁不智"和"不仁不圣"者之心理。因为《草虫》诗文中蕴含丰富细腻的情感心理内涵，所以引诗可以充分说明抽象的"仁""智""圣"等范畴。同时，"仁""智""圣"等五行思想，关注的是人的内部世界的建构，所以从情感心理切入，无疑也是论述展开的最佳途径。

类似的心理剖析，在郭店竹简中比较普遍，如《性自命出》等，系统论述的就是心、情、性等诸多范畴。上博简中也是如此，《性情篇》《孔子诗论》等，都是心理阐释的典范。同样，在郭店竹简《五行》篇中，心理剖析几乎贯穿始终。又如：

第二章：德之行五和谓之德，四行和谓之善。善，人道也。德，天道也。君子无中心之忧则无中心之智，无中心之智则无中心〔之悦，无中心之悦则不〕安，不安则不乐，不乐则无德。

第三章：五行皆形于内而时行之，谓之君子。士有志于君子道谓之志士。善弗为无近，德弗志不成，智弗思不得。思不精不察，思不长〔不得，思不轻〕不形。不形不安，不安不乐，不乐无德。①

作为五行思想体系的重要范畴，德、善、志无疑都很抽象，如何让人理解和明白这些范畴，这显然是五行思想论述之关键。竹简采用了具象的情感心理剖析方法，如忧、悦、安、乐等，皆为人人熟知且有过深刻体验的情感心理，这样，抽象的思想阐释变得生动具体。这是郭店竹简《五行》篇的基

---

① 荆门市博物馆：《郭店楚墓竹简》，文物出版社，1998 年，第 149 页。

本特色。再如：

> 第十二章：不变不悦，不悦不戚，不戚不亲，不亲不爱，不爱不仁。
> 第十三章：不直不肆，不肆不果，不果不简，不简不行，不行不义。
> 第十四章：不远不敬，不敬不严，不严不尊，不尊不恭，不恭无礼。①

仁、义、礼是十分抽象的五行范畴。上三章论述，从人们所常见和熟知的情感心理切入，逐渐深入，一步步到达所要阐释的对象。在连续的否定语句中，进行不同情感心理的切换，渐次推向要论述的范畴。循序渐近，使人较易理解和接受。

（二）慎独

郭店竹简《五行》篇提出了一个独具特色的批评术语——"慎独"

> 第八章："淑人君子，其仪一也"。能为一，然后能为君子，[君子] 慎其独也。
> 第九章："[瞻望弗及，泣涕如雨"。能"差池其羽"，然后能至哀。君子慎其 [独也。]②

据上可知，慎独既是一种行为规范，也是一种情感心理状态。竹简论述"慎独"涉及两首诗——《曹风·鸤鸠》和《邶风·燕燕》。关于《曹风·鸤鸠》"淑人君子，其仪一也"句，郭店竹简《缁衣》第十八章也引用了，强调言行"守一"的标准。《毛诗序》曰："《鸤鸠》，刺不壹也。在位无君子，用心之不壹也。"这与竹简《五行》篇所说的"能为一"是完全一致的。"能为一"即"能守一"，这不仅是一种个人内部心理规范，也体现在外部的言行上。而引《燕燕》，则重点在于一个情字上。竹简《五行》篇云"能至哀"，揭示的正是人物内心之情感状态。《毛序》："《燕燕》，卫庄姜送归妾也。"郑笺："庄姜无子，陈女戴妫生子名完，庄姜以为己子。庄公薨，完立，而州吁杀之。戴妫于是大归，庄姜远送之于野，作诗见己志。"显然，"能至哀"的"哀"本为送别时之哀愁。用在《燕燕》中，则为一种突破礼法约束的强烈情感。郑玄笺云："妇人之礼，送迎不出门。今我送是子，乃至于野者，舒己愤，尽己情。"这说明，强烈的情感有时可以超越礼法。上博简《孔子诗论》

---

① 荆门市博物馆：《郭店楚墓竹简》，文物出版社，1998 年，第 150 页。

② 荆门市博物馆：《郭店楚墓竹简》，文物出版社，1998 年，第 149 页。

也有类似说法：

第十简：《关雎》之改（怡），《樛木》之时。《汉广》之知，《鹊巢》之归，《甘棠》之保。《绿衣》之思，《燕燕》之情，害（曷）？曰：终而皆贤于其初者也。《关雎》以色喻于礼……

第十六简：……召公也。《绿衣》之忧，思古人也。《燕燕》之情，以其蜀（笃）也。孔子曰："吾以《葛覃》得氏初之诗，民性固然。见其美必欲反其本。夫葛之见歌也，则……

此两章均涉及《邶风·燕燕》。可以明显看出，论者对"《燕燕》之情"是持肯定赞美态度的。原因就在于，《燕燕》之情，"以其蜀（笃）也"。此"笃"字有释为"独"者，则与郭店《五行》篇思想内涵一致。无论竹简《五行》还是《孔子诗论》，以及毛、郑之诗说，均对《燕燕》持高度肯定与赞美态度，原因都在于《燕燕》篇的情感极度诚挚真切，乃发自内心深处的一种痛于骨髓之情。因此，"慎独"首先关注的是人的内部心理状态。其中蕴含一定的审美与价值评判标准，可以用之衡量与参照人们的情感和行为。例如，刘向《列女传·母仪篇》云：

卫姑定姜者，卫定公之夫人，公子之母也。公子既娶而死，其妇无子，毕三年之丧，定姜归其妇，自送之，至于野。恩爱哀思，悲心感恸，立而望之，挥泣垂涕。乃赋诗曰："燕燕于飞，差池其羽，之子于归，远送于野，瞻望不及，泣涕如雨。"送去归泣而望之。又作诗曰："先君之思，以畜寡人。"君子谓定姜为慈姑过而之厚。

既然将定姜视为"母仪"之典范，则《燕燕》自然也成为一种品评标准，其中的"恩爱哀思，悲心感恸"也成为一种审美标准。《后汉书·皇后纪》载和熹邓皇后在：

和帝葬后，宫人并归园，太后赐周、冯贵人策曰："朕与贵人托配后庭，共欢等列，十有余年。不获福祐，先帝早弃天下，孤心茕茕，靡所瞻仰，夙夜永怀，感怆发中。今当以旧典分归外园，惨结增叹，《燕燕》之诗，曷能喻焉？其赐贵人王青盖车，采饰辂，骖马各一驷，黄金三十斤，杂帛三千匹，白越四千端。"又赐冯贵人王赤绶，以未有头上步摇、环佩，加赐各一具。

不难看出，《燕燕》已成为汉代品评人物的一种判断标准，而"《燕燕》

之情"也成为后妃们效仿追求的目标。和熹邓皇后的"孤心茕茕，靡所瞻仰，夙夜永怀，感怆发中"不但与《燕燕》卫定姜之"恩爱哀思，悲心感恸"完全一致，而且也与竹简《五行》等的审美标准相同。"孤心"与"慎独"之"独"吻合，诚挚真切的情感与"能为一""能至哀"相符合。因此，"慎独"不仅是一种内部心理情感的审美标准，也是一种外部行为的规范要求，更是一种对个人处在特殊环境中的行为约束。一个"能"字，包含着对所达到的程度与标准的要求。"能"之与否，是成为君子的衡量标准，故君子慎其独也。

历来关于"慎独"有不同的理解，但不外乎或侧重人之内心世界要求，或强调外部行为之规范。其实，据竹简综合看，"慎独"本身就体现在外部和内部两个方面。对内部世界，要求其情感达到一种极致，甚至可以超越礼法。强烈真挚之情，可以超越礼法，这无疑是周代礼仪思想的重要闪光点。礼因人情而为文。一般的礼法只能规范一般的人情，而特殊背景下的人情不能用一般礼法去衡量，这才是《燕燕》篇的亮点。而就外部世界而言，对人之言行，既要求与内心世界保持一致，发自肺腑的真行为，无伪饰，外部与内部有机统一，即为竹简所说的"能一"，言行一致，情感与行动一致，言行始终如一等等，都是"能为一"的外部标志。同时，"慎其独"对"独"有特殊要求的。竹简虽无具体说解，但据郑玄注以及汉代《燕燕》的使用情况来看，这个"独"是个人特殊环境的行为体现，可以释为寡居、独处或闲居等，即没有外部舆论监督，没有第三者约束情况下的个人行为。也就是说，此时的所言所行，全部决定于个人内心真实情感。

因此，儒家十分强调对这种特殊背景下个人内心情感与外在行为的修炼。"慎独"不仅是一种内部心理情感的审美标准，也是一种外部行为的规范要求，更是一种对个人处在特殊环境中的行为约束。一个"能"字，包含着对所达到的程度与标准的要求。"能"之与否，是成为君子的衡量标准，故君子慎其独也。

第三节　从《礼记·乐记》看战国文学批评思想之发展

关于《礼记》的成书时间以及材料来源等问题，自古以来就聚讼纷纭。近些年，随出土文献之发现，这些问题似乎逐渐变得明朗起来。例如，郭店竹简和上博简均有《缁衣》篇。竹简《缁衣》篇与今本《礼记·缁衣》篇大同小异，这充分说明了今本《礼记》的材料不但真实可信，而且很多材料仍基本保持了战国时期的原貌。前人关于《礼记》乃汉儒杜撰的说法不攻自破，而在中国文学批评史的研究中，以前将《礼记》中的文学批评思想皆归属汉代的做法也显然欠妥。虽然出土文献帮助解决了关于《礼记》的一些长期令人困扰的问题，但仍然还有许多问题尚未完全弄清楚。而且，随着对出土文献的研读，又产生了一些新问题。例如，有人将郭店竹简绝大部分篇章的作者归属于子思；更有人据竹简《缁衣》的发现从而断定《中庸》等《礼记》四篇皆为子思所作。当然，这种颠覆性的结论值得商榷，在没有足够资料和证据的情况下，有些学术研究我们只能存疑，而切忌主观臆断甚至武断地做出结论。不过，出土文献也为我们研究传世文献提供了某些启示、线索和思路。这里，我们不对《礼记》的相关问题作全面探讨，只是就其中的《乐记》问题作一点新探析，为重新审视战国文学批评思想之发展作些尝试。

一、《乐记》的成书及其材料的时代特征[①]

《乐记》成书于汉初，由河间献王刘德与毛生等编纂。汉代其他几种《乐记》皆源于刘德《乐记》。《乐记》的编纂主要表现在采引"诸子言乐事者"等方面，其材料来源于战国时代的著述，最早可溯至战国初期，最晚截至战国末期。

（一）汉代的几种《乐记》及其关系

《乐记》作为书名始见称于汉代。汉代以《乐记》命名的著述有多种。《汉书·艺文志》说：

> 自黄帝下至三代，乐各有名。孔子曰："安上治民，莫善于礼；移风易俗，莫善于乐。"二者相与并行。周衰俱坏，乐尤微眇，以音律为节，又为郑、卫所乱，故无遗法。汉兴，制氏以雅乐声律，世在乐官，颇能纪其铿锵鼓舞，而不能言其义。六国之君，魏文侯最为好古，孝文时得其乐人窦公，献其书，乃《周官·大宗伯》之《大司乐》章也。武帝时，河间献王好儒，与毛生等共采《周官》及诸子言乐事者，以作《乐记》，献八佾之舞，与制氏不相远。其内史丞王定传之，以授常山王禹。禹，成帝时为谒者，数言其义，献二十四卷记。刘向校书，得《乐记》二十三篇，与

---

① 此部分内容发表于《贵州大学学报》2008 年第 6 期。

禹不同，其道浸以益微。

这段话涉及三种《乐记》。一是汉武帝时，河间献王刘德与毛生等所编纂的《乐记》（下文简称刘德《乐记》）；二是汉成帝时，王禹所献二十四卷记（下文简称王禹《乐记》）；三是刘向校书所得的《乐记》二十三篇（下文简称刘向《乐记》）。

从《汉书·艺文志》的叙述中，不难发现，刘德《乐记》与王禹《乐记》实为同一种，王禹《乐记》乃刘德《乐记》在汉成帝时的传本。其传授线索是比较清晰的，即从刘德、毛生等逐渐传至王定，再由王定直接传授给王禹。

《汉书·艺文志》"六艺略"收录《乐记》方面的书籍的只有两种：《乐记》23 篇、《王禹记》24 篇。前者就是刘向《乐记》，后者就是王禹《乐记》。这也是刘向、刘歆校书时仅存的两种《乐记》著作。《汉书·艺文志》说刘向《乐记》与王禹《乐记》"不同"。当代不少研究者据此认定二者为完全不相干的两种《乐记》，但这种看法实际上很成问题。

其一，据《汉书·艺文志》的行文体例。在"六艺略"中，凡叙录每部典籍的各家著述后，通常会有一段归纳总结文字。这段归纳总结基本上是针对前文所列的各家著述逐一而发。其特点，如《书》首列《尚书古文经》，次及欧阳、大小夏侯三家等，而总结部分也是先叙述《古文尚书》来历，次叙欧阳及大小夏侯三家特点。再如，《诗》先列鲁、齐、韩三家，次及毛诗，而总结部分也是先论述鲁、齐、韩三家特点，次及毛诗特点。这样的行文体例在前后顺序上很严谨，一点也不乱。再比之《乐》，先列《乐记》23 篇，次及《王禹记》24 篇，而总结部分正是先叙刘德、毛生等编纂《乐记》的原因及过程，次及王禹献二十四卷记。因此，按《汉书·艺文志》的行文体例，《乐记》23 篇对应所指的就是刘德《乐记》。也就是说刘向校书所得《乐记》23 篇实乃刘德《乐记》原本。

其二，《汉书·艺文志》是校书产物，主要内容说的大多是校雠结果。其中说刘向《乐记》与王禹《乐记》"不同"，这是对当时仅存两种《乐记》进行校雠的结论，此处的"不同"实际上是一个校勘术语。《汉书·艺文志》是在刘歆《七略》基础上"删其要"而成，《七略》是目录性质的校书产物，其中的"同"与"不同"都是对校书结果的表述。《汉书·艺文志》中是不乏类似论述的。例如：

刘向以中《古文易经》校施、孟、梁丘经，或脱去"无咎"、"悔亡"，唯费氏经与古文同。

按：既云"唯费氏经与古文同"，则"施、孟、梁丘经"文自然与"古文"经不同了。显然，这里的"同"或"不同"均为校书专门术语。"不同"的具体内涵是指"脱简"等文字上的差异，并非相互间有什么本质区别。如果中《古文易经》与施、孟、梁丘经文根本不同，则相互之间又谈何校雠呢？

《孝经》者，……汉兴，长孙氏、博士江翁、少府后仓、谏议大夫翼奉、安昌侯张禹传之，各自名家，经文皆同，唯孔氏璧中古文为异。"父母生之，续莫大焉"，"故亲生之膝下"，诸家说不安处，古文字读皆异。

按：长孙氏、博士江翁、少府后仓、谏议大夫翼奉、安昌侯张禹各家皆传《孝经》，而且"经文皆同"，"唯孔氏璧中古文为异"。显然，这里的"同"与"异"也是专门校勘术语。"异"就是"不同"，而"不同"的具体内涵是指文字出入与字读相异。孔氏璧中古文《孝经》与汉代诸家今文《孝经》"不同"，但这种"不同"仅在于某些文字及章节差异，而并非是指今古文《孝经》毫不相干。

《汉书·艺文志》所谓的"同"与"不同"均是对校书结果的表述。因此，刘向《乐记》与王禹《乐记》的"不同"，也是对二者校雠结果的表述。既然二者间可以进行校对，则"不同"不过是指二者在某些文字及章节数量上存在差异而已，并非指二者为完全不相关联的两种书。故郭沫若说："刘向的《乐记》与王禹怎样'不同'，可惜没有详说，大约以一篇为一卷，只是少一卷的缘故吧。"①

综上所述，刘向《乐记》就是刘德《乐记》。刘向校书时得刘德《乐记》二十三篇，这是皇家秘府所藏本，与士大夫王禹的《乐记》传本存在一定差异。事实上，像这种同一著述不同传本间出现差异，在先秦两汉时期是极为普遍的现象。例如，郭店竹简《缁衣》篇与上博简《缁衣》篇，若从校勘学上来讲，也可以称为"不同"。而二竹简《缁衣》篇与今本《礼记·缁衣》那就更可称得上"不同"了。但这些"不同"实际上也都只是在某些文字、

---

① 《乐记论辩》，人民音乐出版社，1983年，第2页。

章节存在差异，可以明显看出诸篇皆源自同一个祖本。

王禹《乐记》的授受源流比较清楚。那么，刘向校书所得的刘德《乐记》二十三篇又从何而来？也就是说刘德《乐记》又是如何被收藏到中央王室之秘府的呢？据《汉书》等相关记载，最可能的途径当有两条：

其一，由刘德进献所得。

《汉书·礼乐志》说：

> 河间献王有雅材，亦以为治道非礼乐不成，因献所集雅乐。天子下大乐官，常存肄之，岁时备数，然不常御，常御及郊庙皆非雅声，然诗乐施于后嗣，犹得有所祖述。……至成帝时，谒者常山王禹世受河间乐，能说其义，其弟子宋晔等上书言之，下大夫博士平当等考试。当以为："汉承秦灭道之后，赖先帝圣德，博受兼听，修废官，立大学，河间献王聘求幽隐，修兴雅乐以助化。时，大儒公孙弘、董仲舒等皆以为音中正雅，立之大乐。春秋乡射，作于学官，系阙不讲。故自公卿大夫观听者，但闻铿锵，不晓其义，而欲以风喻众庶，其道无由。是以行之百有余年，德化至今未成。今晔等守习孤学，大指归于兴助教化。衰微之学，兴废在人，宜领属雅乐，以继绝表微。孔子曰：'人能弘道，非道弘人。'河间区区小国藩臣，以好学修古，能有所存，民到于今称之，况于圣主广被之资，修起旧文，放郑进雅，述而不作，信而好古，于以风示海内，扬名后世，诚非小功小美也。"事下公卿，以为久远难分明，当议复寝。

《汉书·景十三王传》说：

> 河间献王德以孝景茜二年立，修学好古，实事求是，从民得善书，必为好写与之，留其真，加金帛赐以招之。……武帝时，献王来朝，献雅乐，对三雍宫及诏策所问三十余事。

据上可知，刘德在汉武帝时曾向朝廷进献过雅乐。那么，刘德所进献的"雅乐"到底都包括些什么内容呢？既云"音中正雅"，还可以"观听"，则说明刘德所献雅乐当包含可以具体操作表演的音乐和舞蹈内容。那么，其中有没有阐释乐义的内容呢？答案是肯定的。这是因为，凡《汉书》所说的"乐"、"礼乐"、"雅乐"等，都不仅仅指乐曲或演奏技艺，也包括礼乐理论，即《乐记》（十一篇）之类的义理阐释。例如，《汉书·礼乐志》说"王禹世受河间乐，能说其义"，这说明凡云"乐"实际上是包括义理阐释的。故宗白华说："《乐记》照古籍记载，本来有二十三篇或二十四篇。前十一篇是现存的《乐记》，后十二篇是关于音乐演奏、舞蹈表演等方面技术的记载。《礼记》没有收进去，后来失传了，只留下了前十一篇关于理论的部分。"① 董健也认为："今存的《乐记》的前十一篇，是概括地讲美学理论问题，是务'虚'，失传的后十二篇是具体地讲艺术实践问题，是务'实'；前十一篇主要讲艺术的一般性问题，后十二篇主要讲艺术的特殊性问题。这样一部我国最早的美学著作，分'虚'和'实'两大部分，既讲理论，又讲具体的艺术实践，其内容是相当丰富的，其体例也是很有道理的。"② 宗、董二先生的论述很有见地。《乐记》二十三篇本来就是一个整体，其中有理论阐释部分（现存十一篇），也有具体演奏技艺部分（亡佚的十二篇），故《汉书》说王禹及其弟子"守习孤学"，虽经历一百多年仍可"领属雅乐"。因此，河间献王所进献的"雅乐"实际上就是《乐记》二十三篇。

　　另外，刘德献雅乐的地方正是朝廷藏书之所。《三辅黄图》卷五说："汉辟雍在长安西北七里，《汉书》：河间献王来朝献雅乐，武帝对之三雍宫即此。"刘德所献雅乐，无论是关于具体表演技艺的音乐或舞蹈内容，还是关于乐义的理论阐释部分，其载体均应该为竹简或帛书，即以当时的书籍形式呈献，而绝非进献什么乐队或舞蹈队之类，否则《汉书》不会说"天子下大乐官，常存肄之"，刘德进献的"雅乐"既然能"存肄"，则当然只能是书籍了。《汉书·礼乐志》说"河间献王采礼乐古事，稍稍增辑，至五百余篇。"此说明刘德所辑雅乐似乎皆以篇为单位，"五百余篇"当包括《乐记》二十三篇。这些书籍最初可能就藏于辟雍，而辟雍也正是汉代主要藏书之舍。《后汉书·儒林列传》载：

　　　董卓移都之际，吏民扰乱，自辟雍、东观、兰台、石室、宣明、鸿都诸藏典策文章，竞共剖散，其缣帛、图书大则连为帷盖，小乃制为縢囊。及王允所收而西者，裁七十余乘，道路艰远，复弃其半矣。后长安之乱，一时焚荡，莫不泯尽焉。

　　此言东汉末图书所遭之浩劫。可以发现，辟雍正是汉代重要图书藏所。这从另一个方面证明，刘德当时在辟雍所献"雅乐"实乃图书，其文本就是

---

①　《乐记论辩》，人民音乐出版社，1983 年，第 55 页。

②　《乐记论辩》，人民音乐出版社，1983 年，第 89 页。

《乐记》二十三篇。

其二，由朝廷征书所得。

自汉武帝至汉成帝这一百多年间，朝廷曾多次广征天下之书，多次派人求佚书于民间。《汉书·艺文志》说：

> 汉兴，改秦之败，大收篇籍，广开献书之路。迄孝武世，书却简脱，礼乐崩坏，圣上喟然而称曰："朕甚闵焉！"于是建藏书之策，置写书之官，下及诸子传说，皆充秘府。至成帝时，以书颇散亡，使谒者陈农求遗书于天下。

正是在第一次汉武帝"大收篇籍"时，刘德进献了《乐记》二十三篇，而在第二次汉成帝"大收篇籍"时，王禹又进献二十四卷《乐记》。退一步说，即使刘德不献，《乐记》二十三篇也岂有不被朝廷收集之理？《汉书·艺文志》说"下及诸子传说，皆充秘府"，可以断定至少汉武帝时天下书籍被朝廷征收无遗。有人不相信刘向所校《乐记》为刘德《乐记》，其理由是，史书没有明确记载刘德《乐记》被朝廷收藏过。实际上这样的理由是根本站不住脚的。因为，如果汉代皇家秘府的每一本书籍都要有史书明确记载被收集过，那恐怕《汉书·艺文志》内所列的许多典籍都来历不明了。

除上述三种《乐记》外，汉代较重要的《乐记》文本还有《礼记·乐记》和《史记·乐书》。这两种《乐记》其实也大同小异，明显为同一《乐记》的不同传本而已。《礼记·乐记》今存十一篇。《史记·乐书》所存篇数与《礼记·乐记》差不多，只是在篇章次序以及部分章节内容衔接上存在不同。二者皆取于《乐记》二十三篇是毫无疑问的。《礼记·乐记》孔疏曰：

> 按郑《目录》云"名曰《乐记》者，以其记乐之义，此于《别录》属《乐记》。盖十一篇合为一篇，谓有乐本、有乐论、有乐施、有乐言、有乐礼、有乐情、有乐化、有乐象、有宾牟贾、有师乙、有魏文侯。今虽合此，略有分别焉。"……刘向所校二十三篇著于《别录》。今《乐记》所段取十一篇，余有十二篇，其名犹在。

《史记·乐书》正义曰：

> 以前刘向《别录》篇次与郑《目录》同，而《乐记》篇次又不依郑

《目》。今此文篇次颠倒者，以褚先生升降，故今乱也。今逐旧次第随段记之，使后略知也。以后文出褚意耳。

虽然《礼记·乐记》与《史记·乐书》都取自《乐记》二十三篇，但二者在篇次以及文字等方面也不尽相同。而且二者与刘向《别录》及郑玄《目录》所载的《乐记》篇次也不全同。这说明，《礼记·乐记》与《史记·乐书》可能取自《乐记》二十三篇的不同版本。

据《汉书·艺文志》可知，刘向校书前后，关于乐的材料也只有《乐记》二十三篇和王禹二十四卷记。《礼记》由戴圣编纂，《史记·乐书》一般认为由褚少孙增补，而戴圣、褚少孙都是与刘向差不多同时期的人物。戴、褚所能看到的相关《乐记》材料似乎也只剩下《乐记》二十三篇和《王禹记》二十四篇。刘向《乐记》与王禹《乐记》乃同一《乐记》的不同传本，《汉书·艺文志》已经指出二者间存在"不同"，或许正是这种"不同"导致了《礼记·乐记》与《史记·乐书》的差异。余嘉锡说："以《乐书》与《小戴记》校其篇次，诚有颠倒，然恐是《乐记》别本如此，与刘向校定本及小戴所见本原自不同，未必补史者以意为升降。"① 此论很有道理，可能《史记·乐书》就取自于王禹《乐记》之类的"别本"，故与刘向《乐记》"不同"。

二、从《礼记·乐记》看《乐记》的材料断代

《乐记》二十三篇，现存十一篇，主要收录在《礼记·乐记》和《史记·乐书》中。《乐记》乃刘德、毛生等编纂。《汉书·艺文志》交待了编纂的材料来源，即"采《周官》及诸子言乐事者"。因此，《乐记》虽为汉儒所编，但材料则是先秦时代的。故《经义考》引徐师曾曰"当是古来流传文字，而河间献王实纂述之，非成于汉儒也"。②

《周官》在现存《乐记》十一篇中没有体现，而"诸子言乐事者"则比比皆是。下面将《礼记·乐记》与战国著述对照，探讨《乐记》采"诸子言乐事者"的具体表现及其材料的时代特征。

1. 采《荀子》言乐事者

据郭沫若统计，"《乐言》有数语与《荀子》同。《乐情》首节与《荀子》同。《乐化》后两节与《荀子》全同，略有字句更易。《乐象》首节与

---

① 余嘉锡：《余嘉锡论学杂著》，中华书局，1963 年，第 39 页。
② 《经义考》卷一百六十七，中华书局，1998 年，第 866 页。

《荀子》大同小异。"① 我们选取《乐记·乐化》与《荀子·乐论》进行对照：

《乐记·乐化》	《荀子·乐论》
A. 夫乐者，乐也，人情之所不能免也。……先王耻其乱，故制雅颂之声以道之，使其声是乐而不流，使其文足伦而不息，使其曲直繁瘠廉肉节奏足以感动人之善心而已矣，不使放心邪气得接焉。是先王立乐之方也。	A. 夫乐者，乐也，人情之所必不可免也。……先王恶其乱也，故制雅颂之声以道之，使其声足以乐而不流，使其文足以辩而不諰，使其曲直繁省廉肉节奏足以感动人之善心，使夫邪汙之气无由得接焉。是先王立乐之方也。而墨子非之，奈何！
B. 是故乐在宗庙之中，君臣上下同听之，则莫不和亲，故乐者，审一以定和，比物以饰节，节奏和以成文，所以合和父子君臣附亲万民也。是先王立乐之方也。	B. 故乐在宗庙之中，君臣上下同听之，则莫不和敬；闺门之内，父子兄弟同听之，则莫不和亲；乡里族长之中，长少同听之，则莫不和顺。故乐者，审一以定和者也，比物以饰节者也，合奏以成文者也。足以率一道，足以治万变，是先王立乐之术也。而墨子非之，奈何！
C. 故听其雅颂之声，志意得广焉；执其干戚，习其俯仰诎伸，容貌得庄焉；行其缀兆，要其节奏，行列得正焉，进退得齐焉。	C. 故听其雅颂之声，而志意得广焉；执其干戚，习其俯仰屈申，而容貌得庄焉；行其缀兆，要其节奏，而行列得正焉，进退得齐焉。
D. 故乐者，天地之命，中和之纪，人情之所不能免也。	D. 故乐者，天下之大齐也，中和之纪也，人情之所必不免也，是先王立乐之术也。而墨子非之，奈何！
E. 夫乐者，先王之所以饰喜也；军旅铁钺者，先王所以饰怒也。故先王之喜怒皆得其侪焉。喜怒则天下和之，喜怒则暴乱者畏。先王之道，礼乐可谓盛矣。	E. 且乐者，先王之所以饰喜也；军旅铁钺者，先王之所以饰怒也。先王喜怒皆得其齐焉。是故喜而天下和之，怒而暴乱畏之。先王之道，礼乐正其盛也。

　　通过比照，不难发现《乐记·乐化》与《荀子·乐论》间存在明显的抄引关系。因此，可以断定，《乐记》至少含有战国后期的思想材料。

① 《乐记论辩》，人民音乐出版社，1983 年，第 4 页。

2. 采《公孙尼子》言乐事者

《隋书·音乐志》引沈约《奏答》说：

> 窃以为秦代灭学，《乐经》残亡。至于汉武帝时，河间献王与毛生等共采《周官》及诸子言乐事者以作《乐记》。其内史丞王定传授常山王禹。及刘向校书，得《乐记》二十三篇，与禹不同，……案汉初典章灭绝，诸儒捃拾沟渠墙壁之间，得片简遗文，与礼事相关者，即编次以为礼，皆非圣人之言……《乐记》取《公孙尼子》……

这里，沈约说明了汉初诸儒编纂书籍的动因与表现。直接动因是"秦代灭学"导致"汉初典章灭绝"，具体表现有"捃拾沟渠墙壁之间"等。显然，沈约认为《乐记》是汉初编纂活动的产物，而且特别强调"《乐记》取《公孙尼子》"。这与《汉书·艺文志》所说刘德、毛生等"采诸子言乐事者"以作《乐记》是完全一致的。注意沈约的用词——"取"。何谓"取"？"《乐记》取《公孙尼子》"实际上并非说《乐记》全部来自《公孙尼子》，而是说《乐记》中有采《公孙尼子》的内容。有人据沈约所言将《乐记》全部视为《公孙尼子》的内容，这种认识是不对的。《汉书·艺文志》说：

> 孔子纯取周诗，上采殷，下取鲁，凡三百五篇，遭秦而全者，以其讽诵，不独在竹帛故也。汉兴，鲁申公为《诗》训故，而齐辕固、燕韩生皆为之传。或取《春秋》，采杂说，咸非其本义。与不得已，鲁最为近之。三家皆列于学官。又有毛公之学，自谓子夏所传，而河间献王好之，未得立。

这里说的是汉初四家诗的改造活动。显然，"取《春秋》，采杂说"的方式与《乐记》"采《周官》及诸子言乐事者"是完全相同的。这反映出汉初学术发展的基本风气及特点。但，这里的"取《春秋》"显然不是说汉代四家诗的内容全部来自《春秋》，而只是说明汉初四家诗有采取《春秋》的内容。"《乐记》取《公孙尼子》"与此同类。

《新唐书·艺文志》载《公孙尼子》一卷，这说明直到隋唐时期，人们还能够见到《公孙尼子》原书，故沈约《奏答》有"《乐记》取《公孙尼子》"之说，而唐人对《公孙尼子》的引用也证明了这一点。例如，徐坚《初学记》卷十五引《公孙尼子》论曰"乐者，审一以定和，比物以饰节"，此三句今为《乐记·乐化》中文句，又洪颐煊《诸史考异》卷十三《乐记》条说："马氏《意林》：公孙尼子云：'乐者，先王所以饰喜也；军旅者，先王所以饰怒也。'今在《乐记》中。"

　　唐人徐坚、马总在著述中对《公孙尼子》的引用恰恰也是现存《乐记》十一篇中的文句。这就充分说明了《乐记》对《公孙尼子》的抄引。《汉书·艺文志》"诸子略"载有"《公孙尼子》二十八篇",自注云:"七十子之弟子。"既然"《乐记》取《公孙尼子》",则说明《乐记》中材料的时间上限可溯至战国初期。

　　3. 采《吕氏春秋》言乐事者

《乐记·乐本》	《吕氏春秋·适音》
A. 治世之音安以乐,其政和;乱世之音怨以怒,其政乖;亡国之音哀以思,其民困。声音之道,与政通矣。…… B. 清庙之瑟,朱弦而疏越,壹倡而三叹,有遗音者矣;大飨之礼,尚玄酒而俎腥鱼,大羹不和,有遗味者矣。是故先王之制礼乐也,非极口腹耳目之欲也,将以教民平好额,而反人之道之正也。	A. 治世之音安以乐,其政平也;乱世之音怨以怒,其政乖也。亡国之音悲以哀,其政险也。凡音乐通乎政而风乎俗者也…… B. 清庙之瑟,朱弦而疏越,一唱而三叹,有进乎音者矣;大飨之礼,上玄尊而俎生鱼,大羹不和,有进乎味者也。故先王之制礼乐也,非特以欢耳目极口腹之欲也,将以教民平好恶行理义也。
《乐记·乐本》	《吕氏春秋·侈乐》
人生而静,天之性也;感于物而动,性之欲也。物至知知,然后好恶形焉。好恶无节于内,知诱于外,不能反躬,天理灭矣。夫物之感人无穷,而人之好恶无节,则是物至而人化物也。人化物也者,灭天理而穷人欲者也。于是有悖逆诈伪之心,有淫泆作乱之事。是故强者胁弱,众者暴寡,知者诈愚,勇者苦怯,疾病不养,老幼孤独不得其所,此大乱之道也。是故先王之制礼乐,人为之节。	生也者,其身固静。感而后知,或使之也。遂而不返,制乎嗜欲;制乎嗜欲,则必矢其天矣。且夫嗜欲无穷,则必有贪鄙悖逆之心,淫泆奸诈之事矣。故彊者劫弱,众者暴寡、勇者凌怯、壮者傲幼,从此生矣。

　　《乐记》与《吕氏春秋》间存在明显的抄引关系。蔡仲德认为《吕氏春秋》是"毛坯",《乐记·乐本》是"成品",[①] 说明《乐记》在抄引

---

　　① 《乐记论辩》,人民音乐出版社,1983 年,第 236 页。

《吕氏春秋》基础上进行过一番润饰。《乐记》的材料下限可断至战国末期。

4. 采《易传》者

《乐记·乐礼》	《易·系辞》
天尊地卑，君臣定矣。高卑以陈，贵贱位矣。动静有常，小大殊矣。方以类聚，物以群分。则性命不同矣。在天成像，在地成形。如此，则礼者，天地之别也。地气上齐，天气下降，阴阳相摩，天地相荡，鼓之以雷霆，奋之以风雨，动之以四时，煖之以日月，而百化兴焉。如此，则乐者，天地之和也。	天尊地卑，乾坤定矣。高卑以陈，贵贱位矣。动静有常，刚柔断矣。方以类聚，物以群分。吉凶生矣。在天成像，在地成形。变化见矣。是故刚柔相摩，八卦相荡，鼓之以雷霆，润之以风雨，日月运行，一寒一暑；乾道成男，坤道成女……

这里，《乐记》对《易传》的采引已经不是采诸子"言乐事者"了，而是相当于汉初四家诗"采杂说"的风格。学界一般多认为《易传》为战国时代产物，《经义考》引熊朋来曰"《乐记》中有与《易大传》文相出入。其他论礼乐多有格言，能记子夏、子贡、宾牟贾问答，此必出于圣门七十子之徒所记也"[①]。《乐记》对《易传》的采引说明了《乐记》中材料的战国时代特征。

除上述直接的大段抄引诸子著述外，《乐记》还广泛融会了多种诸子思想。例如，《乐记·乐礼》说：

> 天高地下，万物散殊，而礼制行矣。流而不息，合同而化，而乐兴焉。春作夏长，仁也。秋敛冬藏，义也。仁近于乐，义近于礼。乐者敦和，率神而从天。礼者别宜，居鬼而从地。故圣人作乐以应天，制礼以配地。礼乐明备，天地官矣。

朱熹说："'天高地下'一段，意思极好，非孟子以下所能作。其文似《中庸》，必子思之辞。"[②]

又如，《乐记·魏文侯篇》。《玉函山房辑佚书》卷六十四：

---

① 《经义考》卷一百六十七，中华书局，1998 年，第 866 页。
② 孙希旦：《礼记集解》，中华书局，1989 年，第 992 ~ 993 页。

　　考《礼记·乐记》载《魏文侯问乐》一篇。案刘向《别录》《乐记》二十三篇，《魏文侯》为第十一篇。以《乐记》佚篇有《季札》《窦公》例之。《季札》篇采自《左传》，《窦公》篇取诸《周官》，知此篇为《文侯》本书，而河间献王辑入《乐记》也。

　　马国翰认为《魏文侯》篇出于《汉书·艺文志》著录的《魏文侯》六篇之中。再如，《乐记》的礼、乐、刑、政四位一体的思想十分独特，这与战国中期宋、尹学派关系密切。周来祥说"礼乐刑政四者并用的思想，是对孔子礼乐观的重大发展，与战国中期宋、尹学派的政治主张大体一致，成为由孔子的礼乐治国到荀子的以法治改造礼治思想发展的一个中间环节。"[①] 其他如，《乐记》"德，性之端也"与孟子性善说的"四端"不无联系。《乐记》"人生而静，天之性也"这无疑又体现了浓厚的道家思想。

　　据上可知，现存《乐记》十一篇体现出强烈的杂采特征。编纂者不仅大段抄引"诸子言乐事者"，对其他典籍不言乐事的内容也通过改造融入《乐记》之中。取材的范围是很广的，材料涉及的时间跨度十分漫长，上限可溯至战国初期，下限则截至战国末期。

　　二、《礼记·乐记》与战国时期的诗歌发生论

　　《礼记·乐记》实乃战国时期的材料，其中所蕴含的文学批评思想实际上反映了战国时期文学批评思想的发展水平与成就。以前的中国文学批评史著述，多将《礼记·乐记》的文学批评思想归属汉代。例如，蔡钟翔等著《中国文学理论史》，尽管认为"《乐记》是汉以前儒家礼乐论的总结，它的内容相当全面，既总论了礼乐的关系和作用，又兼论到乐器、歌唱和舞蹈（如加上亡佚的十二篇，一定更为详赡），再中国古代文论史上发生过较大的影响"，[②] 但却将其放置在第二章"汉代的文学理论"中。再如，复旦七卷本《中国文学批评通史》，也是将《礼记·乐记》视为汉代的文学批评思想。既然材料都是战国时期的，则将《礼记·乐记》置于战国时期的文学批评发展历史中似乎更恰当些。

　　关于《礼记·乐记》所蕴含的文学批评思想研究，相关的学术论文和著作已经很多，我们这里也就不再一一重复了。下面，我们拟通过考察

---

① 《乐记论辩》，人民音乐出版社，1983 年，第 193 页。
② 蔡钟翔、黄保真、成复旺：《中国文学理论史》，北京出版社，1987 年，第 75 页。

《礼记·乐记》中的诗乐发生论，来探究战国时期文学批评思想的发展水平。

《乐记》属于较早研究诗乐发生问题的。其研究可分为两个层面，一是诗乐的心理发生过程，一是诗乐的社会发生过程。下面分别论述之。

1. 论诗乐的心理发生过程

诗乐的产生，有一定动因，也包含一个发生的基本过程。心理发生过程，只注重心物关系的研究，不涉及诗乐发生的社会与政治因素。《礼记·乐记》曰：

> 凡音之起，由人心生也。人心之动，物使之然也。感于物而动，故形于声。声相应，故生变。变成方谓之音。比音而乐之，及干戚羽旄，谓之乐。

这里，强调的是心与物的碰撞与互动，属于较纯粹的文艺心理研究。"感物"并非单纯的心动或物动，而是心与物之交融，二者不存在谁先谁后的问题。而诗乐的心理发生过程又可分为两个层面。其一，不同的心理，感物所形成的音乐风格迥异。《礼记·乐记》云：

> 乐者，音之所由生也，其本在人心之感于物也。是故其哀心感者，其声焦以杀；其乐心感者，其声啴以缓；其喜心感者，其声发以散；其怒心感者，其声粗以厉；其敬心感者，其声直以廉；其爱心感者，其声和以柔。六者非性也，感于物而后动。是故先王慎所以感之者。

这里，"哀心""乐心""喜心""怒心""敬心""爱心"，实际上是人心的诸种不同情感状态。于此亦可见先秦时期对人物心理研究的细腻与深刻，充分显示了当时心理学发展的较高水平。可与《诗经》中的"心"描写相互印证。在六种不同的情感心理状态下，人心感物自然会产生不同的结果。"焦以杀""啴以缓""发以散""粗以厉""直以廉""和以柔"则是分别对应发生的六种不同音乐风格。在这个层面里，起主导作用的是人心，关注的重点也在于人心的情感状态。

其二，不同的物，所感的结果也不一样。《礼记·乐记》云：

> 凡奸声感人，而逆气应之。逆气成象，而淫乐兴焉。正声感人，而顺气应之。顺气成象，而和乐兴焉。倡和有应，回邪曲直，各归其分，而万物之理，各以类相动也。是故君子反情以和其志，比类以成其行。奸声乱色，不留聪明；淫乐慝礼，不接心术；惰慢邪辟之气，不设于身体。使耳目、鼻口、

心知、百体皆由顺正，以行其义，然后发以声音，而文以琴瑟，动以干戚，饰以羽旄，从以箫管，奋至德之光，动四气之和，以着万物之理。是故清明象天，广大象地，终始象四时，周还象风雨，五色成文而不乱，八风从律而不奸，百度得数而有常。大小相成，终始相生，倡和清浊，迭相为经。故乐行而伦清，耳目聪明，血气和平，移风易俗，天下皆宁。

"奸声""乱色"与"邪声""正色"乃两类不同的物质环境，而人处在这两类不同物质环境中，感受到的音乐风格也是不同的，一为淫乐，一为和乐。如何才能避免"淫乐"之发生，而使产生的音乐保持为"和乐"呢？解决的最好办法就是让身体器官处在一个顺正、仁义的环境，这样发出的声音，才能"乐行而伦清"，方能移风而易俗。《礼记·乐记》又说：

> 土敝则草木不长，水烦则鱼鳖不大，气衰则生物不遂，世乱则礼慝而乐淫。是故其声哀而不庄，乐而不安，慢易以犯节，流湎以忘本。广则容奸，狭则思欲，感条畅之气，而灭平和之德。是以君子贱之也。

由纯生态环境中的事物生长关系，进而推演至人类社会环境中的事物相互关系。欲保持诗乐发生的和正，则必须首先保证社会环境的太平安乐。因此，抽象的纯艺术的物质环境在现实世界中实际是根本不存在的。诗乐的心理发生过程只是针对关注的视角不同而言，没有脱离于社会环境之外而存在的纯心理发生过程。

2. 论诗乐的社会发生过程

社会发生过程，更多关注的是社会因素对诗乐发生的作用。《礼记·乐记》云：

> 凡音者，生人心者也。情动于中，故形于声。声成文，谓之音。是故治世之音安以乐，其政和。乱世之音怨以怒，其政乖。亡国之音哀以思，其民困。声音之道与政通矣！宫为君，商为臣，角为民，征为事，羽为物。五者不乱，则无怙懘之音矣。宫乱则荒，其君骄；商乱则陂，其官坏；角乱则忧，其民怨；征乱则哀，其事勤；羽乱则危，其财匮。五者皆乱，迭相陵，谓之慢。如此则国之灭亡无日矣！郑卫之音，乱世之音也，比于慢矣！桑间濮上之音，亡国之音也，其政散，其民流，诬上行私而不可止也。

将社会的治乱与诗乐发生联系在一起，这在秦汉之际的文献中比较常见。如西汉初年的《毛诗序》："治世之音，安以乐，其政和。乱世之音，怨以怒，其政乖。亡国之音，哀以思，其民困。"但这样的思想观点显然在战国时期就已经成熟。除了《乐记》的论述外，《吕氏春秋·适音》篇中也有相同的论述："乐无太，平和者是也。故治世之音安以乐，其政平也；乱世之音怨以怒，其政乖也；亡国之音悲以哀，其政险也。凡音乐，通乎政而移风平俗者也。俗定而音乐化之矣。故有道之世，观其音而知其俗矣，观其政而知其主矣。故先王必托于音乐以论其教。"无论从文字，还是主题，关于社会治乱与文艺发生之间关系的论述，《乐记》和《吕氏春秋》存在惊人的一致性，这也充分反映出战国时期的文学批评思想，对诗乐的社会发生问题有较普遍一致的深刻认识。其实，这样的思想渊源有自，早在《左传》中，就已经有这种思想的雏形了。如《左传》襄公十三年载君子曰："周之兴也，其《诗》曰：'仪刑文王，万邦作孚。'言刑善也。及其衰也，其《诗》曰：'大夫不均，我从事独贤。'言不让也。"这里，从"兴"与"衰"两个不同的社会历史背景论述其相应诗歌的不同风格，揭示了文学与社会发展之间的密切关系。又如鲁襄公二十九年季札观乐：

　　吴公子札来聘……请观于周乐。使工为之歌《周南》《召南》。曰："美哉！始基之矣，犹未也，然勤而不怨矣。"为之歌《邶》《鄘》《卫》。曰："美哉渊乎！忧而不困者也。吾闻卫康叔、武公之德如是，是其《卫风》乎！为之歌《王》。曰："美哉！思而不惧，其周之东乎！"为之歌《郑》。曰："美哉！其细已甚，民弗堪也，是其先亡乎！"为之歌《齐》。曰："美哉！泱泱乎，大风也哉！表东海者，其大公乎！国未可量也。"为之歌《豳》。曰："美哉，荡乎！乐而不淫，其周公之东乎！"为之歌《秦》。曰："此之谓夏声。夫能夏则大，大之至也，其周之旧乎！为之歌《魏》。曰："美哉，沨沨乎！大而婉，险而易行，以德辅此，则明主也。"为之歌《唐》。曰："思深哉！其有陶唐氏之遗民乎！不然，何忧之远也？非令德之后，谁能若是？"为之歌《陈》。曰："国无主，其能久乎！自《郐》以下，无讥焉。为之歌《小雅》。曰："美哉！思而不贰，怨而不言，其周德之衰乎！犹有先王之遗民焉。"为之歌《大雅》。曰："广哉，熙熙乎！曲而有直体，其文王之德乎！为之歌《颂》。曰："至矣哉！直而不倨，曲而不屈，迩而不逼，远而不携，迁而不淫，复而不厌，哀而不愁，乐而不荒，用而不匮，广而不宣，施而不费，取而不贪，处而不底，行而不流。

五声和，八风平，节有度，守有序，盛德之所同也。"①

这种将社会治乱与诗篇发生紧密联系在一起的做法，直接影响到汉代《诗》学之发展。除《毛诗序》外，班固《汉书·地理志》，郑玄《诗谱》以及《诗含神雾》等，其论诗思路皆承袭于此。这种诗乐社会发生论，其中涉及社会治乱与诗篇的关系又可分为两个层面，其一，社会由乱转治，则颂声大兴，赞美篇章发生。这点在《毛诗序》中也隐约有所反映，而在孔颖达疏中，则十分清楚明白地进行了阐释：

> 变风、变雅，必王道衰乃作者，夫天下有道，则庶人不议；治平累世，则美刺不兴。何则？未识不善则不知善为善，未见不恶则不知恶为恶。太平则无所更美，道绝 则无所复讥，人情之常理也，故初变恶俗则民歌之，风、雅正经是也；始得太平则民颂之，《周颂》诸篇是也。若其王纲绝纽，礼义消亡，民皆逃死，政尽纷乱。《易》称天地闭，贤人隐。于此时也，虽有智者，无复讥刺。成王太平之后，其美不异于前，故颂声止也。陈灵公淫乱之后，其恶不复可言，故变风息也。班固云："成、康没而颂声寝，王泽竭而《诗》不作。"此之谓也。然则变风、变雅之作，皆王道始衰，政教初失，尚可匡而革之，追而复之，故执彼旧章，绳此新失，觊望 自悔其心，更遵正道，所以变诗作也。以其变改正，法故谓之变焉。季札见歌《小雅》，曰："美哉！思而不贰，怨而不言，其周德之衰乎！犹有先王之遗民。"是由王泽未竭，民尚知礼，以礼救世，作此变诗，故变诗，王道衰乃作也。《谱》云"夷身失礼，懿始受谮"，则周道之衰，自夷、懿始矣。变雅始于厉王，无夷、懿 之雅者，盖孔子录而不得，或有而不足录也。昭十二年《左传》称祭公谋父作《祈招》之诗以谏穆王，卫顷、齐哀之时而有变风，明时作变雅，但不录之耳。王道 衰，诸侯有变风；王道盛，诸侯无正风者；王道明盛，政出一人，太平非诸侯之力，不得有正风；王道既衰，政出诸侯，善恶在于己身，不由天子之命，恶则民怨，善则民喜，故各从其国，有美刺之变风也。②

其二，社会由治趋乱，则刺诗大兴。毛、郑诗说的正变观实际就是这一理论。这种文艺思想在汉代十分流行。除了毛、郑说，又如刘向等人认识皆

---

①　阮元：《十三经注疏》，中华书局，1980 年，第 2006 页。
②　阮元：《十三经注疏》，中华书局，1980 年，第 271 页。

与此同。① 但这种思想的源头无疑在先秦。除了《乐记》这段论述外，最早的源头恐怕要属《左传》了。我们可以清晰地看到，从春秋到战国，再到两汉，对社会政治变化与文艺发生之关系研究，越来越深入，并呈现出理论化、系统化之发展趋势。而到了《文心雕龙·时序》篇中，则演变成"文变染乎世情，兴废系乎时序"的著名文艺理论观点了。

结　语

从出土文献，特别是从先秦出土文献中探寻文学批评思想的发展脉络，其难度确实较大。主要原因在于，其一，这些出土文献并非纯文艺理论性著述，欲从中发掘当时人们的文艺思想观念及相关话语无疑存在一定难度；其二，先秦时期是文学与学术杂糅时代，属于"文学观念演进期"，"大抵初期的文学观念，亦即最广义的文学观念；一切书籍，一切学问，都包括在内。"② "文学观念演进期"的出土文献，其文学批评思想同样杂糅于人物品评、政教批评等文化批评之中，欲从中剥离出现代意义的文学观念与文学批评思想自然存在一定困难。但先秦时期，文学样式的丰富多彩，这是不争的事实。一般文学批评史研究著述也正是着眼于此点，故从《诗经》《左传》以及先秦诸子散文等传世文献中发掘出广义文学观念下的文学批评思想。作为以散文为主体的殷墟甲骨卜辞、商周铜器铭文以及战国楚竹简同样在很大程度上丰富了先秦时期的文学样式，也丰富了"文学观念演进期"的文学批评思想。通过艰难探析，我们对广义文学观念下的出土文献中所蕴含的文学批评思想取得了一些认识：

其一，先秦出土文献中形成了一定的文学批评理论与范畴。毫无疑问，先秦时期，是中国文学批评思想的发生与发展期。作为早期的文学批评理论与范畴，其明显打上了"文学观念演进"时代的特殊烙印，不但文学批评本身的内涵较广，且批评实践所涉及的对象也较宽泛。特别是文学批评范畴，我们考察的依据更多是此范畴能否作为核心或重要因素在后世文学批评发展中再生或激活。后世文学批评思想理论与范畴发展所吸取的营养很多，并非所有理论与范畴均来自纯文学批评自身领域，更多源自广义文学观念下的文

---

① 谭德兴：《汉代〈诗〉学研究》，贵州人民出版社，2003 年，第 114 页。
② 郭绍虞：《郭绍虞说文论》，上海古籍出版社，2000 年，第 16～17 页。

化土壤之中。另外，何谓文学批评？何谓非文学批评？二者之间亦没有绝对界限，在一定时期，随着人们考察视角变化，二者是可以相互转化的。例如，作为春秋时期外交场合政治色彩浓郁的"诗言志"观念，却成为后世中国诗学批评的核心思想。本着这些出发点，我们认为先秦出土文献中的文学批评思想具体表现在：

1. 甲骨卜辞中丰富的诗乐观

从甲骨卜辞中，我们可以明显地发现，殷商时期诗乐活动十分频繁，这显示了当时高度繁荣的诗乐文化。同时，也透露出一种信息，即如此繁荣的诗乐文化背后，一定有深刻成熟的诗乐理论在起指导作用。虽然，由于甲骨卜辞的占卜性质，不可能在其中发现明确阐释文艺思想的话语，但结合传世文献，以及流传至后世的殷商诗乐内容来看，殷商甲骨卜辞中是存在比较自觉的诗乐观的，如"殷人尚声"、诗乐舞合一以及强烈的功利目的等便是其中所透露出来的一些重要诗乐观念。而且，这种诗乐观在殷商一代还随着社会政治环境的变化而不断发展演变着。尤其在殷周之际，诗乐观随社会巨变而发生激烈变化，凸显了两种不同文化体系之间的矛盾与斗争，对其后的诗乐创作和文学批评思想发展产生了深远影响。

2. 铜器铭文中丰富的文学批评思想

第一，从周代铜器铭文可以发现，在西周时期，文学批评思想就已经萌芽，而且这种萌芽在西周王室表现得十分明显。文学批评思想萌芽的重要标志之一就是人们自觉意识到文学创作的目的与意义。这点，在西周铜器铭文与传世文献《诗经》间得到充分印证。西周青铜乐器铭文中有明确论述诗乐目的的，那就是通过娱神获得福禄，通过娱人协和人际关系，从而维护礼制，巩固统治。这与《诗经》中《雅》《颂》的创作目的完全一致。当然，由于铭文的特殊性质，铭文中自言诗乐目的显然缺少了《诗经》中的那些批判现实色彩的内容，即《诗经》学所谓"美刺"目的中的"刺"。铜器铭文只有"美"而无"刺"。但从诗乐创作的自觉性和目的性看，二者文艺思想认识的高度是一样的。从春秋和战国铜器铭文也可知，对诗乐愉情慰心的文艺观以及"美"的艺术手法等在社会思想文化观念中得到进一步继承与发展。

第二，"和"在周代铜器铭文中成为一种核心批评理论思想。特别是乐器铭文中，"和"是被广泛使用的批评术语，亦成为周代诗乐体系的核心范畴。"和"是一切诗乐实践的基本前提，以"和"铭钟、铭铃、铭镈数量极多，延续的时间漫长，覆盖的地域十分广阔。这说明，周代"和"的诗乐观成为当时社会普遍接受的诗乐基本理论。

第三，殷周铜器铭文中具有大量的极富文学批评色彩之范畴。其中，诗乐批评范畴"和""音""中"可谓典型文学批评范畴，而且在后世文学批评思想发展中仍然十分活跃，在中国诗学批评理论发展中也不断被激活并生成新的范畴与理论。特别是作为"声音之道与政通"的中国诗学批评基本思想，在周代乐器铭文中已经表露得十分明白。人物品评范畴中，"文"中蕴含了后世文学批评思想发展的种子，而"德"等范畴对以才性、情性为关注对象的中国文学批评思想发展奠定了坚实基础。而心理批评范畴所建构的心理研究，为"诗言志"与"诗言情"等中国诗学批评发展内转作了重要铺垫。

第四，周代铜器铭文中的文学批评理论与范畴，构建了一套既具理论性又富实践操作性的诗乐批评体系。娱神、娱人、乐心以及审美批评等呈现了周代礼乐文化中的神人以和境界。这无疑是中国诗歌发展历程中始终追求的目标之一。

第五，先秦出土文献的地域性呈现了文学批评的丰富多彩与斑斓多姿。将出土文献按照南北地域分别进行考察，可以发现不同地域的文学批评思想理论与话语相互间存在高度统一性。这其中的诗乐思想传播与接受无疑值得研究。考察南北诗乐的互动现象及原因，揭示中央王室与各诸侯国之间的文化互动关系，在一定程度上说明了不同时期不同地域出土文献中文学批评思想共通性形成的根本原因。

第六，从商周金文中可以发现，金文文体是在不断丰富与发展的。这种金文文体的发展演变，显示了殷周文体思想观念之嬗变。作为一种特殊的历史散文，金文创作为之后的历史散文发展奠定了重要基础。从文体形式而言，金文确定了作为历史散文的基本性质：首先必须具备强烈的历史意识。这种历史意识，在殷周金文文体的发展演变中是逐渐完善的。在最初的商代金文中，更多的只有作器者的身份意识，这种意识，更多的是一种权力或者财富心态的显现。在器物上铭刻家族或部族的族徽，意味着身份标识，象征着权力与财富，寄予着永恒延续的文化心理。在商代金文中，虽有时间意识，但那是不完备的时间意识。大致说来，或只有日，或只有年，这点与甲骨卜辞有些相似。而到了西周初期，这种以时间为标识的历史意识逐渐浓郁，已经逐步可以看出后代历史散文的文体模式了。到了西周后期，不但在历史散文文体的基本要素方面已经十分完善，而且无论话语和篇幅，已经与《春秋》《左传》等典型的历史散文在叙事模式等方面没有太大区别了。再者，金文不断丰富和定型了历史散文文体的基本内容。历史散文应该记录些什么内容？作为社会历史发展过程，有如此多的事情，哪些该记，哪些不该记？又该如何记？这些认识显然不是一开始就清楚和明确的。从金文文体发展可以看出，在确定历史散文的内容方面，金文展示了一个完整的发展轨迹。从商代看，祭祀、战争、赏赐以及田猎，这些社会历史活动成为金文叙事的重点，而到了西周，历史事件，甚至包括争讼等生活细节也逐渐成为记录内容，这些后来也都成为《春秋》《左传》等历史文献的记录重点。同时期历史文献，无论诗乐或历史散文都具有共同的指导思想。不过，金文可以详细展示这些叙述模式和内容的发展演变轨迹。像"国之大事在祀与戎"，即成为《诗》《书》以及《春秋》《左传》，包括金文的共同认识。金文中，虽没有十分明确论述文体的话语，但其中宴飨、祭祀、册命、记事、文书等丰富的文体类型存在是不争的事实。这些文体有专门的人员负责撰写，有相对稳定的体例与要求，背后显示出强烈的文体思想观念。另外，金文中对歌、舞、雅、南等文体的表述，也透露出一定的文体意识。再者，金文的用韵，正显示出当时对铜器铭文的刻意营构，这种营构意识无疑就是文体观念。

第七，大量的青铜乐器铭文，本身就是诗乐文化的载体，记录着几千年前高度繁荣的诗乐活动，其中蕴涵的文学批评思想不仅对周文化与文学自身发展产生了重要影响，而且许多基本范畴和理论观念，也成为核心内容在秦以后的文学和文学批评发展中发挥着巨大的影响作用。周代金文中的某些观念，虽然带有强烈的政教色彩和祭祀性质，诸如"德""和"等，但其中所蕴含的文学批评内涵更是以其强大的生命力推动着文学创作和文学批评思想之发展。

3. 战国楚竹简显示出战国时期以南方楚国为中心的诗学批评思想

第一，先秦文艺心理研究的深度与广度，特别是情性范畴的研究，在战国楚竹简中十分深刻而系统。这是两汉诗学情性理论的直接来源，也是中国诗歌理论核心思想形成的深厚基础。也正是有了战国时期如此深刻而广泛地开拓和耕耘，才有了之后诗歌创作与理论的巨大繁荣。第二，《诗》学批评达到了一定的深度与高度。在战国竹简中，《诗》学批评材料十分丰富，这是以前任何传世文献所无法认知的。从中第一次显示了南方楚国如此巨大而繁荣的诗学市场，也充分证明了南方楚国诗学中心的存在。其中诗学批评的方式、范畴与思想理论，不但直接开启了两汉《诗》学发展繁荣之大门，而且为中国文学批评思想的发展打下了坚实基础，对两汉及其以降的文学批评产生了深远影响。战国楚竹简使战国文学批评思想的发展轨迹得以连接，从而弥补和完善了中国文学批评思想的发展历程。

其二，先秦出土文献中的文学批评以诗乐批评为主体。先秦时期，诗乐舞合一。这点在商代甲骨卜辞中就已经表现得十分明显，故诗乐观亦成为甲骨卜辞中作为核心思想的批评观念。铜器铭文中，又以乐器铭文表露的文学批评思想最丰富且最明朗。其中，创作意识的表露、文体意识的显现、诗乐目的的阐释以及对诗乐具体操作方式"慰心、""乐心"的深刻认识等等，无不体现出以诗乐批评为主体的基本特征。即使战国楚竹简亦不例外，郭店竹简《缁衣》篇就是以《诗》学批评为中心线索而展开的，《孔子诗论》所有品评的落脚点最后也皆在《诗》学中。在诗乐分离前，诗乐批评成为文学批评的重要内容。诗乐分离，对乐的批评于文学批评发展中逐渐慢慢淡化，而对诗文的品评才逐渐占据文学批评的中心。

其三，先秦出土文献中的文学批评思想往往与政教批评杂糅。先秦出土文献中的文学批评往往与政教批评合一。以诗乐为主体的文学批评首先是一种文艺性质的思想认识。对于一件青铜钟，对于一首诗乐，其中的音乐和谐与否无疑是文艺审美的基本前提。无论娱神或娱人，总归必须有好的诗乐。但娱神、娱人以及好的诗乐显然并非诗乐活动的终极目的，所有诗乐的终极目的在于通过娱神、娱人，从而达到神人合一。既使诗乐之"和"，其最终亦在于政治之和、百姓之和与天下之和。绝对没有纯为娱乐而娱乐的诗乐，作为正乐、雅乐体系的乐器铭文，其宣扬的基本理念就是"声音之道与政通"，诗乐只是陶冶情性、协和关系的基本手段。《孔子诗论》以情性作为诗学批评核心，其批评归宿与汉儒无异，正是汉代《诗》学"原情性而明人伦"的思想源头。而郭店竹简《缁衣》篇的"以《诗》评人"、"以《诗》论言行"以及《诗》学心理批评等，其归宿亦在于强烈的政教目的。以诗乐为主体的文学批评主要是一种艺术的审美的文学视角的品评，而以维护礼制、巩固统治为目的的政教批评却具有十分强烈的政治批判性。对于中国文学批评思想发展来说，似乎从来就没有彻底摆脱过政教批判的因素，源头恐怕就在于先秦时期。而作为因诗乐观不正确即可招致被讨伐而亡国的时代，文学批评与政教批判的杂糅就显得比任何时期更紧密与更浓烈了。先秦只是文学批评种子的萌芽和孕育期。文学批评杂糅于政教批评之中，因为没有定型，其范畴和理论才能够被更为宽广的文化土壤所孕育，才能够充分吸收多样的营养以孕育出包含丰富内核的话语和理论，也才能够在先秦以降结出丰硕的文学批评果实。

最后，对先秦出土文献的文学批评思想研究，我们亦可以获得一些启示。首先，出土文献作为一种参照物，可以帮助我们重新认识传世文献的时代及其中所蕴含的文学批评思想。"大量的出土文献虽不是文学文本，但却为我们提供了直接或间接的材料，从社会历史、思想文化、艺术审美、民俗风情等多个方面影响并深化着我们的文学研究。"① 由于认识局限，人们对许多传世文献的断代以及辨伪等工作一直难以取得突破，学术界的许多疑点也一直不能取得令人满意的答案。如关于《乐记》的认识，关于《礼记》的认识，以及关于传世文献中孔子思想的认识，如《孔子家语》的真伪问题等。后人往往低估了先秦文学批评思想的发展水平，因此也将很多的先秦文献认定为伪书。又，当代学者对季札观乐的否定，更多源于不相信春秋时期的南方吴国能有如此发达之诗乐水平。造成这种认识的误区，主要是由于传世文献有阙，人们无法了解当时南方文学批评思想发展的真实水平。而随着吴国青铜乐器的大量出土以及其中乐器铭文的诗乐思想问世，则无疑可以彻底改变人们对南方吴国诗乐水平认识之偏见。同样，对楚国诗学中心的认知与了解，也是随着战国楚竹简的不断发现而逐渐增多。以前由于没有出土文献佐证而造成的偏颇认识，不但人为地降低了中国文学思想的发展水平，而且难以充分认识先秦文学批评思想发展的真正面貌。事实证明，先秦时期文学批评思想的认知深度，远远超出我们的想象。无论从思想理论的深刻性，还是系统性方面，均达到相当之高度。出土文献问世，可以启迪我们重新审视传世文献，以对先秦文学批评思想给与客观公正之评价。这对丰富和完善先秦文学批评思想发展史具有十分积极的作用。其次，出土文献可以帮助我们更好地认识先秦文学批评发生与发展的历史文化土壤。"二重证据法"是研究中国传统文化比较科学的研究方法。从出土文献的问世开始，此法便被人们自觉地运用于学术文化研究之中。从宋代金文研究和清代金文研究，我们很容易发现，古代学者对研究出土文献所做出的巨大贡献。在中国古代，出土文献的发现并非个案，而是频繁发生。而每一次重大发现，往往都能改变中国学术的发展历史。例如，西汉初年，鲁恭王刘余坏孔子故宅，于壁中发现大批文献，直接带来的是两汉经学今古文之间的斗争，而且最终决定了中国学术发展的

---

① 曲德来：《重视利用出土文献推进古代文学研究》，见姚小鸥主编《出土文献与中国文学》，北京广播学院出版社，2000年，第30页。

基本走向，其影响一直持续到今天。汲冢竹书的出土，改变了人们对先秦社会历史的认识，而《竹书纪年》更是成为认知上古历史的唯一珍贵文献。其后，青铜器的不断出土，金石之学逐渐成为一门传统学问。而 20 世纪大量出土文献的涌现，使得甲骨学、金文学、简帛学等成为热门研究，这不但改写了中国历史与文化，而且产生了一大批著名的学者，并取得了历史性的巨大成绩。在历代不断努力中，人们用出土文献去认读和进一步探析传世文献中的许多已知和疑难的内容，用传世文献去释读出土文献中的文字和名物制度，这种互动均取得了丰硕成果，也帮助我们进一步认识先秦文化和文学思想发生发展的土壤，可以更好地认识中国文学批评思想发生的源泉和不断滋润壮大的文化土壤，对认识中国文学批评思想的民族性、历史性和演变规律与基本特点无疑有十分重要的意义。

参考文献

一、著作

1. 郭沫若主编，胡厚宣编辑，中国社会科学院历史研究所：《甲骨文合集》，中华书局，1982年。

2. 胡厚宣：《甲骨文合集释文》，中国社会科学出版社，1999年。

3. 姚孝遂、肖丁：《殷墟甲骨刻辞摹释总集》，中华书局，1988年。

4. 姚孝遂、肖丁：《小屯南地甲骨考释》，中华书局，1985年。

5. 姚孝遂、肖丁：《殷墟甲骨刻辞类纂》，中华书局，1989年。

6. 陈梦家：《殷虚卜辞综述》，中华书局，1988年。

7. 郭沫若：《殷契粹编》，《郭沫若全集考古编》第三卷，科学出版社，2002年。

8. 郭沫若：《卜辞通纂》，《郭沫若全集考古编》第二卷，科学出版社，1982年。

9. 赵诚：《二十世纪甲骨文研究述要》，书海出版社，2006年。

10. 中国社会科学院考古研究所：《殷周金文集成》，中华书局，1984年。

11. 中国社会科学院考古研究所：《殷周金文集成（修订增补本）》，中华书局，2007年。

12. 刘庆柱、段志洪、冯时：《金文文献集成》，线装书局，2005年。

13. 香港中文大学、中国社会科学院考古研究所：《殷周金文集成释文》，香港中文大学出版社，2001年。

14. 刘雨、卢岩：《近出殷周金文集录》，中华书局，2002年。

15. 山东省博物馆：《山东金文集成》，齐鲁书社，2007年。

16. 张亚初：《殷周金文集成引得》，中华书局，2001年。

17. 容庚：《商周彝器通考》，上海人民出版社，2008年。

18. 马承源：《商周青铜器铭文选（三）》，文物出版社，1988 年。

19. 马承源：《商周青铜器铭文选（四）》，文物出版社，1990 年。

20. 容庚：《金文编》，张振林、马国权摹补，中华书局，1985 年。

21. 陈初生：《金文常用字典》，陕西人民出版社，2004 年。

22. 严一萍：《金文总集》，（台湾）艺文印书馆，1983 年。

23. 吴镇烽：《陕西金文汇编》，三秦出版社，1989 年。

24. 郭沫若：《两周金文辞大系》，《郭沫若全集·考古编（8）》，科学出版社，2002 年。

25. 郭沫若：《殷周青铜器铭文研究》，科学出版社，1961 年。

26. 故宫博物院：《唐兰先生金文论集》，紫禁城出版社，1995 年。

27. 陈梦家：《西周铜器断代》，中华书局，2004 年。

28. 于省吾：《双剑誃吉金文选》，中华书局，1998 年。

29. 赵诚：《二十世纪金文研究述要》，书海出版社，2003 年。

30. 容庚：《殷周青铜器通论》，文物出版社，1984 年。

31. 《宋人著录金文丛刊（初编）》，中华书局，2005 年。

32. 吕大临 、赵九成：《考古图·续考古图·考古图释文》，中华书局，1987 年。

33. 薛尚功：《历代钟鼎彝器款识法帖》，中华书局，1986 年。

34. 张抡：《绍兴内府古器评》，中华书局，1986 年。

35. 王黼：《宣和博古图》，《四库全书》第 840 册，（台湾）商务印书馆，1986 年。

36. 工国维：《宋代金文著录表》，《丛书集成续编》第 93 册，新文丰公司出版，1989 年。

37. 欧阳修：《欧阳修全集》，中国书店，1986 年。

38. 刘敞：《公是集》，商务印书馆，1937 年。

39. 董逌：《广川书跋》，《行素草堂金石丛书》，光绪丁亥本。

40. 黄伯思：《东观余论》，《丛书集成新编》第 51 册，新文丰公司出版，1985 年。

41. 宗鸣安：《百明楼金文考》，陕西人民美术出版社，2002 年。

42. 崔宪：《曾侯乙墓编钟钟铭校释及其律学研究》，人民音乐出版社，1997 年。

43. 朱凤瀚：《商周家族形态研究（增订本）》，天津古籍出版社，2004 年。

44. 董楚平：《吴越徐舒金文集释》，浙江古籍出版社，1992 年。

45. 朱歧祥：《周原甲骨研究》，台湾学生书局，1997 年

46. 荆门市博物馆：《郭店楚墓竹简》，文物出版社，1998 年。

47. 马承源：《上海博物馆藏战国楚竹书（一）》，上海古籍出版社，2001 年。

48. 马承源：《上海博物馆藏战国楚竹书（二）》上海古籍出版社，2002 年。

49. 季旭升：《上海博物馆藏战国楚竹书（一）读本》，北京大学出版社，2009 年。

50. 李零：《上博楚简三篇校读记》，中国人民大学出版社，2007 年。

51. 李零：《郭店楚简校读记（增订本）》，中国人民大学出版社，2007 年。

52. 陈桐生：《孔子诗论研究》，中华书局，2004 年。

53. 黄怀信：《上海博物馆藏战国楚竹书〈诗论〉解义》，社会科学文献出版社，2004 年。

54. 刘信芳：《孔子诗论述学》，安徽大学出版社，2003 年。

55. 丁四新：《郭店楚墓竹简思想研究》，东方出版社，2000 年。

56. 欧阳祯人：《先秦儒家性情思想研究》，武汉大学出版社，2005 年。

57. 虞万里：《上博馆藏楚竹书〈缁衣〉综合研究》，武汉大学出版社，2009 年。

58. 陈伟等：《楚地出土战国简册十四种》，经济科学出版社，2009 年。

59. 曹建国：《楚简与先秦〈诗〉学研究》，武汉大学出版社，2012 年。

60. 武汉大学中国文化研究院：《郭店楚简国际学术研讨会学术论文集》，湖北人民出版社，2000 年。

61. 上海大学古代文明研究中心、清华大学思想文化研究所：《上博馆藏战国楚竹书研究》，上海书店出版社，2002 年。

62. 廖名春：《中国学术史新证》，四川大学出版社，2005 年。

63. 阮元：《十三经注疏》，中华书局，1980 年。

64. 黄怀信、张懋镕、田旭东：《逸周书汇校集注》，上海古籍出版社，2007 年。

65. 司马迁：《史记》，中华书局，1959 年。

66. 梁寅：《诗演义》，《影印文渊阁四库全书》第 78 册，台湾商务印书馆，1986 年。

67. 许慎：《说文解字》，中华书局，1963 年。

68. 段玉裁：《说文解字注》，浙江古籍出版社，1998 年。

69. 郝懿行：《尔雅义疏》，上海古籍出版社，1983 年。

70. 范家相：《诗渖》，《影印文渊阁四库全书》第 88 册，台湾商务印书馆，1986 年。

71. 朱谋玮：《诗故》，《影印文渊阁四库全书》第 79 册，台湾商务印书馆，1986 年。

72. 梁沈约注，明范钦订《竹书纪年》二卷，嘉靖中四明范氏天一阁刊本。

73. 李昉等：《太平御览》，中华书局，1960 年。

74. 孙希旦：《礼记集解》，中华书局，1989 年。

75. 王先谦：《荀子集解》，中华书局，1988 年。

76. 《二十五别史》，齐鲁书社，2000 年。

77. 丁山：《古代神话与民族》，商务印书馆，2006 年。

78. 班固：《汉书》，中华书局，1964 年。

79. 洪兴祖：《楚辞补注》，中华书局，1983 年。

80. 刘向：《古列女传》，《影印文渊阁四库全书》第 448 册，台湾商务印书馆，1986 年。

81. 尚秉和：《焦氏易林注》，光明日报出版社，2006 年。

82. 范晔：《后汉书》，中华书局，1965 年。

83. 《盐铁论读本》，《郭沫若全集·历史编（8）》，人民出版社，1985 年。

84. 韩婴：《韩诗外传集释》，许维遹校释，中华书局，1980 年。

85. 程树德：《论语集释》，中华书局，1990 年。

86. 陈钟凡：《中国文学批评史》，中华书局，1927 年。

87. 陈诠：《文学批评的新动向》，正中书局，1943 年。

88. 罗根泽：《中国文学批评史（一）》，人文书店，1934 年。

89. 罗根泽：《周秦两汉文学批评史》，商务印书馆，1947 年。

90. 罗根泽：《中国文学批评史（一）》，上海古籍出版社，1984 年。

91. 朱东润：《中国文学批评史大纲》，开明书店，1943 年。

92. 郭绍虞：《中国文学批评史》，上海书店，1934 年。

93. 傅庚生：《中国文学批评通论》，商务印书馆，1947 年。

94. 铃木虎雄：《中国诗论史》，许总译，广西人民出版社，1989 年。

95. 青木正儿：《中国文学思想史》，孟庆文译，春风文艺出版社，1985 年。

96. 郭绍虞：《中国古典文学理论批评史（上）》，人民文学出版社，1959 年。

97. 郭绍虞:《中国文学批评史》,上海古籍出版社,1979 年。

98. 敏泽:《中国文学理论批评史》,人民文学出版社,1981 年。

99. 蔡钟翔、黄保真、成复旺:《中国文学理论史（一）》,北京出版社, 1987 年。

100. 张少康、刘三富:《中国文学理论批评发展史》,北京大学出版社, 1995 年。

101. 顾易生、蒋凡:《先秦两汉文学批评史》,上海古籍出版社,1996 年。

102. 郭绍虞:《郭绍虞说文论》,上海古籍出版社,2000 年。

103. 陈良运:《中国诗学批评史》,江西人民出版社,2001 年。

104. 卫姆塞特、布鲁克斯:《西洋文学批评史》,颜元叔译,（台北）志文出版社,1975 年。

105. 萧华荣:《中国诗学思想史》,华东师范大学出版社,1996 年。

106. 钱中文:《新理性精神文学论》,华中师范大学出版社,2000 年。

107. 刘明今:《方法论》,复旦大学出版社,2000 年。

108. 朱东润:《中国文学批评史大纲》,上海世纪出版集团,2005 年。

109. 钱中文:《文学理论:在新世纪的晨曦中》,《新中国文学理论 50 年》,安徽大学出版社,2000 年。

110. 陈必祥:《古代散文文体概论》,河南人民出版社,1986 年。

111. 童庆炳:《文体与文体的创造》,云南人民出版社,1994 年。

112. 吴承学:《中国古代文体形态研究》,中山大学出版社,2000 年。

113. 褚斌杰:《中国古代文体概论（增订本）》,北京大学出版社,1990 年。

114. 吉林大学中文系中国文学史编写小组:《中国文学史稿（先秦至隋部分）》,吉林人民出版社,1961 年。

115. 北京大学中文系文学专门化 1955 级集体编著:《中国文学史（上）》, 人民文学出版社,1958 年。

116. 谭丕模:《中国文学史纲》,商务印书馆,1954 年。

117. 游国恩等:《中国文学史（一）》,人民文学出版社,1963 年。

118. 林传甲:《中国文学史》,日本宏文堂印刷,1904 年。

119. 张之纯:《中国文学史》,商务印书馆,1918 年。

120. 陈子展:《中国近代文学之变迁》,中华书局,1929 年。

121. 刘经庵:《中国纯文学史纲》,北平书店,1935 年。

123. 曾毅:《中国文学史》,上海泰东图书局,1915 年。

124. 冯沅君、陆侃如：《中国文学史简编》，开明书店，1932 年。

125. 施慎之：《中国文学史讲话》，世界书局，1949 年。

126. 胡怀琛：《中国文学史概要》，商务印书馆，1931 年。

127. 容肇祖：《中国文学史大纲》，朴社出版，1935 年。

128. 詹安泰、容庚、吴重翰：《中国文学史》"先秦两汉部分"，高等教育出版社，1957 年。

129. 袁行霈：《中国文学史》，高等教育出版社，2002 年。

130. 马积高、黄钧：《中国古代文学史》，人民文学出版社，2009 年。

131. 刘大杰：《中国文学发展史（上卷）》，复旦大学出版社，2006 年。

132. 王丽丽：《朱自清学术文化随笔》，中国青年出版社，2000 年。

133. ［美］勒内·韦勒克、奥斯汀·沃伦：《文学理论》，江苏教育出版社，2005 年。

134. 王先霈、王又平：《文学批评术语词典》，上海文艺出版社，1999 年。

135. 王国维：《观堂集林》，河北教育出版社，2002 年。

136. 王国维：《王国维文集》第四卷，中国文史出版社，1997 年。

137. 马瑞辰：《毛诗传笺通释》，中华书局，1989 年。

138. 程晋芳：《毛郑异同考》，《续修四库全书》第 63 册，上海古籍出版社，1997 年。

139. 戴震：《毛郑诗考正》，《续修四库全书》第 63 册，上海古籍出版社，1997 年。

140. 陈奂：《诗毛氏传疏》，《续修四库全书》第 70 册，上海古籍出版社，1997 年。

141. 顾广誉：《学诗详说》，《续修四库全书》第 72 册，上海古籍出版社，1997 年。

142. 王应麟：《翁注困学纪闻》，商务印书馆，1935 年。

143. 胡承珙：《毛诗后笺》，《续修四库全书》第 67 册，上海古籍出版社，1997 年。

144. 苏东坡：《苏东坡全集》，中国书店，1986 年。

145. 王先谦：《诗三家义集疏》，中华书局，1987 年。

146. 钱澄之：《田间易学》，黄山书社，1998 年。

147. 《毛诗注疏》，《钦定四库全书荟要》，吉林出版集团有限责任公司，2005 年。

148. 魏源：《诗古微》，续修四库全书第 77 册，上海古籍出版社，1977 年。

149. 朱熹：《诗集传》，《钦定四库全书荟要》，吉林出版集团有限责任公司，2005 年。

150. 程大昌：《考古编》，《影印文渊阁四库全书》第 448 册，台湾商务印书馆，1986 年。

151. 黄汝成：《日知录集释》，岳麓书社，1994 年。

152. 梁沈约注，明范钦订：《竹书纪年二卷》，嘉靖中四明范氏天一阁刊本。

153. 顾颉刚：《古史辨（三）》，上海古籍出版社，1982 年。

154. （民国）郭辅相修，王世鑫等纂：《八寨县志稿》，成文出版社，1931 年。

155. 《二十二子》，上海古籍出版社，1986 年。

156. 许维遹：《吕氏春秋集释》，中华书局，2009 年。

157. 黎靖德：《朱子语类》，中华书局，1994 年。

158. 周生春：《吴越春秋辑校汇考》，上海古籍出版社，1997 年。

159. 欧阳修：《毛诗本义》，《钦定四库全书荟要》，吉林出版集团有限责任公司，2005 年。

160. 《毛诗李黄集解》，《钦定四库全书荟要》，吉林出版集团有限责任公司，2005 年。

161. 吕祖谦：《吕氏家塾读诗记》，吉林出版集团有限责任公司，2005 年。

163. 姚际恒：《诗经通论》，中华书局，1985 年。

164. 方玉润：《诗经原始》，中华书局，1986 年。

165. 王夫之：《诗广传》，《全山全书》第三册，岳麓书社，1992 年。

166. 《乐记论辩》，人民音乐出版社，1983 年。

167. 余嘉锡：《余嘉锡论学杂著》，中华书局，1963 年。

168. 朱彝尊：《经义考》，中华书局，1998 年。

169. 李纯一：《中国上古出土乐器综论》，文物出版社，1996 年。

170. 杨荫浏：《中国古代音乐史稿》，人民音乐出版社，1981 年。

171. 朱谦之：《中国音乐文学史》，上海世纪出版集团，上海人民出版社，2006 年。

172. 王清雷：   《西周乐悬制度的音乐考古学研究》，文物出版社，2007 年。

173. 王光祈：《中国音乐史》，音乐出版社，1957 年。

174. 吉联抗：《吕氏春秋音乐文字译注》，上海文艺出版社，1963 年。

175. 陈斯鹏：《简帛文献与文学考论》，中山大学出版社，2007 年。

176. 姚小鸥：《出土文献与中国文学研究》，北京广播学院出版社，2000 年。

177. 朱自清：《诗言志辨》，古籍出版社，1956 年。

178. 谭德兴：《汉代〈诗〉学研究》，贵州人民出版社，2003 年。

二、期刊

1.《文哲学报》第 1 期，中华书局，1922 年。

2. 唐兰：《卜辞时代的文学和卜辞文学》，《清华大学学报（自然科学版）》1936 年第 3 期。

3. 容庚：《清代吉金书籍述评（上）》，《学术研究》1962 年第 2 期。

4. 容庚：《清代吉金书籍述评（下）》，《学术研究》1962 年第 4 期。

5. 姚孝遂：《论甲骨刻辞文学》，《吉林大学社会科学学报》1963 年第 2 期。

6. 汤大民：《简评〈中国文学批评简史〉》，《学术研究》1963 年第 5 期。

7. 容庚：《宋代吉金书籍述评》，《学术研究》1963 年第 6 期。

8. 容庚：《宋代吉金书籍述评续》，《学术研究》1964 年第 1 期。

9. 翟相君：《孔子删诗说》，《河北学刊》1985 年第 6 期。

10. 向世陵：《郭店竹简"性""情"说》，《孔子研究》1999 年第 1 期。

11. 丁四新：《论〈性自命出〉与公孙尼子的关系》，《武汉大学学报（哲学社会科学版）》1999 年第 5 期。

12. 蔡仲德：《郭店楚简儒家乐论试探》，《孔子研究》2000 年，第 3 期。

13. 家浚：《郭店楚简〈性自命出〉与〈乐记〉》，《贵州大学学报（艺术版）》2001 年第 2 期。

14. 汤一介：《道始于情的哲学诠释——五论创建中国解释学问题》，《学术月刊》2001 年第 7 期。

15. 廖群：《"乐亡（毋）离情"：〈孔子诗论〉"歌言情"说》，《文艺研究》2002 年第 2 期。

16. 方铭：《〈孔子诗论〉与孔子文学目的论的再认识》，《文艺研究》

2002 年第 2 期。

17. 刘冬颖：《上博竹书〈孔子诗论〉与〈毛诗序〉的再评价》，《华侨大学学报》2002 年第 4 期。

18. 黄鸣：《上博楚简〈诗论〉在〈诗经〉批评史上的地位》，《学术研究》2002 年第 9 期。

19. 房瑞丽：《〈上博馆藏楚竹书诗论〉在〈诗〉学批评史上意义三题》，《河南教育学院学报（哲学社会科学版）》2003 年第 1 期。

20. 刘冬颖：《上博竹书〈孔子诗论〉与风雅正变》，《古籍整理研究学刊》2003 年第 2 期。

21. 徐正英：《甲骨刻辞中的文艺思想因素》，《甘肃社会科学》2003 年第 2 期。

22. 曹建国：《孔子论〈诗〉与上博简〈孔子诗论〉之比较》，《孔子研究》2003 年第 3 期。

23. 曹建国、胡久国：《论上博简〈孔子诗论〉与〈毛诗序〉阐释差异——兼论〈毛诗序〉的作者》，《安徽警官职业学院学报》2003 年第 3 期。

24. 李存山：《〈孔丛子〉中的"孔子诗论"》，《孔子研究》，2003 年第 3 期。

25. 毛宣国：《"诗可以兴，可以观，可以群，可以怨"——孔子诗论的解释学意味》，《中国文学研究》2003 年第 4 期。

26. 李会玲：《〈孔子诗论〉与〈毛诗序〉说诗方式之比较——兼论〈孔子诗论〉在〈诗经〉学史上的意义》，《武汉大学学报（人文科学版）》2003 年第 5 期。

27. 陈桐生：《〈孔子诗论〉的论诗特色》，《文艺理论研究》2003 年第 5 期。

28. 张明华：《〈孔子诗论〉与春秋时期诗学观念之比较》，《孔子研究》2004 年第 2 期。

29. 周恩荣：《〈孔子诗论〉的思维方式与孔子诗教的政治伦理功能》，《河南大学学报（社会科学版）》2004 年第 2 期。

30. 陈桐生：《〈论语〉与〈孔子诗论〉的学术联系与区别》，《孔子研究》2004 年第 2 期。

31. 徐正英：《西周铜器铭文中的文学功能观》，《甘肃社会科学》2004 年第 2 期。

32. 黄鸣：《从先秦乐器铭文看先秦儒家乐论之嬗变》，《阜阳师范学院学报（社会科学版）》2004 年第 6 期。

33. 张蕊：《从上博简〈孔子诗论〉看孔子〈诗〉教》，《兰州大学学报（社会科学版）》2005 年第 2 期。

34. 孙星群：《〈乐记〉成书于战国中期的力证——以湖北郭店楚墓竹简为据》，《天津音乐学院学报》（《天籁》）2005 年第 3 期。

35. 曹兆兰：《甲骨刻辞的形式美》，《深圳大学学报（人文社会科学版）》2005 年第 3 期。

36. 金小璇：《试析〈孔子诗论〉之德教》，《湖北经济学院学报（人文社会科学版）》2005 年第 4 期。

37. 王泽强：《〈孔子诗论〉地诗学观点及其与〈毛诗序〉地关系》，《西北民族大学学报（哲学社会科学版）》2005 年第 5 期。

38. 吴婷婷：《从〈论语〉和〈孔子诗论〉看孔子功利主义诗学观》，《重庆工商大学学报（社会科学版）》2005 年第 6 期。

39. 方建军：《甲骨文、金文所见乐器助祭试探》，《黄钟（中国武汉音乐学院学报）》2006 年第 2 期。

40. 孟修祥：《郭店竹简〈性自命出〉之音乐美学论》，《管子学刊》2006 年第 3 期。

41. 庄宇：《谈孔子诗论之"兴观群怨"说》，《齐齐哈尔师范高等专科学校学报》2006 年第 3 期。

42. 桑大鹏：《三种诗论的诠释学观照—〈孔子诗论〉、〈左传〉、〈毛诗〉解诗差异之分析》，《华中师范大学学报（人文社会科学版）》2006 年第 3 期。

43. 周淑舫：《〈孔子诗论〉与朱子〈诗集传〉诗学理论的文化传承》，《湖州师院学报》2006 年第 3 期。

44. 申红义：《上博简〈孔子诗论〉的实用主义理论特色》，《中州学刊》2006 年第 4 期。

45. 陈桐生：《上博简〈孔子诗论〉对诗教学说的理论贡献》，《陕西师范大学学报（哲学社会科学版）》2006 年第 4 期。

46. 梁惠敏：《郭店竹简〈性自命出〉与〈乐记〉乐论比较谈》，《长江大学学报（社会科学版）》2006 年第 6 期。

47. 朱中明：《〈孔子诗论〉的原创性诗学观》，《贵州师范大学学报（社会科学版）》2006 年第 6 期。

48. 方铭：《〈孔子诗论〉第一简与〈诗序〉》，《文艺研究》2006 年第 7 期。

49. 王清雷：《山东地区两周编钟的初步研究》，《文物》2006 年第 12 期。

50. 刘成群：《〈孔子诗论〉、〈荀子〉及先秦儒学思想的历史脉络》，《湖州师院学报》2008 年第 5 期。

51. 周萌：《从上博竹书〈孔子诗论〉解"思无邪"》，《沧州师范专科学校学报》2009 年第 1 期。

52. 陈彦辉：《商周青铜铭文文体论》，《文学评论》2009 年第 4 期。

53. 陈彦辉：《商周青铜铭文文体论》，《文学评论》2009 年第 4 期。

54. 陈彦辉：《西周册命铭文的礼仪内涵及其文体意义——以文体要素"拜手稽首"为例》，《广东外语外贸大学学报》2009 年第 5 期。

55. 张丽丰：《〈孔子诗论〉与性情学说》，《文化研究》2009 年 5 月（上旬刊）。

56. 林素英：《从〈孔子诗论〉到〈诗序〉的诗教思想发展》，《古籍整理研究学刊》2009 年第 6 期。

57. 黄康斌：《〈孔子诗论〉的论诗方式》，《荆楚理工学院学报》2009 年第 8 期。

58. 吴福秀：《从上博简〈诗论〉探"诗言志"说》，《大庆师范学院学报》2010 年第 4 期。

59. 张丽丰：《试析〈孔子诗论〉以情论诗》，《文史》2010 年第 3 期。

60. 赵东栓：《"兴、观、群、怨"说与〈孔子诗论〉》，《齐鲁学刊》2010 年第 3 期。

61. 李平：《〈孔子家语〉引诗与〈孔子诗论〉》，《华中师范大学研究生学报》2010 年第 3 期。

62. 韩高年：《〈孔子诗论〉"邦风纳物"说》，《青海社会科学》2010 年第 3 期。

63. 刘春雪：《孔子以"德"说诗》，《安康学院学报》2011 年第 3 期。

64. 陈彦辉：《周代铭文祝嘏辞的文体特征》，《学术交流》2011 年第 12 期。

65. 鹿建柱：《论〈性自命出〉的乐教内涵》，《西南民族大学学报（人文社会科学版）》2012 年第 7 期。

三、学位论文

1. 马建智：《中国古代文体分类理论研究》，四川大学 2005 年博士学位论文。

2. 祝振雷：《安徽寿县蔡侯墓出土青铜铭文集释》，吉林大学 2006 年硕士学位论文。

3. 杜春龙：《〈孔子诗论〉与汉四家〈诗〉研究》，延边大学 2007 年硕士学位论文。

4. 朱岩：《〈尚书〉文体研究》，扬州大学 2008 年博士学位论文。

5. 梅军：《殷商西周散文文体研究》，上海大学 2009 年博士学位论文。

后 记

　　本书是我主持的国家社科基金一般项目"出土文献与先秦文学批评思想研究"（项目批准号：07BZW007）的结项成果。这次出版，只是将原结项成果中的一些拓片改成了文字，其余内容几乎没变。结项已经过去好几年了，就本项目研究的材料来说，又有一些新的出土文献问世，就文学批评思想研究而言，可以进一步开拓的范围也有所增加。但总体而言，先秦出土文献所蕴含的文学批评思想的主要范畴及理论，本书基本上已涉及，故本次出版不作增补。这里，想说明一点，我们在绪言中用大量篇幅探讨"文学"以及"文学批评"范畴在 20 世纪的发展情况，最终目的在于确立本项目研究所采用的"文学"观与"文学批评"观，从而确立本项目的研究对象与具体的研究材料。需要说明的是，从来就没有一成不变的"文学"观与"文学批评"观；在具体研究实践中，研究者们相互间也从来没有绝对相同的"文学"观与"文学批评"观，古今中外都是如此。研究范畴的确立是根据研究对象的实际情况以及中国文学批评思想的发展实际而定的，不同时期的文学批评，其范畴、理论及方式等都不一样。而且，不同时期的文学样式各异，每个时期有其主流的文学形式，相应的文学批评思想内涵也不一样。从殷商到西周再到春秋战国，文学的主要样式有诗歌、音乐、舞蹈以及历史散文等等，这些文学样式也就是文学批评的主要对象。以诗乐为主体的礼乐文化，其批评思想的发展有其特殊性，即文学批评与政治批评、人物品评、文化批评等有时是有机融合在一起的，很难截然分开，很难分离出单纯的文学批评思想，因此，这个时期的"文学批评"不得不相对宽泛。诗乐舞合一时代的文学批评，显然与诗乐分离后的文学批评无论从形式和内涵上都不一样。诗乐的分离，导致文学解读与批评的巨大变革。如从"六诗"到"六义"的演变，从"观乐"到"说诗"的嬗变，从赋诗言志到作诗抒情的变化等等。我们不能说，后面的是文学批评，而前面的就不是文学批评，因为不同时期的文学，其内涵是不一样的。文学是一个历史范畴，若以今律古，则除当代文学批评之外的文学批评就都不是文学批评了，因为当代的文学观念是不同于历史上任何一个时期的文学观念的。既没有预设的"文学"观，也没有预设的"文学批评"观，先秦出土文献也绝对不是用来填充预先建构的"文学批评"理论框架的僵死材料。确定某个时代某些材料是"文学批评"还是"非文学批评"的正确标准，只能"各还其本来面目"而定。

虽然经过努力地查阅资料，仔细研读资料，构思章节，反复斟酌字句，经过无数个电脑前的挑灯夜战和不断煎熬，最终形成了一些表诸文字的东西。但我也深深知道，自己对本项目所取得的研究成果并不完全满意，因为其中仍然有许多不足和错误。不过，我们也知道，科学研究就是在不断发现不足和弥补不足中前进。我们相信，只要有认真努力的态度，有精益求精的精神，我们的研究会不断取得进步。

感谢小女谭梅对书稿清样的校对，逐字逐句地核对原稿和引文，这种认真工作的态度，对她即将开始的清华大学博士学习无疑有较好作用。感谢文物出版社编辑许海意及诸位工作人员，特别是海意兄在拓片处理上颇费心思与精力，出土文献研究著作的编辑与出版，比一般传世文献研究著作难度要大些，能克服较多困难而顺利出版实属不易。对在本项目研究和结项过程中提出各种意见、建议和提供帮助的人士也一并表示感谢。

谭德兴

2017 年 8 月 7 日于花溪